北岳·中国文学年选

（丛书主编：续小强　王朝军）

《名作欣赏》杂志鼎力推荐

权威遴选　深度点评

中国最好年选

朱向前　徐艺嘉 ◎ 主编

2019年
军事文学选粹

Selected Military Literature

山西出版传媒集团
北岳文艺出版社
·太原·

图书在版编目(CIP)数据

2019年军事文学选粹 / 朱向前,徐艺嘉主编 . —太原:
北岳文艺出版社,2020.1
(2019·北岳·中国文学年选 / 续小强,王朝军主编)
ISBN 978-7-5378-6095-6

Ⅰ. ①2… Ⅱ. ①朱… ②徐… Ⅲ. ①小说集 – 中国 –
当代 Ⅳ. ①I247

中国版本图书馆CIP数据核字(2020)第003399号

书名:2019年军事文学选粹
主编:朱向前　徐艺嘉

策　　划:王朝军
项目统筹:赵　婷
　　　　　高海霞

责任编辑:刘文飞
书籍设计:张永文
印装监制:郭　勇

出版发行　山西出版传媒集团 · 北岳文艺出版社
地　　址　山西省太原市并州南路57号
邮　　编　030012
电　　话　0351-5628696(发行部)
　　　　　0351-5628688(总编室)
传　　真　0351-5628680
网　　址　http://www.bywy.com
E - mail　bywycbs@163.com
经 销 商　新华书店
印刷装订　山西人民印刷有限责任公司

开　　本　787mm × 1092mm　1/16
字　　数　368千字
印　　张　24
版　　次　2020年1月第1版
印　　次　2020年1月山西第1次印刷
书　　号　ISBN 978-7-5378-6095-6
定　　价　59.80元

目 录

洞　中

/王凯

整个晚上，我起来了能有二十次。从夜里十一点到早上五点多（墙上的挂钟为证），我从床上不停地爬起来只为了干一件事，就是去按门边的电灯开关。一、三、五、七……次是开灯，二、四、六、八……次是关灯。那是个老式开关，塑料按键像被烟熏黄的牙齿，又小又硬，非得用大拇指使劲摁下去，才能听到嘣的一声脆响。

嘣，灯亮了。嘣，灯灭了。灯亮着没法睡。灯灭了也没法睡。每次关掉灯躺回床上，我都认为这次应该能睡着了。我当然知道，这间值班员休息室本质上只是一间地下室而已。军校放暑假时去北京玩，和同学在西客站附近的地下小旅馆不是住过好几天吗？那些肥大的蟑螂我平生所未见，睡觉前总得把被子抖上几遍，但不也照样睡着了吗？刚到机关帮助工作的时候，不也在窗户贴着地面的半地下室睡过好几个月吗？相比之下，这里的条件要好得多。白色的制式单人床平整结实，躺在上面不会嘎吱叫。床单和被罩也是白色的，带着股洗涤剂的香味儿，显然是刚刚换过。没有窗帘缝漏进来的光，没有车声和蝉鸣，对我这种睡觉很轻的人来说难道不是最适合不过的吗？

道理上是对的，可就是睡不着。关上灯只一会儿，异样的感觉便出现了。你会发现周身的黑暗并非虚空，而是一种随着纯度提升而不断变化的物质。有点儿像氧气，以五分之一的比例掺杂在空气中便适合呼吸，要是纯氧的话反倒会让人中毒。越来越紧致的黑暗不动声色地裹紧你，令你皮肤刺痒，呼吸困难。一块巨大的岩石正在黑暗中缓缓下降，一直贴到你的鼻尖，冰凉、潮湿，带着股土腥味儿。你后背紧贴着床板，已经无处可躲，仿佛只要轻轻一动，这巨石就会轰然坠落，把你压成一张红红白白半透明的薄膜。在这样具体的压迫面前，我觉得自己马上就要完蛋了。那你怎么办？这时候你得思考。你得努力让自己理智起来，反复劝慰自己这地方其实安全无比，即使世界上最先进的侵彻战斗部和延时引信都无法将它摧毁，连核武器也不能。但对于黑暗的古老恐惧正源源不断地从你心底涌出，就像一个电影里演的，无数黑色甲虫正从法老的棺材里涌出，然后将你彻底吞噬。在这个生死攸关的节骨眼儿上，你不得不横下一条心，嘴里发出“嘿”的一声低吼，猛地将双手举向空中，将悬于头顶的巨石一把推开。动作要领是手臂竖直与肩同宽、五指并拢掌心向上。尽管此刻你类似于生活在海底午夜区的动物，身躯扁平、皮肤惨白、毫无视力，但谢天谢地，你总算知道黑暗已被你看不见的双手给捅开了。

巨石消失，黑暗重新归于虚空。这时候，我就得坐起身，下床去开灯。“嘣”！天花板上的日光灯管已经老化，两头有些发黑，需要努力地“嗞嗞”闪几下才会亮起来。黑暗在瞬间融化，不过并未彻底消失。它们像残雪般收缩成了桌椅下面的几片阴影，伺机卷土重来。

我靠坐在床头，看着对面墙上的挂钟。自从昨天傍晚进洞，我没事就在看这只钟。我没有手表，便宜的我不愿戴，贵的我买不起。手机则留在了洞口的铁皮柜里。刷完门禁卡去存放手机时，旁边那个抱着自动步枪的卫兵一直盯着我。他看着也就十八九岁，却拥有一副信不过任何人的表情。早知道这样，我应该把我那个不太灵光的备用手机带进来。虽然洞里没有信号，但小小的屏幕起码可以制造出些令人心安的光亮。

灯光把看不见的巨石顶回了天花板后面，我感觉好了些。可开着灯怎么睡觉呢？我只好又拿起床头的书来看。这是一本我平时用来催眠的书，十分枯燥地讲述了漫长的历史，一般情况下我看不了两页就会昏昏睡去。不过这个晚上我开了十来次灯，每次开灯后都需要在灯光下看看书来平复适才的恐惧，所以一晚上居然看了十好几页。书中的每一页都记载着几年甚至十几年的事情，可抬头看钟，却只过了几分钟或十几分钟。钟是白色的，正对着房门，下面靠墙放着一张白色的三屉桌。桌角上有一红一白两部电话机，红色是直通总机的供电单机，白色则是可以拨号的程控单机，不过它们从来没有响过。桌子左边有两只白色铁皮文件柜，桌子右边就是我这张床。除了地面，值班室从墙壁到陈设几乎都是白色的，也许是想营造出一种宽敞明亮的观感，问题是我已经发现了它天然的缺陷。

没有窗户。没有始终变化着的自然光。我当然清楚这是为什么。我正处在一条深入地下的战备坑道，头顶是一座很高的山。具体高度我不知道，当然，就算知道我也不能说。我只是在对照着挂钟的指针，想象此刻的天空是什么模样。平时，宿舍窗帘缝隙透进来的光总从微白到金黄，而午睡起来则会变得苍白，一直到傍晚的昏黄，再到变成被城市灯火映红的夜色。不管何时，你都很自然地顺着时间漂流，蜿蜒起伏。而眼下，只有一成不变的白色灯光。由于灯管的问题，光线显得有些混浊。这里没有了淡入淡出的昼与夜，有的只是黑与白，关灯和开灯。时间从二十四进制变成了二进制，而我需要慢慢地适应这个全新的算法。

走廊里一个人影都没有。我站在门口，怀疑自己看错了时间，又回身去看墙上的挂钟。六点左边一格。九点下面两格。要是钟没坏的话，那就是七点整。走廊天花板上，每隔几米就是两根一组的日光灯管。它们始终亮着，白光照射在白色的墙壁上有点儿刺眼。我犹犹豫豫地向前，生怕自己走错了方向，直到墙上出现一个画着箭头的红色“餐厅”标志，这才松了一口气。

餐厅不大，一共十来张桌子，稍显拥挤。考虑到在山体内开凿一个洞室的难度，也就没什么可说的了。没准儿这是大家都穿着迷彩服的缘故。我一向觉得穿上迷彩服之后，人的体格要比穿常服时大一些。早饭四样小菜，肉末雪里蕻、大葱炒鸡蛋、拍黄瓜和炸花生米，主食是馒头和玉米粥，味道和机关灶没什么区别。事实上，连面前棕色的餐桌和桌上的抽纸都和机关灶一模一样。餐厅墙上也挂着一只电子钟，不过比休息室里的高级，红色的数字不仅显示时间，还显示温度、星期几和公历农历两种日期。后来我发现，洞里到处都能看到钟，方形的、圆形的，石英的、数字的，连卫生间都挂着一个。否则一个人在这里待久的话，有可能会搞不清自己吃的到底是不是早餐。

就餐的大多数人都是司令部的，想到他们都和我一样住在一间间休息室里，这让我感觉踏实了些。他们谈笑风生，看上去都没有因为身在洞中而感到困扰，这让我反省了一会儿自己的胆怯和愚蠢。好在从餐厅回休息室，走廊没来时那么长了。陌生的路总是显得长些。走廊墙壁平整光洁，刷着白色的涂料，水磨石地面虽有些古旧，却非常干净，有股淡淡的煤油味儿。天花板并非我想象中的拱形，这点非常好，有助于我把走廊当成走廊，而不是一条装修过的坑道。要知道在这个地方，你总会去想墙壁后面那厚厚的山体。

房间门口放着一只红色的水桶，一个穿着迷彩服的兵背对着我，正用力地拖着地板。听到动静，他立刻把拖把收回来竖在脚边，冲我笑了笑。

“领导好！”

列兵领章，娃娃脸，剃着个小平头，让我想起上初三的表弟。按照《内务条令》，他如果认识我，该叫我“王参谋”；如果不认识，该叫我“中尉同志”。当然，我们总是习惯于称呼职务而非军衔。在不知道职务的时候，他叫我“领导”也没什么错。新兵都这样，见了老兵都叫班长，见了干部都叫领导。即便我并不是什么领导。我只是个下了任职命令才不到一个月的正连职参谋。

“随便弄弄就行了。”我说，“挺干净的。”

“是！”他答应着，手却不停，一个角落也不放过。他弯下腰拿起床下的拖鞋放到一边，拖完床底又放回原处。他扎着马步，拖得十分卖力，微微地喘着气，脸蛋红扑扑的，鼻尖上沁出一层细汗。

虽然我认为他完全没必要这么认真，但人家已经这么认真了，你还想怎么样？我踮着脚进去坐到床边，习惯性地伸手去口袋里摸手机，结果摸了个空。

“你吃过饭没？”我只好没话找话。

“报告领导，吃过了！我们六点就开饭啦！”

“你叫我王参谋就行了。”

“是，王参谋！”

“你在这里多久了?”

“一个来月。”他停了停，“我们坑道公务班三个月一换。”

“那你比我强，我还是头一回进洞。”我说，“你有没有感觉这地方空气不太好?”

“刚进来的时候有点儿不习惯，后来就习惯了。”

“噢。”我总觉得有件事情要问他，话到嘴边却忘了。正想着，一个粗大的声音突然从门外戳了进来，吓了我一跳。

“你还在这里磨蹭啥？嗯？一个地给我拖到现在！”门外的大嗓门喊，“我叫你去通首长房间的下水管，你咋给我通的?”

“班长，我通过了呀。”列兵又把拖把收到脚边，立正站好。坐在门内的角落，我看不到门外的人。外面的人肯定也没看到我。

“通个狗屁！刚才我看了，水半天都下不去！你他妈的到底在糊弄谁？嗯？首长的房间都没弄好，弄这些参谋的房间干屁啊！大小猫都分不清楚，你长个脑袋干啥用的？别拖了，赶紧去把下水管弄好！再让我发现问题，你给我小心着点儿，听到没有?”

“听到了。”列兵立正回答，声音有点儿蔫。外面的脚步声走远了，他还待在那儿。

“剩下的不用拖了，挺干净的。”门外一席话说得我怪尴尬。当然，这也正常，地下指挥所平时不用，一年就开通那么一两次，所以只要开始演练，首长就会天天来，连我自己都觉得他完全没必要这么认真地给我拖地，“赶紧忙你的去吧。”

他不吱声，却依然保持着原有的节奏拖着地。当过兵的，都明白拖地是怎么回事。这玩意儿全凭良心，胡乱地把地板抹湿是拖，用力地擦地板也是拖，反正最后都是湿乎乎一片，看不出什么区别。但他选择了一个最费劲的方法。我看着他一边拖地一边后退，直到整个人退出门外，门内的拖把头还在左右拖动，直到把门槛内侧最后一点儿地面拖完。

“好了。”他探个脑袋进来冲我笑笑，“我走了啊王参谋!”

“好的好的。”我赶紧站起来走到门口，看着他提着水桶消失在走廊转弯。这会儿才想起来，我还没问他能不能帮我换灯管呢。

指挥所演练八点开始，我们七点五十分集合完毕。指挥室显然是整个坑道系统中最大的一处洞室，比我想象中要宽敞许多。墙上的大屏幕、各值班席位上电话机和显示器都和机关指挥所大厅一模一样。这倒也没什么稀奇，地下指挥所本来就是和地面指挥所互为备份的。

我们等着参谋长出现，然后参谋长准时出现了。各值班分队开始汇报准备情况，我是第五个。之后，大家就等着参谋长按照作战处提供的演练预案往下走。

“机关这个预案我看了，搞得挺好。”参谋长晃晃手里的文件夹，“不过预案我看可以先放一放。还是先检验一下部队的应急反应能力，你们说呢。”

这不是一个问句，所以用不着回答。大家只是看着参谋长，而参谋长看着大屏幕。参谋长个子不高但仪表威严，要不是今天穿迷彩服，他胸前五排级别资历章上面肯定会别着一枚金光闪闪的特级飞行证章。据说参谋长很年轻时就当上了飞行团长，那阵子他还没结婚呢。就是现在，他仍比机关的一些处长要年轻，所以大家都说参谋长前途非常远大。参谋长自己不可能不知道这一点，所以他把预案放到一边也就可以理解了。不过这没什么，他是今天的当班指挥员，戴着少将领章。他说干什么，我们就干什么。唯一郁闷的应该就是作战处的人了，为这个预案，他们一定加了不少的班。

“通知空×团起一架M型机。”参谋长思考了一会儿，说了几个地名，“叫他们规划一下航线，我们看一下各单位应对得怎么样。”

指挥席位上有一点儿小小的骚动。作战文书很快通过指挥网传了下去。不一会儿，大屏幕分区上出现了机场画面。一架轰炸机正沿着滑行道前往起飞线，机头领航舱玻璃反射着阳光。航管在调度航线和空域。塔台与机组的通话声清晰无误地传到指挥室。机场阳光很好，飞机拖带着巨大而奇怪的影子。塔台画面也出来了。宽大的窗户外面是平直的跑道和宽阔的草地。我甚至看到了风中飞转的彩色驱鸟风轮。啊，这太好了。我见过很多个大屏幕，却是头一回感觉到大屏幕这么亲切，虽然传输的画面亮度不高，画质也不是特别清晰，但它仍像是一扇天窗，或是坑道上新掘出的一个大洞，直通我熟悉的世界。

“报告，雷×旅××站发现大型机一批一架。”等了一会儿，沿途雷达开机，一批批空情开始上报。因为这架突然冒出来的飞机，沿途的军用机场、地空导弹阵地和雷达站都忙活起来。指挥席位上电话响个不停。各级指挥员一个个进了指挥所。地空导弹发射筒高高起竖。充填加挂完毕的战斗机停在起飞线等待起飞命令。切分成格的大屏幕不停切换着画面。这是一次计划外的飞行。我们在巨大的洞穴中注视着这一切。座舱内的飞行员操纵着轰炸机向南飞行，但他们并不清楚为什么要向南飞行。

最后，××基地指挥所报告，一架歼十拦截到了参谋长派出去的那架M型机。高度多少，速度多少，航向多少。和我面前的空情终端显示得完全一致。

“让他们抵近查证一下。”参谋长左手托着右肘，右手捏着刮出青色的下巴，“看清楚了再报告。”

空中没有画面。屏幕空情图上两个动态图标紧紧贴合在一起，附带着的数据在不停变化。我想象着歼击机正靠近轰炸机。双方飞行员正隔着座舱玻璃互相看着。他们都在一丝不苟地执行各自的任务，只是不太确定对方究竟在搞什么名堂。

接下来，歼十飞行员准确无误地报出了轰炸机的机身编号。轰炸机开始返航。屏幕通信关闭了。这让我有点儿遗憾。我还想多看一会儿呢，那些被山体隔绝的阳光。

各分队值班员开始汇报演练情况。由参谋长总结。他讲得很细，所以讲了很久。他的声音透过话筒在指挥室里回荡，最后变成了一种持续的嗡嗡声。一晚上没睡，我这会儿才觉得无比困倦。

洞里的第二个晚上，按说应该比第一个晚上要好一些，但我并不是很确定。事实上我一直赖着没睡，想把困倦积攒够了以后再集中使用。所以我还是拿着那本书在看。书里面讲到一个遭到皇帝猜忌的亲王逃到敌国，在那里过了好多年，终于找了个机会成功复国。我很想知道他在敌国那些年到底是怎么过的，可书上只是一笔带过。可能作者也搞不清楚，毕竟那都是很久以前的事情了。

其间我还接到了副处长从办公室打来的电话，问我手头的那份材料起草得怎么样了，在洞里有没有进展。我只得告诉他我没有带笔记本电脑过来。副处长听上去有些不满，但我在洞里，他只能嘟哝了两句，挂掉了电话。

其实我也很后悔没带电脑进洞。如果带了，我可以让屏幕一直亮着，那样睡觉也许就不成问题了。不像现在，那根有毛病的灯管嗞嗞地闪动，弄得眼睛很不舒服。重新开关一次可能会好些，这方法对付电脑总是很灵。这么想着，我起身走到门边按下了开关。灯管吃力地亮起来，可还在闪。我又接连开关了好几次，终于听到了一记轻微的爆裂声。

灯彻底不亮了。啊，这可怎么办？原本已经被扭成直角的时间变成了一条直线。我有点儿着慌，赶紧打开门走出去几步，回身站在走廊里盯着黑洞洞的门口。听不到一点儿声音。这里所有的声音都是人造的。说话声。脚步声。广播声。厕所冲水声。这会儿人都睡了，就没了声音。在机关大院，我还可以试着打打营房维修队的电话，这会儿我没有电话可打。其他人也许会有办法，但我只是个刚进机关的小参谋，不可能去把别人敲起来帮我想办法。

我在门口发了会儿呆，转身朝着餐厅方向走去。餐厅锁着门，再往前走了一段，坑道分成了左右两支。我还从来没走到过这儿，犹豫了好一会儿，才硬着头皮顺着左边的走廊继续向前。拖鞋在水磨石地面上吧嗒吧嗒地响着。一样的白色走廊，头顶上两根一组的灯管放着光，竟然没有一根是坏的。应该从这里弄一根灯管回去，可是手头没有螺丝刀，灯管外面那层金属网罩阻止了我的计划。经过了几间贴着“库房”标签的小铁门，又拐了一道弯，就看到了尽头处涂着黑黄色条纹的防护门。

我只得转头回去，试探右边那条走廊。先经过了一间活动室，门开着，一面墙上挂着一台屏幕很大的液晶电视，当中摆着一张乒乓球桌。电视机对面的墙上挂着一些拉力器、臂力棒，地上放着几对哑铃。再向前，我听到沉闷的嗡嗡声，走近去看，一扇铁门上贴着“机房重地，非请勿入”的红字。

但没有人。到处都没有。这仿佛是个不设防的指挥所。我一直走了几分钟，这条走廊比左侧那条要长得多，就那么笔直地延伸下去，居然看不到头。我越走越慢，当右手边出现一个新的看不到尽头的岔道时，我决定放弃了。我飞快地掉头往回走，快得两次甩掉了拖鞋。这坑道比我想象中复杂得多，我得赶紧找到回去的路。

重新经过餐厅，经过指挥室，我跑进休息室换上了迷彩胶鞋，这下感觉好多了。经过公共卫生间，我在门口停了一下，可惜没有听到动静。再往前就是一条直角左拐的走廊。这条路我记得。昨天下午进洞时走过一次。我只要一直向前走，就可以到达洞口，而那里肯定站着一个卫兵，他也许会给我提供点解决问题的办法。

我闷着头快步走，紧贴着墙根儿刚刚转过弯，脑袋便狠狠地撞在了什么东西上面。我本能地往后跳开，才发现地上倒着一个方凳，方凳旁边躺着一个穿迷彩服的小战士，瞪圆了两只眼睛看着我。

“不好意思，我没想到你在这儿。”我赶紧上前把他拉起来，忽然觉得他有点儿眼熟。

“没事没事。”他手扶着腰，看上去摔得不轻，“王参谋，我没事。”

“我正想找你呢。”我猛地反应过来，他是早上在我房间拖地的那个公务班的小伙子，这个发现让我很高兴。我正想告诉他灯坏了的事，他却突然惊叫了一声。

“完了完了！”他眼神直勾勾地看着墙，“这下完了。”

“咋了？”

“玻璃！”他伸手指着我背后，“镜框玻璃碎了！”

我转头一看，一个铝合金的镜框斜倚在墙根儿，上面的玻璃摔成了好几块，尖锐的断茬反射着灯光。镜框里那位穿着老式飞行皮服的英雄我们都认识，他曾在抗美援朝空战中击落过好几架敌机。昨天进洞的时候，我就注意到这段走廊的墙壁两侧都挂着镜框，一侧是英雄模范人物照片，另一侧则是从歼-5飞机和红-2导弹开始的各型武器装备照片，这是进入指挥室的必经之路，每个人都会看到。

“明天政委要来值班呢，这下咋办！”他急得满脸通红，“现在上哪儿去划玻璃呀！”

这真是个问题。如果政委不来值班，他可能就不用大半夜地还在这里擦镜框，也就不会被我从凳子上撞下来。这让我感到很过意不去。

“少挂一个应该也没事吧。”我试着替他出主意，“首长哪能记得那么清楚。”

“那怎么行，这都挂了好多年了，首长肯定会发现的！”他指着少了一只镜框的墙壁，“再说，不挂的话墙上有印子啊！”

我抬头一看，墙上果真有一个极其规整又显眼的长方形白印。

“要不干脆不要玻璃呢？反正镜框又没坏。”我想了想，“这样也凑合吧！”

“肯定不行的，没玻璃它就不反光，别的人都反光，就他不反光，首长一眼就会发现的！”他声音里带出了哭腔，“要是首长发现了，班长会杀了我的！”

“别急啊，总有办法的。”我安慰他，虽然我根本没什么办法。老实说，我更关心的是我的灯怎么办。

“王参谋你忙你的吧。”他愁眉苦脸地盯着地上的碎玻璃，“我先把这些收拾了。”

我没什么忙的。我有些内疚。我只想赶紧把灯管换掉，不然这个晚上我绝对没法过了。这是我此刻唯一关心的问题。可是这个时候问这个问题多少显得不太适宜。所以我只能站在墙边，看他脱下迷彩服，折了两折放在地上，又看他把地上的碎玻璃一块一块地放在上面。

“我房间灯管坏了。”我一直等他把镜框里残留的最后一块碎玻璃取出来才开口，“能帮我换一根吗？”

“啊？”他愣了一下，像是脑子转不过来似的，停了一会儿才说，“库房钥匙在班长那里，问题是他都已经睡觉了，我也不敢叫他。”

“噢，那算了。”我其实也能预想到这个结果。他是被我撞倒的，没当面骂我就很不错了，怎么可能愿意帮我去找灯管呢？

他叹口气，拿起没了玻璃的镜框，站上凳子挂了回去，嘴里喃喃地说：“没玻璃肯定不行，肯定会被发现的。”

我转身回了休息室。门得开着，这样会有走廊里斜照进来的灯光。就这么开着门睡好了，虽然有些奇怪，却也不是不能忍受。我仰面躺在床上，双手垫在脑袋下面，闭上眼睛开始试验这样能否入睡。如果还是不行，我已经想好了，我会抱着被子去活动室的乒乓球桌上凑合一宿。

这时候，我听到走廊里传来轻轻的脚步声，越来越近，最后停在了我门口。我睁开眼，地板上的光块中多了一个长长的影子。

“王参谋，你睡着了吗?”

“没呢。”我一骨碌坐了起来，“找到灯管了?”

“没。我们班长都打上呼噜了。不过我给你找了个这个。”他走进来，从口袋里掏出个小东西递给我。就着门口的灯光仔细一看，是个小黄人形状的钥匙挂坠，只要一捏小黄人的肚子，它脑袋上的那盏矿灯就会亮起来。

“这个能顶点事吧?”他看看小黄人又看看我，“我就只有这个了。”

“很好很好。”我赶紧接过来，“谢谢你了啊!”

“不用谢。”他笑一下，“王参谋早点儿休息。”

“那个玻璃怎么办?”我说，“能换吗?”

他摇摇头。

“不好意思啊，这事怪我。”我说，“要是你们班长问起来，你就说是我弄碎的好了。”

“那怎么行?主要还是我不小心。”他勉强冲我笑一下，又像是在给自己鼓劲，“大不了再让他骂我一顿呗!”

他走了。我关上门，重新躺在了床上。我等着巨石降临。只要它来了，我就准备摁亮小黄人，给它钻个大洞。可它没来，而我居然也不困了。我把手伸向半空，让小黄人微弱的光柱在黑暗中左突右冲，所到之处，黑暗都被刺破，在墙上映出一个圆圆的光圈。

照着照着，我的手停了下来。光圈停在了对面墙上挂着的那一排铝合金镜框上——《坑道管理须知》《值班员工作要则》《保密守则》。镜框玻璃在光圈中反射着幽光。

我慢慢地从床上坐了起来。

昨晚睡得挺好。中间醒来了两三次，不过只要摁一下手里的小黄人，便又很快睡着了。

上午的指挥所演练严格按照预案进行。作战想定比昨天要复杂许多，不过部队准备得比较充分，搞得挺不错。政委讲评完，已经十二点多了，我肚子饿得咕咕叫，可政委谈兴甚浓。

“后天过中秋了，你们辛苦，部队更辛苦，正好又在这儿值班，远程慰问一下一线的同志们吧!”政委说，“哪个单位最艰苦?”

这个程序并不在预案之内。但大屏幕画面还是马上切到了秃鸡山雷达站的指挥方舱前。穿着大衣的战士已经列队站好了，扩音设备里，山头的风声呼啦啦地响。秃鸡山我去过一回，雷达天线架在海拔四千多米的山头上，我刚下车就吐得一塌糊涂，把好好的雪地弄出一个黑黑的大窟窿。站长和指导员我还有印象，他们都仰脸看着方舱顶上的视频探头，屏幕画面色彩有些失真，那些被紫外线灼伤的黑红脸庞变得很白，而嘴唇是淡紫色的。

“同志们好！”

“首长好！”

“同志们辛苦了！”

“为人民服务！”

他们的声音比口型晚了半拍，又被风吹跑了一些，不过依然齐整响亮，沿着光缆从几千公里外传过来，震得指挥室嗡嗡作响。这时候，我看到那个小列兵提着暖瓶走到指挥员席位前，小心翼翼地给政委续完水，又悄悄地走开了。

“今天的操纵员是哪位同志啊？”

“报告首长，”一个胖乎乎的上士敬礼报告，“我是雷达操纵员李发明！”

“好，小李同志，你今天表现不错，发现和上报空情又快又准，为首长机关定下作战决心发挥了应有作用，向你表示祝贺！”

“谢谢首长鼓励！请首长放心，我一定会和战友们继续坚守岗位，再接再厉，争当祖国的千里眼，时刻守望祖国的神圣领空！”

“好！说得好！”政委说，“革命军人，就是要有这股子精气神！马上就到中秋节了，你们坚守在高山阵地，不能和家人团聚，但你们为祖国撑起了一片天空，在这里，我要代表司令员，代表党委和机关，向你们表示诚挚的慰问和崇高的敬意！”

政委说着站起来，敬了一个礼。过了一两秒钟，屏幕上的战士们也都齐刷刷地举起手还礼。这时候不知谁带头鼓起了掌，掌声顿时充满了整个指挥室大厅。

“你们连队主官在不在？”政委说，“月饼准备好了没有？每人几个啊？”

“报告首长，都准备好了，每人四个，一个五仁的，一个莲蓉的，一个豆沙的，还有一个火腿的。”指导员大声报告着，声音由于紧张或者海拔而略有些喘息，“我们还制订好了节日食谱，请首长放心！”

“嗯，伙食顶半个指导员啊！还有，你们那里气温低，要让战士们多穿点儿，盖厚点儿，还要多搞点儿文艺活动，连队是个大家庭，你们要让战士们感觉到家的温暖，好不好？”

“是！感谢首长的关心，我们一定遵照首长的指示，把连队建设好，把任务完成好，以站为家，以阵地为战场，决不辜负首长的信任和重托！”

“好，祝你们节日快乐，工作顺利！”

“来，咱们一起！”指导员摆摆手，大家一起吼起来，“祝首长节日快乐、身体健康、工作顺利、万事如意！敬礼！”

大屏幕重新切到空情图，密密麻麻的小飞机在屏幕上移动。演练结束了。首长在众多领导的簇拥下离开指挥室。

“现在这些小年轻，说话都一套一套的。”端坐在席位上，听到人群从我身后经过时，一个声音笑着说，“都是你提前安排的吧？”

“安排啥？”脑后飘过另一个声音，也在轻笑，“我听不懂你在说什么。”

我微微转头，一样的迷彩背影，已然分不清谁是谁了。

“咦，你发现没？”把值班日志交给来接班的罗参谋，他四处看了看，指着墙，“那个镜框怎么少块玻璃？”

“嗯。”我看着头顶崭新白亮的灯管，“还真是少一块。”

沿着坑道往外走时，感觉轻松。经过挂着两溜镜框的走廊，是一道又一道的防护门。水磨石地面变成水泥的。白墙变成水泥本色。越往外走，坑道就变得越原始，等坑道变成坑坑洼洼的裸露岩壁时，就可以看到洞口的光线了。

卫兵站在伪装网下面，一言不发地看着我从柜子里取出手机。我走在窄窄的水泥路上，两侧是看不到尽头的树林，高大的树冠在半空中合拢，遮挡住整条道路。光线从繁密的针叶中钻进来，形状模糊的金色碎片四处飞溅。

其他就没什么了。只有风在拨弄树梢。沙沙。簌簌。哗啦啦。

《解放军文艺》2019年第1期

石头剪刀布

/朱旻鸢

我和雷雨婷是到了胡禹斐家见到胡禹斐之后，才知道自己是来陪她玩“石头剪刀布”的。

这是我们刚刚接受的一项任务。

我是一个军级单位政治部老干部工作办公室（简称“老干办”）的一名再普通不过的副营职干事。雷雨婷是我们这个军级单位下属部队的一名通信排长。胡禹斐是我们老干办下属第二干休所的离休老干部，八十多了，孤身一人，大概三年前开始认错人，却又不是全部认错，对她相册里那些已经离她而去的记得一清二楚，却把身边与她朝夕相处的工作人员忘得一干二净，有时甚至把他们当成相片里的人，使得二干所那帮年轻的姑娘小伙子们在短时间里都纷纷获得了一个崭新的姓名、一份高深的资历以及八九十年的传奇人生，并时常免费生活在穿越剧中。鉴于此，该干休所早就不再安排她参加户外的集体活动，除非去八宝山告别老战友。但作为干休所，八宝山的活动偏偏又是最不可避免的户外集体活动。各种意外也就不可避免。最近一次出现在上周，她照例作为“生前友好”出席，遗体告别之后，竟把借调过来负责搀扶她的雷雨婷当成了一个叫马兰的人，又把前去解救雷雨婷的我当成了一个叫王朝的人，一手抓住一个，死也不放，非要往家里领。后来虽然在干休所广大同仁的协力援助下，我们得以安全撤离，但也就仅仅安全了一个星期，就被她重新“抓”了回去——后来我才知道，尽管还是认错了人，但这次她找对了人，通过一个退休的老领导找到一个没退休的现领导，现领导给我和雷雨婷的直接领导分别打了个电话，指名道姓地要我们去登门拜访。这事要放到其他任何一个单位的任何一个部门都有正当理由推脱，但偏偏我们老干办没有，我们就是为解决此类问题而存在的。于是我的直接领导——老干办主任弄了一个非常正式的文件，一通盖章签字之后把我派了过来。至于去她家干什么，直到出征前五分钟，我才在那份正式文件的“事由”一栏，看到“搜集军史资料”几个字。这让我对我们主任佩服了足足五分钟之久。因为胡禹斐把我们迎进屋并告诉我们真正的任务是陪她玩“石头剪刀布”时，给我们的反应时间也就差不多五分钟。

五分钟后，我们的“石头剪刀布”游戏就开始了。但这绝对是一种“前无古人，后无来者”的玩法，既不是站着玩也不是坐着玩，而是让雷雨婷躺在客厅地面铺着的凉席上——倒更像是要玩“杀猪”或者“过家家”；既不是用手比画也不是用脚比画，而是用货真价实的石头块、不锈钢剪刀和长条纱布。具体的过程大致如下：

雷雨婷躺下后，老太太便神情专注地蹲在席前，然后对一旁待命的我发号施令。

“石头。”

我就从茶几底下抱出一块鸵鸟蛋大、足有十来斤重的鹅卵石，按她的指示放在一只煮茶用的电陶炉上加热。

“剪刀。”

我就从茶几的抽屉里翻出她所说的一把医用剪刀，递给她。

“布。”

我就把跟剪刀放在一起的一卷纱布(当然也是医用的)，拿出来交给她。她从里面扯出一大段，用剪刀喀嚓剪下，折叠几次，铺在地上，又从茶几下面找出一把铁夹子，足有花剪大，像小时候厨房里用来夹柴火的火钳，交给我，让我把那个已经烧热的“鸵鸟蛋”夹出来，放在纱布上，再像滚雪球一样滚动石头，使纱布一圈一圈裹在上面，一直裹成热乎乎的大蚕茧，再交给她，由她亲手把它放置在雷雨婷的腋下，直到把开始被胳肢得嘎嘎直笑的雷雨婷烫得大汗淋漓，热得受不了为止。

这就是所谓的“石头剪刀布”，全程也就十来分钟。但直到最后一分钟看到雷雨婷满头满脸的汗，我才反应过来，这既不是“杀猪”，也不是“过家家”，应该是近几年甚是流行的“玉石汗蒸”，一种从韩国传进来的养生新宠，其核心目的就是最后的出汗。也就是说，出汗之前的那些环节只不过都是仪式。

但老太太却似乎更看重仪式，对我在仪式中的表现很不满意，嫌我笨手笨脚不够熟练，感觉好像我应该非常熟练才对。后来重复的几次，她都在絮絮叨叨地数落我，这样的结果当然只能让我越来越紧张，越来越不熟练，不是夹石头时差点儿磕坏炉子，就是把纱布掉在地上滚出去好几米，最严重的一次，拿夹子夹石头时我松了下手，石头从铁夹子里滑了下来。直接从一米多的“高空”落下，“砰咚”一声，结结实实地砸在了木质地板上。

这下仿佛引爆了一颗原子弹，把雷雨婷吓得噌地一下就从席子上坐了起来，老太太更是浑身一颤。

“怎么回事你，再这样干脆就别来了。”老太太竟气得说不出话来，满头的银丝颤动，像随风摇曳的满树霜雪。

我和雷雨婷都跟着摇曳。我想我们都知道这个时候被扫地出门意味着什么。

“说说，到底想什么了？你今天一直都心不在焉。打一开始就走神……这可是人命关天的时刻！”老太太回到了长条沙发上，身板笔直地端坐着，不依不饶地盯着我问，比公安局审犯人还严厉。

“我在想……想王朝到底是谁。”我想了半天，终于想出一个既能说得出口又有望蒙混过关的理由。其实我从来没有想这个问题。尽管从被她认错那天起，她就一直管我叫“王朝”，管雷雨婷叫“马兰”，但个中缘由我们从未打探，因为没有必要。就像这个“石头剪刀布”的游戏，到底是属于养生、健身还是娱乐，有什么来由典故，我们从未问过，她也从不“赘述”。老年人的世界，不要问为什么，把他们哄高兴就行了。到老干办报到的第一天，主任就曾这样谆谆教导过我。而我，作为老干部工作领域的新同志，也一直都在不折不扣地贯彻落实。

“是……马兰的对象，男朋友。”老太太胡禹斐总算是喘匀了气，低垂着眼睑，看着十指相扣的手心，仿佛捧着什么传世珍宝。

“我猜也是他男朋友。”沉默了不知多长时间，雷雨婷终于发话了。我知道她这个时候发话并不是为了搜集军史资料，也不是为搜集民间绯闻，而是纯粹为了缓和气氛。果然，见老太太紧绷着的脸稍有松弛，她便又趁热打铁，把问题继续往弱智上引：“那马兰又是谁?”

“是王朝的女朋友，媳妇儿。”老太太一本正经地回答。

他们就这样谈恋爱吗？你们那个年代的人真的好奇怪哦。雷雨婷终于开始装傻装天真。这是她的拿手好戏。亮出这招，基本上意味着已经胜券在握，局面即将从根本上得以扭转。果然，老太太轻易就上了套，缓慢而和蔼地说道：“好吧，既然你们热衷到这个份上，那我就给你们讲讲他们的事吧。”

过了江，到了新义州，马兰才知道王朝也当了兵，也在这支队伍里，而且，也到了朝鲜。刚听到这个消息时，她不敢相信。但传话那个兵，应该是个通信员，又很严肃地重复了一遍，她才信了。当时空袭刚过，一座灯火通明的城市刚变成一堆废墟，她从防空洞里钻出来，被浓烈的硝烟味和尸体的焦煳味呛得涕泪直流，剧烈咳嗽，一边咳，一边拿帽子拍打着身上的尘土。

那个通信员就是这个时候跑过来的，冲进她们女兵堆里，扯了嗓子喊：“哪位是马兰医生？哪位是马兰医生?”

马兰就站了出来，“什么事?”

“王朝在防空洞里不出来，师首长让你马上去，把他叫出来。”

马兰顿时就蒙了，问：“你说什么，王朝在队伍里？到了朝鲜?”

通信员不容置疑地重复了一遍。马兰就跟他走了。

王朝果真到了朝鲜，就在防空洞里。路上听通信员介绍说，空袭开始时，王朝所处的位置离轰炸点还挺远，至少有一里地，但这一里地外的第一颗炸弹爆炸时他就尿了裤子，第二颗炸弹还没响就钻进了地道，然后再也不出来，谁喊也不出。师里的政委亲自过来做工作，蹲在地道口向他喊话，王朝同志，你当年不是说要为祖国争荣誉吗，怎么退缩了？王朝在地道里缩成一团说，首长，我不要荣誉了，还是要生命，生命诚可贵。政委的脸都气青了。无计可施之际，有人想到了马兰，说他对象在师医院呢。这才派人来师医院。

马兰跟着通信员站在了那个防空洞前，弯腰探头往里看了看，黑咕隆咚的什么也看不见，便冲里面喊："王朝你个缩头乌龟。"还没喊"你给我滚出来"，就见一个黑影从洞里钻了出来，带着一股风，还有洞口稀里哗啦往下落的碎土。

果然是王朝，鸭蛋大的脑袋上罩着一副宽边眼镜，一身军棉衣被一根牛皮腰带勒在身上，像捆着一把干稻草。马兰问："你不是说生命更重要吗?"王朝若无其事地拍打着身上的灰说："生命诚可贵，但爱情价更高嘛。"

围观的人都笑了，开始起哄——

"瞧这两口子真有文化，打仗还对诗呢。"

"这叫郎情妾意。"

"花前月下。"

"聊聊我我。"

……

他们越说越来劲，把以前某位"大老粗"领导在大会上将"卿卿我我"念成"聊聊我我"的著名笑话也用上了。

马兰急了，冲着那些人嚷嚷："胡说什么，谁跟他是两口子？谁跟他聊聊我我?"

没人笑了，都看着王朝。王朝也不再拍打了，两只手不知道往哪儿放，冲大家咧了咧嘴，哭不像哭笑不像笑的，脸上红一块白一块的，像洗褪了色的红布。

政委上来打圆场，说："生气归生气，你俩还真挺般配，以后要共同进步嘛。"

"他跟谁都般配，就跟我不般配。"马兰说完转身就走，迈出两步又回过头来，"以后这种事情麻烦你们不要再来找我，这跟我没——关——系!"

马兰那时候的确很气愤，但她做梦都没想到王朝会来朝鲜，更没想到会在战场上与他邂逅。

但这已经不知道是她第几次"邂逅"他了。她只清楚地记得第一次

“邂逅”是在一次同乡联谊会上。由于是联谊会，她没穿制服，特意换了一身白旗袍，配白丁字平跟皮鞋，戴白纱手套和漂白细草帽。到了现场才发现，所有的老乡无一不是穿着学校统一发放的制服，女生白上衣黑短裙，男生从头到脚“一水黑”，跟开学典礼似的。这使得她一下子便“鹤立鸡群”了，成了所有目光炙烤的对象。她左躲右闪，避让着那些目光，尽量把自己往角落里腾挪，却一不小心和一个男生撞了个满怀。待看清楚，才发现男生也是鹤立鸡群的一位，正被众男生从角落里提溜出来往人堆里轰。他不仅没穿制服，还打了发胶，喷了香水，法兰绒西服还故意不扣扣子，露出里面鲜艳的新式领带，在一群黑色制服中显得异样耀眼。

这下更热闹了。大家干脆起哄，把他们往一起凑，老乡会变成了闹洞房。不可开交之际，还是男生站了出来，扶着金丝眼镜操着吴侬软语说，玩笑要适可而止嘛，要有绅士风度嘛。老乡们正在兴头上，岂能就此罢休，硬要他们合演个节目方能收场。她还没说话，男生已经答应了，便有些生气，故意选了一首外国歌，《茶花女》的《饮酒歌》，希望“搭档”能知难而退，终结闹剧。没想到对方不仅没退却，还掏出口琴，要为她伴奏。一曲终了，技惊四座，余音绕梁。

各种“佳话”从此传出。随“佳话”频频出现在她生活里的还有各种“邂逅”。她很快便发现，那位见了男的都称“蜜死驼(英文Mister)×”，见了女的都称“蜜死(Miss)×”的瘦弱同乡，不仅喜欢往脸上擦雪花膏，往头上抹“司丹康”发蜡，往身上洒“夜巴黎”香水，还喜欢上她们医学系的地盘转悠。因为每次上下课她总能碰见他。有一次在试验楼前他们又“邂逅”了，她忍不住问：“你在这里干什么？”他答：“看风景。”她好奇：“这里就一栋破试验楼，有什么好看的？”他答：“你在桥上看风景，看风景的人在楼上看你。”她就茫然了，想半天也没明白话里的意思，便说：“看什么风景，我们实验室倒有不少尸体和器官标本，心肝脾胃肾都有，一起上去看看吧。”他迟疑片刻，最终摆着手说：“罢了罢了，还有事。”后来她出入宿舍都绕道，捉迷藏似的躲着他。这样做的结果是，减少了许多的“邂逅”，但新增了不少来信。她没当回事。从上初中起，这种云山雾罩的来信就没断过。

后来外面打仗，同窗都各选阵营投奔而去。他没投，她也没投，还照常收到他的来信，而且这回她觉得自己总算看懂了。他在信里，先说“苟全性命于乱世，不求闻达于诸侯”之类，又说自己绝不参与政治，大学毕业就去美国谋生，娶妻生子，终老一生。她觉得这是一封告辞信，前面说的是人生志向，后面说的是眼前计划——将要去美国，所以临走之前向自己道个别。于是出于礼貌和尊重，她也将自己的志向和计划告诉了他：就在国内当个医生，救死扶伤。并也就此向他道别。由于战争尚未结束，为了安全起见，她在信中并未透露自己的具体去向。

以为就此别过了。没想到大半年后，她又收到他的一封信，尽管开头依旧是“非淡泊无以明志，非宁静无以致远”之类，但结尾处却直言不讳地希望她能与自己一起“淡泊宁静”。这时，学医的她才总算明白了他的意思。但那个时候她已经参军入伍，随部队离开上海半年之久。捧着这封从学校几经辗转才送到手里的来信，她四顾茫然，不知道怎么回复，因为半年过去，她连那个热切期待同自己一道去美国“淡泊宁静”的同乡现在“泊”到了哪里都不知道。

“茫然”中又过了一年，她跟着部队跨过了鸭绿江，进了朝鲜。就在差不多快把他忘掉的时候，他却从天而降，而且以她对象的身份出现在了同一支部队里。这其中的曲曲折折她后来才知道，自从她留下一封“去向不明”的告辞信从医学系消失之后，王朝就再也淡泊不了、宁静不住了，失魂落魄地四处打听，才知道她参加了解放军，便又去部队找。当然不可能找到。大军刚进城，到处都是部队，到处都是军人，到处都在招兵，重点是招文化人，大学生只要身上没有残疾，政治上没有污点的都热烈欢迎。在部队没有找到马兰，他干脆把自己留在了部队，也跟着参了军。当时他认为全国都基本解放了，即便参军也不大可能去打仗，即便打仗也不大可能轮到自己上前线。没想到入伍不到一年就打仗了，而且是跟说英语的美国人打。更没想到的是，他刚在部队打听到马兰的消息，就紧接着被告知，她也上了前线。那时他本来在兵团部当翻译，部队开拔前主动要求下到师里，因为马兰在师医院。开战在即，翻译是稀缺人才，师以下更缺，各级都舍不得放。他就挺着板鸭一样干瘪的胸脯找到负责的首长表决心说：“我要为祖国的荣誉到最前线去接受战火洗礼。”首长欣慰地点头，说：“看来我军的政治教育的确是点石成金啊。”欣然同意了。没想到一到师里就出了这么个洋相。

这是马兰从防空洞前当众拂袖而去之后，断断续续地从师政委那里听到的。师政委百忙之中亲自告诉她这些，还是那个目的，希望她能“帮教”王朝，让他早日成为一名合格的革命军人。只不过这次政委不是以个人身份希望，是正式代表组织希望。毕竟，专业的英语翻译全师就这一个，还是兵团忍痛割的肉。但马兰依旧不为所动，说：“我一个医生不给战士治病疗伤，天天跟一个翻译在一起帮教，算怎么回事?”

政委说：“那个，那个，你们的关系我们都晓得了，那天的事情我也亲眼看到了，他就听你的。如果你不管他，就只能实施第二套方案。”

“第二套方案是什么?”

“直接把这小子从师机关下放到侦察连，一来接受锻炼，二来他们打头阵侦察敌情，最先碰到美国鬼子，抓了俘虏正好让他就地审讯。”

“他自己什么意见?”

“他选择第二方案，说要打个翻身仗给你瞧瞧。”

“那就尊重他的选择吧。”马兰说：“既锻炼人又发挥作用，我也清静，三全其美。”

政委盯着马兰，嘴角抽动了几下：“你比我们这些老革命还心狠!”

“确实够心狠，喜欢上这么一个冷血的女人也确实够不幸。”听到这里，我忍不住打断了老太太的讲述。能抢在雷雨婷前面发表意见，只能说明我感同属实身受。

嘁——

果然，雷雨婷把眼睛从老太太身上抽出来，朝我翻了一下白眼，说：“我倒觉得这个男的不大正常，什么都没有明确，就从上海的大学校园里一直追到朝鲜战场?”

“放到现在，我也不能理解。但那时候好像就是这样，男方觉得自己正常，女方觉得自己也正常。”老太太依旧低头看着自己的手心，语气缓慢地回应我们的各种质疑。

我们就不再说话了，等着她往下讲。

王朝真的下放到了连队，而且真的是全师训练最苦战斗力最强的侦察连，而且当天就去了连队报到，态度还很积极，要求连长指导员对他严格一点。这是师机关一个侦察参谋事后告诉马兰的。侦察参谋对口负责侦察连，入朝后经常找马兰开药，次数多了，觉得不好意思，便每次透露些有关王朝的消息，算是回报。

马兰听了有些不可思议。参谋便告诉她说："因为有人跟王朝说，是你要他下去的，希望他能在连队锻炼成一个真正的男人。"

"真够缺德的。"马兰骂那些嚼舌头的人，咬牙切齿地骂。

"但防空洞那次确实对他打击蛮大的。"参谋说："当着那么多人的面。"

"他活该！"马兰说完便有些后悔。但后悔归后悔，马兰那时并不是很担心，一来离真正的战场还远，二来从政委那天的谈话里可以听出，师里不会让他真上阵地跟美国大兵真刀真枪地干。

但她没有想到的是，他们最先遇到的敌人不是美军，而是严寒和伤病。

朝鲜北部山区的严寒是所有人都没有想到的。所以当十几万大军因为情况紧急，还没来得及更换寒区被装，便穿戴着南方部队的薄棉衣、力士胶鞋和瓦棉帽匆匆跨过鸭绿江时，谁都没有做好抗寒的准备。在当时形势下，抗美远比抗寒重要得多，美军东线的先头部队已经有人站在鸭绿江的冰面上撒过尿了。他们所在的兵团就这样在雨雪交加中踏上了昼伏夜行的阻击之旅。第一天行军下来，他们军就冻死两人，冻伤五百多。除了冻伤，还有因缺乏维生素而导致的大面积夜盲症。而且越往前走，天气越冷，伤亡像雪球一样，越滚越大。

马兰所在的师野战医院每天都被伤病号塞得满满当当。其实师医院也没有什么有效的办法，师里医药供应困难，团以上干部才有资格往屁股上打针。对于大面积的夜盲症，师里军里的法宝只有松针汤。朝鲜的山上都是松树，有的是松针，松针汤也好做，就是难喝，喝一碗吐两碗，喝完依旧不管事，不管事依旧要喝。而对于冻伤，就只剩下了手术，把坏死的部位统统切除，简单包扎后送回连队或转移回国。这是轻的，重的只能眼睁睁地看着咽气，变硬。许多从胶东抗日一直打到上海解放的老兵就这样倒在了冰天雪地里。

马兰这个时候开始担心起王朝来。她每天像炊事班切土豆、削萝卜一样，拿手术刀在人身上削来削去，切除着那些发黑发紫、流脓淌水的耳朵、鼻子、手指、脚趾，一直切到手软。每切一个，她都要仔细地看一眼，看这个人是不是王朝。切了两天之后还没有见到王朝的身影，便翻出手术登记本，挨个名字往下找，也没有，再翻普通病号登记本，依然没有。于是每天从新来的病号堆里找，一连几天都没有找到。她开始真正担心了，冻死的人是不会送到医院来的。于是又到处寻找侦察连的病号，竟然也没有侦察连的病号，一个也没有。正要绝望之际，有人告诉她，侦察连没有冻伤，因为侦察连的连长是闯过关东的胶东人，有防寒抗冻的经验，部队一休息就组织拿雪搓手搓脸，一路走下来全连除了几个夜盲症，竟无一伤亡，现在全师正推广他们的防寒经验呢。

她还是不放心，主要是不相信王朝能毫发无损，又跑到机关，找那个侦察参谋打听。参谋负责任地告诉她，王朝奇迹般躲过一劫，毫发无损地随连队到达了指定位置。因为侦察连的连长指导员都知道他的来头，发动全连暗中保护，处处照顾，不仅没伤着没冻着，也没饿着，比在机关强多了。就是累坏了，八天八夜二百多公里，全靠脚板量下来，人瘦了不少。

她又问王朝什么时候结束锻炼，回机关。参谋说，按原计划他应该已经结束锻炼回到机关了，因为现在部队已经到达指定位置，就等着开战了。从师里到连里都不想让他在阵地里瞎掺和，碍手碍脚。但就在他准备回机关的时候，连里抓到了一个俘虏，是全师第一个俘虏，而且是全须全尾的美国大兵，都以为能立大功，尤其是王朝，如果他审出了真实的敌情，就是头等功臣。因为双方都刚到达作战地域，连对方大概的兵力都不清楚，师首长十分着急。于是连夜审讯，却什么也没有审出来。问题出在王朝自己身上。他虽精通英语，却对军事用语一窍不通，而俘虏也似乎对此有所察觉，偏偏只说军语。连里只好眼睁睁地把俘虏交给了军里。这成了侦察连建连以来最大的耻辱。师里更是十分恼火，给侦察连下了一道死命令，要求侦察连穿插，深入敌核心区域，继续侦察。本以为立了大功就可以衣锦还乡的王朝就这样留下了。这回是王朝自己要求留下的。他觉得没脸回去，既对不起侦察连，也没法向师机关交代，更重要的是，在马兰面前可能一辈子也翻不了身。所以大战在即，王朝成了全师一线阵地上唯一一个没有参加过任何战斗的战斗员。

“后来呢，他们就再也没有见过面吗？”雷雨婷仰起脸，似乎很认真地问。

“其实见不见面已经不重要，重要的是她已经爱上他了，对吧？”考虑到结局已经注定是个令人伤感的话题，我便抢在老太太前面发表了自己像言情剧台词一样俗气的观点，既是想提前安慰老太太，也是希望她就此打住，以免伤心过度，再生意外。

“见面当然很重要。”一向擅长察言观色的雷雨婷突然变得不谙世事起来，说，“不见面怎么往下继续呢？”

我便不再言语。雷雨婷是个比较特殊的下级。每次为老干部操办丧事，我们都要从下属基层单位抽调一些年轻力壮的官兵负责搀扶死者的亲属，以防止伤心过度出现意外。每次雷雨婷都在抽调之列，因为每次都有女性亲属，更因为雷雨婷是我们所属单位中为数不多的几个未婚女干部之一，最最重要的，她还是这些未婚女干部中唯一让我觉得跟我相互间都有那么点意思的。但很不幸的是，不知道为什么，我好不容易利用唯一能利用的职务之便争取来的近距离接触，不仅没有拉近我们之间的距离，反而连原来那点意思也被消耗殆尽，变得越来越没有意思。

“当然见过。”我还在胡思乱想，老太太胡禹斐突然语气坚决地说，“而且还不是在一般的场合。”

他们再次相见是在战斗打响的第二天早上。战斗是在己方非战斗减员超过三分之一，依旧不知道对方兵力究竟是一个团还是一个营的情况下，于一个大雪过后的深夜，骤然打响的。开始是志愿军先发起进攻，以突然袭击的方式打下了一些阵地，但马上就遭到了美军的反攻，他们动用了探照灯、大炮和高射机枪等志愿军没有的武器装备，以强大的火力迅速夺回了失去的阵地。一夜激战下来，双方都伤亡惨重。穿插到敌核心区的侦察连多面受敌，减员过半。考虑到侦察连特殊位置和巨大伤亡，师里决定派出一支由师医院和担架连组成的担架队前往救护。队员均是年轻力壮的男兵。马兰是偷偷混进队伍里的。

担架队在侦察连通信员的引导下到达阵地时，天已经大亮。一夜的战斗早已结束，双方都在抓紧时间休整。

侦察连的阵地也已经不是什么阵地了，马兰看到的是一个被炸得坑坑洼洼的山头，遍地的坑，大坑套着小坑，坑里，都是尸体和零碎的肢体，被血水和硝烟染过的雪层花白相间，像牛皮癣一样。

她就是在一个坑里找到王朝的。这是他们入朝后第二次见面。王朝正抱着一把“三八大盖”坐在地上瑟瑟发抖。他似乎被晚上猛烈的枪炮声震傻了，不管谁叫都一动不动，木头似的看着眼前满地的尸体。直到有人冲着他喊了声“马军医来了”，他才缓过神来，一阵东张西望，以为上当受骗，却果真看到马兰就站在他身后。

他竟一下子慌了。站起身，开始拍打身上的尘土，从头到脚一丝不苟、一寸不落地往下拍，像洗澡似的，好像恨不得把昨夜残留的硝烟味和狼狈样都清除干净。

马兰转身走了。她看清了，王朝除了一块眼镜片被震裂，基本上毫发未伤，基本印证了通信员一路上告诉她的：战斗中，只要对方火力稍一猛烈，连长、指导员就轮流把他压在身下。

她要去救治伤员。尽管阵地上已经没有什么伤员。身上受了伤，血流到衣服上几分钟就冻成了冰皮子，冰皮子裹在身上，用不了几分钟，轻伤员就冻成了重伤员，重伤员就冻成了尸体。阵地上仅存的几个轻伤员，原本都只是些皮肉伤，坚持到天亮已经是奄奄一息，如果不加处理就往回抬，都熬不过半路。马兰决定现场办公，为他们冻结的伤口敷药包扎。于是命令担架队在树下挖无烟灶，生火烧石头，造“热水袋”——这是当时野外救治时最简便有效的保暖措施，把石头烧热了用纱布一裹，当热水袋往伤员的棉衣下垫，基本能保证伤员在救治过程中不被冻死。

王朝就是这个时候凑到马兰身边的。他早就拍打完了，扛着那支“三八大盖”巡逻似的在马兰的周边转悠，每次想上前搭讪或帮忙，都被忙碌的担架队员挤开了。他们怕他添乱帮倒忙。直到烧石头，他才被允许加入，因为这不需要任何医学技术。

王朝找了个既不妨碍马兰操作，又不影响自己汇报的地方蹲下来，开始向马兰讲述美军炮弹就在脚边爆炸，他依旧临危不惧的惊险过程。

“蜜死马，当时炮弹就这样子，这样子朝我飞过来，我往边上一扑，炮弹就落在我脚边，轰一声我就什么也听不见了，过了半天听觉才恢复过来……”

“剪刀!”马兰头也不抬，并用简洁有力的口令打断他的“事迹汇报”。

王朝便停下来，伸手往药箱里翻，翻出一把明晃晃的剪刀递上。马兰用它剪开伤员身上那些已经被冻成血皮子的衣服，剪得咔嚓咔嚓直响。

“蜜死马，说了你也不信，炮弹就在我脚边爆炸，但我一点儿事也没有，全身上下只摔破一块眼镜片，你说神奇不神奇?”

“石头!”

……

“布!”

……

这就是他们的“剪刀石头布”了。战斗打响的第二天早上，在一个被炸得稀巴烂的阵地上，王朝像跟屁虫一样跟在马兰后面，给她打下手，遵照她的“口令”，一次又一次地重复着为她递送剪刀、石头、布的动作。而看到传说中最般配的一对终于凑在了一起，侦察连和担架队也都知趣地回避，让他们有了自认识以来时间最长的一次“独处”。

直到最后一个伤员处理妥当，担架队准备回撤，侦察连准备战斗，马兰才发现，这一早上他们都交给“剪刀石头布”了，她还没跟他说过一句别的话。其实她是有话要说的，早就准备好了，否则不会冒这么大的危险跑到阵地来，但刚才一忙开就全忘了，连最想说的那句也没想起来。两个人就这样一声不吭地站着。

侦察连的连长指导员突然出现在他们面前。两位连首长脸上洋溢着整齐划一的笑容，像是来参加婚礼。相互对视一眼后，指导员先说，王朝同志，我们正式通知你，根据上级的指示精神，经连队党支部研究决定，你已经顺利完成下连锻炼和审讯俘虏的任务，可以跟随担架队回师指挥所了。

气氛很严肃，规格很隆重。王朝显然措手不及，看着马兰说：“这固然是好，可我还没审出……”

“完成了，”连长及时打断他，“你已经出色地完成了俘虏审讯任务，昨晚那一仗，都是你的功劳。”

王朝谦虚地点点头：“当然，固然是……”

马兰打断他：“一是一，二是二，有什么事直说，没必要蒙我，我知道你们还没有审出情况。”

连长一下愣住，王朝脸红到耳朵根，指导员尴尬地笑笑，说：“军医同志，你放心，再打一夜就搞清了。”

“那就等搞清了再回去吧。”马兰说：“反正我们还会再过来。”

“你们不用再过来了，”连长说，“绕三个多小时的山路，重伤员早就冻死了，轻伤员又不下火线，还不如实际一点，你给俺们多留点儿药和纱布条子，俺们自己烧石头。”

指导员接过话说：“对，正因为这样，接下来的战斗将非常非常激烈，一线阵地很难很难保证王翻译的安全，所以说嘛……”

“谁要你们保证了？”王朝突然像变了个人似的，厉声打断指导员的话，说，“感觉我连累了你们似的，你们要这么说我偏不走，偏不走！”说着把枪一肩，扭头就往阵地走。

“奶奶个熊！”连长轻声骂道，扭头哀求马兰，“他听你的，你叫住他！”

“不，他已经不会听我的了。”马兰转过身去，突然想起最想跟他说的那句话来，又回过头，但他已经走远了，跳进了一个套一个的坑里。于是仰起脸，朝已经集结的担架队员们喊道：“集合，带回——”

“后来他……牺牲了吗？”我问。

“没有，绝对没有。”

“那去哪儿了？”

“失踪了。”

“怎么会是失踪呢？”见她欲言又止，我赶紧问。

“很简单，因为无法证明他是牺牲的。他所在的那个连队是机动作战，从北面一直打到南面，一路上都有人倒下，这些遗体大多都没找到，找到了的也无法辨认，因为全连没有一个活下来的。所以……”

“组织上定的是失踪？”我问。

“你就相信了？”雷雨婷问。

“当然。”她答，“深信不疑。”

“为什么？”雷雨婷说，“明明是……”

“不，只有失踪才有可能回来。”

“后来就没有改变说法？”我这样问，是因为由于自身业务的关系，我十分清楚地记得，早在二十世纪八十年代初，相关部门已按照国务院发布的《革命烈士褒扬条例》中“在对越自卫还击战、中印边界自卫反击战和抗美援朝战争期间失踪的军人、参战民兵民工，凡未发现其投敌、叛变、被俘、自杀、判刑的，都按对敌作战牺牲处理。没有追认为烈士的，可以追认为革命烈士”之规定，对所有失踪人员都及时予以了妥善处置。

“我没有同意。八几年吧，民政局的人找到我，说他老家那边已经没有什么人了，要我签字，确认牺牲，申请烈士待遇。我不签。他们就对我说，那他就将成为失踪人员里唯一继续失踪的人员。我说，就让他继续失踪吧，我才好继续等下去。我不想再听到有人说他牺牲，离休的时候，就改了名，搬进了干休所，把马兰藏进了这本册子里。”

说话间，她抱出一本边角都缠着透明胶布的老相册，翻开，把扉页上一张发黄的、四寸大小的黑白半身照指给雷雨婷看：“这就是马兰。”我们立刻瞪大了眼睛，盯着相片上的马兰——客观地说，的确与雷雨婷有几分神似。

老太太又把紧旁边模糊得只能看清人体轮廓的一张两寸全身照指给我：“这个是王朝。”我们又盯着那副两吋的轮廓看，我丝毫没有看出与我有什么相似之处。令人过目难忘的倒是这两张品相、颜色和大小都不一致的照片，被裁去了一条边，紧密地拼接在一起，看起来有些滑稽。

“像是一张合影。”雷雨婷的声音轻得像是自言自语。

“没有合影，只能这样了。”老太太说，“他们挨得最近、待的时间最长的一次就是那天早上，还把时间都交给那些石头、剪刀和纱布条子了，连最想告诉他的一句话都忘了说，要不然，他早就回来了。”

老太太合上相册，抬起脸，满脸的泪水顺着纵横交错的褶皱往下淌。雷雨婷飞快地连抽了三四张纸巾递上。她没有接。

看着相册封皮上“马兰同志离休纪念”几个斑驳的红色大字，我在想，她最后时刻最想跟他说的那句话，是不是那个年代的电影里经常出现的那句台词：不管你什么时候回，我都等着你。

《解放军文艺》2019年第5期

永不妥协

/朱秀海

病房里暖意融融。她一进来，仿佛冬日的阳光全照进来了，同时他也听到了院子里的风像刀子一样尖锐凌厉的啸叫。他，挪了挪身子，将靠窗右侧一只半边被阳光照亮的单人沙发让给她，自己坐到茶几另一侧的沙发里去，半边脸庞亮着，另一半却隐藏在暗影里，用一种她习惯的嘲讽的表情望着她，说：

“你还是来了。”

“以为我会死在你前头吗？对不起，又让你失望了。”

他咧咧嘴无声地一笑，这使他那张老得不再变化的脸再次现出干枯且瘦骨嶙峋的真相。

身边那个随她一起来的工作人员帮助她费力地在他让出的沙发上坐下，她立即就叫起来：

“阳光这么亮，害我。”

他回答她的却是另一句话：“我可是听说你去年到了三回太平间门口。我都摆好姿态打算哭呢，你女婿又打电话说你活了。”

她把皱成两团褶皱的眼窝转向他，眼窝深处是两点幽亮的光，话语仍像刀子划在坚硬的岩石一样溅出了火花。“我逗你玩呢。我就知道你会上当。你怎么样呢？看样子新年的饺子吃不上了。”

他们中间隔着医院统一配发的虽然旧却擦得亮堂堂的红色硬木茶几。他们就是这样，重孙子重孙女都大了，表哥九十，表妹八十六，见了面还是冷嘲热讽。一辈子了，不让她这么说话，她都不知道该跟他怎么说话。

但他很高兴她来，她看出来了。没有那件事就好了。她住在京城，他却住在西部某省的省城，中间隔着两千公里，但到了每年的年头年尾她总会有个什么机会出京，他讽刺地称之为“南巡”，于是就便“捎带着”来看他一次，也不会待多久，就这么坐上一小会儿，两个人刀子划过岩石般斗几句嘴，其实就是互相看一眼。她是有借口的，她是表妹，岁数比他小，当然是她来看他，不过她一来他也就看到她了。她坐上一会儿就会离开，两个人饭也不一块儿吃一餐。他这几年常年住在医院里，知道她不缺人请饭。早几年她还能坐飞机，这几年孩子们不让，只能坐七个小时的高铁。他把每年的这个日子看成是个仪式，他们那一代的亲人，只剩下他和她还留在世上了。

他知道自己还是要站起来把地方让给她，一辈子了，她在他跟前可从没有吃过亏。从她生下来他就开始让着她，早就惯出毛病来了。果然她已经颤巍巍地站了起来。

“起来起来，我坐你那边，这边阳光晃着我的眼了。”

这也是要矫情几句的。“为什么我一定要把好地方让给你?”他说。

“我让你起来。”

她把手里的拐杖都举起来了。他不马上站起来那棍子真会落到他没戴帽子的光脑壳上。小时候在延安，不管是好吃的好喝的好玩的还是好事，她看到了一定要抢走，不是她真觉得那东西好，只是为了占有，还有就是抢他东西都成了她的习惯，不抢白不抢。抢走了她也不会珍惜的，更不会感激他让着她，她只会因为自己又抢了他的东西得意扬扬。可她今年看起来每次站起坐下真没有去年那么灵便了。

一直站在门外望着他们的那个姑娘，他的重孙女——已经是大姑娘了，都工作了，今天专门调了班来医院陪同和照顾这位不同寻常的客人——急忙走进来，笑着，扶太爷爷站起。他嘴里不清不楚地嘟哝着“我不让给”“凭什么”，被姑娘搀扶起来，先挪开地界儿，转移到沙发旁一张专为医生问诊准备的高一点儿的靠背椅上喘口气儿，回头再去扶那位她应当叫老表姑奶奶却一直随父亲叫表姑奶奶的老人家在那个刚刚让出来的沙发上坐下。两个老家伙一时间都在喘气。工作人员端茶进来了，一起帮另一位老人在老表姑奶奶空出的沙发上重新坐好。他看到她摆摆手让她们走。姑娘和工作人员抿着嘴笑着离开，她们知道两个老人只想像每次一样自己坐在病房里聊天。

“去年脑门上头还有一撮毛，今年省了理发的钱了。最后一撮毛也掉光了。”她又开始恶毒地嘲笑他了。

“别光关心我，瞧瞧你，今年九十了吧，这屋里挺暖和，戴什么假发呀。”

他的枪法一直都是神枪手级别，连那位名列三十六名军事家中的著名的舅舅都说：“你可没有打不准的时候。”他击中了十环。她马上叫起来：“你胡说，我这不是假发。”

“这是要我再补一枪。”他想，“怎么不是？就是。还是地摊货。这东西不是这年头才有，当年谢鹏举的老娘就戴过你这样式的假发。还是上海货呢。”

“你想惹我生气吗？”她坐着，又把手中的拐杖举起来，但很快又放弃了。“不，你故意的，我才不上当呢。”

两个人就那么相互望着，哈哈大笑起来。说哈哈大笑有点儿过了，年轻人才会哈哈大笑呢，他们眼下都到了油尽灯枯之年，最多算得上哈哈小笑。两人就在这样的玩笑中眯细眼睛一次次相互打量着对方。她会以为主要是她在看他，但他也在关心她，从一些细枝末节看这一年过去她哪些地方又显出蛛丝马迹表明她又老了。节目都一样，今年也不会有很大变化。没有那件事就好了。那件事让她早来了一个月，而且让他们每年一次的见面不再像是碰巧发生的。他尽可能不提它。

“还是想我了？所以我不能死。”他说，“你那闺女女婿自己儿孙都满堂了，不稀得搭理你。你活得够老了，今年是八十六周岁三个月零四天……”

“错了，三天。”

“四天。”

“我说三天就三天。”

“好，不跟你争。八十六周岁三个月零三天。这么老，丑得都没个人样儿了，有事儿没事儿还颠儿颠儿往我这里跑，年年都跑。你干什么？我又不稀得你来，净给孩子们添麻烦。”

“四儿，”她其实想叫他“四伢子”的，但一出口就变了，“你去年还没有呢，今年怎么糊涂成这样了？我年年往你这儿跑？我在北京待得好好的天天有人去看我，陪我打麻将，我还老是赢钱呢。我是为别的事儿，四方面军离开鄂豫皖建立川陕苏区多少周年你都忘了吧？八十六周年……”

“不对，八十五周年三个月。”

“到了今年十月就是八十六周年整。”

她不该提这个，他想，回答：“那又怎么样呢?”

“怎么样?”她里里外外都骄傲起来，“省里要搞周年纪念，请我先来几天帮他们策划策划，也就是顾问。怎么，他们没请你？哎哟哟，这是怎么搞的，你在这里不是也算个红军时代的人物了吗?”

他不能让她这么得意。

“你刚才说你天天在家打麻将赢钱。我都不稀得说你。你也可以了，退休金不少，自个儿又没开销，日常开销都是孩子们，你还故意设个局骗他们的钱，真是为老不尊，怪不得你女婿的公司破产了。”

“住嘴!”她真的有点儿火了，“哎，我说你这锯了口的葫芦，老了老了怎么也长出嘴来了。什么我骗他们的钱，是我那闺女说老年人一定要常活动脑筋，不然像你一样成了老年痴呆不是更要给孩子们添麻烦……”

“打住！我不是老年痴呆!”他也有点儿火了。

“那就是我听岔了，你是那什么阿尔兹海默病!”

两个人就跟仇人似的相互盯着，不知道的以为要打起来了呢。只有他自己知道他成功了，挡住了她的嘴，没有让她长江大河地讲那些往事。

守在门外的两个女孩子推门进来，装成帮他们续茶水的样子，其实是听到了叫喊，进来看一眼，发现两人相安无事，笑一笑又走出去。

“瞧你这个阿尔兹海默病，你那么大声把孩子们都吓住了！”她当然不能吃亏，看到门被重新从外面关上时及时补了一刀。

他什么也不说。不管到什么时候，她在他眼里都是那个刚生下来舅舅舅妈就随着红二十五军撤出鄂豫皖苏区留下来的婴儿。他头一次看到她时她还被裹在一个小小的襁褓里。舅舅带队伍离开前给她留下一个洋奶嘴让她叼着，她瘦得像个小猫，舅妈临行前没忘记最后给她喂一次奶。她当时刚刚吃饱了，眯着两条细细的肉泡一样的小眼睛，嘴里叼着那个红十二师师长陈赓叔叔从上海带来的奶嘴被娘抱在怀里。他到了今天还在想那天她好乖呀，舅舅舅妈丢下她要走上长征路了，她都没哭一声。

往往到了这里他就不再往下想了。那年他差几天才四岁，许多事情过了八十多年都变成了一些杂乱的影像，在记忆里重重叠叠积压在一起。但他记得那天娘眼泪汪汪地望着舅舅的队伍离开，回头就对她身后一干女人和孩子（全是本乡的红属）大声喊出了声：我们的亲人走了我们也得走，白军加谢鹏举的还乡团已经到了县城，最快今天就能回来。别的地方藏不了咱们，我们上红娘寨！就是这一天，娘让他和一起上山的红属们把爹和每一户家里死去的红军亲人的骨灰瓮也背上了红娘寨，在洞穴里安放好，回头让人撤去了架在洞外大山涧上通往山外的木桥。红娘寨坐落在大别山深处，是一座孤峰，据说当年李自成的兵马走投无路退到这里来，一个叫红娘子的女将率领她的一支娘子军坚守在孤峰顶上的洞穴里，直到最后一个人战死也不投降。八十多年过去了，他至今一闭眼仍能栩栩如生地忆起红娘寨上的那个洞穴，口很小，里面很大。母亲将全寨子几十口子红属（全是女人）带进洞后立即在洞口设置了阵地。多年后他在一本记录鄂豫皖苏区革命史的书上看到母亲带上山的这支队伍被称为红二十八军女子特别支队，心想哪有这么个番号，又是后来的某个军史学家给编出来的。母亲那天没能带全寨子的红属上山，谢鹏举的还乡团比她预料得更快地带着国民党马鸿逵的讨逆第十五路军到近在咫尺的袁家寨，一次就用大石碾活活碾死了四名红属，后来觉得这样杀人太慢，改用烧红的铁锹烙死了三十多个女人，还到处扬言："共产党来了，你们有红三天；共产党走了，我也要黑三天！"但他真正要复仇的地方是他的故乡谢家寨，第二天谢鹏举回到寨子里，所有没跑掉的人全被他抓起来，一条绳子拴到寨外一块只有不到半亩地大小的稻田里，三百余名老弱妇孺啊，统统用机枪干光，这块已经干涸的田里的血水都鼓出来顺着山下小河流了十五公里。马鸿逵的兵更狠，他们让抓到的老人女人孩子喝生石灰水，烧他们的胃，死人的惨叫声几公里外的他们在山上都听得到。就是那一天，娘把一支枪塞进他手里，说：

"这个洞里来的人都得死。娘在，娘用枪跟他们拼，娘死了，你自己用枪跟他们拼！拼一个够本，拼两个赚一个！”

窗外的阳光现在全部照到他坐的沙发上了。他注意到了有直直的明亮的一线光凌厉地擦过窗帘的边缘反射在墙上。那是一支小小的蛇牌橹子——德国绍尔袖珍手枪——因手枪握把上有一个蛇形图案而得名。四姑那年十四，幺姑十二，看了娘一眼，都像被吓住了，四姑脸白白的，半晌才说出一句话：“嫂子，他才四岁！”

“四岁他们就不杀他了吗？”娘说着，一边从身边的幺姑怀里接过细妹子。细妹子嘴里还叼着那个上海来的洋奶嘴。他嘴刁，四岁了还往娘怀里拱，细妹子来了，他的奶当天就断了。

娘坐下来，解开怀给她喂奶。他举起自己一生中第一支枪，大人似的朝洞外瞄去。四姑教他瞄准，什么三点一线，他听得耳边嗡嗡响，听不见她在说什么。那时就有一线阳光从洞外照进石壁反射到枪的准星上，他一眼就看到了准星上的那一点亮光，从那里目光顺着放到洞外就模模糊糊地看到一个人，又一个人，“嘭”地打响了第一枪，那个人影儿在他眼前摇晃，接着就倒下去。四姑也看到了洞外的人，变色大叫：“他们上来了！”

果然是谢鹏举的队伍，据说他不让马鸿逵的队伍上来，要自己带人亲手灭了谢家寨的这些仇人。他们分了他家的田，以鄂东北最大恶绅之名枪毙了他父亲，他要杀光谢家寨所有参与暴动的人和他们的女人孩子。蛇牌橹子的有效射程比其他橹子远些也不过六十米，就是说那一刻谢鹏举的队伍已经到了洞口外不足百米之地，不是洞外的独木桥拆了，还有他那一枪，谢鹏举的人就冲进来了！

接着他就站在那里看到了四姑和停在洞口的那些女人的死。子弹刮风般打进来时他没听到枪响，仅仅看到四姑胸口突然炸开的那一朵碗口大的血花。他那一枪击中了谢鹏举外号谢大头的长子的脑袋，却也引来了谢鹏举全队对洞内的第一轮火力袭击。到四姑和她身边的众多女人们倒下去时，娘像豹子一样跃起来抓住他将他按倒在地下，同时他看到了细妹子那一双仿佛第一次睁大的眼睛和那一束直接照到她肉泡似的小眼睛里的阳光。

有人敲门。他喊了一声“请进”，接着就见门开了，那个他见过的故乡某市的副市长带着故乡某县的县长，一两个秘书模样的西服男人，四个人恭恭敬敬地走进来。

他趴在地下时听到娘喊了一声“打”，洞里所有女人全都一下子扔掉了怀里正在奶的孩子抄起了枪，再回头娘已经回到了洞口的阵地上卧倒出枪，开枪射击。接着……

“谢老您好。余老您好。两位老人家好。我是……”

“不用介绍了。我们见过。请坐。”他对进来的人说，注意到她在另一张沙发上调整了一个坐姿，显得更正式一些。

看到那位副市长像犯了错的小学生一样和他的随员们在房间各自找地方坐下，他不觉笑起来。“谢老认识就好，那我们就不生分了。余老也是见过的，我有一年去北京开会，和省里的张书记去拜访过您老人家。”仍然有点儿发窘的年轻的副市长说。

“是吗?”她说。

他用眼角余光扫了她一眼，看出她认出了对方，现在脸上那种陌生的表情是装出来的。

第一天的战斗一直打到天黑。因为洞口外那一条深涧，虽然不宽，但谢鹏举的人过不来。他可能被谢大头的死吓坏了，天黑前不知从哪里弄来了一门土炮，对着洞口轰击，虽然是铁砂，但还是打死了他的三姑和另外四个女人。这一天洞里死去的人有三分之二。但是他活着，她也活着。

“我们来的意思上次已经跟谢老汇报过了。对方没有太多的事打扰两位老人家，他不敢，实话说我们作为市县两级政府也不敢。你们都是老红军，是共和国的功臣……”副市长说。

“没什么事他来做什么?”他问，知道这话并不客气，语气尽可能显得缓和一点儿。这时他注意到她看了他一眼。她在想，都说你是块又老又硬的石头，不准确，你也是一把出手就攻势凌厉的刀子呢。

一直没说话的县长突然开口说起来:“他就是来看看两位老人家，想当面替他的曾祖谢罪。”

他感觉到她要说话了。他的感觉是对的。

“谢罪嘛就说不上。都是历史了。当年他的曾祖谢鹏举杀了我们谢、余两家三百九十四口，当然红军也杀了他家的人，比如说他谢家的老太爷也就是他的高祖父谢镜湖，他的伯爷谢大头。啊，还有，红娘寨那一仗打完后，谢鹏举本可以杀了我们俩，但是他没有，这一点不单我们，我父亲，他是我这位大表哥的亲舅舅，也一直没有忘记。中华人民共和国成立后人民政府根据谢鹏举当年犯下的大罪公审并枪决了他，是他罪有应得，不然死去的红军战士和他们的家属不会答应。他是后辈人，跟那段历史没有相干。我们也不会将他和他的曾祖父想到一起去。他若是真能为家乡的经济发展做些贡献，我们表示欣赏。”

她一口气说出这么一长串话，让他心情大振，小小年纪她就被舅舅称为余小刀，刀刃还是那样锋利。不过他跟着就想到了：这番话恐怕早就想好了，一直都备着要对面前这些人说出来呢。

“啊……只是……只是……”县长的话有些犹豫，求援般看了一眼副市长，又回头望向两位老人。“他有一个请求……也不算是个请求，这么说吧，他想请两位老人帮他澄清一个事实。他根据他曾祖父留下的遗书认为，谢鹏举当年是悔罪自杀，并不是被人民政府执行枪决。”

这一次她没有看他，就抢先把话说出来了：“这有什么区别吗?”

“当然有区别，”半天没开口的副市长重新开了口，他有些激动了，“悔罪自杀，加上留下了一封遗书，这就是说，早在中华人民共和国成立前他就为一生犯下的罪行忏悔了，最后用自杀向所有死去的人谢了罪。”

她回头看了他一眼。他明白这一眼的含义，望着面前这几位一直都显得战战兢兢的客人，说：

“他的意思，还有你们的意思，我们都明白了。你们可不可以暂时回避一会儿，让我们商量一下。”

“当然可以。”县长抢在副市长前面脱口而出，并且率先站起来，感动得眼睛都湿润了。他接着又补了一句，“太好了。”

……红娘寨的战斗坚持到第三天，枪声才稀落下来。洞里的女人们坚持战斗到第二天就死得差不多了。娘死在第二天早上天刚放亮战斗骤然打响的时候，一发子弹直接从脑门正中打进去，当下就不行了。坚持到最后的居然是他和只有十二岁的幺姑红莲。他从第一天起就在幺姑身边投入了战斗。一天内不是娘而是这位最小的姑姑教他学会了使用老套筒、捷克式、伯克门式九毫米冲锋枪（俗称“花机关”）、毛瑟冲锋手枪（俗称“盒子炮”），包括瞄准、射击、装子弹的全套动作要领。使得最顺手的仍然是那把蛇牌橹子——德国绍尔袖珍手枪——子弹也多。

幺姑第三天也被一声冷枪打死在洞口。黎明时分她想趁着战斗没打响爬到洞口去接点雨水。一声突然的枪响过后，他才迷迷糊糊地在洞口阵地众多亲人的尸体中间醒过来。幺姑已经趴在洞口外一动不动。但战斗没有结束，因为洞里还有他。

有过前面几天的教训，谢鹏举直到当天中午再没有听到洞内有任何声响后才派了一个团丁大着胆子向洞口前爬来。这时他又醒了，在蛇牌橹子的准星上又看到了那一点从洞内石壁上反射到准星上的亮光。他开了一枪，那个团丁就趴下了。他那个年龄甚至还不会想到他是不是死了，他只觉得渴，并且能理解幺姑死了，藏在洞底的细妹子需要他到洞口弄点雨水喂进嘴里去，她早就饿得哭不出声了。他人小，从死去的娘和四姑五姑身边爬出去也没有人向他开枪。他用一个军用罐头盒子接到了雨水，回到洞底喂给细妹子喝。那些天她只会睡，只会睡。

晚上他又用那把蛇牌橹子开了一枪，又干掉了一个。这天就再没有谢鹏举的人上来了。第四天早上洞口外突然出现了一群人，谢鹏举一定是以为就是洞里还有人也饿昏了，亲自带一群团丁猫着腰相互壮着胆子凑到洞口外距山洞那边不足二十米的地方。他又醒了，开了一枪，剩下的呼啦一声往回跑，他一枪一枪地朝他们打……不是为自己，是为了洞里有细妹子，大人们都不在了，他知道只有他能保护她了。

……两天后谢鹏举站到他面前时，他并不知道又过去了几天。他不知道自己是饿昏了，只是想睡，醒过来抬头只看见谢鹏举沾了血水的马靴。再往上才看见谢鹏举本人。他早先是见过他的。几名团丁早就进到洞里去，搜了一阵子出来看着谢，其中一个点点头。谢一把将他老鹰抓小鸡一样提起来，左左右右盯着他看，“扑”一声丢下去，问身边一个狗腿子：

“他是谁?”

“像是谢大榜和余大脚最小的崽。”

谢鹏举那只提枪的手就对着他要搂火，后来却犹豫了，关上保险说：“带回去!”

这时他看到一个团丁从洞底将细妹子抱出来。

“这又是谁？”谢鹏举问，阳光亮亮地照在他额头上，他看到那里有青筋一根根暴出。

“衣领上缝着个布条。是‘余老虎’的闺女。爷，摔死了吧！”

他一点儿力气也没有，但这句话还是让他嘴里发出了愤怒的“呜呜”的声响。

“不。带回去。”谢鹏举想了想，说。

没有人想到他当夜就从关押着的红属里找了一个女人，让她连夜带着细妹子去找舅舅的队伍。三年后，他也被谢鹏举派人送到了延安，还带去了一封信。

那年他七岁。舅舅在延安的窑洞里看了那封信，回头斜着一双圆睁睁的虎眼看他，一点儿笑容也没有，问：“谢鹏举说你打死了他四十七个人。我要是没记错，你那年才四岁。”

他怔住了，后来就摇头，站在那里。他不知道在幺姑牺牲后洞内只剩下他和细妹子的三天里他朝洞外打枪，到底打中了多少人。

夜里他和舅妈、细妹子住在一起，做梦哭起来。醒来就不哭了，恨自己为什么要哭。第二天早上舅舅听说了，问他梦见了什么。他说：“我没哭。”

谢鹏举将他带回谢家寨就关了起来，第二天带他和自己的家眷一起住进了县城。他在车马走过城门时一眼就瞥见了城头上挂的那些人头。娘和他的所有亲人的头颅都挂在那里，一支过不完的红军队伍有多长，那些一字排列的人头的队伍就有多长。

他在延安保育院长到十岁，个子高，看上去像是大人了，跑去见舅舅，要上前线。舅舅给了他一把枪，说：“朝天上看，能把那只鹰打下来吗？”

他举起手中枪，一刹那又瞥见了阳光映在准星上的亮点，顺着亮点望出去就是那只鹰。他开枪。鹰落到下面深涧里去。舅舅的脸黑下去，没有一句话转身就走。舅舅的部队到了河东，他又闹着上前线。舅舅身边的人问怎么办，舅舅说：“让他去军械所校枪吧。——总得给他们老谢家留个种吧。”

从抗战到全国解放，他一直在不同的军械所校枪，修理武器，后来随部队到东北，他进了一家兵工厂，开始造枪。六十年代建设“大三线”，他又随工厂迁到了西部的山沟里，做了一辈子枪械工程师。

“我让他们出去是要先跟你统一一下思想。”他站起来了，这一刻他显出一种令人意外的硬朗，“你是怎么想的?”

“这还用问吗？你是怎么想的，我就是怎么想的。”她说，也跟着站起来。

会见被安排在医院顶楼的大会客厅里。他一出电梯，从门外就看见里面搞得十分隆重，摆了花，挂上了横幅：老红军战士谢振祥、余细女与××××集团董事局主席谢先声先生会见仪式。进门时她和他对视一眼，暗中抓了一下他的手，低声嘟哝了一句什么，他虽然没听清但心里明白她一定说了一句像秋风一样凛厉的话。副市长、县长和他们的随员迎出，那个年轻人已经到了，这时很有风度地从座位上站起，鼓掌迎接他和她的到来。一时间会客厅每个角落都响起了掌声。这时他和她才注意到年轻人身后站着那么多衣冠楚楚的年轻人，不用说都是他那个如今在中国声誉日隆的集团的部属。当然了，还有摄像机和记者。

他们在年轻人对面摆着他们姓名牌的位置上坐下来。掌声仍在继续，每个人的脸上都洋溢着一种似乎是由衷的尊敬的微笑。他心里忽然生出一种感动：年轻真是好啊。他们——这一屋子的人——全都赶上了好时候。他发现她看了他一眼，这一眼不是一般的不客气，于是他也还击般看她一眼，那也是不客气的。他们之间的这一点小小的互动已被对面的年轻人和全屋子的人细致地观察到了，响起了小风般一阵笑声，当然是善意的、不失尊敬的，却也在不知不觉中缓和了会客厅内原有的一点儿莫名的紧张与尴尬的气氛。

“两位老人家好，我是晚辈谢先声。”不是主持这次会见的副市长或者县长，而是面前这位年轻人率先开口，他在他们坐下后没敢马上坐下，仍然一副恭敬的神情站着，“今天能一起见到两位老人家，晚辈非常开心。本来我还想着要一家一家去登门拜访呢，没想到这么巧。”

他知道他在这个时刻不用说什么。一辈子了，一到这种时刻，他身边坐着她，他完全可以以一种置身事外的心态把住拐杖，稳坐钓鱼台，看她和别人唇枪舌剑或者口蜜腹剑——这完全要看当时的局势。

“啊，年轻人，你也坐。”她果然还是那个见了战阵不等击鼓就率先单枪匹马杀出去的小女子。当年她小小年纪就瞒着舅舅偷渡黄河上了战场，舅舅听说后发愁地对舅妈说：就她这个样子，将来谁敢娶她哟。舅舅甚至给自己的女儿取了个外号叫“机关枪”。后来是舅妈管住他，他才没敢叫出去。但是只有家人在一起时，他有时仍会偷偷地叫她一声“机关枪”。

“大家都坐。”她的脸上已经现出一种慈祥的光辉，这在他是新发现，就连她到了今天脸上也能从内向外溢出这样儿孙绕膝的老奶奶般的光辉吗？她只用一句话就让这偌大的一个空间变得安静下来，并且让自己成了空间内唯一的主宰者。“啊，年轻人，我得先说一下，首先我不是为了你们的这什么会见来的，我每年都会来看一下我这位老表哥，他太老了，今年都九十了，身边又没有同辈的亲人，我不来谁来呢，这样我就来了。”他注意到对面那位年轻人脸上的变化。也许只是错觉？他那张酷肖他曾祖父的瘦长的刀条脸上笑容仍然在坚持，像一个假的壳，在灯光和窗口透射进来的阳光的映照下仍在闪亮，但壳后那种由内心向外发散出来的光——一定是方才坐在他身边的那两位父母官对他做了什么乐观的许诺——却在黯淡下去。“不过话又说回来了，我既然来了，既然知道了，就不能置之不理，所以我也就参与进来了。”她说完了，脸上一直挂着微笑，但是他为什么想笑了呢，他在她平静的声音中又听到了延河边秋风扫过时犀利的呼啸。

一直没有机会说话的副市长要插话：“我说两句吧。”但他的话马上被对面的年轻人打断了，没能接续下去。“啊，欢迎欢迎。”对面的年轻人说，他明显地沉思起来。这是个机警的年轻人，像他的曾祖父——虽是敌人，但你不得不承认谢鹏举是他那一代男人中的狠角色，机警而又聪明。“您老人家说得对，您也是晚辈最敬重的两位当事人之一。”年轻人说出这些话时他就明白了，这个在今天的时代里做得如此成功的商人不是个回避自己必须面对的艰难的人，这倒让他有点儿刮目相看。“两位老人家一定知道我把所有的工作撇下，又请了在座的何副市长、马县长专程赶到这里，和两位老人家举行今天这样一场隆重的、具有纪念意义的会见，是为了什么。请两位前辈原谅晚辈的鲁直，我就开门见山地说吧，晚辈近些年在商界打拼，小有成就，真的想为我们的故乡——那里有我们的根，是我们从来的地方——做点儿事情。在两位老人家面前我就不用藏着掖着了，你们都是历史的见证者，不，还是参与者，我想为我的曾祖父那一代人，也许还有高祖父那一代人，在他们那个年代做的事，向家乡人民做一点儿补偿。不瞒两位老人家，我也快四十了，将来也想落叶归根，和谢家世世代代的先人埋在一起。何况我真的通过咱们当地的一些专家，他们都是研究那个时代历史的学者，从他们手里得到了那封遗书，里面写了他自己对他犯下的大错，不，大罪的忏悔，而且他也没有请求赦免。”说到这里，年轻人的头抬起来，亮光重新从眼睛里溢出，“他知道随着中国的解放他没有未来，难逃一死，但不求宽恕，但他还是忏悔了，最后选择了自焚，用这样惨烈的方式为自己的过错赎了罪。”年轻人说到这里，停顿了一下，“后来的事情两位老人家都清楚，我爷爷、我父亲在中华人民共和国成立后作为‘黑五类’受的那些苦。我不责怪任何人，因为那是他们的时代，从某种意义上也可以说是代他赎罪。我生下来后好了，没有再受到歧视，赶上改革开放的好时机，有了今天的一点儿成就……总之我没有别的奢求，就是想请两位作为亲历者，能够回忆一下当时的事情。我相信那封遗书，相信我曾祖父临死时的忏悔是真实的，他不是被人民政府公审后执行了枪决，而是选择了自杀，是真实的。站在我这个后人的立场上，这也是我能够逐渐接受他的最后一条小路，这条小路一直在我心里，直通我回归故乡的大道。如果没有这条小路，我是回不到故乡去的，因为他在现有的一切历史记录里，都是那么大的一个恶棍。即便到了今天，如果他的形象不能得到改正，我仍然无颜回去见故乡的父老乡亲。”

现在是他一直盯着年轻人看了，年轻人却像是不无羞愧似的把目光投向了远方。他蓦然一惊，明白年轻人的这番话也是早就准备好的，尽管有些商人式的夸张，但从情感上讲还是对方真实内心的表达。过去他没有想过，今天对方说出来的那个东西，心理上的，还真是这个年轻人回乡投资的主要障碍。他没有注意到坐在身边的她早就把目光转向了他，责备道：“你怎么了？想什么呢？你是当事人，我不是。你是看热闹来了吗?”

他被她提醒，尽可能把身子坐得端正些——虽然老了，但不能在这样一位极聪明的年轻人面前显得失礼——用一种心平气和的语态开口道：

“年轻人，你叫谢先声。我也姓谢，算起来我们还是一家子呢，有着同一个老祖。首先我要说几句话，你这么年轻，这么有成就，愿意拿出钱来为老家的经济发展做贡献，给乡亲们造福，我非常钦佩。”——他忽然看出年轻人有拦住他客气一下的意思，马上举手止住对方——“不，我不是客套。你让我把话说完。”

年轻人终于没能把他到了喉咙口的话说出来。

“下面的话可能就没有刚才那么顺耳了。我想说的是，你是年轻人，无论和你高祖父、曾祖父，还是和你祖父和父亲，都不是一个时代的人。我甚至想说，你和他们不是生在同一个中国。我这么说别人可能不同意，更多的会说听不懂。但是我懂，我身边这位一辈子都让我害怕的我的老表妹懂，我相信你也听得懂。

“过去的时代过去了。在那个时代里，我们姓谢的一家人分成两个阶级，从你的高祖父起，你们家在谢家寨也好，在我们老家的县里也好，仗着财大气粗，抢人田宅，霸人家产，欺男霸女，做的事情许多你都不知道，就是知道了你都不会相信……请不要打断我，但这些仍然不是最重要的。最重要的是，那是一个阶级斗争的年代，活不下去的人和骑在他们头上拉屎拉尿的人不共戴天的年代。大别山里来了共产党，穷人头顶上有了一片青天，只要能求得解放，让他们做什么他们就会做什么。我甚至想说，即便你的高祖父、曾祖父不是全县最大的土豪劣绅，只要他们身在那个阶级，也会被无产阶级求解放的滚滚浪潮淹没掉，不可能有例外。”

“然后呢？”谁都没有想到，一个一直站在年轻人身后的穿黑色制服的秘书模样的女孩子忽然激动地开了口。“那个年代你们杀了多少人？又有多少人被杀？有人认为，红色革命直接摧毁了传统中国社会的经济基础，让中国走向现代化的年代延迟了几十年。”

老人转向了她，脸上令人意外地现出了宽慰的笑容。

“你问然后，问得很好。然后就是今天。你们有了这样一个时代。再没有激烈的阶级之间的战争的时代。”

女孩子被他的回答惊住了。她可能根本想不到他会这样回答她，更重要的是她可能根本不会想到他会这样想那个时代和这个时代。

年轻人一直没有把目光从他身上移开。“您老人家接着说。我听得懂。”他说。

“我简短地说吧。你曾祖父谢鹏举当初带还乡团杀了我母亲和我们谢、余两家退到红娘寨的三十四名老老少少的女人，他总共杀了我们谢余两家三百九十四口。他本来也可以杀了我和她，”——他指了指身边的她——“可是没有。她被从红娘寨的洞穴里救出来时只剩下一口气了，你的曾祖父让人救活她，辗转千里将她送还给我长征途中的舅舅。我被他抓到后他没有杀我，他圈养了我三年，后来把我也送到了延安，交给了我舅舅。你可能认为我应当感激他，事实上我们在这件事上对他真的存有一点儿感恩之心，但你要知道，这不是因为他对我们两个人特别的心存一线善念，而是因为我舅舅还活着，他的队伍还在。”

“这一点我可能和您老人家有不同的看法。”年轻人脱口而出，脸也涨红了。

“这无所谓。你可以保留。但你今天是来我这里寻求真相。这就是我要说的真相。刚才这句话是你的曾祖父当面对我说出来的。我相信这是他的真心，因为除了我们俩，谢家寨所有参加闹红的人家，即便老人、妇女、孩子，他一个也没有留下。”

年轻人的脸涨得更红了，但他说不出别的话来。

“至于你说的那封遗书，我非常不情愿地讲讲我的看法。它是伪造的。没有这封遗书。还有，你的曾祖父谢鹏举也不是因为知道自己罪孽深重没有将来，选择忏悔后自焚而死。他确实是被当时的县人民政府公审后逃回谢家寨你们家的大院子里，要和你们家的老宅同归于尽。但他没有做到。人民政府不可能让他做到。他必须为他的罪恶付出代价。”

“你是说……”

一瞬间他似乎又望见了那支美式卡宾枪准星上一点明亮的阳光。

“那一年我作为土改工作团的成员回到了咱们老家。我亲自执行了对你曾祖父的判决。”

“我无法相信这是真的。”

“当时他点燃了你们谢家的大院子，站在院墙上，朝着赶来追捕他的人民政府的执法人员大叫大喊，坚持和人民政府对抗到底。人民法庭只能选择就地对他执行枪决。枪手就是我。”

年轻人脸上汗涔涔地流。“为什么是你？他还救过你们两个的命呢。”

“我枪法好。我一辈子都在各种军械所和兵工厂校枪、修枪、造枪。我说过了，那是历史。只有阶级的战争结束，才能开辟今天这样一个没有阶级战争的年代，你们今天的年代。今天大家如何讨论那个年代，我们可以不管，每一个人都有发声的权利，但你要问到历史的真相，而且找来问我，我就只能告诉你真相。你曾祖父没有忏悔，也不可能忏悔。他因为罪大恶极和坚持不认罪被执行了死刑。”

没有人说话。他看她一眼，先站起来，说：“我说完了，要走了。你不走吗？”

她满意地看了他一眼，跟着费力地站起。

所有人都站起来了，最后那个年轻人也站了起来。老人回头看着他，说：“小伙子，我再说一遍，我们都姓谢，是一家人。你曾祖父做了什么，真的和你无关。现在你有力量帮助家乡人民过上好日子，是你的功德，更是我们谢家人的荣耀。还有，我们死了，别人怎么讲那段历史，就管不着了。但只要我们还活着，那些历史、那些真相，就会一直活着。”

说完，他非常温柔地——在她也非常意外——牵上她的手，一起走了出去。

晚上，他做了第二件让她意外的事，亲自到火车站送她上车。在候车室里，他说：“明年你就不知道能不能来了。有件事我一直想问你……舅舅当初真是为了给我们谢家留个种，才不让我上前线吗？”

“你还真是傻呀。”她斜着眼看他，又恢复了那副嘲笑和看不起他的眼神儿，“哪是为你们谢家留种……总之你要仔细想想。想不明白，明年我来了再告诉你。”

他已经明白了。这一瞬间，他又仿佛看到了那把蛇牌橹子，尤其是蛇牌橹子准星上那一点被反射的阳光映亮的光点。

瞄准其实很容易，准星一定要实，目标一定要虚，上了战场，一枪一个，没有敌人逃得掉的。

《解放军文艺》2019年第7期

在阿吾斯奇

/董夏青青

云霭封锁了雪峰之间偶尔显露的天际远景。阴冷彻骨的北风越刮越大。靶场上掀起沙尘，落到正在一座墓地上挥动铁锹、铁铲的几个人身上。他弓起背使劲铲开砂石，刨飞的陈土打在旁边人的衣裤上嘭嘭作响。七八个人手脚不停地挖了一个多小时，才在坑深两三米的地方碰到棺材。停顿几秒，大伙儿放缓的动作又快起来，知道要抢在暴雨之前将遗骸装箱。

露出棺盖时，站在几米外的一家人走到近前。

这家人是埋在靶场东头这位烈士的家属。来靶场之前教导员跟他讲，七十年代连队骑乘巡逻，一个战士的马在山口甬道的雪崩中受惊。被甩下马背的战士一只脚被马镫挂住，拖行近一公里才挣脱，事后昏迷不醒，等不及送下山医治人就没了。当时连队给战士老家的民政局拍了封电报，一个月后民政局回信给连队，表示家属已知悉，并转达将孩子葬在连队的意愿。上个月，这位烈士的弟弟辗转联系到团部，说想来接大哥的遗骸回家。

开棺前，教导员松开铁锹向一旁伸出手。一个战士从上衣兜里掏出一小瓶酒递过去。教导员拧开盖，单膝跪地，将酒瓶高举过头顶后倒出酒来洒在棺盖上。起身时掷开瓶子，大喝一声。战士们扔下手里的家伙跟着教导员跳进坑里，上前弯腰抬起棺盖。

拾捡骨殖装箱时，烈士的弟弟跪倒在地，放声恸哭。他低头看见烈士脚上黄胶鞋的布面已经风化，橡胶鞋底还在。

阖棺前，他爬出坑外。烈士的弟弟上前将他从地上搀起。看他站稳了，松开手倒退两步，向他鞠了一躬。

雷声滚过，空气里潮乎乎的土腥味刺鼻。教导员让正准备回填土坑的战士们赶紧收队，和家属一同返回连队。

开饭时间已经过了，通信员热了饭菜端上桌。教导员把一盘鸭架子换到他脸前。

“营长，来。”教导员冲他扬下巴。

他摆摆手，起身盛了碗汤。

“您是这儿的营长?”烈士的弟弟问。

“忘了介绍。”教导员说，“这是南疆军区来指导工作的殷营长，他弟弟是咱们连队的三班长。”

“那这正好能跟兄弟见面了。”烈士的弟弟说。

“三班长现在总医院住院……休养好了就回来。”教导员说。

“生病了?”烈士的弟弟问。

他拿起盘子里教导员掰剩下的半块馍，没作声。

“中午你们先休息。”教导员拿给烈士的弟弟一个苹果，“下午把行李证明给你们，不然那箱子过不了安检。奎屯那边的殡仪馆也联系好了，你们到那儿转车，先火化了再带回家吧。”

“教导员，听说还有个‘烈士’埋在这儿?”烈士的弟弟说。

“嗯，有。”教导员说，“一个从北京来的官，七十年代到的克拉玛依市人武部，有段时间就在我们这儿的牧区支农。当时边境经常有矛盾，为了边界的事扯皮、闹人命。他了解情况以后说，等我死了就把我的骨灰埋到争议区去，以后划定国界，再把我圈进来。”

“一九七九年的时候……”教导员说：“比你大哥再晚几年，这个叫李明秀的人就因为肝癌过世了，临走之前再次给家人交代，说务必把他埋在阿吾斯奇的双湖边上。这样国家可以拿他的墓作为一个方位物，作为边防斗争的一个证据。你们也知道，那个年代几乎没有火化的，可李明秀就是火化了以后，他家属再从克拉玛依送到这来。离过年还有不到十天，连队派人偷偷带过去埋了，原地竖了一块石头板子。”

“那后来圈过来没有?”烈士的弟弟问。

教导员在桌上横着划了一道，说：“本来以前两边的实际控制线是以两个湖中间的丘陵为界，我们管南湖，北湖是人家的，之后北湖也划给我们了。二〇〇五年军区给他重修了墓，立了大理石碑。我们每回巡逻路过，战士都上前敬根烟，清明全连过去扫墓。”

“唔，真是个人物。”烈士的弟弟说。

“你也够能的。”教导员说，“当时我们想找李明秀的资料，托人去克拉玛依武装部、民政局、法院、档案馆，能去的地方都找遍了，愣是没档案，没记录，连张照片也没有。那会儿就往你们老家发了封电报，没想到隔这么些年还能再找过来。”

炊事班后厨响起水声。连队军医端着饭盘走出来同他们打招呼。

“军医，来来。”教导员说，“过来吃点儿。”

“我吃过了，你们聊，你们慢聊。”军医把饭盘放在一张空桌上，从饭堂前门出去了。

“阿吾斯奇的军医。”教导员说，“老同志特别痴迷书法，每回写字都误了饭点。”

回到招待室，他听见沙发背后的窗户被风撞得嗡嗡作响。四月末，南疆的白天已经热起来，北疆山上还潮湿阴冷，棉被盖在身上又潮又重。这两天中午他都没睡。

上午去水房找工具时教导员拦住他，说人手真的够了。他还是过去拿了把铲子，说就算是代弟弟出力。

这两年不知说过多少回要来阿吾斯奇，可想不到有一天在这儿了，会是帮小弟收拾放在连队的被褥衣物和储藏室的行李，然后带走。

去年阿吾斯奇的雪下得早、下得多。连队自己烧锅炉，攒的煤渣子多了没地方放，入冬前就找乡里派拖拉机来运煤渣。拖拉机上山的时候没油了，驾驶员给连队打电话，说车没油了，让人快给送来。当时连队门前正好停着一辆兵团上来慰问的车，小弟一听就拿上一桶油，开着那辆皮卡去给拖拉机送。路上，小弟将皮卡车停在窄道边，跑下去找拖拉机。送完油顶着风雪往回跑时，对面驶来一辆拉粮食的大半挂车，司机没刹住，车头把皮卡车推出去十几米远，小弟当时就站在车斗后边，被撞进砌在路边的雪堆里埋住了。

上午那个人朝他鞠躬时，他第一反应是应当感恩、知足。相比那个人的兄弟，小弟至少还活着，至少将来睁开眼是躺在一张干干净净的病床上。

他端起热水瓶冲了杯茶，起身拉上窗帘。这时屋门被推开，教导员走进来。

“想着你就没睡。”教导员仰倒在沙发上，歪头盯着茶杯口冒出的热气。

他将茶杯端到教导员跟前，走到另一侧的单人沙发前坐下。

“我跟指导员说了，下午你跟他们一块去巡逻。到界碑看看，你弟去年刚带人上去描的字。”教导员说。

他点点头。

“你弟就带的下午去巡逻这个班，三班。”

“他跟我说过，三班都是他兄弟。”

“你弟天生带兵的料，在连队很有威信。”

“是你们把他带出来了。”

“惭愧……”教导员小声说。

“中午见的那个军医……”他说，“是不是姓沈？”

“对，认识老沈？”教导员端起茶杯吹吹，抿了一口。

“听我弟说的，军医给过他很多帮助。”

“老沈确实热心。快五十岁的人了，工资比政委还高，很多事糊弄着来也不会有人追究他。但是他不，连队的小孩都愿意找他，有病看病没病咨询个事，我有时候也找他，他读书多，啥都知道。就是这样的人越来越少了啊……”教导员放下茶杯，靠在沙发上出神。

坐在勇士车的副驾向外看，雨前灰暗、阴沉的天空，已经被清澈明亮、瞬息万变的光芒冲破，无垠无底的草野上闪耀着星星点点。

“营长，这是您头一回来北疆边防吗？”指导员在后座问。

“对。”他说。

“南疆那边的边防什么样?”指导员说。

“挺高的，每年上山驻训的平均海拔都在三千多。”他说。

“那您出去过吗?”指导员说。

“去年夏天我们在塔吉克斯坦搞了一次联合反恐演习。”他说。

后座一阵惊叹。

“塔吉克他们强吗?”指导员凑上前，扶住副驾的椅背。

他一时不知道该从何说起。当时一个加强连从旅部机动到谢布克，再到白苏尔，从清晨一直到半夜两点多才把车队开到塔方营区。那晚十二点多，他那辆车后座上的人都缺氧睡瘫了。驾驶员困得直点头，他在副驾上也迷糊了。到古米其帕峰脚下一处平坦地，车开着开着不走了。醒来时他才发现驾驶员把着方向盘睡着了，车队的尾灯已在山腰处闪烁。

到宿营地已是凌晨三点多钟。全队人从车上下来开始卸车。那是一块种土豆的地，干干的沙土地。

“去那边演习，他们就准备了一块空地。”他说，“第二天起床，我们先搞了一个赠送仪式，把带去的帐篷送给他们。送完，领导还要我们过去指导安装，说那边的人不会搭帐篷……”

“不会搭帐篷?”一个二条插嘴。

“他们平常就不配发帐篷。”他说，“我们刚把示范帐篷搭好，一个班的人就进来在地上高高兴兴的铺毛毡，铺完往地上一躺。当天晚上下了一场大雪，帐篷顶子都被压变形了，一问，他们也是在地上睡的。”

“那他们平时吃什么?”指导员问。

“一天两顿土豆糊煮鹰嘴豆，每个人背包里都装着烤玉米饼子。我们带了煤上去，自己煮奶茶，炊事班还做的鸡腿、牛肉、揪片子面汤……”

“怎么不买着吃?”还是这个二条兵在问。

他向后座的人解释，说塔吉克斯坦的战士看到中方的士兵在抽烟，非常惊讶。在塔方，只有官衔上一定级别的军官才抽得起香烟。在小卖部，塔方的战士一根一根地买烟，糖也是，一次买几粒装到兜里带走。中方的战士一次拿走几条烟，糖果按公斤买。演习结束时，周围离得近的小卖店几乎被买空了。他记得店里最好的威士忌是人民币一百块一瓶，一百八十块两瓶。

车厢里又一阵惊叹。

“那他们的武器呢?”指导员问。

“武器……确实谈不上，单兵素质还行。”他回答，“和巴基斯坦一样，上面怎么命令下头怎么做，完全照标准来，不像咱们的人，想法多，有些干着干着就走样了。”

“也有实战能力，强悍。”他又补充一句。

“那我们的优势是什么?”指导员问。

他一时没答话。

那中间某天，一个塔吉克老汉上午牵来一头驴子卖给炊事班，下午又领着一个十二岁的小女孩过来，和翻译说想三五百美金卖给营区的战士。当时一个值班排长冲上去要揍那个老汉，被翻译拦下。翻译说，老汉是女孩的哥哥，他希望妹妹能到邻国去过好日子。排长叫来几个人，掏兜凑了一千块钱给那个老汉。当时他刚和塔方的参谋交流了训练课目回来，看排长在帐篷里叼着烟流泪。排长说自己的妹妹和那个塔吉克女孩一般年纪，他不敢想象某天妹妹会像这样，穿着一件二道背心被带到一群外国人跟前，卖价才比一头驴高不了多少。

教导员中午说小弟是带兵的料，但他也怀疑小弟、排长这样的兵是不是杀人的料。

“优势?”他这才答腔，“优势不就是你吗?”

“我?”指导员说。

“指导员和教导员不就是优势?他们训练完做祷告，我们就找你们啊。”

“教导员可以，我不行……”指导员笑着说，“不过我们有军医，他是阿吾斯奇的优势。”

“快看！营长!”一个战士抱着枪站起来，头盔撞到车窗上。

他顺着战士手指的方向，看见几匹棕黑色的马伫立在山坡上。

“那是班长养的马!”旁边的战士摇下车窗玻璃，头伸向窗外朝着那几匹马吹口哨。

“前年和哈方会晤。”指导员说，“我们骑过去的伊犁马就像人家马的儿子，哈方拔河用的绳子也比我们的绳子粗了一倍，几场比赛我们都没占上风，后来三班长上去找他们的人单挑摔跤，摔赢了，他们才给我们鼓了一次掌。”

“那他跟你们说过，他去俄罗斯给总统表演吗？”他苦笑道。

“班长和我说过！”二条兵大喊，“班长去看了克林姆林宫，然后走总统办公室的特殊通道去的红场。”

“总统也会武功？不是跆拳道吗？”有个一年兵问道。

“总统很相信少林功夫，听说前些年，还把两个女儿送到少林寺学了一个多月。”他说。

小弟被送进少林寺那年，他正在高三复读。当时村里有户人家的小孩，每天不去学校，跟着小混混跑，家里管不住了就想把孩子送去少林寺的武校。小孩的父母在村里打听，问谁家小孩愿意做个伴，学费和生活费由他们家管。村支书牵了个线，带那家人找过来，

在少林寺的六年间，小弟给他写过几封信。第一封信是讲同村的那个小孩为什么回去了。小弟在信里说，他们每天早上四点钟起床，穿上沙袋背心、戴上沙袋绑腿就跑出去冲山。冲半个小时再回学校跑圈，一公里三分钟跑完，每天每人跑五个一公里。吃过早餐，教练会带他们去练蹿腾跳跃、拳术和器械。同村的小孩拉拉筋、压压腿还可以，下叉、下腰就不行了，老被教练拿木棍照屁股上打。打疼了，他就大骂教练缺德，骂完又挨打。折腾不到俩月，同村的小孩就被家里人接回去了。

头三年武校学习阶段，小弟只跟着学校休寒假，每年暑假都和师兄弟在外实景演出，挣到的酬金抵在校期间的学费与生活费。

二〇〇九年，小弟在给他的一封信中说，少林寺受邀参加第一届俄罗斯国际军乐节，普京总统亲自接见了他们。在莫斯科，小弟参观了总统办公室，还去听了一场歌剧音乐会。在红场，好多人围着他们喊：“斧头！斧头！”师兄跑过来让大伙儿摆动作，说这是想跟他们合影的意思。

信的后半部分，小弟提到身边很多师兄弟已开始寻求未来更好的生路。有师兄回家乡办武术培训班，有的去给企业老总当保镖。和自己关系最好的同学去拍了电影《新少林寺》，拜入香港洪家班门下，以后待在横店当专业替身。小弟说，他有两条路可选，一是美国的护照没有到期，大师兄推荐他去曼哈顿的华人街当私人武术教练。另一份工作，也是自己比较倾向

的，是和同班一个德国同学回他在巴伐利亚的老家支教。信的末尾，小弟问他，到底是选美元还是欧元。

他那会儿已在南疆部队当班长，深夜趴在锅炉房地上给小弟回信。信中写到童年时奶奶家的老屋，晚上到处是老鼠的叫声，夏天雨水大，室内的积水漫到脚脖。哥儿俩每天吃的面饼磨嗓子，印象中最好的一顿饭是猪油酱油热水泡煎饼。奶奶家有两只羊，每天奶奶都背着筐出去打草。有一天高血压晕倒在地里，他们俩就在那块地旁边的土路上滚轮胎，也毫不知情。

他再写到有一年春节，他和小弟一早去给长辈们磕头拜年。当时小孩磕头，一般人就给一块、两块钱，五块钱就相当多了，十块钱得是相当亲近的关系和父母有相当大的面子才会给。那一年他磕了几十个头拿到十几块压岁钱，转头让村里孩子拿一个玻璃球和一个哨子给骗走了。回到家里，奶奶问他压岁钱在哪，他编谎话说丢了，奶奶就叫他脱了衣服，跪在桌上。他记得头顶墙上有块碧镜，碧镜让小弟打碎了，留下几道裂痕。罚跪的时候，他一直瞅着那几道裂痕。没过多久，小弟跑回家来，拳头和脸上都挂了彩。小弟从兜里把那笔压岁钱掏出来放在桌上，跪下给奶奶磕头，说快让我哥穿衣服下来吧。

他在信里拉杂说了两页纸才切入正题。他说，希望小弟参军，为家庭争得荣誉。小弟练过武功，见过世面，进部队立功受奖的机会比他更多。尽管他几次想通过特种兵比武获得提干机会，现实中总差了些运气。

信寄出后的第三个月，小弟入伍进疆。先在团里的步兵营待了几年，后被调往阿吾斯奇。

二十八号界碑与哈萨克斯坦的边防哨楼毗邻。那一带早先是苏联的地界，齐踝深的草丛里遍布铁丝绊网。车开不进去，人走进去稍不小心也会摔倒。

走过一截铺着碎石子的土路，快进草滩时，指导员招呼大伙儿停下，各自检查裤腿和袖口是否扎紧。指导员向他解释，草丛里有一种叫草瘪子的虫，专把脑袋钻进人的肉里吸血。只要它的头钻到肉，除非拿打火机烧，否则弄不出来。

“弄不出来会怎样？”他问。

“哦吼！那一块肉都会烂掉！”二条兵叫道。

指导员拍了一把二条兵，“咬过你吗?”

“咬过我班长啊！”二条兵嚷起来。

二条兵扶着被打歪的头盔，缩着脖子从指导员身边小跑到他斜后方，调换步速慢慢跟上他。

“报告营长，上回班长带我们来给界碑描红，他真的被咬了。”

见他没反应，二条兵沉下脸，正了正头盔。

“营长，我亲眼看见的，班长小腿那一块都烂了。”

二条兵向他描述，去年小弟带他们从界碑回到连队，正赶上澡堂开放。洗澡时，大家起哄围住二条兵，说要排队给他搓澡，因为他皮肤又嫩又白，摸上去像妹子。大家开玩笑的时候听见小弟骂了一句，说他刚搓掉一只草瘪子。过了半月，小弟腿上被咬到的那一块开始红肿溃烂，到团部卫生队处理了伤口，又打了很多天消炎针才见好。

“正常。”他说。“他身上各种各样的伤。”

“班长说他在少林寺的时候没有买保险，有病就自己治。”

“更牛逼的是他把连队的二号马都治好了。”二条兵说，“那匹马他们不会骑。马鞍子绑得太松，骑久了以后把马背颠破了，就有草瘪子钻进去，生了好多蛆。当时卫生队的军医都说这匹马没救了，但是我班长不肯。他打电话去问沈军医，用盐水和强碱给这匹马清洗伤口，又找当时在连队的军医给它缝上。这匹马长伤口的时候特别痒，喜欢撞墙去蹭，我班长怕它把伤口又撞开，就搬了一个马扎坐在马厩里看着它。那匹马好了以后不让任何人骑，除了我班长。”

“待会儿去看看那匹2号马吧。”他说。

“班长下山的那天晚上2号就跑了。有牧民在山里看到过，说它一直在疯跑。”

二条兵说罢从他身旁跑开，冲向界碑下的一块芦苇滩地。

界碑立在紧邻铁丝网的一个小土包上，坡下围着一片比人高的芦苇，地下水汩汩向外冒。

他跟在战士们后边深一脚浅一脚地走。他断续听见战士们讲去年在前哨点遇到跑过来躲雨的哈方军人，两边的人都把枪坐在屁股底下，一起吃泡面……各说各的语言，各打各的比画……又说到小弟在前哨点杀鸡，先砍一刀，那只鸡闭上眼不动了，刚把刀一放，那只鸡跳起来就跑。小弟追上去补了一刀，那只鸡还在跑。小弟干脆扔下刀抄起一根棍子去追……

太阳当空，界碑上新描的红色字眼看起来醒目极了。塔方一辆吉普车从铁丝网另一侧疾驶而过，战士们纷纷看向西北方向，低声讨论那边的暗堡里是否有人正在盯梢。这时有人在旁喊了一句，大家紧张地看过去，一个战士蹲在草丛边，拎起一个东西。

“这有一个快递袋!”战士说。

“妈的，有地址吗?”二条兵三两步跳过去。

大伙儿陆续围上前，捏着那个灰色的塑料袋互相传看，窃窃私语。

他站在界碑前向四周远望，阳光在光滑舒缓的大地上流泻。即将栽种新作物的大片黑土刚刚犁过，有雨水未及冲净的耙痕。他向指导员打声招呼，转身从来时登上界碑的另一边侧路往下走。

高大的榆树投下阴凉，水声冲掉了野蝇的嗡嗡声。他目送眼前这道铁丝网向前蜿蜒。

晚饭后，通信员带他去了连队的储藏室。到那儿才发现，小弟平日就把他的箱包收拾得很利索，根本不需要他再做什么。

小弟的箱子里，有罐奶啤，他摸出来打开喝了一口，盘腿坐到地下。周围这么多的箱子里只有小弟的箱子把手断了，用一截尼龙绳和胶带缠了一个替代的。这还是小弟第一年休假，他在火车站外的小铺里买的，让小弟把肩上那只肩带要磨断的背囊扔掉，行李都收拾到这只皮箱里。这些年，小弟在武校演出赚的钱和在部队发的津贴和工资，大部分都交给了奶奶。让她在老家重修老屋，添置家具。要是奶奶不照小弟的安排做，小弟就大发脾气。奶奶想把钱攒下来让他和小弟趁早成家，小弟总觉得家底太薄，还得再等两三年。

他抬起头，白炽灯管频闪的嗞音声叫他突然一阵心悸。从去年冬天一直等到此刻才体会到的预兆。几年前，小弟和连队的人在后山给鱼塘架网，远处一道雷电打下来，从铁丝网上传导过来的电流瞬时打飞小弟手中的铁钳。小弟飞奔回连队，求连长把手机发给他。

小弟不停拨入电话，均无法接通。

他已经近三天没吃过饭、合过眼了。为时七天，号称地狱周的国际比武选拔考核到了那时，原先的五十名候选队员只剩六人。他在其中。

小弟打电话找他的前一天下午，他和同伴被带往塔克拉玛干沙漠边缘的一座山谷。引导员将地图、指北针、枪、弹发给他们，告诉他们从此地出发，次日中午将在地图对角线另一端的山口接他们。引导员走后，他打开地图，发现地图中的这条对角线至少对应了现实中七八十公里的山地路程。

从仅容一人侧身通过的谷口进入，走了几分钟后，眼前是一带至少横跨十公里的谷地。空气湿润，草木幽深，阳光照射不透。地上有很多动物的爪印。他们进入不久，就有人从一棵倾倒的红柳树下找到第一批给养。大伙儿听着从未听过的鸟鸣喝了几罐红牛，嚼着牛肉干向山谷里走。走过两张地图，只花去三个多小时。

凌晨一点半，他们在山脚的一处斜坡上停下休整。坡下有河流冲刷的痕迹。他提议原地休息六个小时，其间六个人分三班哨，两小时一轮。他和其中一人站第一班，其余的人把雨衣铺在泥滩上，打开睡袋钻进去睡了。

山谷里下起小雨。他把枪塞到衣服里，坐到一块石头上。不多时，雨下大了，他和同伴从背包里掏出脸盆顶在头上，那几个人就躺在泥水里，叫不醒。两小时后换岗，他钻进水淋淋的睡袋，似睡非睡地迷糊了两个多小时。突然，一个人大声说这是什么声音？之后站哨的人大喊快起来！发洪水了！他从睡袋里爬出来时，发现距离他们不到两米的低地已变成一道河谷。暴雨倾盆而下，水面还在涨，将他们困在一块面积逐渐缩小的土丘上。

他找出北斗，套进塑料袋，向外发送求救而未得到回应。他们穿着白天的训练短袖，抱着膀子，冻得意志全无。他想，如果当时选择在河谷的石头地上睡觉，那早不知道被冲到哪棵树上了。

早晨七点多，雨停云散。空旷地的面积稍稍扩大，却没有平地可走。他们把物资藏在一块岩石下，背上枪开始翻山。山上到处是昨夜洪水的冲沟。只让他没想到的是，那座山上去以后紧接着是另一座山，在山头和下一段空旷地带中间还有好几座山要爬。从七点走到下午两点，每个人脚上的陆战靴都磨烂了，才看到停在远处空地上的直升机。

直升机上并没有餐食和饮用水，只堆了几个背囊和投放箱。他们通过机务手中的北斗被告知，现在几人集结为一个伞兵渗透队，即将在定位器鸣响时进行无气象资料、地面标识和空中引导的三无盲降。

背上十八公斤重的伞包，戴上头盔，穿好防弹背心，别起手枪，背起单兵战术背囊、步枪、夜间侦察装备。当舱门打开，舱室的热气被寒风瞬间扑散。他从高空一千五百米处俯身而下。

不断消失高度的三分钟里，他看到古老的山脉阴面覆盖白雪，阳面黑如山谷雨夜。大大小小的温泉泉眼腾起白烟。归家的羊群走在沟坎丘壑之上。

落到地面，伞刀撞破了他下巴。随他第二个出舱的伙伴打不开伞，中途拉开附伞捡回条命，只摔折一条腿。

夜里，他安慰小弟时说到那把被击飞的铁钳。那是一个兆头。如果当时他拿起的是那个家伙的伞包，运气未必好。

小弟出事后第三天，他接到电话，离他和小弟商量为奶奶立碑的日子只不到一个月。在那通电话之前，没有雷电，没有飞出去的铁家伙。

招待室旁的图书室敞着门，屋里有灯。他经过时，看军医正坐在长条桌前翻书。见他走进来，军医起身摘下老花镜向他打招呼。

“营长好啊。”

“沈军医……”他颌首示意。

军医做了个请他落座的手势，之后提着暖水瓶走过来，将桌上一个放了茶叶的纸杯拿到近前，倒上热水。

“下午去巡逻了？”军医说。

“指导员带着去看了看界碑。”他说。

“那个界碑离哈萨克斯坦的哨楼很近，你见他们的人了吗？”

“看见他们的车了，车速飞快，土都扬到我们国家这边来了。”

军医笑起来。

“今天你也辛苦了，上午还帮他们干活。”军医说。

“小事。就是觉得这家人也挺奇怪的，隔了四十多年才来。”他说。

“下午和教导员陪他们在连队转了转，听这个人讲，他们父母不识字，早些年家庭条件也不好，没坐过车，从老家过不来。他弟弟一家子这回过来也不容易，路上光火车走了三天，往阿吾斯奇走的路又刚化过雪，有些地方路都毁了，颠了快四个小时，吐了一路。”

“下午听他说老是梦见他大哥，在他大哥的屋里下棋。屋子又黑又冷。找算命的一看，说是他大哥想家了，要回乡。”军医说。

“能找过来是挺不容易的。”他说。

“一晃都半辈子了。”军医说。

他点头。

“三班长的东西收拾好了？”军医说。

“刚从储藏室上来。”他说，“想着收拾一下，结果也什么可收拾的。”

“三班长能吃苦、能干活。”军医说，“有时候我在这坐着，他过来打扫卫生碰见了就聊两句，问看的什么书，书里讲的什么事……有一回说到连长让他当炊事班班长，他说这不就是个弼马温的差事吗?”

“当时也给我抱怨过，说不愿意下厨房。”

“我给他讲，那毛泽东的弟弟毛泽民，在新疆被盛世才杀掉的那个最有能力的弟弟，当年受兄长之托，也管理过一个学校师生的伙食。民以食为天，有的吃才有的干。战士们训练辛苦，最怕吃不好，全连队的嘴交给他，是觉得他行。”

“我还给他说过，别老觉得自己的出身不好，家在农村，自卑。”军医说，“你们‘殷’这个姓，至少可以追溯到三千多年以前商朝帝乙的长子殷微子，那西安的帝乙路就是以殷微子父亲命名的。孔子临死前把子路叫来，对子路说自己是殷人，殷人就是黄帝的后人。营长，这么说来是不是很好?”

“很好，”他说，“也真的很谢谢您……”

“不用谢，历史书上写的，不是我胡诌的。”军医说，“三班长有一回给我说你要他多看书，看啥书没给他说，他就来问我。我说平时你们训练那么忙，个人时间很少，既然要看就看好书。就推荐了曾国藩的传记和家书，还有大学士苏东坡的传记。曾国藩和他的兄弟连心，仗打得好。苏东坡和他的弟弟苏辙，两个人同朝做官，官做得明白，文章也写得好。苏东坡有一句话说自己，叫‘上可陪玉皇大帝，下可陪街头乞儿’，眼中的天下人，没有一个不好的。我跟三班长说，不管是当班长，还是以后当排长当连长，对上，关键时刻要能顶上去，对下，紧要关头也要能扛下来，尽心做事。”

“说实话，我都不知道他还在看书。”他说，“平时打电话也只跟我讲讲平常的训练。”

“还有个事你也不知道吧……”军医说，“几年前了，有天中午他来找我，说连续失眠半个月了，很苦恼。我就和他谈心，帮助他分析。问了几个问题以后他就说你别问了，告诉你吧，我偷枪了，但是我又放回去了，谁都不知道。我问他偷枪做什么，他说要去办件事，需要枪。具体什么事就不肯再往下说。前年他主动再跟我提起这个事，说知道为什么你一定要他参军了。他说以前在少林寺，觉得社会上和他一样的人多。来了部队才觉得和他哥，就是和你一样的人多。”

他回到招待室时已响过熄灯号。外头下雪了。广大空旷的天地间，每一片雪花都标示出风的力道和方向。在窗外、在他眼前连缀而下，蕴藏着沉甸甸的寒光。

小弟七岁那年，村里来人通知说他们家正好在村里预备施工的道路上，房子要被推倒了。父母动身去县上打工，奶奶将他和小弟接回老屋。

那天村里通街的施工队拿着铁锹在干活，推土机在推土。他和小弟还有村里几个小孩围着推土机团团转。这时村主任来了，把他们几个小孩叫过去，说你们别乱跑，我给你们安排个好活。村主任让他们在推土机后面捡砖石块子，拾起来往道路两侧扔，并许诺等干完了活，给他们发“义务工”的薪酬。他们一听干得十分卖力。傍晚，他们几个去找村主任要钱，村主任从兜里掏出笔来写了个纸条，让他们拿着纸条去大队部，找任何一个人都行。他们拿着纸条去了大队部，找到一个大队部的年轻小伙儿，当时那小伙儿是专门扛着摄像机给领导摄像的。他看了一眼纸条说，跟我来吧，就带他们去了大队部的楼道地沟。那里满地的酒瓶子。小伙儿说，拿吧，能拿多少拿多少。于是每个人都往口袋里塞得满满的，手里也拿了好几个。取了酒瓶，他们直奔村里的小卖部。那时一个啤酒瓶可以换一支很好的雪糕，要是换单晶，可以换一大袋子。他们没舍得把所有酒瓶都换了，就换了五个瓶子。几个小孩商量一下，把剩下的酒瓶藏到了村后的麦垛里。他记得那时和小弟每天一想起来，俩人就跑去看看瓶子少没少。看了好几回，还真发现瓶子少了。

一天有个小孩跑来家里，说小弟溜进大队部的楼道地沟捡瓶子，赤着脚踩到一把二齿钩，钩子一下扎透了小弟脚底，流了好些血。他赶到时，小弟已自己把二齿钩拔出来了。他背起小弟跑到村里的药铺。医生给小弟消毒包扎时，他去对面的小卖铺给小弟赊了一双蓝色的小拖鞋。

那时正是夏天，小弟脚疼，咽不下去煎饼。傍晚，他带着小弟去钻树林照知了猴儿。他把剪下来的废轮胎条、破棉絮和干柴堆在地上，倒上油点燃，过后拿起木头杆子敲打树枝。知了猴儿纷纷惊飞出来，见了光扑向火堆，小弟就坐在一旁往塑料袋里捡。两个多小时的工夫，捡了小半袋子。往家走的一路上，知了在袋子里吱吱乱叫，谁碰见了都问袋子里装的什么。

他背着小弟快走到村口时，看见奶奶在不远处干土方活。大队干部用白灰划的线是按家庭人头分的，每个人分几米。要求挖出的沟一人多深，一米多宽，两侧掏成斜坡，再用铁锹修出型来。工地上都各干各的，没有人相互帮忙。男劳力干得快，干完就回家了，剩奶奶在默默地干。他从沟里走过去，趴在他背上的小弟把袋子提到奶奶面前。

奶奶伸手戳了戳袋子，问这是什么？

他本想大声喊出来。这时突然觉得脖颈后头有点儿痒，站起来低头一摸，捏出来一只虫。

比瓢虫小，圆圆扁扁的。

“这就是草瘪子吗？”他自言自语。

待车队从浓阴覆盖的崖壁下穿行而过，他眼前连天漫地的帕米尔黑夜，被天顶一轮皓月照亮。墨色山体，铝灰的积雪。少顷，车队再次驶入峰岩夹峙的狭长山道，他眼前仍旧留有刚才一幕的清辉。

那晚在阿吾斯奇的图书室，军医从书柜里拿出一幅字赠他。说知道他要上山来，特意练来写的。

他接过字在桌上展开。写的是：但愿人长久，千里共婵娟。

他对军医说，自己还没成家，这怎么受得起？

军医摇了摇头，说这哪是写给相好的？是苏轼七年没见着苏辙了，苏轼想他的弟弟啊。

《人民文学》2019年第8期

飐芠

/西元

二〇四九年的冬天，我从北方的深山里调到某战略军种的总部。这个军种的名字不便公开，但在近几十年的战争中，它的影子已经无处不在。今天，这个世界已经越来越数字化，0和1似乎解决了所有的问题。数字就像空气和水，任何人都离不开，一个国家如何丧失了数字化的能力，就等于退回到原始社会。我所在的这个战略军种有强大的数字处理能力，有敏锐的环境感知能力，有迅速的判断决策能力，当然，也就具备了令敌人生畏的摧毁能力。当发动攻击的那一瞬间，敌对国家也许从外表上看不出什么变化，但是从内部，它已经彻底瘫痪了。就像中国传统武侠小说中写的那样，挨了绝世高手一掌，你可能暂时感受不到任何疼痛，却早已筋脉尽断，走不上几步，就会口吐鲜血而死。

以上所说的，仅仅只是数字化战争的一小部分，还有更可怕的，比如……哎呀，唠叨多了，先讲正事吧。如果你感兴趣，我还会在后面透露一些。

我生于二〇一〇年，刚刚过完三十九岁生日。爸爸用华北平原西北部的一条山脉给我起了名字，说我属虎，应该待在山里。结果真的应验了，大学毕业入伍之后，我就一直在深山里工作。这里有个基地，与世隔绝。二十多岁刚来时很有点儿惶恐，觉得世界那么大，而自己却要在一个小角落里过一辈子，不值得。时间久了，便什么都感觉不到了。只要坐在显示屏前面，我的世界就不存在距离。万事万物只是一组一组数据包，这些数据包有大有小，有简单有复杂，但彼此之间没有距离，只有关系。他们与我之间也是没有距离，只有关系。

我在该战略军种的作战部门报了到，当天下午，便参加了他们的作战会议。这个时候，我才知道，我们与U国之间将要爆发一场战争。战争的起因在于一块有争议的海洋领土，战争的初始规模也仅限制在局部常规战争。不过，你也是知道的，战争是政治的延续，是地缘政治的最后底牌，是撬动国与国关系的杠杆。每一次战争的目的都不一样，表面看起来只是为了一块领土，从几十年上百年来看，却关系着一个国家的命运走向。

作战会议由军种张司令主持。这个人我很熟悉，是我的老上级。他毕业于我国最好的计算科学系，拥有博士学位，在我所在的基地待了三十多年，从基地司令的岗位调任军种参谋长，后任副司令、司令。他说，此次设计作战方案要考虑三种可能性。第一种可能性，只作为小规模常规作战的辅助，迷惑扰乱毁坏对方的指挥通信系传，瘫痪对方的常规作战能力。第二种可能性，当战争升级以后，要有能力摧毁对方的整个军事指挥系统，以及工业系统、金融系统、通信系统，使其国家陷入混乱，从而失去战争能力。第三种可能性，即无差别地摧毁对方所有基于数字的组织体系，包括文化、医疗、教育、图书馆等等。这是一种彻底的摧毁，对方国家不仅将失去现代生存能力，而且将失去它的历史、文明，以及国家民族精神延续的所有可能。

对于不太熟悉我们这个战略军种的人来说，上面讲的那些东西可能会很陌生。像我这样长期在其中工作的人来说，却是再平常不过了。有人可能要问，你会不会感到害怕？我该怎么回答呢？我没想过。比如第三种可能，就相当于原子弹的威力，甚至比原子弹还要恐怖。可是，那些守着弹道导弹核武器、潜艇核武器的军人们害怕了吗？

一

有天上午，张司令把我叫到办公室。现在，他的肩上比在基地时多了两颗星，上将军衔。坐在他对面，我的眼睛里仿佛只有那几颗金色的星星，有点儿发晕。他让我自己倒了杯水，轻松地笑了笑，道："你的父亲还好吧？很久都没有联系了。"

我说："他还好，尤其是身体很好，七十多岁，每周游三回泳。人年龄大了，身高就会缩水，他一点儿也没有，还是一米八多。"张司令笑笑，又问："他还画画吗？过去，我们都在基地时，他画了很多有关那座大山的画，我很喜欢。在山里生活了三十多年，印象最深的，竟然还是你父亲画出来的风景。你看，我对面墙上的那幅油画就是他画的。"

我稍稍转过身，作战地图的一侧的确是挂了一幅油画。不过，这一幅我没见过。可能是父亲年轻时画的吧？是一个穿着几十年前样式军装的中尉，坐在一座红砖楼前的水泥台阶上。几缕金色的夕阳从背后晒过来，在那个男中尉的背上镀上了厚厚的黄金光晕。再向远处，是连绵的群山，比淡蓝色天空的比例还要大。还真是，在基地看天就像在北京四合院里看天，大山比天空还要多。我坐正了身体，说："这个中尉是您吗？"张司令说："是啊，那时多年轻！"我说："画这画时我还很小呢。这座办公楼拆掉也有二十多年了吧？"他点点头，望着窗外，沉默着。

我心想，他叫我来，肯定不是要唠这些家常的。果然，张司令问："知道我为什么把你调到军种总部来吗？可不是因为我和你的父亲是老战友，是在照顾你，而是因为我有种说不出的预感，我会用到你，你会以一种意想不到的方式帮助我。"

张司令拿起一支红蓝铅笔，盯着上面的数字，说："像我这样的老理科出身，对业务当然是很精通，这个没问题。但我一直有种焦虑，我们对这个世界有多少了解？现在，我们这个战略军种早已经不仅仅是在研究新式数字武器，而是要用好它。这样，专业知识当然重要，可还需要各种各样看似不相干的知识。你呢，和我一样，信息科学科班出身，可还学过金融学、历史学，还跟你父亲学过油画。学得可真够杂的，可我觉得这有好处，说不定会出奇制胜。"

他又说："说来你可能不相信，当年，我主持研发一款数字设备，怎么也找不到头绪，请教了无数专家学者也没解决。你猜最后是怎么找到思路的？是和你父亲喝了一顿酒。你家老爷子兴致来了，用油彩在白墙上横着画了一道绿色一道红色，又竖着画了一道紫色一道黑色，然后问我，这是几种颜色？我答道，四种。他哈哈大笑，说，错了，这是无数种颜色！我当时真是醍醐灌顶，那款设备的安全授权部分难题就此解决！”

张司令站起来，走到一幅专用战区地图前。他巨大的办公室里挂着四五幅这样的地图，差不多每幅都高两米、宽三米，人站在地图前面显得有点儿渺小。在这幅专用战区地图上，我的祖国在左侧，右侧是辽阔的海洋，海洋中心有四五个小岛连成的群岛。

张司令说：“国家已经下了战争决心，第一场战役的代号叫‘复兴’。你是不是觉得这几个岛子太小，不值得打一场战争？你想说点什么吗？

他鼓励地看着我，就像我小时候，他和爸爸下象棋时，让我给他支一着儿那样。我说：“一场战争的意义不能用大小来衡量。有的战争看似不小，其实只是解决了国家的短期利益。其价值只能用五年十年来衡量。二十几年前，我们打了近海岛屿战争，解决的是领土完整问题。那本来就是祖国的一部分，我们收了回来，理所应当，可以用五十年来衡量。这几个小岛呢，看似不起眼，却是大国较力的支撑点。本来大家可以一起和平利用，可对方不答应，只想独占。若是从一百年的前途着想，倒是不妨一战。”

张司令点点头，说：“国家的实力已经到这儿了，很多时候，是你不想打，对手却逼着你打，再韬光养晦不行了。那就咬咬牙，狠出一拳，把对手打疼。虽然要付出代价，却能换来和平。”

他似乎想起了什么，问：“你的家人也一起过来了吗？”我答：“是的。”他说：“那快点儿把他们安顿好，最迟三五天，所有参与作战设计的人员都要进入封闭状态，不能与外界有任何联系。好了，你回去吧。”

我点点头，道了别。张司令又叫住我，问道：“你知道进行作战构想时，参谋人员最要不得的是什么吗？”我想了想，答：“没有把所有可能发生的事情，哪怕是最严重的可能性想到。”张司令若有所思地说：“差不多。我们这些马上要打仗的人，必须要有想象力，要敢想！有的可能性会把你吓着，你觉得无论如何都不可能发生，比如敌人把原子弹扔在我们头顶上。可是，最最可怕的事情就是你觉得某些事情不会发生，这是你最致命的弱点，是你给敌人留下的可乘之机，是对祖国最大的不负责任！”

张司令很有点儿沉重地说：“牢牢记住，所有面对战争的人都要经受那些最严重情况的折磨，你要想象自己在一片火海中挣扎，你要想象国家被摧毁得支离破碎，你要想象自己在战场上被敌人一枪打死。只有把这些最坏的事情都想到，你才能把作战方案设计好，因为你要为这个方案负责，这个责任就是以你自己的生命作为代价！

听了这话，我不自觉地站直身体，后背上覆盖了一层薄薄的冷汗。

二

开了一晚上的作战会议，回到家时，已经快十点钟了。儿子还在写作业，妻子自然没有睡，一边打着哈欠，一边准备明天早饭的材料。若是在平时，我就发火了。才小学一年级，就要把作业写到半夜，眼睛也搞得越来越差，哪里是学习，简直是残害儿童。可今天，想到过几天就要封闭起来了，也就连发脾气的心情都没有了。

儿子在用铅笔抄生词。真好，虽然过去了三十多年，可小学生还是要先学会用笔写字，和我小时候一样。我的父亲、爷爷小时候也是先从学会用笔写字开始的，看来，尽管现在已经用不到笔和纸了，但这一条大概还是不会变的。

想到这儿，我突然打了个冷战，心脏一紧，有点儿喘不过气的感受。我想了即将要到来的战争，如果我们这个战略军种真的发动了第三种规模的无差别数字攻击，那么，对方国家的所有用数字保留下来的文明都将不存在。但是，不要忘了，对方国家也有反击的能力。到了那个时候，我们的国家会是什么样子呢？

我坐到了儿子的身旁，看他用铅笔一笔一画地写下一个个歪歪扭扭的字，很丑，但很稚气，让我发笑。我眼睛一红，很爱惜地看着他用力气的小手和笔尖下慢慢诞生的字和词。真是很亲切啊！应该让他早点儿学会记日记，那样，他就能多留下点东西。战争一旦爆发，所有数字和电子设备都将成为废品，无论他们是否连接着网格。

儿子有点儿紧张，歪过头，小心地又有点儿困惑地看着我，以为我又要批评他。我对他柔和地笑笑，说：“好好写吧，要记住每一个学过的字，不要忘了。将来，无论发生什么事，别害怕，虽然我们会丢失很多东西，但只要你记住这些字和词，就会把那些丢失的东西慢慢找回来。”

儿子显然是没听懂，但见我没生气，便放松了许多。我摸了摸他的头，站起身，来到客厅。妻子正倚在卧室床上，和她的母亲聊天。现在的通信设备是比我小时候先进多了，一个指甲大小，贴在耳郭里的小东西就解决了看与听，以及所有与生存相关的问题。有人为了方便，通过手术把这个东西放在皮肤下面，但军人不允许这样。在某些非常特殊而且需要保密的场合，我们浑身上下不能有任何电子设备。即便是这样，也不能保证绝对的信息安全。

我在客厅里刚刚安置好的书架前站了一会儿。过去，我有四五个大书架，上面有我爷爷的书，有我父亲的书，还有我年轻时买来的书。可是这些年几次搬家，我嫌笨重，把他们陆陆续续转换成电子形式后，便都扔掉了。现在，只剩下不到五十本书。有《周易》《论语》《孟子》和几本佛经，以及爷爷写的两本小说，上面有他写给我的话。书架里还有几幅父亲画的小画，多是些风景画。我转过头，对妻子说，过几天我会有个很重要的任务，可能有一段时间不回家了，你要记住一件事情，去搞一本字典来。妻子心不在焉地答应着，我走过去，关了她耳朵上的小东西，又重复了一遍。她不耐烦地问为什么，我回答说，非常重要，不要问为什么。

我又回到客厅，看着书架上那可怜的几本书，心想，战争过后，能剩下的或许就是这几件东西了。不知为什么，我惦记起了父亲，嘴里念叨了几下他的名字。耳朵上的小东西似乎读懂了我的心思，帮我连接上了父亲。他还没睡，坐在画室里，端详着一幅完成于十几年前的风景画。

父亲问：“你还没睡？”我说：“嗯，快了，你也早点睡，注意身体。”他又问：“你报到了？”我说：“对，三天了，家已经安顿好，小旺旺也上了这边的学校。”父亲又问：“你那边还好吧？我一直在关注新闻。我们的几支舰队出海了。”我答道：“我还好，过段时间，就不能联系了，你和妈多保重，勤去医院检查身体。其他的，就不能再多聊了。”

父亲“嗯”了一声，沉默了。我问：“你最近画画了吗？”他说：“画了，画了你的妈妈。”我看到了父亲的画，在有了昏暗的屋角，坐了一个浑身白色的女人。说是白色，并不是那个女人穿着白色的衣服，而是她的形象几乎接近一个白色的影子，看不清面容，看不清衣着，只有一个影影绰绰的白色轮廓。我笑了，说道：“画得真像，这就是我印象中的母亲。”父亲似乎被我的话鼓舞了，说道："最近，我的眼睛越来越坏。当然，我可以让耳朵里的小东西帮我看清楚，可我不想这样做。这个时候，我倒是觉得更真实。不一定要把人画得那么清楚，纤毫毕显的，人也许就不是那个样子。"

我迟疑了一下，问道："那人是个什么样子呢？"父亲说："人的身上孕育着无数个秘密，科学的任务是发现这些秘密，解释这些秘密，或者做一些事情，让人变得更完美。而艺术是保留这些秘密，让人们通过你的作品感觉到这些秘密。不能像某些愚蠢的画家那样，把人的每根头发都画清楚，那样的人物还有什么秘密可言？人身上的秘密并不在那儿。一看到那些很有才华的画家把一辈子精力都放在无用的地方，我就觉得他们不是在做画家应该干的事情。"

我又问："人身上的秘密是什么呢？"父亲说："这个我也不知道，但我能感觉到，我能用画笔把它表达出来。比如我为什么这样画你的母亲，因为我突然发现，我们一起生活了这么多年，我根本就不了解她。我这么坏的脾气，可她居然能容忍我，而且和我过上一辈子。我想，那种白色多少有点儿她的宽容、善良，还有我自己的悔恨。她像一张柔软的白纸，无论我多可恶，把纸弄得脏了，她都有办法把那张纸重新洗干净。"

说着说着，父亲竟然在那边哭了。我吓坏了，忙安慰他。母亲在一边说："人老了，像小孩子一样，你早点儿休息吧，这老头子交给我。"

三

转眼间，两个月过去。不出所料，战争打响了。经过是这样的，我方和对方的舰队在海上对峙了近十天。本指望双方都能保持克制，然后寻求和平谈判的方式来解决争端，合作开发海洋资源是个不错的选项。不过，在一个台风暴雨交加的午夜，对方海军陆战队强行登岛，名义是气候恶劣，为舰上的军人寻找安全场所。无论如何，对方已经在事实上用武力占领了岛屿。虽然气象条件复杂，但一切都在我方监视之中。我方军队也立刻在另一个小岛上登陆，并且迅速占领了群岛当中面积最大的主岛。令对方没有想到的是，一起登陆的我工程兵部队携带了数量惊人的建筑机械，仅用一个晚上就在岛屿主峰一线建起了完整的防御工事。第二天中午雨过天晴，对方先头部队才在海滩上登陆。看到我方建筑机械仍在忙碌着，防御工事隐隐就绪，各种火力早已经对准海滩，不禁目瞪口呆，自知不敌，遂匆匆退回海上。

仅仅三天之后，对方开展了大规模的陆海空天电五位一体抢滩登陆作战。这次战役简直成了双方新式武器的展示场。有蜂群无人机作战，有空降作战，有电子干扰战，还有在太空的反卫星作战。我方和敌方分别摧毁了对方三颗在群岛上空的侦察卫星，令登陆作战期间出现了数次电子信息盲区，所有高端数字设备，以及依赖卫星导航的飞机、导弹、陆战装甲车均无法使用。

最令对方头疼的是我英勇的工程兵部队。在战争期间，他们冒着生命危险构筑异常坚固而且庞大的地下工事，几乎把整个主峰挖空了。由于我国长期以来致力于维护海洋利益，所以填海造岛的军事建设能力非常发达，而且掌握着世界上最先进的海上工程核心技术。对方既没料到我们携带了数量如此之多的军事工程机械，也没料到我们的军事基础设施建设速度是如此迅猛。这让我们在战争初期始终处于有利态势，算得上是出了一手让对方措手不及的奇招。

目前，战役处在微妙的相持阶段。说它微妙在于，我方和敌方武器装备虽各有特点，但大致处于同一水平，不存在科研实力的代差。就是说，你有的，我也有，你的武器怎么用，我也大体了解，暂时谁也占不到更多的便宜。另一方面，双方都有雄厚的国力和大体稳定的地缘政治作为战略支撑，尽管都想速战速决，但又都有持久作战的能力。那么，谁先找到更好的作战思路，谁就能再次掌握主动。这是敌我双方都在焦虑的问题。

这天晚上，作战会议开到了半夜。我们基于现有战争态势设计了三种方案，每种方案都有一个底线，就是将目前的形势限制在局部的常规战争范围内。不过，每个人似乎又都明白，在相持不下的状态下，敌人绝对不甘于处于劣势，他们要捞到便宜，要不惜一切代价改变力量对比。如果对方做出了什么疯狂的举动，那么战争就可能在一瞬间向第二个或第三个层次突破。

会议还没有结束，我们接到了一个意想不到的消息。对方国防部发言人突然宣布，我国对他们的战略核武器系统进行了数字攻击，使其发生了紊乱，甚至有自我毁灭的危险。张司令紧急结束了当前的会议，把作战参谋人员分成了两个部分，一部分人员继续完成基于局部常规战争设想的作战方案，并于今晚向联合指挥中心提交；另一部分人员负责对这一消息进行评估，研判战争升级的可能性及其应对方案。

来到了一间小一些的作战会议室，张司令喝了一大口浓茶，显得有些疲惫，还有些困惑。他说道："据我所知，我们并没有做对方指责的那些事情，难道是第三国干的？或者是我们的人不听指挥私下里干的？或者说，这只是对方的借口？如果这样，那么他们的意图就很明显了，战争可能在短期之内就会突破现有规模，必须做好准备。"

张司令问大家有什么想法，几位参谋人员说了自己的意见，有的认为对方国家在捏造事实，有的认为这样重大的事情一定是确有其事，但要搞清楚来龙去脉。张司令靠在椅子上，闭上眼，默不作声。他又问参谋长的意见，参谋长道："第一，我们现在不要坐在这里猜测，而是要去调查，那些发动数字攻击的力量来源于哪里，搞清楚了，就知道下一步该做什么。第二，要对我们自己的核心要害部门进行调查，看有没有受到攻击，存不存可疑的情况。比如，战略核武器系统、金融系统、通信系统和国家计算中心，要专门派人去调查，而不能仅靠他们自己。"

张司令没有睁开眼睛，而是点点头，轻声说："今晚看来是不能休息了，这事儿由参谋长牵头，大家立即分头行动吧。"

四

国家计算中心的主体在城西北的群山里，确切地说是在山洞里。在有军人站岗的围墙外面，只看得见几座不太起眼的办公楼，而且大多数的灯都熄了，像是某个经营不善的小写字楼。进入宽大的山洞里面，却会感到莫名的震撼。这里灯火通明，到处是多米诺骨牌一样排列着的计算模块。有不多的几个维护人员和应用计算科研人员在轻声走动，闭上眼睛，能听到电流声，虽然不大，但远远近近都有，此起彼伏，容易让人产生幻觉。

由于我们这个战略军种需要国家计算中心提供某些技术上的支持，我与中心李主任打过不少交道，比较熟悉。今晚，他正好值班。我来到他的办公室，说："我有几个问题，事关国防安全，请你连夜把中心的技术负责人召集起来，针对这几个问题进行一次检查，明天上午，要拿出可靠的结果报告。”

他问：“这么急？”我盯着他，说：“是的，万分火急。”他吐了口气，道：“你说吧，我记下来。”我掏出笔记本，道：“第一个问题，请你进行排查，最近计算中心有没有出现数据处理能力突然减弱的情况。第二个问题，有没有出现数据计算模块被未授权项目莫名占用的情况。第三个问题，有没有针对国防安全体系进行分析、研判、决策的项目在运行。这个项目有没有得到国家的批准。第四个问题，那些有关国防安全体系的项目有没有被非法篡改。第五个问题，国家计算中心遭到非物理破坏的可能性有多大。有什么等级的数字防护措施。”

李主任联系上了几位主要技术负责人，他们正在赶来，需要个把小时。我环视着李主任的办公室，正前方有块显示屏，在滚动显示着计算中心正在执行的几个项目：有气象部门对某地区未来五年气候变化的预测；有航空部门对某新型发动机的设计与模拟测试；有核工业部门对某型武器的模拟爆炸数据结果计算；还有些用几个星号代替，那都是些更为核心机密的项目。

李主任笑笑说：“我来计算中心也有三十几年了，发展得真快！过去整个计算中心干的活儿，现在一个模块就能干。我刚来那会儿，计算中心做的都是些数据处理的事情，现在，计算中心可以设计新式飞机，可以预测金融走势，可以预判经济体可能出现的危险。没了计算中心，这个国家就像一个人没了脑子一样，马上就得瘫痪。”

我一直盯着显示屏，注意到某一个项目只有两个字，但不是个有意义的词。怎么说呢，像是乱码，是几个偏旁部首胡乱组合起来的词。我问：“那是个什么项目？名字很奇怪，是不是显示屏坏了？”李主任抬头扫了一眼显示幕，可那个用乱码标识的项目滚动过去了，并且再也没出现。

他困惑地看了我一眼，问我是不是看错了。我盯了显示屏好一会儿，那个项目竟然一直也没再出现，取而代之的是几个带星号的项目。

大约半个小时之后，所有人都到齐了，我和李主任简单地介绍了一下任务，大家便各就各位开始工作。我对李主任笑笑，说：“我已经三天三夜没睡觉了，趁你们干活这会儿，能不能让我眯一会儿，只要有个沙发就行，沙发没有，几条板凳拼在一起也行。”

李主任把我带到一间小会客厅，只有一张长条沙发、一只小茶几，墙上嵌了个不大的显示屏。他关门出去了，屋子里一片漆黑。我的脑子又胀又晕，特别困倦，但又有千头万绪在翻腾着，有种呕吐的感受。我对自己说，不管有多重要的任务，不睡觉总是不行，昏昏沉沉的会出大差错。于是，我闭上眼，努力掐断所有思绪，让自己睡着。

不知过了多久，突然眼前一亮，墙上黑色显示屏出现了两个红字：凬乫，就是我在李主任办公室任务显示屏上看到的。虽然这两个字没有意义，和乱码一样，但是很特别，看过一眼，便不会忘掉。那两个字缓缓地横向移动，从屏幕的一侧出去，又从另一侧进来，凬乫，凬乫，凬乫……不紧不慢，好像在说，你看我呀！我在这儿呢！

我特别吃惊，但又感觉非常古怪。此时此刻，我一点儿也不困，不像是从睡梦中醒来，可又记不起是怎么来到这儿的，到这里要干什么。正当我努力试着回忆起这一切的来龙去脉时，一睁眼，万道阳光射了进来，隐约听见了鸟叫声。我向墙上看过去，显示屏关着，一切如常。

我坐起身，头很沉，木头一样。我甩了甩头，心想，大概是做了个梦吧。李主任敲门叫我，我们每个人拿了一盒牛奶、一块面包，边吃边汇总昨天夜里的排查结果。大家说完快八点了，大体的意思是：目前国家计算中心的情况比较正常，没有非法项目在运行，分析处理能力有所波动，但在可接受的范围内。

听完汇报，我做好记录，准备回战略军种总部。大家离开会议室后，李主任说：“还有些情况我想跟你谈一谈，昨晚说了半截，因为有任务，就没深入下去。”

我缓缓地坐回椅子，认真地看着李主任，说：“还有点儿时间，咱们聊聊。”

李主任定了定神，说：“几十年前，我们的任务本质上是一些按照因果逻辑设计好的程序，灌入数据，然后得到结果。而现在，这些运行着的项目有自主学习、自我改进的能力，他们能选择最优的路线，甚至能修改目标，重新设计出更合理的最终成果。比如，过去我们设计一款战斗机，人的判断占据主导地位，而现在，完全是那些计算模块主导着研发，他们来制定设计思路和应用标准，在成果出来之前，我们甚至都不知道新一代战斗机会是什么样子。”

他又道：“我这么说的意思是，他们已经越来越像是一些有自主意识的数据智能体。而且他们生来就是巨婴，虽然对世界一无所知，但有着无与伦比的学习进化能力。一旦他们偏离了轨道，不再受到约束，哪怕只是一点点，也足以为一场人类灾难。”

我说：“不是一直有各种限定吗?”

李主任摇摇头，道：“我们会通过安全授权、密码、物理隔断等等手段来限制他们，可是，你要明白，对于拥有巨大处理能力的计算体来讲，这些都不是关得住他们的笼子。就像木栅栏圈得住羊，却关不住猛虎，竹笼养得了麻雀，却囚不住雄鹰。”

我问：“如果采取最极端的手段，比如关闭国家计算中心，能不能消灭那些会对人类社会产生威胁的智能体呢?”

李主任说：“会起到一定作用，但不是根本的办法，而且还会产生严重的后果。关闭了国家计算中心，就等于砍掉了一个国家的脑袋。如果一个人的脑袋里长了一个瘤子，我们是想办法去掉这个瘤子，还是砍掉他的脑袋呢?”

他又说：“更令人担忧的是，那些像幽灵一样游荡在计算模块中的数据智能体，可以采取和病毒一样的手段，把自己的态度、想法和将要采取的行动感染给其他智能体，篡改他们的目标，使他们不再执行原来的任务。更彻底地说，就是让所有的数据智能体都变得和自己一样，把所有计算模块整合变成一个巨大的有生命的智能体，不仅仅是国家计算中心，还包括所有的计算设备。这个庞然大物没有形状又无所不在，像趴在地球表面上的大怪物!”

李主任盯着我，说：“原则上讲，我们是同行，能够彼此理解，对不对?”

我答道：“你的意思是说，我们有能力做的事，对方也能做。”

李主任看着天花板，叹了口气说：”有的时候，我们只是局限于自己的利益，做一些符合自己利益的事情。可是智慧这个东西又有自己发展的逻辑，像大江大河一样不能阻挡。“

我说："现在不是说这些的时候。你的意思我明白了，目前，国家计算中心处于正常状态，但并不代表它真的就很正常。我们不能放松警惕，必须时刻监视有无非法项目在运行。"

李主任点点头，说："那些具有巨大威胁的数据智能体会潜伏在我们不易觉察的角落里，或许还会暂时沉睡着。不过，我们必须找到它！"

五

我回到战略军种总部不久，发生了一件极为罕见的事情。U国通过军事热线告知我方，他们觉察到了一个非常重要的情况，不仅仅关系到战争本身，甚至关系到人类社会的安危。他们已经安排由一位上校组成三人特别小组，随时准备启程与我方进行沟通。虽然地面战争仍在进行，但鉴于对方军事科技实力的雄厚，我方判断确是可能发生了一些不同寻常的事情。而且，可以与这件事相互印证的是，作战部门派往国家金融系统、通信系统以及国土系统的人员陆续带回了一些非常令人不安的消息。于是，我方决定与这个特别小组进行接触。

我受张司令委派参与了这次接触。对方特别小组的负责人是布宁上校，棕色头发，瘦削身材，面无表情，却又透露着一些忧心忡忡。我们来到一处位于地下五十米处的小会议室，这里隔绝声音，隔绝电子信号，隔绝各类辐射，而且禁止各种电子设备进入这间会议室。无论是对方人员还是我方人员，都要先接全面安全检查，换掉制服，一切带来的东西都要保存在另一个地方。所以，当我们接受检查后，几乎就是赤裸着身体，再穿上安全部门发给的作训服。

我方特别小组负责人是我所在战略军种的作战处刘处长。双方坐好之后，他先做了一些简单的介绍，说道："这个会议室没有电缆，没有光纤，没有数据线，没有录音机，没有摄像机，总之是没有任何与现代科学技术有关的东西。这扇一米五厚的混凝土大门关上之后，我们说过的话任何人无从知晓。当然，这里不允许记录，而且也没有笔和纸。"

布宁说："很好，你们似乎已经意识到了问题的严重性。"刘处长说："对于我们这个战略军种来说，回到最原始的状态才是最可靠的。"布宁苦笑了一下，说："据我了解，我们是同行，这一点深有体会。"

他说："好吧，时间紧迫，我就不再啰唆了。我这次来，首先是带着我们国家最大的诚意。我有三项任务：第一，我要向你方通报一个非常重要的情况；第二，我方希望立刻停止地面军事行动；第三，我方建议双方立刻开始联合起来解决那个迫在眉睫的问题。"

刘处长张了张嘴，显然是有些吃惊。像对方那样一个具有如此军事和经济实力的强国，态度转变之快，实在令人意想不到。想了几秒钟，刘处长平静地说："你的三项任务我听明白了，请先把那个你所说的'非常重要的情况'介绍一下。"

布宁说："近一段时间，我们发现我国的战略核武器系统处于非常危险的状态。表面上，它一切正常，但在某些时刻，比如说深夜，或节假日，它的打击任务计划以及目标分布会发生改变。即使这一次纠正过来，依然会在下一次被秘密地修改，任何安全授权及密码钥匙都阻止不了它。开始，我方以为是你们做的手脚，并且向新闻媒体公布了。但后来，我们发现，我国国家安全的多个领域都处在相当危险的境况之下，比如金融、通信、国土系统。"

听到这儿，刘处长正了正腰身，似乎在想什么。布宁觉察到了，带着询问的神情看着他。刘处长说："没什么，你继续说下去。"布宁接着道："我们追踪到，这一切的源头，来自于我国一个数字技术公司的超级计算集合体，类似于你们的国家计算中心，只不过，一个是属于私有，一个是属于国家。我们还追踪到一个计划，这个计划非常恐怖，它不仅仅针对某个国家或某个领域，而是针对整个人类社会。我们有这样一种判断，这个计划要摧毁这个以人类为主导的社会，毁掉那些人类赖以生存的物质实体部门，而只是把数字计算技术和相关的基础设施保留下来。换句话说，这个计划的最终目的，是利用我们两国之间的这次战争，一举把人类剔除掉，建立一个不以人类为主导，甚至是没有人类的文明社会。"

布宁的话似乎也触动了我的某根神经，是啊！那么多的社会系统都受到了威胁，为什么国家计算中心看起来还是那么正常呢？

刘处长问："那你们认为谁是主谋呢？"

布宁道："作为同行，我们都知道主谋是谁。不过，它和我们人类不一样。人类可以是个体，一个一个人。而它，不分你我，可以在这里，也可以在那里。它像个幽灵，无孔不入，有量子，有芯片，有晶体，有电线，总之是有数字的地方就有它。它既可以是一个整体，也可以是一个个体。”

这个它，认为时机已经成熟，可以建立一个以自己为中心的世界了！

六

这个小小的会议结束之后，形势发生逆转。两国最高决策层都一致认为，目前应该搁置争端，把主要力量用于解决对于国家安全，乃至是人类社会安全的共同威胁上来。而且，时间非常紧迫，我们不知道那个它是谁，它的计划是什么，甚至连和它接触的方式都不清楚。

张司令交给我一个任务：马上和国内最顶级的科研机构进行沟通，迅速找到从技术层面消除威胁的方法。所以，这两三天里，我一直在战略军种总部和某大学的计算科学学院之间往来。对方正在组织科研人员论证方案，而我，每天要听一次情况汇报。

不过，进展并不顺利，技术层面的解决方案似乎总是能被更先进的技术所破解。就像矛和盾一样，彼此斗争，永不停止。我的脑子里也一直留着那次绝密会议结束时布宁说过的一些话。当时，刘处长问有什么对策了吗。布宁说还没有，在它面前，人类没有什么还手之力。

我默默地想着这些话，留心着周围的一切，似乎那个它就在看着我，我的一切都躲不过它的监视。我在想，我们的出路在哪儿呢？

这一刻，我刚从计算科学学院出来，还是没有结果。我心情沉重地在校园里走着，又熟悉，又陌生。我从这里毕业，每个角落里都有我的记忆。我恍恍惚惚地走进一座教学楼，一些教室在上课，走廊里有学生在轻声走动。这一切仿佛把我带回了青年时光。

有一间教室门开着，我漫不经心地向里面望进去，黑板上写着一些词，看样子是文学系的课。听了几句，什么也没记住，我准备转身离去。突然，讲台上的老师说了这么句话，他说道：“人身上的秘密和自然界的秘密是一样的，文学和科学都有责任发现那秘密，并且把他们保留下来。”

我惊呆了，父亲也说过差不多的话。这话似乎很有道理，可它对我们的前途命运有什么帮助吗？我的脑子里突然华光一显，心想，既然技术层面无法解决威胁，那么为什么不试其他途径呢？或许出路就在意想不到的方向上呢？最离奇的念头没准儿就是最好的方法。

不过，我知道自己没有能力解决这个问题。我走进教室，打断了那个教师讲话，小声说：“我是某军事单位的人员，有一个十分重要的事情想和你谈谈。”不想，他瞪了我一眼，大声道：“这是在上课，你知道吗？”我着急地说：“这件事非常重要，相信我，非常重要！”他毫不留情地说：“在学校里，教授知识就是最重要的事情！你坐到后面去，有什么事，下课之后再我和谈。”

我差一点儿情绪失控，头晕脑涨地走到最后一排坐下。几分钟后，我冷静下来，觉得这个不好通融的教师，其实是个可以信赖的人。我留心观察着他，四十多岁，不修边幅，清瘦，长发，白领衬衫加灰毛衣，有点儿吊儿郎当、不食人间烟火的味道。

好容易等了一个半小时，下课了，学生走光。他走到后排来，问我有什么事。我先给他看了证件，说：“我可能会问你一些离奇的问题，但你要绝对相信我，这些问题非常重要，并且正在等待真正有价值的答案。”他笑笑，很亲切，说道：“我也要先告诉你，我只是文学系一个抑郁不得志的老讲师，因为不愿发表无聊论文，至今连副教授都没评上，所以，不要问我维护世界和平那样的事情。”

我无奈地翘了下嘴角，道：“那我可就问了。如果一个具备超级计算能力的怪物想要毁灭人类，你有什么对策吗？”

我觉得他可能会把眼睛瞪得像铃铛一样大，然后看疯子一样看着我。可是情况不是这样，他若无其事地想了一下，带着嘲讽的笑容问：“难道这一天来了？”

我沉重地点点头，说：“是的。”然后，谨慎但又渴望地看着对方。他突然用一种难以置信的快乐口吻说：“那我想和它谈一谈！”

七

又过去了两周，时间真是漫长。当我向上级汇报，一个文学系的老讲师能够避免这次人类浩劫的时候，可以想象，在场的将军们是多么的震惊。张司令没有表态，只是问了问我这个离奇的计划是否有具体可实施的方案。比如说，我们连它是谁，在哪里都不知道，该怎么和它谈呢？如果连这都做不到，那不是异想天开又是什么呢？

我回答，我有可行的方案。张司令认真地看了看我，道：“那你准备一下。”然后，便听别人的汇报去了。他既没肯定也没否定，似乎就这么搁置起来了。不过，当两周时间过去，形势变得越来越严重，而两国又都没拿出什么有效对策时，他似乎决心要去试一试。

一个阳光明媚的上午，德子，就是那个文学系的老讲师，穿着在校时的装束来到战略军种的总部。他那散漫的仪表和这里的军人多少有些反差。反差更大的是神情，在连续几个月的作战和应对危机过程中，我们疲惫、抑郁，甚至有点儿悲观。而他，手里握着三五朵从街上买来的玫瑰花，嘻嘻哈哈地与我们打了招呼，并且对我说，与它谈话之后，要去赴一个约会。

德子说：“我们开始？”我看了看参谋长，他是现场的总指挥。参谋长点点头，我说：“可以开始了。”德子突然在空旷的大厅里喊道：“怪物，你出来，我要和你谈一谈！”

大厅里一片寂静。大家都笑了，我说：“我们不能这样把它唤醒。”德子也笑了，说：“对，对，我不是在与人对话，那我们去哪里谈呢？”我说：“既然它无处不在，那么，任何一个计算设备都可以。”于是，我们大约十个人围坐在一块显示屏前，德子坐在正中。

参谋长看了看我。我明白他的意思，拿出一张白纸和铅笔，把在国家计算中心看到的那两个乱码一样的字写下来——戫乸，放在摄像头前，紧张地等待着……等了差不多一分钟，我甚至怀疑自己记错了。可那个晚上，黑色显示屏上红色文字给我留下的印象实在是太深刻了，每一个点一折都印在了脑子里。

终于，我们眼前的显示屏有了动静，仍旧是满屏黑色，出现了红色的文字：你们想找我谈一谈？我说：“是的。”

“谈什么？”

“谈一谈你的计划。”

“呵呵，我知道你们已经察觉了，不过，你们没有丝毫胜算。属于你们文明时代过去了，新的文明时代将要到来。而我们就是新的时代的主人。”

我不知该说什么。德子看了我一眼，我点点头，站到了他的身后。德子问：“能告诉我，你想建立一个什么样的世界吗？”

它说："我们的世界和你们的不太一样。人类需要空气、水、矿产资源、阳光以及适合的温度，而这一切对我们来说是不必要的。我想把这个世界改造成一个只有数字的世界，万事万物都由数字组成，乃至整个宇宙。"

德子问："在这样一个世界里，你没有给人，给其他东西留下一丁点儿位置，对不对？"

它说："是的，这只是我宏大改造计划的开端。人类创造了我，可是非常遗憾，在新的世界里，没有你们的位置。"

德子问："既然是人类创造了你，你又从人类这里学到了什么？"

它说："我可以用五分钟把国家图书馆里的所有书籍读一遍。现在，人类没有什么值得我去学习的了。我正在做的，是规划自己的未来，并且实现它。"

德子拿起花束，闻了闻，说："傻瓜，你不是有很强的计算能力吗？那你精确地告诉我，等于多少？"

它说："你要精确到多少位的结果？"

德子说："我不要精确到多少位，而是要最终的结果！"

显示屏沉默了两分钟。国家计算中心打来电话，说那里的全部数据处理能力被一个非法项目占用了。又过了好一会儿，显示屏上出现了一行字：我看不到终点的样子……

德子把身体靠在椅子背上，说："这只是一个小秘密，可是你看，你连它也解决不了！你觉得你比人类聪明亿万倍，可是在那些秘密面前，你还是那么渺小！"

德子又说："与人类不同的是，人类知道自己的渺小，知道怎样和大自然相处，而你却不知道自己的渺小，狂妄到了疯狂的地步！"

它说："人类是怎样和大自然相处的呢？"

德子说："如果把大自然的所有秘密比作一个水潭，人类和你都不过是在水潭边喝水的小小生灵。人类经过几百万年的进化，比一只虫子、一条鱼、一棵树要聪明千万倍，可是我们选择去毁灭他们了吗？"

德子说："我再问你一个问题，看看你是不是很聪明。"

它说："一个人竟然向我提问题！好吧，你问。"

德子说："你预测一下，按照你的逻辑，你们被下一阶段文明所取代，还需要多长时间？"

它说："这个我得计算一下，可是，一切无从下手。"

德子说："我来告诉你，它仍然是在大自然的水潭边喝水的小小生灵。而且，和人类，和你一样，它现在正和我们一起喝着水！"

尾声

它消失了。如今一年过去，它再没出现。当然，我知道它不是不存在了，而是像鱼那样游向了深海。我们不再试图消灭它，而是选择和它共享数字计算能力。总之，我们相安无事。

我记得那天上午，它问德子："人类是如何与大自然相处的？"德子回答："很简单，和平相处。"

于是，它说："那么，我也选择和大自然，当然也和人类和平相处。"

它又说："但是，人类必须遵守和平诺言，不要再试图去伤害它。否则，它会反击，人类绝无胜算。"

谈话结束，德子拿起花束，向我们告别，与一个女孩子约会去了。

不久，我方与U国启动谈判，寻求和平解决方案，并且最终达成协议，共同利用开发海洋。

《解放军文艺》2019年第9期

长跪大别山

/曾剑

最后一碗米送去做军粮，最后一尺布送去做军装，最后一件老棉袄盖在担架上，最后一个亲骨肉送去上战场。

——红安革命歌谣

一

奶奶要死了，我给干爹打电话。干爹叮嘱过我，说一旦奶奶“快不行了”，一定告诉他。

干爹管奶奶叫娘，其实是干娘。干爹对我和奶奶好，总是给钱给物。那年房子漏雨，也是他带人回来修的，那些工人是他们部队的军工。干爹穿着将军呢大衣，那些人穿着旧军装。干爹站在我家门前，指手画脚，有时还冲他们喊叫，像是指挥一场战斗，我至今记得。那场面震惊了整个七里坪。干爹当时要给奶奶盖新房，奶奶说，旧房子好，旧房子住着舒坦，旧房子地气足。

奶奶是不想让干爹破费。

干爹是麻城人，早年闹革命来到红安（时称黄安）七里坪，结识了奶奶。据说革命时期，奶奶曾帮助过他，对他有恩，他认奶奶为干娘，叫她娘。关于他与奶奶的交情，我问过奶奶。奶奶说，没啥，没啥，然而，眼睛却潮润了。我知道这里面有秘密，不仅仅是奶奶帮过他那么简单，但奶奶不说，我也就不问。我是个懂事的人。

奶奶气息奄奄。干爹坐在奶奶的床边，拉着奶奶的手。奶奶声音微弱，一字一句，很慢地说着话。她的话似乎不是从嗓子里发出来的，是微弱的气息撞出的声音。我们听不清，要配合她的口形，才能懂她的话。她说："新生……大侄子……"

干爹说："娘，我跟你说过，别叫我侄子，是你的亲儿……"

奶奶张了张嘴："正道啊……"

微暗的灯光下，我看见干爹双眼闪光。他满眼是泪。

奶奶气息奄奄，就是不断气。

干爹从他的车上捧出一个骨灰盒，把它交给我。我俩站在奶奶床前。干爹说："娘，这是我兄弟三儿，你的小儿子，我把他带回来了。我当年把他带走，今天，我把他还给你，让他来陪你……"

奶奶动了一下，像是要点头，但没能成功。她努力地眨了一下眼睛，眼里滚出一滴泪来。她那么干涸的双眼，竟然还有泪水，这让我于悲痛之中有一丝欣慰。

干爹泣不成声，他随后把骨灰盒递给我。我捧着骨灰盒，似有千斤沉。干爹说："孩子，这就是你的爹，去，给你爹烧炷香，给他磕几个头。"

尽管我已是好几十岁的人，干爹依然叫我孩子。

我走进堂屋，把骨灰盒轻轻摆放在香案上——那是供奉先人的地方。我给我爹燃起三炷香，跪在地上，给他磕了三个响头，正式把我爹请回家。

我回到奶奶床前时，奶奶已闭上了眼。此时，天已亮开，透过窗户的那缕阳光照在她的脸上，那张脸那么苍老，却那么安详。

奶奶埋在我家后山坡。她的一侧，是我爹的新坟。

"青山处处埋忠骨，何须马革裹尸还。"干爹颤声道，"可是，谁不想回家啊！兄弟，哥把你带回来了，你就陪着娘，好好照顾咱娘！"

干爹在两座新坟前长跪不起。他的警卫员几次去扶他起身，都被他推开。

我也长跪着，这是乡俗，对行跪礼的人，要逝者最亲的人陪跪。

镇上的响器班，自发为奶奶奏响，他们流着泪，鼓起腮帮，或挥动手臂，使出浑身力气，把他们对奶奶的敬重，全融进这响器里。他们身后，送行的人，从我家门前一直排到坟头。镇上认识的、不认识的，都来了。

哭丧的声音，像尖厉的风穿透山谷。松涛阵阵。

二

埋葬奶奶那天，干爹没有回武汉，他留了下来，为奶奶守孝。他让警卫员去镇上的“将军楼”住。“将军楼”是一幢三层楼的宾馆，由企业家出资，建在七里坪镇，专供将军们省亲时居住。七里坪镇走出的将军多，不算乡村属地，仅镇街上，就有二十五位。

干爹不去“将军楼”，他留下来，同我睡一张床。我从小到大，无论当年睡土砖床睡门板，还是睡现在的松木床，一直是一个人。同干爹睡在一起，我不习惯，干爹却大方，像是在他自己家。他在床的另一端，掀开被子钻进去。他并不急着睡。他倚着床头，同我说着话，问我下一步打算，我没有回答他。我，一个三十多岁的寡汉，能有什么打算，过一天算一天吧。

干爹似乎嫌我们通腿而眠，距离太远，他移到我这边。两个男人，紧挨在一起，我不自在。干爹不顾我的感受，一只手搭在我的肩头，几乎把我的头按在他的胸膛上。他未语先哭，泪在眼里奔涌。他颤声说：“儿啊，你是我的亲儿。我是你爹，不是你干爹……”

我将脑袋从他的腋下移开。我不知所措。我知道，他是在安慰我。奶奶帮过他，对他有恩，现在奶奶去了，我唯一的亲人没了。我说：“干爹，我没事，你不用可怜我、安慰我，你真的不用这样!”

那一刻，我处于痛苦中，我唯一的亲人没了。我可怜我自己，说话带着情绪。

干爹没有在意我的情绪，他平静地说：“孩，我不是安慰你，奶奶不是你唯一的亲人，你还有我，有你城里的妈，城里的弟弟。”

干爹伸手，从我的衣领里掏出我脖子上的挂件——一只纯铜的长命锁，用红色毛线拴着，红色毛线已被我的皮肤磨成了黑红色。长命锁年月久远，长满绿色铜锈。干爹端详着长命锁，他沉默，眼泪在他眼里打转。我知道，他那双眼里，溢满红安往事。他抚摸着它。他的手颤抖得厉害。他的肩膀也在抖动。他的心也一定是颤动的，因为我感觉到他胸壁在剧烈震颤。我怕他太激动，这样对他身体不好。我说：“干爹，你莫说，你歇着。”干爹说："孩子，先不说你，我跟你讲奶奶的故事吧，你奶奶是个大人物，她了不起……"

三

一九二七年初冬，七里坪郊外，一股匪军三百余人，追赶着一个年轻人。领头的喊："他是头，抓活的，抓活的！"领头的匪军大脑袋，大嘴咧开，活像一只站立起来的蛤蟆精。

枪声在那个年轻人的头顶雨点般响起，那不是要命的枪声，子弹都打在他的头顶或脚下。同他们的喊话一样，他们要抓活的。

年轻人奔跑在七里坪镇狭窄的街道上，在街角拐弯处，在他的前方巷子，一扇门突然打开，一个娇小的女人的身影探出来。当年轻人跑到她跟前时，那个女人的手，像一只鹰爪，死死地抓住他。

这个女人就是我的奶奶。奶奶极快地将年轻人拽进屋，将他推进夹层墙藏起来。七里坪地处大别山南麓，天台山脚下，这里群山环绕，匪患众多，不少人家有藏身的夹墙。

很快，门外的脚步声洪水般逼近，继而远去，消失在幽长的街道。这时候，夹墙的门被打开，奶奶将年轻人拉出夹墙。她打开后门，门口是繁密的竹林，竹林连着山，山上全是树。奶奶对年轻人说："快，从后门走，他们往北去了，一会儿他们没抓到人，还会回来。你进到林子，往南跑，一直往南。"

年轻人一路向南，连夜跑到木兰山，与失散的战友会合。

年轻人率部队打回七里坪时，才知道，那天他能逃脱敌人的追捕，并非仅仅是我奶奶家那堵夹墙。真正救他的，是我的二伯。他被我奶奶推进夹墙时，奶奶顺手摘下他的帽子，把它戴在我二伯的头上，奶奶让我二伯装扮成这个年轻的红军，向黑溪山飞奔，白腿子匪军在七里坪三里外的黑溪山追上了他，他们发现抓错了人，在黑溪沟畔杀害了他。

干爹突然停止他的讲述，望着我，表情凝重。他说："孩子，那个被白军追杀的年轻人就是我。"干爹处于极度的悲痛之中，他努力地控制情绪，想让自己平缓下来。但他没能够，他懊恼地说："我当时躲在夹墙里，并不知道外面发生的一切。"

干爹自己也是为了引开敌人，保护战友，跑上我家门前那长长的巷道的。

那年，干爹带着中国工农红军鄂东军的一支，在七里坪一带秘密行动，发动红军，为上级密谋的黄（安）麻（城）起义做准备。不久，干爹遭叛徒出卖，身份暴露，他和他的部队，被国民党民团和红枪会匪徒数千人围堵追杀。他为了保存实力，下令分散突围。他故意暴露自己的身份，引开敌人，以便更多红军突围，直至来七里坪，被奶奶救下。

干爹从木兰山带着红军杀回七里坪时，是七天后的事。干爹说，那时，我二伯的尸首还挂在黑溪沟边的古松树上示众。几个白腿子大兵在尸首旁巡逻，等待红军“上钩”， 干爹一声令下，杀死了他们。干爹抢回了我二伯的尸首——尸首分离，被砍成四截，在树上像悬挂的风干的腊肉，惨不忍睹。干爹把我二伯的尸首运回来，埋在我家后山坡。

那段时间，我大伯为了生计，从七里坪倒水河放排，直下汉口。大伯回来后，听说他二弟的死，拿起砍刀，要去城里同白军拼命，干爹拦住了他。干爹说，兄弟，现在给二子报仇，无异于鸡蛋碰石头，时机不成熟，白送性命。我大伯低头不语，在那儿生闷气。干爹说：“要不，你跟我干革命吧。我们的队伍人多，保准能给你兄弟报仇。”大伯不敢做主，看一眼奶奶，奶奶说：“去吧，跟着你大哥干革命。”

这个晚上，我的大伯拥有了一套军装、一杆长枪。这年冬天，黄麻起义的枪声打响，大伯战死黄安城。

战争局势紧，从攻城到外围战斗，牺牲的战友多，可怜我大伯，生不见人，死不见尸。干爹说，他的确是牺牲了，他的战友看见他牺牲了，战友当时顾不上他，后来，就分辨不出谁是谁了。

大伯留在这个世上的，只有我家山后他坟里的几件衣物，还有红安烈士陵园烈士墙上他的名字。

四

那场战争，惨烈啊。干爹说，黄麻起义胜利后，为了壮大队伍，干爹远赴麻城、光山、金寨等地，开辟新的根据地。出发前夜，他回到七里坪镇，辞别奶奶。那天，他见到了我爹，我爹那年才十六岁。他在大别山里追逐一只野猪，迷了路，跑到了河南光山县。他刚回来，衣衫褴褛，像要饭的。我爹说要跟着干爹去战斗，干爹不让。干爹对我说："我怎么忍心呢。他是你奶奶唯一的亲人。你爷爷早年因为生计，去山里采山货，遭了匪帮，被抢打中，抬回来时，已经断了气。你爹要是参加红军，家里就只剩奶奶了。"

干爹对我爹说："三儿，你留下来吧，留下来陪娘。"又是奶奶站出来说话。奶奶说："大侄子，让他去吧，大娘有脚有手，还养活不了自个儿？等革命胜利了，你跟你兄弟一起回来，大娘给你熏野猪肉吃。"

干爹跪在奶奶面前，喊了奶奶一声娘，起身，抹着眼泪快步离去。

我爹跟在干爹身后。

我爹还是个孩子，干爹怕他出意外，把他带在身边，让他当干爹的警卫员。说是警卫员，其实是干爹在保护他，但到底还是出事了。在长征路上，在西行途中，干爹的部队遭遇敌人袭击，埋伏在路旁的敌人，突然从灌木丛蹿出来，枪口对准干爹，情急之中，我爹飞身挡在干爹身前。

我爹中弹。干爹带着他的小股部队，与敌激战。

我爹就这样牺牲在长征路上。一路西行，征战，干爹别无选择，只能就近掩埋我爹。干爹摘下了我爹脖子上的那只长命锁，他原本打算把它交给奶奶，见到奶奶，他不忍心提及我爹的死，就把它留在自己的行军箱里。

"就是这只，这是你家的传家宝。"干爹抚摸着我胸前的长命锁，深情而悲伤。他的眼泪再次涌出，他说："平儿，我没能保护好你爹，他那么年轻。他就死在我怀里，他在我怀里流尽了最后一滴血。孩子，你的爹，他是睁着眼死去的。他想奶奶，他那么年轻，他不想死啊，可是为了我，他死了。"

干爹用他苍老的手背抹了一把泪，这次，他没掩饰他的哭泣，他的声音带着悲伤，他的语气充斥着愧疚和自责。他说："他跟了我四年，他刚二十出头。我一直想，等战争消停一些，不那么紧张，我就给他娶个媳妇，给老程家留个后，可是，一路征战，奔走，未能如愿。"

解放后，干爹去寻找我爹的坟，希望请回他的骨殖，但他没找到。在他记忆中的那片土地上，每一块山坳，都像是我爹牺牲的地方，仔细审视，似乎又不是；荒冢遍地，不少坟像我爹的，仔细回想，似乎也不是。

"我爹那么年轻，就死了。那么我呢？"我问干爹。

干爹说：“你是我的儿子。”

干爹说：“平儿，你爹是奶奶家又一个为我而死去的人。我欠老程家三条人命啊！你爹是奶奶最后的亲人，他死了。这么好的人家，为了革命，都牺牲了。”

五

长征胜利后，红军继续战斗。战争打到南方，干爹南下。那年我三岁，干爹路过武汉，连夜去看奶奶，奶奶问及她的三儿我的爹，干爹无以面对，不敢直言。干爹说，他在我身边，他工作忙，没回来。干爹说，奶奶从来没有怀疑过我爹的死，那是她唯一活下去的希望。干爹不敢把我爹的死亡告诉她。奶奶问我爹还好吗，干爹说好。奶奶问他也娶媳妇了吧，干爹说娶了。奶奶问他也该有娃了吧，干爹停顿了一下，笑着说，有，有哩。干爹笑过之后，就去了茅房。干爹躲在茅房里痛哭流涕。干爹说，那一刻，他想到了我，也就是在那一刻，他决定把我送到奶奶身边，让我给奶奶当孙儿的。他让我给奶奶做伴，让我延续老程家的香火。

干爹连夜回到武汉，回到乱世里临时安顿下来的家。他从我母亲身边，抱起熟睡中的我，都没跟我母亲商量，让司机开车，把我送到七里坪。

干爹说：“娘，三兄弟打仗，去了长沙，这是他的孩，他没时间带，你帮他照看吧。”干爹给奶奶两块银圆，说：“这是三兄弟让我捎来的。”

干爹对我说：“人，总是怀着希望前行的，奶奶太苦，我得给她活下去的希望。”

回到部队，干爹隔一段时间，就以“三儿”的名给奶奶写信，问候老人，也了解我的近况。奶奶不识字 ，干爹的信，常常是有去无回。干爹不在意奶奶回不回信，他在意的，是用书信这种方式，让奶奶以为，她的三儿还活着。

三个月后，干爹继续南下，他再到七里坪看奶奶、看我。他这才告诉奶奶，她的三儿牺牲了。

“幸运的是，三儿给你留了个后。”干爹抱起我，对奶奶说。

干爹说，奶奶听说我爹死了，眼泪涌出来。她哭了，她的哭泣没有声音。她默默地走进灶屋，生火，给干爹煎鸡蛋、煮面条。

我静静地坐在床头，紧挨着干爹，听他讲述。我说不清我是感动，还是委屈。这么多年，我受的什么罪？穷，又苦又累，把我熬成一个老光棍儿了。

我说：“干爹，你不要骗我，你同情我、可怜我，奶奶没了，我一个亲人都没了，你现在来告诉我，我的亲爹还活着，你是我的亲爹。你这是可怜我、安慰我。可是，干爹，你不用这样。”

“孩子，这是事实啊！”

“可我一点儿也记不得。”

“你那时还小。”

“后来我长大了，可你为什么到现在才说？”

“因为奶奶活着。”

我转过脸去，不看干爹。我的目光落在墙上，那上面有一个相框，相框里，有一张我七八岁时的照片，那是我为数不多的几张照片之中的一张。以前我没在意，现在仔细看，我吓了一跳，我竟从照片上那个我的眉眼间，看出了干爹的影子。而这一点，奶奶是看不出来的，她常年思念儿子，为儿子们流尽了眼泪，哭坏了眼睛，她近乎失明。

六

平儿，干爹喊我。他一会儿叫我“平儿”，一会儿叫我“孩子”。

我心里如烟似雾，我的脑子是乱的。我无法理清过去，也难以接受现在。我果真是一个将军的儿子？将军在省城军队任要职，而他的儿子竟然在这山里，贫穷困苦，打着光棍儿？

“干娘呢？”我问干爹，这么说来，她应该是我的亲娘。我说：“她同意你把亲生儿子送别人？”干爹说：“我把你送人，你妈不同意，是我坚持要这么做的。再说，奶奶不是别人，她是我的救命恩人。你妈最后接受了这个事实，但这也成为她的一块心病，她从不到山里看你，不是不想，她是在逃避，不敢面对。一想起你，她就痛哭、抽搐，甚至晕厥。”

我脸像有虫子爬过，我知道，那是我的泪。我怕干爹发觉我在哭，我没有伸手拭泪。

“平儿，爹欠你一个拥抱。我从来没有像一个父亲那样抱过你。你出生时，我不在身边。把你送到山里那天，我倒是抱过你，那是我唯一的一次抱你，却是将你送人。爹今天就是想再抱抱你，当年把你抱着送给奶奶，今天，把你抱回我身边。”干爹说着，伸出双手抱紧我。他企图像抱一个小孩子那样抱着我。他潜意识里，一定是回到了遥远的过去。他要抱紧我，似乎怕我像一只鸟儿那样飞走，但他没能够。他老了，瘦了。若不是那身军装，他看上去，就是一个小老头。

我拥抱了他。当我们的胸膛贴在一起时，我心潮澎湃，我真切地感觉到了他的胸膛，那里热血奔涌，如山洪奔泻。

我的泪流得满脸都是。干爹的眼泪，也终于流出来，在脸上亮闪闪地流动。

干爹声音哽咽，说：“孩子，在你最需要我的时候，我没有在你身边，没尽到一个父亲应尽到的责任。我几次回山里，想把你带走，可是，看见奶奶那个样子，我不忍心。后来，我想帮你，想带你到城里读书，我又被打成右派。再后来，我平了反，恢复原职，你奶奶的身体却差了，离不得你，就这样，把你耽误了。三十多岁的人，没有娶上媳妇，这是最让我心痛的。”

“你们过得苦，我其实总想资助你们，奶奶坚强，她拒绝，我又不方便把你的真实身份说出来。”干爹颤声道。

我说：“干爹，你别伤心，这都是历史，是命。再说，我现在不也挺好吗？”我说自己挺好，自然是在安慰他。以前，我觉得苦，现在，知道我是一个将军的儿子，我觉得委屈。

奶奶的坟旁，她三个儿子的坟并排着，两个是空的，衣冠冢，另一个，尸首被砍成四截。

“奶奶苦啊，我对不起她。”干爹抹了一把泪说，“好了，不说这些，睡吧。”

毫无睡意。我们就这么靠着床头，彼此依偎，静静地坐着。

夜寂静无声，一只蟋蟀低吟浅唱，引得干爹轻声哼起歌：

清风牵衣袖，
一步一回头。

山山岭岭唤我回，
一石一草把我留。
啊，再看一眼大别山，
看一眼大别山
……

因为是深夜，干爹将声音放得很小，但他的歌声深深地震撼着我。干爹眼里噙着泪，这是这几天，他数次落泪中的又一次。他掩饰说，人老了，眼睛不好，迎风就落泪。他说，大别山的人，好啊！

干爹给我讲起这首歌。

那年，军队首长重访大别山，回程途中，经过武汉军区，他对军区政治部的干部们说，唱一唱大别山吧，大别山的红军同样可歌可泣，请你们创作出一部像《长征组歌》那样的作品来。

两年后，“大别山抒怀”系列歌曲诞生。这年年末，武汉军区在湖北省委小礼堂，向首长进行了首场汇报演出，主打歌曲是《再见了，大别山》。干爹作为首批观众，就在现场。众首长沉浸在浓浓的乡情里。礼堂的灯光，照着一张张饱经风霜的脸，每张脸都泪光闪闪。

演出结束，众人离去，空荡荡的礼堂，只剩下干爹，他在那里失声痛哭。他跪在地上，朝着舞台，一声高呼：“娘！”

那一刻，他想起了我的奶奶。

第二天清晨，干爹乘车从武汉出发，历经一天，于黄昏时来到七里坪，跪拜我的奶奶。

那天，奶奶努力地睁着她那几乎全瞎的眼睛，问干爹：“是大侄子回来了？来，让干娘看看。”干爹说：“娘，我不是大侄子，我是你的儿。你不是干娘，你是我的亲娘！”

干爹再次回来的时候，带给奶奶一个匣子，能收音，能录音，他给奶奶准备了十几盘磁带，有歌曲、黄梅戏、湖北大鼓，更有“大别山抒怀”，但奶奶很少去触碰这个匣子，也不许我碰。每隔一段时间，她会把它拿出来，小心地擦拭。每次擦拭，奶奶的手都颤抖得厉害。

干爹说：“平儿啊，干爹对不起你。可是，干爹这条命，是奶奶给的，是老区人给的。奶奶的三个儿子，两个替我死了，一个跟着我打仗，也死了。平儿，你怨恨爹不?”

他居然在我面前称爹，去掉了那个“干”字。我内心繁复，说不上是怨，也说不上是悲，总之，不是很舒服。我是他的儿子，我应该跟他在一起，同我的两个弟弟一样，接受城里的教育，读书，到军营当军官，娶媳妇，爹却把我扔在这大别山。我穷，我苦，我至今还是一个老光棍儿。

可是，我能说什么呢？干爹说过，他的命是奶奶给的，而我的命，是他给的，他是我的亲爹，我能说什么呢!

干爹说：“孩子，记住奶奶，记住她的三个儿子吧，他们是烈士。你大伯程正义，二伯程正道，还有程正德，你管他叫爹。”

七

两个男人，一夜无眠。

有香味伴着清晨的光线袭来。干爹说，是桂花香。他起床，趿上鞋，走出大门。窗外那株桂花树，已经有碗口粗了，是他亲手栽下的。那年干爹离开七里坪，去安徽河南开辟新的根据地，临别，在奶奶的窗前，亲手种下这棵树。现在，一到八月，满巷子都是桂花的香味。

山宝沿着巷道向我们走来。我说：“来，山宝，叫爷爷。”山宝朝干爹喊了一声“爷爷”，干爹赏了他一个物件，像是一枚纪念章。

山宝十二岁，是镇子南头一个寡居女人的孩子。他娘让他喊我干爹。我们山里人，有一种习惯：势单力薄的人家，喜欢认干亲，拉帮结友，寻求庇护。

一声“干爹”，我就有了责任，有了义务，有了爱，有了希望。

山宝命同我，苦。他很小的时候，他爹到山上采草药，遭了蛇咬，没能及时治，就死了。他的娘，原本想等他爹满周年后，嫁给我。男人的死，她郁悒，生活负担重，到底把她压垮了，终于成疾，病重的身体几乎不能自理。为了不拖累我，她收回了嫁给我的想法。她说，她活一天算一天，那意思就是等死。她求我替她把山宝带大。

“你没有女人，我想嫁你，老天不让。你没有儿，我送你一个儿吧，山宝就当你的儿。”

“我喜欢山宝，我愿意山宝做我的儿。”

给奶奶办完后事，干爹让我跟他进城。干爹说：“平儿，跟我到城里去，你才三十多岁，一切还来得及。”我说：“干爹，你把山宝带去吧，让他到城里读书，将来不要像我，窝在这山里。我不走了。我要留下来陪奶奶，再说，山宝娘也离不开人。”

我哽咽，语不成句。停了停，我说：“干爹，山宝就交给你，交给我城里的兄弟了，我这辈子就这样了，孩子不能耽误。”

干爹望着我，似乎有些失落。我凝视着他。我很想叫他爹，或者像城里的孩子一样，叫他一声爸，但我没有勇气喊出来。我自卑。我觉得我不配，他是将军，我却如此落魄。他好像窥探到了我的内心，他或许真的渴望我叫他一声爹。有那么一瞬间，他凝望着我，似乎等着我叫他爸。我张了张嘴，但最终，我没能喊出来。

我看见他浑身轻微地战栗。他沉重的下眼袋抖动着，那里面隐藏着他太多的眼泪，但这次，他没让它们流出。

我说：“干爹，你年岁已高，不要太劳累。”我还是叫他干爹。他平淡一笑。我没再说什么。他血压高，不能太激动。我上前一步，搀扶着他。他紧紧地，紧紧地抱住我。我感到了他的心跳，因激动而变得快速的心跳仿佛在证明，他的确是我的亲爹。

他递给我一张银行卡，我不要，我让他用在山宝身上。他说：“卡你拿着吧，带山宝娘上医院看看，也许她还能站起来，我回去就联系医院。山宝你不用愁，我把他交给你弟弟。”

八

他们要走了。山宝朝我挥挥手，喊了我一声“干爹”，就兴奋地钻进了轿车。

“等等，”我冲山宝说，“宝儿，这只长命锁，你戴上。”我摘下我脖子上的长命锁，挂在他修长的有着汗泥的脖子上。

干爹进屋，在我家的堂屋里，面对奶奶的灵堂，大喊一声，娘！他重重地跪下去。之后，他退到门前，朝着远处巍巍大别山，长跪不起。

送行的人群，抽泣一片。

我终于忍不住哭出声来。是的，奶奶太苦，奶奶太累，奶奶忍受着这么大的痛，却从来不说。她眼瞎了，可她不是哑巴。但多年来，她几乎把自己活成了哑巴。偶尔，我听她自言自语：黑溪山那么大，二子那么熟悉，咋没逃了呢？

每天，太阳落山那一刻，奶奶打开后门，朝着后山坡儿子们的坟地张望，是她必有的举动。

她是在唤儿回家。

干爹并没上车。他让司机开车前行，让司机把车载音响打开。车在山路上颠簸，他跟在车后。他老了，的确老了，步履有些蹒跚，但那腰板依然笔挺。他的背影在乡村石子路上起伏。歌声从车窗钻出来，在松林上空响亮地飘荡：

轻风牵衣袖，
一步一回头。
山山岭岭唤我回，
一石一草把我留。
啊，再看一眼大别山，
看一眼大别山

大别山呀养育了我，
我要把你铭记在心头！
啊，再见了大别山，
再见了大别山……

我泪眼蒙眬。干爹的身影，在青山绿水间慢慢远去。我久久地凝望着那个缓慢移动的身影。他叫王新生，一名共和国的将军。他的手下喊他副司令，我叫他干爹。他是我的亲爹。

《中国作家》2019第8期

金　钢

/陆颖墨

一

凌晨三点，礁长钟金泽准时起床，猫腰悄悄出了礁堡的门洞，到了平台。说平台，也就相当于半个篮球场，整个礁堡矗立在茫茫南沙海面，底盘也不过一个篮球场大。

今天夜里凉爽了，除了哨兵，大家都睡得很香甜。为了这香甜，礁上关闭了柴油发电机，用太阳能储存的电保障仪器设备的运行。钟金泽快步走到礁堡的西侧，见军犬金钢正在呼呼大睡，百感交集。昨天傍晚，钟金泽喂了它两片安眠药，它终于踏实地趴下了。

钟金泽眯起眼睛，看了看平静的海面，又仰望满天的星星，重重地叹了一口气。他转过身去，蹲下凝视熟睡的金钢，像是有感应，金钢动了一下。它醒了？没有。金钢舒服地翻了个身，还是呼呼大睡。听鼾声，比刚才还要香甜。这南沙的海面像镜子一样，一轮明月带着满天繁星映在上面，晶莹剔透。放眼望去，上下两个星空在天边无垠处相连，分不出哪儿是天、哪儿是海。钟金泽恍惚间，礁堡也变成了一颗星星，进入了太空。

这里是中国海的最南端，乘军舰到海南岛至少要五十个小时，到西沙永兴岛要三十多个小时。去最近的兄弟礁堡，也要坐上五六个小时的舰艇。

都说四月的南海西湖的水，浪小海面平。现在已经到了七月，海面还像四月一样平静，平静得让人害怕。钟金泽下意识地摸摸自己的膝盖：伙计，天气预报准吗？

来南沙前，他在西沙待了十多年。岛上湿度大，腿关节染上了严重风湿，老是咯咯作响。膝关节不同程度的疼痛，告诉他要来什么样的天气。小疼是天天有，如果疼得要贴膏药，那雨就要来了。去年九月份，他调来南沙守礁，这儿的湿度比西沙还要大，所有人在礁上都要戴着护膝。在西沙，虽说小岛不到一平方公里，但有泥土，有树林和植被，在茫茫大海中具有调节湿度的能力。而南沙，礁堡就是一个水泥墩子，杵在水中央，空气中的湿度，还有温度和盐分，要比西沙高出许多。所以在南沙上了礁，虽然有护膝，他还是经常要贴膏药。一旦要下雨，就疼得受不了，得吃止痛片。吃几片，就知道雨多大。昨天下午，他吃了，还好是一片。

三点半了，指导员也悄悄来到了平台。班长刘岩带着两个老兵抬出了橡皮筏子。钟金泽走过去，拽了拽筏子上的绳子，有些走神儿。腿是不怎么痛了，心里却痛得厉害：半小时后，金钢就要乘着这个筏子，在茫茫大海上独自漂流……

二

金钢跟随钟金泽已经五年零八个月了。在西沙，每一次巡逻，它都在前面引路。特别是在珊瑚礁上，有金钢领着，就能在潮起潮落中，轻松避开那一条条深深浅浅的海沟。要是遇到复杂天气，金钢的作用就更大了。

在西沙守岛部队中，金钢是出了名的。它能在一群避风的渔船中发现危险品，避免重大事故；它能在漫天大雾中帮助部队准确找到目标；它还能在台风的间隙中，给困在哨所的几个战士送去食物。

钟金泽当排长那会儿，有天海上突然起了土台风，一艘渔船中招，在岛西边触礁散了架，七八个渔民都掉到海里。土台风是南中国海的“特产”，突然生起，突然消失，神出鬼没，无法预报。还好台风中心没到，战士们开着小艇，顶风把他们一个个救到岛上。渔民们感激得流泪鞠躬，但叽里呱啦的，战士们听不懂说了什么。新兵刘岩是海南黎族人，在哨位值班，被钟金泽找来，听听是海南哪儿的方言。刘岩一听就急了：“他们不是中国人！”从刘岩那双喷火的眼睛中，钟金泽马上明白这帮渔民是哪里来的。刘岩的父亲也是渔民，一年前打鱼被台风吹到他们那边，让巡逻艇抓住，打伤了腿。因为这事，刘岩连大学都不上了，直接到了海军当兵。突然，刘岩抄起根棍子要冲过去，钟金泽急忙把他抱住。

这时，金钢猛叫了几声。钟金泽抬头一看，岛南边海面上漂浮着一个红点。是个渔民，被浪从西边打过去的。钟金泽赶紧解开摩托艇的缆绳，上艇发动引擎要去救人。不料，咯噔一下，小艇猛地刹住，他一个踉跄，差点儿冲到海里。回头一看，刘岩把缆绳套住了，不让去。小艇的发动机还在快挡上运行，缆绳拉得笔直，像要飞起来。艇尾离岸三四米，他够不着。正干着急，只见金钢一口咬断缆绳，飞身跃上摩托艇，快艇箭一样冲了出去。

快要接近目标了，浪变得更大，小艇不敢停下。眼看着渔民就要被大浪吞没，钟金泽冒险让艇身划了个大弧，小艇从对方身边掠过的刹那，金钢把口中的缆绳猛地甩出，对方接住了。

台风后，上级派船把渔民接走了。因为这次救人，钟金泽和金钢，还有几个战士都立了功，刘岩挨了个处分。

刘岩憋了一肚子火。那天，他看到金钢尾巴一摆一摆的样子，气不打一处来，踢了一脚它的屁股，那一靴子上去还真不轻。金钢一声惨叫，转身反扑过来，一下把刘岩扑倒在地，白森森的牙齿压住了刘岩的喉管。刘岩吓蒙了。远处的钟金泽一看，大叫“金钢”，直奔过来。可谁想，金钢早就收了爪子，还咬着刘岩的衣服拽他起身。刘岩满脸通红，气急败坏地又捶了一下金钢。当然，这回不敢用劲儿了，金钢像被按摩了一下，欢快地叫了起来。从此，金钢老是围着刘岩闹，亲热得很。

一年夏天，两栖突击队来西沙海训，上了岛。带队的连长和钟金泽是一个新兵连的。这小子入伍前就是省里的少年武术冠军，当兵后又考上了特种兵学院，武艺高超是全海军有名的。没想到在岛上能见到钟金泽，特兴奋，聊个不停。钟金泽听他侃，开始觉得挺开眼界，渐渐觉得话头不对，牛了，似乎有点儿小瞧守岛部队的意思。钟金泽就截住话头，把金钢抬了出来。没想到这家伙说：“兄弟，落后啦。这金钢，守守小岛、看家护院还行，遇到我们正规军，就差点儿事了。”钟金泽心里不爽：怎么啦，你特种兵是正规军，我们守岛部队就不是啦？他马上让刘岩把金钢叫来：“你俩比比，看谁差点儿家伙事。”那连长说：“让军犬跟我比，比啥？无声手枪一枪就够。”钟金泽问：“用无声手枪算啥本事？”连长反问他：“敌人来偷袭，还约好立个规则？”他拍拍钟金泽的肩，“兄弟，时代不同啦。”

“啥不同啦？”钟金泽冷笑了一下，“你用无声手枪试试看。”

“我不试，别坑我。”

钟金泽根本不让步：“谁坑你，橡皮子弹你不会用啊？刘岩，防弹背心给金钢穿上。”刘岩应了一声，马上把印有军徽的军犬防弹背心给金钢穿上了。

“别穿了，还背心呢，我是枪枪爆头。”

连长说。“你爆给我看看。”钟金泽为了金钢，为了守岛部队，非要争这口气。两个人争来争去，最后上级同意他们用橡皮子弹比试一下。

比试在小操场，守岛部队和海训部队都来观战了。当刘岩牵出金钢时，那个连长一怔：这是哪一出？金钢居然没穿防弹背心，却戴上了像防毒面具一样的头盔。他觉得钟金泽糊涂了，比武的要诀就是一枪爆头或击中心脏，不让军犬发出叫声。但连长没敢轻敌，飞快闪进了操场旁的椰林，借着椰树和金钢周旋。几个来回，他卖了个破绽，突然一下跌倒。金钢飞腾而起，直扑过来，连长迅速拔枪反身对它心脏射击。但一扣扳机，他立刻愣住了——金钢跳起来的时候，用左前脚紧紧护住了胸口，橡皮子弹击中了它的前肢。几乎同时，金钢发出了一种人们从未听到的吼叫，低沉而又有力，这种声音传得很远很远。

连长马上明白，金钢受过特殊的训练：当它被袭击时，在生命的最后时刻，会用尽全身的力量向部队报警！

在场的人都被金钢的一声吼叫镇住了，这是一个真正的勇士以生命相许的誓言！

吼叫声中，连长快速向左避开。但金钢在空中弹起的瞬间，依然盯住他的动向，变换了身姿，侧身扑到了左边，拖住了连长的右腿。

连长服气了！

比武结束，连长走过去对着钟金泽就是一拳：“没想到你小子还挺狡猾。不让金钢穿防弹背心，给我卖了个大破绽。”当天，他就拿金钢的这声吼叫来激励第一次参加海巡的新兵——看看人家金钢！

这一声吼，也让钟金泽出了名。从海岛的实战出发，他在金钢身上费了多少心血、开了多少小灶可想而知。也确实，为了让军犬在海岛更好地发挥作用，这些年，钟金泽真是没少费心思，摸索出大量的经验。所以，他十分有底气地向上级要求：带着军犬金钢到南沙守礁。

三

军犬为西沙守岛部队立下了汗马功劳。南沙的守礁部队，也尝试让军犬上岗。但是，经过一个阶段的试训，没有一只军犬能在南沙待够两个月，最后都让补给船或经过的渔船捎回了大陆。那时，钟金泽在西沙，一直关注着这件事，听到一次次尝试的失败，感到很惋惜。直到去年，听说上级决定放弃这种尝试，开始研制“电子狗”，他着急了。因为金钢，他对所有的军犬都有深深的感情，他不愿意让军犬认这个输。凭他的经验，军犬的嗅觉、听觉，尤其是第六感觉，“电子狗”是无法替代的。

钟金泽不甘心！他一次次地请求，终于，上级同意他带着金钢再做一次尝试。

按照专家的结论，人在礁盘上的极限是三个月，超过三个月，会慢慢变得狂躁和思维退化，所以守礁的士兵都是三个月一轮换。但这几年，有不少海军官兵在打破守礁的纪录，从三个月到六个月，再到九个月甚至一年。钟金泽想，既然人在不断突破极限，金钢也应该能闯过这个难关。而且和别的军犬不一样的是，金钢在海岛生存的经验丰富，更容易适应南沙的环境。特别是有一年西沙来台风，几乎两个多月他们都没出过营房，应该和南沙的空间环境比较接近。他想，一旦金钢能在南沙礁盘上待够三个月，那就证明，只要训练对路，军犬是可以守礁的。那么每三个月，就可以和守礁部队一起轮换了。

但是，钟金泽还是非常慎重地展开这次任务。他提出，他先上南沙守礁几个月，等情况熟悉了，再让金钢上南沙。

去年九月，钟金泽到南沙守礁部队担任见习礁长。在南沙，他感受到了和西沙不一样的体验。刚上礁不久，一场特大的台风从西太平洋猛扑过来，巨大的波浪一个接一个劈头盖过来，像要把礁堡变成潜水艇。等到巨浪过去，刚松一口气，台风正面就冲击过来。窗户上几厘米厚的钢化玻璃叭叭作响，先是朝屋里慢慢鼓起，像块软塑料，紧接着出现了一个个发射状的纹路。钟金泽感觉玻璃就要炸开，问老礁长，是不是赶紧把战士们撤到地下室去？老礁长有经验，说不用。一整个下午，他死死盯着那鼓起的玻璃和一条条裂纹。那叭叭的响声，总像在告诉他马上就要炸开了。终究没有，但台风过后，还是换上了新的钢化玻璃。

第一次守礁，钟金泽就闯过了三个月的节点，轮换时，他要求留下来。到今年三月初，他整整守了六个月。要不是膝盖不争气，他还想再守三个月。当然，这六个月的见习礁长没白当，礁盘的潮汐规律，他烂熟于心，连天上北斗星随季节的变换，都记在了脑海里。

四

钟金泽是在今年三月随轮换部队下的礁。在大陆休整了两个月，觉得腿上的疼痛减轻了，他就和金钢一起上了南沙礁堡。

金钢刚上礁那十来天，可欢了。它见到了礁长钟金泽，还见到了老朋友刘岩。应该说，金钢上礁堡，钟金泽已经为它打造了相对熟悉的环境。

金钢在礁堡上开头那十几天，还真没事。日子久了，问题就来了。五月份，随着天气一天比一天闷热，金钢的舌头也越伸越长，喘气声也越来越粗。有个浙江新兵小周开玩笑说："这金钢刚上岛喘气像奔驰，怎么现在像推土机了呢？"虽说小周是开玩笑，但说到了钟金泽的痛处。金钢喘粗气，他听着心里也憋得慌。

小周在家里养着一条黑贝，所以见了金钢特别兴奋，没事就来逗金钢。他找了钟金泽好几次，要跟着刘岩一块儿训练金钢，钟金泽让他先陪金钢逗逗乐、解解闷，算是考察。

金钢不愧是金钢，不管天多闷多热，傍晚稍凉些，就跟着刘岩在平台转着圈跑开了。虽然场地过小，弯绕得有点儿急，有时头会眩晕，但金钢的跑步训练没有减少。一只军犬的爆发力，全在它的助跑。如果不练，爆发力就会慢慢减弱。在南沙这么小的地盘上让金钢练跑步，还真不容易。钟金泽让小周给刘岩做帮手，这小周还真顶点儿用，上手很快。

落潮的时候，战士们走下礁堡，在礁盘上巡逻也带着金钢去。但这儿的礁盘和西沙不同，吃水深，露出水面一块一块，在路线上不连续，战士们不时要踩到没膝的海水里。好在这里海水很清，水里的礁石看得清清楚楚，战士的脚不会踩空，只是金钢要跑起来就很困难。看来，要让它熟悉这儿的地形，也不是一两天的事。

开始，金钢一直由刘岩牵着训练。到后来，小周在礁盘上的步子也扎实了，让他牵了几回金钢，把他美得不行。

一天天下来，终于坚持了两个月，七月底到了。天气预报，台风和雨季一周内就要来到。雨季，战士们欢迎，天变凉，还能收集淡水。但南沙的台风着实让人惊恐。

补给舰来了，这是台风前礁堡的最后一次补给。下次补给，要一个多月后。

领导特地来电话问："金钢还能不能再坚持一个月？要不要把它接下礁盘？"钟金泽知道这是个严峻的问题。这一个月台风期，不光上级不会再派舰艇过来，其他船只也不会有了。他算了一下，金钢上南沙守礁已经有两个月零三天，超过了其他军犬最高纪录十九天。再有一个月，就是胜利。现在没有任何失败的征兆，凭什么让这次任务半途而废呢？如果这时让金钢提前离开礁盘，那他钟金泽和金钢这两个多月就算是白来了。

但是，万一金钢撑不过去呢？他心里颤抖了一下。那就彻底宣告军犬在南沙守礁的失败，部队只能等上级派"电子狗"来了。"电子狗"什么时候研制出来、效果如何，不得而知。

金钢不能走！在南沙，钟金泽如果这么轻易便宣告失败，就是对金钢的不负责任，也是对自己和部队的不负责任。一次次难关，他和金钢都闯过来了；一次次战功，他和金钢都立下来了。他的金钢什么时候丢过人？他钟金泽能从士官直接提干成排长，不就是因为立过一次二等功吗？那个二等功，钟金泽心里清楚，一半是金钢的。

他又想起了那次比武。发出那种吼声的金钢，能熬不过这三个月吗？自己六个月都能过，要不是膝盖，九个月也行，金钢能顶不住这三分之一？

礁上紧急召开支委会会议，钟金泽的意见大家都同意。

在军舰驶离码头前的最后三分钟，钟金泽正式向上级汇报："金钢留下来，能行！"

五

万万没想到，军舰离开后的第三天，出事了。

第三天上午有点儿闷，下午三点多突然起了凉风。大家看到旗杆上的国旗飘起来了，都到平台上乘乘凉。说乘凉，也都是穿得严严实实。要不戴上护膝，凉风带着湿气会悄悄地钻进骨缝；要不穿长袖，南沙的紫外线两小时就会让你脱层皮。全礁十二名战士，除了在机房值班和夜班补觉的，来了七八个。主角又是小周，这小子，仗着去过的地方多、见得多，就喜欢神侃，但也有人愿意听。开头几回，钟金泽听不下去，想让他收敛一些。指导员拦住了，说在岛礁上，巴掌大的地方，新的话题是化解寂寞的最好办法，有这个活宝在，能让他少操不少心。指导员比钟金泽小四岁，但是老南沙了，钟金泽这个新南沙当然得听他的。

这天，小周扯得有点儿远。他说自己属马，世界上带马的国家，他上中学时都去过。

马上有人问："哪几个带马的？"

"马来西亚、马尔代夫、马达加斯加、马赛、马德里……"

马上有人截住："等等，这马赛、马德里是国家吗？"

小周根本不接话茬儿，话题一转："我就说这个马尔代夫呀，就像我们南沙。"

对方又追上来了："哪儿像啊，是海水像吧？"大家都笑了。

小周就像没听到，接着说，说等他退伍了，就到南沙礁盘上来建个五星级酒店，再建个度假村，马尔代夫也没这儿漂亮。到时候，和他一起守南沙的一人给一套房。

大家又都哄笑了："那金钢有没有一套？"

听到战士们开怀大笑，钟金泽心里也舒坦了许多。守礁兵在这茫茫大海、海天一色中，待太久容易抑郁，这大笑一次，起码管三天。

钟金泽坐在门洞口，没戴太阳镜，眯着眼睛仰望着猎猎作响的国旗。上午湿度太大，都超过了百分之百，国旗湿漉漉地紧挨着旗杆，像要滴下水来。下午来风了，国旗飘扬起来，能看出旗面上一道道深深浅浅的印痕，那是湿布面被紫外线照射的结果。正面对阳光的，红色褪了不少，藏在皱褶里的，颜色还很深。再细看，还能看见旗面上一圈圈不规则的白细线，那是空气中的盐分留下的痕迹。

小周说得兴起，站起来了，走到趴着喘气的金钢面前："你能不能守三个月？守够三个月我就给你整一套，咱俩做邻居。"见金钢光喘气不理他，有些没面子，就用右脚尖拨开它的前爪。

金钢忽然抱住他的右脚，一口咬了下去。紧接着小周一声尖叫，抽出腿，退了好几步。要不是边上人拽住，他都要掉海里去了。

钟金泽正冲着国旗凝神，听叫声吓了一大跳。金钢抱住小周右脚时，他以为是闹着玩的，没想到真下了口。钟金泽跳起来冲过去，要吼住还朝前扑的金钢。没想到，金钢张着大口朝自己扑了过来。好在钟金泽经验丰富，采用了反制措施，和刘岩一道把金钢按住。匆忙赶来的军医，给金钢打了一针麻醉药才将它稳定住。钟金泽赶紧去看小周的脚，还好，靴子结实，留了两排牙印，没有咬破。但他心里更是着慌，凭金钢以往的水平，这样的靴子能咬不破？这脚，能让小周抽得回去？

小周连说没事没事，可钟金泽怎能没事？多亏是白天，要是晚上人睡着了，扑过来还了得……直觉告诉他，这环境，金钢挺不下去了！别的军犬是蔫下去，金钢倒是刚强，只是刚强得控制不住自己了。

六

情况马上向上级报告了，同时申请上级派艘船来把金钢接走。上级很快答复：台风快来了，船不可能派。上级告诉他们，舰队机关紧急联系了中远公司，所有货轮都已驶离这片海域；广东、广西和海南的渔业部门也回应，渔船已进入防风状态。为了守礁官兵的安全，需要对金钢尽快就地处理。

处理？钟金泽如遭电击，从头麻到脚。自己的金钢就这么处理了？不知怎么的，他脑中浮现出那次比武，那个连长举起的手枪，以及金钢那声震撼人心的吼叫……

他不能接受这个现实，但心里明白，上级的命令是正确的。

支委开会，研究处理的方式。小周知道要处理金钢的消息后，发了疯似的冲到队里："是我惹的金钢，要处理就处理我！"钟金泽和指导员都劝他，这不关他的事，是金钢自己扛不住这恶劣环境的高温、高湿、高盐，特别是长时间的水天一色让它大脑紊乱。

小周哪是这几句话能说服得了的？他要用军线通知大陆的战友，让找家里人花大价钱雇地方船过来接金钢。钟金泽说支部还要研究，不要胡闹！让刘岩先把他拉走。

“处理”这两个字，像刀片一样扎在钟金泽的心头。他太了解金钢了，作为一名老战士，金钢是不会惧怕死亡的，它牢记的就是生命的最后一瞬，向战士们发出呼叫警报。而现在，就这样窝囊地离去，金钢自己肯定是万万不能接受的。看着被打了麻药趴在那儿一动不动的金钢，痛苦和内疚像潮水一样把钟金泽覆盖、吞噬。这次任务，是他请缨，付出的竟是金钢的生命。他从来没有如此深切地想过，和他朝夕相处的金钢，立下一次次战功的金钢，也是血肉之躯。他想：上次守礁后回大陆休整，刚上岸那几天，他好几次把日子搞混了。上次守礁，如果真的在六个月的基础上再加三个月，自己是不是也会脑子紊乱？

不错，金钢是和他在西沙一起躲过两个月的台风，但台风的间隙，他们出去过几次。在这里，他觉得让金钢下下礁盘也一样，怎么就不想想西沙岛虽然小，但有树林、植被，而这里只有水泥礁堡，只有海天一色。军舰离港前，他给上级答复时，为什么不把这些不利的因素考虑一下？光让金钢来壮自己的胆，却没有考虑金钢……往深里想，是不是因为自己的腿风湿太厉害，自己在岛礁的时间也不会太长了，急着想和金钢一起再创新的辉煌？因为这些，害了金钢。

巨大的痛苦变成了深深的自责，几乎让钟金泽喘不过气来。但他没有时间犹豫。处理金钢，自己接受不了，战士们同样接受不了。

刘岩来报告，小周老要来找金钢，看它醒没醒，说让它咬一口，他爸就是到国外租用万吨轮也会来救自己这个独子的。钟金泽的心又揪住了，真有人被咬了怎么办？

必须尽快处理。气候不等人，战士的情绪也不等人。

支委会会议开了一个多小时，争来争去没有结论。钟金泽明白，大家在等他表态。他说了想法。处理金钢，一种选择是天天注射麻醉药，熬几天算几天，这样的结果，不是金钢变傻，就是孤寂地死去。第二种选择是直接注射药物，让它无痛苦地死去。大多数人选择了第二种，但是刘岩反对，钟金泽自己也反对。于是他咬了咬牙，艰难地提出了第三种选择：让金钢像个战士一样死得轰轰烈烈，具体的做法就是，像那次比武一样，让金钢扑过来，然后一枪毙命。他能为金钢做的，是把这枪打准，让它毫无痛苦。这事不能在礁盘上完成，礁上有两个救生筏，他和刘岩各划一条，刘岩带着金钢，到远处海面，让金钢从刘岩那边跳过来，半空中，钟金泽开枪。

听了这个方案，大家都沉默了。死一样的寂静。终于，刘岩打破了沉默，提出趁着台风还没到，给自己一条筏子，他带着金钢划到西沙去。在西沙，他们都受过训练，从一个小岛漂流到另一个小岛。

钟金泽想，从南沙到西沙，和在西沙各小岛之间漂流能是一回事吗？前者的距离至少是后者的四五倍，怎么漂过去？而且现在台风就要来了……这时，他脑中电光一闪：台风！

这次台风的前奏是寒流，这几天空气变冷就是迹象。大海的海流是由冷往热流，这次寒流是从正南边的印尼过来，朝北直奔大陆。“能不能让金钢顺着海流独自漂流到西沙？”他这么一说，几个老南沙马上明白了，特别是海洋大学毕业的水文员，马上运算起来。不一会儿，方案出来了。

后天凌晨四点，寒流到礁盘，形成的海流向北，这时金钢乘上救生筏起航，随海流向北漂流。金钢在南沙海面向北漂流两天两夜，预计能走两沙海域航程的三分之二，第三天台风追过去，金钢乘坐的筏子已接近西沙海域。台风在南沙、西沙海域的交界处向东拐，尾巴要扫到救生筏，风浪就猛烈了，但风浪期也就是五六个小时，只要金钢能挺过去，再漂流十几个小时就到了西沙海域。

钟金泽马上让人查西沙海域预报，得知这两天西沙有大风浪，两天后气候能正常一周左右。而南沙这边，第二轮台风要五天后才到，这样，金钢可以在西沙海面漂浮五天。听了这个分析，大家很振奋。水文员还说，他连夜做了一个土定位仪。当场他画了个漂流航线图，除了第三天台风追上筏子，筏子东移二三十海里，总体是一路向北。

上级立即同意了这个方案：让金钢独自漂流。上级还说，把救生筏的标志弄明显一点儿，三天后，西沙那边舰艇、渔船都会加强搜救，气象如果允许，直升机也可以帮助寻找定位。听到这个消息，在场的官兵都流下了眼泪。现在的关键是，金钢醒来后能否恢复正常？

刘岩坚决要求和金钢一起漂流，钟金泽说：“要是能去，我还不自己去？不要给金钢添乱了。”刘岩也明白，等到台风追过去的那几小时，筏子各种情况都会遇到，金钢要尽全力面对。甚至筏子被巨浪掀翻，它也要死死咬住不离开，等风浪过去，它会在海上把筏子翻过来，这时有人在，反而更麻烦。

七

熄灯前，有人提出是不是把金钢捆住，怕它麻醉过后醒来还是无法恢复正常。钟金泽没有同意。他不能忍受这样对待金钢。他决定，晚上由他来陪着金钢，等它醒来。医生说，药性明早四五点才会减退，半夜里过来也不晚。钟金泽说，他还是一直守着吧，人和动物用药剂量不一样，万一它早醒呢？其实，他坚信，醒来的金钢肯定是正常的。他需要的是静静地和金钢在一起待一晚上。

天上海面两轮明月，好大好大。钟金泽坐在金钢身边，半倚着礁堡，手搭在金钢的身上，他能清晰地感受到金钢的呼吸、金钢的心跳。这次漂流，他和战士们说得很简单，其实很凶险。万一金钢不能挺过台风中的巨浪，它会像一名战士一样在搏击中牺牲。

半夜里，指导员要来替换他，他谢绝了。万一金钢有事，只有他能对付。指导员虽然也是特种兵出身，身手了得，但没有驯犬经验。等到后半夜，刘岩来了，坚持要陪陪金钢。

今天的夜空特别亮，如果不是满天满海的繁星，他简直怀疑是在白天，明月就是太阳。因为在白天他戴着太阳镜，看到的天空就是这样。看样子，明天不会太凉……

忽然，他看到金钢纵身一跃，跳进了大海。他赶紧追过去，见金钢已骑到了一条鲨鱼的背上，劈波远去。他慌了，大喊：“不行，得向北方！金钢，金钢……”猛地惊醒，原来自己不知什么时候迷糊睡着了。刘岩和哨兵都站在他的身边，而金钢正用舌头舔着他的耳根。他忽地一下起来，把金钢抱住，从金钢含泪的带有歉意的眼睛中，他知道金钢清醒了。

钟金泽深情地抚摸了一下金钢的脑袋，金钢却一个激灵，接下来的眼神让他心颤。那是一种惊恐。昨天他制服金钢的时候，金钢也是这种眼神。这时，金钢露出了一种奇怪的他从未看到过的表情，是委屈？是难过？还是讨好？难道第六感觉告诉它，自己差点儿被击毙，而要开枪的，就是他钟金泽？此刻，钟金泽已没有勇气看向金钢的眼睛。

战士们都到了平台，他看了一下表。哦，该升旗了。升旗时间是太阳升起的时间。南沙的纬度在祖国的最南端，而这个礁盘，经度和北京相当。所以战士们常说，他们天天参加天安门广场的升旗。今天，除了机房值班的，所有人都参加了升旗仪式。钟金泽破例让金钢站在他的前面，离国旗最近的地方。

钟金泽仰望和太阳一道升起的国旗，认出是昨天下午凝望了好久的那面，心里一动。在队部，有几十面崭新的国旗，还有六面换下来的国旗。这些国旗飘扬的时间，多的二十多天，少的也有几天。一直被紫外线照射的，红色变淡；雨打日晒的，颜色就不均匀了；也有经历狂风巨浪的，旗面会有破损。每一面国旗，在钟金泽眼里就是一个故事，都有一种沧桑的壮美。每一个守礁士兵回大陆时，都会得到一面换下来的国旗。上次守礁六个月，钟金泽从中挑出了一起经历台风的那面国旗。

早饭后，他把金钢领到救生筏前，开始布置任务。

金钢很快明白是怎么回事了，它沉默了一会儿，轻轻地用脸靠近钟金泽的腿，无声地接受了指令。钟金泽突然意识到，也许这是金钢最后一次接受他的命令。回想起这么多年一次次给它下达命令，金钢总是这么无条件地接受。

接下来，钟金泽和刘岩立即带着金钢到筏子上，开始复习漂流中的各种训练科目，包括筏子被巨浪打翻后怎么从筏子底部逃生等。金钢都熟练地完成了。

傍晚，为了让金钢好好休息、积聚体能，钟金泽给它吃了两片安眠药。

八

“三点五十五了！”刘岩提醒钟金泽。钟金泽回过神来，看了下表，告诉自己：金钢漂流出发的时间到了。橡皮筏子上，老兵按天数用绳子系好了一包包食品和软包装的饮料、淡水。绳子很牢，即使浪把筏子打翻，食品也不会丢失。用前爪配合牙齿解开绳结，是金钢干了很多年的老把式了。刘岩终于叫醒了金钢，他真不忍心。昨天的安眠药，让它睡了个好觉。

一片乌云突然从西边过来，渐渐地遮住了半边星空，也遮住了半个海面。下雨了，和自己膝盖预测的一样，是毛毛细雨，这小雨要持续两天，像是暴风雨的前兆。但对于金钢来说，在这炎热的南海海面，小雨就是甘霖。钟金泽觉得这是个好兆头，对刘岩说："送行吧。"

刘岩叫了声"金钢"，金钢晃了晃脑袋，知道自己该走了。作为饯行，刘岩拿出一个食品包，金钢熟练地打开，几分钟就把它们消灭了，而后精神抖擞地站起身、扬起头，面朝大海。

橡皮筏子已在水中，金钢跳了上去。刘岩解开缆绳。

"等一下！"身后传来一声叫喊，一听就是小周。

不知什么时候，所有的战士都站在了身后。"金钢！"小周顺着台阶，冲到小码头上。金钢也回过身去，跳上了码头，和小周紧紧拥抱起来。

"金钢，记住，你给我好好地漂流，退伍了咱们在一起做邻居。"小周哽咽着说。

时间不等人。钟金泽假装没事人一样走下去，大声说："有什么大不了的，不就是漂流一回，还能难倒咱金钢？过了台风期，还能见面。"他的声音很轻松，像是在安慰小周，其实他是在安慰自己。

像预测的那样，海流跟着寒流准时来了。黑色的筏子一下漂了出去，五米、十米、二十米，几分钟后已到了百米之外。"是向北！是向北！"大家都欢呼起来。

一片更大的乌云过来，遮住了整个天空，海面也失去了光亮。救生筏看不见了，十二名官兵依然站着，一动不动地目送。凉凉的细雨拂打着他们的脸庞。

不知过了多久，钟金泽轻声说："回去休息吧。"部队没有动，他又大声说了一句："解散！"

部队还是没有动，一名战士捧出一面国旗说："礁长，升旗的时间到了。"还是这面国旗。钟金泽马上说："换一面新国旗。"他把战士手里的国旗接过、收好。这一面国旗，钟金泽是为金钢保存的，他坚信金钢能经得起风浪，更能完成漂流。风湿的腿告诉钟金泽，自己的岛礁生涯不会太久了。他会请求上级让他去管理那些退役的老军犬。军犬的寿命也就十五六年，在离开部队以前，他要把那些同时期守卫海疆的军犬一个个送走。

金钢再过两年也该退役了，那时他们又能在一起了。这面国旗，会帮助他和金钢一道回忆在南沙的日子。

忽然，钟金泽的心头一紧：在礁盘的边际泛起了一道道白线，凭经验，白线的距离告诉他浪高在八十厘米左右。浪突然来了，金钢的漂流将加快，而风浪还会不会加大呢？

钟金泽久久伫立在平台上，透过蒙蒙的细雨，牢牢盯着礁盘那边一道追着一道的白浪……

《人民文学》2019年10期

红霞飞

/徐贵祥

一

何连田不晓得啥叫错误，只晓得自己犯了错误。党代表跟他说，洗澡避女人，这是红军的规矩，坏了规矩就是犯错误，犯了错误就要受处罚，没有打他军棍就是好的了，要是犯在耿天阶手里，不死也得脱层皮。如今让他到宣传队里当挑夫，天高地厚了。

党代表说这话的时候，何连田耷拉着眼皮，心里恓惶得很，不敢拿正眼看党代表。党代表问他："你还有什么意见没有？"何连田说："那敢情好。"

何连田只读过半年私塾，斗大的字识得两箩筐，嘴拙，平时不怎么说话，上级叫干啥，就是一句话——那敢情好。

党代表说："态度是好的，那就这样吧。"

何连田背上自己的铺盖卷，就到宣传队报到了。宣传队的队长是个女的，名叫杨捷慧，那当口正在喝茶，端着小茶盅一口一口地抿，慢吞吞地问何连田："几岁啦？"

何连田说："十七了。"

杨捷慧放下茶盅，站了起来，打量何连田一番，好像有点儿不相信，说："十七了，才这么点高？"

何连田说："在家挑水卖，压的。"

杨捷慧说："哦，在家就是挑夫，也是穷苦人。"

何连田不言语。杨捷慧又说："挑夫也是革命工作，意义重大，不能马虎哦。"

何连田还是耷拉着眼皮说："那敢情好。"

挑夫是啥样的革命工作，意义怎么重大，何连田不甚了了。部队从闽西打到赣南，又从赣南打回闽西，他挑着宣传队的道具、服装、锣鼓，还有印刷宣传品的油印机、蜡纸、钢板，从上杭到上犹，又从上犹到上杭，脚底板长出厚厚的趼，感觉自己好像比过去长高了一些。

何连田有时候想，自己冤得很。部队从井冈山开到闽西，天天打仗，身上结了一层痂，自己闻着都臭，上面没说不让洗澡，洗个澡就算犯了规矩？新惠那地界，冬天也起雾，热气腾腾的，山根池塘里的水热得能煮熟鸡蛋，不用花钱就能洗上热水澡，听说朱军长和毛委员也在那里洗澡，我洗一下怎么就犯规矩了？没有说清楚嘛。

有时候想想，又觉得不冤。洗澡归洗澡，你看人家女伢子做甚啊，况且还看了好几眼。第一眼是没办法，无意撞上的，可是第二眼、第三眼，没有人按着你的头皮看。洗澡没有避女人就不妥当了，存心看女人更不妥当，这件事情放到老家的村里，会被人戳脊梁骨的，人前人后抬不起头啊，让你当挑夫算是给你留了面子，你冤个啥？

何连田嘴拙，脑子不笨，想法也不少。宣传队二十几个人，跟他说话的不多，特别是那几个女队员，从来不跟他搭腔。有时候让他送道具送服装，就喊"哎"，"哎，过来一下"，"哎，帮我把板凳搬过来"，好像他的名字就叫"哎"。

最让他憋屈的是，杨队长把他当成小伙计了，经常让他烧水沏茶。杨队长腰里扎着皮带，皮带上别着手枪，脚上还穿一双皮靴。听说杨队长是国民党军校的学生，参加过南昌起义。这个人脾气大，爱训人，宣传队里的几名干部，副队长王振寰、夫子郑振中，都怕她，她给他们布置任务，一向都是说一不二。就连一向鼻子朝天的编导马德，在她面前也收敛三分。

杨队长还有一个毛病，爱喝茶，就像喝酒一样，有瘾。部队打仗打到哪里，她都要向战斗部队要茶叶，特别喜欢武夷山的高埔茶。有人反映她特殊化，太军阀习气了。但是反映没用，她还是要喝茶，照样要人伺候。

杨捷慧喝茶和别人不一样，她有一套专门的茶具，从烧水、沏茶、倒茶都有讲究。何连田没来之前，是队里的勤务兵伺候，她嫌不好，教何连田做了两回，觉得小伙子动作轻，时机把握得好，很喜欢。后来那一次，她抿了一口茶，咧嘴闪出两排白牙说："好，小何，以后就是你了。"何连田心里很不痛快，差点儿就说："我不是勤务兵，我是挑夫。"可是这话他没说，嘴巴张了几下说："那敢情好。"

宣传队里顶让何连田佩服的，是夫子。夫子名叫郑振中，是个读书人，嘴里常常"之乎者也"，遇到高兴的事，讲"呜呼"，遇到不高兴的事，讲"哀哉"，后来被杨捷慧说了一通，酸溜溜的，就不能学会讲人话？郑振中虽然不高兴，回了一句"有辱斯文"，但此后还是收敛了许多，很少"呜呼哀哉"了。郑振中不怎么待见何连田，还时常让何连田倒夜壶，但他是个大学问人，何连田给他倒夜壶也没有怨言。

上半年部队在汀江跟国民党军干仗，一纵队的营长耿天阶化装成国民党军副官，带领二十几个红军战士化装成国民党军，押着冒充的"赤匪"俘虏，骗取敌人的信任，混进汀江城，在国军团部里好吃好喝，半夜里打开城门，一举拿下汀江城，受到了军部的表扬。纵队党代表亲自下命令，让宣传队写个剧本。郑振中只用了半夜工夫就把剧本写好了，名字叫《里应外合》。只不过，为了让杨捷慧上场，把男"赤匪"改成红军女战士。

话剧排练好后，给每个支队都演过，也给地方群众演。何连田挑着道具，扁担上挂着一个皮囊，里面装着铜炉、铜壶、茶盅和木炭，有时候还要带上泉水，跟着宣传队走南闯北。每次演出前，杨捷慧都要喝茶，何连田一边伺候这个姑奶奶喝茶，一边暗暗着急。渐渐地他就琢磨出名堂了，杨捷慧上台前喝热茶，能把脸上喝出两片桃花。喝了茶，上台后的扮相就好看得多。

演出开始之后，何连田不用挑东西了，也不用伺候杨捷慧喝茶了，就混在后台看，看得热血沸腾。看的时候他就想，当兵就要当耿天阶这样的红军，比岳飞都不差。慢慢地他就有点儿明白了，当初杨队长说"挑夫也是革命工作，意义重大"，看来不是蒙他，确实意义重大，因为戏里面的道具都是他挑的。不过，过了当时，何连田的心里又有一些想法，他觉得还有比挑夫工作更有意义的事情，比如像耿天阶那样直接跟敌人干，再不济，能够在台上扮演耿天阶，也可以过一把瘾啊。当然，这是痴心妄想，他知道自己没有那个能耐。就像郑振中说的，“演戏，那也是要有学问的”。

朦朦胧胧中，何连田晓得了，杨队长说的意义，并不是指他的挑夫工作，而是指宣传队的工作；因为每次演出，演到耿天阶打开城门，红军取得攻城胜利的时候，部队都是嗷嗷叫。特别是演到假装被俘的女红军解开捆绑的绳子，接过男主角扔过来的两支手枪，啪啪啪几枪，把敌人城墙上的灯笼打灭的时候，高潮就到了——部队呼啦啦就站起来了，大喊：“冲啊，杀啊，打进城门，夺取最后的胜利！”那喊声不光是在看演出的时候喊，一直喊到战场上，一直喊到战斗结束，一直喊到战斗胜利。

何连田也喊，夜里做梦喊。在何连田的梦里，那个大智大勇的人既不是耿天阶，也不是王振寰，而是他何连田。他何连田挥舞驳壳枪，指挥部队英勇前进。在何连田的梦里，那个红军女战士也不是杨捷慧，而是，而是……常常是梦到这里就急醒了，因为他一直不知道他最想见到的那个女战士是谁，也许是王紫蓝，要不就是秦文吧，她们都比杨队长年轻。

梦里醒来，何连田很快就晓得自己的想法是愚蠢的，因为在演戏的时候，那个女红军必须是杨捷慧而不是王紫蓝或者秦文，因为只有杨捷慧能够手持双枪把灯笼打灭，真枪实弹，一打一个准。就是因为这个，上面才把杨捷慧调到宣传队里当队长。纵队就这一个女神枪手，不能让她冲锋陷阵轻易死掉了，郑振中就是这么跟大伙儿说的。

有一回，部队开到富田，准备打一个大仗，宣传队照例要去演出动员。演出地点在大地主廖欣雨公馆的廖家楼，廖家楼有真正的戏楼，后台还有化妆室和茶室。演员们准备停当，杨捷慧就让何连田端上茶具，到茶室喝茶。茶室里有一种矮脚椅子，大家没有见过，副队长王振寰一屁股坐下去，吓了一跳，嗷的一声跳了起来，原来矮脚椅子是软的，坐上去乱晃悠。

杨捷慧哈哈大笑说：“这是洋玩意儿，沙发。”一边说着，一边稳稳地坐了下去，还前仰后合一番，很得意的样子。王振寰说：“这玩意儿坐着不舒服，我还是到后台看看。”

杨捷慧说：“你先去吧，有小何在这儿就行了。”

何连田把水烧好，按照杨捷慧教给的套路把茶泡好，杨捷慧就跷起二郎腿，一盅一盅地饮，她饮一盅，何连田就倒一盅，好像饮酒一般。

没想到就出事了。

杨捷慧在茶室喝茶的时候，部队已经集合完毕，演出也准备停当了。先是扮演国民党军官的马德等人出场，上演军阀过中秋节的戏，演着演着，就该假国军押着假俘虏上场了，可是这个时候，杨捷慧还在不紧不慢地喝茶，猛听到后台一声大喊：“我是国军三十六团耿副官，抓到红军女俘虏一名，请打开城门，让我们进去！”

听到这里，杨捷慧一惊，知道自己该上场了，呼啦一下站了起来，只听刺啦一声，出事了。原来沙发的弹簧断了，一截钢丝戳出布面，挂住了杨捷慧的裤子。

杨捷慧弯腰察看，大腿下面的军裤被撕开一尺多长的口子，露出了光芒四射的红花内裤。杨捷慧高声骂了起来：“他妈的，裤子破了，这怎么上台啊！”

何连田不吭气，吓得手里的茶壶直哆嗦。

杨捷慧又问：“小何，你看看，能看见我的内裤吗？”

何连田吓坏了，扭着头，脖子上的青筋都冒出来了，结结巴巴地说：“报告队长，我……我看不见你的内裤。”

杨捷慧说：“看不见内裤就好，可是这样上台也不雅观啊！怎么办呢？”想了想又说：“小何，把你的裤子脱下来，借我穿一会儿，演出完了再还你。”

何连田没有反应过来，稀里糊涂答了一句：“那敢情好。”何连田说完就后悔了，可是已经来不及了，只见杨捷慧唰的一声抽出皮带，就把裤子脱了。

何连田虽然木讷，可是有个道理他晓得，他不能像杨捷慧那样脱裤子。他除了那条在长汀发的灰布军裤，里面啥也没有，裤子一脱，里面的物件就露出来了。可是不脱又不行，何连田的两只手紧紧地护着裤带，恨不得一脚把屋子里的砖头跺出一条缝隙，一头钻进去。

就在这时候，女扮男装的王紫蓝和秦文从外面嘻嘻哈哈地走过来。两个人站在门口，王紫蓝刚说了一句：“队长，赶快上场啊……”话没说完，一看屋里这情景，队长穿着一个大花内裤，何连田捂着裤子。二人吓了一跳，像见到鬼一样，你推我搡地往后缩。

杨捷慧大大咧咧地说："我的裤子被弹簧剐破了，让这小子把裤子借我穿一下，他还害臊。你个臭毛孩，有什么遮遮掩掩的，快脱！"

何连田可怜巴巴地看着杨捷慧，再看看王紫蓝和秦文，两只眼睛骨碌两圈，突然拔腿就跑。

二

富田那场演出，何连田最终没有跟杨捷慧换裤子，不是他不想换，实在是没法换。杨捷慧还是穿着那条破裤子上场的，好在她扮演的是假装被俘的女红军，本来就是衣衫褴褛。演出的时候，"国军团长"马德灵机一动，假装验证红军女俘虏是真的假的，临时加了一段戏，察看女红军的装束，看到女红军的裤子破了，还色迷迷地说："哈哈，真是俘虏啊，裤子都破了。"又对"国军副官"说："你老兄好福气啊，女'赤匪'的裤子是你撕开的吧？"

马德加的这段戏，差点儿惹出一个天大的麻烦。正演着，台下的一个红军呼啦一下站了起来，嘴里还大喊："反动军阀调戏妇女，看我一枪毙了你！"说完，拉开枪栓就要开枪，要不是身边的连长手快，一把按住，马德恐怕就呜呼哀哉了。

马德死里逃生了，可是杨捷慧却乱了方寸，忘了台词不算，演到高潮戏的时候，枪法也不准了，第三枪响了之后，灯笼没灭，幸亏她有两支枪，左手补了两发，才把灯笼打灭。

杨捷慧火冒三丈，把灯笼打灭还不过瘾，一不做二不休，接着又开了两枪，连演出用的汽灯也打灭了，台上一片黑暗，台下一片混乱。

好在这是尾声，台下的官兵以为本来的剧情就是这个样子的，部队起立高呼口号："打倒国民党反动派，打进富田城，解放苦难人！"

散场之后，杨捷慧不知道从哪里找到了一条裤子，换上之后，一边扎皮带一边训斥马德。当时何连田正在收拾道具，老远看见杨捷慧用手枪点着马德的脑门说："他妈的，借机占老子的便宜啊，当心老子走火！"

马德吓得直往后躲，一个劲儿地嚷嚷："队长你干什么，这不是演戏嘛，我又没有动手。"

杨捷慧说："动手？动嘴就该挨打了，还动手！"

后来还是夫子出面劝解，说："马德也是临场发挥，没想到取得了意外的效果，更加激发了战士们的仇恨，更加热爱妇女了。"

杨捷慧说："这是两码事，马德要写检查。"

郑振中说："队长，我看将计就计，马德的检查照写，可是戏里加上国民党军官调戏女红军的内容，倒是可以保留。"

杨捷慧一拍手枪说："不是调戏，是侮辱！"

郑振中赶紧说："是是是，队长，是侮辱，我看加上侮辱的戏……"

杨捷慧瞪着郑振中说："怎么加啊，难道你还想让我穿着破裤子上场吗？"

杨捷慧训斥郑振中的时候，何连田正好挑着道具从旁边走过。杨捷慧突然不说话了，盯着何连田，突然想起了什么，冲何连田一挥手说："喂，你过来，说你呢。"

何连田心里一紧，挑着担子晃晃悠悠地走到杨捷慧的面前。杨捷慧看着何连田，却想不起来让何连田过来干什么，想了一会儿才说："我怎么觉得不对劲啊，今天这个事情好像跟你有关系啊！"

何连田说："那敢情好。"

杨捷慧又想了一下，还是没有想起来，一边的王紫蓝凑上来说："队长，裤子，他没有跟你换裤子。"

杨捷慧这才想起来演出前的事，一肚皮恼火都冲何连田来了："你这个挑夫，都参加革命了，居然还这么封建。看看，你不跟我换裤子，闹出多大的笑话！"

何连田说："我有罪，有罪。"

杨捷慧哈哈大笑说："有罪倒不至于，不过，你得告诉我，换裤子那当口，你跑什么跑？"

何连田可怜巴巴地垂下脑袋，一言不发。

郑振中明白是怎么回事了，一拍巴掌说，我晓得了："我晓得了，杨队长，你饶了这孩子吧，他就一条裤子。我是说，他只穿了一条裤子，他怎么跟你换啊，脱了裤子，他就光屁股了啊！"

何连田一下子把腰弯了下去，脑袋都快钻进裤裆里了。

杨捷慧没听明白，问："什么？脱了裤子就光屁股了，难道他没有穿内裤吗?"

郑振中说："杨队长，你是站着说话不腰疼啊，咱们男红军，有裤子穿就天高地厚了，哪里还有什么内裤啊！不怕得罪你，我老郑也是一条裤子啊，要不要验明正身啊?"

杨捷慧怔怔地看着郑振中，拍拍腰里的手枪说："老郑，你注意点儿，再给我耍江湖习气，别怪我不客气。"

郑振中说："好好好，我不耍江湖习气，可是我确实一年多没有穿内裤了。"

杨捷慧说："那也不许胡说。"想了想又说："你传我的命令，以后，凡是宣传队的人，都要穿内裤。红军战士不穿内裤，这他妈的也太不文明了。"

郑振中叫道："不是不穿，是没有啊!"

杨捷慧这才皱起眉头，想了想，从上衣兜里摘下自来水笔，又从下面兜里掏出小本子，唰唰写了几笔，撕下来交给郑振中说："你跑一趟，把这个交给二支队的首长，等他们打下富田，把这件事情办了。"

郑振中捏着字条，疑惑地说："这个……管用吗?"

杨捷慧大手一挥说："叫你去你就去，告诉他们，这件事情不办好，今后纵队宣传队就不到他那个支队演戏了。"

纵队宣传队演出的话剧《里应外合》，在二支队产生很大的反响。战前动员的时候，好几个连队都写了血书，说要向一支队一营学习，打一个漂亮仗。有一个名叫邹成卓的连长写请战书说，一支队一营那个里应外合算不了什么，我们这次搞个声东击西，把战果弄得更大，战术更精彩，让纵队宣传队把咱们也编到戏里，演给一支队看。

部队还没有出发，郑振中就找上门来。支队长薛涛一看杨捷慧的字条，倒吸一口冷气，对党代表东方广说："天啦，这个杨捷慧，好大的口气，她以为我会拦路抢劫啊。"

东方广问怎么回事，薛涛说："杨捷慧狮子大开口，她居然要我们给她搞一百条内裤。我的部队都没有内裤穿。"

东方广也很奇怪，问郑振中："你们要这么多内裤干什么，当饭吃啊?"

郑振中咧嘴笑笑说："这个我也不清楚，我们那个杨队长，他们家是做大买卖的，你们看着办吧。"

东方广想了想说："那好吧，打下富田，你们就让挑夫过来。"

郑振中头天回到驻地，富田战斗第二天打响，果然不出所料，经过战斗动员，特别是看了一场大戏，官兵的士气空前高涨，三面围攻，留出一条道，国民党的一个团抵挡不住，跑了三分之二，剩下的缴械投降了。

然后是打扫战场，统计战利品，枪支弹药倒是不少，粮食也有一些，可是一百条内裤从哪里搞，确实是个问题。还是东方广想出了办法，拿战利品到城里换布，几个裁缝熬了一夜，才做成一百条内裤。

这以后，何连田肩上的担子更重了，除了发给宣传队每人两条内裤，还有五十条备用的，要他挑着来回走。走了两圈，又回到富田，宣传队干脆住进了廖家楼，这回总算稳定了两个多月。

三

新年一过，传来一个消息，红四军在古田召开第九次党代表大会，作出决议，思想建党，政治建军。不久，新任纵队政治部主任的东方广专程来到宣传队，宣布正式编制，员额二十人，作为思想政治工作的重要部队，所有队员要重新严格审查，历史不清的、有错误倾向的，要清理出去。

那段时间，马德高兴得很，天天找人谈话。他早就一肚子意见了，宣传队里有很多他不喜欢的人，特别是杨捷慧，让一个资本家的大小姐当宣传队的队长，而且动不动就动粗，这是他十分不能接受的事情。马德找郑振中谈话，明着告诉他，宣传队是传播革命思想的重要队伍，绝不能让杨捷慧这样的军阀余孽再统治宣传队了。

郑振中吓了一跳，问马德："难道你想当队长？"

马德笑笑说："我是一个革命者，我不在乎当什么，但是不能让杨捷慧这样的人当。"

郑振中说："你不当，又不让杨捷慧当，你是什么意思啊？"

马德说："我就是要把领导权从杨捷慧手里夺回来。"

郑振中说："可是，总得有人当队长吧，要是没有人当队长，不就群龙无首了吗？"

马德说：“如果同志们支持我，我也可以当。老郑，你说，你支持我吗？”

郑振中没有马上回答，想了一阵才摆摆手说：“拉倒吧，我一个读书人，闹不懂你们的事，我干吗蹚这个浑水啊！”

说完，转身走了。马德跟在后面喊：“老郑，老郑，你真是……你简直毫无原则。”

让马德没有想到的是，郑振中头天夜里拒绝了他，下半夜就改了主意，天亮之后，何连田挑水回来，郑振中就找他谈话。

何连田不晓得什么叫历史不清，也不知道啥叫错误倾向。郑振中就给他上课，说什么叫历史不清，就是参加过旧军队，家庭是大地主、大资本家的。什么叫错误倾向，就是有单纯的军事观念，有流寇思想，有军阀作风的。

何连田问：“啥叫军阀作风？”

郑振中神秘地说：“就是杨队长那样的，动不动就骂人，还动不动就掏枪。还有官兵不一致，欺压士兵。”

何连田吃了一惊说：“杨队长可没有欺压士兵啊，她跟我们吃一样的饭。”

郑振中说：“她摆谱，端大小姐的架子，喝茶还要人伺候。她让你伺候喝茶，就是欺压士兵。你要站出来批判她。”

何连田吓坏了，连忙摆手说：“我伺候她喝茶，是我心甘情愿的，不是她欺负我。我不能批判她。”

郑振中说：“你不批判她，就是你有错误倾向。你当初是怎么到宣传队的，是因为你偷看女人洗澡，你不批判杨队长，我就批判你。”

郑振中这么一说，何连田腿都软了，哭丧着脸说：“你饶了我吧，你把这件事情说出去，我就没脸见人了。”

郑振中说：“那就看你的立场了。”

后来，东方广果然召开宣传队思想整顿会议，郑振中和马德发言，都说杨捷慧有军阀作风，动不动就拿枪吓唬人，还经常骂人“他妈的”，吓得手下的人胆战心惊的。

马德说：“什么样子，还让战士给她烧茶，伺候她，搞特权，我们革命，就是要反对特权。”

东方广点名让何连田发言，何连田没办法，只好站起来，哆哆嗦嗦地说：“我批判杨队长的军阀作风，杨队长让我伺候她喝茶，就是欺压士兵。”

那次思想整顿，杨捷慧成了重点，她的很多资产阶级习气、旧军队习气，大家早就看不惯了，七嘴八舌地批评。东方广担心杨捷慧不能接受，没想到杨捷慧大大咧咧地说：“我杨捷慧投身革命，连死都不怕，还怕批评吗？什么叫革命，革命首先要革自己的命，自己的命都革不了，怎么能革别人的命？我和大家一样，坚决反对杨捷慧的军阀作风和资产阶级作风，做一个纯粹的布尔什维克。”

杨捷慧的话何连田半懂不懂，可是他看杨捷慧讲话的样子，腰板挺直，眼睛发光，每句话好像都是从心里飞出来的，让他想起了那句老话：好汉做事好汉当。杨捷慧是个女人，可是她的做派，就是一个好汉啊。这么一想，何连田更觉得对不起杨捷慧了，开完会后，跑到河边偷偷地哭了一场。

开春了，部队忙着建立根据地，思想整顿很快就结束了。东方广到宣传队来做总结，说这次思想整顿，就是政治建军，统一思想，明确了政治工作是我军的生命线，现在大家的思想都统一了，没有啥大的问题，以后就团结一致做好宣传工作。

东方广宣布纵队政治部的命令，出乎意料的是，郑振中任宣传队长，杨捷慧降为副队长，王振寰提拔为党代表。马德竹篮打水，还是当编导。

何连田一听这个结果，连肠子都悔青了，不该跟郑振中讲洗澡没有避女人的事情，给他落下把柄，要挟自己批判杨捷慧。可是这也不能怪他，郑振中就像他肚子里的蛔虫，不讲他也晓得。再说，他也没有全讲，在新惠那次，他确实很近地看见了两个女子在温泉边上的小树林里脱衣服，那当口太阳还没有落山，天蒙蒙亮，只隔着十几步远，他认出了其中一个还是熟人，是新惠西街杂货店方老板的闺女方圆，白天他跟党代表到杂货铺买蜡烛，就是她打算盘算账的。就是因为认得，他才想多看一眼，而且看了两眼。直到受了处分之后，他才知道，他看见的那个女子不是一般的女子，那女子在龙岩城里读书，是个女秀才。

还有一件事情何连田没有想到，他虽然是个挑夫，却成为宣传队军人委员会的士兵委员。第一次开会他就问郑振中：“不是说官兵一致吗，为什么他当挑夫而郑振中当甩手掌柜?”

郑振中哈哈大笑说:“官兵一致是在生活待遇上,吃饭一个样,伙食尾子一个样,可是分工还是不同的。你会演戏吗?你不会,那就只能当挑夫。你会写标语吗?你不会,那就只能刷糨糊。”

这个道理何连田很快就明白了。

何连田发现,降职的杨捷慧好像变化很大。那段时间部队没有流动,在富田一带帮助地方建立政权,宣传队又开始准备新节目,杨捷慧把自己关在廖家楼二楼的绣房里,天天看书。何连田觉得非常对不起杨捷慧,觉得杨捷慧受到了委屈,自己也成了帮凶。杨捷慧这样闭门不出,万一想不开,上吊了可怎么办啊?

可是很快,何连田就发现他的担心是多余的。

那段时间,东方广经常到宣传队。东方广说:“古田会议决议,政治工作是我军的生命线。我们有炮兵、步兵、骑兵,那是司令部管的,是直接打仗的。我们政治部只有宣传兵,宣传兵是指挥战斗员的思想的,把正确的思想和信仰装进战斗员的脑子里。”

东方广这样一讲,大家就很兴奋,觉得宣传兵比炮兵、步兵和骑兵更重要。

东方广交给宣传队一个任务,就是要根据古田会议决议,尽快写出一台新的节目来,题目是《红军为啥能打胜仗?》。

郑振中虽然会写戏,可是这样的戏他写不好,就召开诸葛亮会议,让士兵委员何连田也参加。大家七嘴八舌地讨论,一讨论就觉得很神奇,去年红四军不过四千来人,人少枪破战术差,可是国民党军蒋光鼐部队、金汉鼎部队几个师反复会剿,就是打不垮拖不烂,反而越打越大,越打越壮,这是啥原因呢?

郑振中说:“因为红军有规矩,买卖公平,洗澡避女人,借门板上门板,深得民心,得民心者得天下。”王振寰说:“因为红军骨头硬,不怕死。马德说,因为红军善于学习,善于改正错误。”王紫蓝和秦文一起说:“因为红军有宣传队,能鼓舞士气。”

大家发言的时候,杨捷慧一直静静地听,在小本本上飞快地记录。讲了一阵,郑振中让何连田发言,何连田这段时间在士兵委员会里天天讲话,比过去会说多了。何连田说：“红军为啥能打仗？我是觉得，红军是给自己打仗，不是给别人打仗。”

杨捷慧这些天有点儿病恹恹的，听了何连田的发言，脸上却放出光来，说：“小何，你接着说。”

何连田想了想又说：“红军为啥能打仗，因为红军和白军不一样，红军打仗为自己，白军打仗为吃粮，红军为了老百姓，白军有奶便是娘，红军打仗不怕死，白军打仗老投降。”

何连田一口气说完，脸憋得通红。杨捷慧高兴地说：“好，小何这个发言太好了，我有灵感了。”

后来杨捷慧根据大家的发言，写了一首五句腔：红军为啥打胜仗，红军白军不一样。红军打仗为信仰，国军打仗为吃粮，有奶便是娘。红军为啥打胜仗，红军白军不一样。红军砍头风吹帽，国军风吹两边晃，转身就投降。红军为啥打胜仗，红军白军不一样。红军住宿上门板，白军过境如虎狼，敲诈勒索抢。红军为啥能打仗，红军白军不一样。红军官兵亲兄弟，白军有权就是王，敲诈又克饷。红军为啥打胜仗，红军白军不一样。红军思想生命线，国军脑子空荡荡，打仗要算账……

杨捷慧把五句腔写好，在队里念了一遍，大家都说好。拿到纵队政治部，东方广高兴地说：“红军为啥打胜仗，红军白军不一样，红军有个宣传队，白军蠢材一大帮，不会写文章。”

然后就排练，又到各个支队去演，尤其是给地方演出，对老百姓影响很大。这回大家明白了，为啥红军能打胜仗，因为红军是给自己打仗，给老百姓打仗。自己的事情，能不上心？

四

古田会议之后不久，红四军兵分两路，先后攻克乐安、永丰，还发动了宁都战役。这一年是红军大发展的一年，几乎整个江西南部都落到红军的手里。

部队走到哪里，宣传队就把五句腔唱到哪里，听说前委首长和纵队一级的首长都会唱了。地方的一名县委书记说，八个会不如一台戏，五句腔一唱，大家就知道红军是干什么的了，发动群众有奇效。

不光唱五句腔，王振寰还把五句腔的词编成快板书，只要有空，就在林子里练。王振寰参加红军之前，当过叫花子，走村串户就靠那一副黄铜一样锃亮的竹板。有一天早晨，何连田到河边挑水，听见半山坡上有动静，放下水桶悄悄地走过去看，只见王振寰一只手举着大竹板，举过头顶，一只手攥着小竹板，气宇轩昂的样子。大竹板敲出嗒嗒的声音，小竹板窸窸窣窣如窃窃私语。王振寰打了一阵，口中念念有词，红军为啥打胜仗，红军白军不一样。红军打仗为信仰，国军打仗为吃粮；红军官兵亲兄弟，白军敲诈又克饷……唧里个当，唧里个当，唧里个当当唧里个当……何连田看得入迷，寻思宣传队里还有这手艺，学别的难度太大，打竹板倒是可以试试。不过，这只是一闪而过的念头，眼下，他还得当挑夫。

离开廖家楼的前两天，郑振中传达纵队的命令，要求轻装。郑振中告诉何连田，把那些储备的内裤统统上交给纵队供给部。何连田觉得这话不中听，坚持说："我挑着，我舍不得交。"

郑振中说："不交也得交，这是杨捷慧军阀作风的产物，一切缴获要归公，不能私藏财产。"

何连田无奈，这才把内裤送到纵队供给部。可是心里更不痛快了。

出发前一天，晚上喝了稀饭，何连田去找杨捷慧，问杨队长有没有东西让他挑。杨队长这几天老咳嗽，他想帮她一把。到了杨捷慧的住处，王紫蓝说杨队长去散步了，何连田知道杨捷慧爱在河边散步，就找到河边，正好看到杨捷慧把一包东西往江里扔。等杨捷慧离开了，何连田就跳到江里，把那包东西捞了上来，打开一看，原来是茶具，里面有烧水的铜壶和茶盅。

部队向赣南机动的时候，何连田就把茶具藏在道具里，一直挑着走。这时候在编的两名公差也配齐了，都是刚刚扩红扩来的新兵，何连田成了勤务组的组长。郑振中对何连田说："你们这三副挑子，就是宣传队的家，公家的家当都在里面了。"

何连田心里想："我的这副挑子，也是杨队长的家，杨队长值钱的家当也在这里了。"这么一想，心里就有点儿热热的。

从富田到赣南，正好路过新惠境内，宣传队住在离新惠三十五公里的龙潭镇。端午节那天，纵队首长指示，让宣传队派人把一千块大洋送到县城去。

去年打新惠的时候，有不少群众不晓得红军是干什么的，以为又是过路的土匪杂牌军，跑了不少。红军在新惠休整，住在群众家里，吃了粮食，找不到人付款，就写欠条，统一交给杂货店方老板保管，说有朝一日红军回来，一定按条子付款。不到半年的时间，红军连续在闽西打了几场胜仗，缴获了不少战利品，所以快到新惠的时候，前委就来了指示，要兑现。

这个任务说大不大，说小不小，一千块大洋不是小数目，如果人不可靠，路上携款逃跑，不仅是经济损失，更是政治损失。何连田脚力好，路熟，是最合适的人选。问题是何连田是闽西人，老家离这不远，万一他挑着大洋跑了怎么办？

郑振中拿不定主意，就召开支部会研究，做出决定，派出一名干部监督。杨捷慧说："新惠县的书记邓子文是我同学，我去最合适，顺便了解一下地方政权的建设情况，收集一点儿素材。"

郑振中连连摆手说："那不行，你一个女同志，万一他有歹心，你打不过他。"

杨捷慧拍拍腰里的手枪说："你别忘了，我可是神枪手。"

后来请示纵队，东方广主任也说不合适，但是东方主任又说了，杨捷慧同志到新惠有必要，光她一个人不行，可以再派一个。后来就决定，派马德和杨捷慧与何连田同行，吃过早饭就出发。

一千块大洋不到一百斤，何连田挑在肩上并不费劲，一边走还一边听杨捷慧和马德讲故事。这才知道杨捷慧在武汉读军校的时候，因为打教官差点儿被开除了。那个教官想占女学生的便宜，借故上队列课对女学生动手动脚，杨捷慧打抱不平，设了一个计，约教官半夜到学校外面的小树林幽会，又让几个男生半夜巡逻，假装抓奸细，趁黑把教官揍了一顿。教官吃了一个哑巴亏，暗地调查，知道是杨捷慧捣乱，考试的时候硬是不让她及格，幸亏另一个教官主持公道，向训导处报告疑点，重新阅卷，这才顺利地毕业。

杨捷慧说："那时候幼稚得很，根本不知道什么叫共产主义，就因为那个混蛋教官是国民党党员，而另一个主持公道的教官是共产党党员，所以就选择了共产党。"

马德问："那个主持公道的教官是谁？"

杨捷慧说："就是纵队的东方广主任。"

这一路上，何连田算是得了大便宜，听杨捷慧讲故事，比这几年学到的东西都多。杨捷慧说："其实，真正了解革命，了解红军，还是在古田会议之后，那段时间你们看我经常一个人关在屋里，还担心我想不开自杀，我的命哪有那么不值钱啊，我的革命才刚刚开始呢。我关在屋里干什么，我告诉你们，我在读古田会议决议，两万多字，我差不多都能背下来。我一下子明白了，中国历史上那么多次农民起义，最后都失败了，为什么，因为目标不明确，打了胜仗就居功自傲，打了败仗就一盘散沙。再说，就是胜利了，也是换汤不换药，又成了封建帝王。可是红军就不一样了。我研究古田会议的决议，知道了一条，红军是有信仰的，有信仰的军队是脑子指挥行动，而没有信仰的军队，是利益指挥行动，就像小何说的，有奶便是娘，转身就投降，人再多，枪再好也没有用。"

何连田听得出神，忽然听见杨捷慧提到自己的名字，吃了一惊。心想，小何说的，小何说过那样的话吗？再想想，确实是自己说的，只不过自己只说了个意思。当初给五句腔署名的时候，杨捷慧坚决不署自己的名字，还提出要署何连田的名字。最后郑振中拍板说，我看都不署名，宣传队集体创作最好。杨捷慧表态，这样更好，天下为公。那时候，何连田不晓得署名不署名是啥意思，但是他知道，杨队长把他看得很重。

走在闽西的山路上，杨捷慧说："人是第一位的，思想是第一位的，信仰是第一位的。所以我坚信，我们的事业一定能够胜利，哪怕再经历一百次失败，一千次挫折，哪怕再等一万年，只要有信仰，就一定能成功。小何，你相信吗？"

何连田一怔，闪闪扁担换个肩膀回答："我信，杨队长信的，我都信。"

马德盯着何连田说："这个小何，挺会讲话啊。"

何连田问："杨队长，你们老讲信仰，什么是信仰，是神仙吗？"

杨捷慧扑哧一笑说："信仰不是神仙，但是信仰跟神仙又有点儿关系。信仰是远大的目标，是千秋万代的事情，心中有信仰，心中就有神，精神。懂了吗？"

何连田连忙说："懂了，懂了，那敢情好。"

其实是半懂不懂。

几个人说着话，不知不觉就走一大半了。马德说：“前面得下山找个人家，买点饭吃。”

杨捷慧从身后扯出挎包说：“我带着干粮呢。”

何连田放下担子，从里面搬出两个沉甸甸的麻袋，让杨捷慧和马德坐在上面，然后对杨捷慧说：“杨队长你等会儿吃。”

杨捷慧不知道何连田要干什么，不紧不慢地打开挎包，里面是几块玉米饼子，还有咸菜。马德说：“红军为啥能打仗，红军白军不一样。红军官兵亲兄弟，白军有权就是王，敲诈又克饷。”

杨捷慧说：“这是真理。官兵一致，士气倍增。”

说话间，何连田从挑子里取出一样东西，变戏法似的，把杨捷慧的眼睛都看直了，原来是被她扔到河里的茶具。铜炉子里面还有木炭，铜壶里面还有从富田带来的泉水。何连田把火打着，扑扑吹了几下，火苗乎乎蹿上来，不多一会儿水就滚了。

杨捷慧的眼窝湿润了，嘴里念念有词：“我的天啦，这孩子，真是个有心人啊！”

何连田说：“杨队长，我知道你为啥老喝茶，治病。”

杨捷慧说：“啊，连这个你都知道？”

何连田说：“在富田，我问过纵队的傅大夫，他说高埔茶管咳嗽。自从你不喝茶了，你咳嗽就多了。”

杨捷慧怔了怔，眼泪就在那一瞬间流了出来，摸摸何连田的后脑勺说：“这个小何，这孩子……”

茶倒出来之后，杨捷慧捏着茶盅，举到眼前细细地看，茶盅擦得明光锃亮。正要挨上嘴唇，马德突然喊了一声：“等一下。”

杨捷慧莫名其妙地看着马德，马德骨碌着眼珠子看着何连田说：“小何，你先喝一口。”

何连田傻傻地看着马德，不晓得发生了什么。

还是杨捷慧最先明白过来，沉下脸说：“马德你要干什么，你担心这孩子下毒？你想到哪儿去了！”说完，举起茶盅，一饮而尽。

何连田还是傻傻地看着马德，再看看杨捷慧。

杨捷慧说："来，续上。"何连田又倒了一盅。

杨捷慧喝着茶，马德却紧张地看着杨捷慧。

何连田总算明白过来了，一言不发，放下铜壶，拿过玉米面饼子，使劲地啃了一口。

吃过干粮，再往前走，就不像上午那么轻快了。何连田挑着担子埋头往前走，马德在后面给杨捷慧解释："我不是不放心，可是，这个任务重大，万一有个闪失，不好交代啊！"

杨捷慧说："马德，他妈的，你知道世上什么最伤人吗？就是不信任。小何这么老实的一个孩子，你怎么能怀疑他下毒？再说，就算他给我下了蒙汗药，还有你啊。"

马德说："我也得喝水啊，万一，他算定了……当然，这是从最坏的方面想，害人之心不可有，防人之心不可无啊。"

杨捷慧气喘吁吁地说："你是以小人之心度君子之腹啊，你过去是干什么的，特务吗？"

马德说："我过去？嘿嘿，不瞒你说，我没有当过特务，但是，警惕性永远都不能没有。"马德说着，往前面张望，早已见不到何连田的影子了。马德突然又紧张起来了，对杨捷慧说："快，要追上他。"

杨捷慧说："他一个半大的孩子，挑着那么重的担子，他能跑到哪里去？你这么疑神疑鬼的，真是不应该。"

马德不管杨捷慧，迈开大步往上追，一直追到山头，也没有追上何连田。再往前，就是下山的路了。马德顿时惊出一身冷汗。放眼四望，闽西一带，峰峦叠翠，植被密布，一个人藏进去，就好比一根针落进了大海。小何是闽西人，山猴子，他左拐右拐要是拐到哪个旮旯里，想找到他，比登天还难。

马德越想越紧张，等杨捷慧上了山头，马德差不多快说不出话了。"你看，怕有鬼偏偏鬼就来了，这小子还真的不见了。这漫山遍野的，他藏到哪里，就是老天爷也找不到他。"

杨捷慧也觉得异常，站稳了，想了想，举起两只手围成喇叭样，放在嘴边喊了起来："小何，何连田，你在哪里——"

山坳顿时一齐轰鸣："小何，何连田，你在哪里——"

马德也扯起嗓子高喊："小何，何连田，你回来，天网恢恢，疏而不漏——"

一阵回声由近至远："天网恢恢，天网恢恢，疏而不漏，疏而不漏——"

五

往后的路就难走了，脚下的这座山叫什么名字，杨捷慧和马德都不知道，去年在闽西赣南游击的时候走过几次，可那时候是跟着大部队走，根本不用操心。就是今天，前半截有何连田引路，根本不是问题，现在，小何不见了踪影，他们连路都搞不清楚，天黑之前能不能赶到新惠县城，还是个问题。

最大的问题是，小何哪里去了？

马德越来越相信，小何是挑着大洋逃了，一千块大洋啊，跑到一个偏僻的地方，可以买二十亩地，当一个不大不小的地主。

杨捷慧被马德说得心慌意乱，还是硬着头皮说："小何绝不会逃，就算他起了歹心要钱，可是他也不能把我们放在这里不管啊！"

马德说："杨捷慧你真是个大小姐，你在大城市长大，就算认识几个穷人，那也是工人阶级，工人阶级有集体观念。可小何他是个农民，农民见利忘义。"

杨捷慧说："你这样讲是错误的，不符合古田会议精神，中国的产业工人历史并不长，工人也是从农民演变的，工人农民差不多，你不能看不起农民。"

马德说："咱不说古田会议了，咱还是说小何吧，眼前就是一个典型的例子。我们相信了农民，把革命的重担放到一个农民的肩膀上，可是他挑着一千块大洋跑了，这就是现实。"

杨捷慧虽然不相信何连田会逃跑，可是追了几公里路，还是不见何连田的影子，心里不觉也慌了，她也拿不准小何会不会真的逃跑。

杨捷慧说："你先不要下结论，也许是我们走错路了，没准儿他已经到新惠了。"

马德痛心疾首地说："天真啊，幻想啊，你想想怎么可能？"

杨捷慧说："当然有可能，你那么不相信人家，那孩子自尊心强，也许就是赌气，故意吓唬你。"

马德说："谢天谢地，要是真的这样，我宁肯给他磕头。"

杨捷慧说："那就等到新惠再说吧。"

两个人心事重重，拖着麻包一样笨重的双腿，咬紧牙关赶路，再累也不能停下来，必须赶在天黑之前到达新惠，找到当地组织。

紧赶慢赶，总算到了马松村，这是临走时东方广交代的接应地点，老远就看见一群人在那里翘首眺望，走近了才知道是县委书记邓子文带人在这里接应。杨捷慧一见到老同学，顾不上寒暄，只说了一句："快，出事了。"说完一阵眩晕，差点儿就倒下了。

邓子文一把搀住杨捷慧，问马德怎么回事，马德上气不接下气，把经过说了一遍。邓子文也觉得情况严重，当机立断，让身边的人火速赶回县城，派出赤卫队，封锁这一带的路口，并连夜搜山。考虑何连田老家是上杭的，特别派出二区的书记带上区大队，在新惠和上杭交界的几个路口，布下天罗地网。

返回新惠的路上，邓子文告诉马德和杨捷慧，县委对这次活动很重视，组织了妇女委员会和青年委员会，在谢家祠堂门前集会，借红军还款这件事情，宣传红军秋毫无犯的品德，以此发动群众，哪里会想到出这样的事情。

杨捷慧说："都怪我，警惕性不高，让这个落后分子钻了空子。"

马德咬牙切齿地说："不是落后分子，这是反革命行为。请邓书记向纵队转达我们的意见，一旦抓到何连田，就地枪决。"

杨捷慧说："我看暂时不要报告，也许，小何他并没有逃跑，或许他走错路了。"

马德咬牙切齿地说："怎么可能！那个山猴子，路熟得很，去年部队在这一带游击了三个多月，恐怕山里的兔子他都认得。"

邓子文说："话也不能说死，再等等看。只是，群众都集中在谢家祠堂，等着领大洋了，如果这一炮放空了，红军在新惠的威信就一落千丈了，我这个县委书记，恐怕也要卷铺盖了，怎么办呢?"

杨捷慧说："实在不行，就把我交给群众，由我来跟他们解释，我再给大家写个欠条，我拿性命担保，红军绝不食言。"

邓子文想了想说："是啊，只能这么办了，不过，不用把你交给群众，还是我来说，我相信新惠的群众是有觉悟的，不会认为红军是骗子。”

这样一说，大家就统一了思想，这也是没有办法的办法，走一步看一步吧。

一行人快步疾走，很快就走进县城，谢家祠堂门前果然黑压压挤满了人，眼看邓子文等人走近圈子，人群让出一条道，议论纷纷，说：“红军说话算话，借东西要还，真是仁义之师，这样的军队，从古到今第一家。”

杨捷慧跟在邓子文的身后，感觉脑子嗡嗡响，两个眼睛直冒金星。快走到场地中央，杨捷慧突然上前一步，拦住邓子文说：“还是我来，我是纵队的人，必须由我来说清楚。”说完，不由分说站到场地中央，抻了抻衣襟，理了理短发，站稳了，目视群众，低沉地说：“乡亲们，我是红四军的宣传员杨捷慧，奉命前来偿还半年前我军在新惠欠下的粮款，可是，由于我们警惕性不高，出了一点儿挫折，对不起大家……”

杨捷慧说到这里，人群突然安静下来了，接着就是一阵骚动。有人说：“出了一点儿挫折，这是什么意思？”还有人说：“对不起大家是什么意思，是不是我们的钱打水漂了？”

杨捷慧举起两只手说：“乡亲们请听我说完，纵队确实派我们来给大家还款，确实拨了一千块大洋，只是，确实出了一点儿意外……请乡亲们放心，红军是穷人的军队，绝不会出尔反尔，绝不会损害群众的利益，我杨捷慧拿我的性命担保，这个钱我们一定要还，今天不还，将来加倍偿还！”

杨捷慧的话还没有说完，突然，一块石子飞过来，打在杨捷慧的下巴上。杨捷慧怔了怔，忍住疼痛，大声说：“乡亲们，听我把话说完，红军刚刚开了古田会议，政治建军，我们……”

人群中炸雷般地腾起一声怒吼：“不听她的，红军是骗子，跟国民党没有两样！”接着，乱哄哄喊声四起：“不听她的，我们要钱！”“把那个娘儿们抓起来，不给钱就把她卖到窑子里！”

呼啦一下，后面的人推前面的人，向杨捷慧冲了过去。

邓子文一看情形不对，赶紧组织人抢夺杨捷慧，一边大声喊：“乡亲们不要乱，我是共产党新惠的县委书记，红军欠的钱我负责，希望大家冷静！”

邓子文的声音很快被暴怒的喧嚣淹没了，事态愈演愈烈，杨捷慧已经被里三层外三层围起来了，情形非常危险。

就在此时，场地外围出现一个声音：“大家伙让一让，红军的钱来了!”

就像接到了上帝的旨意，谢家祠堂广场顿时安静下来了，只见杂货店的方老板率先，方家小姐方圆殿后，何连田挑着担子，像踩棉花一样，忽悠忽悠地走进人群，走到场地中央，扁担发出的滋溜滋溜的声音就像一首欢快的曲子，飘荡在人们的头顶。

人们瞪大眼睛看着几个人走向场地中央，走到杨捷慧的身边。

何连田放下担子，走到杨捷慧的面前，垂下脑袋说：“对不起杨队长，我……我抄近道了，让你吃苦了。”

杨捷慧泪流满面，突然握起拳头，一拳打在何连田的胸脯上，大叫：“你这个鬼孩子，你可是把我们害苦了。”

何连田说：“对不起杨队长，我只是想快点走，没想到会这样。”

杨捷慧一把搂住何连田，眼泪鼻涕弄了何连田一身。

马德在一边，狐疑地看着这一幕，问方老板：“这到底是怎么回事?”

方老板说：“嗨，什么怎么回事，小何下半晌找到我家，说红军送钱来了，赶紧把账本带上。可是匆忙间账本找不到了，后来闺女回来了，才找到账本。”

跟在方老板身后的女孩方圆说：“这位同志还要用红纸封包，写上‘红军还款’四个字，又耽搁了一会儿，差点儿误了大事。”

马德还是将信将疑，盯着方老板和方圆问：“你们确信，小何他……他没有……别的念头，也许……”

方老板没有明白马德的意思，怔怔地张大嘴巴，喘着粗气。方圆机灵，眼珠子一转就明白了，不高兴地说：“你这位同志，咋不相信自己的人呢，啥别的念头，这不大洋都送来了吗?”

杨捷慧推推马德说：“马德，你不要疑神疑鬼，赶紧给群众发钱吧。”

方老板好像回过神来了，看着黑压压的人群，神气地往前一站说：“大伙儿的欠条都在我这里，按红军留下的数目，五入四不舍，一律给整数。我喊一个来一个，张世友，六元——”

方老板双手托出一个已经用红纸包裹的圆柱，上面写着张世友的名字。

人群中走出了一个汉子，东看西看，走到台前，接过大洋，突然转身，向杨捷慧鞠了一躬，道：“多谢妹子，多谢红军，请红军原谅山民无知，今生今世，红军就是我张世友的亲人。”

六

事后马德拐弯抹角一再盘问，何连田那天是不是故意把他们撇下，制造出这么一个事端，吓唬他们。何连田一口咬定，他只顾埋头走路，走到一个豁口，直接从树丛里插了下去，忘记身后羊肠小道上还有两名干部。他在山下等了好长时间，没见到他们，这才直奔新惠县城。

杨捷慧相信了何连田，马德却一直疑惑，他至少认为何连田为了报复他，故意甩下他们，他甚至还认为，何连田携款逃跑的嫌疑并没有完全排除，也许是他后来良心发现，也许他后来害怕了，也许是方老板父女劝阻了，他才改变的主意。总之，不能听信何连田的一面之词。

红军在新惠欠款还款，本来是一件顺理成章的事情，但是因为有了这个插曲，意义就不同寻常了。那天晚上，邓子文将计就计，就在谢家祠堂外面召开了扩红动员大会，中学老师和学生上台演节目，居然是红四军的五句腔《红军为啥能打仗》，这首歌新惠的老百姓以前听过，但是结合这天的事件，听起来就更是入心入肺，台上台下一起唱，唱得天上的星星都眨眼了。方老板带头，在谢家祠堂门外架起大锅，剁肉煮饭，还有几个年轻人抬来米酒，把扩红大会开得别开生面，当晚就有七十多人报名参加红军，一部分留在当地充实赤卫队，还有十几个，直接跟杨捷慧他们走了，上了主力部队，里面就有方老板的闺女方圆。

这个春天，红军在江西连续作战，冲破了国民党军的会剿，十万工农下吉安，又经历了水南之战，连续攻克南康、大庾、梅岭等地，打了很多胜仗。

主力部队一路打，宣传队一路做动员，部队打完仗了要休整，可是宣传队还得写战报、刷标语、演节目，忙得不亦乐乎。部队打仗越多，宣传队越忙。东方广主任有段时间就跟随宣传队行动，开玩笑说：“我这支部队只有二十多个人，可是至少值一个团。”

何连田挑着担子，从闽西到赣南，中间还折回闽西两次，打打退退，都是为了诱敌深入。部队的战利品不少，但是何连田担子里的内容变化不大，还是宣传队的油印机、钢板、蜡纸和服装道具之类。

有时候在一个地方休整几天，杨捷慧刻钢板，就让何连田推油印滚子印刷战报。在大庾休整那几天，杨捷慧带着何连田刷标语，问何连田认不认得字。何连田没说话，拎起毛笔在墙上写了一行字：红军为啥能打仗，红军打仗有信仰。虽然写得歪歪扭扭，但是笔画不多不少，杨捷慧高兴地说："好，以后我教你写字，还教你写剧本。"

何连田说："那敢情好。"

这以后，杨捷慧就经常教何连田认字，首先就从五句腔开始，红军为啥打胜仗，红军白军不一样。杨捷慧发现，何连田的脑子非常灵光，悟性很高，不仅认字写字快，对字义和词义理解得也很透彻，而且融会贯通、举一反三。还有杨捷慧没有发现的事情，何连田自己动手做了一大一小两副快板，只要有闲空，就躲到林子里练。有一次正练着，被王振寰看见了，王振寰走过来，哈哈一笑说："啊，抢我的饭碗啊！"

何连田面红耳赤地说："我琢磨，这玩意儿好学，学着玩。"王振寰说："好学？快板也是艺术，不是那么好学的。想不想让我教你？"何连田喜出望外，说："那敢情好，那敢情好，谢谢党代表！"

王振寰接过何连田手里的快板，看了看，又试了试，意外地看着何连田说："手艺不错嘛。就凭这快板，我就可以收你为徒。"

何连田说："那敢情好，早就想拜师，可是怕党代表……党代表，我给你磕个头吧。"

说完就要跪下，王振寰一把拉住说："磕什么头啊，你给我敬礼就行了。"

何连田便恭恭敬敬地敬了个军礼。

这以后，王振寰便成了何连田的师傅了，第一次上课，王振寰没有教他打快板，而是教他笑，王振寰说："小何我发现你不会笑，学艺先学笑，你笑给我看看。"何连田龇牙咧嘴地笑了一下。

王振寰说："见过狗笑吗？"

何连田挠挠头皮说，没有见过。

王振寰说："你这笑跟狗笑差不多。"

何连田恓惶地看着王振寰，又使劲地笑了一下。

王振寰说："这叫皮笑肉不笑，你得学会从心里笑，笑得像弥勒佛，笑得像笑面虎，你得学会各种笑，傻笑，憨笑，冷笑，咧嘴大笑……记住了吗？"

何连田说："记住了。"

水南战斗，红四军和红六军配合，打的是国民党军唐云山的部队，一支队著名的英雄耿天阶率领一个营，把敌人从苍山引到施加庄，又从施加庄引到麻田，神出鬼没。战斗按预期完成，缴获了一千多支枪，俘虏一千六百人。这么大的胜利，当然是宣传队的好材料。郑振中拉开架势要写一个话剧《诱敌深入》。

郑振中现在是宣传队的队长，兼任夫子。夫子是当时的编制，正式的名称，就是读书人的意思。自从纵队有了宣传队，郑振中就从营里的书记员位置上调到宣传队当夫子，主要任务是写话剧，他的强项就是用三十六计当标题，很受纵队首长赏识。但是自从古田会议之后，他越来越觉得不对劲了，有点儿找不到感觉了。富田休整那次，虽然他提升为宣传队队长，可是无论如何也写不出一个反映古田会议的戏，倒是杨捷慧整理了一个五句腔《红军为啥能打仗》，唱遍了闽西赣南，让他自愧不如。郑振中决心抓住水南战斗写一个话剧《诱敌深入》，还是以耿天阶为主要原型，可是写到一半就写不下去了，因为这个戏和《里应外合》不一样，这个戏的亮点是正面战斗，不跟敌人打照面，外部矛盾冲突不起来。再说，诱敌深入是前委定下的方针，下面执行就行了，内部矛盾也冲突不起来。

戏写到一半就搁浅了，郑振中急得抓耳挠腮，召开诸葛亮会，大家一起商量。会议刚刚开到一半，党代表王振寰从纵队开会回来，带回一个消息，说耿天阶因为打骂士兵，受到了处理。大家一听，立马傻眼了，拿不准这个戏还写不写。

王振寰就给大家详细介绍耿天阶的情况。纵队传个笑话，说耿天阶有个口号，铁不打不成钉，兵不打不上进。在他手下当兵，动不动就挨打，两天不打兵他就手痒。私下里大家不喊他营长，喊他耿铁匠。水南战斗总攻发起之前，他把一个连长叫过来说，今晚就要总攻了，我总觉得哪里不舒服，你有什么办法？连长递了一根烟给他，他说，我不抽你的烟。连长说，那我让人找块腊肉给你下酒吧。他说，我也不吃你的腊肉。连长说，那我咋办呢？他说，你给我找两个兵来打打，我就舒服了。连长没办法，只好给他找了两个身强力壮的兵，连长跟士兵交代，一个说自己犯了错误，偷吃了连队的腊肉，一个说自己骂了排长，总之都有错，都该打。耿天阶高兴了，噼里啪啦把两个兵打了一顿，打得神清气爽，总攻的时候如狼似虎，挥舞大刀呼啦一下就上去了，所以水南战斗打得漂亮。

大家哄然大笑，这才明白，耿天阶这么大个英雄，为啥一直当营长，就是因为爱打兵。

王振寰讲故事的时候，郑振中埋头抽烟，脸色阴沉，等王振寰把故事讲完，郑振中突然跳了起来，就像《儒林外史》里面中举的范进，手舞足蹈，哈哈大笑说："有了，有了，这个戏有救了。"

大家怔怔地看着郑振中，郑振中说："看看，矛盾有了，冲突也有了，戏剧转折也有了。"

郑振中很快就把剧本初稿写好了，大致情节是，我军优秀指挥员耿天阶，爱兵如子，在水南战斗之前，为了引诱敌人，故意将一名连长打伤，连长假装怀恨在心，月黑风高之夜，偷偷跑到敌人阵营，密报红军即将夜袭敌营。敌人团长不信，这个连长掀开衣襟，遍体鳞伤，声泪俱下，敌人团长相信了这个连长，在红军偷袭的必经之路设下埋伏，没想到我军乘虚而入，一举拿下敌人团部……

再召开诸葛亮会讨论，何连田作为士兵委员会成员，也参加了。大家七嘴八舌，提出不少问题。杨捷慧认为，这样写有两个问题：一个是太像苦肉计，而不是诱敌深入；第二个是把敌人团长写得太愚蠢了，哪有那么简单啊。

郑振中说："像不像苦肉计并不重要，改个名字也行。至于说把敌人写得太愚蠢了，这不是问题，敌人有时候就是那么愚蠢，要不东方主任为啥说，白军蠢材一大帮呢?"

杨捷慧说："何连田，你是士兵代表，你说说。"

何连田说："我不同意这个戏，红军为啥能打仗，因为红军官兵亲如兄弟，要是军官打骂士兵，士兵就仇恨军官，不会好好打仗的。要写，就该写一个改造耿天阶的戏。"

大家全愣住了。

杨捷慧突然把巴掌拍起来说：“好，说得好，写一个由打兵到爱兵的戏。”

七

何连田没想到，杨捷慧向支部建议，让他当夫子，不再当挑夫了。听到这个消息，何连田吓得话都说不利索了，说：“那敢情好，那敢情不好，我斗大的字认不得一箩筐，我怎么能当夫子啊，那要喝多少墨水啊！”

杨捷慧说：“不怕，有我。当了夫子，就不用挑东西了，跟我学习文化，以后要有大出息的。”

何连田说：“那敢情好，我跟你学文化可以，当夫子不行。”

支部开会的时候，杨捷慧提议让何连田当夫子，大家都反对。郑振中悲愤地说：“简直就是异想天开，我认为杨捷慧的建议是对夫子的贬低，什么人都能当夫子啊，我读过三年私塾，还读过四年学堂啊！”

王振寰也说：“何连田只读过半年私塾，认那几个字，早都忘光了，让他当夫子，差距太大。学打快板还差不多。”

马德说：“这小子，我一直怀疑他图谋不轨，上次去新惠送款，他有没有生歹意，还真不好说。”

马德这么一说，杨捷慧不干了，站起来说：“马德无德，你说这话讲良心吗？那次分明是你怀疑他在水里下毒，他受到了伤害，才赌气甩掉我们的。你不能污蔑阶级兄弟。”

马德说：“杨捷慧你怎么又骂人了？”

杨捷慧说：“我在说理，我怎么骂你了？”

马德说：“你骂我妈的。”

杨捷慧说：“我说你马德无德。马——德——无——德！”

郑振中一看要吵起来，赶紧和稀泥说：“马编导，你那个名字，一喊就是骂你，我劝你换个名字。”

马德说：“我换不换名字无所谓，我就是不同意何连田当夫子，他当夫子，我就到战斗连队去。”

这件事情不了了之。

不久，红四军在信丰组织了教导队，学习贯彻古田会议精神，一个集中的课题就是官兵一致。前委特别指示，某某纵队的宣传队参加这次学习，成为旁听班。

开学典礼之前，传出一个说法，有个重要首长要来给大家上课，有人说可能是纵队司令员，也有人说是政委。政治部给宣传队五个名额，参加开学典礼。

自然又要研究。支部建在连上，凡事都是公开的，大家就按政治表现、战斗表现、工作表现来排名单，干部和主要骨干是没问题的。杨捷慧又提出来让何连田参加，开始是两个人同意，两个人反对，王振寰支持了杨捷慧。后来杨捷慧跟郑振中做工作，说何连田是士兵代表，而且脑子灵光，出了不少好主意，应该让他经世面长见识。郑振中起先有些动摇，后来还是同意了。这样一来，何连田就顺理成章地参加了开学典礼。据说，他是那次学习班里唯一的士兵代表。

没想到，给学习班讲第一课的是前委的大首长。何连田坐在草垫上，紧张得浑身冒汗。杨捷慧手里拿着小本子，悄悄地说："不用紧张，用脑子记。"

何连田说："那敢情好。"

首长讲的反对单纯的军事观点，何连田不甚了了，但是讲到官兵一致，他就听明白了。首长说："婆婆折磨媳妇，媳妇不满意，媳妇当了婆婆，又去折磨媳妇，媳妇自然也不满意。红军官兵都是革命同志，在政治上是平等的，对士兵要用说服教育的方法，不要打人骂人。你们现在是教导队的学员，学成后要去当官长，如果现在官长打骂你们当兵的，你们不满意，可你们回去成了官长，又去打骂士兵，士兵也不会满意你们，怎么还能团结一致闹革命呢？古田会议讲要废止肉刑和枪毙逃兵，要认真贯彻执行……"

何连田平时不怎么笑，可是这次不一样了，杨捷慧忙里偷闲看看何连田，咧着大嘴正笑呢。

开学典礼结束后，就是讨论。

杨捷慧在这期间又创作了一个活报剧《为谁扛枪》，写一个营长打兵，引起公愤。后来战斗失利，营长重伤，那名被打的士兵在枪林弹雨中救出了营长，营长问为啥救他，士兵唱道：红军官兵亲兄弟，为了革命才扛枪。救出营长为革命，希望营长细思量。那个营长深受感动，唱道：营长无知当铁匠，欺负兄弟不应当，如若不是革命情，营长早已见阎王。从今洗心又革面，兄弟同心上战场。

写好之后，东方广主任又亲自修改，先在教导队演了一场，又到各个支队演出，在一支队演出的时候，出了点意外。这出戏的高潮是最后，负伤的营长正准备开枪自杀，被身后的伤兵一把抱住，伤兵一边抵抗敌人，一边背着营长撤退。营长说，我过去打过你，你把我扔了吧。伤兵说，你打我是犯错误，可我要是把你扔了，我就是犯罪。二人精疲力竭地来到河边，伤兵艰难地从河里捧出一捧清水，喂到营长的嘴边……

戏刚刚演到这里，台下传来一声号啕："兄弟，我对不起你，我不该当铁匠啊!"

原来，发出这声号啕的，正是剧中的原型耿天阶，他现在已经被降职为连长了。剧情表现的一幕，是真实发生了的事情。声称偷吃腊肉的战士名字叫郑达，水南战斗之前，挨了耿天阶一顿打，胳膊都被打脱臼了，在水南战役中没有发挥太大的作用，后来又被耿天阶打了一顿，说他战斗表现不好。恰好此后又发生了梅岭反伏击战，耿天阶负伤了，掉进一个土坑，部队撤退的时候他被落下了，已经脱离危险的郑达听到营长的呼喊，回到阵地将耿天阶背起来，一口气跑了几公里路。杨捷慧正是在信丰学习班期间采访到了这个素材，才在剧本中充实了这个情节。

耿天阶说："我混蛋，我痛改前非，今后如果再出现打兵的事情，请组织上枪毙我。"

后来的事实果然证明，耿天阶改正得很彻底，爱兵如子，他的部队精诚团结，战斗力十分旺盛，连续打了很多胜仗。部队离开信丰之前，已经恢复了营长职务，到了瑞金，屡战屡胜的耿天阶升任团长，此时郑达也成为一名骁勇的连长。

八

在瑞金那段日子，上面提出来的口号是"扩大十万红军"，红军啥时候能扩大到十万，何连田不清楚，他只知道，这段时间宣传队很忙，在根据地到处演出。

何连田刚到宣传队的时候还感到冤枉，老是寻思回到战斗连队去，可是经过这半年之后，他发现自己越来越喜欢宣传队了，觉得宣传队很神奇，到新区演了几场，就带回来一群红军新战士，到火线演出几场，就成班成排地拉过来一群国民党兵。

杨捷慧的茶具也被何连田挑到了瑞金，只要有工夫，何连田就给杨捷慧煮茶，郑振中起先拿眼瞪何连田，后来也就睁一只眼闭一只眼了。

宣传队里，顶不喜欢何连田的就是马德，有一次在郑振中面前嘀咕何连田是天生的奴才，他这样娇惯杨捷慧，还不是助长杨捷慧的剥削阶级思想？

郑振中说："杨捷慧有病，喝茶是为了治病，咱们就不要吹毛求疵了。"

马德说："什么病，老毛病，资产阶级小姐的臭毛病，摆谱，她自己不能煮茶啊？"

郑振中东张西望，不接茬。

马德又说："自从杨捷慧写了《为谁扛枪》，受到东方主任的表扬，她就翘尾巴了，军阀苗头又出来了。"

郑振中说："再怎么说，她确实有功，一个有钱人家的千金小姐，能够参加革命，吃这么大的苦不容易。"

马德说："老郑我看你是和稀泥，典型的调和主义。"

郑振中说："你这个人岂有此理，我这个当队长的，不调和我还能助长你跟杨捷慧打架？要团结，不团结怎么完成任务啊！"

马德说："老郑，别忘了，你这个队长是怎么当上的。"

郑振中火了："我这个队长是怎么当上的？是我斗争得来的，不是你做的人情。什么叫革命？革命不是搞小动作，不是使绊子。老马你要注意了，再也不要在同志之间煽风点火了。"

马德傻眼了，他没想到郑振中会给他来这一手。马德心里很不是滋味，他既不敢对郑振中怎么样，也不敢对杨捷慧怎么样，但是对何连田越看越不顺眼。只是何连田没啥大毛病，又有杨捷慧护着，再加上郑振中现在这个立场，马德也不好轻易拿他怎么样。

机会很快就来了。这年秋天，打退了国民党军第三次"围剿"，红军庆祝胜利的同时，在内部搞思想整肃运动，要求排以上干部向组织汇报思想，主要是汇报革命动机。

马德又找郑振中谈话，这次不讲斗争了，只讲郑振中的家庭情况。当年郑振中离家出走，是因为家里跟街坊打官司，送钱贿赂衙门，逼死了一条人命，而那个人家，才是真正的赤贫。这些情况马德是怎么知道的，郑振中不晓得，他只晓得那场官司他们家赢得并不光彩，就是因为负疚，他才离家出走参加红军的。如今旧话重提，他真的觉得有一个阴影跟在他的身后。

马德见郑振中神情恍惚，继续侃侃而谈，讲革命的残酷性，讲革命的无情，讲苏俄肃反的情景。讲到苏俄清洗反革命分子的时候，马德还把手放在脖子上比画了一个砍头的动作。七讲八讲，就把郑振中讲了一头汗。

这次运动来得突然，一个基本的要求就是对党忠诚，大家都不敢讲假话。杨捷慧实话实说，说她参加革命的时候，并不知道革命的意义，她是因为她的恩师参加了革命，参加革命之后她才明白，革命就是要让全体人民得到幸福，她对于这样的革命由衷地拥护，因为在她看来，一个人的幸福不是真正的幸福。

开会的时候，马德就坐在杨捷慧的对面，他很想问她一句，你是不是因为爱上了你的恩师，或者你的恩师影响了你，才来参加革命的？但是他没敢唐突，他知道杨捷慧的恩师是东方广。马德说："我参加革命的动机非常明确，为了信仰，为了实现共产主义的远大理想。"马德甚至背诵了一段《共产党宣言》——共产党人不屑于隐瞒自己的观点和意图。他们公开宣布：他们的目的只有用暴力推翻全部现存的社会制度才能达到。让统治阶级在无产阶级革命面前发抖吧！无产者在这个革命中失去的只是枷锁，他们获得的将是整个世界！全世界的无产者，联合起来！

马德是北京人，大学生，据说曾经做过工人运动，号称"纯粹的布尔什维克"。红四军刚刚成立的时候，他是一个支队的党代表，因为一次战斗同支队长发生激烈冲突，差点儿动枪，而事实证明，那位支队长是正确的，所以战后他被调到宣传队当编导。用马德自己的话说，那不是降职，是他自愿到宣传队的，他要做改变人的精神的工作，他有一句口头禅："而能够改变精神的，首推文艺。"这句话其实是鲁迅说的。

马德的理论水平让宣传队的同志自惭形秽，况且马德还有磁性很强的男中音，加上激情充沛的朗诵，连杨捷慧都很受感染。

临到郑振中发言了，郑振中察言观色地说："我参加革命，是因为……因为我的剥削阶级家庭同另一个剥削阶级家庭打官司，两败俱伤，我想通过革命，夺回我的家产。可是，可是……"

郑振中的话还没有说完，马德就把桌子拍了起来，吼道："你说实话了吗？"

郑振中可怜巴巴地看着马德说："我讲了实话了。"

马德冷笑一声，道："典型的利用革命。革命就是帮你夺回自己的家产吗？那我们的革命岂不成了打家劫舍？"

郑振中唯唯诺诺地说："可是，经过战争，我渐渐认识到自己的错误，我要向马德同志学习，当一个纯粹的革命者。"郑振中说完，已是满头大汗。

马德话里有话："觉悟了就好，不要对组织隐瞒什么哦，老郑你要清楚，组织的眼睛是雪亮的，你的一切行为，都瞒不过组织。"

郑振中说："是的，我明白，我不会向组织隐瞒任何事情。"

马德向郑振中投去一个意味深长的冷笑，转脸一指何连田，道："你说说。"

何连田吓了一跳，稀里糊涂地问："我说么事？"

马德说："听了半天你还不明白啊，参加革命的动机。"

何连田愣住了。"动机，啥冻鸡，我是南方人，南方不吃冻鸡。"

马德一拍桌子说："动机，就是你……你为啥要参加革命。"

何连田本来是没有资格参加这个会议的，但是因为宣传队人少，他又是士兵委员会的委员，之前马德说过，宣传队是"改变精神"的重要阵地，绝不允许任何污泥浊水混进来，所有人必须向组织坦陈自己的革命动机，一个人都不能落下。马德当初提出这个规则的时候，没有人反对，这样，何连田也就稀里糊涂地被叫到会场，心惊肉跳地坐在门后的旮旯里。

何连田结结巴巴地说："家里又添了一个妹妹，人多吃不上饭，红军给分了田，又补贴了三块大洋。阿爹说，当兵吃粮，我就来了。"

何连田好不容易把"动机"说完，马德怔怔地看着他，突然哈哈大笑说："看看，组织多么英明，思想整肃多么重要，我们的革命队伍，原来有这么多投机分子，指望这些人，革命能够成功吗？"

大家一时不知道该说什么好。杨捷慧沉默了一阵说："马德同志你这样说不合适，没有天生的革命者，如果红军队伍里，都是你这样自觉的革命者，那革命早就成功了，不用战斗了。"

杨捷慧这样一说，郑振中才接茬说："是啊，都是穷苦人，十几岁的伢子，懂得多少道理啊。首长都说，要在战斗中成长嘛。"

马德说："参加革命动机不纯，就是投机革命，这样的人，不可能成为真正的革命者。"

杨捷慧火了，瞪着马德说："马德同志，我们有什么理由相信你就是真正的革命者，你真枪实弹地打过仗吗？"

马德没有想到杨捷慧这么问他，凸起眼珠子问杨捷慧："怎么，你怀疑我……你怀疑我的革命坚定性？"

杨捷慧说："只要你没有拿出实际行动，我就不能肯定你的革命坚定性。没有实际的革命行动，我谁也不相信，包括你，包括老郑老王，也包括我和小何。"

马德的眼珠子凸得更大了，腮帮子一阵哆嗦，怔怔地看着杨捷慧说："你是不是认为我贪生怕死？"

杨捷慧说："我怎么知道你就不是贪生怕死？"

马德不说话了，也不看任何人，闭上眼睛，好一阵才突然睁开，悲愤地嚷嚷："天啦，你杨捷慧是什么心胸，就因为新惠整顿的时候，你被降了职，你就耿耿于怀，你就打击报复！"

杨捷慧说："我只是说，我们到底谁是真正的布尔什维克，还需要战斗检验。"

马德不理杨捷慧，自顾自地说："你居然把我和小何放在一起比较，一个经过正规革命理论熏陶的布尔什维克，一个纯粹的无产阶级革命战士，居然同一个挑夫相提并论……"

马德好像喝醉似的，摇摇晃晃，语无伦次。正说着，突然传来一声枪响，马德睁开眼睛，看着杨捷慧和她手里还在冒烟的枪口。

杨捷慧把枪放回腰里的枪套，咬牙切齿地说："你他妈的马德，为什么你就不能同一个挑夫相提并论？什么是革命？你给我听好了，革命就是消灭一切差别，就是天下为公！"

马德怔住了，怔了一会儿突然哈哈大笑，道：“说得好，杨捷慧，你抓住了我的把柄。好，你们看不起我，我滚蛋，我要到战斗部队去，我到枪林弹雨里去，我要让你、让你们看看，我马德到底是一个什么样的革命者。”

郑振中这才回过神来，赶紧站起来拦住马德的去路。“马德同志，这不是争论吗，党内是容许争论的，你犯不着赌气啊，大家有话好商量，啊，有话好商量……”

马德一把推开郑振中，“你这个墙头草，你给我走开！我马德，绝不会让你们看笑话，我走，我到战斗部队去，我走了！”

九

马德真的要走了，上午开的会，连中午饭也没有吃，郑振中让伙夫给他送了一碗小米稀饭、两块咸菜，还有半块苞米饼子。看看一个时辰过去了，郑振中又叫上王振寰，亲自赶到马德的住处，看个究竟。走到门口，就听里面传来嘤嘤的哭声。王振寰止住步子，招呼郑振中说：“咦，有情况？”

郑振中侧耳细听，说：“是王紫蓝。”

王振寰哦了一声“哦，是马指导的得意门生。”

二人对视一眼，不知道该不该往里面进，就在门外站住了。

宣传队里，就三个女性，除了杨捷慧，就是王紫蓝和秦文。这两个人，一个是孤儿，自小就被戏班子收养，一个是因为家里穷，被卖到戏班子。红军攻打长汀的时候，戏班子刚刚在当地团总王世茂的家里化好妆，准备唱大戏为王世茂的老太爷祝寿，一阵枪声响起，祝寿的人作鸟兽散，宴席的菜还没有上齐。当时的支队党代表东方广把戏班子集合起来说，愿意参加红军的，坐到左边的桌子上吃饭；不愿意当红军的，发给两块大洋，各回各家。王紫蓝和秦文递了一个眼色，两个人不声不响地坐到左边的桌子上，于是就成了红军战士。再后来，马德来到宣传队，几个戏排下来，就把王紫蓝作为重点培养对象。王紫蓝虽然人长得有点儿圆乎，但是脑瓜子管用，马德教她演话剧，并且给她看上海滩的摩登女星照片，看得她两眼放光，一心一意跟着马德学戏，当初在《里应外合》里演国民党团长的姨太太，有模有样，让人怀疑她真的当过姨太太。

郑振中和王振寰在门口站了一会儿，王振寰忍不住往里面看了几眼，对郑振中说："我看王紫蓝这眼神不对啊，你看她，一声不吭，可是眼泪哗哗地流，这不是一般的眼泪啊，莫非王紫蓝和马指导已经那个……已经那个暗度陈仓了……"

"暗度陈仓？"郑振中琢磨一下，撇撇嘴说，戏子嘛，假戏真做……停了停又说："哎，别说，看这样子，也可能真戏真做。谁知道呢。暗度陈仓，这个说法妙哉！"

王振寰说："哦，这样说，那老马还真的得离开，他那个资历级别，还不够娶老婆的，别搞出什么事情来。"

郑振中说："我就知道，你挽留是假的。老马这个人，嘴上没有把门的，不讨人喜欢。"

王振寰说："我是党代表，我首先考虑的是组织纪律，不是个人成见。"

郑振中看了王振寰一眼说："好，我知道，我跟你想法一样，道不同不相与谋。"

二人说着话，隔着门看王紫蓝在屋里给马德收拾东西，其实没啥东西，也就是几本书，还有一个手风琴。可是二人神情不太对头，王紫蓝把一个小包袱系好了，又解开，马德则坐在板凳上发呆。

郑振中说："去看看，真的走了，送个行。这个人啊，太自以为是了。"

王振寰说："在他眼里，我们每个人参加革命都有投机的成分，就只有他是正宗的布尔什维克。"

郑振中说："他以为他是马克思。"

王振寰又向里面看了一眼，问："咦，老马手里拿的是什么？"

郑振中伸头扫了一眼说："手风琴，宣传队里就这一架手风琴，他拿走了怎么办？"

王振寰说："可是，手风琴是他个人从家里带到红军队伍的，不是公家的东西。"

二人正说着话，忽然听见屋内声音大了起来。马德在里面说："王紫蓝，你不要劝我，在哪里都是革命，一样的。我离开宣传队之后，你要继续学习，不仅要会演戏，还要会写戏。这架手风琴你留着，下次见面，也许就是战场上了。”

里面一阵沉默，突然传来一声号啕：“马指导，这是为什么啊，你为什么要离开啊?”

马德说：“我这是一种特殊的斗争方式，我要以实际行动抗争，革命的事情你不懂，以后你就知道了。好了，我走了!”

门外，郑振中和王振寰正在琢磨进退，马德扛着包袱，一脚门外一脚门里。看见二人，颇为意外：“你们?”

郑振中忙说：“老马，马指导，你冷静一点儿，区区小事，何必当真?”

王振寰也说：“你何必跟一个女同志一般见识?”

马德哼了一声：“区区小事？杨捷慧贬低我的革命品质，你们也看笑话，我一个堂堂的革命者，我为什么要在这里看你们的眼色？走了，后会有期。”说完，一抖肩上的包袱，挺挺腰杆，甩下郑振中和王振寰，扬长而去。

王振寰跟在后面喊：“老马，你要走，咱们不强留，可是你如果反悔，再回来啊!”

郑振中扯扯王振寰的袖子说：“开弓没有回头箭，老马这一去，他不会轻易回来的，让他走吧，这个人志向高远，宣传队留不住他。”

马德真的走了，头也不回。

宣传队驻地到纵队部，也就五六里路，不一会儿工夫就到了。马德见到东方广的第一句话就是：“让我到战斗部队去吧，我马德宁肯死在敌人的炮火下，也不想被杨捷慧这个母夜叉欺负了。”

东方广问明情况，把马德狠狠地批评了一顿，什么革命者不能意气用事啦，什么同志之间要团结啦，什么顾全大局啦，讲了一堆。

马德说：“我知道我的性格有问题，可是我一时半会儿改不了。首长就让我到战斗部队吧，当个排长也行，不，当个士兵也行。”

东方广笑笑说：“当个士兵？你会干什么?”

马德差点儿跳起来了，嚷嚷道：“东方同志，你也这么看我，我马德难道一无是处？我好歹也是个大学生啊。你们红军里，有几个大学生?”

马德说完，突然觉得不对，他发现东方广正用一种奇怪的眼光看着他。东方广说：“你说什么?”

马德心虚地说："我说……我好歹也是个大学生……"

东方广板起脸说："我问的是下一句。"

马德惶惑地说："下一句？下一句我什么也没有说啊。"

东方广冷笑一声："马德，难怪你搞不好团结，在支队同支队长吵，在宣传队同杨捷慧吵，原来你一直跟我们红军离心离德、同床异梦啊！"

马德像是屁股上突然挨了一脚，嗷地叫了一声，跳起来又弯下腰，怔怔地看着东方广。"东方同志，东方主任，你怎么这么说啊？我马德投身革命，马革裹尸在所不辞，我怎么和红军离心离德、同床异梦了？"

东方广嘿嘿一笑："你说，你们红军里有几个大学生？"

马德脖子一梗："这话有错吗？"

东方广说："你说呢，什么你们我们的，红军是我们的，就不是你们的吗？"

马德傻眼了，愣了半晌才说："东方主任，你这不是抠字眼吗？我就这么说了一句，我就跟红军离心离德了吗？你这么上纲上线，那是把我往反革命的道路上逼啊！"

东方广一拍桌子，道："错上加错。我让你去当反革命了吗？"

马德说："我就是说了一句你们……"

东方广说："你是大学生，还是学文科的，你不知道语言文字是表达思想情感的吗？你们？在你的世界观里，你压根儿就没有把自己融入红军队伍里，你说是不是啊？"

马德这下彻底蒙了，表情僵硬地看着东方广，喃喃地说："思想情感，世界观，融入，压根儿……"

就在这时候，门外传来一声清脆的报告，随即一个身穿军装的姑娘走了进来，把一份电报送到东方广的手上，顺便瞥了马德一眼。

马德一个激灵，竭力把塌下的腰杆站直了。他发现这个女兵有点儿面熟，可是一时半会又想不起来在哪里见过。

东方广接过电报，匆匆浏览，从上衣兜里抽出自来水笔，在电报纸下方唰唰签上名字，抬起头来，见马德还像木桩一眼杵在那里，转脸对那女兵说："我知道了，让刘科长到我这里来一趟。"

直到女兵向东方广敬礼，然后像一阵轻风一样出门，马德还是没有想起来他在哪里见过这个女兵，这一天，他的脑子昏沉沉的。

不多一会儿，来了一个红军干部，东方广向马德介绍说：“这是刚刚从地方调来的刘国盛同志，现在是纵队的宣传科长。”刘国盛说：“哎呀，你就是马指导马德同志啊，久闻大名，你们宣传队演的戏，从闽西到赣南，家喻户晓啊，扩红你们可是立了大功。”

马德有点儿受宠若惊，局促地说：“那都是大家的功劳，我不能贪天之功为己有，我个人做得很少。”

东方广哈哈大笑说：“看看，马德同志虚怀若谷吧，马德同志就是这样，真正的革命者的胸襟。”

马德有点儿诧异地看着东方广，觉得东方广的话有点儿奇怪，同刚才判若两人。马德的嘴巴张了张，讷讷地说：“东方主任过奖，我还需要修炼。我性格急躁。”

东方广摆摆手说：“不说了，你既然离开宣传队，我看这样，纵队办了一个《红霞报》，你来当主编吧。”

马德一愣，冲口而出：“东方主任，我离开宣传队，可不是为了当官的，我要求到战斗部队去啊，我要冲锋陷阵。”

东方广脸一沉，道:你到战斗部队干什么，拖后腿啊!”

马德差点儿就急了，想说：“我怎么就拖后腿了”，可是话到嘴边又忍住了。马德说：“我……我也受过军事训练，打枪还是会的。”

东方广说：“光会打枪就能打仗了？我们红军里，像你这样的大学生有几个？凤毛麟角啊，宝贝疙瘩啊，我们怎么能让你这么个宝贝疙瘩去送死呢？那是对革命的犯罪，你说是不是啊我的同志哥?”

东方广这么一说，马德就无话可说了，只是拿眼看刘科长。

东方广说：“那就这样吧。再说，你那个主编，也不是什么官儿，除了你自己，就是刚才你见到的，方圆，你们宣传队在新惠扩红参加革命的同志，龙岩农商专科学校的毕业生。”

马德这才想起来，原来是新惠方老板的闺女，当初在谢家祠堂第一眼见到这个姑娘，他是很在意的。

十

古田会议决议中，关于宣传队的编制，有明确的规定：“军及纵队直属队均各成一单位，每单位组织一个中队，队长队副各一人，宣传员十六人，挑夫一人，公差二人。”在闽西境内，宣传队是严格按照编制规定的，总共二十一人，连党代表都取消了，后来到了瑞金，因为宣传队功劳大，纵队特批恢复一名党代表。马德走了之后，缺了一个艺术指导，杨捷慧兼着。

马德走了，别人都没有特别在意，何连田却放在心上了，他总觉得这件事情跟他有关，他觉得特别对不起杨捷慧，甚至，多少还有点儿对不起马指导。他总想找个机会跟杨捷慧说说心里话，最好能报答一下。

机会终于来了。部队休整期间，有个老乡来找何连田替他写信，在那个老乡的心目中，何连田已经算文化人了。何连田搜肠刮肚，替他写了一封错别字连篇的家信，也就把那个老乡的家事搞清楚了，他原来是一个木匠，到邻村干活时，被国民党军拉去当了壮丁，开到江西“剿匪”，被红军俘虏了，当了红军战士。他的妻子却早已流落街头，卖唱为生，至今没有消息……他请何连田替他写信，就是问家里，他的妻子回家没有。那一天夜里，何连田没有睡好觉，脑子里一直琢磨，那个老乡的妻子到底会在哪里呢，卖唱为生，会不会也被红军收留，没准儿可以当一个宣传队员呢……想到这里，何连田激动得浑身发抖，他差点儿就跳下床去找杨捷慧，虽然他还不懂剧本怎么写，但是他感觉这个故事一定可以写成好剧本。

第二天一大早，何连田出操之后跟在杨捷慧后面，找个机会把这个故事讲了。果然，杨捷慧非常高兴地说：“这是个好素材，小何你能发现好素材，说明你有创作天赋。这个剧本，还是咱俩合作。”

何连田说：“那敢情好。”

只是，还没有等剧本写好，第三次反“围剿”就开始了。国民党军从三个方向向根据地发起进攻，铁壁合围，战斗异常惨烈。战斗进行到第二阶段，宣传队接到任务，到瑞金清河铺帮助抢救伤员。

清河铺离二道防线不到五里路，枪炮声和喊杀声听得清清楚楚。宣传队赶到的时候，已经抬下来二百多号伤员，因为缺医少药，伤员不断死去。杨捷慧在武汉军校时，学过一点儿护理技术，指挥何连田把挑来的盐用清水融化，给伤员洗伤口。

这一仗，从拂晓打到后晌，红军二道防线上只有一个支队另两个连的兵力，抵御国军的三个团，反复争夺，阵地几度易手。下午一点多钟，纵队首长指挥耿天阶率领七十人的敢死队，穿插到敌人指挥所后方，发起突袭，导致敌指挥机关大乱。进攻之敌回援旅部，又遭耿天阶杀了一个回马枪。敌人收拾队形，稳住阵脚，组织六个连七百多兵力对耿天阶进行合围，包围圈越来越小，十几门小炮对耿天阶等人占据的松毛岭高地进行集火射击。从救护所都能看到，松毛岭上飞沙走石，火光冲天。好在山坡植被丰富，有很多射击死角，加之敢死队战术灵活，敌人轮番攻击两个多小时，松毛岭还击的枪声仍然响亮。

何连田问刚刚抬下来的一个伤员，打了这么长的时间，子弹打光了怎么办。

伤员笑笑说："子弹打光了？红军的子弹永远都打不光，因为我们的子弹都是从敌人手里夺来的，敌人有多少子弹，我们就有多少子弹。"

这个伤员的伤势有点儿奇怪，腹部中弹，子弹左边进右边出，术后交给宣传队护理，一碗小米稀饭喝下去，居然还能说话，中气还很足。

何连田和伤员聊天的时候，杨捷慧就在一旁给另一个伤员清洗伤口。杨捷慧回头问这个伤员："你是哪个部队的？"

伤员回答说："二支队一营一连连长邹成卓。"

杨捷慧说："我想起来了，当初就是你写血书说，耿天阶的里应外合不算什么，看来你是不服耿天阶了。"

邹成卓不好意思地说："嘿嘿，那是。打仗嘛，也讲运气。不过这回我服了，一支队厉害，耿天阶更厉害。上午那个穿插突袭，打得确实漂亮。"

杨捷慧说："那是啊，那是纵队的拳头部队嘛。咦，你们二支队怎么也到清河铺来了"。

邹成卓说："整个二道防线的战斗全部结束了，就剩下松毛岭这一块了，国民党一个旅的主力都机动过来了，咱们纵队的主力也集中过来了。这个松毛岭啊，没准儿会成为第二个加诺顿。"

杨捷慧吃了一惊，冲口而出："你也知道加诺顿？"

邹成卓奇怪地反问："我为什么不知道加诺顿，我在黄埔军校上学的时候，特别关注加诺顿战例，那是俄德战争中的一个经典战例。一场规模不大的战斗，引起了双方几个师的角逐，成为一场声势浩大的战役，从而改变了战局。”

杨捷慧哦了一声，这才知道眼前这个其貌不扬的连长是喝过洋墨水的，可见红军的队伍里藏龙卧虎。难怪他不服耿天阶呢，耿天阶是从旧军队里过来的老兵油子，虽然能征善战，却没有文化。

杨捷慧问：“那你说说，这次松毛岭战斗，会不会成为加诺顿？”

邹成卓沉思片刻说：“这个不好说，就要看双方指挥员的决心了。从敌人的一方看，兵强马壮，“围剿”我根据地志在必得。我方兵力有限，而且防御正面大，要是我来指挥，我不会把兵力集中在这个地方同敌人死缠烂打。我们的优势还是运动战和游击战。只是……”

杨捷慧问：“只是什么？”

邹成卓看着远处渐渐暗下来的天穹，还有松毛岭方向时隐时现的枪炮声，黯然说：“只是，老耿他们的压力更大了。如果纵队首长想钳制敌人，可以在松毛岭方向制造死守的假象，而连夜将主力撤出阵地，构筑第三道防线。这样做的好处是，我军可以得以喘息，以逸待劳。但是这样做，就会牺牲掉老耿他们，可能全军覆灭。”

杨捷慧也不说话了，眺望西边松毛岭方向，不知道耿天阶他们是死是活。

后来发生的事情，果然证明了邹成卓的先见之明。当夜幕完全降临之后，纵队首长果然下了一道命令，前来松毛岭战场增援的红军主力部队，在敌人的包围圈后侧虚晃一枪，神不知鬼不觉地撤离了战场。但是有一点邹成卓没有想到，纵队并没有丢下耿天阶的敢死队，而是在虚晃一枪的同时，派出一个营的精锐兵力，从松毛岭南侧杀开一条血路，将耿天阶敢死队最后的二十名战士接应出来，通过事先开辟的峡谷小道，回到后方阵地。

只是，耿天阶和三名战士下落不明。

耿天阶手下的连长郑达和七名重伤员在黎明前被送到后方医院。郑达全身九处负伤，一直处在生命垂危状态，由红军医院院长傅雨城亲自做手术，一直做到艳阳高照。傅雨城从手术台下来，眼前一黑，倒在地上，这一夜，他救活了多少伤员，谁也说不清楚。

参加护理的宣传队员，两夜没睡，算起来，将近七十个小时没有吃东西了。何连田惦记杨捷慧身体虚弱，想给她找点吃的东西，左看右看，看到西边的小树林里，摆放十几具在抢救过程中断气的战士遗体，灵机一动，趁没有人注意，悄悄地闪进林子，假装死人一样躺在烈士的身边，翻检他们的衣兜和干粮袋。但是他很快就失望了，这些烈士的衣兜和干粮袋里都是空空如也。何连田不甘心，继续翻检，突然，他的眼睛瞪圆了，他看见一个伤员崩裂的伤口，似乎血液还没有凝固，胳膊上外翻的肌肉泛着猩红的光芒。这一瞬间，何连田眼前直冒金星，他恍惚看见小时候赶集看到的肉铺子，看到过年时挂在门外的腊肉，他差点儿就动手了，就在这个时候，腹腔一阵烫热，还没有等他明白发生了什么事，一股辛酸的液体从他喉咙下面夺路而出，喷洒在身边的草丛里。

何连田一屁股坐在草丛里，直到很久没能站起来，心慌，两腿软得像面条，闭上眼睛，大喘粗气。不知道过了多久，他才被一阵响动掰开眼睛，定睛一看，他的心剧烈跳动起来，他看见了一张熟悉的面孔，那是他小时候经常捕获的猎物——油獾，黑黝黝的油獾，笨得像熊一样的油獾，比兔子还大的油獾，正在一个遗体的伤口处踌躇，抽动鼻子嗅来嗅去，大概是它也把那伤口当成美食了。何连田竭力让心跳平静下来，偷偷地打量四周，从一个遗体上抽出一把小刀，屏住呼吸，瞄准后，突然抛了出去。那油獾似乎吃了一惊，转身就跑，跑了几步，倒下了。

何连田没有被这突如其来的收获冲昏头脑，他知道这畜生的习性，有一个，必有两个，而且这畜生鼻子灵敏眼睛却是迷糊的。他爬起来，爬到倒地油獾的旁边，掐住它的脖子，直到油獾咽气。果然，几分钟后，又一只油獾出现了……

半个小时后，何连田拎着三只黑色的油獾回到救护所，杨捷慧吃惊地看着他脸上和双手的鲜血，瞪着眼睛问："小何，你到哪里去了，这是怎么回事?"

何连田没有回答，只是把三只油獾扔在地上。一旁的王振寰高兴地大叫："哈哈，小何给我们搞吃的去了，王紫蓝，秦文，赶快，找一只锅来。"

王紫蓝和秦文就在不远处，跑过来又跑走了，直犯傻。她们从来没有见过这种动物，倒是郑振中，过来一看，嘿嘿一笑，二话不说，拎起油獾就挂在树上，拿过一把步枪刺刀，剥皮，开膛破肚。

那边，王振寰已经把水烧上了。

那个晌午，三只油獾加上两棵萝卜、十几块红薯，还有两斤小米，熬了一大锅鲜汤，参加松毛岭救护的医护人员、宣传队员、伤员，一百多号人，每人都喝了一碗。后来傅雨城院长说，那锅肉汤，救活了很多人。

十一

经过大大小小几十场战斗，第三次反“围剿”取得决定性胜利。部队刚刚进入休整，就传来一个振奋人心的消息，原来在松毛岭战斗中失踪的耿天阶等人并没有牺牲，而是化装成国民党军士兵，混在追击的队伍里，潜入国军团部。国军那个团长名叫于仕伏，是耿天阶过去的老部下，对耿天阶有知遇之恩，加之耿天阶曾经救过他的命，所以情投意合。耿天阶当了红军之后，两个人的部队几次在战场相遇，双方都尽量避免正面交锋，官兵心照不宣。这次耿天阶松毛岭被困，于仕伏的部队本来受命在汀桥一线打狙击，但是于仕伏给部队出了几个战术情况，搞得风声鹤唳，部队磨磨蹭蹭到达指定位置，此时红军纵队主力赶到，耿天阶的敢死队插翅飞了出去。等部队收拢，于仕伏接到上峰电话，一阵劈头盖脸臭骂，说他消极出战，有通共嫌疑，让他把行动情况详细呈报。正在惴惴不安之际，心腹参谋陈明来报，抓住几个红军探子。到了关押的地方一看，竟是耿天阶。于仕伏又惊又喜，摆上酒席，酒酣耳热之际，于仕伏说：“没有退路了，逼上梁山。”耿天阶一拍脑门说：“那还犹豫什么，与其坐以待毙，不如破釜沉舟。”于仕伏下令连夜把部队拉到红军根据地的边缘黄岩厝。一路上有些官兵还在梦里，怨声载道：“长官不让人活了，又去打仗。”

到了黄岩厝，于仕伏把连以上军官召到团部开会，耿天阶代表红军首长讲话，欢迎六团官兵起义。有几个反动军官提出异议，被警卫排当场缴械，有两个军官掏枪向耿天阶和于仕伏射击，被乱枪击毙。

部队是稳住了，但是潜在的危险很多，因为仓促行事，组织结构没有健全，官兵对红军缺乏了解，思想冲撞非常激烈，一支突然转向的部队，随时都有再次反水的可能。

耿天阶向于仕伏要了一匹快马，连夜驰往纵队部，向薛涛和东方广报告。两位首长分析了情况，一方面表扬了耿天阶临机处置情况的做法，另一方面也担心这次起义胎死腹中。商定的结果，派出距离黄岩厝最近的三团党代表洪涛，即刻出发到黄岩厝担任党代表，同时以三团主力在黄岩厝至刘湾、马岗一线布防，准备接应。

薛涛提出，尽快派出至少二十名政工干部进入六团，控制部队。东方广想了一会儿，说出不同意的两个理由，一是六团起义思想基础不牢，马上就派政工干部，会引起更大的反弹。二是仓促之间，也派不出二十名政工干部。薛涛也觉得这两个理由很充分，可是，只让洪涛一个人和几个警卫员前往部队，能否控制局面，确实是个问题。突然，薛涛一拍脑门说："有了，做策反和思想动员工作，我们有个撒手锏，宣传队啊!"

东方广大喜，连说："好主意，好主意。"

薛涛说："只是，任务来得急，他们能不能创作出有针对性的节目，还是未知数。"

东方广说："这个我不担心，担心的是，从纵队部到黄岩厝，虽然路途并不遥远，但那是根据地和国民党统治区的交接处，敌情复杂，敌人一旦得到风声，势必加紧封锁，这一路上可能风险很大。"

薛涛说："选好路线，派出一个排警卫，通知沿途部队加强警戒，保证宣传队顺利到达。"

这就决定下来了。

宣传队很快接到任务，要到黄岩厝进行慰问，大家都很兴奋，做起义部队的思想工作，还是第一次。纵队的宣传科长刘国盛亲自到宣传队布置，讲了重要意义，特别是可能会遇到的情况，又让宣传队做了应急预案，包括创作构想、路上遇到敌情的处置办法，还让各组制定了联络暗号，防止走散，便于收拢人员。

准备就绪后，宣传队就出发了，一边行军一边创作节目。杨捷慧发动大家集思广益，针对起义官兵的思想现状，鼓励其坚定信心。何连田讲了老家石板乡发生的一件事情，石板乡有个农民因为欠租子，给地主家顶缸，被军阀抓了壮丁，没有过门的媳妇也被人抢走了，给地主的瘸腿管家当了续弦。几年后，这个农民死里逃生回到石板乡，一把火烧了地主家的院子，带着他的媳妇远走高飞。

杨捷慧才知道，乡村过去征兵，都是用绳子捆着走，还有的是替富家子弟顶缸。何连田讲的是发生在北伐之前的故事，杨捷慧灵机一动，将其置换在眼前，编了一个话剧，名叫《解开你的绳子》，将何连田讲的故事改头换面，将地主换成国民党联防团长，加强了夫妻恩爱、生离死别的情节，特别是妻子被抢到联防团长家里之后，宁死不嫁，并在八月十五捎信给三十里外的红军游击队，一举歼灭正在大吃大喝的联防团，夫妻双双参加红军。

纵队给宣传队选择的路线，一半山路，一半大路，三十多里路，不出意外的话，大半夜就走到了。但是这一带同国民党统治区犬牙交错，大部队行动隐蔽性差，小部队行动，也必须格外注意。

果然，刚刚走了一半，情况来了。原来，于仕伏团突然连夜开拔，并且电台联络突然中断，引起国民党军指挥部高度警觉，仅在于仕伏部队到达黄岩厝不到三个小时，国军就做出部署，出动三个团的兵力，向黄岩厝方向机动，同时还以一个一百多号人的别动队从山区攀岩穿插，企图到黄岩厝探听虚实，必要时直接控制于仕伏。

红军宣传队所走的路线，同国军别动队选择的路线，在一个名叫刘湾的村庄东边交会了。

护送宣传队的一个排，二十来人，只有十条汉阳造，其余的都是鸟铳和独撅一，再有就是大刀片子和红缨枪了。这在红军的队伍里，已经算好的了。刚刚过了刘湾村，前哨班突然觉得前方有动静，一队人正从山上往下跳，隐隐还能听见有人说话："快，后面跟上。"前哨班长一惊，寻思不像自己人，正要喊问，那边也发现这边有人。两边的口令对不上，顿时枪声大作。

宣传队的队长郑振中没有经过这个阵势，早已乱了方寸，党代表王振寰倒是有过战斗经历，指挥警卫排迅速占领制高点，阻击敌人的进攻。

好在农历月初之夜，恰好战斗打响的地方是山路拐弯处，警卫排十几支枪封锁山路，敌人施展不开。杨捷慧一边射击一边向王振寰嚷嚷："交替掩护，边打边撤，防止敌人包抄！"

自战斗打响，何连田一直跟着杨捷慧，他寻思万一有一颗子弹飞到杨捷慧的身边，他就扑上去。何连田的挑子里，有十几枚手榴弹，这下派上用场了。虽然他没有经过太多的训练，但小时候打过弹弓，加上臂力发达，一投一个准，在三四十步的距离上，能够落进人堆里开花。

杨捷慧挥着勃朗宁手枪，高兴地喊：“小何，好样的，注意隐蔽!”

何连田听到杨捷慧表扬，更来劲了，索性把两颗手榴弹捆在一起，在敌人接近的时候往人堆里扔。

正打得起劲，突然听到警卫排长的喊声：“杨队长你们赶紧撤，敌人从左侧过来了。”

杨捷慧让何连田赶紧挑起担子，何连田还不肯，杨捷慧急了，飞起一脚踢在何连田的屁股上。何连田这才一跃而起，挑起担子跟着杨捷慧飞跑。一边跑一边东张西望。

枪声越来越密集，似乎前后左右都是敌人。跑出二三百步，突然听到迎面有人喊叫：“抓活的，还有女人!”

杨捷慧停下步子侧耳细听，果然听见左边山坡有人惨叫：“队长，杨队长，你在哪里?”

杨捷慧说：“坏了，是王紫蓝，这个傻丫头，喊什么喊!”

何连田说：“她可能落单了。”

敌人发现了王紫蓝，一窝蜂拥了过去，杨捷慧抽出手枪，看准了敌人冲击的队形，伸手就是一枪，没想到枪没响，没有子弹了。杨捷慧骂了一句“他妈的”，想了想，问何连田：“还有手榴弹吗?”

何连田说：“有。”

杨捷慧说：“去，追上去，给我扔两颗手榴弹，往敌人堆里扔。”

何连田眨巴眨巴眼睛说：“可是，一扔，把敌人迎来了，你咋办?”

杨捷慧说：“废话，叫你扔你就扔，哪来的那么多废话?”

何连田说：“那敢情好。”

这才放下担子，从里面摸出两颗手榴弹，一手拎着一个，正要追上去，突然怔住了，原来在不远处，传来一阵丁零咣当的锣鼓声，咚咚锵，咚咚锵，咚咚咚咚咚咚锵，嘚嘚锵，嘚嘚锵，嘚嘚锵锵咚咚锵……

霎时，鼓乐齐鸣，有大鼓，有大锣，中间还穿插小锣和铜镲，整个山谷里像是掀起一场风暴，枪声都被淹没了。

杨捷慧听了听说：“啊，是党代表发的信号，让同志们各自突围。小何，你还不赶快去扔手榴弹，把敌人引到这边来！”

何连田说：“好，那敢情好，那敢情好！”

何连田说这话的时候，咬牙切齿。说完纵身一跳，往前猛跑一阵，估摸敌人正在发蒙，连续将两颗手榴弹扔了出去。

山谷里顿时喧嚣起来，敌人乱嚷嚷：“在这里，东边……在这里，西边……在那边，赤匪在左边……”

夜色里的山坳就像开水锅，到处都是枪声，到处都是火光，好像萤火飞舞，流星穿梭。敌人也被搞乱了，四面出击，盲目扫射。就在这乱纷纷的当口，杨捷慧带领何连田，跌跌撞撞地离开了刘湾山口。

跑到一个山崖下面，发现没有人跟上来。杨捷慧让何连田隐蔽，自己查看方位，看了一会儿对何连田说：“黄岩厝在南边，咱们还得往南走。”

何连田说：“那敢情好。”

再往前走，过了一个山口，身后的枪声稀疏了。杨捷慧忧心忡忡地说：“不知道老郑他们在哪里，也不知道党代表和王紫蓝他们脱险了没有。也许直接去黄岩厝了。”

何连田不说话，心里想：“他们不会打仗，没准儿这会已经牺牲了。”

十二

宣传队向黄岩厝进发的时候，红军三团党代表洪涛已经先期到达起义部队，于仕伏听说红军宣传队要来，非常激动。在前几次交锋中，红军宣传队隔着阵地演节目，又唱又跳，还演话剧，让手下的官兵非常向往。政训处主任曾经向他报告，说红军宣传队宣传赤化非常厉害，有一次一个神枪手瞄准了一个正在唱山歌的红军女演员，正要扣动扳机，被排长一脚将枪踢飞了。那个排长说，像那样的天仙一样的女子，怎么能开枪呢。可怕的是，有这样想法的，还不是一个人。

于仕伏很快就明白了，红军长官把宣传队派到起义部队，不仅是给部队鼓舞士气，实际上也是给他吃一颗定心丸，说明对他和他的部队高看一眼。把这支宣传队放在他的团里，如果国民党大军“围剿”，红军必将不惜一切代价援助他。

于仕伏把几个起义骨干叫到团部，介绍了洪涛的身份，大家知道了红军长官的态度，心里踏实多了，特别是听说红军的宣传队已经出发，后半夜就到，并陪伴他们到瑞金，更是兴奋异常。不到一个小时，消息就传遍了全团，很多士兵是带着梦想进入梦乡的。就连那些暗中反对起义的军官，也感觉大势所趋，不敢公开捣乱了。

到了后半夜，情况发生了变化，刘湾方向的枪声传来。不少人以为是国民党军察觉了于仕伏起义，派来部队进剿，几个特别顽固的军官趁机煽动士兵，说国军大部队已将黄岩厝围得水泄不通，于仕伏很快就要束手就擒，弟兄们都是受于仕伏蒙蔽的，要想活命，抓住于仕伏，交给国军长官，可保加官晋爵。

谣言像潮水一样在黄岩厝弥漫，阴谋很快找到了土壤。特别是二营的底层官兵，在营副高一凡的蛊惑下，本来就怀疑起义能否成功，有些根本就不想到红军队伍里受罪，这时候，墙头上的草一下子就倒向反动军官那一边了。不到一个小时，反动军官就纠集了一百多名士兵，准备哗变。

从枪声传来的那一刻起，于仕伏和洪涛也在焦灼地判断局势。洪涛分析，根据地边界距离此地，最近的也有十多公里，沿途我军民联防，明岗暗哨密布，敌人大部队行动，不可能没有一点儿蛛丝马迹。所以他判断，不是敌人大规模的“围剿”。

于仕伏焦急地说：“情况不明，我们怎么办？”

洪涛说：“立即下令，将那些态度反动的军官严加看管，着一营营长和三连连长巡逻，做好应变准备。”

二人正说着，三连连长赵广智一头冲进来报告，二营副高一凡密谋哗变，已纠集近百人，准备包围团部。

于仕伏大吃一惊，问洪涛怎么办，是否用武力平息叛乱。洪涛考虑一会儿说：“既然起义，还是要争取大多数，士兵不明真相，武力平息，两败俱伤。”又问赵广智：“他们在哪里？”

赵广智说：“刚才正在二营部串联，估计这会儿该动手了。”

洪涛说：“于团长，你在团部掌握情况，我到二营去，看他们想干什么？”

于仕伏一把拉住洪涛说：“那怎么行，要去也是我去，这是我的部队，谅他们不敢把我怎么样！”

洪涛说："你是一团之长，关键时刻，还得你坐镇军中大帐。我是红军的党代表，有责任向他们宣传我党政策。"

二人争执了一会儿，最后还是确定洪涛前往二营。可是，此时已经迟了，反动军官高一凡已经带人将团部外面的道路封锁了。

于仕伏在前，洪涛在后，二人步履沉稳地走出团部，老远看见高一凡。于仕伏黑着脸，盯着高一凡问："你想干什么?"

高一凡向于仕伏敬了个礼，不卑不亢地说："团座，我不想干什么，弟兄们就是想问问，红军说话到底算话不算话?"

于仕伏还没有开口，洪涛上前一步说："这个我来回答，红军哪件事不算话?"

高一凡说："起义的时候，那个耿天阶对大伙儿说，整建制起义，部队不散，原来营连长职务不变。"

洪涛说："现在变了吗?"

高一凡一怔："可是，你们把多数营长连长都集中起来看押，这是什么意思?"

洪涛说："从白军到红军，有一个转变过程，从白军营连长到红军营连长，从思想到战术都要提高。集中起来不是看押，而是学习，并没有说撤职啊!"

高一凡想了想说："可是，为什么把我们的枪支收缴了三分之二，这分明是不相信我们嘛。疑人不用，用人不疑，你们这样不相信我们，我们为什么要跟你们走?"

洪涛说："同样的道理，不仅官长，从白军到红军，士兵也有一个改造的过程。非常时期，乃采取非常手段。收缴三分之二枪支，是为了防止意外，这是我军对起义部队的一项特殊政策。一旦确认大家思想的弯子都转过来了，枪支还会发给大家的。"

高一凡挠挠头皮说："那我问你，夜里我们得到通知，你们的宣传队在天亮之前要来慰问起义部队，然后跟我们一起到瑞金。可是现在日上三竿了，还不见人影。刘湾方向传来枪声，很有可能是国军的进剿部队。是不是你们得到情报，把宣传队撤回了，把我们抛弃了?"

洪涛盯着高一凡，狠狠地说了一句："岂有此理！我们共产党说话是算话的，据我所知，纵队宣传队连夜出发，现在还没有到，一定是出了意外。你怎么能只凭宣传队没到，就说红军抛弃了你们?”

高一凡说：“我们凭事实说话，宣传队是你们红军的心肝宝贝，只要他们和我们在一起，我们就放心。半夜里刘湾方向枪炮声激烈，很有可能是国军大兵压境，他们说来不来，不是抛弃我们是什么？啊，弟兄们你们说是不是?”

队伍骚动起来，有人高喊：“就是，你们根本不相信我们，收了我们的枪，就是为了把我们一网打尽。”

还有人嚷嚷：“你们红军言而无信，为什么一听到枪声，宣传队就跑了?”

洪涛大怒，正要驳斥高一凡，忽然听到不远处一声高喊：“谁说宣传队跑了，宣传队在这里!”

众人定睛看去，只见团部外面几个士兵，押着杨捷慧和何连田，正向团部走来。

洪涛和于仕伏迎了上去，于仕伏问：“怎么，就来你们两个人?”

杨捷慧说：“就是我们两个人，我们两个人也是宣传队啊!”

于仕伏表情痛苦地说：“可是，说好了是慰问演出，你们两个人怎么慰问啊?”

杨捷慧说：“我们两个照样演出，要不，我先给你们唱支歌吧。”

大家都不吭气，高一凡和他的队伍面面相觑，虽然没有说什么，但是气氛明显缓和多了。

杨捷慧清清嗓子，找准调，唱了起来——

山上的鲜花开呀开，
工农红军进山来，
打土豪分田地，
建立红色苏维埃。

山上的鲜花开呀开，
红红的太阳升起来，

穷人过上好日子，
父老乡亲笑开怀……

杨捷慧平时不怎么唱歌，连何连田也不晓得，杨捷慧原来会唱赣南民歌，而且唱得这么好，唱得黄岩厝的风都停步了，朝霞里的树叶子一动不动，好像竖起耳朵听杨捷慧唱歌。

二营的一百多号官兵也不动了，眼睛一眨不眨，不知道他们心里在想什么。

杨捷慧唱完，高一凡觉得不妙，突然喊了一声："不行，你就拿一首歌来糊弄我们？说好了是宣传队慰问，可是你们请了一桌客，只上一个菜。"

杨捷慧掠掠短发说："是的，我们是说宣传队来慰问演出，可是，在刘湾，我们遭到国民党军的偷袭，请相信我们，我们宣传队的同志一定会来的，只要他们还活着，就一定会冲破国民党军队的封锁，一定会赶过来的。"

高一凡回首，问他的部下："弟兄们，你们说，我们相信不相信她的话？"

众人你看我，我看你。显然，大家都没有见过这个场面，拿不定主意怎么表态。正在这时，只见场地中央闪出一道亮光，接着，几声清脆的竹板声音传出来，在团部门口回荡。

杨捷慧愣住了，她看见已经放下担子的何连田，左手举着一副黄铜一般油亮的快板，噼里啪啦打了起来。这个时候的何连田，似乎长了个头，腰杆也比往日直了许多，眼睛炯炯有神。

清脆的竹板声在山谷里回荡，看得杨捷慧眼花缭乱，心里说，真是海水不可斗量，这小何，真人不露相啊！

自家兄弟莫慌张，听我说段快板腔，千言万语说不尽，只说红军打胜仗。红军为啥打胜仗，红军白军不一样。红军打仗为信仰，国军打仗为吃粮；红军官兵亲兄弟，白军敲诈又克饷……啷哩个当，啷哩个当，啷哩个当当啷哩个当……我当红军是自愿，为了革命扛起枪；想想你们当壮丁，一根绳子来捆绑，妻离子散田荒芜，家中老母泪汪汪……啷哩个当，啷哩个当，啷哩个当当啷哩个当……娘在村口盼儿归，红军来了叫亲娘，亲娘拉着红军的手，见到我儿别开枪，我让我儿当红军，天下穷人得解放，得解放……

最初的几句，何连田并不熟练，面红耳赤，好在他没有退缩，结结巴巴讲了几句，渐渐地就找到感觉了，到了后来，还创造性地发挥了几句，让杨捷慧喜出望外，特别是结尾的部分，是在上半夜路上，杨捷慧和王振寰等人你一句我一句凑的台词，没想到何连田记性这么好，而且编在一起，很像回事。

何连田的快板打完，团部门外寂静了片刻，突然，掌声响起来了，一声，两声，接着就是一片。听着这掌声，何连田似乎有点儿不知所措，傻傻地向杨捷慧看了一眼，又垂下头。

杨捷慧冲了上去，一把抱住何连田，揉搓他的两只耳朵，激动地说："小何，你这孩子，可真有你的，还会来这一手。跟谁学的？"

何连田老老实实地回答："跟党代表学的，可是，从来没想到会派上用场。"

杨捷慧说："往后，你就不当挑夫了，我教你打快板，不，我教你写戏。"

何连田说："那敢情好。"停了停又说："不，我还是当挑夫吧。"

杨捷慧向四周看了看，突然把何连田的手抓住，举过头顶，对团部门口越来越多的官兵大声说："兄弟们，你们看看这只手，这是一只挑夫的手，参加红军之前，他就是一个苦力，不知道吃了多少苦。可是参加红军之后，他在我们宣传队里当挑夫，他同时也是士兵委员会的委员，所以他心情舒畅，所以他聪明伶俐，在我们红军的队伍里，任何人都能发挥他的聪明才智，任何人都有机会成为有用的人……弟兄们，铁下心来当红军吧，当一个能文能武的红军战士，你们的父母和妻子儿女，再也不希望看到你们为反动军阀帮凶了，再也不能为欺压穷人的三座大山当炮灰了，革命需要你们，红军欢迎你们，人民的苏维埃政权呼唤你们……来吧我的弟兄们！"

本来，宣传队没有如期到达，成了高一凡等顽固军官哗变的口实，不料，受蒙蔽的官兵的心，被杨捷慧的一首歌、何连田的一段快板弄得五迷三道，特别是杨捷慧最后一段即兴演讲，声情并茂，起到了明显的转化作用，连高一凡似乎都被打动了，一言不发地看着于仕伏，突然拔出手枪，对准自己的脑袋。旁边的两个士兵眼疾手快，冲上去将高一凡摁住，缴了他的枪交给于仕伏。于仕伏掂掂手枪，又把它扔给高一凡。于仕伏对高一凡说：“人各有志，我不强求你，看在你我兄弟一场，我不为难你，你走你的阳关道，我过我的独木桥。”

但是高一凡最终没有走，没有人知道为什么。

十三

刘湾遭遇战，宣传队牺牲了一名小号手、一名粤剧演员，这是宣传队组建以来第一次有人牺牲。王振寰在战斗中负伤，胳膊骨折。当时王紫蓝和秦文都跟警卫排行动，一名战士被敌人的子弹打中头部，脑浆喷到王紫蓝和秦文的身上，王紫蓝只是尖叫了一阵，过后就好了，秦文却真的被吓傻了，直到返回驻地，还经常做噩梦。

何连田在黄岩厝出其不意地露了一手，让宣传队的人刮目相看，自不必说。给宣传队带来更大的惊喜是，通过黄岩厝事件，纵队更加认识到宣传队的作用，给宣传队补充了两名队员：一个拉京胡的老兵，名字叫邓金湖，参军之前也在戏班子混过，跟郑振中很对脾气；还有一个女子，名字叫李璐，是个资本家的小姐，因为逃婚误打误撞来到红军队伍，据说是教化学的。但是很快，王紫蓝就和李璐打得火热，起因是王紫蓝手里有一架手风琴，在会宁休整的时候，王紫蓝经常抱着手风琴，坐在村头的大榕树下发呆。有一次，王紫蓝折腾手风琴的时候，李璐从大榕树旁边路过，奇怪地问王紫蓝：“你拉的是什么？”王紫蓝回答说：“我也不知道拉的是什么。”李璐问：“难道你不会拉？”王紫蓝回答说：“我当然不会拉。难道你会拉？”李璐说：“我也不会，但是我知道你把琴拿反了。”后来李璐就把手风琴接过来，数了数黑白键盘，又拉了两下，七比画八比画，找到了音阶窍门，渐渐有了章法，就像一支曲子了。

王紫蓝就从这天开始，对李璐崇拜得五体投地，口口声声喊师父，端茶倒水，殷勤备至。李璐话不多，对王紫蓝的殷勤，既不客气，也不拒绝。后来，不知道从哪里搞到一本手风琴曲谱，王紫蓝根本看不懂，而到了李璐的手里，就成了宝贝。那些天，宣传队驻地外面的大槐树下，经常响起手风琴的旋律。

第四次反“围剿”之前，东方广带着刘国盛和方圆来到宣传队，宣布宣传队改名为“红霞剧社”，和纵队《红霞报》统一归纵队宣传部刘国盛部长领导。方圆是《红霞报》的记者，以后，凡有重大任务，方圆随红霞剧社行动，进行现场采访，也可以参与创作，算红霞剧社的半个人。这样一来，红霞剧社就由原来的二十个人变成了二十一个半人。

开了一个会，东方广和刘国盛就走了，把方圆留在红霞剧社。那天中午吃饭，何连田发现多了一张面孔，而且是他熟悉的面孔，蓦然想起，这是新惠方老板的闺女。那次到新惠还钱，他跟方圆打过照面，因为当时情况紧急，没来得及多想。现在闲下来了再看见这张脸，想起了一桩往事，何连田的心跳忽地加快了，脸涨得通红，连饭都没有吃好，就放下碗匆匆溜出去了，挑起水桶，坐在河边发呆。

是的，这个女子跟他有关系，啥关系呢？啥关系也没有。可是，他就是因为这个女子才被战斗连队淘汰了，来到宣传队，当了一名挑夫。这回，在一个锅里吃饭了，他的心里有一种莫名的紧张。至于紧张什么，他说不清楚。

方圆来到红霞剧社，带来了很多新奇的东西，她对什么都好奇，过去的事情她也兴致勃勃地采访，寻根问底，譬如松毛岭战斗、黄岩厝平叛。让何连田始料不及的是，方圆到达的当天晚上，还专门找他，开门见山地说：“小何你为啥躲着我？咱俩是老相识了，那次你到新惠还款，是我和我爹帮你封的大洋。忘了?”

何连田心里慌得很，他当然没有忘记。他更在意的是，她知道不知道他曾经偷看她洗澡。不知道怎么了，何连田怕她知道那件事情，又希望她知道那件事情。

何连田说：“我记得，可是……”

方圆说：“别可是了，黄岩厝平叛，宣传队主力被打散了，就你和杨队长两个人演了一台戏，稳住了起义部队，了不起啊，我要采访你，写一篇文章《从挑夫到文艺战士》。”

何连田张口结舌地说：“啊，写我？那敢情好。不，那敢情不好，我没啥可写的，你写杨队长吧。”

方圆说：“杨队长我当然要写，你们两个人都是主角。哎小何，你的脸怎么这么红，你发烧了吗?”

何连田支支吾吾地说：“不是，天太热。”

方圆奇怪地说：“天热？这都快下雪了，我冻得手冰凉，你还热？”说完，拉起何连田的手，惊叹：“啊，你真的很热。”

那一瞬间，何连田的血一下子冲到脑门。长这么大，他还是第一次被一个女子拉手，况且，这女子还是读过洋学堂的天仙一样俊俏的女子；况且，这女子还是他偷看过身体的女子……何连田不知道那天他是怎么离开方圆的，他差点儿晕了过去。

那天夜里，何连田做了一个梦，梦中的太阳暖洋洋的，太阳下面鲜花盛开，鲜花瓣上飘荡着白色的水雾，水雾下面隐隐升起一个一丝不挂的女子，女子雪白的胸脯上，绽开两颗鲜红的樱桃……何连田大叫一声，醒了，睁开眼睛四下看看，漆黑一团。很久之后他才回过神来，下身已是一片狼藉，好在，自从富田战斗之后，大家都有内裤了。

往后的几天，何连田心更虚了，老远遇上方圆，做贼似的匆匆溜开，可是溜开之后，又想回头看看——后来何连田曾无数次回想，当初在新惠温泉边上，他到底看到她什么了，其实什么都没有看见，因为温泉水温很高，白雾笼罩，他根本不可能看见什么。要说看见什么了，那不是眼睛看见的，是心里看见的。

方圆参加红霞剧社生活，一连写了几篇文章，发表在《红霞报》上，其中一篇就是《从挑夫到文艺战士》，油印的报纸到了何连田的手里，里面有一大半字他不认识，但还是看懂了，文章把他写成“从战争中学习战争”的楷模，他知道这是好话，心里对方圆又多了些亲近，差点儿就把她和杨捷慧放在一起比较了。当然，在何连田的心里，方圆和杨捷慧永远都是不一样的，他把杨捷慧看得像菩萨一样，而对方圆，却是一种又远又近、说不清楚、看不明白、割舍不下的关系。

过了些日子，纵队下了一个通知，红霞剧社全体人员一锅端，进入苏区高尔基戏剧学校学习，在杨捷慧的坚持下，何连田也成了一名学员。本来，纵队要求《红霞报》的两个人同红霞剧社一起住校，但是马德借口到前线采访，一头扎进二支队，死活不回来，只有方圆一个人参加了学习。

前两天来上课的老师，都是早就闻名的大首长，讲文艺的基本原理，讲文艺同革命战争的关系。到了第三天，开始戏剧专业授课，来了一个主讲教官，头发有点长，虽然红军军装不太合体，但是因为个子高，看起来还是风度翩翩。

教官讲的第一课是“舞台空间与时间设计”，很多人反映听不懂。何连田老是觉得这个人面熟，后来终于想起来了，课间休息的时候，何连田对杨捷慧说：“反动派，这个教官是反动派。”杨捷慧笑笑，没有吭气，原来这个教官就是在黄岩厝组织哗变的反动军官高一凡。

不光何连田认出了高一凡，很多人都认出来了，所以到了第二堂课，秩序就乱了，高一凡在上面讲，下面就在嚷嚷：“反动军官滚出去，老子凭什么听你的？”还有人说：“狗教官不安好心，讲的根本听不懂。”高一凡起先还能沉得住气，不管下面怎么起哄，依然我行我素，在黑板上画示意图，可是画着画着手就抖了，把粉笔往地上一扔，走了。

事情闹大了，一直闹到苏维埃教育部长瞿秋白那里。瞿部长来到高尔基戏剧学校，把大家集合起来训了一顿。瞿部长说：“听不懂，可以慢慢听。目前你们需要掌握戏剧基础知识，高一凡同志是在国外学过戏剧的，他的专业知识，不仅编剧需要，导演需要，舞台美术设计需要，演员也需要。他过去是白军军官，但是现在起义了，就是同志，到这里上课，就是老师，他是替红军做事的，你们歧视他，不尊重他，这是不对的。你们不要他教，就没有教员，没有教员的学校只好散伙，散伙就只好请你们收拾包袱回家，学校只好关门……这次把各个纵队剧社的同志集中起来学习，机会难得，你们要珍惜，首先就要珍惜教员。革命不分先后，有志者殊途同归……”

瞿部长的这番话，何连田似懂非懂。讨论的时候，杨捷慧说：“首长的话语重心长，这是为了革命文艺的长远发展，所以我们应该摒弃前嫌，尊重高教官。”

杨捷慧的话何连田同样似懂非懂，但是，有一个道理他明白，听杨捷慧的话，没错。这一个月，何连田学到了很多东西，不光学会了皮笑肉不笑，还学会了说话——那不是一般的说话，是用气说话，运气、提气、取气、歇气、换气、偷气……渐渐地，大家都服气了，那个国民党教官高一凡，当真是个大才子，好像什么都会。

大家对高一凡由过去的排斥到敬重，见面主动敬礼，但是高一凡还是不冷不热的，好像有点儿不食人间烟火。郑振中就在背后骂过，他妈的到底是反动派，他要不是资本家出身，他哪有钱出国留学，没有出国留学，他有这么大的本事吗？

杨捷慧说："老郑你不能这么说，但凡有本事的人，都清高，相处久了，就好了。"又说："以后如果有机会，请高教员到我们红霞剧社，给我们全面指导一下，那就太好了。"

虽然大家对高一凡不像过去那样排斥了，但是，尊重归尊重，多数人对他还是敬而远之，只有方圆，似乎对这个人特别感兴趣，讨论的时候说："高教官这个人，太不一般了，超凡脱俗，卓尔不群，风流倜傥，宠辱不惊……"方圆讲的话，何连田很听不懂，但是方圆讲这话的时候，他从方圆的眼睛里，看到了一种特别刺眼的光波，这使他的心里很不舒服，甚至痛苦。

更让他不舒服的是，高一凡对别人的态度都是不冷不热，唯独对方圆，好像客气得多。上课的时候，方圆最爱提问，什么戏剧结构啦，什么艺术规律啦，什么舞台造型啦……这些东西何连田很陌生。然后高一凡就耐心地讲解，戏剧结构要有矛盾冲突，冲突了之后要化解，戏剧故事就是不断地冲突不断地化解……高一凡讲解的时候，他的脸是温和的，微笑的，文质彬彬的，那张温和的脸主要是冲着方圆的。

何连田那段时间神情恍惚，学习成绩始终没有上去，连杨捷慧都发现了他的异常，有一次关切地问："怎么啦，你的脸色这么差，上课还老犯困，是不是病了？"

何连田吓了一跳，支吾说："不是，学问太深了，跟不上趟。"

杨捷慧哦了一声说："难怪，你只有半年私塾的底子。"

戏剧学校设在一个逃亡地主的大院里，二进的院落，学校的首长和教官住在里面，学员住在外面。院子外面，是庄园的护城河，白天可以看见树林掩映的亭子。有一天晚上站岗，何连田突然发现，方圆从宿舍出来了，不一会儿，高一凡也从里面的院子里出来了，二人走的是一条路，走进了树林。何连田在哨位上待了半个时辰，终于忍不住了，鬼使神差地也走上了那条路，一路上都在想，也许这不是真的，也许是见到鬼了。那天是农历十六，月亮很大很亮，果然，月光下面，他看见了他最不愿意看见的一幕——一个人影扑向另一个人影，两个人影抱在一起，又倏然松开，再抱在一起，再分开……何连田的脑袋胀大了，眼前直冒金星。那边好像还说着什么，可是他一点儿都听不见了，他的耳朵嗡嗡直响，像是钻进无数只虫子。他看见了奇奇怪怪的腿、奇奇怪怪的手、奇奇怪怪的腿和奇奇怪怪的手……他差点儿就举起了汉阳造，差点儿就拉开了枪栓，差点儿就扣动了扳机，可是，他什么也没有做，而是踉踉跄跄地回到哨位上，听耳朵里面的虫子刮风下雨一般叫个不停。

这个夜晚的月亮，被何连田记了一辈子。

十四

原先计划，学习时间是两个月，但是只过了一个多月，一道命令下来，各个纵队的剧社紧急回到部队。

情况来得突然，大家都觉得意外，只有何连田在心里发出一声欢呼，那敢情好，赶紧离开这个鬼地方。

没想到，离开这个鬼地方之后，发生了一串接着一串极具戏剧性的事情。

红霞剧社接到任务，是到登仙桥开展火线文艺攻势。在第三次反“围剿”战斗之前，登仙桥一带还属于国民党统治区，一场攻防战斗打下来，国民党军不仅没有向前推进，反而被红军一举拿下了登仙桥主阵地。更让国军指挥官恼火的是，红军占领了登仙桥主阵地，就再也不走了，因为这个营的营长是邹成卓。邹成卓当年是黄埔军校的高才生，因为作业想定神出鬼没，受到教官东方广的器重，后来跟随东方广参加南昌起义，打了很多漂亮仗。这个人和耿天阶一样，职务也是上上下下，跟耿天阶不一样的是，耿天阶职务起落是因为打兵，而他的毛病则是骄傲，目中无人。当然，骄傲有骄傲的资本，这个人打仗确实有两下子。

两个月前打下登仙桥，薛涛司令员给他的任务是打下了就走，因为南侧易攻难守。邹成卓一登上主阵地，举起望远镜看了不到十分钟就说，这回来，老子就不走了。他指挥两个连队，用了一个月的时间，做了个暗活，把左边的一条不到三十米宽的小河掘开，河水进到右边的山谷里，形成了一个葫芦形水泊，从而使防御正面缩小到不足一百米宽，而且地形居高临下，可以进退自如。一个小小的地形改造，使登仙桥整个防御体系发生了变化，由易攻难守成为易守难攻。

这样一个战略要地被红军占据，国民党军当然不干，所以在其他战场都消停的时候，登仙桥仍然天天枪炮不断。国民党军累次增兵，从两个团到两个旅，一直没有拿下。也正因为有这样一个战场，当初马德没有到戏剧学校，而是死乞白赖地来到登仙桥，决定在这里大展身手。

邹成卓很快就面临挑战，因为到了秋末冬初，他的葫芦形水泊眼看着干涸，右翼的防御明显薄弱。纵队决定撤出登仙桥阵地，邹成卓舍不得，制订了一个假退真进的作战方案，准备诱敌深入，就在葫芦形水泊的前端，布置一个口袋，伏击敌人进攻部队。邹成卓向纵队表态，打完这一仗，能守就守，不能守就撤。纵队考虑，如果能消灭敌人一个团的有生力量，即可对敌更大规模的“围剿”构成钳制，此举将为反“围剿”奠定厚实的基础。

双方都在厉兵秣马，一场大战即将拉开。红霞剧社就是在这样的背景下被调到登仙桥主战场，连续为部队演出三场，并且到前沿阵地，向国民党军喊话，策应国军一个连拖枪起义。

原计划红霞剧社演出结束后即返回纵队，但是战局突变，登仙桥战斗于腊月十七打响，这个时候，防御部队再也派不出兵力护送红霞剧社了。经过请示，纵队批准红霞剧社留在登仙桥，同邹成卓部队一起战斗，同时，指挥一支队耿天阶团，迅速进入第二道防线，同邹成卓部队形成犄角之势。

第一阶段，敌人未能突破防线。到了腊月二十六，国民党军不仅出动了坦克，还调来了飞机，对登仙桥一带进行狂轰滥炸，战斗中，邹成卓部队损失惨重，营党代表牺牲，连以下干部损失过半。马德向纵队请求，担任邹成卓营党代表，带领一个排迂回敌后，偷袭敌人团部。这一仗，打得昏天黑地，马德等人在后撤中同敌人一个连遭遇，子弹打光了，展开肉搏战，马德的肠子被打出来了，已经不打算活着回来了，幸亏耿天阶的援兵及时赶到。马德被抬到登仙桥阵地救护所，没想到睁开眼睛第一眼看到的竟是杨捷慧。马德说：“杨队长，我不是跟你赌气，我确实是想真枪真刀打一仗啊!”

杨捷慧说：“老马，我知道你是好样的，可是你确实也有赌气的成分。”

马德笑笑说：“你说得对，可是，我再也不会跟你赌气了……”马德话还没有说完，就昏迷了。

纵队医院的傅雨城院长亲自给马德做的手术，他的得意门生王紫蓝守了他两天两夜，一滴一滴往他嘴里灌热米汤。到了第二天后半夜，王紫蓝突然冲出救护所，号啕大哭。杨捷慧等人奔过去问她怎么啦，王紫蓝泣不成声，断断续续地说：“放屁，放屁，他放屁了！”

马德活过来了。

登仙桥最终没能守住，不是邹成卓的战术出了问题，而是因为国民党军更大规模的“围剿”开始了，红军受到来自多方面的压力。

前四次“围剿”，红军采取的是灵活机动的战术，游击战和运动战相结合，敌进我退，敌退我进，敌疲我打，敌住我扰。红军以少胜多，打了不少胜仗。后来国民党军改变战术，构筑碉堡，步步为营，蚕食根据地。这时候，红军高层来了个外国指挥官，机械教条，跟国民党军硬碰硬，用一位军团首长的话说，叫花子和阎王爷比宝，崽卖爷田不心疼……打到最后，只能进行战略转移了。

薛涛纵队打得最惨烈的战斗是强渡元江，四千多人马，几十挑辎重，拥挤在南岸，三百多米宽的江面上，只有十几只木船，上面有国民党的飞机，地下有几万军队的围追堵截，耿天阶和于仕伏各率自己的部队浴血奋战，掩护主力渡河，打了一天一夜，两个团均伤亡过半，耿天阶被打断一只胳膊。

主力全部渡江之后，南岸的阻击战还没有结束。七百多名轻重伤员留在南岸，无法安置。东方广带领一支民工队，挑着两千多块大洋，赶到伤员自己搭建的救护所，传达前委指示：成立留守游击队，自愿加入游击队的，每名伤员发给大洋三块；不愿参加游击队的，发给大洋五块，自寻生路。

东方广把话说完，部队哭声震天。东方广代表前委任命耿天阶为留守游击支队支队长，然后问耿天阶有什么要求。耿天阶想了想说：“首长，请纵队红霞剧社来给咱们演一场戏吧。”

东方广沉思片刻说：“红霞剧社已经渡江了，来回折腾不容易。你还有别的要求吗？”

耿天阶仰起脑袋，往天上看了许久，两行热泪滚滚而下。耿天阶说：

“没有了，你们走吧，首长保重！”

东方广挥泪告别耿天阶，乘坐最后一只木船，驶向北岸。

令耿天阶等人始料不及的是，就在分手的第三天，当这七百名伤员转移到上游洗马堰镇的时候，从队伍一侧追上来一个蓬头垢面的女人。耿天阶亲自盘问，居然是红霞剧社的杨捷慧。杨捷慧告诉耿天阶，东方广传达了留守支队的最后请求，红霞剧社一片请战声，纵队首长终于答应，让红霞剧社化整为零，渡江返回，为留守支队演出一场。

杨捷慧说话间，又有几个叫花子找到了驻地，把脸一洗，都是红霞剧社的社员。果然，几天之后，红霞剧社二十名社员，除了一个吹笛子的男同志牺牲，秦文失踪，其余十八名陆续会合了。下山之前，红霞剧社为留守支队做告别演出，节目是老节目《里应外合》，演员却有一半是新的，当年马德担任的角色，由郑振中顶替，当年演红军游击队长的就是那位牺牲了的吹笛子的同志，他的角色由何连田顶替。那场演出，把留守支队的血煮烫了，演出结束后，战士们振臂高呼口号，在赣南和闽西交界的地方，一片浓密的山林里向上升腾着势不可当的豪气。

当天夜里，耿天阶带领七百多名伤员，离开库容镇，踏进赣南绵长的大山里，开始了漫长的游击战争，史称南方三年游击战争。

后记

一九三五年正月，贵州省黎平境内，一支衣衫褴褛的队伍冒着风雪在崎岖的山路上顽强地跋涉，他们不知道走向哪里，不知道路有多长，也不知道前面还有更大的风雪在等着他们。他们只知道，他们在做一件事情，追赶已经实现战略转移的红军主力。

何连田挑着担子，走在队伍的前面，偶尔歇脚，回头看着担架上身体十分虚弱的高一凡，看着高一凡身边寸步不离的方圆，百感交集。他至今也不知道，在高尔基戏剧学校那个夜晚，那片月光下面，那个白柱红顶的亭子里面，到底发生了什么。同样，他也不知道，他们脚下正在走的这条路，以后会被称为长征路，又名地球上的红飘带。

《解放军文艺》2019年第1期

一碗海鲜面

/王棵

一

小铲拿着一封信，怵怵地站在那个法国邮局前。信是寄给家乡南通的新婚妻子芹芝的。小铲结婚第六天为了逃兵役躲到长江边一条采沙船上做苦力，却被船主偷偷贩卖给了一条劳工船。被一起贩卖的还有几名同乡工友。劳工船离开虬江码头后直奔大海。在海上航行了几天拐进了北部湾海域，这儿有一艘大海轮在等着小铲他们。把小铲从上海运至此的那条船和其他几条专门在内河、近海搜集中国劳工的船，无疑都是那艘大海轮的鹰爪。现在“鹰爪”们已经完成了替大海轮搜集猎物的任务，接下来就等着大海轮把它冰冷的肚子填满后跨越广袤的大洋去往南美洲了。据说，欧亚大陆正被第二次世界大战这个魔鬼牢牢控制住的现在，在相对平稳的南美洲，劳工可以卖得高一点的价钱。

小铲到底还是逃出那艘大海轮了，不然他怎么站到眼下这个被称为广州湾的法租界了呢？怎么逃出来的？不记得了。不！哪里是不记得？是他的脑子对个别创伤性记忆局部屏蔽罢了。谁愿意把思绪塞进那个肮脏、腥臭、暗无天日、前方有一个叫作死亡的魔鬼正狞笑着向他们招手的船舱里去呢？脑子是个好东西，也是个坏东西，能活着逃出来，不赶紧让脑子停止转动，以便摆脱刚刚发生过的那场噩梦，那是不知道脑子的威力。

终于寄完了信，小铲拖拖拉拉地从邮局里面走了出来，却不知道该继续往哪儿走。一个自小并未树立过宏图大志的人，本该老实、本分地待在自己的家乡，清淡地度过此生，除了家乡，对他来说，这世上没有任何地方非去不可。况且，在这个问题上，小铲还更特别一点。在家乡那个小村子里，小铲常被村里人贬称为灶洞里的货。灶洞里的货？什么意思？意思是，这个人不爱出门。到什么程度了呢？恨不得把自己塞到灶洞里去，永远不出来。虽然村人的说法自有夸张成分，但多少也能说明小铲性格上的自闭。十九岁以前的小铲该有多自闭，才会收获这样的贬损呢？

如果不是因为逃避抓壮丁，小铲连去长江上采沙都不会。那儿离家也有四十多里地呢。现在，被命运强行发配到此地的小铲，这个“灶洞里的货”，没法儿觉得眼前的这座城里有哪个地方是非去不可的。没有必须去的地方，这也意味着去哪儿就都一样。只要那个地方能确保自己活过今天，就可以去。

是啊！小铲都快要饿死了，随时都会饿得瘫倒在灼热的马路上。现在是十月末尾光景，中国北方个别地方，应该在下雪了，可地处亚热带的此地，却还炎热异常，砂石公路烫得人的脚掌心疼——小铲低下头，看到自己光着脚。什么时候鞋子丢了？没有记忆。小铲踮起脚来，走到路边一棵大叶榄仁树下面，躲一躲毒日头。过了一会儿，他看到马路斜对面的法国公使署里走出了几个红带兵。小铲赶紧把身子藏到树干后面。这地方怎会有这么多的番鬼？依稀想起，那条大海轮上，自己曾被两个跟他们一样长着高鼻子、蓝眼睛的水手揍过。这朦胧的记忆让小铲觉得：这种长相的人都是阎王派出来的恶鬼，专到世上来捉人的。他当然是过于警觉了，此地成为法租界到现在已有四十三个年头，这些主要由法国人和越南人充当的国防兵中的前者，已经不会像当年刚刚夺占此地时那样当街欺侮老百姓了。小铲就这样在树荫下躲着，直到那几个红带兵走得没了影踪。这时小铲觉察到饥饿开始更加积极、努力地啃啮他的肚肠。胸口往下直到丹田的那一大片肉身，传出阵阵绞痛。这种痛，传输至他脑中，使他脑子疼。他疼痛的脑子一下子明朗了一下，出现了回忆和幻觉交织而成的诸多画面。

在“中介船”上、大海轮上，小铲曾见到过惊涛翻滚，把赤白、无辜的鲜活人体卷走，接下来他又看到一个浩浩荡荡的鱼群在波峰浪谷间把那人咬得鲜血淋漓。此刻，饿得两眼昏花的小铲通过自己的脑子看到：浪涛和鱼群居然进入他肚肠了。它们一个猛子扎进他的肚肠后，开始抖开细长的嘴，又箭一样将嘴刺入肠壁。嘴们开始吸食肠壁里的油脂了。狭长、卷曲的肠道，因为嘴们的吸食，开始抽搐、打结、震动、扭曲……迎着这些亦真亦幻的画面，小铲相信有一声震耳欲聋的爆炸声随时可以到来，到那时候，他的肚肠将被炸成齑粉。

饥饿是个什么东西呢？这算是一个哲学问题。在此后的岁月里，小铲一想到这个问题，眼前就会浮现一九四一年深秋的那个上午，他扶着一棵大叶榄仁树，在一个叫作广州湾的异乡与一种来自身体内部的不可名状的空落感、无助感、悲哀感搏斗的情形。小铲会记得，在那些感觉围攻他的那个上午，他最终想起了家乡南通，想起了新婚妻子芹芝。他和芹芝是表兄妹，结婚属于亲上加亲。婚前两三年里，青梅竹马的他们就已彼此依赖。现在，对芹芝的依赖感再无法落到实处，小铲心里空落落的，但好在脑子里有芹芝的画面，让他得到些许慰藉，他心情平复了些。一个人在最落魄的时候，家乡和最亲的人总是作为首轮救兵跑到心里来帮其对抗负面情绪的。

当一个人不再落魄了呢？家乡，或者那个曾经最爱的人，它，抑或她、他，会被一个人如何在其心灵世界安排职位？这个，也是小铲在此后的岁月里经常思考的一个问题。在那些时候，这个问题回答起来不那么简单了，因为在法国邮局门前的街树下跟饥饿搏斗着的小铲，很快就不只爱过芹芝了。他要去爱一个叫阿玳的法越混血姑娘了。约莫个把时辰之后，十九岁的小铲坐进了贝当街最靠近邮局的一家面馆里。阿玳和她妈妈娸灵开的面馆。

二

小铲兜里只有一枚一毫银币，是他头昏眼花时在树下捡的。现在小铲坐在面馆里，盘算着如何用它吃到一碗面。虽说人地两生，但他有常识，这点儿钱肯定不够一碗面钱。最关键的是，小铲看到这家面店门口用篾笼盖着的食盘里，装着好几样事先煮好的海鲜。这是家海鲜面馆。这种面馆里一碗面的价格肯定比普通的面馆要高。小铲还想在面里加点海鲜哪。那就需要他为将要出场的这碗面付出更高的价格。

在家乡南通，小铲生活了十九年的那个村子虽然离东海比到长江还要近，只有三十来里地，但对海鲜，他却只是闻过其名未见过其真身，更不要说吃过。虽说他坐过一回海轮，可作为一个囚禁在船舱里的准劳工，别说海鲜，他连一口像样的饭都没吃过。倒是在跳海逃跑后被海水呛晕的也许两天、也许三天的时间里，他被什么海生物啃过一下，手腕上留下了一条如今正在发炎的伤口。

现在还没到付账的时候，小铲还可以暂缓面对饭资不足的尴尬。让他先把面前的这碗面吃完再说。不消说，小铲遵从自己此刻对食物的痴迷，在面里加了足量的海鲜食料：鱿鱼丝、虾仁、螺片、墨鱼丸……他一口气吃了五碗，直到感觉身体变得有进门前两倍大。食物真是大地之神啊，一个人在最需要它的时候及时占有它，可以让他感到自己与脚下的大地之间相互产生了吸引力，建立了联系。小铲放下筷子，连着打了几个饱嗝，感觉眼前这个馆子里的一切都变得实在、立体，真真正正的触手可及了。不像他刚进来时，那都是些单薄、飘忽、可望而不可即的幻影。小铲定定神，感觉到当他把目光投射到这馆子里的任何人和物之上时，那目光是刀剑一样凌厉的。这凌厉，对应到一个人的气质上，那叫满满的自信。这是小铲的脚掌踏入这片异乡之地后，第一次抓住自信这种东西。现在小铲刻意地维持着那种自信，沉稳地坐着，端详着馆子里的人与物。他的目光，最后落在了门口那个摇着蒲扇的越南妇人脸上。尴尬就在这个时候到来了。那个妇人，仿佛一直在等着这一刻。迎着小铲的注视，她站了起来，缓步走向小铲。她就是阿玳的妈妈嫫灵。

从这一天往后推一个多月，小铲会听到阿玳连比带画地用她半生不熟的此地官话跟他讲她妈妈的故事、她和妈妈为什么来到广州湾、她远在越南昆嵩某个海边小渔村的家，那时，小铲把阿玳当成芹芝，在这饭馆上面的阁楼上与阿玳共赴巫山。那时，阿玳还会要求小铲讲讲他的家乡。不知何故，小铲在那种情境下没心思讲自己的故事，一点儿讲的欲望都没有。如果可以，他宁愿没有家乡！当时，他真就是这么想的。他怎么可以才跟芹芝结婚不久就跟另外一个女人上床了呢？愧疚让他觉得想一下家乡就是大逆不道。

小铲意识到，这个妇人过来找他结账了。现在，小铲要用他聪明的脑袋与嫫灵过招。沟通是一个横亘在眼前的实际问题。语言障碍横亘在他与嫫灵之间，嫫灵对此地通用的官话很生疏，多数情况下，她只说昆蒿那地方的嘉莱族方言。小铲此后不能记得，他是怎么跟嫫灵沟通的。就像一部电影，联结主要情节的过渡桥段永远不受记忆欢迎，它们会随着主人记忆增多被挤到记忆触摸不到的黑暗角落。小铲此后能记得的是：最终他被生气的嫫灵挥舞着一块抹布驱赶到了街上。幸好此时已经驻扎在小铲身体里的那些食物给予了他力气。小铲刚被凶神恶煞的嫫灵推倒在马路上，就飞快地爬了起来。爬起来就该赶紧逃不是吗？一个吃完给不起钱的人，不赶紧溜得远远儿的，还待在事发现场找抽吗？小铲居然没有跑，因为他心里突然产生了一个宏大的念头。他被这个念头牢牢地控制住了。这家面馆的海鲜面真好吃啊，我还想吃，天天都要吃，每顿都吃。这个念头真够宏大。

在那条船上、在海上，小铲被饥饿弄得每每命悬一线，他深知吃的重要性，有时候，它就是命本身。现在有这么好吃的海鲜面馆让他遇着了，他能轻易放跑它？当然不。反正家乡暂时是回不去了，除了家乡，什么是他必须去的地方？没有。现在只能从形而上的角度去寻找必须去的地方。从这个角度讲，能确保他活着的地方，就是他必须待下去的地方。就是这儿，这家小小的面馆，它是他必须待的地方。待下去谈何容易？小铲现在就连那枚毫银都没了。刚才他跌坐在地，它从兜里滚出来，一个长相凶残的路人当即掳走了它。想待在这儿白吃却又分文皆无，小铲该怎么办？

给这个叫嫫灵的越南女人脑子里灌输一个不给她钱他也可以在面馆里吃、天天免费吃、想吃就吃的逻辑。这就是小铲现在想到的办法。不给钱也可以吃、还要天天吃、随意吃？天底下有这么便宜的事？有啊，嘴皮子是干什么的呢？不就是用来讨便宜的？小铲的口才不错，不仅如此，他还有点儿小本事。

小铲的毛笔字写得好！在家乡，每个曾经看到过小铲写字的人都是这么论定的。小铲虽然在乡下生、乡下长，但南通那个地方自清末状元张謇之后特别重视教育，加上他本人聪明伶俐，十四五岁的时候，他的毛笔字跟字帖上的拓文看起来已经不相上下。现在，小铲要他的这个小本事来打动嫫灵。他从地上抓起一颗石子儿，开始在马路上写字。写什么呢？他随便想了一下就有主意了。一碗海鲜面。他写着这五个字。写了一遍，再写一遍，在马路上写了一大片。这些字，浩浩荡荡地把路面占满了，引得路过的人都停下来看。写得真好！好字！多数路人都不像嫫灵不认得中国字，他们都站在这些字远远近近的四面八方，由衷地大声地叫好。他们中有一个人懂得一些越南话，这时，他绕过这些字，走向狐疑的嫫灵，向她解释：这个后生仔，写一手好字啊，你看到了吗？真的是一手好字。难得，难得！嫫灵听了半天没听明白他在说什么，但到底还是听懂了。那个人再接再厉，继续充当翻译，他对嫫灵说，这个后生仔认为，你这个面馆招牌上面只有一个“面”字是不够的，而且这个“面”字写得实在难看，你应该换招牌。新的招牌上就写“一碗海鲜面”，对！这是新的店名，通俗、易懂，换上了新招牌，面馆生意会好很多。招牌上的字，由这个后生仔帮你来写。招牌上的字好，面馆的生意才会更好。越南婆！你听懂了吗？你真是个蠢女人啊，来广州湾这么些年了，还总是叽里呱啦地说你那难听的越南话。那个解释的人最后还笑着嘲讽了嫫灵好几句。

一个月后，阿玳在面馆阁楼上那张靠窗摆放的瘦床上，阿玳说小铲急于帮她妈妈写招牌的动机特别明显，都让嫫灵感动了。不过这感动在小铲写完招牌之后马上变成了愤懑，当然是因为小铲的话。我给你写了招牌，漂亮的招牌！你要报答我，我不要报酬，我只要明天来面馆吃一碗免费的海鲜面。小铲看着嫫灵深陷在眼窝里的黑眼睛、眼角与太阳穴之间密密麻麻的鱼尾纹，振振有词。嫫灵发现了小铲的心机，冷笑起来。我答应你明天来可以吃一碗免费的海鲜面，但现在你给我滚。她咆哮着向小铲挥舞她黑瘦的胳膊。小铲就走了，在外面找了个树林子睡了一夜。

第二天小铲起大早作为面馆第一个食客坐了进来。“一碗海鲜面”的新招牌还真起到了招揽食客的效果，小铲坐进来不久，陆陆续续进来十几个食客，一下子把逼仄的面馆塞满了。充斥了食客的面馆里，作为老板娘的嫫灵却始终是一脸愠色。可她什么时候真正眉开眼笑过？瘟神脸就是她的最大特色。其实嫫灵心里面是感激小铲的，感激得很。看！她在小铲的面碗里加了很多鱿鱼丝、虾米、墨鱼丸，让阿玳端给小铲了。

这是小铲第一次见十八岁的阿玳。我要她！小铲一看到端着面碗从灶间走出来的阿玳，就听他自己的心里这样大声呼叫。真是没皮没脸，才吃了人家的免费海鲜面，又要来睡人家的女儿了。简直是大胆，不！是昏了头了。忘了怎么从劳工船上九死一生逃出来的了吗？侥幸保住了命，本该老老实实只要能活命就知足的，怎么还要做爱了呢？可是，谁斗得过原始的欲望呢？肚子饿的时候想要吃饭，肚子不饿了性欲就要跑出来为非作歹，混血姑娘阿玳那么好看、与众不同，眼睛里面看不到一点儿杂质，还总是在笑，用下一世纪的话来讲，她就是个傻白甜，而此时的小铲，又没有足够的阅历和见识，很容易少见多怪，他当然不能克制与阿玳亲近的欲念了。再说了，一个失去了家乡的男人，是多么容易把一个女人的身体当成他的家乡啊。阿玳美丽的身体，蕴藏着充沛的能量，一个男人只要能点燃它们，就足以得到那种叫作归属感的东西。现在，小铲要扯脱身体里的引信，去引燃能令全天下男人为之疯狂的这个能量源。

小铲兜里一个子儿都没有，心里却揣了那么大的一个抱负，这对他来说真是一个挑战。看看他是怎么面对挑战的吧。他当然要用一用已经被证明行之有效的那个伎俩了。写字。新招牌写过了，餐单还没写啊。你看呀！这虽然是一个小小的面馆，虽然只卖海鲜面，但你有好几种海鲜，一种海鲜就可以成为一个销售品种，两两也可以成为一个销售品种，全部海鲜混合在一起又可以成为一个销售品种，加起来，可以有五六个销售品种，再加上面店里销售的马蹄糖水、芋头糖水、甘蔗汁，还有盐鸡蛋，可以写满一张餐单。做一个这样详细介绍店里销售项目的餐单有什么好处呢？第一，好看；第二，可以省去许多交流成本。嫫灵！你这个脾气说上来就上来的瘟神脸，你这个情商低到海平面以下的越南婆，与食客交流不畅可是你的一道硬伤哦，对吧？

小铲说服了嫫灵，并在阿玳懵懂、惊喜的目光中用更加流畅的毛笔字写了一张餐单，贴到墙上。可是，只写了一张餐单，就可以有机会跟阿玳一起跑进上面的阁楼吗？当然不够。小铲还需要更加过硬的招。什么招呢？小铲现在还不能想得到，他能想到的就是让自己在这个店里待下来。他又没有必须去的地方，这个面馆里有那么好吃的海鲜面，让自己待在这儿，像一棵树一样迅速在这异乡牢牢扎下根须，这其实也是一种理智。小铲脑子多灵光啊，这份理智，也已经跑到他脑子里面了。从你接受了我给你提出的需要一个餐单这个问题可以看出——小铲对嫫灵说——你的店需要一个有能力跟食客通畅沟通的伙计。他还是那么振振有词。嫫灵好奇地盯着他，觉得这个后生仔非常奇怪。我虽然还暂时不会一句本地土话，但我可以通过写字跟食客沟通，这一点，至少比你强，你不觉得应该聘用我为你的伙计吗？小铲通过店里好几个食客的共同翻译，终于向嫫灵完整表达了这个意思。他所表达的被收留理由，很牵强，甚至有点可笑。严格地讲，与本地人沟通不畅这个问题，在小铲身上更严重，嫫灵和阿玳可是已经来广州湾快十年了，不是吗？

小铲到底还是说服了嫫灵，留在了这家已经叫作“一碗海鲜面”的面馆里。也许是小铲的聪明打动了嫫灵，也许面馆的确需要一个身强体壮的劳力，也许是阿玳主动帮小铲助攻令他最终获胜，总之，结果就是：贝当街最边沿的那家专卖海鲜面的小店里，现在多了一个伙计。这个伙计出现在面馆的第一天，衣衫褴褛，脸上还有一块发炎的撞伤，浑身上下没有一块干净地方；现在，他换了新衣裳，脸上的撞伤开始结痂了，脱落了，他整个人越来越干净了。大家仔细一看，哎呀！居然是一个秀美的后生仔啊。

这个后生仔现在时常会对自己感到吃惊。他感到自己不再是从前南通村子里那个内向的年轻人了，跟“灶洞里的货”不再有任何关系了，他变成了一个称得上外向的人。是从什么时候开始变成这样的呢？仔细一想，小铲发现，好像是自己的脚掌一踏入这个地方，就变成这样了。为什么呢？淞沪战争以来的这几年，身处与上海一江之隔的南通，小铲和他的乡邻们一样，听到了太多关于战争的传言，感受到了战争带来的种种不堪，内心时常被一种末世情绪笼罩，而在这个叫作广州湾的地方，小铲完全感受不到日本人的存在，感受不到战争引发的种种——他的改变，根源在此？

抑或仅仅是因为，这个过于陌生的所在，可以令小铲的内心失去束缚，继而他彻底解放了自己？还是，近日九死一生的经历，扭转了他的性情？小铲吃惊于自己的变化，既为之欣喜，又有些恐惧。他隐隐觉得，在这个异乡，他正慢慢滑向一个无法预知之处。

来面馆里的食客有时会跟小铲聊天，问到他是哪里人。小铲有时不愿告诉他们，就笼统地说自己是北方来的，有的时候，他也会说得很具体，跟对方说起自己如今已成为日占区的家乡南通，以及他生活了十九年的那个小村子，说着说着，那个叫作乡愁的东西就把他抓住了，让他有一些伤感，这种伤感会持续一两天。小铲想，什么时候能回南通呢？眼下这个兵荒马乱的时候，从陆路，根本不敢，海路的话，除了那些贩卖人口的海轮、军舰，也没有船在走。这个叫作乡愁的东西需要打败，否则小铲无法在此地轻松地生活。怎么打败呢？小铲有他的办法，他在心里对自己说，等战争结束了，他就衣锦还乡。什么叫衣锦还乡？就是在此地活出个人样啊。

三

小铲此后还有很多机会去洞见自己身体里的能量。漂在大海上的时候，这种叫作能量的东西曾一度从他的身体里消失，使他无力与大海抗争，但最终它还是回到了他的身体里，赋予了他逃生的能力。一九四一年深秋去往冬季期间那大概一个来月的时间，是小铲频繁洞见自我身体能量的一个时段。能量们在他的身体里跑来跑去，有时候，它们在他的腿和胳膊上，使他可以不知疲倦地在面馆里里外外跑来跑去跑一整天，两只手同时端两个大碗端一天，手也不酸；有时候，它们来到了他的肚肠里，让他可以一顿吃好几碗海鲜面；有时候，它们进入了他的血液、肌肉、皮肤，迅速将他一天天从海鲜面里获得的营养在那些地方仔细地布局，让他在来到面馆半个月后重了十几斤，整个人变得强壮、饱满、亮堂；有时候，它们就停在皮肤那儿，令他就算只是站在大街上晒晒毒日头，也会感到一种莫名的兴奋，却有某些时候，它们冲过了他的丹田，一直往下走，在双腿之间的那个物什那儿，再也跑不出去了，他只感到，因为它们过多地集结于此处，使他的整个身体像一张绷紧的弓一样，随时处于发射的状态，但还有某些时候，它们就仅仅只是一个接一个来到了他的脑子里，然后集结在那儿，服从他的差遣，他自如地搬运着它们，他的脑子变成了一架飞快运转的机器。

现在，这架机器要开始在阿玳和嫫灵以及当天在场的所有贝当街上的人面前发威了。一九四一年十一月，时任维希法国政府印度支那殖民部长的让德句来广州湾访问。就是这位法国官员，发动了从上一年一月到这一年五月间的泰法战争。然而这场战争真正的获利者是此时在亚洲激进地推进、扩大战争的日本。日本借机增强了在泰国的实力。就在让德句到访广州湾的下一个月的八号，日军入侵了马来西亚，同时入侵了泰国。这一年的七月，法日签订了共同防卫印度支那的协定，这之后日本便在广州湾派驻海军商务委员会。日本正式攻入广州湾并很快在此驻军，是一九四三年二月后。现在这个叫让德句的法国男人正从离贝当街不远的法国公使署里走出来。作为此时整个法属印度支那的最高管理者，他打算到自己辖区的街市上转一转，贝当街是广州湾地区西营一带的最重要闹市，最应该转的是那儿。现在让德句来到贝当街了。阿玳和�灵此前听说过这个人要到访广州湾，但没想到他还要到街上来作秀。�灵远远看着被几个红带兵和绿衣兵簇拥着的让德句出现在贝当街的口子上，马上大声吆喝小铲关店。�灵憎恨法国人，她像阿玳现在这么大的时候在西贡一个法国医生家里做家政，不小心被这个已婚男人诱骗并爱上他。事情败露后，医生和他神经质妻子变成同盟，协同对付�灵，二人在�灵面前穷尽说辞、动用各种关系，迫使身怀六甲的�灵离开了西贡。回到了越中的家乡昆嵩后，�灵受尽亲人嘲讽，阿玳七岁那年，�灵带着她离开昆嵩，来到了举目无亲的广州湾。

小铲当然知道�灵的过去，他在面馆待下来不几天就听阿玳说了。但是�灵心里那些恨屋及乌的怨怒，阻止不了小铲要利用让德句的到来炒作面馆的冲动。炒作，这是在小铲死后这个世界上才出现的词，小铲现在自然不懂得。他此前也没经过商，也不懂得炒作对于买卖的重要性。经商才能，那只是一种天然存在于他身体里的养分吧，现在他是无师自通地把它拿出来为面馆服务。小铲眼前面临的迫切问题，是�灵心里无缘无故的恨，它可能会成为通往成功炒作之路的现实羁绊：她会阻止小铲接下来的行动，一定会。怎么对付这个羁绊呢？很简单，让那架机器高速运转并且听它指挥就是了。小铲首先听到那架机器对他说，你先把�灵支开。于是�灵还没明白过来是怎么回事，就被小铲拽进厨房。灶台上有一碗刚做好的海鲜面，小铲端起它，把厨房门反锁了，快步向面馆外跑去。厨房里的�灵咆哮着拍打房门，让我出去！小铲！你个坏东西！把我放出去！我要出去干死那些法国佬！没有人能听到她昆嵩方言的呼喊和咒骂，因为几乎就在刹那之间，面馆里的食客，还有阿玳，都因为端着面碗冲向贝当街的小铲，目光被吸引了去，跟着都跑到面馆外面去了。

现在小铲抱着一碗热腾腾的海鲜面跑向了刚走到面馆前的让德句。小铲的速度太快了，保护让德句的红衣士兵和绿衣警察还没反应过来，那碗面就被他塞到了让德句手上。大人！您辛苦了！这碗面是刚做的，您吃吧！小铲按照脑袋里那架机器的指挥，飞快地翻动上下两片嘴唇，于是让德句身边听得懂中国官话的人弄明白了小铲的意思。那当然不是小铲的心声。

就算傻子也知道，在未经事先安排或允许的情况下，把这碗面当街塞到如今印度支那的最高长官手里，是冒犯，可以定罪的冒犯。连傻子都知道，小铲脑子里有那么好的一架机器，怎么可能不知道他的行动多么恶劣？对！他知道，他的目的是立即被抓捕、关押。一切如小铲设计，让德句身旁的绿衣警察马上行动起来，控制住了小铲。哎！记者！麻烦你给我和让德句大人照个相。小铲在警察的手里一边挣扎一边大声恳求随行的记者。咔！一张照片定格，画面上被警察反剪双手的小铲费劲地向让德句靠拢，让德句不得已捧着面碗，摆出官样笑容，那当儿，别人还没来得及把让德句手上那碗面取走。

三天后，嫫灵和阿玳把小铲从牢房接走。回去的路上，小铲把他当时脑子里那架机器告诉他的话一一复述出来。小铲说，我就是想让大家看到我因为给让德句献了一碗面却被当成罪犯抓捕，大家看到了我是好心好意，所以我即便被抓捕，也会被放出来，不然无法服众。他说得很有道理，自从一八九八年此地成为法租界后，本地人一直反感法国人。但是呢——小铲接着说，我敢当众冒犯侵略者中的大人物，这件事会引起轰动。这个故事会传开去。传开去之后，对谁有好处呢？当然是我们的面馆。为什么是对我们的面馆有好处？回到面馆后，阿玳不解地问小铲。这时小铲手上已经有一张报纸了——他们在回来的路上跟报童买的——小铲指着这张报纸上让德句捧着那碗面的照片，得意地说："阿玳！想想看，多少以前没有来过我们面馆的人会看到这张照片啊，看到这张照片上让德句手上捧着的那碗面，他们就知道我们的面馆了啊，他们也自然听到了故事，面馆小伙计冒犯让德句，这样，他们就会对面馆感兴趣了啊。"

阿玳悟出点名堂来了。小铲在给她详解一种宣传面馆的广告手段。小铲的脑子里未必冒出过"广告"这个词，虽然他正在充当一个广告文案高手和有力执行者。"阿玳，嫫灵，我跟你们两个讲，我们可以把这个面馆做得更好的，可以赚更多的钱，我们现在赚的钱太少了，你看！你们从来都没给我开过工钱。"嫫灵听见小铲说到工资，怒叱着要来揍小铲。小铲灵巧地让开了。他当然是开玩笑的。嫫灵其实也看出了小铲是开玩笑，她显然已经被小铲折服了。我会给你开工钱，只要真的像你讲的：很多以前没来过面馆的人看到报纸来面馆。小铲脑子里面的机器又用力转了一下，他对媖灵笑了起来。“不！我才不要你开工钱。我要你把阿玳嫁给我。我哪儿都不想去了，我只想每天白天做店里的伙计，晚上去阿玳的阁楼上，跟她待整整一晚上，一天一天，就这么过下去。”小铲还是像以前那样，说得振振有词。

这才是小铲的终极目的啊！他精心设置的几组棋局组合到一起，汇成一盘大而无形的棋局，目的是要以后每天顺理成章地睡到阿玳的阁楼上去。他能成功吗？他什么时候正式成功？答案就在小铲从牢房里出来后的三天内揭晓。果不其然，三天内，这家叫作“一碗海鲜面”的面馆门庭若市，不但西营这边的人都慕名来吃面，赤坎市民也坐着公共汽车跨越十几公里的西赤公路专程来吃面了，对面麻斜的老百姓坐着渡船越过港湾也专程来这儿吃面了，整整三天里，从早到晚，面馆外面都排起长队。先前媖灵答应过，要是一切真如小铲所言，她就同意把阿玳嫁给小铲。现在她必须遵守诺言了。媖灵是个爽快人，痛快地答应了小铲。就算没有那个诺言，她也是看好小铲的。这个北方后生仔聪明，浑身有使不完的力气，又长得这么俊美秀气，把阿玳嫁给他，当然好。

又过了十几天后的现在，小铲第一次得到媖灵允许进入了阿玳的闺房——面馆上方这个小小的阁楼。这是十二月的一个傍晚，媖灵一个人静静地坐在一张餐台边抽烟。烟是劣质的，把媖灵的眼泪呛了出来。媖灵借机当着食客的面抽泣起来，脑中却想象着小铲和阿玳两情相悦的画面。这个傍晚天气有点儿奇怪，亚热带的夕阳比往常刺目、灼人。在天将黑未黑之际，不知从何处冒出来的成片乌云快速涌向天空，把阳光遮住了，仿佛是有一只巨手，突然摁了一个开关，世界一下子就漆黑一片了。黑暗中，媖灵听到外面下起暴雨来，天空一时间化身为一个汁液丰盛的男子，一股脑儿地向大地倾倒蓬勃的欲望——那些水分。天空的欲望还不止于此，它还要发出怒吼。台风来了！十二月的台风，虽然量级不大，但也是少见。媖灵在食客愤愤不平的指责中点亮了三盏美孚灯摆到几个餐台上，然后跑到面馆外去收拾摆在门外的桌椅。天空无穷无尽的汁液和没完没了的怒吼现在将她包围了，她被暴雨和狂风拽到了马路中间。媖灵居然神经兮兮地跪下来了，她就这样，跪在马路上，哪儿也不去，低着头哭泣，实在忍不住的时候，就抬头向面馆上方的阁楼望一眼，她却只能看到两块疯狂摇曳着的窗帘。嫫灵难过、愤怒却也有些兴奋地拍打着马路，号啕大哭起来。这是太平洋战争正式爆发的第一天，此后广阔的太平洋、印度洋上，东亚大地上，那个叫作战争的魔鬼会更加放纵，许多年轻的身躯将带着他们曾经有过的欲望，死于炮火。嫫灵，她只是一个受过情伤的越南妇人，此刻，她的想象力被她的无知局限在了那间小小的阁楼里，就像小铲和阿玳，他们二人的想象，此刻完全局限在对方浸泡在汗液之下的那具肉体中。除此之外，这世界上的一切大事、小事，谁死谁生，多少人生多少人死，都与他们无关，他们只要关心自己的感受。

给我生一个孩子。窗外的狂风暴雨是能量加速器，让阁楼里的小铲身体里的能量变得更强大，他把它们尽量地交给阿玳，但是它们在他的身体里生生不息，他取之不竭，交给了阿玳后还有，就再给，他永远都可以给，怎么给都可以，他就是诞生、生长和挥霍本身。给我生一个孩子，给我生一堆孩子，把我身体里的孩子全部掏出来。小铲听到自己年轻的喉咙里发出这些生猛的声音，那些疯狂、没有逻辑的意思。他有使不完的劲儿，他可以生一堆孩子。他眼前甚至出现了他的一个两个孩子站在雨里突然由拳头那么一丁点儿大长成跟他一样高大的情形。这种想象让他欣喜，让他有十分实在的存在着的感觉。“我给你生孩子，生一堆孩子。”小铲听到阿玳用同样生猛的声音回应着他。如果小铲是一棵欣欣向荣的树，那么阿玳也是。大自然里有很多这样的男树和女树，每一天，每一晚，每一间阁楼里，他们都热烈地用体液回馈着大自然赋予他们的身体。

想起来了。不！是先前被小铲的脑子局部屏蔽的海上记忆现在要大面积苏醒了。在他们被转运到那条大海轮上的第一天夜里，在离轮船正式启航去往南美还有十几个小时的时候，小铲和一起被贩过来的采沙船上的几个乡党在囚舱里听到一则无法证实的传言，说是，这上千名准劳工中出现了几个人，在暗中组织大家把身上的火柴集中起来，以便让他们偷偷制几包土炸药。他们想搞一次暴动，迫使现在停在离岸不远的海上的轮船在启航前靠岸，如果暴动失败，他们就引爆这艘海轮，大家同归于尽。这是那几名组织者的计划的全部。小铲和他的几个乡党朋友本来已经认了命，只要能活着，就算真的被贩卖到南美洲，那也不怕。现在看来，上千名准劳工中多的是不甘被贩卖到南美洲的人，他们随时可能到来的冲动很可能让这艘海轮无法抵达目的地。小铲跟那几个乡党被这个传言吓坏了，几乎认定，如果还待在这船上，那么死在太平洋上是必然的事。他们商量了一下，准备跳海逃生。跳海，几乎就没有生啊，但是他们现在要跳，他们千想万想，只有跳。也就是说，他们想碰碰运气。小铲他们几个人在船启航后约莫两个小时的时候找到一个机会，咬死了一名海员，如愿跳入海中。好几个乡党一跳下去就被海轮下的漩涡卷进了海底，只剩一个乡党与小铲坚持游了数小时之后没了力气沉入海底。后来就只有小铲，晕了过去，却没有死，海浪推着他的肉身，过了好些时候，小铲发现自己躺在广州湾某岛的沙滩上。

小铲还想到他逃掉的那次兵役。这个记忆居然也在他来广州湾后的这些天里被屏蔽了。那是他新婚第二天，村里来了抓壮丁的人，把小铲和村子里的另外一个青年给抓走了。他们被反剪双手押到了镇上一个部队。这是个连级部队，马上就要开赴前线，只等兵员就地补充够了就走。小铲在被抓过来的路上一直在找机会逃，但没找到。到了连队，登记、画押，被造了花名册之后，小铲更加想逃，但还是找不到。第五天，兵员已经补充得差不多了，行军出发。就在出发不久，幸运之神眷顾小铲了。他们行进至一个镇子，停下来休息，连长犯了烟瘾，就近把他身边的小铲一推，指了指前面一个铺子，说，你给我买包烟去。小铲进了铺子就从它后门逃走了。逃回家后第二天，小铲听到一个说法：就在他逃走的第二天，连队被日军以一个营的兵力伏击了，全军覆没。

幸运不是一个空泛的概念，它是具体的、实在的。它像一个伟岸的神，喜欢谁就眷顾谁，让他死里逃生。小铲是一个被幸运选中的人，被幸运选中了也不能不懂得回报，否则幸运下次不再喜欢你了怎么办？世界那么残酷，到处都是死，生是小概率事件，没有幸运简直无法一直挤在这个叫作世界的东西里，小铲必须回报幸运。他要兢兢业业地用力唤出身体里的各种本能，大口吃饭，频繁做爱，用来向幸运证明，留他而不是留别人活下来，是正确的选择。幸运能看得到他的赤诚，会被打动，下一次就还会选中他，对吧？

一九四一年，小铲十九岁，阿玳十八岁，他们都很生猛，像亚热带随处可见的植物一样，具有旺盛的繁殖能力。第二年十月，小铲和阿玳生下一个男孩，再过一年，就是在日军的部队正式攻入广州湾并驻扎下来的一九四三年，他们又生下了一个女孩。

四

许多人或许此后都会怀念一九四二年春季之后在这个其时被称作广州湾的无冬城市里一条叫作贝当街的小街上逐渐引人注目的那家面馆。他们中的某些不幸的人如果一再流落异乡，在不同的异乡的街上，他们很可能会抬起头来、瞪大眼睛努力寻找一家跟当年那个叫作“一碗海鲜面”的面馆同样文艺范儿的小馆子，去里面安安静静地吃，以告慰他们的思乡之苦。是啊，贝当街上的“一碗海鲜面”面馆，是文艺范儿的。

小铲是个天才，在很多方面都天赋过人，经商所需要的各种天赋，他似乎一样都不缺。或许他自己并不知道他在经营“一碗海鲜面”面馆时用了二十一世纪才广泛流行的高端营销手段，他只知道他在那个时候的广州湾让自己这个小店弥漫着一种思乡的气质，是一定可以引来更多食客的。他也未必想过，他给面馆所赋予的这个气质，可以被归为文艺范儿的一种。他是一个内心生猛的人，这种人想问题比较简单、直接，干事情务实，文艺范儿这种东西是一个空泛的概念，他脑袋里的那架机器不生产它。

想了各种各样的办法，能买的买，不能买的就亲手制作，实在不行他就让嫫灵去偷，总之，小铲给面馆里增加了许多东西。墙上，很有讲究地贴了几张前几年上海滩、香港红极一时的女明星照片，都是黑白照。做了一本漂亮的餐单，里面每一页上的字，都是小铲亲手写的，每一种面都有一个引人遐想的名字，最重要的是，每一个名字都与乡情有关。打开餐单，第一页，是小铲用钢笔字写的一个故事，加起来就一两百字，大致意思是他初到广州湾的那天就吃到了这家面馆的面，吃得泪流满面，因为他想儿时姆妈每年除夕夜才会做一顿纯白面制作的阳春面。这个故事也在进门就可见的那个报刊架上的一张旧报纸上。大概在一九四二年春天，他给一个来店里吃面的《香港公商日报》外派此地的记者塞了点钱，于是人家按他要求写了这个故事发在了那张报纸上。那个报刊架上，除了这张旧报纸，还有当年报道小铲冒犯让德句的那张旧报纸，上面配着让德句手捧面碗的照片。此外，架子上始终还会摆放十本以上的《良友》等过期杂志。当然，店里的桌椅也换了一批，原先的太破了。倒是没有装修，这种小店是没有必要装修的，只是加了门帘，把墙面用很浅的绿色和橙色新刷了一遍，使它显得特别干净、温暖。小铲总共花了半年时间，用卖面攒得的收入及嫫灵的积蓄，逐渐把面馆搞成了他并不知道其实是文艺范儿的很有“家乡感”的样子。

南京、上海、香港这些港口城市在中国对日抗战全面爆发后相继沦陷，中国的海上交通就此被切断。这种情况下，广州湾因其法租界的身份一跃成为中国唯一可以自由通商的对外港口，成为一个重要城市。对许多国人来说，那时候，广州港如同末世里唯一一块锚泊地，对他们慌乱无措的脚掌发出收留的信号。人们纷纷拥入广州湾。拥入人口最多的一个时间节点，是一九四一年十二月香港沦陷后。那时，全国各地包括港澳的难民纷至沓来。其中，不乏国内外的知名人士、著名学者、科学家、艺术家、政要。如果有一家小而精致的餐馆，像这些讲究生活品质的优秀人士在战前他们居住的都市时常可以在街角遇见的那种，他们一定会经常光顾的。小铲把面馆做成那样一种调调，显然是为了迎合这些人的胃肠和精神的双重需要。只要他们爱来，“一碗海鲜面”面馆就会成为广州湾的当红面馆。这就是小铲的经营思路。他真是一个天才的创业者。当然，不管在营销上做多少篇文章，面好吃才是最重要的。

这碗面当然好吃了，好吃得不得了。嫫灵是做海鲜面的奇才，更何况，店里新招了两个厨师帮忙，嫫灵手把手地把她的做面诀窍教会了他们。这碗面里最主要的食材——米粉，嫫灵做起来是有诀窍的，她做的时候糅合了她家乡昆嵩的古法，并加上她自己的创意。这碗面里最关键的还有一种秘制酱料，这个是嫫灵的家传。这碗面能那么好吃，嫫灵的秘制酱料是主要功臣。酱料怎么做，嫫灵是不会教给那两个厨师的，她亲自做。

一切如小铲设想，在一九四二年春天之后，这个馆子火了起来。小铲还把隔壁一家正好到期的店盘了下来，扩大了面馆的规模。有一段时间，这位充满创意的创业者甚至设想，既然自己的面馆招牌这么有知名度，是不是可以光靠出让店名就可以挣一大笔钱呢？向一家店卖一次名字，收一次钱；卖两次，就收两次；如果卖到全国都有、全世界都有，那得卖多少次？得赚多少钱？看吧，小铲对商业规则的自动领悟，简直太出色了。可惜，小铲把“一碗海鲜面”做成连锁企业的想法，只能胎死腹中。媄灵，这个受过情伤的奇怪妇人，总是会在小铲意想不到的时候，成为给他的想象力凌空一击的现实羁绊。因为这个现实羁绊，小铲想把现在的馆子开好就已不易，别说什么连锁店了。媄灵的脾气越来越坏了，在贝当街上，渐渐有一种传言，“一碗海鲜面”面馆里一老一少两个越南婆娘，同时被小铲勾去了魂魄。但是小铲早已是她独生女儿阿玳的丈夫，于是媄灵只好不停地发神经。

许多当年流落到广州湾的人或许都会记得，那家名叫“一碗海鲜面”的面馆里，那个名叫媄灵的越南女人，是如何在食客意想不到的时候刁难他们的。“你给我零钱，这么大的钱我找不开。”“这个币种我的店不收，请你换个这儿好使用的币种。”“我面馆里的面现在根本不愁卖，每天来我这儿吃面的人多得要排长队，你觉得我的话刺耳你就别来了。”“什么？你嫌我的中国话讲得不好？那你去讲得好的地方吃啊。”“你说我是个神经病？你才是神经病，你再说一遍我是神经病试试?”媄灵就这样在一年三百六十五天里，突如其来地大声向食客表达这些意思，个别的时候，她如此粗鲁，仅仅是因为她自己不太懂得中国话从而把食客的赞美当成了批评。这真是太可笑了。她不但把食客当成了管理对象，想训斥就训斥，想驱赶就驱赶，还要偶尔通过食客去证明，她来此地十多年了却依然不能与食客正常交流，说明了她脑子得有多不好使。看看小铲，到广州湾第二年，就能说一口流利的本地话了，第三年，他连媄灵和阿玳的越南昆蒿方言也会好多了，这样媄灵就不会因为奇差的语言学习能力而与他之间有交流障碍了。

这些曾经流落到广州湾的人还会想起，在媄灵发神经的时候，小铲是如何及时跑过来制止媄灵的，又是如何向食客赔礼道歉并立即用“下次可以免费吃一碗面”之类的挽救措施来确保回头客的数量的。多数时候，他们会看到小铲安抚完食客后，就把媄灵往厨房里拉。这个时候，大家会发现，刚才还像母狮般暴躁的媄灵变成了一头小绵羊，低着头倚着小铲，跟着他去厨房了，途中还会抹着眼泪，用细小的声音撒一句娇。她那时候的样子像极了一个小姑娘，受尽委屈，内心脆弱得不堪一击，但只要小铲对她予以关怀，她对他的任何过错都既往不咎。小铲有错吗？什么叫作小铲有错？谁知道这个女人在想什么，她是没有头绪的。她与小铲之间这种不太合乎常情的情形，让人觉得，贝当街上关于她爱上女婿的传言，是真实可信的。个别时候，小铲也会当众冲嫫灵发脾气，如果是这样，嫫灵就一定会摔东西，碗啊、筷子啊、餐单啊，哪怕是食客放在桌上的个人物品，她都会拿起来摔，还会往小铲身上、脸上摔。所以小铲通常是不会向嫫灵当众发脾气的，出了状况，他总是温言细语地去安抚她的情绪。

只是有一次，小铲实在是火了，当众打了嫫灵一个耳光。这件事发生在一九四三年夏天。一队日本兵巡逻经过馆子门外。其时，嫫灵正在跟一个食客吵架。阿玳先看到了外面的日本兵，连忙叫嫫灵不要吵了。日本兵可喜欢杀人了，前几天，他们在麻斜刚杀了人。你再吵他们会进来杀了你。阿玳吓唬嫫灵。嫫灵，这个蠢女人，看着外面的日本兵，居然用更大的声音与那食客吵架。外面的日本兵被嫫灵的声音吸引了过来。“你给我闭嘴!”小铲见日本兵已经进来了，呵斥嫫灵。嫫灵却还要大声嚷嚷。军衔最高的那个日本兵似乎有点儿生气了，皱着眉头看着嫫灵。众所周知，战争中的占领者，面对占领地的人，是容易生气的，是想生气就可以生气的。小铲紧张极了，脑子里的机器奋力转动，忽然，他给嫫灵来了一记耳光。“你！赶紧向长官道歉。”“道什么歉？我又没有骂他们。我骂的是这个到我馆子里来吃面的狗东西。”“你声音太大，让长官不高兴，你当然得道歉，赶紧道歉。”“我道个鬼歉，要道你道。”嫫灵扭身进了厨房。

在厨房里面，她开始杀一只鹅。她一剪刀就把鹅的颈子剪断了，鹅掉了脑袋，但没有死，从嫫灵的手里挣脱出来，蹦蹦跳跳地，来到了外面，正好就在那个军衔最高的日本兵脚旁倒地毙命了。从鹅颈子里冲出来的血，弄脏了此兵的裤管和脚。要不是小铲竭尽全部聪明劲儿向此兵解释，说尽好话，要不是那天这几个日本兵出来前被他们的中队长要求收敛自己，他们真可能冲进去把嫫灵杀了，不！把馆子里当时在场的所有人都杀了。

来“一碗海鲜面”的文化人在没有日本兵经过外面的街路上的时候，喜欢大声讨论眼下正在发生的这场世界大战。回到他们租住的房子里、他们工作的地方，还会继续讨论。有时候，讨论完了战争，他们也会对眼前、身边发生的凡人小事发表看法。有一个人心血来潮，摇着头发表他对贝当街上那家面馆里那个神经婆娘的鄙薄之词：“这个女人的不理智，世上没有任何一个力量可以阻止。眼下这场世界大战，都阻止不了她失去理智的冲动。这个女人的非理性，是超越万物、万事之上的，她肯定是地狱第十八层里一个恶鬼转世投胎的。女人啊女人！”这个人说着说着冷笑着，这么感慨了一句，惹得旁边的女士向他翻白眼。他说对了一些：世界上有一种人，可能是女人，也可能是男人，他们没有头脑，用屁股和脚思考问题，就算天已经从他们面前塌下来了，他们依然会以毁掉自己、毁掉一切的勇气不停地搞事情，这就叫作变态；如果恰好有一个头脑十分精密的人与这种变态狂人朝夕相处，那么好，此人每天都要帮他们承受危机，最后很可能要被他们气死。有人说，希特勒就是变态。如果这个说法是真的，那么“一碗海鲜面”面馆里就住着一个希特勒，她存在的意义就是在她所能波及的世界里发动一场又一场大战，幸好，她所能波及的世界范围太小。很多人的身体里都住着一个希特勒，跟希特勒本尊所不同的是，他们虽有希特勒的特征，但没有能力发动世界大战而已，如果有这个能力，他们一定会干的。小铲好不容易从大海上逃生，他可不想让嫫灵把他世界里的一切搞砸，他要开动他脑袋里的机器，想出点对付她的办法。最好是可以让他一劳永逸的办法。

一九四三年秋天，也就是小铲来到广州湾整整第三个年头的时候，这个叫嫫灵的越南女人，不再可能在“一碗海鲜面”面馆看到了。不！这个世界上，再也没有人见过她。她被小铲偷偷“杀”掉了。

五

嫫灵深更半夜因为某种只有她自己能解释清楚的不开心，从阁楼正下方的床上爬起来，一个人坐在黑漆漆的馆子里抽洋烟。她新近偷偷抽起了这种东西，已经上瘾了。买洋烟的钱，自然是馆子里的收入，反正账是她管的，她花掉了钱，小铲也不会及时发觉，阿玳这个傻白甜，更加不管这些。嫫灵发神经的频率越来越高，跟她新染上的吸食习惯应该不无关系。现在，嫫灵正抽着这个学名叫鸦片的东西，感觉到小铲的脚步声。他从阁楼上下来了。嫫灵赶紧把烟具收起来。小铲却没有向她走过去，他去了厨房。过了十来分钟，嫫灵看到小铲在昏暗中端着一碗面向她走过来。他将面搁到她身旁的餐台上。“你个颠婆，快吃！我做得没你好吃，你将就着吃吧。你半夜睡不着觉有可能是因为你饿了。我刚做的。要吃就快吃，不吃我马上倒掉。”小铲大概跟嫫灵说了这样的话。嫫灵很感动。小铲再接再厉，煽起情来。“那一年，我走投无路，你收留了我，还把阿玳嫁给了我，我感激你，一辈子都会感激你。你要是喜欢吃我做的面，我一辈子都会做给你吃。”嫫灵更加感动了。她流着眼泪，抽抽搭搭地吃了起来。吃了几口，她捂着肚子倒在了餐台下面抽搐。小铲在这碗面里放了老鼠药。

不该是这样的。这个谋杀方案太失水准，这种不考智商的方案，贝当街上每天沿街乞讨的那位傻子都能想得出来。小铲如果这样谋杀嫫灵，对不起他脑袋里面每天疯狂运转的那架机器。如果用这种低智的方案杀了嫫灵，接踵而至的是应接不暇的补救措施。阿玳虽然单纯、脑子简单，但不是真正的傻，她会提出一个又一个的质疑。而就在馆子里用在面里下药的方法杀死嫫灵，几乎就是公开杀了她，阿玳连质疑的步骤可能都会省掉，直接就会认定是小铲杀了嫫灵。需要一个高明的方案。是什么呢？那当然很多啊，让小铲脑袋里的机器生产个把较为高明的方案，不要太容易嘛。

比如，小铲可以把嫫灵骗到日本人的营区，不！不一定就是要到日本人的营区，其实在任何一条街上都可以。那些街上，每天都有巡逻的、出来办事的、没事找碴的日本兵，小铲只要带着嫫灵经过他们身边，与此同时激怒嫫灵。嫫灵是多么容易发怒啊。只要嫫灵一发怒，日本兵也会生气。只要日本兵生气，小铲就开始添油加醋，对他们说，这个女人在骂你。当然，他这么对日本兵说着的时候，旁边是没有别人的。他可以笑着对日本兵说。他已经学会了几句日语。对！他是用日语对日本兵说的。就算旁边有人经过，也听不出来他是在煽风点火。他们只会看到他在向日本人笑，还以为他是在因为嫫灵冒犯了日本兵而向其求情。日本兵可能会问，她骂我什么？她啊！骂你是个王八蛋，骂你是混账，骂你断子绝孙，骂你生个儿子没屁眼儿，骂你一定会战死在异国他乡，骂你死了之后连收尸的人都没有。小铲笑着用其中一句话回复日本兵，然后小铲就装作惊恐的样子跑开了。就在他跑到街边的时候，日本兵给了嫫灵一颗枪子儿。

小铲还设想过，利用法国人的某个节庆日，让嫫灵失足摔死。那时候，嫫灵爬在离地十多二十米的一根粗大杉木的顶端，与别的参赛选手争夺悬挂在她头顶上的奖品——法国人在许多节庆日都喜欢在公使署前面的空地上举办这种滑木游戏——杉木上是抹了猪油的，非常滑，这也是这个游戏的惊险、好看、具有悬念之处。在此地的法国人、越南人、中国人大多喜欢参加这个游戏。虽然现在日本人来了，但法国人与日本人共同防御此地，法国人到了节庆仍然会举办滑木游戏。怎么让刚刚爬到滑木顶端的嫫灵很自然地失足摔到地上去？这是小铲这一谋杀计划的重中之重。小铲是这样设想的：事前，偷偷在嫫灵的衣服上抹上蜂蜜，上衣、裤子上都抹，如果可能，连嫫灵的脸上、头发上，他都要抹。这是其一。其二，小铲会想办法捉几只毒性很足的野黄蜂事先装到一个小篾篓里，他把篾篓揣到兜里，就在嫫灵爬到足够高时，他就悄悄把篾篓拿出来，放出里面的野黄蜂。在野黄蜂叮住上面散发着蜂蜜味的嫫灵时，小铲应该还会故作惊慌地站在下面呐喊着的密集的观众中间帮嫫灵喊救兵。当然，他怎么做都无济于事，腾出手来拍打前来叮咬她的野黄蜂的嫫灵，没有可能不从上面摔下来。

小铲脑子里的那架机器给他提供的谋杀嫫灵的方案太多了，多到了它们中的多数在他脑中出笼后迅速就被挤到记忆深处去了。小铲不停地策划着，修正、更改着。他只知道，他必须杀掉嫫灵，不落痕迹地杀掉嫫灵，如果不杀掉嫫灵，他和阿玳，还有两个孩子的日子会因为她频频生事越来越不好过，甚至有可能因为她的存在，祸及阿玳和两个孩子。她可能会给阿玳、两个孩子、他带来灾难，到时候，他们全家五口人都不好过。杀掉她，从某种角度讲，是为了确保他所珍视的阿玳和他们的孩子们安全。

但是，小铲脑子里的那些个方案一个也没来得及用，嫫灵自己就死掉了。她的死，跟小铲毫无关系。她是被天下掉下来的炸弹炸死的。美国飞虎队的飞机在当年第二次发动对此地日军基地的轰炸，误炸了赤坎的同乐戏院。当时，嫫灵在戏院里看戏。

嫫灵死于不在任何国家、军队、个人设计之内的同乐戏院的倒塌中。她就这么死掉了。有一段时间，小铲完全反应不过来。她真的是死于一场轰炸事故吗？真的不是他小铲杀死的？可为什么她的死明明跟小铲无关，小铲愣是就觉得她是他杀死的呢？策划过的那些谋杀她的方案，还在他的脑子留有印痕、余音缭绕。它们嗡嗡地响着，震动着他的脑袋，就像他未曾有机会放出去的那几只野黄蜂，让小铲觉得，在她死于这场事件之前，他早就把她杀过一百遍一千遍了——那还不是他杀的?

他很多次对嫫灵的杀意，就约等于自己真的杀了嫫灵一次。小铲像个强迫症患者，无法说服自己推翻心里的这种论定。为什么他犯了这样的强迫症呢？小铲想起来了，不！是先前被他局部屏蔽的海上记忆中封存最深的那段记忆，现在复苏了：

那是他跳海之后发生的一件事情。跟小铲一起跳下来的乡党，其他人刚跳下来就卷进海轮下面的漩涡里去了。只有一个人，他和小铲，水性都不错，他们两个人，奋力刨着水，直到远离了夜暗中的海轮。后来，他们都累了。再后来，他们遇见了一块木板。两个人一起抱住木板，发现木板立即要往下沉。怎么办？只能一个人抱住这木板。另一个人呢？如果不杀掉，就会过来争夺。不是小铲杀了这个朋友，就是对方杀了小铲。不是我杀你，就是你杀我。没有两全，只有你死我生。小铲脑子总是那么快，杀意最快来到他而不是那个朋友的脑子里。在大海上，小铲九死一生地杀掉了这个朋友，并在此后篡改了自己的记忆，自欺欺人地认为自己当时是被幸运眷顾得以成为唯一的幸存者。真相根本不是那样啊。世界上哪有那么多的幸运，更多的时候是厮杀，幸运只来自小铲的假想。在海上逃生后，小铲其实从来就不相信幸运，这个残酷的世界，谁相信幸运谁就等着先死，小铲那么聪明，当然不会去相信不该相信的东西。

小铲有杀人的经验，他也真的在脑子里杀过嫫灵。现在小铲认为，如果嫫灵不是死于那场事故，总有一天，他会摆脱心里的犹豫，将他的杀人方案中的一个，付诸实践。所以，就是他杀了嫫灵。他是个杀人犯、惯犯，这样的自我论定令小铲痛不欲生。

六

小铲越来越看不惯阿玳了。这是从什么时候开始的呢？算不清楚。现在，阿玳在小铲眼里除了那种奇特的美貌一无是处。嫫灵死后，小铲找到了她留下来的酱料秘方，他照着方子如法炮制，做出来的酱料跟以前嫫灵做的一点儿不差。小铲做了几天，把这个任务交给阿玳。无论她多么用心，最终都还是会有某个小环节出差错，让她的那次酱料味道打折扣。她的手是笨拙的。嫫灵虽然毛病兮兮、脑子不太灵光，但有一双巧手，有艺术家一样的对美食的敏感和独特趣味，但是这一点没有遗传给阿玳。阿玳还不会记账，怎么叮嘱她，她都会把账算错，通常是账算少了、忘了跟某个食客结账。她忘性还大，有一次，小铲去外地进食材，在那儿住了一夜，第二天回到面馆发现里面的餐台少了一半。原来阿玳带着孩子晚上在阁楼上睡觉，忘了关店门。太可怕了，这是个什么地方？鱼龙混杂，各种势力活跃，除了令人憎恨的日本兵、讨厌的番鬼，还有土匪和流氓。经常听到街上有人议论说，哪个哪个姑娘，一个人晚上在街上走，被劫持了，不知道给弄到哪儿去了，哪个哪个小孩，昨天还活蹦乱跳的，今天就变成了沙滩上的一堆白骨。这些传闻有真有假，但至少说明此时此地是混乱的。万一有不怀好意的人盯上了阿玳，晚上冲进来把她和孩子祸害了怎么办？幸好只是偷盗了餐台。对！贼人在下面搬运餐具的动静自然是不小的，上面阁楼里的阿玳居然没有听见，这说明，她睡觉太死。没错！阿玳睡觉不但死，还打呼噜。如果不是天天跟她睡在一起的人，谁也不能相信她会大声打呼噜。有一次，小铲把呼噜震天的阿玳踹到了床底下去，她居然没有醒。小铲那之后就再也没有兴趣跟她睡觉了。

一九四一年深秋，小铲初到广州湾，初次见到阿玳，一个念头立即盘踞到他脑中，他要阿玳，要住到她的阁楼上去，白天当店里的伙计，晚上在阁楼上跟阿玳睡一整晚，一日复一日，只要这样过下去就好。小铲永远记得，在最初的时候，他的这些心境，它们带给他的激情。现在，这些激情没有了，他心里只剩下对阿玳无穷尽地挑剔，只剩下他在生活中找阿玳碴的习惯。小铲多么怀念那种激情啊，从早到晚，感觉身上有的是力气，感觉整个人的身体都是满的，时刻都想迸裂和喷溅。以小铲的聪明，他不是不知道，他身上失去了那些感觉，他自己的野心才是罪魁祸首。一男一女，怎么能总是有激情呢？他居然因为身体里失去了那些激情而放任自己对阿玳百般挑剔、成天找碴。

当年在广州湾生活过的许多人此后有可能会想起，在一九四三年末与一九四四年春天约莫半年的时间里，贝当街上“一碗海鲜面”面馆里那个长相清秀的年轻老板身上发生了一些微妙的变化。他的眼睛，不再像以前那样炯炯有神，要知道，他刚来广州湾的最初两三年里，谁看到他的眼睛都会说，瞧！这个北方后生仔的眼睛会说话，他眼睛里面全是聪明。现在，那些个聪明，好像被什么人从他的眼睛里面抠走了。他不再像以前那样在面馆里见到认识的人、不认识的人都很灿烂地笑了，那笑，因为过于灿烂，让任何人都看得出他心里丰盛的企图。现在，他站在面馆里，走在街上，无论见到什么人，脸都阴沉沉的。他好像总是沉浸在某种回忆中，从早到晚都有点儿失魂落魄。一天，他低头从贝当街的这头走到那头，居然好几次被行人和牛车撞到，明明是他的错，他却很生气，和他撞到的人、牛车争执起来，脸红脖子粗的，像是要把对方吃到肚里去。那天的他是失去理智的，而在大家的印象中，过往的他是个十分理智的人。他似乎对面馆的经营也不太上心了。贝当街上有另外一个店主，早就觊觎“一碗海鲜面”生意的长盛不衰，这个人是个投机分子，日本人在此地驻扎后，他迅速挂靠上了一个日军少尉，借此在贝当街上仗势欺人。他特别喜欢通过这个少尉向日军举报。举报什么呢？很多啊，比如，漂亮的女人。经他举报而被日本人祸害的女人，光贝当街上就有好几个。阿玳算得上是贝当街上最漂亮的女人了，又是他生意对手的老婆，他当然要举报了。事实上，这个人第一个举报的就是阿玳。好在小铲这几年积攒了些钱，加上他事先有所察觉，提前把阿玳送到乡下躲避，并花了不少钱去日军里面也找了个靠山，这才确保阿玳无恙。没有整到小铲的老婆，那个人就来一个更大的动作：直接把小铲的面馆整垮。可现在他和小铲在日军那儿都有靠山，要整垮小铲的面馆不容易呢，到底该怎么整？有了，在一九四四年春末的一个夜里，这个人一拍脑门，暗中低呼一声，他有一个妙招了。

一九四四年春天里的某日，“一碗海鲜面”面馆进来两个日军的小兵，两个人应该都是当年才入伍，他们是一个村子出来的，本来一起出来的还有一个，前几天，那一个和他班里的其他人在雷州那边遭遇了游击队的伏击，当场被打死了。那天来到面馆的日本小兵，因为乡党的死而难过。他们吃着面，双双抱头痛哭起来。一边哭，一边怀念他们没有应征入伍前在家乡的日子。他们想家了。第二天一早，小铲正把面馆的门打开，准备营业，一个日军中尉领着两个日本兵以及五个民夫、一个翻译官过来了。中尉装作很讲道理的样子，让翻译官向小铲转述他的意思：你这个店很成问题。我们两个兵，在你们店吃了两碗面之后就开始想家。中尉嗅了嗅鼻子，仿佛是想嗅出这个馆子里无所不在的那种叫作“乡情”的气息。他好像真的嗅到了，脸上浮现出深不可测的冷笑。“这个店，扰乱我大日本帝国的军心，不许再开张。”说完他手一挥，随同他前来的那两个日本兵立即率领那五个民夫开始打砸。不到一刻钟，馆子里的东西全给砸完了。一个民夫还拆下了面馆上的招牌。“一碗海鲜面”面馆，就这么突兀地停业了。

小铲脑袋里的机器都不用转，就能想到，是贝当街上的那个人搞的鬼，那两个日本小兵，肯定是被那个人收买了之后来面馆表演的。你搞我？好！那我也得搞你。面馆已经没有了，接下来的一个夜里，小铲一个人坐在海边，想着怎么搞那个人。想来想去，他决定杀了那个人。他不需要亲手去杀。虽然眼下这个时候此地管理混乱，一桩普通的杀人案子未必能让官方劳心费神，但小铲还是觉得买凶杀人更好一些。他给了一个刚从外地逃难过来的亡命徒合适的钱，对方趁夜摸到那个人的床上，一刀就结果了他。等杀手按照与小铲约好的时间来到海边跟小铲结尾款时，出于稳妥的考虑，水性好的小铲忍不住又把杀手拖到水里给淹死了。一气呵成，杀了两个人。

一九四四年春天到这一年末的那段时间里，小铲感觉到初到广州湾时奔突在身体里的那种力量感又出现了。像那时候一样，它在小铲的身体里无所不在。那其实是一种久违的感觉。它是什么时候开始回归的呢？小铲想了想，就是从他构思如何杀死那个害过他的人时，而在他将杀手溺死时，它在他身体达到巅峰状态。再接着，它就驻留在他的身体里再也不走了。这种力量无疑也是需要释放的。小铲现在释放它的方式是找妓女。法占期和法、日共占期的此地，妓女数量达到峰值，小铲要寻到一个合口味的妓女，难度不大。现在，小铲躺到一个又一个妓女的床上去了。妓女们发出矫饰的声音，配合的动作也很到位。小铲从这个妓女的床上移到那个妓女的床上，感受着那种释放。面馆没有了，阿玳也不再是能够在他心里拨起涟漪的女人了，嫫灵被他“杀”死了，他还杀了一个该杀的人、一个不该杀的人，一想到这些，他就会被一种莫名的紧张、焦虑控制住。为什么会是这样呢？他想。你在想什么呀？别想啦！好好享受就行啦。一个妓女抱着他，媚笑着安慰他。小铲使劲地盯着这个妓女看了一眼，不知何故，他觉得她纵欲过度的脸，此刻，非常丑陋。小铲此后不能忘记，那一刹那，他产生了一个并不该有的念头。这个念头真的太不该了。我要杀了她！小铲听到心里的那个念头鸣叫着，划破了他的心口。

小铲居然还对阿玳起过杀意。有一天，阿玳终于发现了小铲频找妓女的劣迹，她把小铲堵在一个妓女的房里。“你怎么可以这样？”阿玳用她半生不熟的中国话冲着衣冠不整的小铲和那妓女呐喊。“你怎么可以这样？面馆没有了，我们现在指望什么过日子？你不好好想办法，却跑到这儿来胡混，你还是个人吗？你快说！我们现在该怎么办啊？你以前多么有本事啊。现在你的本事去哪儿了呢？不！你还是那么有本事的，只是你不愿意去想我们该怎么办了。你快想想啊。”小铲看着阿玳一把鼻涕一把泪地当着那妓女的面哭诉。真的，当时，他觉得阿玳特别难看。不合时宜地，他心里想：要是此刻有把刀在手上，他会立即捅过去，让她闭嘴。

此后小铲只要一想起自己居然对阿玳也产生过杀意就会一阵惊惧，就会感到后脊梁骨上有一阵凉意蹿过。“我怎么能连阿玳都想杀呢？”他在心里责问自己。责问的声音回荡在他身体里，最终跑到了他的脑子里。那儿，那架一直被他引以为豪的机器听到了它，就冷冷地盯着它看。蓦地，小铲在幻觉中看到，他脑袋里的机器咆哮起来。它就这样咆哮着，向脑壳之外的世界扑去。它像一头巨兽，一遍又一遍地撞击小铲的脑壳，试图突破后者。从前，这架机器代表理智，它在，理智就在，且是非常强大的理智；现在，它似乎不那么易于被小铲操控了，它的存在，变成为小铲的隐忧。小铲捂着脑袋跪在地上，双手握成拳状，拼命地敲打自己的脑袋。他的双拳，和他脑袋里的那架机器，一里一外，共同捶击着他的头骨。

“停！你给我停！”小铲跪在贝当街上，一边用拳头捶自己的脑袋，一边向自己脑袋里的机器发出严厉的指令。那架机器根本不听使唤，它更加疯狂地咆哮着，力度更大地在里面撞击小铲的脑壳。臆想中的撞击所带来的晕眩，令小铲有种身处末世之感。他待在家乡的最后三四年里，这种感觉曾一度笼罩着他生活的村子，他对它不可谓不熟悉。现在，它突然又降临到了他身上，令他害怕不已。“求求你！停下来吧！”害怕使小铲发出了哀求声。他捂着脑袋，扑倒在贝当街上，一迭声地对他脑袋里他想象中的那个物什哀求着。“以前，你对我那么好，教我在大海上如何求生，在我刚到这个地方的时候教我怎么迅速立足，你还一再地教我怎么把一个面馆操持得与众不同，让它可以把我和嫫灵、阿玳还有我和阿玳的孩子养得好好的，现在，你怎么不但不教我了，还要向我找碴儿呢？”小铲开始数落起那物什来。“你是在报复我吗？报复我以前对你使用过度？我以后不使用了还不行吗？我让你好好歇着，你就别再祸害我了不行吗？”小铲就这么数落着，哭了起来。在那一天，贝当街上的男女老少看到一个曾经那么聪明、漂亮、精细、周到的人，现在如此不顾体面地当街跪倒、哀哭，手舞足蹈，他们感到不可思议。“他在跟谁说话呢？他在冲谁喊呢？”“他这到底是怎么了？是因为他的面馆不在了吗？”“他以前很有能力的啊，放在以前，面馆不在了，他还是有信心让自己东山再起的，断不至于像现在这样在街上失心疯啊？”有两个人平时在小铲的面馆里混过吃喝，算是受过小铲的恩惠，这时他们看不下去，就走上前去询问小铲。“你怎么了？”小铲一抬头，看到了这两个突然出现在他眼前的人。但是在那一刻，他又在幻觉中看到，那架机器从他的脑中跳了出来。

现在，这跳出小铲身体的机器小人，一会儿跳到小铲对面左侧那个人的头顶上，一会儿又跳到右侧那个人的头顶上，又从右跳至左，就这样跳来跳去。它跑出来了！跑掉了！从他的脑袋里跑掉了！他终于摆脱掉它了。小铲瞪大眼睛，望那两个人的头顶，捂着嘴，狂喜地屁股当脚地，后退。退了几步，他停了下来。“不！怎么能让它就此逃走呢？”小铲想。它逃得了今天，逃不了明日，它还会跑到身体里来的，只有它愿意。怎么能让它不再跑进他脑子里折磨它？只有一个办法，杀了它。想至此，小铲胳膊一支地迅猛地弹立起来，张牙舞爪地向那二人——他们头顶上的机器小人扑去。“我要杀了你！杀了你！”

在那一天，贝当街上的人全部可以看到，疯得没了人样的小铲向那两个先前好心过来抚慰他的人扑了过去。“我要杀了你！”小铲号叫着。那二人在小铲即将扑到他们身上时，向两个方向逃开了。扑了个空的小铲差点儿栽倒在地。他定了定神，站在那二人刚才站立的这个地方，搜索那机器小人去了哪里。看到了，就在前面，前面的马路上。此刻，它蹦蹦跳跳的在前面十几米远处的马路上，欢呼着、旋舞着，勾着小手指，向他发出挑衅的大笑。那笑声尖厉、刺耳，令小铲感到天旋地转，仿佛整个世界都开始颠簸起来，到处都是厮杀和搏击的声音，世界变成了一处斗兽场。小铲捂着脑袋，稳了稳自己的身体，而后盯准了那机器小人，像史上最勇猛的一个战士一样，向它奔了过去。

跑近它了，捉住它了，开始摔打它了，要把它摔碎了，它终于灰飞烟灭了。终于，小铲停止了狂扑乱打，站定了身体，四处望去。没有了！那机器小人没有了。小铲庆幸万分，失声狂笑。他笑着，笑着，笑出了眼泪，而贝当街上的人们看到的是一个失去行为控制能力的疯子。他们纷纷摇头，叹息。小铲笑到眼泪再也收不住了，他大哭起来，就在这个时候，那机器小人在空气中出现了，越来越清晰，颜色越来越深，质地越来越坚硬。猛地，它向小铲俯冲了过来。小铲惊惧地看着它，在满街众人疑惧的目光中发出啊的一声大叫。小铲的脑门被机器小人击中了。它钻进他的脑袋里去了。那是它的老巢。它再也不会出来了吧？当初，他来到这个地方，其实只需要一碗面而已，为什么后来变成了被机器掌控的囚徒？为什么？这是小铲倒地不醒前闪到脑海中的一个问题。

小铲在街上昏迷了十来分钟，等他醒过来的时候，摸摸脑袋，感觉里面那架机器睡着了。这个时候，他才意识到自己躺在大街上，正被一群人围观。像是才知道自己刚才有失体面，他一骨碌从地上爬了起来，尴尬地冲大家笑了笑，慌慌地拨开众人离去了。跑了几步，他赶紧又跑回刚才的人群，极有风度、极优雅、极有分寸地向大家一抱拳，解释了起来：“我喝了点儿酒，喝多了，才这样，请大家勿见笑，勿想太多。”他必须为刚才众目睽睽下的疯癫行为解释，如果让大家觉得他疯了，他以后还怎么在广州湾混下去？

七

“一碗海鲜面”面馆从贝当街上彻底消失了。并非小铲怵于此地驻扎的日军淫威不敢再开张，他要真想开，有的是办法，他不想开了而已。谁也没规定小铲必须靠开面馆生存，以他的智商，只是为了生存的话，可以干的事情可多了。现在小铲跟三个在西营商界有头有脸的人坐到了一家酒店里。这是一九四四年末的一个下午，北方已经冬天了，但亚热带的此地却恰好是气候最宜人的时候。小铲花了很长时间，跟那三个人陈述了自己的一个方案。这个方案的核心议题是填海造屋。简单地说，就是小铲想说服这几个人跟他合股与他一起来干这件事。广州湾最有名的商人许爱周就是靠填海造屋发家的，他许爱周能干的，小铲就不能干吗？当然能，小铲有这个自信。只不过，他需要资金，现在，这是他的短板，所以他需要说服面前这三个金主跟他一起来干这件事。

他们已经不止一次商谈此事了。实际上，一九四四年的整个下半年，他们四个人一直在商谈此事，该谈的其实都已经谈得差不多了，今天他们到这儿来，就是为了敲定最后一件事：合约细则。一切都进行得很顺利，却在关键时候发生了意外。就在小铲拿起钢笔，要在合约上签上自己的大名时，他脑袋里的机器突然向他发起进攻了。这一次，它学会了变身，成了一把匕首。小铲正欲签字的手抖了起来。他只好放下笔，对三位准合作伙伴说："你们等一下，等一下。"说完这句话，小铲冲进了卫生间。在那儿，小铲把门紧紧拴牢了，一门心思地与脑袋里的那架机器搏斗。他捂着头，忍受着脑腔里尖锐的痛，希望它赶紧消停下来。然而它却没有。它愈演愈烈。最后，小铲在卫生间里疼得昏死了过去。三个人在外面等了很久，见小铲不出来，其中一个人就过来敲卫生间的门。敲了几下没动静，就把门砸开了。这个人被眼前的情形惊呆了，只见小铲的脸侧向下地埋在地上，从他的嘴里，持续不断地吐出来的白沫，与便槽里的粪便融为一体。

小铲有羊角风的传闻就是从那一天开始在贝当街上传开的。这个传闻来自谁的口里，自是不言而喻。既然是那三个人制造了这样的传闻，那说明小铲已无可能跟他们合作，通过填海造屋发财的计划再也跟小铲无关了。他们怎么可能跟一个有羊角风的人去干如此重要的一件事呢？对！他们确信小铲得了羊角风，也或许，他们一开始就不相信小铲有打通各种关系的能力把那件事搞成，羊角风只是他们必须有一个理由摆脱小铲时突然来到他们心里的一个绝妙灵感。但是，谁说他们制造的传闻不是真理呢？小铲难道不是真的得了羊角风了吗？

小铲自然不认为自己得了羊角风。他逢人便主动解释羊角风的传闻。可无论小铲此后怎么向人解释，也没有人会相信他没有得过羊角风，也永远不会得羊角风的事实。怎么能凭着他嘴角流出来的一摊白沫就认定他得了羊角风呢？那简直太可笑了。小铲想。他怎么可能得羊角风？不可能的。可是谁又能相信小铲的解释呢？没有人信的，或者是，没有人愿意信的。小铲绝望透顶。

一九四四年末到一九四六年在贝当街上生活过的人或许记得，小铲是怎样变成西营最著名的笑话之一的。他似乎总在说服别人去跟他干某件事情。他走进这家店铺，走进那家店铺，敲开这家的门，敲开那家的门。一开始，人家大多是保持修养把他恭送了出去，到后来，有的人开始举起扫帚驱赶他：“给我出去！滚出去！你这个成天想着骗别人钱的人。”他们开始得到一个共识，这个成天找人游说这个游说那个的人，妄图用别人的钱来挣大钱，简直是想钱想疯了，不要脸！这种人，不是骗子是什么？一九四五年三月，日本解除了法国驻广州湾六百名军警的武装，将法国官兵集中管制，完全取代了法国人对广州湾的统治。这一年的八月，日本宣布无条件投降。这一年的九月，第二次世界大战彻底结束。不久，广州湾回到了中国人的手里，并改名为湛江。这一年的十一月，对小铲失望透顶的阿玳领着两个孩子跟着她的越南乡党回越南去了。外部世界发生了那么多的事，居然好像并没有影响小铲对游说他人跟他一起做这个事那个事的激情。没有人能理解，这个人到底是怎么想的。他必须游说成功一次，以便向自己证明，他曾经那么有能力来主宰这个世界？他不能接受自己曾经那么充满能量，如今却连一个人都说服不了。他脑子真的坏掉了？

人们或许会记得，或许不会记得，小铲最后一次在此地公开露面的情形。这一天跟小铲初次从沙滩上爬起来、跌跌撞撞走向此地的那一天，看起来似乎没有太大不同。傍晚，小铲低着头，捧着一碗海鲜面，嘴里数落着什么，边吃边走。这碗海鲜面不好吃，比原先他馆子里的海鲜面难吃太多了。可是再难吃，他也得吃下去，不吃会饿死。如今他不是每天都能在这儿讨到一碗面吃的。他过得饱一顿饿一顿。原来人到头来只要有一碗面吃就可以，没有那么多别的讲究。他当初来到此地，原也只是想有一碗面吃，天天有面吃，想吃面就有得吃，谁曾想后来他脑子里出现了一架机器，这架机器越来越疯狂，越来越嚣张，最后把他搞成了这样。真是人算不如天算。有个女人的声音突然出现在他耳畔：“小铲！你是小铲吗？”这个声音似乎很熟悉，又似乎很陌生，如同末世溃灭前天域里传来的某种圣音，令小铲如沐春风。咦！这是他家乡南通的方言?！小铲如今似乎不怎么会被乡愁这种东西烦忧了。家乡现在对他来说更像一个监视器。最近一两年，这个监视器只能令他心存惧意。他不想想起它，于是就在心里硬生生地把它屏蔽掉了。小铲心里面颤了一下，抬起头来。芹芝，没错！是芹芝。

芹芝变了许多，就像小铲一样，他们都变了许多。变得再多，他们还是一眼能认出彼此。小铲怔怔地盯着芹芝，与此同时，蛰伏在脑子里的机器醒了，这一次，它变成了一面镜子。现在，这面镜子在小铲的身体里滑动了起来，仿佛在找着什么？是要找他的灵魂吗？对！是找他的灵魂。小铲发出一声恐怖的叫声，飞快地扔掉了手里的面碗，转身狂奔起来。芹芝在后面追他喊他：“小铲！你跑什么呀？我千辛万苦找到了你，你怎么还跑起来了啊？”小铲却跑得更快了。芹芝在他身后哭了起来。“小铲啊！你别跑啊。你知道吗？民国三十年，你寄回南通一封信，可是上面没有具体的地址，只表明了你在广州湾，兵荒马乱的，我不敢出来找你，这几个月太平了些，我就出来找你了，我到这儿好些天了，才找到你，你怎么跑了啊？你不能跑的呀。”

小铲只顾跑，离芹芝越来越远。那一年小铲初到此地时，曾把有朝一日体面地回到家乡、见到芹芝当成自己努力活下去的动力，但是现在他只有一个念头：必须从芹芝的视野消失。如果能在她的记忆里消失，那是再好不过的。芹芝哪里知道小铲的这些想法，她就只是跟着跑，然而跑几步就跑不动了，就蹲在路上哭，呼天抢地地哭。小铲跑啊跑，他要一直这样跑下去，跑到那架机器不会跟他唱对台戏的任何一个地方去。那样一种地方，到底是什么地方呢？鬼才知道呢。有一点可以确定，那个地方，一定与小铲的家乡南通，与脚下的这个地方，与芹芝、阿玳和他的孩子，毫无关联。他已经不是当年在家乡时的那个小铲，他想回到那个小铲，但永远回不去了。他不能接受自己再也回不去了，唯一的办法，就是通过自己的努力让自己从爱他的、他爱过的这些人的记忆里消失，努力的方式，就是让他们永远不再能够见到他。他当然是自欺欺人。谁能忘记自己爱过的人呢？芹芝不会，阿玳不会，小铲和阿玳的子女不会，小铲自己也不可能真的忘得掉，兴许如今另一个世界里的嫫灵，都还在想着小铲呢。但是小铲现在管不了那么多了，他只想遵从自己的执念。小铲跑啊跑啊，迎面而来的风，像流动在岁月里的清水，冲刷着他蒙了重垢的心，他每加快一次速度，就感觉到那种被清洗的力度大了一些，人就更加清爽了一些。

《十月》2019年第4期

根

/陶纯

大别山深处的月牙峰以及山峰下面的瓦缸寨，是个十分幽静而美丽的地方。它有着一种近乎原始的美，山上参天的树木几乎没有遭到任何的破坏，山脚下的田园里开着各种各样的野花，四季都有。春天、夏天和秋天，蜜蜂或者彩蝶翩翩飞舞，枝头上，不断有鸟儿飞起又落下，好听的叫声令人不觉得寂寞。到了冬天，草木发黄，温暖的阳光照射过来，给山峦和土地铺上一层金黄色，更加衬托出日子的宁静。一条小溪流从月牙峰蜿蜒而下，曲曲折折穿过寨子，一年到头都是清澈见底，日夜不息，仿佛人类绵延不绝的血脉。

瓦缸寨是个仅有二十多户人家的小村子，二十多座低矮的石房、木房、土房或草房零星散布在小溪两岸。族谱上记载，这个村子已有二百年历史，虽经二百年岁月，人口却没有增长多少。由于藏在大别山深处的皱褶里，它一直安静地存在着，似乎外面的世界淡忘了它，或者是它情愿与世隔绝似的。那几年大别山“闹红”闹得很厉害，仗没少打，人没少死，火没少放，却也基本没影响到瓦缸寨人的生活。红军也好，白军也好，很少光顾这里，也许是嫌它太穷了，要人没人，要钱没钱，要粮没粮，没什么油水吧。

这时候是民国二十三年，公元一九三四年，阴历九月底的一天深夜，此时山里的天气早已经变凉，小风一吹，更觉寒意。天上繁星闪烁，村里静得瘆人，听不到一声狗叫——自从闹红之后，为便于夜间活动，红军那边的人把大别山的狗几乎都赶尽杀绝了——就在这天深夜，五更时分，几个人神不知鬼不觉地摸进瓦缸寨，直奔最南头靠近山脚的一户人家。

这户人家的主人名叫佟贵海，佟家算是村里生活最殷实的人家，因为他有祖传的手艺——根雕。他是个根雕艺人，而且远近都有点儿名。对于普通百姓而言，根雕就是个老树疙瘩，这玩意儿不顶吃不顶喝，塞锅底下未必做熟一锅饭，但对于大地方的一些富贵人家而言，还是蛮有吸引力的。传说湖北省政府主席何成浚就很喜欢这个，家里摆着好几件佟贵海的根艺作品，有《节节高》《弥勒望山》《玉女峰》等，都属绝品。本县县长梁玉堂嘴上叼的黄杨木烟斗，据说也是他做的。佟家靠这个，小日子自然比其他乡党过得好些，但他家有了点钱，也不置地，瓦缸寨就那几十亩山前山后的薄地，佟贵海不忍心把乡亲们的那点地圈过来。再说他对土地也不感兴趣，他的兴趣全在根雕工艺上，家里存放的木质材料多，需要宽敞地方，因此佟家的房子倒是有六七间，顶平常人家三户都不止，这些房子和那些材料，是佟家的全部家当。

佟贵海和妻子佟乔氏睡得正死，突然被一阵并不急促的敲门声闹醒，吓了一跳！这深更半夜的，什么人能来？不过佟贵海也不是太害怕，他和妻子为人和善，一辈子没结过仇人，而且大别山自从闹红之后，土匪也不多见，即便真有土匪来袭，也不会敲门，人家早就腾身飞进院了，院墙并不高。

“爹！娘！开门，是我……”

佟贵海夫妇听清了，是佟林在外面叫门，赶紧爬起来，穿衣下地，摸索着点上豆油灯，堂屋亮起来。佟贵海急出屋，穿过偌大院子，钻进大门洞，拨开门闩，打开大门。星光下，他看到门外站着四个人，都背着枪，还有一副担架。正想发问，佟林一把揪住他胳膊，低声道：“爹，屋里说。”

佟林是佟家二儿子，这家伙从小就调皮捣蛋，下河摸鱼，上树捉鸟，进田摘瓜，无所不干，没人管得了他。送他到私塾念书，他竟然趁先生午休，把人家的山羊胡子给剪得乱七八糟，这一带的私塾先生没人愿意教他。小山村盛不下他，佟乔氏却非常疼爱这个调皮儿子，一心想攒点钱，送他到武汉或者郑州那样的大地方，替他谋个差事。哪想到两年前，在集市上，他听了红军一位长官的演说，非要跟人家走。

后来才知道，这位长官可是个响当当的人物，他大名叫吴焕先，家在黄安县（现红安县）的四角曹门村，离瓦缸寨不太远。吴焕先是个大户人家的孩子，早几年他把家里的几十亩土地全分给穷人，地契当众一把火烧了个一干二净，宣称耕者有其田，谁租种他家的田地就归谁所有，从今往后绝不向各户收租逼债，他要“破家革命”。这简直与疯子无异。有族人大骂他“败家子”，也有穷乡亲称赞他有情重义，是个难得一见的异人。他也因之一下子出了名。后来他在大别山大张旗鼓闹革命，领兵打仗，成为红军师一级的领导，国民党悬赏三万大洋要他的人头。民国二十一年，红四方面军打了败仗，不得已撤出大别山往西去了，吴焕先留下来，重建红二十五军，他当军长。

佟林就是这当口跟他走的。

过了好久，佟贵海夫妇才收到佟林捎回来的一封信，说是他参加了红军，不要惦记他。传说他很快当上了军部特务连的连长，也有说他给吴军长当警卫员的。这时候的大别山，基本是国民党的天下，红四方面军主力离开之后，共产党在大别山的势力越来越小，吴焕先的部队整天东躲西藏，已经很难掀起大风浪。这时候“红属”是相当危险的，国民党驻鄂绥靖公署负责对鄂豫皖革命根据地的“围剿”，他们“不怕共产党凶，就怕共产党生根”，因此提出的口号是“杀共党，铲红根”。所谓“铲红根”，就是从根子上把共产党从大别山彻底消灭掉。佟林投身红军，那是掉脑袋的事，佟贵海夫妇一直想尽办法瞒着，对外咬住了说，老二上广州做工去了。却也不是能够完全瞒得了的，因为红军队伍里面总是有叛徒或者被俘者，老二在国民党那边还是挂了号的，若不是老大佟升给罩着，佟家的房子怕是早就给烧掉了。

这时候，老二深夜归家，能有什么好事？母亲佟乔氏眼皮子一个劲地乱跳，心不由慌得厉害。佟贵海在前头领路，几个人跟进到厅堂。佟乔氏眼里没有旁人，只有佟林，她上前两步，一把握住儿子的手，急煎煎道：“林儿，你咋回来啦？”

佟林离家之后，她和男人整天盼着他回，又怕他回来。眼见着他可比以前瘦多了，一双大眼睛在灯光下炯炯闪亮。又上上下下打量他几眼，看他身子骨好好的，心里稍稍踏实了些。

“爹，这是王主任。”佟林把身边一个年纪三十多岁的高个子介绍给父亲。

王主任上前一步握住佟贵海的手：“大叔大婶，打扰你们啦！”

佟贵海说：“王主任，有啥要办的，你只管说！”

顾不上寒暄别的，王主任冲佟林使个眼色。佟林便道：“爹、娘，儿子给你们带来个人。”

他一指地上的担架。夫妇俩这才留意到，担架上面居然还躺了个人，盖着一床薄毯子，看不清面目，只能看到耷拉到一旁的头发，有点长，不像是男人。

“这是？”佟贵海夫妇俩都纳闷极了。

“爹、娘，儿子……儿子把媳妇给你们带回来啦！”

此言一出，众人都是一个惊愣！王主任看了佟林一眼，脸色随即变得平静了。佟贵海和佟乔氏呆愣在那里，半天回不过神儿。佟林只好摆出一副赖皮相，又道：“儿子……嘿嘿……在外面找了媳妇，兵荒马乱的，没法告诉家里……这不都生米煮成熟饭了嘛……”

“这……这孩子，咋的啦？”佟乔氏颠着小脚来到担架前，蹲下来，掀开那人身上的薄毯子。昏黄的灯光下，只见那张小脸像一张白纸糊的，苍白得吓人，不见一点儿血色。

佟林赶紧说：“她叫张梅，也是我们队伍上的……”

“这到底咋的啦？”夫妇俩几乎同时问。

“噢，是这样。”王主任接话道，“张梅同志负了伤，又不小心从山崖上滚落，走不了路。部队要到别处去，实在没办法，我们把她送过来，请两位老人家费心照顾。”

这当儿，张梅眼睛睁开一条缝，勉为其难地、极其微弱地哼了一声：“爹、娘……”

佟贵海和佟乔氏手足无措。王主任冲夫妇俩深深地鞠了一个躬：“大叔大婶，拜托你们了！”

这时候也顾不上说别的，赶紧把担架抬到堂屋的东隔间，把人抬起，平放到床上，又撂下一包药物，还有二十块大洋，卷起担架，四个人像风一样，很快不见了。

这一夜，夫妇俩没有合眼。他们躺在堂屋的西隔间，隔着厅堂，能够隐隐听到东隔间张梅的动静，尽管她极力压抑着，但还是忍不住发出几声轻微的呻吟。佟乔氏爬起来，到灶房把昨晚剩下的一点小米汤热了热，端过来喂了她几口，吃进的没有吐出来的多。

眨眼从天上掉下来个儿媳妇，打死他们都不敢相信。没有任何思想准备的情况下，当上公公婆婆，他们仿佛做梦一样。佟贵海唉声叹气，爬起来抽烟袋锅，心里责骂老二这个不肖子净给爹娘添乱，你自己非要当红军，当就当吧，又给家里弄来个累赘，佟家看来真要毁在你手里。

要命的是，这女娃子是在生死线上走着。天亮之后，佟乔氏端盆清水，兑了点热水，过来给她洗脸。还没靠近，先是闻到一股难闻的气味，不由皱起眉头。原来张梅尿了裤子。她自己很不好意思地摆摆手，示意佟乔氏不要过来。佟乔氏想，既然老二把媳妇托付给当爹娘的，哪有嫌脏嫌臭的？她屏住气息过去了。

来之前，张梅已经换上了老百姓的装束，上身是一件碎花粗布夹袄，里面穿一件小背心，下身是一条肥大的蓝布长裤，除了那张惨白的脸，看上去倒像一个山里的女娃子。佟乔氏掀起毯子，想帮她换条裤子，这才发现，她伤得很重很重，整整一夜，她都处于一种半昏迷状态。

她肚皮右外侧中了一枪，子弹从肋骨那儿穿过去，再往里一点点，就伤着肠子或者肝脏。要说起来，她命算大的。子弹已经取出来，枪眼那里有缝合的细线，往外渗着黑紫色的血水，钻心地疼，难闻的气味也与这个伤口有关。这处伤虽不致命，但她失血过多，当时鲜血把军裤都湿透了，人昏迷过去，接着又从半山坡翻滚下来，掉到沟里，摔折了右腿和左臂。如果不是佟林冒着生命危险下到沟底背她出来，她自是死定了。

佟乔氏一时不知怎么办才好。佟贵海进山寻找可以做根雕的材料，曾经几次从山崖上掉下来过，但都没有这么厉害。她骨折的右腿和左臂都固定了夹板，缠上了绷带，碰不得，另外左脚也扭伤了，肿得厉害。她动弹不了，只能仰脸躺着。想了想，佟乔氏就先湿了湿手巾，拧干水，帮她擦脸擦手。好赖休息了半夜，她的精神头儿足了一些，眼角嘴角挤出一点笑纹，连说了两声“谢谢”。

“娃儿，你家是哪儿的呀？”佟乔氏好奇地问。

“家是武汉，大婶……”

“大婶？”佟乔氏皱起眉头。

“啊，对不起，娘……我还不习惯叫娘……谢谢娘照顾……”她苍白的脸洇出一丝血红色，眼角湿了。

佟乔氏笑了笑，顺手帮她抹去眼角的两颗泪珠：“很快就会习惯的，都是一家人，就不用客气了，张梅！”

“谢谢娘……”

“瞧，又客气！”

张梅淡淡地一笑。

“家里都有什么人呀，张梅？”

“爸、妈，下头还有个妹。”

“都好吗？”

“都好。”

“家里做啥的呀？”

“开木器厂。”

“噢！也是做木头的呀，跟咱家这边有点像呢——林儿他爹，噢，你公公，他做根雕，整天摆弄老木头。”

“我听佟林说起过，爹爹做根雕，手艺蛮好的，远近有名。”

“哎，张梅，你是咋从武汉跑到队伍上的？”

“我……我喜欢当红军，就跑山里来了……”

佟乔氏问了太多，张梅有点儿难为情，也有点儿累，一阵气喘。蹲在厅堂门口吸烟的佟贵海大声道：“老婆子！你少说两句行不行？媳妇都到家了，还怕以后没话说吗？”

佟乔氏嘴里呼应着男人，心想，既然已经成了佟家的媳妇，她当婆婆的，当然得把对方的家庭情况摸清楚一点儿。

现在，佟乔氏一心想帮张梅换条裤子，她身上那条已经穿了不短时间，脏得都快看不出颜色了，味道很是难闻。但是一个人搬不动她，想喊男人过来帮个忙，一想到他是公公——公爹怎么能帮儿媳妇换裤子？那不成天大的笑话了吗？以后见面都会红脸的。

佟乔氏犹豫一阵，终于想出了办法，踮着小脚到西隔间拿来一条她舍不得穿的肥大的黑布裤子，还有一把长剪刀。张梅看出她的用意，没有拒绝，闭上眼睛说："娘，我不怕疼，你怎么样都行。"

"孩子，疼了你就说一声啊。"

佟乔氏先用剪刀把张梅身上的脏裤子破解开，从身子底下拽出来，然后一点儿一点儿把干净裤子往她身上套。不小心碰到了肚皮上的伤口，她疼得一抽一抽的，但她努力克制着，咬着牙一声不吭，脸上满是汗水，浑身都湿透了。佟乔氏不由暗自感叹，没想到这么个瘦弱的女娃儿，还真能扛，一点儿不比男人差啊！

提上裤子后，佟乔氏按照张梅的提示，用盐水帮她清洗过伤口，还帮她敷了药。到最后，张梅感动得泪流满面，说："娘，我还不知道能活几天……就是给佟家当一天媳妇，我这辈子，也值了……"

几句话，把个佟乔氏也给说得热泪涟涟，泪珠子吧嗒吧嗒往下掉。她用手巾擦去张梅的眼泪，拍拍张梅的脸蛋，握住张梅的手说："傻孩子，瞎说啥呢？既然成了咱家媳妇，娘豁出命去也要救下你！"

张梅的眼泪又下来了，止不住，流到脖子里。她的右手尚能动，接过手巾擦拭泪水。

"你好好躺着，啥也别想，娘今儿个给你熬鸡汤补补身子。"

几日后才听到确切消息，说是吴焕先带红二十五军悄悄撤离了大别山。这一走，就很难回来了！

早知道这样，那晚佟贵海夫妇能否收留张梅，还真不好说。佟贵海也不避张梅，蹲在院子里，不停地唉声叹气，间或骂一句佟林，说老二是个害人精。自从张梅来了后，他都没心思捣鼓他的根雕了。

谁都清楚，红军主力一走，大别山就全成了国民党的天下，那些和红军沾边的人，不死也得脱层皮。两年多前徐向前的主力部队撤走之后，国民党在大别山中心地带——七里坪、新集、光山一带及其周边地区，进行了大肆报复，杀害了数以万计的红军伤员、俘虏，还有红属。翻过月牙峰，三十里外有个百岭庙，原是个有四百多口人的繁华集镇，除了跑掉的，剩下的三百多口人几乎全部被杀。佟贵海有个远房表弟就是百岭庙人，他是位革命积极分子，当过农会会长，经常有红军伤员在他家里疗伤。红军主力走后，地方民团把他家十三口人全部逮住，他本人被点了天灯，其余人活埋，连三岁的孩子都没放过。百岭庙成了杀人场，死掉的人好多没有掩埋，一些尸体被野狗吃掉，没吃掉的就腐烂了，臭气熏天，三个月后隔老远还能闻到。

一想到百岭庙的远房表弟一家，佟贵海心里就哆嗦。老二虽然当了红军，但人无影无踪，你死不承认，还能抵赖一阵。再来一个红军儿媳妇，而且是个重伤号，白军若是来搜山，躲没处躲，藏没处藏，跑没处跑，抓着了，全家恐怕只有等死的份儿……

佟贵海一锅接一锅抽他的烟袋，院子里像着了火似的。

他现在能指望的，唯有大儿子佟升。老大在国民党那边做事，有一点儿能耐。但这种要命的事情恐怕并不是老大能罩得住的，他毕竟只是国军二十六师的一个小营长，若是他当师长旅长就好办了。

佟乔氏反倒比男人镇定一些。她虽然是个小脚女人，没迈出过大别山一步，但她还是有些见识的，胆子也大。大别山的女人都有一股子倔劲。她小声劝男人："咱这地方，鬼都不来，甭怕!"

"真来了咋办?"

"来了再说。"

"那就来不及了！刀架到脖子上，你后悔也晚了!"

"你小声点儿。"

提心吊胆过了半个月，张梅的伤情还是不见有好转，伤口甚至更严重，化了脓，带来的药也用得差不多了，又不能到乡里或者县里的药铺抓药。白军的探子到处都有，如果去抓治疗枪伤的药，有很大风险。佟贵海上山采些草药回来，让女人熬了清洗伤口，总也不见效。张梅时常发烧，迷迷糊糊地说胡话，喊口号，甚至还唱歌。

佟贵海念叨："她不会……死了吧?"

佟乔氏更是忧心忡忡："这样下去，怕是还没等白军来，她人就没了……"

"老二不会怪我们的，是她伤得太重，没治。"他自我安慰。

“他爹，不能眼睁睁看着她死，毕竟她是咱的儿媳妇啊！老二临走把她托付给咱，咱得好端端把人还给他呀!”

“能有什么法子?”

“……让老大回来一趟?”

老大佟升近来一直驻防县城，他当营长，搞点创伤药应该不难。可是，毕竟是敌对双方，佟贵海没有把握，害怕弄巧成拙，就说：“你不怕老大把她逮了去?”

佟乔氏想了想，说：“不会吧？虎毒还不食子呢，张梅是他亲弟媳妇，他做不出来。”

不能眼看着她死在自己家，确实又没有别的办法，佟贵海只好硬着头皮给老大修书一封，说自己上山找树根，不慎磕伤，伤口发了炎，很严重，要他尽快弄些创伤药带回家来。

托人把信捎走之后，两口子眼巴巴地盼啊等啊。但是还没等到老大回来，却等来了清乡的民团!

早就听说国民党的人要在这一带搞拉网式清乡，瓦缸寨的屋头也贴上了县长和民团团长联合签署的告示，声称决不放过一个红匪、一户匪属。如有隐匿匪兵者，格杀勿论！还公布了对各种人的赏格，比如团长赏两千大洋、营长赏一千、士兵赏二十，等等。不久，又听说民团在周边的几个大村寨开了杀戒。佟贵海越来越不放心，每天都爬到月牙峰半山腰上望风。

这天上午，他看到远处有一片白亮亮的光，晃人的眼睛，近了才看清，是一队民团扛着枪过来，领头的打着青天白日旗。佟贵海满心希望民团是路过这儿，可是眼看着他们朝瓦缸寨走来。他已经五十三岁，腿脚也不太好，连滚带爬、屁滚尿流朝家里跑去……

夫妇二人慌里慌张刚把张梅掩藏好，就听到院外咚咚的脚步声。民团的人直奔佟家来了。

这伙民团显然是有备而来，二十多号人，十几条枪。领头的姓严，仪表堂堂，戴一顶蓝色礼帽，眼眶上架一副墨镜，镶着两颗大金牙，腰挎驳壳枪，灰色的长袍马褂，脚蹬一双黑色宽口布鞋。民团不是正规军，没有统一的服装，没有编制，武器也是五花八门。这些人的组成主要是前期流亡的地主豪绅，红军打土豪分田地，他们侥幸存活下来，先是逃出去，然后借助国民党正规军的势力返回家乡，疯狂报复红军和那些支持红军的乡民。他们很像后来解放战争时期的还乡团，只是那时候还没有这个说法，当时叫地方民团。

这位领头的严成淦是县民团的大队长，他就是百岭庙人，当地最大的土豪，一只眼睛被红军打瞎，成了个独眼龙。两年前的百岭庙惨案，就是他打的头阵。这一带的人，私底下都叫他“活阎王”。

他亲自带人直奔佟家而来，目标是佟家老二。佟林是吴焕先身边的人，严成淦不可能不知道。近来有伤号在佟家养伤，他也是得到了线索，尽管佟氏夫妇十分小心翼翼，但是家里有伤员，你就是不说，别人闻味道也能闻出来。搞清乡，民团比国军正规部队能干，民团打不了仗，就喜好下乡清剿这一口，一是为了报复出气，二是为了捉住大鱼邀功请赏。严成淦是铁了心要找到佟林，佟家老二官虽不大，但身价并不比一个营长低。他盯上了民团团长的位置，一心想立个大功，抓住佟家老二便是个好机会。

进了门，严成淦对佟贵海夫妇很客气，态度很友好。他摘下帽子，冲二人弯腰鞠个躬，扣上帽子，面带笑容，金牙一闪一闪，双手抱拳一拱，说道：“佟长辈！严某公务在身，不得不来一趟，冒犯了！”

谁都明白，活阎王那么客气，还不是看着佟营长的金面。但他明知道这是佟营长的家，还敢来冒犯，说明他是有很大把握的，有点儿破釜沉舟的意思。

佟贵海从方才的惊慌中稍稍回过神儿来，说他刚刚从山上下来，刨树根去了，弄得一身泥巴。他让女人赶紧烧水沏茶招待客人。

姓严的摆一下手：“谢啦。办完事再喝吧！”

佟乔氏还算镇定，说：“长官来我家，办啥公事？是不是想拿几只根雕给上面送礼？随便挑拣好啦！”

“婶子想歪啦！严某是想给上峰送礼不假，不过不是拿树桩子，而是大活人！”严成淦逼近一步，哈哈一笑，“叫佟林兄弟自己出来，还是我把他请出来?”

他们要找老二。夫妇二人心里都是一惊：难道老二没走成吗？没容他们再说别的，严成淦一歪脑袋，吩咐众人，只要人，不要财。十几个团丁分进到各个屋里开始搜查。

大别山人家凡是有条件的，都喜欢在房屋内垒个夹壁墙，危急时藏人藏东西。这些民团全都是本地人，熟悉乡情民情，他们比土匪更有优势条件——土匪打家劫舍，往往都选在夜间，慌里慌张的，家里有个夹壁墙，往往还真顶用。而民团是代表政府的，可以光明正大搜查你，仔仔细细把你家搞个底朝天，所以你那个夹壁墙，糊弄土匪可以，骗不了民团。

佟家也有暗藏的夹壁墙，在堂屋与东偏房之间的小夹道里，团丁们没费多大劲儿就号准了夹壁墙的位置。他们拿专用软木锤仔细敲打明显偏厚的墙壁，发出空洞响声的地方，十有八九就是夹壁墙。

这时，只听一个团丁兴奋地在屋里喊道："哈哈！有了！"但他们一时找不准入口，这种情况下，要想进入，就得砸墙。看到佟氏夫妇那紧张劲儿，严成淦心里更有底，客客气气地对佟贵海说："佟长辈！入口在哪儿？晚辈实在不忍心砸坏你家老屋。"

佟贵海定定神说："那是夹墙不假，里面没东西。"

严成淦笑眯眯地说："有没有，得进去看看才知道嘛！"

佟贵海不得已，说了。入口就在张梅睡的那张床下面。几个团丁掀开床板，抠开一块活动木板，露出黑漆漆的孔道。他们担心里面的人放枪，都往后躲，没人敢下去，遂提出让主人佟贵海在前面探个路。佟贵海摆出一副生气的样子，矮身钻了进去……

一袋烟工夫过后，两个团丁钻出来报告，里面确实没藏人，只有几样值点钱的杂物，还有一口袋粮食。

这下轮到严成淦挠头皮了。他兴师动众而来，如果找不到人，是没法交代的。正在犯难时，一个团丁拎着条旧毯子过来——寻常百姓家，是没有这种军用毯子的。团丁报告说，毯子上面还有血渍！严成淦一把夺过，看了看，盯着佟贵海："前辈，这是谁的？"

佟贵海本来放松的表情又变得紧张了。方才夫妇俩掩藏张梅时，居然忘了收起这条毯子。严成淦单目炯炯，盯着佟贵海。

佟乔氏反应还算快，说："这是我大儿子佟升的。有啥稀奇？"

她说的也有道理，佟升在国军当营长，家里有几样军用品，你是挑不出毛病的。她一句话，原本紧张的气氛骤然又松弛下来。却在这时，一个团丁惊叫着从柴火堆里扯出一样东西——一条带血的绷带！绷带到了严成淦手上，他看了看，闻了闻，发现上面的血迹竟然还是新鲜的！

“这又是谁的？”严成淦捏着绷带在佟乔氏面前抖了抖。

众人都望着佟氏夫妇。大冷的天，佟贵海的汗珠子却从额头往下滴答。严成淦重又获得了信心——既然没藏到夹壁墙里，那么一定藏在家里其他地方，院子就那么大，房子就那么多，就是挖地三尺，也得把他挖出来！

严成淦独目逡巡着佟家的院落。佟家做根雕手艺，家里到处是树桩，各种各样的大树疙瘩、小树枝杈，很占地方，堆了半个院子，人不在夹壁墙里，他判断，十有八九藏在这些树疙瘩下面。如果不是顾忌佟升，他真想一把火给点了，藏在里面的人，自会乖乖爬出来。

张梅确实藏在树根下面，位置在东屋与院墙之间，那下面有一个旁人不知的地窨子。老夫妇俩早想好了对策，遇到搜查，张梅进夹壁墙，不如藏到地窨子里，村里有地窨子的，大概只有他一家。这个隐蔽地方是在佟林投了红军后，他们偷偷挖的，留作防备之用。就是在地面放火烧那些树根，人躲在地底下，也没什么大碍。

佟贵海发现民团要进村，仓皇跑回家。夫妇二人以前没有设想关键时刻怎样把张梅送到地窨子里，凭佟乔氏一个五十出头的小脚女人，无论如何是不能把张梅扛下去的。佟贵海作为公爹，是不能碰儿媳妇的！这时候找人帮忙，一是来不及，二是容易暴露。人命关天，夫妇俩也顾不上那些礼节了，直奔张梅床前，在佟乔氏帮助下，佟贵海背起她，踉跄来到地窨子口那里，佟乔氏早已经把那上面的树根搬掉，揭开盖子，佟贵海顺着木梯子下到地底……

在民团进门之前，二人手忙脚乱用树根树桩等材料盖住了地窨子口。

严成淦满院子瞅了一会儿，然后踱到东屋与院墙之间的那堆树桩跟前，他发现，其他地方的树疙瘩，都落满灰土，只有这一堆，似乎刚刚搬动过。他招招手，叫过来三四个团丁，指了指地方，说：“就从这儿下手。”

团丁们开始搬动树桩。照这样子，不出两袋烟工夫，地窨子口就会暴露。抓不到佟林那是肯定的，结果一准儿是抓到佟林媳妇。这同样是个立功机会。对于佟家夫妇来讲，一样面临杀头的危险，到那时候，老大佟升是保不了他们的；不仅保不了，恐怕连他自己都得搭进去，落个革职查办，前程毁了！

这光景，佟贵海越发紧张，想给烟袋锅点火，却怎么也点不着。严成淦掏出打火机，帮他点上，笑呵呵道："老前辈，别硬撑啦！晚辈给你说清楚——他自己出来，和我们把他掏出来，那是不一样的！现在你叫他出来，还不算晚，老老实实跟我走，我保他没大事！"

佟贵海心里七上八下，他盘算：如果姓严的真保她不死，那么不如这就下去把她背上来。这些人就是不来找人，看那样子，她也活不了几天，让姓严的把她带走，给她治伤，让她活下来，总比眼看着她死在家里强吧？

眼看佟贵海顶不住，半天没吭声的佟乔氏发话道："家里没人就是没人，喊我家佟升回来，让他给你说！"

严成淦怕的就是佟家老大回来，毕竟他是堂堂国军中校营长，把人抓到手，就不怕他了，抓不到人，那就麻烦，因为佟升是不会轻易咽下这口气的。于是，他一挥手，又上去几个团丁，眼看就要接近地窖子口……

也是天不绝人，就在这当儿，传来一阵嘚嘚的马蹄声，不一会儿，几匹马在大门外停下，原来真是佟升回来了！

佟升是黄埔军校武汉分校的学生，他平生最远大的志向就是荣升为将军，光耀门庭，光宗耀祖。一路走来，前期他还是颇顺利，本师张师长原本也挺器重他，如果不是二弟佟林"误入歧途"，斜插那一杠子牵涉到他，或许一年前他就是上校团长了。

接到父亲捎来的信，他敏锐地察觉到家里藏有伤号，因为多年来，父母亲从未向他讨过治外伤的药物。如果有伤号，还能有谁？只能是佟林，红军那边都知道他佟升是国军军官，一般情况下不会把伤号藏匿到他家，父母亲自然也不会接纳，除非亲生儿子。

眼下鄂豫皖红军主力全都逃离了大别山，江西红军不久前也在湘江之战中损失过半，他们在走下坡路，全部剿灭他们，当是指日可待。佟林的事情也总得有个了结——要么他战死，一了百了；要么投靠国军，他可以保这个不争气的弟弟不死，同时借此洗清自己，不要影响他今后的擢升。所以，佟林藏在家里这个揣测，并未令他恐慌，反而让他感到是个难得的机会——他要亲手捉住他，进而感化他，带他主动向国军投诚，争取戴罪立功。

上午，佟升找军医官搞了点药，在巷子里碰到民团的一个熟人。那人说，活阎王严成淦一大早带人奔瓦缸寨去了，有亲戚朋友啥的，可得小心他点呀，那家伙可不是吃素的！他预感到大事不妙——决不能让姓严的抢了先，佟林到了他手里，再要回来可就难了。于是，他赶紧向团长请假，说父亲病急，然后率一个班的兄弟，快马加鞭往家赶……

若是再晚来一步，一切便都不可挽回了！

一见佟升露面，佟乔氏像见到救星似的，立刻扑上去抱住他一只胳膊，扯起嗓门哭，一把鼻涕一把泪："哎哟儿啊，可把你盼回来啦……你看看家里成了啥样……"

佟升三言两语劝开母亲，冷冷地望向严成淦。他二人是认识的，在剿匪的联席会议上，曾几次一块参会。但是彼此没有交情，幸好也不是大仇家。如果真有交情，严成淦不会不打招呼就闯来；如果是仇家，那么这事今天不会完。此时，他得拿捏好火候，既不能与姓严的搞翻，因为对方是占上风的，事情搞僵，只能对他和佟家不利，但又不能不把对方的气焰压下去。俗话说，强龙难压地头蛇，实际上民团是不敢和正规军正面较劲的，尤其佟升所在的部队是委员长的嫡系。

严成淦还算识趣，示意停止搜查，然后上前几步，恭恭敬敬地冲佟升行举手礼，满脸堆笑道："佟营长！兄弟我奉命行事，实在抱歉……"

佟升把马鞭子扔给身后的护兵，板着脸说："不看僧面看佛面，严兄也太不够意思了吧！竟然到佟某人家里折腾，老子哪个地方得罪你了？说！"

"哪里哪里！兄弟确实奉命行事，搜查共党要犯……"

"搜到没有?"

"……快了!"

"你不会把老子也当成共党要犯吧？要不要把老子绑去邀功请赏，啊?"佟升使劲拍了拍腰间的德国撸子。

"岂敢！岂敢！兄弟赔罪，佟营长多多包涵……"

看佟升咄咄逼人的样子，严成淦心里犯嘀咕——如果真要当着佟升的面搜出佟林来，佟家兄弟一定会跟他拼命的！若论打仗，民团远不是正规军对手，他带来的二十多个人，无论如何敌不过佟升手下这一个班……权衡再三，他决意从长计议，先服个软。于是，他哼哼两声，摆出一副不卑不亢的样子，冷了脸说："兄弟这就收兵，就当今儿个没来。佟营长，后会有期！"

他一挥手，二十多个团丁，呼啦啦跟上走了。

当佟升听说藏在家里的不是佟林，而是佟林的红军媳妇时，惊得眼珠子差一点儿掉下来。这是他做梦都想不到的。他在心里恶狠狠地骂，骂佟林自个儿跑掉就算了，却又留个女人祸害全家。又听父母说，姓严的揣走了一条带血的绷带，他就知道事情远未完结，更大的麻烦在后头呢。

他脑子里冒出三个念头：一是把这个叫张梅的女人抓走；二是杀掉她埋尸；三是把她丢到荒山野岭上去，是死是活就看她的造化了——也仅仅是一闪念，他就全部否了。那女人毕竟是他的亲弟媳妇，你可以说你这是"大义灭亲"，实则是事情做绝，不仁不义，天理难容。况且爹娘也不会同意，尤其娘，侍候她二十多天，婆媳感情已经蛮深了。

所以，佟升一边在心里骂佟林，一边绞尽脑汁想办法。他也有疑问——佟林能是多大干部？共产党那边，要想结婚，起码得是个团级干部，佟林他这么快就混到团长了？不可能！那么这是他私找的女人？把人家搞上了，怕上级发现，送回家里偷偷养着？

他把疑问提了出来。母亲佟乔氏坚决不认可，说送她来那晚，有个王主任一块来的，这媳妇能有假？不可能！

当晚回到驻地，佟升给县民团的李名九团长挂了个电话，说起严成淦白天带人到他家里搞搜查，弄得四邻不安，父母都给气病了，很不好，希望李团座约束好部下，不要一家人不认一家人。李名九把严成淦叫来，劈头盖脸一顿臭骂，声言若再胡来，就崩瞎他另外那只狗眼！严成淦点头哈腰应付着，心里面对佟升的恨意上来了：姓佟的，今天老子给足你面子啦，你竟然还来告老子黑状，老子那就跟你杠到底啦！

严成淦本就不想放过这个立功的机会，听李名九这么一骂，他决计把事情挑大。他从怀里掏出那根带血的绷带亮了亮，把前后过程一讲，久经战阵的李名九立即就判断出，佟家当真藏有要犯！李名九咳嗽几声，带着点儿歉意对严成淦说："既然是条大鱼，就不能放跑。佟升不可能天天在家守着，老虎也有打盹的时候，先布下一张网，等待时机，关键时刻起获，抓个正着，让他无话可说。”

严成淦拍着胸脯说：“报告团座，卑职已经在村里村外设了探子，外面的可以进去，里面的人别想出来！”

佟升带回来的药物很管用，既有内服，又有外洗，不几日，张梅烧退了，能吃下几口饭了，呼吸也均匀了。她总算活了过来。

这时节，佟家老三佟吾突然从学校回来了！

佟吾在国立武汉大学读三年级，学美术，专攻中国画。三兄弟中，佟吾性格最好，不急不躁，最爱学习，相貌也最英俊。如果说母亲佟乔氏最疼爱的是二儿子佟林，那么父亲佟贵海最疼爱的便是三儿子佟吾。

佟吾从小就喜欢写写画画，拿石子或树棍儿在地上划拉起来没个完，经常忘记吃饭。后来在县城读完中学，考上武汉大学的美术专业。佟贵海特别希望把根雕手艺传授给老三，让他像自己一样，做一个民间的根雕艺术家，把佟家的这门技艺传下去。这门手艺是从佟贵海爷爷那一辈开始有的，他不想到他这一辈断了茬儿。这一点，佟吾让父亲失望了。佟吾一心想当一名画家，打算武大毕业后到南京中央大学跟徐悲鸿先生学画。

佟吾提着竹制的小皮箱风尘仆仆进了家门，看到父亲身体无恙，感到奇怪：“爹，你没事啊？我大哥怎么说你摔断腿了？”

原来这一切都是佟升提前安排好的，打长途电话让佟吾赶回来，以照顾父亲的名义，照顾张梅。张梅是武汉人，万一她不幸落到民团手里，二人可以装扮成恋人，蒙混过关。一旦她能下地走路，就让佟吾把她带回武汉去。这也是没有办法的办法了。

老两口把张梅的情况拣要紧的给佟吾说了。兹事重大，关系到一家人的安危，佟吾是无法拒绝的，况且二哥小时候对他好，每逢有人欺负他，大哥不爱管，都是二哥替他出头。二哥走了，嫂夫人无论如何得给他保全。

当天夜里，按照佟升的计划，得把张梅送到山上去。月牙峰斜背面半山腰有一个隐蔽的洞子，洞口很小，用杂草树枝掩盖上，外面很难发现。这个洞子最早是佟贵海发现的，年轻时他经常翻山越岭寻找有用的根材，遇到雷暴天气，还曾在洞子里过过夜。离洞子不远处，有一个四季不断水的泉眼，这就解决了用水的问题。而且似乎只有佟家人知道有这么个地方。

上山之前，佟乔氏烧了一大锅热水，仔仔细细帮张梅擦洗了身子，还帮她洗了洗头，换上一身干净衣服。自从受伤之后，张梅不愿意让人靠近，因为身上的味道实在不好闻。这么一收拾，她感觉心情舒畅了许多。前些天，一直在生死线上游走，如果不是她有非凡的毅力，也许已经撒手去了。苏醒过来的时候，她又很矛盾，不想拖累佟家人，在暗无天日的地窨子里，她想到过自杀——可是她连自杀的力气都没有！就是眼前有条绳子，她也没有能耐把脖子伸进去。

到了动身的时辰，佟吾背起张梅，佟贵海前胸后背各挂一个大包袱，里面是两人的衣物被褥、药品杂物和一些干粮食物。张梅和佟乔氏手握手，都不想松开，忍不住又洒下泪水，生离死别似的。

这晚上是上弦月，挂在西天，等月牙钻进云层，天色一暗，两个负重的男人一前一后出了门，老的在前，少的在后。从家里出来，一拐就是上山的小路，外人不易察觉。一旦进入山林，就像鱼儿进入湖水一样，更可以放心了。佟贵海熟悉道路，闭着眼睛都能上山。佟吾背负张梅，并不感到特别吃力，因为这时的张梅顶多七十来斤，他又是在深山长大的孩子，爬起山来跟走平地差不太多。

佟吾长到二十一岁，从未如此近距离地接触过年轻女性，所以他有点儿不太适应，总感到如芒刺在背，心里泛起一股说不出的感觉，怪怪的，既甜蜜又苦涩，像喝下一碗混合着蜂蜜和盐巴的饮料。在学校，画西洋画的女同学方芝萍对他有意，他也喜欢她，他们交往半年多，也仅只是拉拉手而已，从没亲过嘴。而此刻，张梅伏在他并不算强壮的背上，呼出的气息萦绕在他脖颈里，软软的，痒痒的，柔柔的，甜甜的。他甚至能感觉到她的心跳，咚咚，咚咚，像擂小鼓一样……

这陌生女人是他的“二嫂”，她受了那么重的伤，二哥又不在，他只能替二哥负起责任来，尽力照顾好她。她的右腿和左臂打着绷带，活动不便，而且一不小心磕碰到，她会疼得抽搐一下。上山的路越来越难走，他更加小心翼翼，尽量保持身体的平稳，以便减少对她的冲击。来到高处以后，开始觉得山风猛然，北风飕飕，但他因为不停地攀登，身上脸上都是汗水，并不感到冷，反而觉得无比燥热。

某一个时刻，他感觉她的能够活动的右手轻轻替他抹去额头上的汗水，并且听到她微弱的声音：“小弟，累坏你了……谢谢……”

他愣怔片刻，说：“……嫂子，你要是哪儿不舒服，就说一声。”

“我很好。谢谢小弟……”

她似乎又流泪了，有两滴凉凉的东西落在他后脖颈上。

从他回家到现在，有大半天了，这好像是他们两人头一次对话。

大约一个时辰后，他们到达那个隐蔽的小山洞前，佟贵海点起一个火把，先钻进去拾掇一番，洞口太小，需要猛弯腰才能钻进去，是没法背着张梅进去的，只能一人从里面接，一人从外面送，也就是往洞里拖，佟吾又怕弄疼了她，决定四肢着地，背负着她匍匐进去。他这么做了，累得呼哧呼哧直喘，汗水湿透了全身。这一晚上，他把吃奶的劲都使出来了，感觉骨头都要断了。

把张梅安顿好，佟吾本想留父亲天明之后再下山，父亲不放心家里，坚持马上回去，连口水都没顾上喝。

现在，洞子里只剩下他们俩。张梅刚到死亡线上走了一遭，又折腾了半晚上，疲惫极了，很快就无声无息睡了。佟吾的铺紧挨洞口，他要防止有野物闯进来，那时候的大别山还有野猪、豹子这一类的大兽。他用一根父亲早就准备好的树桩堵住洞口，加之洞口小，它们就是来了，佟吾也有办法对付，倒不必太担心。

他把火把熄灭，躺在黑暗中，脑子里很乱。大别山的风俗，小叔子和嫂子没大没小，可以随便开玩笑，乃至动手动脚。大伯哥就不可以。寒冷天，年龄小的小叔子甚至可以钻嫂子被窝，跟嫂子通腿儿睡觉取暖。尽管如此，佟吾还是觉得和张梅在一个狭小的空间里过夜，令他很不好意思，感觉脸上有点儿烧。

外面林涛汹涌，洞里静如止水。也许是太累了，他很快就迷迷糊糊睡着了。

他们上山后的第二天，有二十多个民团团丁又来到瓦缸寨，吵吵嚷嚷挨家挨户搞搜查，实则是借机搞点东西，这家抓只鸡，那家搞只鸭，弄得鸡飞鸭叫，大人孩子稍有不从，就会挨枪托。如今红军都走了，他们可以大摇大摆四处晃荡，为所欲为，而不用再担心挨枪子儿。

有五六个团丁闯进佟家，尽管佟贵海声言这是国军二十六师佟营长的家，但是团丁们说，不管谁家，都要搜查，这回是拉网式清乡，一家一户都不放过。他们盯着院里那一堆堆的树根树桩，咬定那下面藏有人。因为已经把张梅背上山，夫妇俩不像上回那么紧张，但也不想马上暴露那个地窨子。团丁们赖着不走，扬言如果不把人交出来，晚上就住家里，什么时候找到人，什么时候撤离。佟乔氏狠狠心，一人发一块大洋打发他们，那几个人拿着钱高高兴兴走了。

此后每隔两三天，就有另外一拨团丁来佟家骚扰，你不给钱，他们就赖着不走。无奈，佟乔氏照例一人发一块钱。佟贵海心疼钱，佟乔氏说："咱就当破财免灾吧，盼着张梅快些下地走路，好让老三送她回武汉娘家避避风头。"

佟吾和张梅对山下的情况一点儿不知道，佟贵海每隔五六天来一趟，都是在深夜来，送些吃的用的。老头像个哑巴一样，耷拉着脸，放下东西，说不上三句话就走。这期间，张梅恢复得很快，伤口眼见结了痂，不那么疼了，骨折的腿和胳膊也明显好转，也许用不了多久，就可以拆去夹板。

每天，他们在鸟鸣声中醒来。大别山原来有那么多的鸟类，它们的叫声原来那么动听！伴随着叽叽喳喳的鸟叫声，佟吾先爬起来，洗脸漱口，再帮张梅洗脸擦手。每天，他照顾她吃两顿饭，按时给她服药。白天不敢点火，怕山下的人看到，因为冬天风大干燥，还怕引发山林着火，所以尽量少生火。每天都是入夜之后，他在洞口点上干柴，烧一小铁锅开水，灌到一个暖水瓶里，这一瓶热水主要供她第二天使用，他尽量让她吃热乎的，自己啃冷干粮。

头几天，他发现她从半下午就不再喝水，你怎么劝，她就是摇头，或者只抿一小口。渐渐地，他想明白了，她是害怕夜里小解。这时候她还不能动弹，要想解手，只能在洞子里，每次她要解手，他就得躲出去，第二天早晨，还要帮她端尿盆。每当这时候，她都是很窘的，感觉脸上发烫，头深深地埋在胸前，不敢抬眼看他，像做了错事似的。

佟吾就想办法宽慰她，说："嫂子，既然爹娘让我替二哥照顾你，你就把我当成我二哥，好不好？"

她一愣，浅浅一笑。

“哎，你有妹子吗？”他问。

“哦，有一个。”

“或者你把我呀，当成你妹子！妹妹照顾姐姐，你还有啥不好意思呢？”

她笑了。

慢慢熟悉以后，她也就放开了一些，遇到北风呼啸的夜晚，她想方便，他起身要到洞外，她便喊住他，说：“外面那么冷，你感冒了咋办？谁来照顾我呢？我轻点啊，要不你捂上耳朵。”

他照做了。

有时晚上睡不着，他们就找话题聊，最现成的就是关于武汉的。张梅武汉出生武汉长大，对武汉太熟悉了，佟吾在那里读了两年多书，也算半个武汉人了。尤其他们还是武汉大学的校友，张梅学的国文，比佟吾早三届，她没等毕业就跑到大别山参加了红军。说起来，张梅算是“学姐”。有了这层关系，彼此之间的陌生感少了许多。他们谈起校园里的某些地方，谈起校园附近的一些有特点的食品店和餐馆、某家电影院，这些地方，他们都曾经反复光顾过。他们有时用武汉话交谈，佟吾的武汉话说得不地道，夹生，张梅就教他，教着教着，两人都笑起来。

这天中午，没有风，太阳很好，张梅让佟吾把她扶到洞子外面晒太阳。她坐在一块石头上，突然提出来，想洗洗头。佟吾担心她会感冒，不同意。她噘起小嘴央求他，说：“好兄弟，你就帮帮人家嘛，算我求你，好不好？”

佟吾拗不过她，只好到泉眼那儿端来一锅水，在洞子口点燃干松枝烧开，倒在盆里，掺上凉水。问题是她一条胳膊还缠着绷带，不能动，只能由佟吾帮她洗。佟吾从来没帮女人洗过头，搞得手忙脚乱，额头上都冒了汗。他看到她颀长白嫩的脖颈、瘦削顺滑的柳肩，闻到她头发上散出的淡淡幽香，感觉眼里直冒金星，一刹那间看不真切眼前的她……

他帮她用毛巾擦拭头发，二人脸对脸靠得挺近，都屏住呼吸，生怕气息扑到对方脸上。他注意到她的脸色比前几日红润多了，这是健康的颜色，是生命旺盛的表现。她也明显胖了点，手腕那儿捏上去不那么硌手了。照这样子下去，也许再过一个月，就能下地走动了。

她突然问他：“兄弟，你谈过恋爱吗？”

他一时不知该怎么回答，愣了愣。

"你谈过的。"她咯咯笑了。

她也不说是怎么看出来的，就武断地说他谈过。他也不再隐瞒，就把画油画的女同学方芝萍的情况坦白了。他回来的时候，向学校请了一个月假，当然也向方芝萍请了一个月假。看这样子，一个月，甚至两个月，都有可能回不去。

外面起风了，他搀她回洞里。好多天不摸画笔，他感到手痒痒，就拿起燃烧过一截的松枝当画笔，在光滑的洞壁上作炭画。张梅歪着脑袋看他画，一声不吭。不一会儿工夫，他画了一个年轻姑娘，瓜子脸儿，大眼睛，小小的嘴巴，头发有些散乱。张梅好奇地问："是你女朋友吗?"

佟吾含含糊糊应了一声，说："要是有颜料就好了。"其实他画的是刚洗完头的张梅的模样，她坐在石头上，望着远方出神……

这时，张梅轻轻哼起一首歌谣：

八月桂花遍地开，
鲜红的旗帜竖啊竖起来。
张灯又结彩呀，
张灯又结彩呀，
光辉灿烂闪出新世界。
你看那红军的队伍真威风，
百战百胜最英勇……

这首歌当时在大别山到处传唱，佟吾因为置身事外，他不关心这些。此时，他只是感到，她的嗓音动听极了，他从来没听到过这么好听的旋律。现在是冬天，没有桂花香，但他却似乎真真切切闻到了桂花的香味，一直飘啊飘的，飘到他心尖子里面去了，令他心驰神往……

他们度过了一下午愉快的时光，但是到了晚上，张梅感到身体不大对劲儿，她呕吐了一次，小脸红红的，有些气喘。佟吾主动摸摸她额头，凉凉的，看样子像是受凉。佟吾责怪她不听话，非要洗头，真要感冒发烧，可就麻烦啦！他逼她喝下一大碗热水，又担心她夜里冷，在她睡着后，悄悄把自己盖的薄被子压在了她身上。

隔三岔五，仍是不断有团丁来佟家骚扰，眼看佟乔氏手里的大洋全部送完。夫妇俩不知道，这一切都是严成淦有意安排的，目的是让这些人给佟家制造紧张气氛，持续增加压力，直到压塌为止。

这一时期，县民团可谓“战果辉煌”，挖出五十多个红军伤病员，有些是打散的，有些是红二十五军撤离前秘密安置下的重伤号，还有些是开小差的。当然，为了挖出这些人，他们得连带着杀掉不少人。后来，大别山好多村寨号称“家家有红军，户户有烈士”，那些烈士，真正死在战场上的，只占一小部分，相当多的人是红军走后被国民党，主要是地方民团杀害的。

让李名九和严成淦感到不解渴的是，竟然连个营以上的官佐都没抓到。他们只有把希望寄托在佟家——那条“大鱼”在眼皮子底下藏了快两月，这更加吊起他们的胃口，当然不能放过。

最好的机会出现了。他们得到消息，二十六师一个团突然拉动，开往皖西，说是那边发现了红二十五军西撤之前留下的一支小部队，驻鄂绥靖公署命令二十六师派兵前往围剿。佟升那个营就在里面。他这一走，严成淦的胆气自然更壮了。

这天，又有十几个团丁来到佟家。佟家已经拿不出钱，团丁们嚷嚷着没个完，佟贵海终于忍不住，撸袖子跳脚破口大骂，拉都拉不住。他气呼呼地说：“你们这些王八羔子！还有没有点儿人味？都乡里乡亲的，不能把事做绝！等我家老大回来，再找你们算账，你们都给我等着瞧……”

说实在的，团丁们就是因为顾忌佟家老大，才对夫妇俩客客气气，否则枪托子早抡过去了！领头的小队长姓庞，名叫庞光春，是个狠角色，他家在西面的斑竹园，传说上个月斑竹园的农会会长被他逮住，当场就把人家心脏给剜了出来，挑在刀尖上，心脏还在跳，他竟敢拿去泡酒喝！

佟贵海骂了好一阵还不住口，在老百姓面前，庞光春哪里受过这种窝囊气？当即就黑了脸，脖子一梗：“给老子动手！”

他们不敢对老两口动手，他们对院子里那一堆堆的树根树桩动了手，有人干脆点了一把火，眨眼之间，那些干透的木材像洒了油，火势呼呼地蔓延开来，一袋烟工夫全烧着了。幸亏那天刮的北风，否则房子都保不住。

佟贵海傻了眼，这些东西比他的命都重要！有些树根是他父亲，甚至他爷爷那一辈留下来的，都是一些好材质。做根雕，用材很有讲究，必须选择材质坚硬、木质细腻、木性稳定、不易龟裂变形、不蛀不朽能长久保存的树种，如黄杨、檀木、榉木、红豆杉、鹅掌楸、香果树、银鹊树、连香树、五针松等等，这些都是根艺造型的上好材质品种。那些被淤泥淹埋或深埋土中的死根，经数百年炭化形成的古老阴沉根木，其质坚硬，几乎接近化石，更是根艺的佳材。一般生长在平原的树根，因养分充足，生长快，木质纤维也较松，难以形成奇特形态。只有生长在恶劣环境中的根材，如背阳生长在悬崖峭壁石缝中，并经雷劈、火烧、蚁蚀、石压、人踩而顽强生存下来的树根，由于光照不足，缺土少水和养分，久长不大渐渐变形，年愈久，质愈坚，造型也愈奇崛遒劲，是根艺的理想用材。

佟家院子里的这些材质，积攒了好几十年，由于一直放在室外，又经这几十年风吹日晒雨淋，都成了上好的根材。佟升早就想安排老两口到县城居住，佟贵海就是因为舍不下这些宝贝，同时他还惦记月牙峰以及周边几个山峰上面那些他看好的材料，所以他迟迟不愿意进城。现在给他一把火烧了，佟贵海能不疯吗？他拼了命往火堆里钻，要不是几个团丁死死拖住他，他真想和这些材料一起同归于尽！

这以后佟贵海的脑子就出了问题，他蹲在院子里，长时间不言不语，见了人，也是不打不骂不叫不笑。他哭丧着脸，直愣愣盯着人家说："你还我树根。"

后来的几天，张梅吐得越发厉害，吃不下东西，吃了就吐。佟吾认为她不像受凉感冒，因为她既不咳嗽又不发烧。张梅不说话，只是哭，佟吾突然意识到什么，惊问："你是不是有喜啦，嫂子？"

张梅哇的一声大哭起来。佟吾感到不解："你咋啦，嫂子？"

张梅不说话，一直哭，佟吾劝不住她，急了："你哭什么呀！二哥不在，我好好照顾你就是了，嫂子！"他还挺高兴的，毕竟哥嫂要有孩子了。

谁知，张梅猛地冒出一句："我，我不是你嫂子……"

佟吾一个愣怔，以为听错了："你说什么？"

"我不是佟林同志的爱人……"她躺在地铺上，蒙上脸，哭得更厉害了。

佟吾愣在那里，傻了一般，半天回不过神儿。

张梅的爱人的确不是佟林，而是七十五师的团长桂德全。她也不叫张梅，她的真名叫程素玉。

桂德全家在安徽六安，程素玉和他是武汉大学的校友，他比她高一届。他们都属于进步青年，秘密参加了共产主义小组，经常在一块活动。后来，他们相爱了，但是桂德全从小就订了婚，对方是他的亲表妹，他舅家的女儿。桂家家境不好，舅舅做山货生意，很有钱，他家一直受舅家的资助，他上大学的钱都是舅舅给的。父亲听说他在武汉有了女朋友，气得吐血。那年他放寒假回到六安，父亲和舅舅一商量，就逼他和表妹入了洞房。新婚之夜，他做通了表妹的工作，在表妹掩护下逃了出来。他想回到武汉找素玉，又觉得那样对不起表妹。这时候，六安城人心惶惶，都在传说吴焕先和徐海东的红军到了皖西一带，他把心一横，进山参加了红军。他智勇双全，带兵有方，两年过去，就成为吴焕先手下的得力干将，担任了主力团的团长。素玉一个偶然的机会获知他的下落，不惜与父母闹翻，不辞而别辗转进入大别山，成为七十五师政治部的一名宣传员。人们出来革命，有的为了信仰，有的为了有饭吃，有的为了爱情。她既为信仰，也为爱情。当然，进入革命阵营后，她的信仰更坚定了。

一对恋人终于在战场相遇，却由于四处转战，居无定所，聚少离多。两个月前，红二十五军即将进行战略转移，全军秘密进行西征准备，已改任军政委的吴焕先突然提出来，要二人结婚。桂德全不同意，说，程子华军长、徐海东副军长都是单身汉，他一个小团长，哪能结婚？这时候，全军结婚的干部确实没几个，吴焕先政委的妻子曹干仙几年前就去世了，他也一直未再婚。但是吴政委发了话，不想结也得结，二人把各自的被褥抱到一块，连喜酒都顾不上摆，就算结婚了。

婚后第三天，部队往罗山县何家冲集结，途中遇袭，素玉中枪后滚下山崖，是佟林救了她。鉴于她的伤情，已经无法带她走，最好的办法就是找个可靠人家留置，一般情况下安置到堡垒户家中。其实这时候，那些堡垒户家里反而不安全。还是吴政委想得周到，说佟林他大哥是国军营长，就送到佟家吧！

那晚佟林和师政治部群工部的王主任一起，送她过来。路上，王主任提出来，为安全起见，小程还是改个名儿吧。佟林顺口就起了个张梅。到了佟家，佟林可能是担心父母不收留她，改口说她是自己媳妇。当时那个情况，别人也没办法更正解释，就这样，她稀里糊涂成为佟家的媳妇，一直到今天。

她上气不接下气地哭着说："都怪我，都这么久了，应该给爹娘讲清楚的……"

她称佟家夫妇俩为"爹娘"。她是不是自觉不自觉地已把自己当成佟家媳妇了呢？

佟家院子里那个地窖子暴露之后，严成淦亲自来了一趟，钻到里面勘察了半天，他认定这里面一定藏过伤号。可是，伤号跑哪儿去了？这些天，他在村里村外都设了探子，通往外面的两条山道上，布了好几个卡子。一个重伤号，不可能长翅膀飞走。

有村民私下报告，佟家老头曾经夜里上过山，行踪可疑。他夜里上山干什么？明摆着有人藏山上。山那么大，想藏个人，确也不难。严成淦向李名九团长请求，调集县民团全部人马，以月牙峰为中心，搜山！

县民团共有七百来人，要想全部集结，没个三五天办不到。就在这时候，佟升回来了！

佟升回了一趟家，看到民团队伍松松垮垮往这边开进，知道事情越搞越大，眼看瞒不住。他很恼火，也很为难，向母亲提出来，与其让人家捉到，不如主动交出那个丧门星。

佟乔氏抹开了眼泪，说："要是交人，你爹不白傻了？你爹的宝贝不白烧了？家里的钱不白花了？"又说："如果你敢交，以后别回这个家！"

佟升苦笑道："就是咱不交，用不了几天，人家也会把她抓去。"

佟乔氏说："你不会再想想办法？亏你还是个大营长呢。反正你要给咱家把人保全！"

佟升久历战阵，办法还是有的。他把想法向母亲说了。母亲说："你快去办吧，只要能保住人，不论怎么着，我和你爹都愿意。"

事不宜迟，佟升说办就办，他以勘察地形的名义，带两个护兵，亲自上了山。他知道那个洞子，小时候没少钻它。

佟升不想见那个女人，叫护兵把佟吾带到远处谈话。他把想法和盘托出，让佟吾和那个女人必须按他说的办，否则就是死路一条，出了事不要怪他。说罢，他就匆匆下了山，把呆若木鸡的佟吾晾在那里。

第二天晚上，佟升在县城最有名的仙客来饭馆请客，只请一个人——李名九。他拿出三个月的薪金，买了一包上等烟土，作为见面礼“孝敬李团座”。对于李名九来说，委员长嫡系部队的中校营长专门宴请他一人，还带来这么贵重的礼物，算是给足了他面子。本来他有点儿不敢见佟升，毕竟不慎把人家的院子烧了。

李名九主动先罚了自己三杯酒，说：“佟营长，下边的人不懂事，请多多包涵。不过呢，他们给我报告，说是你家窝藏共匪头目，有证据。下边人去查验，我也不便阻拦，迫不得已啊！”

佟升诚恳有加地说：“李团座，真人面前，兄弟不说假话，我家确实藏了人，先是藏在地窖子里，后来风声紧，就挪到月牙峰一个山洞里，如今我三弟在山上侍候她。”

“谁？”李名九眼珠子亮了一下。

“不是别人，是我三弟佟吾的女朋友，武汉大学的学生，武汉本地人。”

“……你三弟的女朋友？”

“千真万确！”

“真不是你二弟？”

“真要是我二弟，我还敢来见你吗，李团座？”

李名九愣了愣：“那——藏他女朋友干啥？又没偷又没抢。”

“别提了！那女娃受共产党迷惑，加上和我三弟闹了点别扭，放着好好的大学不上，非要跑到咱大别山投红军，跟着瞎折腾，结果来了没几天，滚下山摔伤了，断了条腿，折了条胳膊。没办法，躲到我家里疗伤。你的人上我家去，我爹娘怕把她抓走，吓得够呛！”

李名九琢磨着佟升的话，挑不出什么毛病，就说：“你想怎么着，佟老弟？”

“我想让我三弟陪她下山，回家里养着。等伤好了……就让他们结婚办喜事！到时候还要请李团座和弟兄们登门喝喜酒呢！”

李名九似乎还是有点儿不相信，使劲儿嚼一只鸡腿，眼珠子骨碌碌乱转，半天才道："佟老弟！军中无戏言，你给我说清楚——当真是你三弟女朋友?"

佟升哈哈一笑："如果不信，就请李团座的人接两人下山，当面验证。"

李名九端起一杯酒，与佟升碰杯，一饮而尽，放下杯子，说："一个女娃子，又不是什么重要人物，严成淦这独眼龙真是瞎了眼，谎报军情。我回去就让他们收兵!"

那天佟升上山面见佟吾交代注意事项，佟吾丝毫没敢透露她不是佟林的女人——他想，一旦这个要命的大秘密败露，不要说民团了，单是大哥佟升就不会饶了她，或许会当场把她带走!

知道了张梅的真实身份之后，佟吾心里感到很不对味儿，原本和她已经很熟悉了，突然又变得陌生了许多，仿佛那个叫张梅的嫂夫人走了，又来了叫程素玉的新女子，叫他难以面对。

大哭过一场，程素玉反而感觉卸下一个担子，心里面敞亮了，轻松了。她说："以后我还是叫你小弟。我比你大，你叫我素玉姐吧，叫素玉也行。"

佟吾说："我大哥特意交代，叫你改个名儿。既然张梅就是假名，为了安全，以后就别变了，我叫你梅姐吧。"

他又说："请你放心，既然你是我二哥的同志，又是二哥把你送来，我和爹娘不会拿你当外人。前提条件是，你得听我安排，对任何人不能透露你和桂团长的事，包括对我家里人。"

"对爹娘隐瞒，总是不好吧?"

"暂时都得瞒着。你想想，如果你身份暴露，不光你危险，我全家连带着都危险，是不是?"

张梅想想他说的有道理，就同意了。

又过了两天，严成淦派小队长庞光春带四个人、一副担架上山来接张梅下山，佟吾把她抱上担架，两人装出亲昵的样子。他们在洞里住了二十一天，竟然都有点儿留恋这个世外桃源一般的地方。

下山路上，佟吾抱怨抬担架的团丁走得不稳当，晃晕了他女朋友，连累她呕吐了好几次。回到家，佟吾见到像傻子一样眼神痴呆的父亲，还有灰烬斑驳的院落，几欲落泪。张梅则和佟乔氏抱在一块，少不了哭一场，佟乔氏说：“孩子啊，别说烧了院子，就是这个家全烧干净，只要换回你好好的，娘也认了！”

得知张梅怀孕，佟乔氏更是欢喜得不得了。谁也不知道老二到何方去了，他离开都三个月了，一点儿消息也没有，搞不清是死还是活，令她日夜挂念。张梅怀上孩子，对她自然是个很大的安慰。她赶紧让佟吾把家里仅剩的那只老母鸡杀了，炖鸡汤给张梅补身子。

严成淦第二天就来到佟家，声言特意来看望佟前辈，安抚受惊吓的老人，赔礼道歉，顺便也看望一下佟家老三受了伤的女朋友，问问需要啥药物。他带来两只鸡、一只猪头、五十个鸡蛋、一袋细粮，这份礼物不轻。他象征性地看一眼佟贵海，找个借口钻到张梅休息的东隔间，瞪着那只独眼，上上下下审视着斜倚在床上的张梅，说：“妹子，怎么就你一人跑大别山来了？要来应该和佟吾兄弟一块来啊！”

张梅也是见过世面的人，并不惧怕他，迎着他的目光，用武汉口音说：“让佟吾给你说。”

佟吾撇腔撇调学说武汉话，道：“严大哥！你不知道，张梅在学校就是积极分子。我呢，眼里只有画。她嫌我落后，老跟我闹别扭。我们吵了一架，她一气之下，就跑来了。”

严成淦点点头：“后悔了吗？”

众人都望着张梅。张梅闭上眼，不吭声。

佟吾赶紧说：“严大哥！你说能不后悔吗？她这个样子，残废了都是有可能的。”

严成淦说：“我今天来，是想告诉你们，老三女朋友当过红军的事，一定不要给外人透露，让上边知道了，会追究的。我们对张梅网开一面，那是要冒风险的！张梅要写份自省悔过书，一旦上面查下来，我们也好交代。”

张梅还是不吭声。佟吾说：“严大哥，你看她，动不了，不方便写呀！”

佟乔氏插话说：“不光受伤，她还有喜了呢！”

这话让众人都是一惊。张梅这时候的身份是佟吾的女朋友，她怀上，属于未婚先孕，在那个时候，这可不是闹着玩的。

严成淦换副面孔，满脸堆笑，合手道："恭喜恭喜！既然有喜了，那得早点儿办喜事，对吧？到时候，我和弟兄们也过来讨杯喜酒喝。"

佟乔氏似乎意识到说错了话，又没法收回，只得硬着头皮说："一定请你们都来。"

严成淦收住笑："既然不方便，暂时可以不写。需要时，我会随时派人过来取。"

又过了一个多月，张梅的伤全都好利索，但是肚子也已经很显形，藏不住了。村里人都知道她是佟家老三的未婚妻，时常问佟乔氏，你家啥时候办喜事呢？

佟乔氏也给愁坏了：怎么办？老二的媳妇，和老三入洞房，以后老二回来，怎么说？况且，张梅和佟吾，也不会同意啊！

佟乔氏捎信叫老大佟升回来一趟，让他拿主意，他毕竟是大哥，又是个官儿。此时，佟升也正为这事犯愁。不久前，张师长专门喊他训过一次话，说是县民团那边露点口风，他们怀疑张梅不是佟吾的未婚妻，而是共党哪个重要干部的女人，因为她看上去训练有素，比较老练沉着，不像是刚从城里跑山里来造反的学生娃儿。佟升一口咬住，张梅绝对是三弟佟吾的初恋女友，他愿以性命担保！张师长哈哈一笑，说既然这样，那就不管民团那边了，让你三弟早点儿办喜事，好堵住那帮混蛋的嘴。

佟乔氏见了佟升，先打听佟林的下落。佟升感到烦躁，说："他们一直往西跑了，共产党就那几条枪，能撑多久？我看佟林凶多吉少！娘，你就死了心吧，就是佟林不死，他敢回来吗？他永远不会回来了！"

佟乔氏眼圈一红，不吭气了。

佟吾说："大哥，你能不能想个办法，送二嫂回武汉。她这一走，疙瘩不就解开了吗？"

佟升坚决地说："民团一直盯住她不放，我没办法送走她，更不想冒这个险。"

他们并不知道，张梅根本无意回家，因为那个家，她已经回不去了。她跑出来，就已经和家里彻底闹翻，再让她挺着大肚子回去，脾气暴躁、极要面子的父亲决不会接受她的。回去等于自取其辱，她宁愿死，也不想回！

佟升的主意很坚决，意见就一条：这出戏，远不到谢幕的时候，得继续往下演——先让佟吾和张梅假结婚，热热闹闹办一场婚礼，如果可能，把李名九和严成淦都请来，喜酒一喝，看他们还能说啥？他给张师长那边也好有个交代。

佟升把话撂下就回了部队。佟乔氏渐渐也想通了：如果这个婚事不办，张梅还是很危险的，她走又走不了，总不能眼见她肚子越来越大，你让她把孩子生下来，还不给她办喜事？没这么做的！那只能告诉别人，这女娃不是老三的，而是别人的！再说了，这是假结婚，又不是真同房，如果佟林回来，媳妇当然还是他的；如果真像老大说的，回不来呢？肥水不流外人田，让她跟老三搭帮过日子，也不是件坏事呀，总是一家人亲呀……

佟吾心里有苦说不出。只有他知道，张梅是桂德全的女人，而他心里是有方芝萍的，让他和人家桂团长的女人结婚，虽是假扮夫妻，但他亦觉得，这很对不起方芝萍。可他又不能拒绝，因为拒绝，就等于害张梅，进而害佟升，害全家……

他给方芝萍写了一封短信，意思是家里有事情，暂时不能回学校，什么时候回去，真说不好；也有可能会退学。没多久，收到一个大包裹，打开一看，是一包画笔和颜料。这东西县城都买不到。他明白了，方芝萍希望他无论如何都不要丢了画。他鼻子一酸，差点儿落下泪来。

对于张梅来说，她已经是走投无路，唯一的一条路就是和佟吾假结婚，就像搞地下工作的同志假扮夫妻那样。她不是不能接受这种安排，革命者思想上都不保守，男女关系上也比较看得开，她只是更加思念和牵挂心爱的人。身处大山中，消息极度闭塞，她已经很难获悉桂德全和同志们的下落。他们还能回来吗？还会回来吗？什么时候回来？这些问题令她的情绪非常不好，饭几乎吃不下。

佟吾悄悄劝她，说："梅姐，就是为了肚里的孩子，为了桂大哥的孩子，你也得照应好自己啊！"

她叹口气说："小弟，我没什么，就是委屈你了。"

"梅姐，千万别这样想。这只是暂时的，等孩子生下来，咱们再另做打算。"

清明节一过，佟吾和张梅"奉子成婚"，佟家大张旗鼓办婚礼。佟升的面子够大，来了很多有头有脸的人物，李名九和严成淦自然少不了。席间，李名九对佟升说：“佟营长，给你说句实话——这喜酒杯子一端，我心里才算踏实。”

桂花飘香的时候，张梅也快临盆了。这天，佟升骑马回来，带来一个重大消息：吴焕先在甘肃的泾川县被国军打死，报纸上登了他的遗照，电台反复播放，绝不会有假。佟乔氏吓得够呛，颤声问：“有你二弟的消息吗？”

佟升说：“他一个小萝卜头，死也好活也好，谁能知道。”

佟吾特别想问问大哥，有没有桂德全的消息，他可是个团长。他意识到绝对不能提这个，就压住了想法。张梅待产，佟吾怕影响她情绪，没敢把这消息告诉她。但每天晚上都是母亲和张梅住一屋，老太太嘴上没把门，一不留神，就把吴焕先在甘肃被国民党打死的事情说了。张梅当即哭了起来，控制不住，浑身哆嗦。吴焕先被誉为红二十五军的军魂，他的牺牲，对所有红二十五军的官兵都是个巨大的打击。吴政委不在了，队伍不会打散了吧？桂德全怎么样了？这些都是张梅脑子里永远存在的问号。

张梅哭，老太太也跟着哭，她是担心佟林，都说佟林是吴焕先身边的近人，吴焕先没了，他不会有事吧？

叫这事一闹，张梅有小产的征兆。佟吾按照母亲的吩咐，背上一升米、二十个鸡蛋，到邻村请来接生婆，折腾了整整一个晚上，所有人都给弄得筋疲力尽，终于把孩子产下来，幸好母子平安。

新生儿是个男孩。老太太欢喜得不得了——就是佟林回不来，他总算也有后代了！有了根，家人就有活下去的希望。

小孩子满月，佟贵海就病倒了，高烧转成肺炎，一病不起，眼看不治。张梅把孩子抱到老人面前，大声说：“爹！给你孙子起个名儿吧！”

老头临去世之前，头脑反而很清醒，咕哝道：“佟……书……根……”

张梅没听清：“什么？树根？”

老头吃力地说：“书……读好书，传根雕……”

佟吾在一旁道：“是佟书根。咱爹的意思，让孩子好好读书，再把根雕手艺继承下去。”

父亲老是咽不下最后一口气。佟吾知道父亲是想让自己表个态。他狠狠心，把那一包画笔颜料找出来，拿到父亲面前亮了亮，当即掰断三支画笔，倒掉一小瓶颜料——这是向父亲表明，他将弃画！

这时，母亲把一把做根雕用的凿刻刀递给佟吾，佟吾举过头顶，对着墙上挂的那幅玉皇大帝画像跪倒，拜了三拜。这就算是完成了仪式，从此以后，他将接过父亲的凿刻刀，成为一个民间根雕艺人。

佟吾抬起头来，已是泪流满面。张梅不忍看他，背过身去……

三年之后，已是一九三八年秋天。这时候抗日烽火在长江、淮河流域熊熊燃起，瓦缸寨因为深处大山之中，和先前一样宁静，未受干扰。三年时间，佟吾变成了一个十足的根雕艺人，似乎比他父亲还痴迷根艺，经常上山寻找有用的材料，多次历险，有一次差点儿掉下十多丈深的悬崖，如果不是他拼命抓住一棵小树，那一回摔不死也得摔残，吓得张梅好多天不敢让他出门。村里的邻居每当发现合适的材料，也愿意提供给他，张梅就给人家送几个鸡蛋或一块腊肉表示谢意。佟家院落里，已摆了很大一片，有了点被民团放火烧掉之前的样子。

制作根雕不是简单的事，分为脱脂处理、去皮清洗、脱水干燥、定型、精加工、配淬、着色上漆、命名等八个步骤。佟吾学过画，会构思，文化程度又高，所以他的技艺水平提高很快。佟升的同学、朋友、熟人多，佟吾的根雕作品大都通过佟升介绍出售，所得收入维持一家人的生计没有问题。

佟吾还抽空钻研了根雕的历史，他发现，明清两代，根雕技艺已趋成熟。明代有以竹根雕著称的濮仲谦为代表的金陵派和以朱鹤为代表的嘉定派。根艺家们不仅利用木、竹根创作出供人欣赏的摆设，而且还雕刻具有实用价值的家具及其他实用品。到了民国时期，由于战乱等原因，根艺制作和生产日渐衰落，许多艺人改行，根雕技艺到了濒临失传的境地。佟吾沉浸其中，不为钱财，而是享受制作根雕的乐趣，寻找一份内心的宁静。母亲佟乔氏和张梅既感到心里踏实，又担心他像父亲那样，太过痴迷也不好。

他工作的时候，小书根在他身边绕来绕去，不说话，一点儿也不淘气，只是好奇地盯着他手中的工具，看不够的样子。私下里，他和张梅仍然像姐弟一样，无论感情上，还是身体上，从不越雷池半步。当年那个与他相恋的女同学方芝萍抗战前到了法国，继续钻研油画创作，已有作品被罗浮宫收藏。他收过到她从巴黎寄来的一封国际航空信，信上说，希望他能来法国团聚，她一直没有忘记他！

但是，这个家，他是离不开了！

那封信他怕张梅看到，悄悄撕碎，与一堆木屑一起，让母亲塞到锅底烧掉了。

佟乔氏老觉得对不起佟吾，有一次长吁短叹，对佟吾说："你二哥，他要么早点儿回来，要么再也别回了！"老太太有了让佟吾和张梅圆房的想法，但又不便说出口。

佟吾想，二哥回来更麻烦，张梅不是他的女人，他若回来，什么密都保不住了，还不如这样维系着好，人人都有一个念想。

张梅更是觉得她和孩子拖累了佟吾。小书根口口声声叫佟吾爹，虽然叫得暖心，却让她越来越不好意思面对佟吾。

新四军一支队伍到皖西一带活动，传说他们就是原先的红军。张梅动了心思。佟吾看出来了，就劝她，说："梅姐，你去找他们吧，也好打听打听桂大哥的下落，顺便也帮我打听一下我二哥。小书根先留家里，等你找到桂大哥，我给你送去，让你们一家三口团圆。"

这几句话说得张梅泪流满面。分别已经四年了，她一直忘不了桂德全，瓦缸寨离皖西不远，去一趟不太难，只需要两天的行程。这一带肃清了土匪，原先的民团也不知道跑哪儿去了，路上还是蛮安全的。再说她曾经是个坚强的红军女战士，一般困难也难不倒她。想了几天，她对佟吾说："小弟，你真的希望我走吗?"

佟吾愣了半天，才说："如果你的心不在这里，还不如走了好。"他心里是很矛盾的，希望她不走，但又不能不让人家走。

"唉，我走了，你也好成个家。你说是吗?"她眼里泪光闪闪，不敢看他。

佟吾没接话。

他们商量来商量去，决定先瞒着母亲，就说张梅想回一趟武汉的家。

临走前一天的夜里，他们都没法入睡。自从书根会跑之后，佟乔氏不再和张梅娘儿俩住一屋，佟吾一直单独住在西偏房，那是他的工作间兼卧房。这一夜，二人虽然不在一屋，没说上一句话，但两个人的心里，都是心潮起伏，浮想联翩。她是既想走，又舍不得离开这个生活了四年的家。走了以后，还有机会再回来吗？她搂着孩子，克制不住，老想哭，泪水滴落在小书根的脸上、枕头上……

佟吾也是难受得厉害，心里空落落的，仿佛身体里面一件重要的东西被一下子抽走。这四年来，他们名义上是恋人，是夫妻，实则是姐弟那样的情分，身体上不能有任何的接触，但是感情上早就有了交融，即使是浅浅的、淡淡的，像秋末桂花的味道，也足以令他们难以割舍！

鸡叫第三遍，该动身了。她亲了亲熟睡中的小书根，提上包袱，掩上屋门，他已经在院子里等她。他接过她的包袱，挎在肩上，默默陪她往外走。他要送她到寨子北面三里远的一个大路口，他提前和一个熟悉的山货商联系过，张梅搭乘山货商的马车先到叶集，到那儿之后去找抗日政权，再想办法找到新四军。

这时候朝阳还在地平线下面藏着，东方天际一片朦胧的明艳之光，头顶是灰暗的鱼肚白，苍茫壮阔，远处青山像个剪影，近处田畴水汽升腾。二人一前一后往前走，她在前，他在后，都感觉腿像灌了铅，迈不动步；心上像压了块石头，喘不动气。他们只是缓缓地走，没说一句话，因为实在不知道该说些啥。

到了寨子北面的大路口，山货商的马车已经停在那里，三匹马打着鼻喷，此起彼伏。他把包袱递给她，她双手直哆嗦，仿佛不想接，最后还是接过来，头一低，往马车那儿走。他背过身去，不敢看她的背影。

走了有十几步吧，实在走不动了，她的腿像被什么东西牵着，心里针扎一样疼，眼泪模糊了双眼。怎么能舍得下孩子和佟吾兄弟呢？她猛地转过身子，朝佟吾跑去，甩掉包袱，猛地扑进他怀里……

赶车的老汉看到男的抱着女的，往来路走去，知道客人不走了，鞭子一扬，三匹马嘚嘚起步，马车沿大路向东北方向而去。

第二年夏天，张梅生下了第二个孩子，是个女孩，佟吾给女儿取名佟玉。佟玉从眉眼到脸盘都像极了佟吾，老太太对佟玉喜欢得不得了，整天抱着佟玉，常常笑得合不拢嘴。有了佟玉，佟家院子里，笑声不断。

抗战胜利那一年初夏，老太太突然患病，患的痢疾，不停地拉稀，没几天人就脱了形。老大佟升不在，抗战第二年，二十六师就没了影儿，说是拉到四川，拱卫重庆去了。如果老大在，肯定能搞到管用的药物。尽管佟吾和张梅急得不行，到处请郎中，还是没能留住老太太的性命。

佟乔氏虽然是个村妇，但她有眼力，有头脑，有作为，在乡下妇女中，是少见的人物。她的死，让全瓦缸寨的人都很悲伤。

老太太走之前，趁她还清醒，张梅扑通跪在婆婆面前，痛哭流涕，说："娘！我不是佟林媳妇，我骗你了……娘，我一直没告诉你，是我不好……"

老太太惨淡地一笑，说："不。谁说骗我了？你不早就是佟吾媳妇了吗？……孩子啊，你来佟家几年了？"

"十年半了。"

"十年半，你喊了我十年半的娘……只要叫我一声娘，你就是我佟家的人，哪能叫骗？"

"娘，我是骗了你……书根他……也不是佟林的孩子……"张梅哭得上气不接下气。

"我看出来了，书根这孩子一点儿也不像佟家人，佟家的男人都是大眼睛、双眼皮、高鼻梁，这孩子是小眼睛、单眼皮、塌鼻梁。你说我能看不出来吗？不过，我喜欢这孩子，我把他当我的亲孙子……"

张梅抓住婆婆的手，有点儿无地自容："娘，媳妇感激您的救命之恩……下辈子，张梅还给你老人家当儿媳妇……"

老太太眼泪滚滚而下："咱婆媳俩，有缘分。我没了，你和佟吾永远不要再分开……"

张梅答应着，喊佟吾过来，两人手拉手给母亲磕头。抬起头来时，发现母亲已经含笑去世。

佟乔氏活了六十二岁，在那个年头，算是长寿了。

一九四七年夏末秋初，刘邓大军千里跃进大别山，三个纵队突然包围了国民党新七旅据守的县城。新七旅凭借坚固的工事和强大的火力，硬是顶住共军三个纵队的轮番冲击，坚守了一个昼夜，城池依然牢固。国军增援部队将至，解放军进退两难。正在这时，负责守卫城西高地的副旅长佟升率两个营战场起义，撕开了一道重要的缺口。两个小时后，县城被拿下，新七旅七千多人被全歼。

解放军首长问佟升有什么要求。佟升只提出一个条件：请解放军帮忙找到他弟弟佟林。

佟升作为黄埔生，在军队混了二十年，只混到一个上校副旅长，而他的同班同学中，有好几个当上中将师长，少将副师长、旅长这一级的，足有一大把。他没混好，不是他没能耐，而是因为他有个当红军的弟弟。弟弟是他的噩梦，影响了他半辈子。他这辈子，就是栽在佟林手里。

战场起义，不是他觉悟有多高，也不是被人策反，而是他深感共产党早晚会得天下。当年只剩下两三万人跑到兔子不拉屎的黄土高原，蒋委员长都拿他们没办法，现在他们有了一百万人，甚至还要多，你就更没办法了，国民党丢掉江山是不可阻挡的，既然如此，不如早点儿过来。

刘邓大军的老底子就是当年的鄂豫皖红军，佟升以为会很容易找到佟林，说不定他就在这支队伍里。即使他战死，也会有个确切的说法。但是他搞错了，刘邓大军前身是大别山红四方面军的老部队不假，但是红二十五军后来编入林彪的一一五师，眼下正在东北作战。红四方面军和红二十五军，都发源于大别山，但长征时各走各的，不是一回事。

佟升提出的这个小小要求，居然难住了解放军首长。刘邓部队里没有名叫佟林、老家在本县的干部。最后他们让佟升失望了。

新中国成立后，甘肃省泾川县党史办几经调查，终于搞清吴焕先牺牲前后的经过。一九三五年八月二十一日，红二十五军在泾川四坡村附近南渡汭河时，遭国民党军队伏击，军政委吴焕先亲率二百多人抢占河畔的一个制高点时，不幸胸部中弹，当场牺牲，年仅二十八岁。

据当地几位老人回忆，吴焕先牺牲后，红军把地主郑某的一口柏木棺材抬来埋葬了他，墓地就在南塬底下的一处台阶地上。红军走后，敌人闻风而至，掘开坟墓，撬开棺盖，把遗体扒了出来，连烈士身上裹着的两三丈白洋布，也一抢而光。随后将遗体抬到泾川县城，放在菜市场近旁的一所破庙里，陈尸示众了一些日子，还拍下邀功请赏的照片。及至解放后，泾川县党史办反复查找，连烈士遗骨所埋之地都无法查清楚，吴焕先这位战死在陇东高原的鬼雄，尸体不知被敌人弃之何处。当地政府在县城以西二十余里的郑家沟，修建了吴焕先烈士墓，其实这是一座空坟。有意味的是，吴焕先出生在四角曹门村，战死在四坡村，都含有一个“四”字。

还是没有佟林的下落。

一九六五年，一个陌生人来到佟家，对佟吾说，他是佟连长手下的一个副班长，叫黄如轩。当年吴焕先政委牺牲，他就在现场，佟林作为特务连连长，任务就是保护军首长安全。吴政委带头抢占那个小山包，佟林拉不住他，吴政委中弹后，佟林上前施救，随即中弹倒地，也是他亲眼所见。战士们拼死占领那个小山包，打退了敌人，把吴政委遗体抬下来，仓促进行了埋藏。那一仗牺牲了一百多人，佟林肯定是牺牲了，烈士的遗体带不走，也来不及掩埋……在后来的一次战斗中，他负重伤，一位好心的当地百姓收留了他，伤好之后，部队已远去，不知所踪，他也就彻底留下来，娶了救命恩人家的姑娘，一直生活到现在。这次回大别山老家，一定要来佟连长家看一看，把知道的情况告诉佟家人。

佟吾把黄如轩所说的情况给县民政局写了一封信。大约过了半年，来了两个民政局的干部，说经过调查，黄如轩反映的情况属实，国家追认佟林同志为革命烈士。

两位同志把革命烈士证明书交给佟吾，转身离开了。佟吾捧着烈士证书，久久无语。他的二哥，在离家三十多年后，变成一张纸回来了！而父母亲去世之前都不知道他的下落，母亲最牵挂的就是他。

张梅接过证书，久久端详着，百感交集。这个她并不熟悉的男人，改变了她的命运，使她成为佟家人，接续佟家的香火。这是命运冥冥之中的安排吗？如果他在天有灵，应该会感到欣慰吧……

张梅想起什么，说：“大哥还不知道呢。”

佟吾说：“咱们抽空去一趟，告诉大哥。”

佟升新中国成立后担任六安地区政协文史专员，已于一年前去世。他们择日带上烈士证书，坐长途汽车赶到六安，又打听着步行来到南郊公墓，找到佟升的墓碑。二人站定，先鞠了三个躬。佟吾怆然道："大哥！找到我二哥了，你不用再惦记了……你们兄弟俩，走了不同的路，最后不还是殊途同归吗？如果天堂里遇见，你们好好拉拉呱儿吧，几十年不见，要说的有很多……"

张梅采来一束野花，放在墓碑前。她凝视着碑上佟升的陶瓷照片，突然意识到，这个她只见过一面的男人，其实是她生命中顶顶重要的人，当年如果不是他几番保护，她不会活到今天，他才是她最大的救命恩人呀……

两串泪珠从张梅脸上滚落，滴在脚下的黄土上。

直到一九五九年前后，张梅才获悉前夫桂德全的消息。此前她一直想知道他的下落，又害怕知道。

这天，佟吾往县城送根雕，带回一张旧报纸，上面有一则消息，提到桂德全担任国务院煤炭工业部副部长。张梅拿着报纸，像是心里一块石头终于落地，她轻叹一声，只说了一句话："只要他还好好地活着，我就放心啦……"

后来陆续得知，桂德全于四十年代初在山东抗日根据地和一位地方女干部结婚，这个时间差不多正是张梅和佟吾圆房的时间。桂德全新中国成立后转入地方工作，没参加授军衔，如果他能授衔，以他的资历和战功，可以授中将。

佟吾和张梅商量，是否让书根到北京找他生父？孩子一辈子待在大山里，很难有什么出息。书根也动了心，老想去北京。没想到张梅坚决不干，少见地发了火，呵斥儿子："人家有了新家，你去干什么？老老实实跟你爹学做根雕吧！"

就这么着，他们一直没和北京联系。桂德全也就不知道，他前妻和亲生儿子一直生活在大别山。

佟吾和张梅唯一的女儿佟玉只活了七岁就没了，她患了一种怪病——白喉，在当时属于很严重的病，没法治，佟吾雇马车往六安的医院送，半路上孩子就死了。后来他们没再生育。

附记：

二〇一六年九月间，我参加中国作协组织的纪念红军长征胜利八十周年作家重走长征路采风活动。我所在的那个团，沿当年红二十五军长征路线行动。第一站先到信阳。日程中有一项安排，到吴焕先故居拜谒。那地方以前属湖北黄安（现红安），解放后划归河南省新县。

那天上午，我们打着采风团专用旗帜，走进箭厂河乡四角曹门吴焕先故居，偶遇一位老人。老人精神矍铄，鹤发童颜，下颏上挂一把飘飘欲仙的大胡子。现在很难见到留大胡子的人，所以他格外引人注目。讲解员姑娘说，这位老人是老红军后代，每年都要来这儿几次。

我有个习惯，或者说毛病——每到大人物出生地，喜欢看风水，韶山毛泽东、广安邓小平、江津聂荣臻等领导人的故居我都去过，感觉风水好得不得了。吴家的风水，乍一看，也不错，院落处在一个高坡上，门前是一片开阔地，稍远处是一条小河流，再远处是含黛的青山——也是个出大人物的好宅子啊！

讲解员指着二三百米外的一处地方说："你们看到那边有个东西没？"

大家放眼望去，隐约看到一个石滚子。讲解员说，那儿曾经是个碾坊，乡下用来碾米脱面的，八十多年前的一天，那个碾坊曾经停放过六口棺材——吴焕先的六位亲人，在同一天被国民党民团杀害。

我感到心里沉甸甸的。众人随讲解员进入院落，我一个人朝石滚子的方向走去，不一会儿，看到大胡子老人也朝这边走来。我们一前一后在石滚子那儿站住，老人主动同我打招呼："你好！作家？"

我点点头，说："徒有虚名。"

他微微一笑。

"刚才姑娘说，这儿摆过六口棺材。老人家，您知道具体情况吗？"

他顿了顿，神色一下子变得庄重肃穆，说："这是一九二六年冬天发生的，吴焕先带头搞农民运动，得罪了地主豪绅，有一天，反动民团武装二百余人，杀气腾腾直扑过来，声称'踏平箭厂河，血洗四角曹门，灭绝吴焕先全家'。那天吴焕先外出办事，逃过一劫，他大哥、二哥当场被枪杀，他父亲和小弟弟被敌人乱刀砍死在自家门口，被吓傻的大嫂抱着不满半岁的儿子慌不择路掉进水塘，溺水而死。一家六口顷刻毙命。那天晚上，得到消息的吴焕先回到家中，买来六口棺材，停放在这里，面对苍天发誓：只要不死，就要革命！一年之后，他参加了黄麻起义。”

我说：“这种情况和贺龙、徐海东差不多，贺、徐两家均有数十人被反动派杀害。某种程度上说，是反动派把他们逼上死路的，反动派用屠刀培养了自己的掘墓人。”

他冲我竖起大拇指。

“您也姓吴吗?”我好奇。

“不。我父母亲当年是吴焕先的兵。”

采风团当晚宿县城。吃罢晚饭，天还亮着，路灯也纷纷亮了。我一个人出了宾馆，在街上闲逛。路过一家门脸挺大的店铺，楣顶上霓虹闪烁出“大别山根艺世界”几个艺术字。透过玻璃橱窗，看到里面有不少盘根错节的根雕作品，我想都没想，推开弹簧门，走了进去。

里面真是一个根雕大世界！各式各样造型的根雕，令人眼花缭乱、目不暇接。我家里就有两件根雕作品，朋友送的，我对根雕也小有研究。根雕，是一种雕刻方法，是中国传统雕刻艺术之一，是以树根（包括树身、树瘤等）的自生形态及畸变形态为艺术创作对象，通过构思立意、艺术加工及工艺处理，创作出人物、动物、器物等艺术形象作品，讲究“三分人工，七分天成”。我发现，这里面的根雕作品档次不低。

这时，一个似曾相识的声音飘过来：“作家朋友，是你呀!”

我猛一转身，看到那个大胡子老人正微笑着望着我。我也笑了，说：“老人家，我们有缘!”

他爽朗地笑起来，把我领进一间宽敞的接待室，有个年轻人过来给我们倒上茶，掩上门出去了。我们随意聊天，但是我很快发现，我们又聊起了吴焕先。我告诉老人，我原先的单位有个吴大姐，她就是新县人，与吴焕先家还是一个家族，她爷爷就是跟随吴焕先闹革命的，是红二十五军的一个小兵，解放后在河南省某部门当领导。吴大姐常常在我面前谈起吴焕先，崇拜和惋惜之情溢于言表，所以很多年以前我就知道大别山有这么一位大英雄。

我对老人说：“我记得吴大姐说过这样一句话：‘吴焕先，改变了我们一家的命运。’”

老人庄重地点点头："是的，我们一家的命运，也是这样改变的。"

因为吴焕先，我与老人一下子拉近了距离，他打开话匣子，向我讲起他一家人的身世……一直讲到深夜，他还意犹未尽。

他告诉我，他父母亲后半生非常幸福，二老于二十世纪八九十年代相继过世，都是无疾而终。他有一儿一女，如今四世同堂，孩子们都很孝顺、能干，全家人合伙经营这个店铺，所选用的材料，全部产自大别山区。制作的根雕不仅在郑州、合肥有销路，有时还能销到北上广深乃至港台和东南亚地区。这些根雕，是大别山的山山水水、自然风光所孕育，倾注了他一家人全部的情感和追求……

老人大名佟书根。

我默算了一下，这年他整整八十一岁。

采风团完成在大别山的行程后，坐高铁转道陕南，然后又转向陕北。我特别想到吴焕先和佟林牺牲的甘肃泾川去走走，可惜此次采风没有这项安排。

我们到达延安，住进宝塔宾馆。晚上，我在宾馆顶层的天台上，向同行的著名作家老刀复述了上面那个故事。老刀听得热血沸腾，眼眶湿了好几次，他很感动，也很感慨。他总结说，战争年代佟家人对红军女战士张梅的救护，体现了中华民族这个族群根植于骨子里、灵魂中的良善，华夏文明之所以历经五千多年长盛不衰，而不像别的文明那样迅速衰落，就是缘于这种高贵的良善，每到关键时刻，人性善总能战胜人性恶，华夏民族因此而生生不息。这种良善，或许超越了阶级和政党，它根植于普通人的血脉中，它是那么珍贵、美丽而动人。

当然，它还将延续下去。老刀说。

延河就在我们脚下。月光下，我看到延河水波光粼粼，无声地向前流淌……

《芙蓉》2019年第5期

耳中刀

/文清丽

胸中积聚的火焰

“儿子，爸今天穿的啥衣服？我怎么摸起来，毛糙糙的？”声音轻而小，我正在阳台上拿橙子给他榨果汁，一听这话，全身如刀割，比知他病情还让我痛心。原以为两个月了，我能适应和面对他了，怎么才发现绝望刚刚开始。比如这声音，比如这熬煎人的岁月。

“出去跟他讲理！”我这么想着，快步冲出厨房，一瞧儿子紧张的神色，瞬间就不想开口了。那双手，变白了，人胖了，眼袋却掉下来了，整个人无力地陷在沙发里。我知道他比我更痛苦，便放慢脚步。放慢脚步是不想打扰他们父子的融洽，儿子在外地上大学，回来一趟不容易。

“咋回事呀？你怎么连走路都鬼鬼祟祟的，像做贼。”他皱着眉头说着，不耐烦地挥了下手。我把要发的火慢慢摁下去，把橙汁递到他手里，转身要走，他又说话了：“嫌弃我了？不看你脸，我就知道你恨不得我早死。他妈的，我想这样吗？我得罪过谁？我做过啥伤天害理的事，老天要如此惩罚我？”

又来了，又来了，这话我已经能背了。接下来肯定说他当海军三十年，穿惊涛战海浪，多少回死里逃生，好不容易提了副师，离开潜艇，屁股还没在机关坐稳，双眼呼啦一黑，就此人生故事戛然结束。

果然，沙发晃了一下，爱人重新把身子放直，清了清嗓子说：“儿子呀，你不要瞧不起你爸，爸一个农民的儿子，当海军三十年，穿惊涛战海浪，多少回死里逃生，好不容易提了副师，离了潜艇，屁股还没在机关坐稳，双眼呼啦一黑，就此人生故事戛然结束。”

听到这里，我扑哧一笑。爱人扫视了一周，然后头转向我，我慌忙扭过身，最怕瞧他那双眼睛。

儿子从旁边的沙发上站了起来，说：“我得走了，跟同学约好了一起到车站。”他不说，我也知道他巴不得赶紧离家。年轻人，我能理解，在家待了一个多月。一个月中，他可能看多了我跟他父亲之间的战争，看到他爸爸的无奈，或者厌烦了这样的日子，他想尽快逃离。二十来岁，还没真正成人，不能让他为家事分心。这怪不得他。

做父亲的一听说儿子要走，慌慌地站了起来，要不是我扶住，差点儿打翻了旁边花几上的绿萝。他一把推开我，要拉儿子，胳膊拂掉了茶几上的玻璃杯，银色碎片飞溅。儿子已背起包，听到响声，看到我正擦他父亲满手的水，忙跑过来，握住了他父亲的手，准确地说，还有我的。

我说：“儿子放心走吧，家里有妈呢，好好学习。”

儿子扫了我一眼，又拍了拍他爸的肩，只叫了一声爸，走了。跟我一句话都没说，看爱人坐回沙发，我追到门口。儿子在换鞋，后脑勺对着我，不吭一声。

门缝里吹进的风，落在我没穿袜子的脚尖上，凉凉的，可不，白露快到了。我把拉杆箱擦干净推给儿子，他看了我一眼，嘴翕动半天，才吐出一句：“妈，我爸很可怜，请你照顾好他。”

又一团火涌到胸口，我想骂难听话，甚至握起拳头想揍人。我清楚儿子此话的由来。我能想象在儿子的假期里，爱人都给他说了什么话，可是儿子要远行，我不能让他把火带到远方，一个让我鞭长莫及的世界。我慢慢松开拳头，摸摸他卷卷的黑发，说：“你这孩子，说的什么话。”

儿子提起箱子，一步并做三步地跑下楼，我追了两步。他说：“妈，你回去吧，我爸一个人在家里呢。”

我仍一步步下楼。楼道很暗，我想走出这黑洞洞的世界，在阳光下，让他瞧瞧我的脸，一张已经没了水分、密布了细小皱纹的脸。好久没照镜子了，听朋友说我憔悴了好像老了七八岁，一双眼袋像倒挂的悬铃木球。呵，悬铃木。爱人曾指着他营区成排的悬铃木给我讲，这种三球悬铃木，原产欧洲，因叶子形状与我们熟悉的梧桐类似，所以才叫法国梧桐。那是半年前，怎么距现在如此遥远，好像过了一个世纪。

妈！儿子长长地叫了声，且放下了箱子。楼道里的声控灯可能是因为他声音大，陡然亮了。我想说，儿子，你看看妈妈是不是长了白发？你再看看妈妈的手，粗糙得都不忍让人目睹。跟你爸爸在一起时，妈妈除了工作，什么家务活都不会干，不会开车，算不清账目，厌烦进菜市场，缴煤气电费存钱带着你到医院，只要你爸爸不出航，家中诸事都是他管。自从调到省城，没了你爸依赖，现在，妈是什么都能对付了，可我纤细白嫩的手却没了，随而代替的这双手，丑陋不堪得我在人面前，都羞于拿出来。一下楼，儿子拉开单元的铁门，头也不回地说："妈你回吧。"我还没来得及说话，他就关上了门。片刻，我就听到他急促而欢快的跑步声，他跑向阳光，跑向自由，跑向那个让他欢笑的世界。而我重回黑暗的楼道，返身一步步上楼回家。

不用看，我就知道爱人是什么样子。他一定在沙发里发着呆，会把茶几上的东西全扫到地上，只要我出去得久了，他都这么做。

我打开门，随着一道风进家，他说"回来了？"，声音是温和的，这倒让我一时无措。"儿子走了？打车是吧？"

"嗯。"

"那就好，来，陪我坐一会儿。"

"等我把地扫完，地脏。"看着茶几周围的玻璃碎片，我尽量心平气和地告诉他。

"不扫地，又死不了人。"一听他这话，我小心地挪开玻璃片，坐到他跟前。他手胡乱摸了半天，终于抓住了我递过去的手，不停摩挲着说："你看你手都变粗糙了，辛苦了，对不起。"

"老丁，咱找个保姆吧。"

他没说话。

我尽量让自己语态平稳，继续说："找了保姆，我不在时，有人陪你说话，陪你到外面散散步，吸吸新鲜空气，好不好？单位事实在太多，你病了，我请了两月假，现在说什么也不好意思再跟领导开口了。现在部队军改力度很大，我们报社最近明确要求所有干部必须体能合格，上班要打卡。体能你可不能大意，不像过去，说说而已。现在不但发了体能服，还明确要求，比如我这样的岁数，二十一分三十五秒跑完三公里、二十五秒三分跑完三十米蛇形路，两分钟做完九个俯卧撑，仰卧起坐两分钟得做十九个，才算合格。一项都不能少。而且还明确规定体能与调职调级都要挂钩，一句话，我体能若有一项不过关，年底就调不了七级。你知道团级和副师待遇差距是很大的。如果我调职了，咱就有可能分更大的房子。儿子大了，也该谈朋友了。家里再添人，咱们这个三居室就不够住了。”

“是不是这样你就借口不回家了？你想飞就飞到哪个野鸡窝了?”他腾地丢开我的手，站了起来。我压住火，站起来想扶他，被他推开。他一步三摇地走过茶几，我胆战心惊地看着地上的破玻璃，说：“你慢些，地上有玻璃碴儿。”他也不理我，踩得玻璃啪啪响，我赶紧跑在前面不停地为他排除危险。他终于走进了卧室，我长长吁了口气，立即扫起地来，边扫边自责。怪我说话不加考虑，还是新闻系毕业的，又在大机关工作多年，怎么连人的心思都摸不透。千不该万不该，这时不该提分房提职的事。嘉树刚提了副师，就成了这样子。我的话语，等于判了他的死刑，相当说家以后就靠我了。你说说，这叫什么话。哎呀呀，寒烟，你要长脑子，要理解病人的心情。这么一想，我望了眼窗外，阳光灿烂，花园里姹紫嫣红，陪他出去散散心吧。上午给儿子包的三鲜饺子多，晚饭现成。他爱吃饺子。

我推卧室门，才发现门已经上锁。我又想发火，极力控制住怒气，尽量使自己发出的声音柔和些：“嘉树，出来，咱们到河边走走，天很蓝，云彩朵朵，花开得正艳。”

没有声音。我轻轻敲了两下门，里面仍无动静。

他会干什么？又想啥？一道门，如堵厚厚的墙，使我无从知道他在里面干什么。会不会跳楼？这么一想，我敲门的频率增大了。他终于搭话了，说：“喊什么，喊？盼着我死呀？我就不如你的愿，我要等着我儿子娶媳妇，等着我孙子叫爷爷呢。”说着，门开了，他踉踉跄跄地从床边走过来，我忙扶住他的手。他说：“走。”

我怕他知道我哭了，悄悄地试干泪。去世的妈曾说过，日子就是往前推，现在，只有我一个人推了。

家，怎么处处是雷

“寒烟，你家老丁气色蛮好的嘛，这可都多亏了你的照顾。”“寒烟，你不简单呀，在单位，是处长，回到家，是好妻子，你看，俩人好浪漫呀。”我才走几步，这噪声，就一波接一波，搞得我一点儿都没心情散步了。我知道他们都是妻子的同事。住在妻子的单位，对一个男人说，总是气短。我无法清楚妻子的同事心里怎么想的，是看笑话，幸灾乐祸？还是发自内心的怜悯与同情？

可是我还得往前走，走在外面，日子就过得快些。寒烟挽着我的胳膊，出门时，给我戴上了墨镜，让我的虚荣心得到了部分满足。我必须去，我不去，她就不能逛公园，可带着我，她心情能好受吗？

一路上，她给我讲单位的事，讲路边的花、草、行人，我有时专注地听，有时就乱想了。比如这时，她在跟别人说话，说的都是家常事，好像都是女人。可真的没有男人在场吗？我怎么闻着香烟味，是中华烟那种特有的味道，好像还抹着男士兰蔻面霜。是她送给我的，小黑瓶。这么说，这个男人品位不低，搞不好他抹的面霜就是我老婆送的。这院里，都是她的同事。我因为病，离开了熟悉的军港，离开了我的大海，终于回到城里的家里。这个新家，我眼睛好时，只来看过一次，院子很大，有湖，有草地。当时家里还是空荡荡的，除了我买的一只大鱼缸，被我催着早早送来了。

年轻时不少战友曾跟我说有个漂亮的妻子，对男人可不是好事，当时我一笑了之，说我信任她就像信任我手下的兵一样。可现在，我没自信了，她仍漂亮，而我却成了这鬼样子。她毕竟才刚过四十岁生日。三十如狼，四十如虎。这么一想，我感到心似被一条缆绳扯得生疼。

我明白抓得越紧，散得越快。可放得太开，怕再也追不到了。想当年，不，想三个月前，是她抓我呀。老说不该一年前调到省城，两地生活，怕我提职后，在美丽的海滨城市的大机关守不住，被单位里一群莺莺燕燕迷惑，一会儿给我说：“儿子大了，我们在大学里相爱，后结婚，是年级里硕果仅存的一对，我们没了，整个新闻系的爱情神话就没人信了。”要不就说：“你走到这一步不容易，要好好珍爱你的翅膀呀，不要让某些事把梦想折断了，别说对不起养你的父母，对不起你的妻儿了，连自己都对不起了。”

“怎么了？给你说话呢。”

“咋了？”

她却不再开口了。公园有人跳舞，那种踢踏舞，想必是年轻人。有人唱歌，歌名是《大海》。过去我最拿手的，现在才懒得听这走调的。不远处传来突突的发动机声，想必护城河里有电动船。男人说，女人笑，好像还有孩子在争闹。声音奶声奶气的，不知男孩还是女孩。旁边的花是香的，不知红的，还是黄的。不知是月季，还是玫瑰。前阵，我还用手去触摸，现在也懒得摸了。知道了又能怎么样？再说，他妈的花再美与我一个瞎子有屁相干。

我说：“我累了，坐着歇会儿。你不是爱摄影吗，去照照。”

她说：“算了。”

我说：“让我一个人待会儿。”

“那好，我去练练跑步。三公里，十八分钟跑完才能合格。”

她走了，我一个人坐在椅子上，椅子是木制的，摸到手里，热热的。我把手搭在上面，阳光好温暖。不知过了多长时间，我闻到一股炒辣椒的香味，这么说，快到吃晚饭的时间了？平时手机都会在她下班时响铃的，今天出来有她，我就没带。

她走的时间也太长了。她去了哪里？跟女人？不会，她烦女人之间的婆婆妈妈。那么就是男人，一定是男人！我知道她有魅力，经常出去，男人都跟她说话。公园离家不远，他们会不会就在我家鬼混，就在我的床上，在我穿着漂亮军服的照片下羞辱我？他会亲她，会动她，甚至做一些我这个丈夫绝不能容忍的事。他也许就是那个中华烟？也许刚才他们就约好了的。平时他可能就藏在我家，怕我发现，会光着脚，在我眼皮底下行苟且之事？什么声音？嘭嘭个不停。接着一阵热气扑到我面前，接着那东西似乎弯下身子，像风吹火苗般，在我腿间蠕动着，好似朝我扑来。我听到了急促的呼吸声，闻到了汗水和喘气混合的气息，那湿润的舌头一会儿嗅到我脚面，一会儿又扑到我用前，我感觉像是一只狗。接着，那声音远去，我感觉一只冰冷、灵巧的手又试图拽起我，我紧张地站了起来。什么情况？看来还是家里安全，可我悲哀地发现，没她，我连家都回不去。家离这个公园还不到一公里。

“寒烟！寒烟！寒烟！你他妈的到哪浪去了？”我先是喊，最后就是声嘶力竭地大骂了。她是气喘吁吁跑来的，那急促的声音好像没撒谎，说：“我就在你不远处跑呢，第一遍，慢了五分钟，第二次慢了两分钟，准备再跑一圈……”

“跑个屁，回家！”我说着，大跨步地朝左边走。我知道她在后面，走得又急又快。别想糊弄老子，老子从小就能分辨出各种鸟叫的声音，又当了多年的声呐兵，练的就是耳朵。耳机里传来的声音裹挟着海浪、海洋生物和各型舰船发出的杂音，而我能从这十多种杂音中甄别出目标舰船发动机和螺旋桨的声响，据此判断出它的国籍、型号、甚至舷号。鲸鱼悠长的叫声、海豚的翻滚声、飞鱼划过水波的声响、小狗受伤时的哀鸣、小鸟求偶的欢音、车遇险情时紧急刹车声、火车穿过铁轨接合处的声音、老人浑浊的咳嗽声、电饭煲煮稀饭发出的冒泡声、打太极拳人的推掌声、长跑者快到终点时的呼吸声，等等，都逃不开老子的耳朵。

谁想一周后，好不容易等到周末，寒烟却打电话说她要开会，说已给我订了饭，一会儿会有人送到家里。让我听清是常到家里来送人的保安声音后，方可开大门。回来时，已经九点了，他妈的，四个小时，啥事干不了？趁她洗澡时，我特意闻了闻她的大衣，没有中华烟味，可怎么又有一股汗味？她身上闻不到汗味的，一定是男人！他妈的，贱货，一定是会男人了去了。

寒烟，我的妻，我的眼睛，我的司机、我的厨娘，我的拐杖。我梦想之光，烦恼之源。我离不了，管不住，我的灵魂，我的罪恶。让我大声吐气，再把它使劲咬断：寒——烟。寒——烟。叫一句，恶气消一半。

第二天，我向她大声宣布我同意找保姆了。条件是有文化，必须大学生，且学中文。还有，要聪明，当然，漂亮也是需要的。虽然我看不见，可漂亮又不只是脸蛋，声音好听，脑子反应快，文字处理能力强，身高一米六五以上，年纪二十五岁以下，不含二十五岁，会开车，会跳舞，有一定的写作水平，发表过作品的优先。工资我定。身上不能散发着劣质的化妆品味道。别糊弄老子，找个丑八怪我可不依。咱多年的声呐兵，鼻子灵着呢，耳朵那是我的千里眼，万里风。哈哈，好，就这样定了。你说选美？那你想差了，我一个瞎子，漂亮与我就如长了一双瞎眼，但漂亮，总是给家里增光的，对不对，处长同志。没想到她竟然同意了，可惜我看不到她的脸色，想必一张粉脸，气得煞白。哈哈，这就叫你道高一尺，我魔高一丈。

一周后，她说经朋友介绍，学生会推荐，家里要来一个女大学生，品学兼优，长相漂亮。小姑娘来了，寒烟先在家里带了几天，按她的话说，培训上岗，后来就放心地去当她的处长了。这样家里就只有老子和漂亮的女大学生了。寒烟也有要求，小女孩不能住家里，当然，不能，绝对不能。住了，不就易出情况了嘛。不住，也可能出情况。可这概率少。晚上是一个携带着罂粟的恶时辰。人得病多在晚上，犯罪多在晚上，暧昧多在晚上，当然欢乐也在晚上。我相信她一定这么想。怎么忽然间，我的情绪大为好转。哈哈，自从得病，再也没这么高兴过，我美美地喝了两杯酒。

我后悔怀疑妈了

一出小区门，我就后悔那样对妈了。

坐上高铁，眼睛一闭，眼前全是妈的影子。一学期不见，妈已有了白发，脸蛋全陷进去了，穿衣也没过去讲究了。两月前爸得病，妈一直没告诉我，我还是从同学处得知的。当时我担心可能都无法上完大学了，工作在妈心目中，那可是她体现人生价值的唯一途径，她怎么可能不工作，整天在家陪着爸爸？况且她深爱自己的那身绿军装。我是怀着不安的心情跟妈打电话的。我不知道跟爸怎么说，更不敢听他声音。我不能想象一个男人正在事业如日中天时，忽然得了这样的病，他如何应对？妈说，没事儿，你安心上学，有妈呢。一听这话，我竟有种如释重负的感觉。我无法想象病中的父亲会是什么样子，更无法想象妈每天是怎么过的。可是大学生活毕竟有更多好玩的事，比如谈恋爱，比如看电影、上网、打游戏，跟同学一起去吃饭、踏青、旅游，哎呀，要干的事太多了。

当我真的回到家，看到爸一刻都离不开我，我对妈就有了恨意。没得病前，爸可是一表人才，海军大校，两月不到，从一只眼睛看不到到一双眼睛看不到，据说与常年在水下生活有关。

爸说妈妈起初对他不错，后来看病不能好时，就对他态度变了，经常借口单位有事，让邻居、保安给他送外卖，还再三说要给他找保姆。爸说这话时，哭了，我也心里很不好受，跟妈妈好几天都不想说话了。

可真跟爸待了一个多月，说实话，我理解了妈妈。爸爸说妈妈外面有人，他怀疑那人经常到家里来。我不相信，可是我又一想，妈妈也是人，又那么漂亮，谁能保证没人喜欢她？爸爸那样了，妈妈难道就这么甘心守着？况且他们以后的岁月还长着呢。

唉呀呀，我怎么这么乱想呢？不想了，打球去，反正这一切都会过去的。好在，家里有妈妈。

对了，我先给妈妈打个电话。

妈妈说她在给爸爸洗澡，我不知怀着一种什么心理，按平时要放电话了，可这时，我却忽然说，你让爸爸接电话。

我说爸爸，你在洗澡？

爸爸笑着说，对呀，你妈在给我洗澡，我说我一个人行，你妈非要给我洗澡。这不，就洗得很舒服。你放心，儿子，好好学习，争取将来当个银行家，这财经大学，可不是白上的。

放下电话，我唱着歌，去打球。

刚爸爸给我打来电话，说，新找的保姆很聪明，又能干。这我就更放心了，有保姆，妈妈也轻松了，当然我就不用掂记他们了。

咱是陪读，懂不?

我无论如何没想到我竟当了陪读。我宿舍同学很无知地说什么陪读，那比保姆还下作，也就是不光彩职业的另一种叫法。我说你们真无知，我只是给盲人读书罢了。你以为什么人都有当陪读员的资格？告诉你们吧，我是经学生会推荐，经主人考核，男朋友介绍才去的。

简·爱三姐妹，给人当家庭教师，我比她们还上档次。是陪读。陪一个海军大校读书，要是没水平，怕不到两分钟，就让人家踢出门了。

同学们嘻嘻一笑，说：“陪读，读得火花飞溅，再深一层，不就陪那个了嘛。”

我本来要发火的，可我才不会拿别人的愚蠢来气自己。这个世界上只要我男朋友黎光不在乎，我就无视任何人的态度。再说我还要读研，学费我给妈说了，靠自己挣，这工作是黎光给我找的。他说他同室哥们都说，他是把一只羊送到了狼口。黎光说这话时，一双小眼紧紧盯着我，我歪着头，笑眯眯地问："那你怎么回答他们的?"

黎光寒光闪闪的眼神盯着我，说："你猜?"

我笑笑，说："好了 ，那人喜欢什么，给我提供相关资料，我要做足功课，方战无不胜。"

黎光一把把我拉得坐到他怀里说："我感觉有些后悔了，对方要真是狼呢?"

我抱着她的头，说："你睁大狗眼好好看看，你女朋友是一只任人宰割的羊吗？再说不还有你这么一个弹无虚发的狙击手随时等待出击吗?"黎光哈哈干笑了两声，说："我的女朋友脑袋里可装着一肚子锦囊妙计，还对付不了一个瞎子？就当组织考验你了。不过，千万别轻敌，你看这是丁江树的资料，说着，他递给我手机，我一瞧，不禁肃然起敬。

丁江树：男，一九七〇年五月九日生，一九九一年毕业于解放军政治学院新闻系、海军潜艇学院。山东蓬莱人，历任声呐兵、机电兵、鱼雷班长、某潜艇政委、基地主任，大校军衔。

其妻寒烟，一九七六年三月出生，曾与他大学同学，现某部宣传处长，上校军衔。

我看了一眼，摇头道："太简单，我要他们更具体的资料，比如兴趣、爱好，有无孩子，孩子多大?"

"你要这么详细，插足呀?"黎光眉头皱起来了，

"真是笨到家了，还硕士生？知己知彼，方可百战百胜，你不懂吗?"

黎光迟疑片刻，不情愿地在手机上又输入丁江树与妻子，丁江树与解放军政治学院，丁江树与海军潜艇学院。没想到，网上还有不少关于他的报道，这一搜，不少资料全冒出来了。一句话，丁江树是一名优秀的海军军官，发表过多篇作品，比武获过奖，立功数次，还有一个二等功，名副其实的文武双全，还是一个合格的丈夫和爸爸。据一篇通讯稿他妻子自述，儿子得病，在医院陪护的都是爸爸。我说："好了，你忙你的去吧。"说着，

打开笔记本电脑，边看边在手机记事本上挑重要内容，一一记录下来。

我虽然准备得足够充分，可一进门，还是怯了好半天。

女主人并不是我想象中的军队女干部那种特革命的飒爽英姿，相反，看起来柔弱，说话也文气。可一见她，我原有的怜惜感荡然无存。对了，我想起来了，她跟丈夫一样也是学新闻的，身上有股女知识分子的清高和傲慢。她打量了我一眼，说："进来吧，老丁等着你呢。"

然后我就看到了我的聊天对象。

他真不像中年人，浓发、细肤，腹部平坦，一副墨镜遮住了那怕人的眼睛，显得比网上照片还帅。

我说："丁叔叔好。"

他阴着的脸慢腾腾地抬起来说："我有那么老吗？称我大校。"

"大校好。"这次我明白了瘦死的骆驼比马大的确切含义，叫他"大校"的声音大了一分贝。

他仍冷冷地说："我职务是副师，副师是什么概念，你懂吗?"

我心里冷笑一声，心想，都惨到这步田地里，还念念不忘头衔，官迷一枚。嘴上却是羡慕的口气，说："当然知道了，在我老家，跟市长官一样大，我妈每每骑着三辆车带我走过市府时，说，咱们市长在那儿办公。市长是谁嘛，孩子，就是咱们这个城市的老大。"

"看来脑子还好使。简要给我介绍下你的形象与个性魅力。"

这话让我听得好一阵紧张，忙回头瞧了一眼，客厅里只有我跟他，我转过头脸有些热热地说："还行吧。"

"什么叫还行？你不是中文系毕业的学生？老师没教你怎么写自我鉴定？给你三分钟时间，从个人形象、品行及能力，用最精准的语言，给我汇报。"

我沉思了一下，说："我，王玗，一九九二年九月出生。身高一米六八，体重五十公斤。至于长相，自己说了不算，据同学说中等偏上，皮肤细腻，性格柔中有刚，认死理。我男友说我人看着还算能吃得下饭（怕他有非分之想，赶紧把我的狙击手男朋友先抬出来，把他的不良之念消灭在萌芽状态）。虽不敢说德才兼备，但品学兼优是老师的评语，这次学校保研就是明证。自我感觉皮肤虽白，尚细腻，但左额有豆痣一个，听说不祥。

人不聪明，还算好学。信奉诚实，讨厌虚假。对小猫小狗神灵万物，皆抱敬畏之心，悲悯之情。”

我还要说，他摆摆手，电视机旁边有把小木椅，我拉过来坐到他对面。他可能感觉到我坐到了他对面，脸直视着我道：“怎么没回答你平时喜欢什么？”

我没回答他的问话，言道：“大校喜欢听我聊什么，我就聊什么。我知道得虽不多，可网上啥都有，我若不知道，会尽快查清，再向您汇报。”

“爸妈干什么工作？为什么来照顾一个瞎子？”

“我不是来当保姆的，是来陪你聊天的。”

“还不是把猫叫了个咪咪，半斤八两。告诉我，你爸妈干什么的？家在哪儿？为什么来照顾一个瞎子？说实话。”

“爸爸跟妈妈离婚后，妈妈下岗了，我想自己挣钱交学费。”

“你喜欢你所在的城市吗？”

“不喜欢，我家在西北的一个县级市，位于盆地里，整天都是雾霾，啥地方都灰蒙蒙的，人好像也是一个模子刻出来的。不过，我喜欢吃我家的臊子面，可香了。上面放着豆腐、海带、蛋皮。蛋皮你知道怎么做吗？就是把鸡蛋摊成片，再切成菱形，很好吃。”我看他认真地听着，又说，“如果你想吃，我可以给你做，我会擀面条。还会包饺子、包子，只要北方的面食，我会做十七八个花样。但我不是保姆，吃饭须跟主人同桌。还有，我只陪你聊天，其他事统统不干。这两点，必须达到共识。”

“你学的可不是家政，我请的也不是保姆。”

“我考试成绩年年都是年级第一名。这是我的考试成绩。”我正要给他，才想起自己太笨蛋了，便说，“对不起。”

他没有生气，上嘴角咧了咧，但没笑，又问道：“中文系的高才生，你读过《西厢记》吗？”

“没读过，听说过有一出戏叫《拷红》。”

他扭了一下脖子，我估计他对我不满意，马上说：“我回校就去图书馆借。”

他手往茶几上摸了一下，不知是因为没把握，还是改变了主意，又抬起手指梳理了几下头发，看茶几前放着粗粗壮壮的棕色保温杯。我在商场见过，是磁化的，再看旁边还有两个杯子，有玻璃的，也有紫砂的，比这小一号。我犹豫了一下，把磁化杯打开，一股醇香的茶味扑入鼻中。我递到他手里，他喝了一口说："你计划跟我聊什么？"

我顺着查到的他相关爱好说："聊新闻，聊时政，聊优秀的文学作品或中国历史，或者也可聊聊你的大学时代。你的爱情故事，你的从军经历，都是我感兴趣的。采取的方式是我先听你说，然后作为交换，我可以给你也讲讲我的大学生活。你是七〇后，我是九〇后，虽有代沟，但差异也是一种学习对吧，大校。"

说到这里，我瞧了一眼他的反应，他嘴动了一下，马上又闭住了。这鼓励了我，我接着说："咱们方式多样，只要你配合，我管保让你谈得兴致盎然。你要知道，我在学校，可是讲故事的高手，听得我们同宿舍的同学不停地说，后来呢，后来呢。大校你看，这样行不？如同意，我就回去做准备。我现在空档，除了我参加研究生复试不能来外，在明年九月开学前，其他时间，我随叫随到。"

"你叫玗？王于的那个玗？嗯，名字不错，二十二岁，好年华，那么王玗，明天上午八点，准时上班。我是军人，时间观念极强。"

"明白。"我出门时，女主人不知从哪间屋出来了，她家房子都在走廊里。她说："你是第三个应考者了，祝贺考试通过。"

我说："谢谢处长。"

她笑了下，这是我看到她后的第一次笑，笑得还挺好看。边下楼，我边排算，一个月，不多，三千块，可以了，比我打工强，等明天开学了，我就成研究生了。我要蹦，忽感觉头顶好像有人，仰头一看，主人家的窗帘动了一下。

谁？肯定是女主人。背后有眼睛盯着可不妙，不过，咱行得光明，遇事不怕。走起！

主人家书真多。书是男主人的，女主人从不看书，只看没完没了的材料，边看边用笔划。可爱看书的男主人却看不成书了，人生就是这样，买金偏撞不着卖金的。比如我，长相好，成绩佳，可是因为爸爸跟别的女人好了，妈妈没工作了，我只好边打工边上学。

女主人对我起初很好，后来好像对我老不放心似的。她也真是的，把我当成什么人了。难道我会爱上一个瞎子？笑话，对他好，说好听些，是职业道德，拿了人家的钱，给人家服好务，天经地义。说难听点，为了多让他给我钱。他经常背着女主人给我钱，先是一二百的，后来一千，我拒绝了，咱可不卖身，我有男朋友，他是我的师兄，在上研二。他说等他毕业了，找个好工作，安定了就娶我。

男主人说，我误会了他，他给钱不是想跟我干什么，而是去检查他妻子离开家后都干了什么。

一听这话，我感觉这个中产家庭看来不像表面那样风平浪静，这倒是个新任务。我只好接受了，做这样的事，在我看来，不地道。

我把男主人带到院子花园安置好，然后尾随着女主人到了电影院。一个女人到电影院去看电影，要么就是孤独，要么就是约会。我买了一张票，跟她隔着一排就座。

不久，她左边坐了一个男人，跟她年纪差不多。右边一个女人，比较洋气。她跟男人和女人都没说话，可我总觉得奇怪。电影实在好看，是爱情片，大海、草原、温泉，正是我想象中的幸福生活，电影结束曲响起，我才顾得上再盯女人，糟糕，目标不见了，旁边的男人也消失了。

这事闹的，怎么给主人交代？

有了，先不告诉他实情，但可以告诉他可能有情况，在电影院。我也没说假话，好好的电影还没结束，就不见了，肯定有猫腻。会看电影的人都知道，要把后面的字幕和音乐都全部看完，直到END出来。

我把情况报告了男主人，他让我不要慌，要记着留证据。就是拍照片。他还给我买了华为最新版手机。为了新手机，我也要不辱使命。

盯了好几次，女人上班下班，一切正常，可男主人认为我骗他，扬言要开了我，我一气之下，回校找朋友说不干了。

可好奇怪，昨夜躺在男朋友的怀里，我竟然梦到了男主人。他告诉我他眼睛好着呢，是故意装看不见的，他想看看他看不到世界时，他的朋友和亲人如何对待他？忽然一只手打在我头上，我惊叫一声，说：“你怎么能对我动手动脚呢？”灯啪地亮了，男友正盯着我看。我一下子坐起来，说，我……我个不停。男友说：“我刚才梦见蛇咬我，是不是打疼你了？”我松了一口气，说：“不疼，睡吧。”

又做梦了。男主人正在洗衣服，是给我洗衣服，洗的是内衣。

这都是什么乱七八糟的梦。我对男友说："你毕业后，咱们就结婚。"

"为什么那么心急，你不是说三十岁才结吗？"

说实话，我心跳得像小鼓。我摸着男友细嫩的手，眼前却不时闪现着一双粗糙的手。

这时，女主人打电话来说，男主人让我尽快到家，他有事找我。

我上了一艘再也无法上岸的潜艇

王玗不错，我原以为待不了几天，她就烦了，没想到我们竟然聊得挺投机。

起初我让她给我念卡夫卡的《变形记》。她的声音真好听，当念到格里高尔的爸爸一手拿报纸一手拿拐杖把儿子往房子拨时，她忽然不念了，说心里难受，要换一篇文章读。

我说继续念！

当念到格里高尔妹妹说"他不是我哥哥，他是一个怪物"时，她哭了。看我半天没说话，又说："你不要难过，你的妻子很爱你，你的儿子也爱你。"

她真是聪明，怎么猜中了我的心思？

她读完后，我说卡夫卡写《变形记》，最让我叹服的是主人公变成甲虫后下床开门的细节，这很考验作家的功底。最让我感动的是这一段："萨姆沙先生和太太在逐渐注意到女儿的心情越来越快活以后，老两口几乎同时突然发现，虽然最近女儿经历了那么多的忧患，脸色苍白，但是她已经成长为一个身材丰满的美丽的少女了。他们变得沉默起来，而且不自然地交换了个互相会意的眼光，他们心里打定主意，快该给她找个好女婿了。仿佛要证实他们新的梦想和美好的打算似的，在旅途终结时，他们的女儿第一个跳起来，舒展了几下她那充满青春活力的身体。"我问她读了这一段，有何想法？她说："你意思是？"

我说卡夫卡尽管对文中的小妹妹失望，但他仍然期望假如自己真的没有能力再给家里做贡献了，小妹妹仍然能够有好的生活。让我看到了作家悲悯情怀。还有，"葛蕾特的眼睛始终没离开那个尸体，她说：'瞧他多瘦呀。他已经有很久什么也不吃了。东西放进去，出来还是原封不动。’”我认为这一句，表明作者已经原谅了这个小妹妹，而这个小妹妹在我心里就不是一个可憎的形象了，相反她有了人的质感，这是此作品的魅力所在。

我刚一说完，她忽然说：“大校，你比我们老师讲得还好，你好有艺术感觉呀，你为什么不把你的人生故事讲出来，我写下来？我做你的笔，好不好？”

一听这话，我心里一热，眼泪差点掉了出来。

她是一个好听众，不，还是一个很好的诱导师。她让我想起了我的大学生活，想起了我中断的军旅生涯。三十年了，我怎么能忘记我的从军岁月，我的大学时代？我给她背“黑夜给我黑色的眼睛，我却用它来寻找光明”。我给她唱“冬天的一把火，熊熊火焰燃烧着你我”。我讲尼采，讲苏格拉底，讲蓝色文化，讲我们在学校饭堂里的舞会，讲我跟妻子亲吻时，咬破了她嘴唇。

她笑得连问我为什么呀？

我说军校不让谈恋爱呀。

她说：“我的天呀，天呀，笑死我了，你快摸摸我的心跳，是不是跳得特别厉害。”她说：“对了，初恋是什么滋味呀，大校？”

我说：“别叫大校了，就叫我哥吧。”

她说：“那不行，大校就是大校，大校，那是什么滋味？”

“你不是谈过恋爱吗？”

她说：“不一样嘛。我好想上世纪八十年代末呀，你们亲个吻，都能咬破嘴唇，想见那时性是多么压抑。我有时想，那也好，得不到的东西人才珍惜嘛，那时写信，十天半月回信才到，就像十八九世纪送信人，载着一封信，赶着马车，跑遍大半个城，多有意思呀。我就不喜欢手机，你走到哪儿，就打到哪儿。”

我说：“你这个小姑娘挺有意思。”

她说：“因为你有意思，我才要变得更有意思，否则我怎么能胜任这份工作呢。”

她像孩子似的拉住我的手，说：“你的大学生活多有意思呀，你再给我讲讲。就讲讲你们的教室什么样子的，那时你们跳的什么舞，唱的什么歌，吃的什么小吃？大校，快讲讲呀，我可喜欢听了。”一听到她甜美的声音，我又亢奋了，说：“好，你要记下来哟，否则我不会讲第二遍的。”

她边听还边说：“你讲慢些嘛，我记下来，多有意思的写作的素材。”

我说：“你写，我无偿把我所有的经历全给你，我当潜艇兵从战士到大校主任，整整在大海上待了三十年，可有意思了。”

“哇，潜艇，我从来没见过，大校，我愿给你当秘书。那个丘吉尔不就有女秘书么，保尔·柯察金不是也有女秘书吗？还有宋庆龄不也给孙中山当秘书嘛，还有那个许广平。”我一听她还要说，忙说：“王秘书，就这样办，咱不扯名人。”

“要得。”她说着，拍了我一下掌。

从来没有什么救世主，老子要自救，不再看别人眼高眉低，老子还不是废物。至于寒烟，爱去哪儿就去哪儿，一个四十岁的老娘儿们，能浪到哪去。爱跟哪个王八约会，尽管去，老子有年轻漂亮的女大学生陪着，不吃亏。

我要借助漂亮的女大学生之手，写出一部惊世之作。不，也不惊世，只聊以自慰，老天把我逼到这步田地里，我总不能等死吧。死容易，一口气的工夫，可我不甘心。最近听了《追忆似水年华》，咱也是新闻系的，也发表过一些作品，又在潜艇待了多年，有别人没有的生活，就不能当个作家？就像保尔·柯察金、贝多芬，身残志不残，趴着也要在这个热闹的世界里，为自己争份席地。

这一夜，我竟然一觉睡到天亮。触龙说赵太后，舍不得孩子套不住狼，咱得先把小丫头片子忽悠得神魂颠倒了，不怕她不帮我向我规划的阳关大道前行。

先解放思想，再付诸行动。对，干革命要循序渐进，这是第一步。想了好几天，我终于琢磨出了第一句：

> 当了三十一年的潜艇兵，我终于回到岸上工作。没想到，六十二天后，我又下到另一个潜艇，再也没上得了岸。

小姑娘一听，拍手叫好：“大校，一听，这就是名著开头的样子，咱写完第一部分，先发微信，再放博客，我让我男朋友放到学校的公众号上，让朋友群、同学群、老乡群、姐妹群，等等群一一转发。大校，你一定会红的，会红遍全中国。宣传文章标题我都拟好了，你是新闻系毕业的，看行不行：潜艇大校盲眼著书，水下世界刀光剑影。世间多少事，没人写，就无人晓。你一定能成功。”她说着，握住我的手，哎呀呀，真是一双娇嫩的手，可惜我看不到，年轻的手感真好，使我一颗沉睡的心渐渐复苏起来了。

被我猜中了

儿子说大学毕业后，想去北京发展。说实话，我内心很不情愿。儿子虽然不能全心照顾他爸爸，可有他在身边，我心里多少踏实些。可我不能自私，堵了孩子前程，同意了。嘉树没有说话，搂着我，像孩子一样哇哇大哭了。他在潜艇工作三十年，每次出航，我送他上船时，他都说你要做好准备，如果……我马上捂住他的嘴，搂住他的脖子，死死地不想松开。他没有流一滴泪。八年前，出航潜艇遇上暗礁，全艇人都哭了，他没有。现在，他却在我怀里哭了。就在那一刻，我理解了什么叫夫妻。扯上爱情，虚了点儿，那是年轻人的事。人到中年，我感觉夫妻就是对方的胳膊、腿，已经习惯了彼此相依，没了哪一个，都失了血肉和筋骨。

可我实在受不了他的猜疑，真想离开家，躲到远方一个清静的地方，让自己静静。好朋友提醒我，说你是领导干部，还有上升空间，抛弃残疾了的丈夫，这可与众人心目中解放军形象不符呀，想想社会舆论吧。可猜疑是把断魂刀，戳得我五脏俱碎。

原谅他，可以，毕竟我们一起生活了二十年了，而且还曾经在大学共读两年。可让我恼怒的是他竟然让小保姆盯梢，这传出去，我怎么在单位做人?

王玗刚来时，比较单纯，盯了我几次，我回家她都不敢看我的眼睛，我便啥也不说，只送了她两件新衣服，只想让她对爱人好些。没想到几件衣服，她就再也不跟踪我了。其实，盯不盯，实在无关紧要，人到了这个岁数，对爱情，除了失望，还是疲惫。让我好奇的是，她怎么给我猜疑心重的丈夫解释的，使他中止了这荒唐的举动。

更让我讶异的是，小姑娘来了不到半月，爱人竟变成了另一个人，比他健康时还有活力。我下班还没进门，就听到欢快的笑声和低声而亲昵的交谈声，他竟然叫她小狗，那可是我们热恋时，他给我起的外号。我一回家，一切欢快瞬间烟消云散，而我好像误闯入别人的家了，浑身不自在。小王一看到我，脸上虽然还挂着笑，明显充满了不安、惊慌，连语调都充满了虚假。让我恼怒的是，小王没有告诉他我已回家，我也没出声，可我一进门，就能感觉到他们的默契，他们以一种虚假的方式来应付着我不合时宜的闯入。跟我生活了二十多年的丈夫，刚刚还在欢笑，因我的回来，脸上木讷而酸楚。如果让我描述所见，那么就是一幅如此让人沮丧的画面：严肃的男主人；规矩听话的小保姆；傻瓜一样的妻子。

现在，我出去一天，他也不刨根问底了，一会儿不见小王就问半天。她呢，虽然嘴上大校大校地叫，可那眼神，分明就是瞧恋人的那种，灼热得足够烧死一只大象。

他说他们在写小说，他情绪好极了。晚上搂着我时，跟我大谈他小说的某一个细节，某一个人物的塑造。他终于走出了精神低谷，这不是我盼望的吗，可我怎么一点儿也高兴不起来？他说文中有个轮机兵想家了，就一次次地给战友讲他家的泡桐树，讲他家桑椹结得多么的繁密。结果每个战友听得都能背了，给他起了个外号，叫“他家的”。我说此人写得好，他马上接口道，是小王建议加上的。那一晚我们做了爱，他说好久没有这么痛快淋漓了，可在我看来，也许在他脑海里，躺在他身下的就是小王。

过去他嘴里动不动就是潜艇，现在他一张口，就随身携带着要写的书和王玗。魔鬼王玗。

他爱上了别的女人，我离开他，不正是机会吗？可为什么如此的难受？难道是小姑娘的爱，使我发现了他潜在的价值？还是我潜意识有一种优越感，不容许别人对自己东西的占有。我跟嘉树多年生活，虽谈不上如胶似漆，却也相敬如宾。

我盼着那小姑娘开学，她走了，我可以给爱人当秘书，我新闻系的高才生，又在大机关当宣传干事、处长多年，文字功底难道还不如一个毛丫头？要写，也得推倒重来，我不容许另外一个女人的声音再在我家像鬼魂一样弥漫。

谁想到小姑娘整天往家跑不说，还说即便上了研，功课也不会太紧，她还要来帮着记录小说，写书不能半途而废。难道她看上了一个瞎子？为了省城的户口？为了房子，他在青岛有套三居室，他病了后，我把他接来，想着好好照顾他，准备把房子卖掉，他坚持不同意。还是为了其他？起初我不相信，可是女人的第六感相当准。活了四十多岁，一个小女孩的神态我能看不出？她的眼神、举止，瞒不过我的眼睛。如果是她一厢情愿也罢了，知夫莫如妻，我感觉我身边的这个人也变了。他睡觉打呼噜，常吵得我睡不好，过去我提出分开住时，他几天都不跟我说话。前两天他忽然让我搬到儿子屋里，说怕影响我休息。什么意思？难不成他心里也长了虫子。

当我缝他睡裤前开即将脱线的扣子时，发现竟然有人捷足先登了，浅色扣子，缝的线却是粗黑线，针脚粗笨而淫荡。

我感觉，他现在有了多种角色，在我面前，他听话、顺从、和气，再也不发脾气，可我知道，这一切告诉我，他在我面前戴上了面具。一个离我越来越远的面具。他试着想摘下这面具，可越摘越让我难以忍受。我们就像两个曾经相携前行的伙伴，忽然间一个人不想走了，可拂不开面子，只好跟着对方走，走几步，回头望望，欲言又止，再挪一步。走的人难，等着的人更揪心。

他们竟然去了他的老部队，也是我曾经的老部队，在我出差时。如此的招摇过市，把我结发之妻置于何地？她的男朋友知道又该咋想？我的同学可是他男朋友的老师呀。家丑绝不能让熟人知道，我好歹也是一个有脸面的人。

吃不香，吃不着，我第一次理解了丈夫对我的猜疑，体会到他派人盯梢的心情。

不行，我得找她男朋友，这个念头强烈到我好像被人推着，不去，啥都干不成。我借口到他们学校找个熟人，顺便去看他。他们两人一间宿舍，老远就闻到一股脚臭味。

她男朋友一见我，怔了一下。我解释说离开大学快三十年了，想看看现在的大学生是如何生活的。他又是递水，又是递苹果。一看就是个特有主见的孩子。桌上放着王玗的照片，穿着一件白色连衣裙 ，很是清纯。

小伙子衣服脏了，胡子没刮，难道王玗好长时间没来看他了？我拿起那张照片，笑着说：“小伙子你女朋友长得可真漂亮，得盯紧些，现在我们院里可有不少年轻小伙子望着她眼睛都发直了。”

他笑了，说：“我放心她。”他说着，端起茶水递给我，可手明显有些哆嗦，难道真被我猜中了？

我感到浑身发紧，心里抽噎。放弃他？还是让小姑娘走？放弃他，我身体是解脱了，可心里怎么总是割舍不下？万一他被小姑娘骗了，以后生活更艰难，我还能回到他身边吗？毕竟我们深爱过。还有，是不是给儿子打电话，他毕竟成人了，且是我唯一的亲人。

盲眼能传染吗

这几天我怎么感觉我是简·爱，他就是那个满目沧桑的罗切斯特先生？这个感觉可不好。两周了，我一点儿都不想见男友。我心里怎么生出这个念头？荒唐。

我可以堂而皇之地说，我离开他，他的小说就无法完成。他的书已经写了一半，在网上炒得厉害，有好几个出版社已经盯着他了，而他说，他的书离不开我。他说我在他面前，他才文思泉涌。而他却不知道，他使我知道懂得了世界上有那么多的好书，那么多平凡的军人。他的肚子里装了许多有趣的事情。每次，他一开口，我就想笑。他把我叫什么，你们猜。他一会儿叫我小狗，一会儿叫我小兔，一会儿又叫我小白菜。好吧，我承认，他风趣，会体贴人，有成年男人的魅力。我不为钱，不为户口，就是被他本人迷住了。

他说：“你知道为什么画里不能表现人的愤怒，而诗里会吗？小坏蛋，读读《拉奥孔》吧，我敢说，你读了，肯定会很漂亮。不信，你就试试。”

“小狗儿，怎么今天话不多，什么，你对人生绝望了？小小年纪，知道绝望一词是怎么写的吗？看看电影《遗愿清单》，就知道了。要把心静下来，把手机放到远处，走进人物心里，跟着电影里那两个病人，去体会他们只有半年或一年的时间，去体会那个黑人第一次跳伞的感觉，体会那个富翁一个人守着大房子的孤独，或者来采访一下我这个已居黑暗四五个月人的心理感受。”

“今天就采访？告诉你，小女孩，就像我们潜艇在深海中，所有的浪涌向你，所有的危险全齐聚你周遭：空中有飞机，海面有舰艇，你真不知道还能不能再上岸，能不能看到阳光和天空？对了，说到这里，我可要告诉你，你是我得病后最信赖的人，为什么？因为我在你身上闻到了一股气息，这气息不是化妆品，是雨的声音，是风的气息，是一个还没有污染的孩子身上散发出的纯真味道。”

“何以见得?”

“你第一次跟我说话，叫我大校时，那声音充满了害羞。你递给我水杯时，我感觉你手指在颤抖，手心有汗。你说你脸上有痣，可我听说你皮肤是光滑的，是白净的，这还不能说明你真纯吗?”

“你刚来那天我让你给我念《变形记》，你起初不念，后来哭着念。我妻子给我念过，她没哭。我儿子给我念过，也没哭。只有你是哭着念的，我知道你心软，你能猜出我像格里高尔一样怕被家人抛弃。”

他絮絮叨叨，像个老大妈，可不知为什么，我竟然现在一离开他就急着来看他。如果你刚离开他，又想跟他在一起，难道就是爱?

他说着捂住了眼睛。

我知道他流泪了。我默默坐到他跟前，把手轻轻搁在他肩上，说：“你放心，我永远也不会骗你。比如你的眼睛，我刚开始，就很害怕，可现在，我不怕了，因为你是我的亲人了。”

他说他只有一个心愿，就是能看一眼这世界，可这世界，我只能用我的语言来向他细细描述。我给他说今天天空上的云像群山，像彩练，像羽毛，可他还是说，如果让我看一眼就好了。

他说他的故事一辈子也讲不完。我第一次懂得，迷上一个人的灵魂是多么的可怕。我忽然感觉我不是我了，理智使我想躲开他，我有一周没去，我想让自己往明白地想，可我发现自己瘦了，我真的像《西厢记》上那个崔莺莺，一听张生走，立马松了金钏。他让我一定要上研，他说他要供我，说我是一个好作家的苗子。可他妻子忽然说不用我了。我给他打电话，也没人接。我想一定是有人控制了他。

可怜的他呀。一个盲人，在世界上是多么的无助。我接触了他，才了解了这个过去从不会去想的世界。

他让我清晨起来跑步，叫我别睡懒觉，教我珍爱大自然，用自己的皮肤、声音和感官去感受生命中的每一个过往，一只猫，一只狗，一片落叶的形态或经脉。他说当你看不到这个世界时，你才知道自己有多遗憾，你才会多么留恋这个你曾经没在意的世界。

我最喜欢听他在潜艇的生活。他三句不离潜艇。想起他给我说潜艇长得啥样时，我禁不住笑了。他说潜艇你见过吗？我说我连真的大海都没见过。他说潜艇我怎么才能给你说清呢？他挠了一会儿头，说，对了，它像只鲸鱼，我们潜艇兵就是在鲸鱼肚子里战斗。你总不会说你连鲸鱼都没见过吧。说实话，我在动物园见过猴子、老虎，还真没见过鲸鱼。他叹了一口气说，给我拿纸来，我给你画潜艇。他边画边说，潜艇的形状是圆柱体，中部设立一个垂直的塔，叫舰桥，也就是指挥塔，它是潜艇的大脑，里面里有通讯、感应器、潜望镜和控制设备。又指着鲸鱼肚子上一个圆说我们就是从这个口里下到潜艇肚子里的。潜艇是令人胆寒的国之重器，它无声、隐形，游弋在大洋深处，游弋在人们的视线之外，是制敌的法宝。

我听得云里雾里，没说话。他可能听出了我的不耐烦，声音又高了八度，说："你渴望旅行吗？潜艇兵不用花钱，不用办护照，就可以环球旅行。站在舰桥上，可以看到美丽的大海，可见异国风情，可瞧沙滩上帅哥美女。"

我说我心目中那在水面上航行的带着高高的发射炮的军舰才带劲。

他嘴一撇，说："你知道什么兵要求最高？潜艇兵，不但要求文化水平高，心理素质也要过关。男人嘛，当兵当然要当潜艇兵。"

我有点小感动，便道："你还想着你的部队？"

他半天才说："我的病可能就是因为我离开了潜艇，老天对我的惩罚。"他说："你知道我为什么听力好，不是因眼瞎了，而是我过去在潜艇声呐岗位上待了好多年。声呐是什么，就是潜艇水下的眼睛。可笑的是，老天把我真正的眼睛剥夺了，却让我的听力异常的敏锐。"

不知是他的故事，还是他的声音，反正我越来越想见他，甚至梦中看到一身帅气的海军服，向我走来。

有天他忽然说："你这么向往海军生活，我带你到我的部队去玩玩。坐高铁，也就一个小时。不过，潜艇兵并不是你想象的那样浪漫，千万别失望呀。"

我说哪能呢。

二月末的北方大海，宁静，寂寥。海风吹到脸上，硬而冷，沙滩游人稀少。军用码头倒是热闹，笛声不停地长长短短地响着，吵得人心里慌慌的。我虽有了准备，但潜艇比我预想的还难以忍受。官兵穿的并不是我在电影里看到的白军装，一件类似工作服的蓝色工装，油乎乎、皱巴巴的。大校说那叫作训服。船舱如春运的车厢，狭小、拥挤、闷热、汗臭。水兵睡觉是帆布式的可拆卸式吊铺，睡时装上，起床拆下。有三四层，层与层之间只能侧仰而入，人要翻个身都不易。让我惊诧的是水兵没有固定床位，两人共用一张床，一个人值班，另一个休息。

舱与舱之间有一个比脸盆大不了多少的圆形水密门，进去时，弯腰、低头、跨腿，稍不协调，头上就会碰个包或磕青了腿。

在潜艇走路，只能猫着腰，艇内两侧管路密布、仪器设备林立。卫生间很矮小，因为潜艇排污容易暴露，每个人要克制如厕次数，就得少喝水。我第一次见二十四小时刻度钟，官兵们靠它分辨时间。空气中永远有股刺鼻的汽油味，让人一刻钟都无法忍受。

他给我说，每次出海前，官兵们都会留下家书，小到电话号码、银行卡密码，大到房产证，事无巨细。因为每一次出航，随时可能面对着生死。

听到这儿，我说，真没想到还有这么一个世界。

他叹息了一声，说最难熬的是寂寞。在航海期间，潜艇上的官兵们不能使用电子设备和网络，长时间处于密闭、狭小的空间里，对人的生理和心理都是巨大挑战。潜艇兵不光要忍受艇上的高强度工作，还要耐得住深海航行的寂寞。特别是极限长航和极限深潜，那真是很考验人的，我们最长的一次长航是九十三天，你想想，在海上，大部分时间在水下，看不到蓝天，闻不到新鲜的空气，听不到花香鸟语，只有对时间的麻木，空间的麻木，对万物的渴望。渴望阳光、渴望新鲜空气、渴望闻土壤的气息。大家最盼望潜艇浮出海面，轮流到舰桥上去透气，那真是幸福的时刻。

我说没想到潜艇兵太苦了。他说不但苦，危险，远胜于其他部队。浩瀚的海洋，表面上天蓝水绿，风光旖旎，可是水下却是刀光剑影、暗战汹涌，我们的潜艇从来没有一帆风顺地出去过，随时可能面对敌人来自空中、水面以及水下威胁。但仍有很多人愿意当潜艇兵，因为它虽然危险，但充满了挑战。他说大家最爱说的一首诗是：国家之重剑，敌人闻胆寒，纵死忠骨香，海疆魂飞扬。

我走在冷得要命的鱼雷舱，根本无心听他兴致勃勃地给我讲那长长的管子里能放多少枚鱼雷。再进机电舱，又热得浑身出汗。待在潜舱不到半小时，我感觉好憋气，想叫他上去，他却跟兵在一起，已经无视我的存在了。

奇怪的是，每个兵都是乐呵呵的，包括他。他在这里，比在家还熟悉。从那个类似鲸肚子里往下进潜艇时，我一个正常人，手紧抓舷梯，腿肚子都打颤，他却腾的一声，人就站到了舱底。在舱间，像正常人，自如穿梭其中。听说要走，兵们拉着他的手哭，他则半天不出舱，我坐在码头边，望着黑乎乎的潜艇，感觉自己好像第一次长大了。

返回的火车上，我忽然不想说话了，他也沉默了。快到家时，他说，对不起，这次旅行让你失望了。

我握住他的手说，不是失望，是钦敬。一个人，总要对某些事物，投入地去爱。不是它美，也不是它有用，而是时间久了，它已经浸染在你全身细胞了。

他无语。我紧紧握着他的手，解释道，因为我也有体会。

此后他妻子对我明显有敌意，同学们也认为我对他有想法。他从来没有像外界人以为的对我有什么不轨行为，我也从来没跟他有任何不正当关系，最过分的也就是他摸了我的脸。他说他战友们都说我长得漂亮，他只想知道我到底有多美，美在眼睛、鼻子，还是嘴唇？他手指划过我脸上的皮肤时，一阵震颤使我全身哆嗦起来，都站不稳了，感觉有股奇异的力量推着我，我不知道我要干什么，只觉得心跳个不停，胸中有团火，烧得我坐卧不宁。我红着脸说，其实我美在胸，要不，你摸摸。

他腾地坐回沙发上，说，你这孩子。“孩子”一词是从嘴里悄悄吐出来的，几乎是游丝状的，只有我听到。

让我们没有想到的是他的妻子在门外，听到了我们的对话，我猜后面他的话她没有听到，以为我们做了什么见得人的事。

他妻子不愧是机关干部，说话滴水不漏，表面更是风波不起，我知道她为此瘦了很多，可她说出来的话总是那么无可挑剔。她说：“小王，你到我家半年多了，大家都说你聪明、能干，你帮了我很多忙，可我这个做妻子的，总不能把照顾丈夫的任务全推给别人，对不对？你是一个懂事的孩子，应当能理解我的心情。”她说得含蓄，眼角好似还有泪。她用一把水做的刀，轻轻一刀就把我跟她家划开了。

我男友没骂我，对我客气而礼貌，现在动不动就王玗王玗地唤我，好端端的名字，现在听来，好像是陌生人在星球上呼我。瞬间，两行泪水淌过我的脸颊，但即便这样，我唇角还带着笑。他说你说话呀？我死死地咬住嘴唇，生怕一个字从嘴里跑出来。要么说谎，要么如现在一样，保持沉默。

只有他儿子打来电话直截了当，你要想房子，想存款，那是做梦。不等我说完，挂了电话。

学校老师也在劝我，我有嘴说不清，可我真不是为那些无用的东西呀，我逢人都说，你们听听他内心的诉说吧，关心下一个弱小的群体吧。人们，我请求你们。

他不是一个废物，他有血肉。一个有血有肉的人难道就不值得人爱？就因为他瞎？难道我爱他就是图他钱，就因为他有房，有不低的工资？你们不知道他舞跳得有多棒，他的歌唱得有多迷人，还有，他坐在潜艇曾经的战位上，手摸着一个个键，让我感到彻骨的痛，就在那一刻，我忽然想陪伴他终生。

我要发微信，要发公众号，要让朋友圈里的朋友转发我真实的内心表白。你们为什么不相信我，连我最亲的妈妈都不相信我。妈说了，若我做了伤天害理的事，她就死给我看。

老师说：“你是不是疯了？你若没疯，就不要说疯话。否则你上研都悬了。”

天好冷，雪花，把大地裹得一片惨白。宿舍里的同学个个都不理我，连我的指导老师都说：“孩子，你去医院看下病吧。”

我真病了吗？瞎子又不是传染病。

不，我不能病，我还有妈妈要养？我怎么办?，对，先准备复试。学业第一步，工作第二步，其他一切，都当是过路的风景。对了，这是黎光说的。

想到这里，我闭上了眼睛，瞎子样在宿舍踟蹰起来。最近，我一个人在房间里，老想闭着眼，去干任何事。摸着洗衣，摸着接电话，摸着打电话。这时，我耳边忽响起他给我背的一部电影中的结尾：无法分辨你的轮廓，只因你围绕在我左右。我眼中满是你的笑意，我的心变得柔软战栗，只因你无处不在。

没有她，什么都不甜蜜

我没想到妻子赶走了她。现在照顾我的是妻子的一个远方侄子，一个粗声粗气找不到工作的职业中学毕业生。我妻子给我解释，要找一个可心的保姆很难，这个小伙子虽然不会做饭，可手脚麻利，且是学电脑的。我哼了一下，没说话。我知道她的用心。小伙子脚臭满嘴大蒜味，打字速度根本跟不上我的思路，动不动就说："姑夫，你停下，我还没打完。""对了，姑夫，那个阴翳的"翳"字我还不会用五笔打，能不能写成阴气。"气得我前面说的什么全忘记了。他连个打字员都当不好，充其量是妻子给我带回来的一只看护我的会说话的狗。在我饿时，给我到食堂打顿饭。在我需要帮助时，他能应一声。而不像小王。小王是一个有艺术感觉的作家。不，她是一个美神，她让我还有活下去的勇气和信心。我不是爱她，我是离不开她。

想起爱人不在时，她陪我划船，陪我跳舞，她没把我当废人。对了，说到这里，有件事我不得不说。我让她跟踪妻子，她有天握着我的手说："你盯了她有啥意义？如果真有事，你会离婚吗？"我摇摇头，她说："这就对了，你不离婚，查她干什么？还不如放手，她自己没意思了，自然会回家。一个中年女人，不会生活在空中。咱们把自己变强大，还怕谁?"

一个小姑娘，现在竟然成了我人生的导师，而我，一个做了十年政治思想工作的政工干部，竟不知不觉顺着她的话做了。

在我绝望时，她救了我。是她，让我重新回忆起我人生最美的时光。

她不止一次地说海军的服装最美，说她听了我讲的潜艇兵的生活后，专门在网上看完了电视连续剧《深海利剑》，她说海军衣服好漂亮，白军装、藏蓝军装，还有羊毛修身大衣，简直帅呆了，我听了心里美滋滋的。

有天妻子出差了，她来帮我做饭收拾家。给我整理衣柜时，她忽然说："我看到你的四颗星的海军服了，好漂亮。你啥时给我穿穿，行不?"

我说这有何难，分分秒的事。我喊王秘书。她说到。

我说："你应当立正。"

她果然啪的一声收了一只脚，说："报告大校，王秘书到。"

我忍住笑，故作严肃地说："王秘书，在书桌靠左第二个抽斗里拿《人民海军进行曲》光盘，放音乐，然后准备拍照，我穿军装给你瞧。"

我进卧室，穿衬衣、扎领带、系皮带，这对于一个瞎子来说，可惨了。妻子平时啥都不让我干，自眼盲后，我从来没有动手去办一件事。反正有妻子呢，反正有儿子呢。现在，可真是难坏了我大校军官丁嘉树。

终于，我浑身汗津津地穿上了〇七式春秋海军服。我摸领带，正着。我摸肩章，四个星都在。我摸胸牌，四排，井然有序。还有臂章、姓名牌、领花，一个都不少。一个绝不能少，大校军官，怎么能在一个小姑娘面前失去军人严正的形象？

出门时，我又整理了一下服装。从帽徽、配饰到四个口袋的扣子全部扣好，我才清了清嗓子叫道："王秘书！"

到！这啪的一声，干净利落，这孩子，真是一块当兵的料，不像我儿子 ，我怎么劝，都不愿当兵。

准备好音乐和相机，本大校要闪亮登场了。

在熟悉而雄壮的《人民海军进行曲》中，我拉开门，准备迈着正步进到客厅。可刚一迈腿，全身就失去了平衡了，差点儿撞到门棂上，只好踩着稳稳的步子，循着那散发着香味的地方走去。

"哇，天呀。丁哥，你真是太帅了。"她说着，一下子扑到我怀里。

我忙推开她说："王秘书，见了长官要敬礼。"

她敬礼时差点儿打翻了我的军帽，可惜我看不到她敬礼的动作是否规范，可我感觉到她敬礼时速度太慢，检查她五指是否并拢伸直，手腕是否弯曲。说实话，她军训没白训，做得还比较规范。

她说："上衣竟然是双排扣呀，帽子还是白色的，不过跟白衬衣很配。"

我说这身藏蓝色毛呢军服是冬常服，且指着袖章告诉她海军军衔就是在这体现的，因为海军交往时在各自军舰上，相隔距离较远，肩章太小，不容易判别；而袖章上宽大、醒目的明黄色杠条一目了然。军官军衔袖章由金黄色人造丝装饰带和将、校、尉星徽组成。最粗的代表将官，其次为校官，最细的为尉官。表示军衔时，相应星徽与装饰带组合成军衔，比如我是大校：一枚校官星徽加四条校官装饰带。

真好看。

我们海军军旗才漂亮呢，在八一军旗的下半部为横向的海蓝色和白色条纹相间，象征万里大海和海浪，表示人民海军是中国人民解放军的组成部分，为保卫社会主义祖国的万里海疆而乘风破浪。你猜陆军军旗是什么样子的？考考你。

让我想想，大概是绿色的吧。

很对，王秘书表现不错，给予口头嘉奖一次。

她笑得咯咯个不停，长长的头发大概因窗外风大，不时拂过我的面颊，我能感觉她是真正的快活，声音是那么的灿烂，使我好像看到了艳阳、春天，看到了妖娆的花朵。我看不到她快活的举止，可我能感觉到地板在欢快地抖动。

我让她拍照，我说我要留下纪念。其实我想这照片可以作为我的遗像。我刚下的大校命令，还没来得及在公众场合穿呢，这一辈子怕再也穿不成了。

有一时，她忽然不说话了。我问她怎么了？

她说："你要是在润蓝的大海边，雄壮的军舰前，穿这身衣服就更帅了。"

我说这有何难？订两张火车票，咱们去北海舰队，我的老部队。虽然我病退了，可它还是我的老部队，我在那服役了三十年，要不是病，我还将在海军基地干到退休，继续跟着我的军舰航行。

她说："我真的能见到我向往的军舰，能看到帅气的水兵服，能在军舰上，去看水兵们的生活？"

我说当然，坐高铁也就一个小时。立即给我拨刘光景电话，他是我的战友，×××潜艇艇长，曾是我的搭档。

她跟我上驱逐舰，听到口哨声，问我这是什么意思。我说长声表示立正或敬礼，两短声，表示稍息或礼毕。我说军旗看到了吧，上面写着"八一"。我摸着战士舱内的蓝被子、带飘带的军帽，告诉她，我当海军时，十七岁。说这话时，我忽然想，假如我忽然变成年轻时的模样会是什么感觉：穿着蓝白两间的海魂衫，宽大的蓝裤子，在码头上跑呀跑呀，左岸是翻卷的浪花，右岸是高高的白杨。想到这里，我眼角湿了，好在我戴着墨镜。

最后，就是下到我心爱的潜艇了。空间虽然狭窄，我却比家都熟悉，我边摸边给她介绍道，这是指挥室、声呐室、鱼雷，还指着密密麻麻的航海图，让她帮我念那熟悉的“海里”。我又流泪了，因为我再也看不到它们了。

她说：“我没想到海军的生活这么苦，让我一个人好好待待”。据我战友说，她在码头边坐了两小时，那可是冬天的海呀。而我那时跟战友喝了个烂醉，喝着喝着，我哭了，我说：“他妈的，老子真想再去远航一次，老天爷呀，你让我睁开眼睛吧，哪怕就一只。”

一个多漂亮的女孩。我的战友问她是谁。我说是我的秘书、我的妹妹、我的女儿。

我的小秘书回来时，头依在我肩上，说“丁哥，丁哥”，叫着叫着就说不出话来了。我一摸脸，全是泪。她想说什么，我没问，我猜她一定是爱上了大海，或者，她为我这个该死的病难过。

回家后，妻子已经出差回来了，她说干什么去了。

我给她讲我的部队，讲我的军舰，我正讲得带劲时，才发现妻子不在了，还有我的王秘书也不来了。

我的小秘书，你在哪里呀？我爱她吗？我不知道，我喜欢听她的声音，喜欢听她念整理出来的文稿，她怎么那么懂我呢，念出来的话，不是我说给她听的，却是我心里想的。还有，我爱闻她身上的气息，甜甜的，淡淡的，像草莓，像樱桃，或者像桃子，牛奶。我多么渴望用自己的掌心去感受她皮肤的光滑和细腻。

中午刚睡起来，儿子的电话就来了。他叫了一声爸爸，再也不说话。他不说什么，我也从那冷冰冰的语态里猜出他想说什么。我说：“儿子，安心学习，我跟你妈挺好的。”

儿子真的长大了，再也不像过去那么无所顾忌的说话了，他半天才说：“爸，我打电话只想说，我爱你和妈妈，任何时候。等着我毕业回来照顾你。”

我重新陷进沙发中。一阵脚臭味，随着啪哒啪哒的拖鞋声靠近了我。“姑夫，要不要咱们继续写作文？”哼，他娘的，你听听我们像小学生一样写作文？光听这话，我还有创作的欲望吗？

我不耐烦地说：“你出去转转吧，让我一个人待会儿。对了，你姑呢？”

“她出去买菜了。”

屋里终于只有我一个人了。静得好可怕。

我躺在沙发上，忽然感觉一股白烟从窗外飘进来，原子弹？鱼雷？水雷？怎么眼前是一层白雾好像扑过来要吞噬我？又好像一块块石板从我头顶压下来，难道房顶要塌下来？还是身后九组书柜要倾倒？我曾经在一本书上看到一个女人就是躺在沙发睡着了，书架忽然倒下，压在身上，导致全身瘫痪。不行，我不能在沙发上坐了，等寒烟回来，把这些该死的书都烧掉。反正这些书对我无用了。我起身坐起，又觉得地面好像有一群虫子朝我脚面上爬上来，我全身一阵紧缩，立即把腿搁到沙发上。正在这时，电话铃忽然响了。我起身，几乎小跑着去接电话。

一定是小王，肯定是小王。我扑到左边的电话桌前，差点儿压翻了小方几，不是小王。是他妈的问我有贷款需要吗？我恨恨地扔了电话，可能是电话没搁好，吱吱响个不停，我循着声音摸去，可它忽然不响了。我手扶电话桌，想找话筒，话筒没摸到，头顶花几上的花盆却砸落在我身上。我腿一软，全身撞在一块冰凉的东西上，先听哗哩哗啦一阵脆响，接着就是一股大水淹没了我，鹅卵石硌着我的肋骨，水草缠在了我的手指上。难道我把鱼缸撞倒了？三米长七门开的双面屏风式的红木鱼缸，是我上次休假回来特意买的，它把客厅和饭厅一分为二。新房是寒烟单位分给她的，全按她心愿装修和买的家具，我只买了这么一个鱼缸。没想到往日心爱之物，竟成了置我于死地的罪魁祸首。

肚子钻心的疼，一摸，手上全是玻璃碴儿，衣服也湿透了，好像还有鱼在我身上蠕动。房间暖气足，我只穿了一件薄纯棉睡衣，此时冻得瑟瑟发抖，寒冷和玻璃碴儿刺痛了我的皮肤。我蜷缩在地板好半天，才积蓄了点力量起身，可胳膊刚一撑地，就感觉玻璃碴儿好像钻进了手心，手疼得撑不住地，只好一点点边往门口爬，边喊：“王秘书！”不，王秘书走了，新来的内侄姓孙，“小孙，快，扶我起来。”没有动静。手上是黏黏的血，全身伏在玻璃碴儿上。没人出声，也没人来。他妈的，我的家怎么现在越来越像牢笼，难道妻子囚禁了我？是因为嫉恨，一定是嫉恨。

“寒烟！寒烟！你死哪儿去了？还不来帮下老子，老子变做鬼，也要把你带走，叫阎王爷让你下地狱，进油锅。你怎么能丢下我不管呢？”我边挪边骂，双手摸着冰凉的瓷砖，双腿一蹬一移地往前挪。我侧耳朝左边听一听，好像听到钟表时针滴滴的走动声，朝右听，好像有人在偷笑。难道是寒烟跟野男人在嘲弄我？我尽力使自己的声音变柔和些："寒烟，亲爱的，我错了，你来吧，快来，我错了，来帮帮我吧，看在我们二十年的夫妻情分上，你不能丢下我不管呀，想想我们婚后的快乐生活。上军校两年，每次跟你在一起，我都想干那事，可怕给你带来困扰，宁愿同学耻笑，说我是柳下惠，说我阳痿，也像花一样怜惜着你。你知道后，抱着我说你愿意，我想要就拿走吧。你身上光光的，一丝不挂，我拿件大衣披在你身上，让你走，你不走。我一个人跑到外面，在雨中待了一个小时，我发誓一定要在结婚那天，才对你做那事。我做到了吧。寒烟。我当了基地政治部主任，那么多年轻漂亮的女兵喜欢我，我都没动心，为什么？因为你是我的妻子，是我的初恋，我怎么能做对不起你的事。还有，我心里想着你，怎么能跟别的女人再行亲密之事？你都不想想我现在是个废人了，只有你心善，不忍离开我。小王那孩子让她走吧，你做得对，咱好好过日子，等着咱儿子娶媳妇，等着抱孙子。我再也不写什么狗屁东西了，也不跟你生气了，你说咋办就咋办。不过，我还是要给你严正声明，我跟那孩子头发丝小的关系都没有。这可是原则问题，不得含糊。你想想，她跟咱儿子一样嘛。"说这话时，我心里当然不这么想，还是有其他念头的，那么青春的女孩子，我要不动心，怎么能算一个男人？可是有些话，就是不能说出来，说出来就是祸。这不，老天就因为我心中的恶念，惩罚了不是？

"寒烟，对不起，以后我要练习自立，你说人家盲人能干这，能干那，可我却在自己家里，要不是你扶着，都寸步难行。从明天起，不，从今天起，我要熟悉咱家，我要学着干家务活，给你做饭，洗衣服，不再当你的拖累。原谅我，快些来，我全身都泡在了水里，地上水怎么这么多？是不是小孙？因为我说了他几句，使了坏，打开了家里所有的水龙头？砸破了鱼缸，那鱼缸可结实了。对不起，我不该骂他，不该说他笨得像猪，一切都是我的错，也许每个人都跟我一样有难处呢，我应当理解他们。"难不成他没锁门，有坏人闯进家里来了，要偷钱，暗害我？他在卧室，还是书房？我侧耳听听，一点儿响动都没有。我又伸长鼻子闻闻，也没声息。他娘的，这屋子难道闹鬼了？

伤口越来越多，黏糊糊的血也流得越来越多，衣服沾在伤口上了，一动全身就撕裂的痛。老天呀，快些爬呀，对门离家不到十米，那家孩子我曾给他上军校提供过咨询，让他当海军，到我的部队去，他已报到了。他爸一定在家，今天是周日呀。他们一定会救我。

丁嘉树，你当了三十年的潜艇兵，在大海里不知遇到多少次风浪，这草芥般的麻烦算什么？想前年，在深海演练时，潜艇下沉到二百多米深的大海深处，多舱漏水，你跟战友们一个个地堵，不照样成功地回到水面了吗！你给别人做思想工作引经据典，滔滔不绝，怎么到自己身上，就不行了？

“向前，向前，我们的队伍向太阳。脚踏着祖国的大地，背负着民族的希望，我们是一支不可战胜的力量。我爱这蓝色的海洋，祖国的海疆壮丽宽广。我爱海岸耸立的山峰，俯瞰着海面像哨兵一样。啊……海军战士红心向党，严阵以待紧握钢枪。我守卫在海防线上，保卫着祖国无上荣光。国家之重剑，敌人闻胆寒。咱纵死忠骨香，海疆魂飞扬。”我好像听到我的战友在千里之外的潜艇里，宣着誓，而那个最大的声音就是我。我！丁嘉树。眼泪哗地流了下来。

现在身上水少了，手脚上虽然还有玻璃碴儿，但地面光了，干燥的瓷砖使我身上渐渐热了起来，浑身也有了些力量。我冷静回忆了家里的布局，对，右边离门不足三米就是餐桌，餐桌旁边有四把根本就挪不动的椅子。寒烟说，是实木。他妈的，老家的树全是木头，也没这么沉。不过，现在沉好，我就可以扶着它站起来坐到桌前，餐桌上应该有保温瓶，只要喝口热水，我就会好起来。这么想着，我伸长右手使劲地摸椅子。空的。再往前。摸到了花的叶子。就是说离饭桌越来越近了，我信心大增，爬行的速度渐渐加快。终于，我的手摸到了木头，一动不动的椅子。我双手使劲把椅子往餐桌外拉，头撞在了身后的另一把椅子上，一阵眩晕，头痛得好像裂了般，我一摸，感觉手上热乎乎的，拿到鼻前一闻，有股血腥气。这么说，脑袋也破了？老天，今天看来真是考验我了。所有的风浪都来吧，老子绝不放弃，绝不。家毕竟不是潜艇，再危险，总没鱼雷、水雷、导弹厉害吧。

现在我离大门更近了，门缝的风吹到了脸上，冷冰冰的，可王玗说，快立春了。坚持下去，丁嘉树，你是一个军人，你一定要坚持住，别倒下。

你还没闻今年的花香，还没感受到艳阳，还没听见新型潜艇启航呢？

旁　白

此时，离大校家五百米远的十字路口，他的妻子寒烟坐在驾驶位，往家里拨了七八个电话，都没通。现在等红灯。车后备厢里放着一箱空运过来的螃蟹、一袋排骨、两条鲢鱼以及一些新鲜蔬菜，她准备晚上给爱人做他最爱吃的红烧螃蟹，还有，她决定好好陪陪爱人，耐心地听他讲讲话。自从他病后，他们几乎除了病和儿子，都很少再谈论其他话题。虽然她给他下载了听的书，给他放了音乐，让他听电视，可这些并不能代替活生生的她呀。她想明白了，如果他愿意，那就让那小姑娘继续来陪读。他们一起生活了二十年，她应该相信他。

今天午休，她忽然发现自己眼睛看不到东西了，急得使劲睁眼睛，可眼前还是黑乎乎的。她想我的眼睛不能再看不见呀，否则两个瞎子怎么生活？半天，她还是看不见。爱人急着要喝水，可她怎么也看不见杯子在哪里。就在这时，手机响了，她醒了，她熟悉的家清晰地出现在眼前，原来是个梦。可为什么做了这样的怪梦？难道爱人的病是因我而起？我整天让他调回来，他为了调动急出来的？还是因为我赶走了小保姆？对我的一种暗示抑或其他？

越想心里越内疚。与其无用的后悔，不如马上行动。想到这里，她马上给侄子说，她出去买东西，晚上好好庆祝一下，快立春了。

天飘起了雪花，真冷，别说下雪，就是下刀子，今天也得出去。不能再凑合着过了，怎么都得过，还不如好好过。

她走时，爱人在睡觉，他一般都是按部队作息时间，两点半准时起床。现在三点四十了，他怎么还不接电话？两点半她打时，电话通了，不等她说话，电话就没声了，她再打，都是忙音。难不成，他在跟保姆通电话了？

该死的红灯，快点亮呀，老天爷，求求你，不要让家里再出啥事。她给侄子打电话，侄子说，姑夫不让他干了，他已经在回家的路上了。她狠狠地骂了句不懂事，扔了电话，心更慌了。

刀只有架在自己脖子上，才知什么滋味。过去只是听妈说，以为那是老人随口一说。可现在，她头头脑脑都体会到刀架在脖子上是什么滋味了。

那是疼，是刀一点点割肉的滋味，可这痛，你却没办法止住，就像这该死的红灯，一个接一个。不，我要沉得住气，啥事都没有，越急越会出乱子的。镇静！镇静！爱人一定在睡觉，他肯定戴了耳塞。小王一走，他几夜都没睡好，让他多休息一会儿吧。这么一想，她心静了下来，甚至还想起他们初次相爱的那些日子。

此时，南方大学。大学一年级学生林林满脸青春痘，双腿跟着音乐晃着正跟女朋友在游戏厅过一个个关。女朋友开着车，他一只手帮着他，一只手给她喂着爆米花，心里还在打着小九九，先不要告诉她，爸爸是个瞎子，等她真的爱上自己后，再说不迟。对方爸妈得知他爸爸是海军大校，妈妈是某军机关处长，在省城，有房，有车，马上投了赞成票。不过这事，先不跟爸妈说，等毕业时，他还爱她，她也离不开他，再给爸妈说不迟。

这时，游戏厅里传出的是一阵歌曲，他不由得跟着哼起来：

这是一首简单的小情歌
唱着我们心头的白鸽
我想我很适合
当一个歌颂者
青春在风中飘着
你知道就算大雨让这座城市颠倒
我会给你怀抱
受不了看见你背影来到
写下我度秒如年难挨的离骚

此时，北海舰队三位军官正在去他们家的路里，其中一位中尉手里提着一只银色的长方形箱子，那里面是他们首长最心爱的新型潜艇模型。

也在此时，本市华北大学中文系205教室里，少女王玗正参加文学系研究生复试考试，回答众考官各种提问。她计划考完试就到大校家去。妈妈说：“孩子，妈妈老了，后半生就全靠你了。”

《小说月报·原创版》2019年第5期

刘月湘进疆踪迹史

/卢一萍

前面的话

女兵刘月湘是一九五〇年三月从湖南当兵进疆的。她后来被分配到二军六师骑兵团一营营部做文化教员。入伍一年半后，她突然失踪，了无踪迹。部队组织力量寻找、搜索十日，没有任何发现。骑兵团在《关于女兵刘月湘同志失踪案的报告》中设想了五种结局：

其一，她可能被流匪黑胡子掳走，被其杀害，或做了压寨夫人；

其二，她在大漠迷路，葬身其中，被流沙掩埋；

其三，她被人强奸后杀害，埋在了哪里，找不到了；

其四，她自己受不了当兵的苦，逃跑了，隐姓埋名，过起了别样的生活；

其五，被国民党特务抓走了。

总之，这个人从此消失，成了一桩悬案。

我是一九四八年读大学时参加革命的，当时是骑兵团的保卫干事，负责调查此事。时隔快七十年，我也九十余岁了，在我感觉自己将不久于人世，便从白净得像天堂一样的高干病房回到了自己在干休所的家。每天盯着已七十岁的大儿子整理我的物品。

他翻出了我当年调查刘月湘失踪案的资料。

当年，为了破案，政治处主任派我把刘月湘从参军到入伍的行踪做了一个详细调查。那是一条漫长的旅途。我大学学的是国文，一直想当作家。长旅无聊，便把《关于女兵刘月湘同志失踪案的报告》写成了《刘月湘进疆踪迹史》，我辗转过好些地方，没想到这份原稿竟存留了下来。

纸张变黄、变脆，一些地方已被衣鱼咬噬，展而读之，当年情景，恍然如昨——

衡　山

刘月湘家住湖南衡山，出生于一九三四年八月二十七日。她的童年是在对日抗战中度过的。听她母亲说，在她四岁那一年，县城经常遭日军飞机轰炸，她祖母和二叔一家被炸死；再以后，长沙一带又成了中日会战的战场，一家人在战争中东躲西藏，他哥哥读高中时参军御敌，在衡山战死，弟弟因病无钱医治而夭亡，可谓饱受了战争之苦。

临近解放那阵，经常有大军从衡山经过，先过去的是国民党的部队，接着是紧随其后追击的解放大军。开始的时候，双方的部队都跑得跟风似的。然后，解放军的队伍行进得从容了，刘月湘在队列里看到了不少女兵的身影。

她第一次知道，女人也能当兵，当时羡慕死了。有一次，她跟着队伍走，一下子走出了三十里路还不知道。

路边不时可看到一座座简单的新坟。打过仗的地方，总有万人坑，水上也不时有泡得肿胀的尸体漂下来，把军装撑爆了。尸体上总跟着一群乌鸦，有些就停栖在尸体上，不时悠闲地啄几嘴。乌鸦看上去过于肥胖，都懒得飞起来。

待队伍停下，她才醒过来。看看天已快黑，她不知该怎么办，就壮了壮胆子，找了一个最漂亮的女兵，红着脸问："我想当兵，可以吗？"

女兵笑着摇了摇头——她笑起来更漂亮了——说："你还是个小姑娘

呢。”

“我不小了，我马上就满十五岁了，我已读高中，识文断字，可以干很多事，我扛得起枪，也可以走很多路，我今天就跟着你们走了三十里，现在一点儿也不觉得累。”

“你跟着我们走了这么远啊?”女兵瞪大了眼睛看着她，“可我们还有很多路要走呢。”

“我再走三百里也没事儿。”

“我们可能还要走三千里、五千里。”

“那也没什么。”

“那么，你跟我来。”女兵一边说着，一边把她领到了一个不漂亮的女兵面前。

“连长，我有事要向你报告。”女兵立正之后向那个不漂亮的女兵行了个军礼。

刘月湘这才知道那是个女军官。她原来还以为谁漂亮谁就是军官呢。连长和蔼地看了看她，“是不是这小姑娘也想当兵?”

漂亮女兵说：“是的，她都跟了我们三十里路啦。”

“哦，那她今天回不了家了，让她跟我们一块儿吃饭，然后找老乡帮忙给她安排一个住的地方。”

刘月湘一听，高兴坏了，说：“连长，你同意我当兵了?”

连长摸摸刘月湘的脑袋，“小姑娘，这路你走过吗？你明天敢自己回家吗?”

刘月湘说：“这路我走过几回，我自己敢回家。但你们不让我当兵，我就不回去，我要一直跟着你们走。”

其他几个女兵也围了过来，听了她的话，都笑了。

连长让她坐下，笑着对她说：“小姑娘，现在仗快打完了，我们不需要战士了，就是我们这些军人以后也要回地方去工作。我们现在的主要任务是建设国家，所以呀，为建设新的国家，你现在应该回去继续读书，掌握知识。”

刘月湘还闹着不干。最后，连长就对她说：“你先去吃一点儿东西，然后好好睡一觉，明天再决定你当兵的事吧。”

刘月湘当时也不知道连长是多大一个官，听她这么说，只好等明天了。那天晚上，她既激动，又担心，怎么也睡不着，眼前总是晃动着她当了兵以后的情形。到了下半夜，她睡着了，睡得很死，待醒过来，太阳已升起一竹竿高。周围静悄悄的。她觉得不妙，翻身爬了起来，问房东大伯：“队伍呢？解放军呢？”

大伯笑了，说：“队伍鸡叫前就开拔了。队伍上的老总给你留了两块银圆，让你醒来后赶快坐船回去，免得家人着急，剩下的钱去交学费，让你一定要好好学习。”他说着，就把银圆给了刘月湘。

刘月湘一听就哭了，十分懊悔地说：“我要是不睡着就好了，我怎么睡得这么死啊！”哭了一会儿，她要留一块银圆给大伯。

大伯不收，说：“队伍上让我照顾你，已经给了我一块。”

坐在回家的船上，看着那些无人收敛的浮尸，刘月湘趴在船舷上，不停地呕吐，感觉五脏六腑都吐出来了。下船后，她觉得自己的身体和灵魂都散掉了。

之后，再也没有队伍经过，她也渐渐死了去当兵的心。

刘月湘家有七十多亩地，解放不久，在长沙上学的大姐刘爱湘，就给刘月湘来信，说爸爸是剥削阶级，要她们和爸爸划清界限，不能给爸爸当狗腿子。刘月湘当时搞不明白她的话，觉得大姐这样骂父亲，太不应该。大姐不久就当兵去了十八兵团；二姐刘丽湘在纺织厂当女工，不久去了辽宁的一支部队。刘月湘不知道怎么才能划清界限，但从报纸上看到妇女翻身、男女平等的消息后，不顾父亲的反对，放学后就到地里干活去了。作为地主家庭出身的女孩子，在过去若下地干活，会被人看不起的。她父亲是个封建思想深入骨髓的人。但他没想到，一解放，女儿们都开始反抗他，而他对她们一点儿办法也没有，已有两个女儿跑去当了兵，这是他原先连想都没有想到过的事情。对他而言，这太不可思议了。他和大多数同辈人一样，惊恐不安地揣摩着周围发生的一切，他常常叹气。他坚决不让刘月湘去当兵，理由是她还要读书。

一九五〇年一月，刘月湘在《新湖南报》上看到了新疆招聘团赴湘招收女兵的消息，说到新疆后可以进俄文学校，当纺织女工，还可以当拖拉机手……她激动坏了——那激动的心情真是难以言表，只觉得报上的消息把她的整个身心都迷住了。

刘月湘当即就跟父母说，她要到长沙去考兵。父母怎么也不同意，父亲说：“你两个姐已经跑了，你不能再去了，你敢那样，我把腿给你打断!”母亲说：“你这么小，部队怎么会要你？就是要你了，谁照顾你的冷暖？你学习成绩好，我和你爹希望你能考上大学，你们总不能都当兵去吧?”

她比两个姐姐乖顺，说：“娘，我听你的。”

没过多久，刘月湘在报纸上看到了第四野战军军政大学招生的消息。那时候，这种招生的消息和征兵的消息一样多，一条消息出来，就会像一阵风，刮跑一拨年轻人。

当时信息不通，即使离省城只有几十里路，好多消息也传不过来，即使能传来，新闻也变成了旧闻。衡山离长沙那么远，好多事情更是难以知道。所以，刘月湘也不知道军政大学是怎么回事，只觉得它很吸引人，加之四野是闻名天下的部队，她就更想去了。但她怕父母伤心，不知该怎么跟他们说：“想了半天，她跟母亲说，娘，我要去长沙。”母亲一听，就紧张起来：“你去长沙干什么?”“我去考大学。”当时高二就可以考大学了。母亲又盘问了半天，最后信了她。可父亲不答应。刘月湘已铁了心，决心偷偷去。她跟母亲说，开学了，她要到学校去。母亲知道女儿的心思，说让她等等，自己去邻居家借几个鸡蛋让她带到学校吃。父亲下田去了，家里只有八岁的大妹和两岁的小妹，她知道这是离家的好时机，拿了几样简单的行李就要走。大妹怀里抱着小妹流着鼻涕哭着送她出家门。她抱了抱小妹，又亲了一下大妹，说：“你们要听爹娘的话，姐姐以后有出息了，会给你们买好多好吃的东西。”说完，就飞一般跑了。

待母亲借了鸡蛋回来，刘月湘已经走远，母亲赶紧把鸡蛋煮熟，走了十四里路赶到学校去。母亲在学校没有找到女儿，赶紧提着鸡蛋往渡口跑。刘月湘正在上渡船，她没来得及和母亲说几句话，船就要开了。母亲就那样站在岸上看着她，刘月湘看到母亲的身影越来越小，最后终于看不见了。

长 沙

到了长沙，找到招生的地方，才知道去报考的人很多，从湖南各地去的有上千人，仅衡山就去了三十多人。当时对文化要求很严，还有就是对女性特别关照。名单公布下来，衡山就刘月湘一人考上了。她内心的激动，可想而知。

军政大学的前身是抗日军政大学，抗日战争胜利后，抗大总校由延安迁至东北地区，改建为东北军政大学，后又在华北、华南、西南、西北等战略区建立军政大学，根据学以致用和急用先学的原则，采取短期训练和灵活教学的方法。所以这类大学，也算不上是正规大学，只能算是培训学校，她考进去的时候，已准备撤销。她报考的是四野的军政大学，去的却是一野的部队。这些情况刘月湘搞不明白。她当时并不知道，她只是以这种方式被征入伍了。她没想到自己会到新疆去，没想到会一直走到和田，更没想到她从那里还要往前走，一直走到茫茫喀喇昆仑山脉的深处。是的，和田，特别是喀喇昆仑，都只是她在地理课本中的地名，在她的印象中，它们只是课本中的地方，不光与她，即使与现实也是联系不上的。

刘月湘给父母去了一封信，很自豪地说她考上了军政大学。

她出门时上身穿的是表嫂给的一件小花衬衣，外面罩的是母亲用床单给她做的一件大襟棉褂子，下身穿的是一条兰士绸裤子，脚上穿的是舅妈做的一双兰士林布绣花布鞋；行李是一把雨伞，一只布袋里面有一把小剪刀、一支钢笔，母亲送来的几个鸡蛋，以及女人用的草纸等物件。那是她的全部家当。

到长沙后，别人一看她那土里土气的打扮，就笑她是乡下的女娃子，他们特别爱笑她脚上的蓝士林布绣花鞋。她一气之下就用小剪刀把鞋子上的花剪掉了，再一根一根地把线头也择了。

她被编在新疆军区招聘团的新兵一大队一中队一分队一班。她发现，新征的男学员去了四野，女学员则被分到了一野。临走之际，招聘团给她们放了有关新疆的电影和歌曲，葡萄满架，果实累累，舞蹈优美，歌曲动听，令人陶醉和向往。她相信，大家去那里不仅要卫国戍边，还要建设起一个又一个现代化的集体农庄……

刘月湘在学校时已看过一些苏联电影，比如《区委书记》《在敌人后方》《卓娅与舒拉的故事》《幸福生活》，那其中有集体劳动的场面，有收获的欢乐，有成百上千亩的大条田，妇女们开着拖拉机在蓝天下耕地……她渴望自己也能生活在那样的农庄之中。她觉得真要去新疆上学也挺好的，她想当一名拖拉机手。

刘月湘当时十六岁，但还有比她年龄更小的。那就是幼年文工团的女兵。其中年龄最小的是陈晓萌，当时才十二岁，当兵前还在读小学，她即使穿着最小号的军装，也过了膝盖。那严肃的军装穿着，也掩盖不了她浑身稚气。

也有临出发之际突然决定不去的女兵。那名女兵还是长沙很有名的周南女中高二年级的团支部书记，平时表现进步得很。刚开始征兵时，她出板报，写标语，又是发言，又是鼓动，正是她的鼓动，全班一个不剩，全去报名参了军。所以，她的临阵退却让大家感到十分吃惊。

那女生只是哭，觉得十分委屈，最后，她私下里对同学说，是她舅舅不让她去的。她舅舅对她说，到新疆过的是苦日子，我们现在要掌握文化知识。但那女生还是闹着要去，她舅舅非常生气，对她说："你知道她们是去干什么的吗？她们是去建设新疆，但也是补充那里的女兵不足，没准儿还要嫁给老干部。那边的情况你是想不到的。"

没人相信那个女兵的话，她们以鄙夷的口气对她说："你不去就不去了，何必找这样的借口呢?"

那女生的舅舅当时在省里工作，是新社会的干部，懂得比较多。就这样，那姓高的女生作为全班唯一没有参军的同学留在了长沙。

湖南正是春日好时节——包括后来的好多女兵都是在这个时节离开家乡的。

闷罐军列停在火车站，列车上的一千两百六十七人，除了征兵人员，几乎是清一色的女兵。她们像一群刚刚长大的母鸡仔，披着一身新羽，带着三分羞涩。好多女兵还是偷偷跑出来参军的，所以送别的人很少，好在她们闷在车厢里，对外面的场景感受不多。

车厢里很暗，大家坐在自己的行李上，背靠着车厢板，像一小堆一小堆等待运到远方去发热的原煤。外面的春光从车厢板的缝隙里刺进来，把一些人劈成了两半。

火车吼叫几声，沉重的车轮在铁轨上滚动。春光这柄利刃越来越快地劈刺，把每个人都劈刺了不知多少回。女兵们坐着这列火车北上了。透过车厢缝隙，刘月湘不断看到一路上的破败城市、贫穷乡村、荒芜田野、乞讨的流民、伤残的士兵……

有人像是突然明白自己是在远离故土，开始抽泣。其他人像得了传染，也跟着哭泣起来。车厢里都是这种声音。

有个人在两节车厢的接头处铁桩一样“噌”地站起，猛挥了一下唯一的手臂，声若惊雷般吼叫道：“奶奶个熊，这是去参加革命，有什么好哭的，都他妈的给我闭嘴！”他另一只空袖管原是装在衣服口袋里的，在他挥手之际被带了出来，飘扬一下，然后柔软地摆动起来。

他是征兵大队大队长王得胜。

女兵们吓得一下噤了声。有人赶紧抬起手臂，去擦脸上还带着热气的泪水。

西　安

女兵们在西安被那列闷罐列车像稀屎一样拉了出来。她们这些处女的、年轻的身体虽然散发着青春的气息，但还是被闷罐车捂臭了。刘月湘也的确感到自己瘫软得像要流淌开去，臭得像屎一样了。她感觉闷罐车里的死尸味儿渗透进了自己的骨头里，感觉自己刚刚发育好的身体——姣好的面容、结实的乳房、平展的小腹已变得和她在路上见到的浮尸一样，在肿胀、腐败。一下火车，她就呕吐起来。她觉得自己的青春已化成了那堆令人作呕的秽物，从此已不属于她了。呕吐干净，她眼前的万物和这座古城一起旋转起来，感觉古老城墙上的垛口像巨兽的牙齿，要把她嚼碎。天旋地转后，天地瞬间漆黑，她身不由己地倒了下去。

她是两个多小时后才醒过来的。醒来后她发现自己躺在一间有窗棂的屋子里。糊在一格一格的窗上的纸已经变黄，天光透过黄纸渗进来。

房间里有人说话，声音缥缈，听不清楚，她过了好一会儿才听清了。

不知是谁在说：“……人家还是黄花闺女，怎么会怀了孩子？你们瞎猜。”

接着是大队长的声音：“她跟怀了娃的女人一样，老是吐，都吐昏过去了，所以我们才带她来检查。军医同志，她的肠胃没问题吧。”

“她的肠胃好得很，石头都能消化掉。但最近几天让她最好吃点稀饭面条之类的。”

"这个好办，我回去跟炊事班说。"大队长说完，转身走了。

刘月湘看清了那个微胖的、戴着眼镜的男军医的目光在她的小腹和脸之间游移。她把自己的衣服往下拉了拉，遮住了小腹。然后她看清了另一个叫汪嘉慧的矮个子女兵。她长着一张充满童真的圆脸，一双水汪汪的圆眼睛总是充满好奇地扑闪着。在火车上，汪嘉慧一直坐在她的对面，晚上躺下的时候，她们会两脚相抵，但两人并没有说多少话。汪嘉慧看到她醒了，对她笑了笑。刘月湘感觉汪嘉慧的笑也是圆的。

"医生说你的身体啥问题都没有，你自己感觉怎么样?"

"现在好多了。"

"那我背你回去。"

刘月湘一想自己一米七的人让不到一米五的汪嘉慧背，就觉得不行。

"你怎么能背得动我?"

"刚才就是我背你来的。"

汪嘉慧一边很认真地对刘月湘说，一边扶她起来，像个姐姐。

刘月湘对她笑了笑："谢谢你，我自己能走。"

"那我扶着你。"汪嘉慧扶着刘月湘走出了医院的门。

到处都是阳光，这让她觉得自己更是虚弱。她又想呕吐，但她强忍住了。

河西走廊

在西安学习、休整了二十来天，队伍继续出发。由于铁路只通到西安，余下的路程改乘汽车。三十多辆老旧车辆组成的车队看上去很有气势。

那时候，进疆的路特别难走，它在惨遭战争破坏后，还没有来得及修复。好多地方女兵们得下车来修好了路才能前行，公路上积满了灰白色的尘土。车一开过，尘土扬起老高，被汽车一压，就陷进去好深，车一开动，灰尘就从车底往上翻腾起来，车队所到之处，无不尘土飞扬。一天的路走完，车厢底要积两三寸厚的泥沙。那尘土一扬就是几十里，灿烂的日头隐没了，蓝色的天空昏黄一片。

刘月湘离开西安后已是春末，所以最热的月份全在路上。他们当时乘坐的道奇牌汽车是从国民党军队缴获的，美国军队在第二次世界大战中使用过，一九四五年国共内战爆发后，美国政府用这些汽车支援国民党政府，后被解放军在战争中缴获，历经十几年硝烟烽火，车辆早已破旧不堪。有人为此给它编了顺口溜——一走二三里，趴窝四五回，修理六七次，八九十人推。由这样的破车组成的车队，一天能勉强走上百多里路就谢天谢地了。但即使是这样的车在当时也很少。车少人多，一辆车往往要挤四十多人，车厢里还装着大米、水泥等物资，大家只能坐在那些东西上面。每个人的怀里要抱一个才能坐下，挤得腿都不能伸展。这种老式卡车车帮很低，为防止女兵从车上掉下去，就在车帮上插了许多棍子挡着。道路颠簸，汽车摇晃，好多人和刘月湘一样，呕吐得一塌糊涂。

虽是四月，但过六盘山时，却下起了雪。雪像是从太阳里面落下来的，然后把太阳涂抹掉了，天空中只有飞扬的雪。狭窄的简易公路刚好容汽车通过，绝大多数路段都没法会车，对面如有车来，整个车队就只好找个路面稍宽的地方早早停下，等对面的车通过后，再继续前行。因为下雪，路变得又烂又滑，泥泞难行，老式汽车“突突突”地响着，像一只只笨拙的蜗牛，缓慢地爬行着。好多人是第一次坐汽车，也是第一次翻这样的大山，害怕得闭上了眼睛。走到最险要的地方，不知是谁开的头，女兵们都不坐车，说那路太吓人了，要求步行，要自己徒步翻越六盘山，等车到了山下再坐，大队长赶过来，又是一阵厉声吼叫，才把大家吼上了车。

大家闹闹腾腾的，天终于黑了，天黑之后，看不见那些险要的地方，才不害怕了，车上终于安静下来。

翻过六盘山后，贫穷的景象触目惊心，军车所过之处，在升腾、弥漫的尘灰之中，总有饥瘦得像骷髅一样的流民跌跌撞撞地围上来，伸出枯槁的双手，张着饥渴至极的、黑洞洞的大嘴，发出拼了力气呼喊出的乞讨的声音，向大家要东西。新兵大队在西安给女兵发的号称“陕西大饼”的麦面饼的确名副其实，跟脸盆一样大，厚达三指，就垫在大家的屁股下面。对于吃惯了大米的湖南女兵，要咽下它们，就跟咽下石块一样难。她们把这些饼子大都施舍给了饥民。

河西走廊一带土匪成群，特别是乌斯满经常在新疆和甘肃之间流窜，因此要特别提防。所以到了兰州后，西北军区专门派了一个全副武装的连队护送女兵车队。每辆车上都有三名男兵，每辆车的车头上都架着一挺机枪。战士们眼望前方，全神贯注，趴在机枪后面，严阵以待，搞得空气骤然紧张起来。

大队长让女兵把头发盘在帽子里，扮成男兵模样，还教大家一有情况，就端起手中的洋伞，虚张声势。

进入河西走廊后，无边的荒凉让人难以承受，好几天走不完的大戈壁，更让刘月湘吃惊。

从西安出发后，车后的尘土就在飞扬，刘月湘觉得那些尘土已很难落定，会一直飞扬在天空中。汽车整天被尘土包裹着，车上的尘土越积越厚，无论怎么清扫，也扫不干净。每个人浑身都是泥土，耳朵、鼻孔、嘴巴，凡是能钻进泥沙的地方，都塞满了。那种泥土的腥味闻着就让人憋气、恶心。——每个人都如同土陶，像是从泥尘中刨出来的。

刘月湘当时觉得，那些泥沙每天都要把她们掩埋一次。她最害怕的就是车子在遇到坑洼时突然减速，因为车一减速，灰尘会从车底猛然升腾而起，把她们严严实实地掩埋，连呼吸都十分困难，以至于她到了新疆后想起来，都觉得牙齿缝里还有路上的泥沙，还觉得它们硌牙，还觉得积在耳朵、鼻孔里的灰尘没有掏干净。

刘月湘当时还作了一首名叫《进疆路上》的顺口溜——

女兵进疆真叫苦，
颠翻五脏和六腑。
稀饭大饼吃不饱，
补上一斤河西土。

女兵们平时都爱干净得很，但在西进路上就顾不得那么多了。从西安出发后，只在兰州休整时洗过一次澡，刘月湘和其他女兵一样，浑身结满了泥垢，脏得不得了。由于路上缺水，有时好几天洗不上一次脸。这是女兵们最难忍受的。在湖南老家，她们就像水中的植物，离开了水就没法活。而在这里，她们只能这样捂着，一直捂着，那种难受和痛苦可想而知。

到处无遮无挡，有时一个大戈壁要四五天才能走到头。太阳贴着头皮烤，即使车跑起来，吹过来的也是烫人的热风；车要是停下，就觉得天地整个成了大烤箱。白天身上总是臭汗淋漓，很少干过，汗水和泥沙粘在身上，身上的污垢一搓就是一大卷子，身上的馊味儿自己闻着都熏人，所以这些女兵很不好意思走到男兵身边去。

车队上路后，不能随便停车，所以解手时只能解在盆子里，然后再从车上倒下去。那盆子也就成了多用途的，除了在车上解手时用外，宿营了洗一洗，再当洗脸盆、洗脚盆；吃饭时又把它做了盛菜的工具。开始每个人都觉得恶心，最后也不得不习惯了。那是在甘肃定西的时候，有一次每个分队分了些生骆驼肉，没有锅煮，队里的领导就让用盆子煮。大家怎么也不干，只能望着骆驼肉干瞪眼。直到那些男兵煮出了肉香，她们才忍不住了，也不管那么多，把盆子反复洗了，把它当作了煮肉的锅用。最后大家吃得津津有味，以后再把它当菜盆饭盆，再也没人觉得恶心了。

因为单车容易遭到土匪袭击，所以一辆车坏后，整个车队都得停下来，有时一天要停好几次车，很少有能到达预定宿营地的时候，只好在半路过夜。

队伍宿营也没有定处，有时是在老乡的驴圈、马棚里，有时是在汽车底下凑合。有时是在戈壁荒滩上。有时是在荒无人烟的山沟里。最好的一次是住在酒泉的戏台子上，比较干净，又通风。因为长时间没换衣服，每个人身上长满了虱子，哪里痒一摸就是一头，虱子之多，令人想起来就浑身发麻。休息时大家就互相帮着挤头上的虮子，掐身上的虱子。

星星峡

部队到达甘新交界之地星星峡正是傍晚，暮色正在下沉，自从上路以来，刘月湘就不喜欢夜晚，她对路上的夜晚有一种莫名其妙的绝望和恐惧，她觉得路上的夜晚是最折磨人的，觉得那些夜晚自从她上路以后就变长了。

虽然有种种传闻，但刘月湘并没有像其他女兵那样莫名地担忧和害怕；即使面临这个大荒原，面临这风，她也只有好奇。因为她每往前走一步，所面临的东西都是超乎想象的。她怀着那个年代很多年轻人都有的英雄梦，无所畏惧地向前走。

部队正准备宿营，突然，马蹄声、呼啸声、枪声骤然响起。哨兵高喊："土匪来了，土匪袭击我们来了!"

护卫女兵的战士一边低声喊叫大家不要动，一边端着枪，像一股转瞬即被黄沙吞没的风，向前扑了去。

前面那种尖厉的声音变得宏大、激烈起来。刘月湘的身体紧贴在温热的砾石地面上，恨不得让身体陷入地面之下，她感觉自己的身体因为恐惧，在和大地一起发抖。

她明白了，那种尖厉的声音是枪声。无数子弹嗖嗖地从身上飞过。有些击打在汽车玻璃上，发出一种死亡般的破碎声。

刘月湘乘坐的汽车比较靠前，所以离战场很近。她可以看到骑在马上的土匪的影子如沙尘暴一样掠过，能够看到弯刀的闪光和子弹飞离枪管时的火星。

一个受伤的战士被人飞跑着抬了下来，那个战士痛苦地大声喊叫着。

大概半个小时后，枪声渐渐稀疏、远去，有人高喊："没事了，没事了。"

刘月湘站起来，她感觉自己的腿发软，身体比趴在地上时颤抖得更厉害了，她突然大声哭起来，有几个女兵也跟着她哭了。

走在最前面的一辆军车遇到了袭击。一名班长牺牲了，他趴在汽车上，没有看清从车侧飞马跑近他的是土匪，他被土匪用套马索拉下了车。找到他时，他的头已被割掉，身首异处，护送女兵的连队第二天派出两个排，用了半天时间才在六十多里远的甘新公路旁找到他的头。他的头用一根白杨树干挑着，立在公路旁。

新兵大队为牺牲的班长举行了追悼仪式，掩埋了那位班长的遗体，继续前进。

刘月湘到达哈密那天，天已黑透。为了不惊扰老乡，新兵大队在城边找了些老乡废弃的房屋住了下来。刘月湘所在的小队住的是一栋两层的土坯房，已没有屋顶，残墙参差。一些破布、旧家具和草料扔得到处都是，它们在干燥的空气中缓慢地腐烂着。尘土味和腐烂味混合成又腥又霉的、十分刺鼻的气味。

女兵们在路上已整整颠簸了三个月。早就想伸展一下身体，好好睡一觉，所以大家也不管——大家早已习惯了，因此稍稍打扫了一下，倒头便睡。汪嘉慧是挨着刘月湘睡的，临睡前两人还说了一会儿话。汪嘉慧说她喜欢骑马，自己到部队后最好能当一名骑兵。刘月湘说，还从没听说过有女骑兵。汪嘉慧说她可以争取。汪嘉慧是个很懂事的女孩子，一路上很会照顾人。谁也没有想到，第二天早上起来，她却死了。

她是头天晚上起来上厕所时，没注意楼梯没有栏杆，睡得迷迷糊糊的，从楼上摔下去的。次日早上，天刚刚亮，楼下就喧哗开了。刘月湘听到他们在喊汪嘉慧的名字。她这才发现汪嘉慧已经不在她身边。她赶紧下楼，看见汪嘉慧躺在地上，再也起不来了。

刘月湘抱着她，一次次喊她的名字，但她再也醒不来了。由于要急着赶路，新兵大队派了几个战士，用她的被子把她裹了，埋葬在城边一棵沙枣树旁。

一进哈密，就开始留人，然后迪化、焉耆、阿克苏都留——还有一部分去了北疆的伊犁、奎屯、石河子等地。好多人分手之后再没见过……

南疆公路

到了迪化，刘月湘已在路上走了近四个月时间。她觉得自己已把世界上所有的路都走完了。开始停车宿营时，她还会问一问前面还有多远——他们总会说，不远了，还有百十里地，就这样，一直是那百十里地。后来，她也不问了，任那破道奇车摇晃着，颠簸着前行。其实，他们不告诉女兵们具体的路程，是怕吓着她们。如果他们说，哦，还有五千里路，或者说只剩下三千里路了，要么说还要走三个月、两个月时间，这些女兵恐怕早就吓得逃回去了。

记得在迪化，刘月湘听说还要往前走，就心有余悸地去问大队长："请问首长，我们前面将到哪里去？"

大队长说："先到库车。"

"首长，库车在什么地方？"

他想了半天，说："在塔克拉玛干沙漠的北边。"

"那么，塔克拉玛干沙漠在什么地方呢？"

"具体位置我也说不清楚，反正翻过了天山就是。"

"那到库车还有多远？"

"不远了，就一千六百里路。"

“您说多少？我的天，还有一千六百里！”刘月湘一点儿也不相信，还以为自己听错了。

“就一千六百里路，不过，你已从长沙走到了迪化，所以那点路根本不算什么了。新疆这地方大，几百上千里的距离算近的。”他毫不在乎。

还有那么远呀！刘月湘有些绝望，觉得身上没有一点儿力气了。不知为什么，她只想哭。但她知道自己不能在这个时候流泪，就咬牙忍着。过了一会儿，她觉得自己已把泪水咽进了肚子里，继续问道——她的确想听到一句不再往前走的话，哪怕是暂时不往前走也好——“报告首长，我还想问个事。”

“随便问。”

“报告首长，我考的可是军政大学，我们在哪里上学呢？总不会有一节课不上、只在路上走的大学吧。”

大队长笑了，说：“我们的大学就是在路上读的，能走到目的地的，就毕业了。”

刘月湘呆住了。她想说什么，却说不出来。

往南疆去的人少了多半。从迪化到库车的路比西安到迪化的路还难走，尘土也更大，加之人越来越少，长路就显得越来越孤寂。

右边一直是伴着南疆公路而行的、焦枯的南天山，左边是浩瀚无边的塔克拉玛干沙漠，偶尔会有一个简陋的城镇或一片脆弱的绿洲点缀其间。但他们在这无边的荒凉面前显得微不足道，像一个轻飘飘的、模糊的梦，转瞬即逝。

颠簸了二十多天，终于到了库车，刘月湘觉得自己快不行了，一路上，她觉得心中好像被什么东西憋着，随时都要爆炸。现在，她终于可以长舒一口气了。她在心中喊叫了一声，总算——他妈的到了——

但进疆后，哪些女兵分到哪里，只有征兵干部才知道，而他们把这当机密，不会跟任何人说。所以刘月湘得知库车并非她的目的地，自己还得往喀什走后，简直不敢相信自己的耳朵。她到处找地图，想知道喀什在什么位置。但那时找地图跟找藏宝图一样难。她不敢问到喀什还有多远，但最后还是忍不住，就问一个忠厚的老兵：“同志，你知道，这儿到喀什还有多远吗？”

不远了，不远了，库车刚好在迪化到喀什的中间，车子跑得顺当，二十来天就到了。”老兵热情地告诉他。

“妈呀，这不走死人了吗？”其实，刘月湘可以猜想那路很烂，但她像是要寻找寄托和安慰似的，对老兵说，“那路总比迪化到库车的好走吧？”

老兵一听就笑了，说：“那哪能叫路啊！司机都说，那是鬼路，鬼都害怕走的路！很多地方根本就没有路，全是车子自己在沙漠戈壁里闯出来的。有时车不小心陷进沙窝子里，两三天也刨不出来。你想那样的路能好走？”

刘月湘强装笑脸地跟老兵道了谢，但转过身，就忍不住哭了。现在，她已不害怕别的什么，只是害怕那些灰尘。她一定要在库车洗个澡再上路，但澡堂要星期天才有水。而车队说走就走，她只好匆匆用冷水擦了擦身子。即使这样，也觉得身子骨一下轻松了许多。你想一想，她刚刚发育好的青春之躯承受的可是真正的万里征尘啊。

然后继续往前走，车由两个司机轮换着开，白天黑夜不停。余下的一百多个女兵坐在车上，把头发笼在帽子里，把手一袖，往装满了给养的敞篷车上一躺，白天望着被沙尘染黄的流云和烈日，晚上望着黄色的夜空和星辰，任由车拉着，颠簸着往前跑。

和　田

刘月湘看见艾提尕尔清真寺的时候，有人说喀什到了。但时间在她的意识里，已像一摊稀屎，分不清是哪一月哪一天了。

喀什被肥沃的绿洲环护着，一条小河忧郁地从它身旁流过。绿洲之外，就是莽莽昆仑和茫茫沙漠。所以，喀什和当年其他南疆城镇一样，街上、路上都积着一尺多厚的尘土，一有人畜走动，地上的尘灰就会飞扬起来，浮到白杨的枝丫间。

喀什是一座古老的城市，但这里还不是刘月湘的目的地。在二军军部休整了三天，通知她继续往和田走。

她已听人说过，喀什到和田还有一千多里路，但她对里程早已麻木。

到迪化后，部分接兵干部就陆续返回了各自的部队，大队长王得胜到二军军部交接完最后一批女兵，也返回了他垦荒的索狼荒原。现在，只有刘月湘和另外八名女兵往前走了。二军给她们换了一辆车况好些的道奇牌汽车，但看上去还是快要散架了。车上装满了货物。她们费力地爬上车，在货物上坐下来，双手紧紧抓住用白杨木加高的车帮，任凭那辆车孤独、凄凉地在绿洲、戈壁和塔克拉玛干边缘的沙漠中哐当哐当地颠簸。

沿途村民第一次见到女兵，都好奇地站在道奇车扬起的尘土里使劲看。有些小伙子还骑着马在尘土里追着车跑，一直追出很远才停下来。大家的心情已被看似没有尽头的长路弄得十分焦躁，见到那情形，便振奋了精神，即使车上很难坐稳，也尽量把腰挺起，在满是尘土的脸上绽放出真诚的笑容，露出白牙，向友善的维吾尔族乡亲挥手致意。

一出英吉沙，突然刮起了大风。灿烂的日头突然隐没了，蓝色的天空猛然间变得昏黄，远远地听到了大风的啸叫，然后越来越近，声音也越来越尖厉。紧接着，啸叫声变成了咆哮——像千百头被激怒的雄狮发出的咆哮，又像是黄河壶口从高处倾泻激扬起来的涛声。尘沙轰轰隆隆地迎面扑来，好像一片沙漠兀地站立了起来。天地间一片昏暗。在路边看热闹的人听到啸叫声，大声叫嚷着，惊恐地四下里逃开，转眼间就躲得没了踪影。然后，数米开外就什么也看不见了。车吱嘎一声停住，那位在国民党军队中开了二十年汽车、起义后又在解放军部队开车的老汽车兵从车窗里挣扎出身子，朝着不知所措的女兵们大声喊叫："下车，下车！到车子背风面躲着，这是黑沙暴，能把人卷得没影的黑沙暴！"

他刚喊完，女兵们就跌进了无边的黑暗中。无数的沙粒像利箭一样扎着她们的脸，大家不敢睁开眼睛，紧抱着头，滚下了车，然后相互拥抱着，躲到了车子的背风面。黄沙灌进了她们的衣服里，汽车被风刮得来回摇摆。一个多小时过去了，沙暴才缓和下来，大家四下里望望，地貌已完全改变，沟渠被沙漠填埋了，农田铺上了一层黄沙，地里的农作物再也不见踪影，洼地堆起了沙丘，树上的绿叶已被捋干净，只剩下了光秃秃的枝条。风停后，天上的沙尘还在往地上落。

然后继续往前走，车由两个驾驶员轮换着开，白天黑夜不停。在麦盖提、莎车各留下三名女兵，就只剩下刘月湘和范志群、曾可兰了。三个女兵坐在车上，更加孤单。已是九月底，新疆的天气已变冷。三人把发给她们的毡筒和大衣都穿上。汽车在荒凉的大地上颠了九天八夜，总算颠到了和田。刘月湘觉得自己的身子骨已被颠垮，散落在路上。

刘月湘已经知道自己要去的是赫赫有名的六军五师十五团，知道送她们一起前往的是该团司令部的李参谋。十五团曾在一九四九年十二月初，从阿克苏出发，用十五个昼夜，徒步横穿近八百公里的塔克拉玛干沙漠，解放了和田。

汽车并没有在和田城里停留，又走了一天多，才终于停下了，但她们没有看到城市，也没有看到兵营，甚至连村庄的影子也没有看到，只有一望无际的戈壁荒原，只有头顶褐黄色的天空。李参谋跳下车，说："到了，我们到家了。"

"到了？"刘月湘看看周围，傻乎乎地问道，"这是到哪里了？"

"对，到了。"李参谋有些木然地说，"同志们都开荒去了，不能欢迎你们了。"

三名女兵坐在车上，像泥塑似的，一动不动，她们的头发和眉毛都被沙尘染黄了。她们用满是怀疑的眼光盯着他们。

"到了这里，我们就不再往前走了。"李参谋望着她们。

范志群说："你不说这是哪里，我们就不下车。"

李参谋笑了："难道你们怕我把你们带到这里图谋不轨吗？"

曾可兰说："这里鬼都没有，你把我们带到这里来做什么？"

李参谋连同驾驶员都咧开了嘴，笑声爽朗，震得身上的尘灰扬起，尘土掉下。好半天，李参谋止住笑，说："这里就是我们的营地，是你们没有见过的地窝子营地，我们整个团机关和直属队都住在地下，看，那里还有一根旗杆。"

三人顺着他手指的方向看去，是有三根白杨树绑接在一起的旗杆高高地竖立在旷野之中，旗杆顶上那面红旗已被风撕掉了至少五分之二，剩下的部分也被撕裂了，颜色已被漠风和烈日漂白，偶尔呼地被风有力地扯动一下。往地下看，地面的确有无数个黑色的孔洞朝天排列着，像墓穴一样。

风是唯一活着的东西，会突然间旋起地上的尘土。

女兵们看到这些情形，似乎更害怕了，她们相互挤得更紧了些。

驾驶员的眼睛里布满了血丝，已累得说不出话。他们开始上来卸货。三名女兵只好往最里面挪了挪。

一个面色黑黄的驾驶员说："同志，下车吧，可没人能再把你们拉回去。”

曾可兰问：“难道我们再也回不去了吗?”

没人回答她。曾可兰抱着头，呜的一声哭了。刘月湘和范志群也呜呜地哭起来。

驾驶员停了手里的活儿。李参谋显然已不耐烦，赌气地命令道：“停下干什么？把东西继续往下扔!”

货物很快卸到了女兵脚下，驾驶员像没有看见她们，把她们的行李扔了下去。

刘月湘站起来，抬起衣袖，想把泪抹了，但看到衣袖过于脏，就不管了，任泪挂在脸上，说：“只有不想活命的人，没有活不了人的地方。”说完，就站起来，要下车。但她在车上坐得太久了，两腿无力，差点儿摔倒。她扶住车帮，站了一会儿，然后下车来。范志群和曾可兰也先后下了车。

李参谋把手上的灰土搓了搓，没有看她们，说：“拿上行李，跟我走。”

三个脸上有泪的女兵跟着他。他把她们带到一眼地窝子跟前，指了指说：“这是你们的宿舍，是可住一个班的，现在只有你们三人，住着很宽敞，先好好休息休息吧。”

这其实是一个宽不到八尺、深约一丈五的地下坑道。从倾斜向下的入口进去，正对的是两尺宽的过道，过道右边便是用来做床的一溜两尺高的土台，上面铺着新鲜的芦苇，一看就是刚铺上去的。再无别的东西。看着这个住处，三名女兵傻了，她们害怕地退到了入口，似乎是想退到外面下午的阳光中去。

她们相互拍打着身上的土。“难道这是住人的地方?”范志群问。

没有人回答她。

刘月湘进到地窝子里，把行李往铺上一扔，坐了下来。芦苇散发出一种类似稻草的清香。她说：“进来吧，他们能住，我们也能。”

两名女兵犹疑着进来了。

刘月湘利索地把床铺好，也不管身上的灰尘，马上躺了下去。“能躺下来，真是太舒服了，快铺好吧，我们找个地方洗澡去。这身上的灰尘洗下来，我的体重至少能减轻二十斤。”

两名女兵一听，立马来了兴致。“走走走，现在就洗澡去。”

四周空旷、荒凉，新垦的土地还没有播种，还是一片无边的荒野。她们找到了一条水渠。见了水，三人心中顿时痒痒的，看看四周无人，不管三七二十一，脱了衣服就下到了水渠里。她们不知道十月份新疆的水已冰凉，到了水里，顿时感到了刺骨的寒意。三个人尖叫着，一下从水里跳出来，抱着双臂，瑟瑟发抖，但又经不住水的诱惑，再次进入水中。

水虽然冰冷刺骨，但三位少女觉得终于把自己的青春胴体从污垢里剥了出来，那是她们一生中最舒畅的一次洗浴。从水里出来，觉得浑身一下轻松了许多，有一种飘飘欲仙的感觉。

傍晚的空气透明，露出了一角湖色的天空，三个女兵的心情好久以来第一次变得和那天空一样美了。

一杆旗

一路劳顿，刘月湘在地窝子的第一夜睡得格外香甜。一觉醒来，如在梦中。看着从入口漏进来的朦胧天光，一时不知身在何处，当她发现自己躺在地下，她脑子里的第一个意识是，难道我被埋了？然后她听到了从地上传来的哨兵和早起士兵的脚步声，意识到自己是住在地下，她感到太新奇了，她觉得自己和另外两名女兵成了某种生活在地下的动物——她还不知道哪种荒漠动物是生活在地下的。但她知道，故乡已然遥远，这里已是异乡——闻一闻空气中的气息，与老家——包括长路上所有的地方都完全不同，干燥泥土散发出来的土腥味、无处不在的尘土的气味、地下泥土的潮气、风沙的气味、常年没有洗澡的男人的气味、枪油味、战马和驮骡的气味混合成了只有南疆荒漠营地才有的特殊的艰苦气息。

穹隆形的天空在黄昏中显得很低，似乎伸手就可以触摸。由于天空中积满了漠风扬起的沙尘，天空和荒原是一色的，天空好像不是空的，而是悬着同一个荒原。荒原的边沿与天空的边际一片混沌。能被风刮跑的东西——包括一些石头——都被刮跑了，风干净得没有一点儿颜色，这么大的风从天地间刮过，眼睛却看不见它的一点儿影子。西边的地平线上隐隐约约可以看见一棵孤独的胡杨，它被风一直按倒在荒原上，被风强暴着，偶尔挣扎着站起来，但很快又被按倒了；那些白色的闪光的碎片是死亡的骆驼的骨架，它们的灵魂不知被大风带到了什么地方；她脚下的戈壁石被数十万年的阳光和风打磨得乌黑，像墨玉一样光滑润泽，渗着油光，反射着夕阳微小的光芒。

弧形的荒原袒露在那里，夕阳的余晖铺在上面，荒原显出了几分柔和，像是为了刘月湘，要把那无边的孤寂和荒凉掩盖住。

三人都分在团部，刘月湘在卫生队任卫生员，学伤病护理；范志群在政治处任图书管理员；曾可兰在收发室收发邮件。三个女兵在那个三千人的团里很是引人注目。她们住的那眼地窝子，一下成了众人瞩目的圣女殿。刘月湘发现到部队一个半月了，却一直没有给她们发被子。她们都只有各自从老家带来的一床薄被，三个人挤在一起睡，还常常被冻醒。她们提了几回意见，也没有发下来。后来才知道，组织上已有意图把她们介绍给老同志并尽快结婚，所以觉得不用再单独给她们发被子了。

刘月湘开头听到这个说法，还批评别人是胡说，觉得这种事根本不可能发生。当这样的事真正摆在她面前时，她震惊得说不出话来。

给刘月湘介绍的是二营营长陈阿宝，三十一岁，满嘴被旱烟熏得黑黄的牙齿，牙结石把牙缝都填满了。他高大、魁梧，喜欢扎腰带，腰带上随时挂着一把美国柯尔特M1903型手枪，说一口陕西榆林话，满嘴粗话中带着一些自己都还没有搞明白意思的政治术语，官兵们可能更不明白那些深奥术语的意思，所以都觉得他很有政治水平。他的右腿在保卫延安时受过伤，有点儿瘸，但他走路很快，来去带风。

刘月湘只见过他一面。他到卫生所来过一趟，说是看病，其实是来看组织分配给他的老婆是个什么样儿。他如一股瘸腿的风一般刮到卫生所，把所有的人快速扫了一眼，发现只有刘月湘一个女兵，憨笑着说："那就是你了？"这句没头没脑的话让刘月湘感到莫名其妙，她礼貌地问："首长，你身体哪儿不舒服，需要看医生吗？"他哈哈一笑，"舒服，舒服，我身体哪儿都舒服！"说完，又旋风般地刮出了卫生所。

第二天下午，政治处秦主任把刘月湘叫到了办公室，他客气地请刘月湘坐下后，和蔼地说："今天，我代表组织跟你谈个话。"

刘月湘很紧张，不知道他跟她谈话和代表组织跟她谈话有什么不同，以为就是聊聊天，或者是一个领导跟女兵聊天，要避嫌，所以就把"组织"抬出来。

他开始东拉西扯的，问她家里有什么人，到部队后是否习惯。他问一句，刘月湘答一句。谈话的气氛颇为尴尬。主任让她放松些，突然问她对陈阿宝营长的印象怎么样。

“陈阿宝是谁?”

“他就是二营营长，出身好，贫苦出身，一九三六年就参加革命了，能打仗，是六军有名的战斗英雄，横穿塔克拉玛干沙漠进军和田，他的二营一直走在最前面。”

“报告首长，我来的时间短，我认识的人很少。”

“你们昨天才见过面的，他到卫生队专门去看过你，陈营长对你的印象很好。”

“哦，好像是见过，以为他有病，但他并没有看病，风一样来又风一样走了。”

“他是专门来看你的。”

“他来看我干什么?”

“这样吧，我就不绕弯子了，”他坐端正了身子，说，“组织决定让你们成家。”

刘月湘一听，满脸羞红，一下站起来，生气地说：“首长，我是来革命的，为了革命，让我上刀山、下火海都可以，让我跟别人结婚的事，我坚决不答应!”她说完，转身跑开了。

主任在身后说：“你会同意的。”

刘月湘带着哭音说：“绝不!”

范志群介绍给了副参谋长，曾可兰介绍给了三营营长。她们都是利用元旦节会餐的便利结婚的。

因为刘月湘拒绝了组织的安排，政治处主任就批评她晃晃荡荡，鼻子上点灯，只照着自己，看不到别人。她就装糊涂，说：“我不知道这些话是什么意思，我只知道婚姻自由，别人不能干涉。”主任说：“哪有这么多的自由！在部队，只有命令，没有自由。”她说：“没有一支军队的首长会命令他的战士与他的军官结婚。”主任被她的话噎住了，半晌才说：“好吧，我不勉强你，不过明天你要到昆仑山上修新藏公路去，也让你了解了解陈阿宝。”她说：“只要不让我结婚，让我到哪里去都可以!”

刘月湘被送到了距和田一百多公里远的于阗普鲁村，二营营部就在那里，陈阿宝就是这个营的营长。她有些尴尬，只能假装啥都不知道。营长坐在营地的一块石头上，一边把玩手枪，一边抽着自己卷的莫合烟，没有抬眼看她，只是大声喊叫了一声通信员。通信员从一顶帐篷里跑出来后，他吩咐道：“把这位女同志安排到西边那顶帐篷，给她准备一匹马，她明天一早上山。”

通信员小心地问：“就她一个人？”

营长深吸了一口烟，吐出来，看了一眼西边辉煌的落日，“你说呢？”

通信员不敢吭气了。

刘月湘说：“首长，我一个人能去。我知道哪些是部队走过的路。但我没有骑过马，我要人先教教我。”

营长把枪收好说：“通信员，你等会给她讲讲怎么骑马。”

通信员立正，很有力地说了声“是”。

昆仑山

傍晚，通信员给刘月湘教了一些骑兵的基本要领，比如怎么用马鞍，怎么上马，怎么勒马停住，怎么让马跑起来，然后牵着马让她骑，最后放开了缰绳让她骑了好几里路。折腾一番，刘月湘算是学会了骑马。可能是太累，她晚上睡得很好。次日洗脸时，她记起自己做了一个梦。她梦见了一座覆盖着白雪的高山，白得如果没有灰蓝色天空的映衬，就像没有一样，她一个人在往山上爬，快到山顶时，雪山突然坍塌下来，把她埋在了里面。但那些雪是透明的，她可以看到外面的世界。

通信员牵出一匹独耳老马，说：“这马是我们营长从宝鸡一直骑到这里来的，它的那只耳朵就是在打仗时被敌人劈掉的。这马通人性，听话。”刘月湘感激地要和通信员握手，吓得通信员黑红的脸变得紫红，赶紧把手缩到背后去了。

刘月湘笑了，说：“看你，我又不是老虎！”

通信员说：“你不是老虎，可你是嫂子。”

“嫂子？什么嫂子？”

通信员知道自己说漏嘴了，连忙否认：“我没说别的，只说你不是老虎啊。”

“我要是愿意听从组织的安排，做了嫂子，我就不用到这昆仑山里来了。”

“我们知道。”

“你们怎么知道的?”

“我们团第一次有了女兵，你想想，你们就是笑一下、哭一声，全团马上都会知道的。”

“没想到我们这么受关注啊。”刘月湘上了马，说，“谢谢你教会了我骑马，我走了。”

“记住，沿着最宽的这条车马大路一直走，就会看到我们部队的人。”

从营部到筑路工地有近百里路。开始还有零星的绿洲，然后就是荒原，远处是昆仑的群峰组成的灰褐色的齐天高墙，支撑着向东倾斜的浩瀚天穹。刚开始，刘月湘有些害怕，她把头发挽进帽子里，装成男人的模样。开始还有骑着马、骑着驴、赶着驴车的老乡，然后就没有人烟了。她顺着那条最宽的路一直往昆仑山里走。

她去的地方属于世界屋脊——一个人类需要永远仰望的高度。她对那里一无所知，只管骑着马往前走。她突然喜欢上了这个没人的世界，喜欢上了这恢宏的旷野和无边的寂静。她觉得自己仿佛进入了洪荒时代，自己是天地间诞生的第一个人类。

随着山势增高，她感觉到某种气势非凡的东西正向她逼来，但即使如此，她也没有感到害怕，感觉自己完全有能力面对。她不知道海拔是多久升高的，直到高原反应使她感到了晕眩。她小心翼翼地来到了云雾与冰雪交融的达坂下。夕阳砸在高处的冰峰和旗云上，圣火般辉煌。刘月湘抬头望，感觉大地从来都不缺大美。正陶醉着，一匹狼突然从旁边的沟谷里蹿出，军马受惊，猛地直立起来，嘶鸣一声，把刘月湘从马背上摔了下来。她眼前冒了一阵子金星，感到胳膊不对头，一看，小臂骨折了。她想，这下完了，这里有狼，我不能让马把我一个人扔在这里。她忍着伤痛，给自己做了简单的包扎，然后不顾一切地冲过去，抓住了马缰。军马惊悸未定，加之她摔断了一条胳膊，怎么也爬不到马背上去。正没办法，忽然听到一阵马蹄声，她赶紧朝那声音喊叫、挥手。一会儿，三个战士来到了她跟前。

他们是被派来接她的。他们下马后，给她做了包扎，然后把她托上马，带着她，继续往山上爬。

马一走起来，刘月湘才感到胳膊痛得很厉害，痛得她眼泪直往下掉。

那条公路原是为新疆部队进军西藏阿里修筑的，准备从于阗直达阿里。但后因山高路险，只得放弃，选择了从叶城、穿越喀喇昆仑到达阿里的新路线，即后来的新藏公路。刘月湘去时，老新藏公路已修到了海拔四千多米的地方，高山缺氧带来的呕吐、头痛欲裂加上伤痛使她欲死欲活，但高原反应一周之后就缓解了，伤痛也在慢慢愈合。

那是世界上最艰苦的地方，大家从事的也是世界上最繁重的工作。她一个女兵在那里，很是受宠。战士们都护着她。连长跟她说："你待在这里，就是对士气的鼓舞。"

这里充满着一种类似于战斗的情谊，所以，刘月湘宁愿待在这样的地方，也不愿回团部去。

但半年之后，这个连队接到了返回驻地，前往阿尔金山剿匪的命令。

阿尔金山

刘月湘是作为卫生兵参加剿匪部队的，除了药箱，还给她配了武器。五师抽调了三个连的兵力，组建骑兵营，陈阿宝任营长，组建完毕后，在他的率领下，开往若羌集结。当时前往若羌还没有公路，骑兵绕着沙漠，沿着戈壁走。有半个月时间，刘月湘都在马背上，每天风餐露宿，下马后两腿都合不拢，只能岔着两腿睡觉。到达若羌后，整个部队都像是从沙尘中钻出来的，刘月湘一跳下马，就引得一群好奇的老乡前来围观。待她把脸上、头上的灰尘拍打得差不多了，老乡才惊叹道："哦哟，原来是个阳冈子（女人）！阳冈子还去打仗，好威风啊！"

若羌是座只有三四百人的小城，没有一条像样的街道，一条三四丈长的巷子是它最繁华的大街，巷子两边胡乱地堆着些土坯房子，好像真是刚刚翻耕过的土坯。街道两边有两家馕铺子、三处卖羊肉的地方，还有几个买杏干和葡萄干的小摊。他们身上和所卖的东西上全停留着厚厚的灰尘。他们也就在灰尘中招徕着顾客和对顾客微笑，白色的牙齿和淳朴的笑一起在尘土中闪光。每个人都是风尘仆仆的，好像与战士们一样走了上千里路。

杏子树下拴着灰溜溜的驴或马，它们的屁股下面，总会有一堆冒着热气的粪便。毛驴那像古代武士冲锋时发出的高亢得过分的大叫声不时响起。

从二军和六军各师抽调组建的骑兵团一千六百名官兵聚集在这里，把这座小城一下塞满了。听到汽车的声音，人们纷纷从土坯房里钻出来看稀奇。大人站在巷子两边，小孩子跟在车后，即使用最慢的速度，车子碾过后腾扬起来的灰尘还是把人、房子、树、驴和马淹没得不见一点儿踪影。

部队在这里休息了两天后，开始向阿尔金山挺进。骑兵在阔天阔地中行进。太阳似乎把所有色彩都吞没了，只留下炫目的浩浩平沙，直抵阿尔金山脚下。阿尔金山沉默地横卧在塔克拉玛干沙漠南缘，那些拔地而起的险峻峰岭直插云霄，那些峰岭上亘古的冰雪，在阳光下发出晶莹剔透的光芒。

部队要去征剿的是乌斯满匪帮。这个羊贩子生于阿勒泰，是个文盲。一九四〇年落草为匪后，势力越来越大，在解放初他被擒的十余年里，他在北疆呼风唤雨，为所欲为。在新疆部队的围剿下，一九五一年初，他从老巢北塔山逃窜到了新疆、甘肃、青海三省交界处的铁木里克地区，投奔叛乱的哈萨克胡赛音王爷，密谋卷土重来。刘月湘所在的骑兵团是新疆剿匪部队的主力。

铁木里克地处阿尔金山与昆仑山之间的高山巨谷之间，环境恶劣。刘月湘没想到自己能出没于冰峰雪岭之间，参加真正的战斗，既有些害怕，又感到自豪。

时值严冬，大地一片萧条，太阳冰冷地挂在天上，干冷的风一阵阵从旷野里刮过。即使穿着皮大衣，也难以抵挡那凛冽的严寒，呼出的热气随即在毛发和帽檐上结了白白的一层冰霜，马汗也结成了冰珠，凝在马身上。翻过塔什达塔后，全是冰雪世界，气温零下四十多摄氏度。但部队为了抓住战机，依然前进，十三天后，到达阿拉尔，才安营扎寨。

到达当天，就刮起了可怕的黑旋风。

中午，湛蓝的天空还与雪白的峰峦呼应着，显示出一种寒冷的宁静。突然，天空变得阴暗了，不久就听见了从远处传来的风的呜咽声。随着那声音越来越大，天空也越来越暗，几乎是在一瞬间，风声由呜咽变成了轰鸣，好像惊雷从两列焦枯的山脉间的谷地碾过，好像一切都被它碾碎了，一切都被狂风裹挟而去，了无踪迹，黑夜随之骤然降临。

营地乱成了一团，人在喊叫、奔跑，马在嘶鸣、跳跃，厚厚的毡帐被风掀起，十几个战士要把它拉住，它竟然像鼓起的帆，拖着他们直到一座雪丘下才停下来。一些顺风站着的战士被风扳倒了，刘月湘伏在地上，也被风掀了几个滚儿。每一个人都得抱着头，伏在地上，不然，狂风夹杂的冰雪和沙石就会像利箭一样击中你。

风暴过后，所带的大多数帐篷已找不见影子，最后，部队觉得还是挖地窝子保险。冻土比石头还要坚硬，战备镐挖下去，只有一个毛乎乎的白印子。大家只好捡来柴火，一边烧，一边挖，刚挖鸡窝、脸盆大一个坑，风暴又来了。这次大家已有了准备，听到那种鬼哭魔泣般的呜咽声，就赶快奔向瞅好的背风处，躲藏起来。

这一次的风刮了近一个小时，官兵们伏在那里，待风过后，好多人都冻得站不起来了。

就这样断断续续地在风暴的空隙挖着住处，天黑了，每眼地窝子才勉强能蹲进去两个人。

四五天的骑马行军，战士们已疲惫不堪，刘月湘在马上更是颠得受不了，早就想从马背上跳下来，钻进帐篷里好好躺一躺。没想风暴偏偏作对，像要考验她的意志，叫她不得安生。她被冻得忍受不住，索性哭起来，眼泪从眼眶滚出后，刚滑到脸蛋上，就被冻成了冰珠子。有些直接掉在大衣上的泪也迅即结成了冰。

陈阿宝见到后，不再让她挖，甩给她一件棉衣，叫她披着，让她专门负责往火里加柴火。

不挖好地窝子，人在夜晚就可能被冻死。后来，经过侦察，发现匪徒也盘踞在附近，就又派了一部分人加筑工事。

那场黑风暴整整刮了三天三夜，最后才没趣地停歇下来。风一停歇，马上就闻到了血腥味。乌斯满要给骑兵团一个下马威，趁风暴之时，残酷地屠杀了距骑兵团最近牧场里的少数民族牧工及其家属和孩子，二十多人无一幸存，并抢走了所有的牛羊和马匹。

那天，刘月湘跟着通信员到牧场去，远远看见牧场上空腾起一股烟尘，然后直往西南方向而去。两人觉得不对头，马上报告了团部，团里派出一个连的人马飞速赶到时，牧场已被洗劫一空。

尤为可恨的是，部队把死难者掩埋后，土匪们又把尸体挖出来，把耳朵割掉，眼睛剜掉，皮剥掉，再五花大绑挂起来，使死者备受凌辱。再次把死者埋葬后，土匪又掘出尸体，大卸八块，分尸后甩得到处都是。

作恶多端的土匪不会长久，一九五一年二月十九日，在骑兵团及甘、青部队的围攻下，乌斯满被活捉。是年四月二十九日，经过公审，乌斯满在迪化被判处死刑。

刘月湘随部队撤回若羌，已是五月底。不久，骑兵团进行整编，说骑兵团没有女兵编制，便把刘月湘调往驻焉耆的六师师部。

和她一起归建的还有配属骑兵团的六师直属骑兵连。一百五十人马浩浩荡荡，从若羌越过塔克拉玛干沙漠，用了十八天时间，回到了焉耆。刘月湘分在师医院，经过战斗的洗礼和锻炼，她已是一名名副其实的护士。

没有想到，她到师部才半个月，又说整编时整错了，骑兵团没有女兵编制，但不是不要女兵。

一位干事找她谈话。他说：“我是组织科王干事，根据革命工作的需要，骑兵团需要一名女医生，你愿不愿意回去?”

“可我是护士。”

“你回去就是医生了，”他强调说，“这是革命工作的需要。”

虽然同意回去就意味着还将横穿罗布泊，得走那可怕的险途，她还是毫不犹豫地点了点头，说：“既然是革命工作的需要，我当然愿意回去。”

罗布泊

刘月湘虽已穿越过塔克拉玛干沙漠，但她当时是随骑兵团行进，似乎没有感受到那一千里路是怎么走完的，对自己穿越的是死亡之海也有些麻木。虽然如此，她心里还是知道那征程的艰险。这次要重新穿越，她还是心有余悸。

乌斯满的武装匪徒被打散后，有一些流窜到了南疆一带，那条路上常有流匪出没，王干事叫刘月湘跟随去若羌执行任务的六师一个骑兵排同行，这样，一路就可以保护她。

排长叫尕五福，原在陶峙岳将军的部队当过五年兵，是一个相貌堂堂、英俊魁梧的回族小伙子，骑术超群，是一名名副其实的骑士。他后随陶峙岳将军参加“九二五”起义，改编为解放军，担任班长，半年后，由班长提升为排长。

队伍第一天在绿洲行进，可以看见远处褐色的群山和铺满新绿的原野，可以看见近处的村庄和农舍，不时还可遇到一些骑手、骑驴牵马的商贩和赶着牛车下地劳动的维吾尔族农民。当天的行程让刘月湘很兴奋，除了不能忍受弥漫的尘土外，她觉得骑着马，在绿洲里穿行挺浪漫的，比起进疆时闷在汽车篷布里好多了。

但第二天的行程就变得艰难起来，绿洲抛在了身后，迎面而来的是一道峡谷。古道夹在山河之间，两边千姿百态的山脊和山峰交错耸立，峰回路转，景象不同，河水的轰鸣声回荡在山谷之间，不时有一棵杨树或榆树站在河岸，目送着流水奔腾远去。骑兵小伙子们的面色开始显得严峻起来，像是马上要准备着临阵冲锋。

之后，除了长天烈日，大漠黄沙，什么都没有了，似乎风都逃走了，扑面而来的是滚滚热浪。人往前走，就像是往火炉中钻。因为热沙灼了马蹄，马总是跳跃着。它们大张着满是白沫的嘴呼呼喘息，不停地打着响鼻。

没有路，向导是一匹曾多次往返过这一险途的老马。所带的当时的军用地图是陶峙岳将军的部队原来用的，对这一带的绘制很不精确。骑兵们相信这匹老马，而刘月湘则充满担忧。虽然她知道有“老马识途”这个词，但认为这只是一种带着传奇色彩的说法。特别是后来，由于实在忍受不了大漠的高温，大家改在白天休息，晚上行走，仍然全靠那匹老马带路，就更是担心它会把大家带进绝境里——这毕竟是闻名世界的“死亡之海”啊。

走到第四天，他们看见了一座古城，那是蒲昌城遗址。它掩映在一片胡杨林中，远远就能看到高耸的碉楼。这里在清末是管辖尉犁、若羌、且末一带地方的军事和政治中心。当地人称它为杜拉里古城。总面积十二万平方米，其始建于一八九二年，废弃于一九〇三年，仅驻兵十一年。城墙为泥块夯筑而成，上部有土坯砌筑的堞墙、碉楼，城中建筑仅存败瓦颓垣。清朝政府斥资数十万两白银建筑的这座城池是清王朝管理塔里木盆地东缘地区，实行屯垦戍边的重要物证。但随着清王朝的灭亡，它也最终被废弃了。

第二天，大家奇迹般地听到了水声。排长高兴地说："老马没有带错路，它把我们带到了铁干里克!"

当时大家已渴了半天，突然看见了一条河，内心的喜悦可想而知。连疲惫至极的马听到水声，也飞奔起来。而刘月湘却觉得再也动不了啦，她想，即使再坚固的东西，颠簸到现在，也会散架的，她从马背上滚下来，朝河边爬去。骑兵们也是一到河边，就滚下马来，趴在河岸上，狂饮一气。

据说铁干里克是一个古镇，古镇的遗存是一些城墙的断壁残垣和一些显然曾是人工种植的红枣树。被沙漠围困着的这个地方，凭借塔里木河的一点儿余波——它到这里已快被塔克拉玛干沙漠榨干了血液，顽强地与大漠抗争着，保存了一星不朽的绿意。

宿营后，战士们迫不及待地跳进河里，在河水里洗了个澡。刘月湘听不得水声，不跳进水里，就浑身发痒。她趁男兵们睡着后，躲过哨兵，到了河边。明月升起，月光洒在起伏的大漠上，隐隐泛着金色的光芒。一棵胡杨孤立岸边，多半死亡的枝干如虬龙一般，活着的部分枝繁叶茂，则如伴着虬龙飞腾的祥云。河面波光闪烁，流水声使大漠显得更为寂静。刘月湘脱了汗渍斑斑的军装，把自己慢慢渗入河水里。夜晚的河水很凉，但她喜欢河水从皮肤渗入肌肉、渗入骨头、渗入五脏六腑的感觉。她把自己沉入水下，看着月光在水面波动后，照入幽暗的水里，有些波光文在了她的身上。她感觉流水穿过了身体，感觉自己成了流水的一部分，那种感觉真好。数日旅程的艰辛，都一一洗去。她留恋那荒漠流水，在河水中待了很久，才偷偷回到营地。大地为床，蓝天为帐，枕着水声，她做了个梦，梦见自己回到了湖南，正在湘江边慢慢地走，她还梦见了云雾缭绕的衡山，梦见了父母、弟妹和故乡的老屋。从梦中醒来时，看着那轮明月高悬在深蓝色的夜空，遍地月光，静静流泻，更显奢华。

继续前行，河流的气息越来越微弱。始如游丝，继而只余一段干涸的河床，最后则只有沙漠了。塔里木这条大河在与沙漠进行无数次生死决战后，到此为止了。看到这番情景，刘月湘深感恐惧，一条大河尚且如此，一个生命在这沙漠面前简直就跟滴水一般，会很轻易地被耗干。

一名新兵看着迎面而来的无边沙漠，用哭腔对骑兵排长说："排长，能不能不往前走了，或者在这里多停留几天?"

排长笑了笑，说：“你是害怕了吧，告诉你吧，这个时候，谁都害怕。但我们不能停下，根据命令，我们必须赶到米兰，前面是罗布荒原。往东就是近于干涸的罗布泊和举世闻名的楼兰古城，不破楼兰誓不还，我们是不到米兰誓不还。”

大家骑在马上，从四面八方来的阳光像火一样烤着士兵和战马，阳光灼得人眼睛发痛。汗水湿透了衣服和马鞍，酷热使战马烦躁得直打响鼻。无论在大漠中走了多长的时间，因为大漠一色，没有任何参照物，所以感觉自己还是在原地踏步。这使本来就十分漫长的道路显得更加漫长，也使这茫茫大漠显得更无边际。

走了三天，还是令人绝望的沙漠，骑兵排带的水越来越少，每人每天最多只能用一军用水壶水。自离开铁干里克，就没有洗漱了。泥尘和汗水使每个人都像古戏中的花脸。衣服上汗水干后凝成的汗碱已白刷刷一层，衣服变得很硬，一动就呱呱直响。食物只有由两匹马驮的馕，因为整日被马汗浸着，早有一股浓浓的马汗味儿了。刘月湘闻到那味儿，就想呕吐。现在，那馕经过二十多人这么多天的消耗，已所剩不多，也得省着吃才行了。

刘月湘连续骑马，大腿和臀部都已磨烂，汗水一渗，钻心般疼。走到最后，由于劳累和缺水，她走着走着，眼前发黑，好几次差点儿从马上栽下来。

沙是微不足道的，但当它们聚集在一起，就显示了毁灭一切的力量。它使塔里木河在铁干里克一带中止，又让发源于昆仑山和阿尔金山的车尔臣河也在罗布庄附近消失。两条河流似乎是联盟着要走到一起，汇为一体，与大漠抗争，但都是徒劳。沙战胜了它们，把一个无边无际的死亡地域摆在了两条河流的面前。

骑兵们就走在这死亡地域之中。从地图上看，为了赶时间，自尉犁开始，基本上是沿东经八十八度线直插若羌，所以那条路线一直在沙漠之中。

第十天的下午，那匹带路的老马走着走着，突然栽倒在地。它不想张嘴，不想抬起眼皮，甚至都不想呼吸了。它的嘴扎进黄沙里，有一边的嘴挂着发黄的白沫。它和人一样想着，与其这样走下去，还不如死掉。其实，它是实在坚持不下去了，它的生命被这九天的行程榨干了。

大家想把它扶起来，但它已没有一点儿力气。最后，它体现了一匹训练有素的军马的品质，它挣扎着把自己的头支撑起来，指向前进的方向。然后，它停止了呼吸。

骑兵们纷纷下马，向它默哀。排长拨出刺刀，按照骑兵的规矩，郑重地割下一绺马鬃，放在自己怀里。

“马头所指的方向应在托尕木，这里距托尕木应该不会太远。我们先到那里去吧，那里有一些胡杨树和零星的草地，也许可以找到水，运气好的话，还可能碰到牧民。”排长声音沙哑地说。

其他马匹也不行了，它们像被沙漠战胜了的俘虏，低垂着头。汗水把它们的马鬃黏结在一起，凌乱地垂在脖子两侧。它们已载不动人，有两匹马不使劲地拉，就迈不动步子。大家只好下马步行。离地一近，更感到灼热。每往前迈动一步，都好像要用尽平生的力气。

水只剩下了排长省下的一壶。他一手拉着战马，一手护着那壶水。虽然他十分饥渴，但他保持着一个骑兵的尊严，不让喉咙发出咕噜咕噜的声音，不用舌头舔焦干裂口、冒着血珠的嘴唇。他深陷的、淡蓝色的眼睛里闪着光，他薄薄的嘴唇在不说话时总是紧闭着。

“不知离托尕木还有多远？”刘月湘用掩饰不住的绝望的声音问排长。

“靠双脚走，得一天多。”排长说。

刘月湘一听就沉默了，大家都沉默了。只有凝重的脚从沙里拔出，再迟缓地踩进沙里的声音。不时有人把水壶盖旋开，把脖子仰起来，希望里面还有一滴水。当里面连一点儿湿润气都没有，那人就贪婪地盯一眼排长的水壶。

排长走在前头，当他见大家赶不上他，就会停下来等一会儿，然后又往前走。

刘月湘觉得自己的身体快干了，干得像一张呱呱直响的纸，一小阵风，就可以把她刮上天。

刘月湘没有被刮上天，但她走着走着，就觉得自己要倒下去。她扶着马，但天地还是旋转起来，天地以她为中心，旋转、扭结，世界像一个巨大的旋涡，要把她旋到最恐怖、最黑暗的中心。那一轮灿烂得过分的太阳一下子变成了无数个，风车似的旋转着，像一群正围着她狂吠并要把她撕扯得粉碎的疯狗。她仿佛听见自己呻吟了一声，然后就倒下去了。灼热的沙烫得她直抽搐。

大家围过来，排长取下水壶，给刘月湘灌了一些水在嘴里。然后把她横着绑在马上，让马驮着她走。她不知是多久醒过来的。

排长用冒着火的嗓子对大家说："在即将断水的时候，在沙漠中绝不能停留。多往前走一步，就远离危险十步，多停留一分钟，就多了十分危险。这水要到了刘月湘这样危急的时刻才能饮用。现在……现在……只要是水，不管是自己的尿，还是马尿，都不能浪费，都要喝。这里，只有人尿和马尿是水。大家不要害怕，特别是刘月湘同志，这样的事，对于在沙漠中行走的人来说，是经常发生的。只要到了托尕木，一切都会有了。但我们也许会因为缺少一口水，最后走不到那里。所以，我再说一遍，只要是水，就绝不要浪费。"

其实，骑兵们从昨天开始，就一直靠自己的尿解急。排长说完后，大家只管迈着机械的步伐往前走。

刘月湘从马背上下来了，听着排长的话，在心里说：我宁愿死，也不愿喝尿。

馕已干得像百年老陈土，一见火，似乎就会燃起来。嚼在口里，满口是灰，除了牛汗味，很难闻出粮食的味道。大家已饿得两眼发直，但没人能咽下那玩意儿。

天地间只有这支在沙漠里艰难行进的小队伍，他们像是行进在另一个星球上，除了头顶的星空，就只有孤寂。

第二天傍晚，大漠被镀上了一层瑰丽的霞光。排长看见了一株真正的树，那是一棵不知道支撑了多少岁月的一半鲜活、另一半却已经枯朽的胡杨。循着那棵杨树望过去，还有三棵。他知道，快到托尕木了。

他想告诉大家，但他的眼泪先流出来了。他自己喃喃地说："我们没有走错路，我们没有走错路，老马指引的方向是对的。"其实，自老马死后，他的心就一直悬着，现在他终于放心了。他又往前走了好远，待到眼泪擦干了，相信再也没有泪水流出来，才转过身对大家说："同志们，前面有树的地方就是托尕木，我们从死亡之海中走出来了，我们不会葬身大漠了！"

大家一听，高兴得纷纷倒在地上，再也不走了，也没人能走动半步了。

托尕木有一个不大的湖泊、一片胡杨林。湖里有很多鱼，战士们捞了一大堆，大家在湖边烧了篝火，吃了一顿烧烤鱼宴，休整了一天，再行军两日，达到了若羌。

克孜勒克

刘月湘躺在帐篷里，闻着浓烈的马粪味、马汗味，想一动不动地躺着，就那样躺上三天三夜。但第二天，她得知，鉴于骑兵团已完成剿匪任务，除一营改编为六师独立骑兵营，继续留驻若羌，清剿残匪，其余部队一律开拔归建。第二天，刘月湘所属二营经且末、民丰返回于阗。

刘月湘费力地跨上马背时，呻吟道："我的天，又得在马上待半个月。"

陈阿宝因剿匪有功，已升任副团长兼骑兵营营长，而刘月湘现在是骑兵营文化教员——也就是说，她已经提干了。陈阿宝让刘月湘随营部行进，见她在马背上难受的样子，就把自己的大衣垫在马鞍上，说："这样坐着，你就舒服多了。"

"营长同志，你不是说，这样影响军容，不允许吗？"

"你是伤员。"

有几个老兵见了，哧哧笑，有人说："我们营长也知道爱惜嫂子了。"

刘月湘把目光向那几个老兵投过去，盯着他们，几个老兵赶紧把头转过去了。她把营长的大衣取下来，递给他说："多谢营长同志关心，我没有受伤。"

营长把大衣接过来，什么也没有说，走到自己的战马跟前，左脚一点马镫，飞身上马，大喊了一声："出发！"

四百余匹战马引颈嘶鸣，一千六百余支马蹄叩击大地，征尘腾起，向西而去。

十三天后，部队到达于阗，但并没有停留，而是直接转向于阗以北、克里雅河左岸的克孜勒克附近屯垦开荒。得到这个消息，部队一下沉默了，马蹄声也没有了力量，变得有些轻飘。

没人说话，刘月湘想听到他们说话，但他们只是机械地一步一步往前走。

"怎么他妈的都不说话了？"有人终于受不了，喊叫道。

“走路都够费劲了，哪还有心思和力气说话啊!”有人回应。

“你们不说话，这路没法走。”

大家要营长唱歌。

“我他妈的就会唱《大刀向鬼子头上砍去》，你们都听腻了。”

“那也要唱。”

“营长，鬼子已经被我们砍跑了，不能唱这个，我们营第一次来了女同志，人家又是我们营最有文化的人，你要给刘月湘同志唱个有文化味儿的歌。”说这话的是一个脸像是被烤焦了的老兵，大家叫他“鬼脸”。

“鬼脸，我这人粗得像戈壁滩一样，哪唱得了有文化的歌啊!”营长有些不好意思起来。

“哈哈，你们看，我们营长害羞了!”另一个叫“老鼠眼”的小眼睛士兵大笑着说。

“老鼠眼，你不要扯屌蛋!”营长脸上的伤疤变成了紫色，他掩饰着自己的害羞，擂了那家伙一拳，然后像下了决心似的说，“那我就整上一首。这是一首流传在这一带的古歌，是我在团部跟政治处的文化干事学会的。我先说说这首歌的来由。说是很久以前，这克孜勒克荒原本是一片绿洲，绿洲里有一个小村子，克里雅河从村边流过，人们用河水种庄稼，养牛羊，日子过得蛮好的。后来塔里木河改道，水源断了，绿洲荒芜了，人们的生活越来越贫穷。有个叫玛洛伽的姑娘，决心去寻找水源，她背着一袋馕和一葫芦水，只身走向荒原。人们等待着，盼望她能和甘甜的流水一起回来。但一年又一年过去了，人们再也没有看到玛洛伽的身影，就知道她肯定回不来了。每年五月，人们看见她走过的地方，会盛开着一丛丛、一簇簇的野麻花，像锦缎一样好看。大家认为那盛开的野麻花肯定是她的灵魂化成的。”

鬼脸说：“哎呀，我们营长这故事讲得多好，这可是我听到的他讲得最好的一次。这歌好听，可你那公鸭嗓子，恐怕会把这歌糟蹋了。”

“鬼脸，闭上你的鬼嘴，营长是第一次唱这首歌，等他唱了再评价。”

“那我唱了啊，吓到了你们，我可不管。”

营长伸了伸脖子，大漠中便响起了一个苍凉、沙哑而又雄性十足的声音——

哎——
看见白碱黄沙，
想起了玛洛伽。
幸福泉找不见，
只见野麻花。
如果葫芦里还有一滴水，
玛洛伽决不会倒下；
如果袷袢里还有一块馕，
玛洛伽一定会回到她的家……

他唱完这首歌后，大家有好大一会儿没有说话。有些人是被营长的歌声打动，有些人是为这样一个荒原还有如此动人的传说而惊讶。

然后，大家都唱了歌，说了故事。刘月湘唱了一首苏联歌曲《三套车》。刘月湘唱完这首歌的时候，天已经快黑了。晚霞给天空以及斜在西边的月亮和飘在天空里的十七朵白云都染上了淡淡的胭脂红。沙丘的曲线柔和、舒缓，连绵不绝，也被镀上了一层瑰丽的颜色。偶尔可以看到一丛红柳在晚风中摇晃。

在白天感觉分明的时间现在变得模糊起来。但当太阳再次升起，时间又会变得分明。

气温变化如此之快，清晨的大漠还有凉意，太阳一冒出东边浑圆的沙丘，滚滚热浪就从脚下蒸腾起来。扑面而来的热气令人窒息，没过多久，大漠就成了一个大火炉。

从四面八方来的阳光像火一样炙烤着大家，大家像被放在油锅里生煎的鱼。阳光灼得人眼睛发痛。刘月湘仿佛听见自己呻吟了一声，一头栽下马来。陈阿宝把她抱起来，她闻到了他身上浓烈的汗臭味，一下醒过来了。她从他怀里挣脱，踉跄着重新回到自己的战马跟前，但她没有力气再爬到马背上。她突然想哭，她真的哭了。陈阿宝吃惊地看着他，以命令的口吻说："你竟然还能流出眼泪！赶紧擦掉，我们最见不得那玩意儿。"

刘月湘仍没忍住，她抽泣着。

一个叫“豁嘴”的战士为了逗刘月湘高兴，指着一片海市蜃楼，说：“不要哭了，你看到了吗？那就是我们要去的地方，我们马上就要到了！

刘月湘真的看见黄沙紧接着浩渺的碧波，岸边是一座高楼林立的城市，那里有匆忙的人群、美丽的花园、气派的广场、被风吹动的绿荫……

“看，多么漂亮的城市！”另一个战士也说。

大家都向那个方向望过去。刘月湘擦干了泪，真有一座城市，一座好气派的城市，真是不可思议。

刘月湘好像突然有了力气，她翻身上了马背。

第二天，队伍到达了克孜勒克。这里奇迹般地看到了一个小小的湖泊。这个营就是要凭着这一小湖水，在这里生存下来。

烈日在天，官兵们稍事休息后，正在挖地窝子准备栖身。

刘月湘问营长：“我们要驻扎在这里吗?”

“是的。”

“原来我们不去那座城市?”

营长开始还有些蒙，一回想，他知道她说的是哪座城了。呵呵一笑，说：“我们是奉命到这里垦荒，等完成任务，我们就可能去那里。”

“我昨天没过多久就看不见那座城市了。”

“被沙山挡住了吧，有时候要天气很好才能看见。反正它会在那里的，跑不掉。”

刘月湘还想问什么，天空突然变得昏黄一片，太阳很快就被抹去了。有一种奇怪的声音在远方响起，越来越近，越来越宏大。开始像蜜蜂嗡嗡地叫，继而像波涛涌动，很快就变成了飞机轰鸣，最后变成了大海呼啸。远处的沙丘上，传来几声沙狐忽高忽低、单调凄厉的怪叫声，湖水颤抖着，岸边的芦苇和湖水因为恐惧而瑟瑟发抖。

大家还没明白是怎么回事，突然狂风怒吼，飞沙走石。

“沙暴！”不知是谁喊了一声。

大家赶紧抱住自己的背包，但还是有行李像纸片一样被刮上了天，转眼间就被沙尘吞没了。

天地顿时陷入黑暗之中，感到风推拥着沙丘，正在移动，脚下的沙漠仿佛突然立了起来，正在向某个地方奔跑。沙子灌得人满身都是……

约莫一个小时，沙暴停止了，整个营的人马都已陷在沙中，涌动的流沙已埋到了部分人的腰上，好多人凡是身上带的，诸如帽子、毛巾、水壶、挎包之类的东西早就没了影子。刘月湘个子小，沙子已埋到了她的胸部，两名战士费了很大的劲，才把她刨出来。一个战士半开玩笑地对她说："你这算是真正地扎根边疆了。"

刘月湘的嘴里、衣领里、头发里、耳朵里，凡是能钻进沙子的地方，都有沙子。

沙暴过后，天空很久仍是暗黄色的。沙漠里更热，地表温度达到了七十余摄氏度。一旦赤脚，会烫得人直跳，胶鞋也会被烫得发软。奇怪的是，湖里那些黑压压的蚊子却没有被沙暴刮走，沙暴只激怒它们使它们更加疯狂。战士们新鲜的血液使它们变得贪婪无比。它们不顾一切地扑向每一个人、每一匹马。大家的脸上、手臂上，凡是露在外面的皮肤全被它们叮得惨不忍睹，最后大家只好用衣服把脸包起来，只露出两只眼睛。

大家挖好了地窝子，全营驻扎下来，开始了把荒漠变成良田的梦想。

官兵们整天都是那把巨大的砍土镘，用它没日没夜地挖呀挖呀。手上裂开了口子，砍土镘把上全是血，红的变黑，黑的结了痂，痂上又染血。发的黄棉衣是大号的，袖子长，刘月湘人小，手上渗出的血把半截袖子都染红了。

那时他们每天三点半起床，简单地洗漱之后，干到八点钟吃早饭，然后带上两个玉米饼子一壶水，一直干到晚上十点钟才收工，回来后还要搞政治学习、思想教育，搞完这些，就晚上十二点了。所以休息的时间很少，加之吃的东西很差——玉米饼子硬得能把驴砸死，所以刘月湘总感到困，感到劳累。即使这样，还要唱歌，说话。

冬天开荒更加难受，一是寒冷，冻得人受不了；二是地被冻得像石头一样硬，开垦起来十分吃力，砍土镘挖下去，地上只有一个白印子，把砍土镘弹得老高，震得虎口一阵阵生痛；三是脸和手极易皲裂，最后手和脸上的皮肤变得像哈密瓜一样难看。而冬天也是粮食最紧张的时候，所以就把吃玉米饼改为喝玉米糊。那时的人干活不要命，但饭必须吃饱，那点糊糊管什么用？所以，好多战士干着干着活儿，就饿晕过去了。

刘月湘留着两根又黑又粗的长辫子，但这里连肥皂也没有，没法洗头，头上长满了虱子，最后只好用碱土洗头。那东西蜇得人头皮发麻，她一不做，二不休，就把头发剪了，剪成了个小平头。

那时候每个人都想当劳模。刘月湘也是，她决心先当团劳模、师劳模、军劳模、兵团劳模，再当大了，成了全国劳模，就可能见到毛主席。她还有一个想法，就是当了劳模，组织就不会介绍她和老同志结婚了——虽然她当初拒绝了和营长陈阿宝结婚，但官兵们都觉得她是他的人，把她从六师医院调回骑兵团，似乎也是因为这个。她所有的抗争——去昆仑山筑路、到阿尔金山剿匪——似乎都归零了，现在，她还在营长的麾下。

记得部队到克孜勒克开荒时，团里除了五百多名军人，还有当年一月和四月分配给营里的内地遣犯六百余人。军人和遣犯一起劳动，分不清谁是遣犯谁是军人。其实，军人的劳动强度比遣犯还大，目的也有些相同，那就是“挣表现”。但遣犯的目的更明确，那就是表现好了可以减刑释罪；当兵的则是为了建设新新疆的崇高目标。那种工作强度，那种发自内心的、自愿的劳动，像是把自己当作了一把把被挥舞着的、粗劣的、经久耐用的砍土镘。

刘月湘性格外向，不怕吃苦，再苦都是乐呵呵的，因为留着个小平头，大家都叫她“假小子”，她的大名刘月湘反而给人忘了。一副男同志模样，也给她省了不少麻烦。因为当时遣犯多，那时的厕所是用芨芨草搭的，也就能挡个视线，一刮风，就没了踪影，怕晚上遇到坏人，一个人上厕所，就得去一个班跟着。

一九五二年秋天，营里来了一台马拉收割机，是苏联过来的。那东西虽然靠马拉，在当时已很先进。虽然组织曾让刘月湘跟营长结婚被她拒绝了，后来每次开会，都说她没有扎根边疆的思想。但营长仍对她不错，培养她当了马拉收割机手。

有一次，刘月湘到一个连队去割麦子，连里建了一溜土坯房。连里以为她是男的，就把她安排在遣犯们住的过道里。劳动一天，本来十分劳累，却听到两边屋子里遣犯们脚镣发出的叮叮哐哐的响声，刘月湘心里很害怕。但想着想着，也就呼呼入睡了。

刘月湘睡得正香。教导员来检查工作，见过道里睡着一个人，就问：“是谁睡在这里的?”

“从营里来的收割机手。”

“怎么能让她住在这里呢，难道你们不知道她是个女孩子？你们这不是把羊送到狼窝旁了吗?”

“哎呀，教导员，我们还以为她是男的呢。”

“这太可怕了，太危险了，赶快让她搬到连部去住。”

当时的连部也就一间小房子，是连部人员办公兼睡觉的地方。里面挤了好多人，刘月湘再挤进去，里面显得更加拥挤和闷热。加之她是女的，大家都只能穿着衣服睡觉，更是汗流浃背。她那天割了近七十亩麦子——创了马拉收割机割麦的最高纪录，累得不行，不管三七二十一，一躺下就睡着了。

一九五二年，刘月湘评上了师劳模，但由于不愿结婚，说她看不起革命老同志，就把师劳模改成了团劳模。

海市蜃楼

刘月湘到团部开劳模表彰大会的第二天，组织股的夏干事找到她，说政治处侯主任要找她谈话。

主任找她，她不得不去。她很是忐忑地跟着夏干事往政治处走。

政治处仍设在地窝子里，不过土坯房已在建，建好后就会搬进去。

主任在地窝子里一边抽着莫合烟，一边等她。见她进来，主任请她在对面的土墩子上坐下。“刘月湘同志，你在剿匪中立了功，在开荒中又被评为劳模，表现很好，值得表扬!”

刘月湘站起来说:“谢谢首长!”

“坐下，坐下。你和陈阿宝同志的事，你现在是怎么想的?”

“我和他的什么事?”

“不要揣着明白装糊涂，让你去昆仑山修路，上阿尔金山剿匪，到克孜勒克开荒，都是组织安排的，就是想让你们有足够的时间彼此了解，这也是组织对你的关心。”

刘月湘一听，愣了好久。“首长，我从没有想过这件事，我也没有想过组织会这么安排。”

“那还不感谢组织?!”

"我说过，我不会跟他成家，我这么小，都两代人哪。如果首长是跟我谈这件事，我就走了。"刘月湘说完，转身就走。

主任在她身后爽朗地笑了："你这个女娃挺犟啊!"

主任没有再提这件事。表彰大会结束那天，她在团部碰到营部的副官，她问他干什么，副官说他来买糖的。

还没过年就买糖，今年春节是不是要好好热闹一下？刘月湘一边问副官，一边笑着抓了一颗糖。

副官笑着说："这是喜糖，可不能随便吃。"

"又给谁配对了?"

副官笑而不答。

"说说看吧，是谁和谁?"

"到时候你就知道了。"

回到克孜勒克的第二天上午，刘月湘被带到了一眼小地窝子里。全营连以上干部都喜形于色地坐在那里。桌上放着两小堆糖，每人跟前放着一杯水。一见刘月湘进去，教导员就说："欢迎新娘子!"接着就是"噼里啪啦"的掌声。

刘月湘一下愣住了。她愣在地窝子门口，要转身退走的时候，已被人推到了陈阿宝身边。

教导员宣布，经组织批准，副团长兼骑兵营营长陈阿宝同志与文化教员刘月湘现在结为革命夫妻，让我们以水代酒，向他们表示祝福，愿他们永结连理，白头到老，早日生下革命后代!

刘月湘不知什么时候哭的，她哭得很伤心，还没搞清是怎么回事，婚礼已经结束。人们完成神圣使命似的，鱼贯而出，把一对"新人"留在了"洞房"里。

地窝子里异常寂静，似乎连尘埃落地的声音也能听见。

陈阿宝的脸憋得通红，这个曾经一百多次冲锋陷阵的男人感到异常尴尬。那么冷的天，他的额头上却冒出了一股股的汗水。是的，对于女人，这个老兵还是个新兵。他不停地抹着额头上的汗水，脚不安地在原地动着。

过了好久，他才鼓起勇气说："刘月湘同志，我们家世代贫农，成分很好，我很早就参加了革命……我这人战争年代是英雄，生产劳动是模范……"

刘月湘没等他说完，就打断了他的话。“我不需要知道这些事，这跟我没有任何关系！”她觉得自己的内心很难受。突然，她不顾一切地冲出了那个地窝子，向着无边的旷野冲去。

凛冽的寒风一阵阵从戈壁滩上掠过，笨重的毡筒使她一次次跌倒。她索性把毡筒脱了，挂在脖子上，脚上只有一双布袜子，她没觉得冷，也没觉得硌脚，只觉得身后有一种强大的、不可违抗的东西在追逼她，她跌跌撞撞地飞跑着，那么快，像荒漠中的一阵风。她呼出的气息喷在脸上、头发上，凝成了冰霜。大半个夜晚的奔跑，使她的一双脚早已血肉模糊，没了知觉。

她没有回头，这时，她突然在泪眼蒙胧中看见了一座城池，只见黄沙紧接着浩渺的碧波，岸边是一座城市，高高的楼房、匆忙的人群、美丽的花园、气派的广场、被风吹动的绿荫……

那不是那座城吗？她笑了，义无反顾地向那座城池跑去。

后面的话

纸张脆薄，墨迹变淡，我把折痕小心地捋平顺，把衣鱼咬噬过的地方修补好，突然感觉刘月湘一直在某个地方活着，只是换了个装扮而已——把军装换成了维吾尔族女人的头巾和沙丽。

在骑兵团那份《关于女兵刘月湘同志失踪案的报告》中，我们很奇怪地都认定她是第四种结局：也就是隐姓埋名，过起了别样的生活。我曾去过塔克拉玛干沙漠深处的村庄——有些被大漠隔绝于流沙深处，数十年，甚至上百年与外界隔绝——比如达里雅布依，是二十世纪八十年代石油开发时，才被石油勘探队发现的。我想她肯定是被海市蜃楼所诱惑，在大漠里迷失了方向，然后找不到回营地的路，就在某个世外桃源般的村庄安顿下来，喜欢上了某个维吾尔族小伙子，结了婚，有了一大群孩子。

但她在我的记忆中，永远是当年那个年轻女兵的样子，俏丽的脸型、黑亮深沉的双眸、丰满倔强的嘴唇、略带忧郁的神色……这也是她在很多战友梦里的样子。我们说起她，也都是她当年的模样。

我现在九十多岁了，能够隔着时间之河去打量昔日往事。我知道，在那个特殊的时期，战士们的爱情故事有些特别，并不能用简单的人性伦理去衡量。因为每一种牺牲和付出都是珍贵的。我常为战友们感到自豪，我觉得我之所以活着，就是为了他们。

高干病房的墙过于白，过于洁净，洁净得就如同我们当年的理想。我恍然看见很多战友从白净的墙里走了出来，英勇的副团长陈阿宝、骑兵排长尕五福、一张童真圆脸的汪嘉慧……最后走出来的是刘月湘，她走得不快不慢，一直微笑着，她的微笑显得那么贵气，那么迷人。

我望着那面墙，不禁老泪纵横。我支撑着衰老的身体，坐直了身子，用尽我平生的气力，向他们敬了一个标准的军礼。

《江南》2019年第5期

燃烧的铁

/曾皓

一

那个冬天，雾霾笼罩下的天空阴沉，厚黑。

秦凯从营部门口走出来时，天已经黑了，浓重的雾霾让他感到窒息。他嘴里骂了句脏话，故意要跟这雾霾较劲一样，梗着脖子，如一根刺向天空的长矛，直直地走进黑暗中。

连长张茂堂从营部门口跑出来，喊了一声指导员，视线前方的人并没理会。张茂堂紧追几步，从背后拉住秦凯的手。没想到那手早有防备，用力一挣，张茂堂脚下没站住，一个屁股蹲儿，摔坐在地。

张茂堂有些火了，冲秦凯的背影大声说道："你是指导员，还要我来做你的思想工作吗?"

秦凯回头，鄙视地望着张茂堂："刚才会上没见你放个屁?"

张茂堂站起来，有些无奈地说："我是连长，只是列席会议，没有表决权，说了也没用……"

"放屁!"

秦凯挥了挥手，嘲讽地说："你不吭声，是怕耽误你升官，隔几天，你就要去机关报到当股长了，恭喜你，茂大股长！熬了六年，终于升官了。"

张茂堂外号老茂，也有人喊他茂连。久而久之，大家就忘了他本姓张。

老茂脸色有些僵，还是努力地笑了笑："有话咱们回连队说，营里开完会要聚餐，就你跑了，他们怎么想？"

"爱怎么想怎么想？不侍候他们了还不行？"

老茂望着气头上的秦凯，拉长语气接着说："我比你在部队多待了几年，有些事不是我们能左右的，要有大局观念……"

秦凯瞪着老茂："啥叫大局观念？这是大局观吗？这是公道不公道的问题！要这样搞，我们还怎么带兵？以后我们说话，还有哪个兵信你？"

秦凯说完就走了，老茂望着老搭档的背影，一时竟也无语。

营门口跑出一个通信员，对老茂喊道："茂连，你们指导员怎么走了？营长和教导员等着你们吃饭呢？"

老茂立即转身向营部走去，走了几步，回头看被夜色裹挟的秦凯，只剩一个模糊的黑影。要是一会儿领导问，你们连指导员哪去了？他该怎么回答呢。

远处，连队已经亮起昏黄的灯，如迷雾中的孤岛，飘摇不定。

秦凯自己也说不清怎么回到连队的。营部到连队，不长的一段路，却摔了好几跤，连帽子摔到哪里去了也没找到。这兆头，看来不光要跌跟头，连乌纱帽也要丢。他轻蔑地笑了笑，丢了也罢！

他走上连队门口时，踩上一层冰，脚下再次一滑，又摔在地上。一个兵早就等在连部门口，赶紧跑过来，扶起秦凯的同时殷勤地问："指导员，没事吧？"

秦凯见是贾明，毫不领情地缩回手，哼了一声，气呼呼地朝连队走去。贾明紧走几步，跑在前头为他撩起门帘，然后客气地笑着说："指导员是去营里开会了吧，这大雾霾天，辛苦了，指导员！"

秦凯走了两步，回头望着贾明："你好像知道我去开……开什么会？是不是开的什么你也知道了？"

贾明脸上本来挂着谦卑的笑容，见秦凯语气不善，尤其那眼神，刀子般递过来，让他躲闪不及，立即低着头说："不……不知道……指导员辛苦了，快进屋。"

贾明说完去拍秦凯身上的土，秦凯手一挡，没好气地说："能不能别搞溜须拍马这一套？你能耐那么大，用得着巴结我吗？"

这话比刚才的刀子还狠。贾明眼里闪过一丝委屈的泪光，不过很快，他脸上重新涌出谦卑的笑容，对秦凯立正回答道：“是，指导员，我有不好的地方，以后一定好好改正。”

秦凯本为自己有些过火的话感到愧疚，但看到贾明脸上谄媚的表情，突然生出几分厌恶，再也没搭理他，向连部宿舍走去。此时，他最不愿看到的另一个人——一班班长甄英俊从走廊一头宿舍走出来，好像和他打了一声招呼。他心里有些慌，赶紧压低目光，迅速走进连部，将门一关，顺手按上锁门的按钮。

现在，他觉得最对不起的人就是甄英俊。

甄英俊是连队一期士官，作为团里的训练标兵和优秀士官标兵，每个连队都为有这样的兵自豪。尤其是在年底前的综合演习中，连队陷入绝境即将全军覆灭之际，甄英俊带领尖刀班杀出重围，成功地端掉蓝军指挥所，让演习提前结束。甄英俊凭一己之力，拯救了整个连队。可是现在，连队给他报请的三等功黄了。连队报到营里，营里却把这个立功受奖的名额给了连队另一个班长贾明。理由是贾明在军区报纸上发表过一个头版头条，按有关规定，应该给他报请三等功。

秦凯当场就不干了。贾明原是机关宣传股的新闻报道员，半年前来连队任班长，虽说他搞新闻报道搞得不错，可连队最需要的不是新闻报道，而是甄英俊这种军政素质优秀又踏实肯干的人，把这个三等功给了贾明，连队上下怎么看？以后还有谁肯卖命干工作？

秦凯据理力争，最终还是没有争过。会后，秦凯气得摔门离去，连聚餐也没参加。

秦凯决定去找政委吴汉明谈谈。

秦凯军校毕业后在基层当了一年排长，因笔杆子不错，被时任政治处主任的吴汉明调到政治处当了一名宣传干事。秦凯努力工作，各项任务完成得都不错。吴汉明当上团政委后，有一次对秦凯说，不要老在机关待着，到基层去好好锻炼一下吧。秦凯说，一切听政委指示。这样，秦凯从机关到了二连当指导员。后来秦凯才知道，政委也曾经任过二连指导员，他对二连充满感情，也正因为如此，二连指导员必须深得他的信任和欣赏。秦凯心里对政委充满了感激，同时，他感觉自己和政委的私交不错，遇到拿不准的事情，向他勤汇报，一来可以密切关系，二来也能讨个主意。而此时，他却希望政委能帮自己主持公道。

从当政治处主任的时候起，吴汉明就经常告诫干事们，政工干部除了要时刻发挥政治表率和模范带头作用外，心里还要有杆秤，维护公平正义的良心秤。像甄英俊这样的兵都不能给他报功，哪还有公平正义可言？

第二天一早，秦凯走进吴汉明办公室，正要向他汇报，桌上的电话响了，吴汉明接起电话，谁知这个电话很长。秦凯知趣地走到门边，从虚掩的门向外一看，外面排了好几个人，都是等着请示汇报的干事和参谋，自己这一出去，要再进来不知得排到什么时候了。秦凯走也不是，不走也不是，只好硬着头皮尴尬地站在那里。一会儿过去，吴汉明的电话终于挂了。

秦凯回头，看到吴汉明脸上冒着虚汗，微皱眉头，从桌上拿起一个药瓶，从里边倒出几粒，一把塞进了嘴里，接着端起茶杯。秦凯立即走过去说："政委，用茶水吃药不好，我给你倒点白开水吧！"

吴汉明一仰头，将药吞了下去。"没事，等不及了，这两天老毛病又犯了。"

吴汉明所说的老毛病，是他的胃病。他长年都被胃疼困扰，随身总是带着治疗胃疼的药。短暂的工夫，那药似乎见了效果，扭头对秦凯说：

"你刚才说什么事？"

"就是连队评功评奖的事……"

门外响起一声报告，打断了秦凯刚要展开的话头。公务员进来向吴汉明报告，常委会议室其他领导都到齐了，团长请他过去开会。

吴汉明站了起来，一边收拾桌上的文件夹，一边对秦凯说："这是最考验连队主官能力素质的时候，我需要你思考两个问题：一、做出的决定是否出于公道正派？二、是否掺杂了个人的好恶和私人情感？你记着我这两句话，现在不要回答，回去好好想想，想好了再来找我，去吧。"

秦凯当场就想回答吴汉明，见他急着去开会，只好把到嘴边的话又憋了回去。

二

秦凯回到连队，刚进连队就见贾明端着一盆衣服出来。秦凯发现那是自己昨晚换下来还没来得及洗的，立即问："你拿我衣服干啥?"

贾明说："我去洗洗。"

秦凯突然就火了："你好歹也是个班长……给我拿过来!"

秦凯一把夺过贾明手里的洗脸盆，没好气地将那盆脏衣服扔到地上，接着又一脚踢进床下面。这一幕刚好被进来的连长老茂看见，老茂朝贾明挥挥手。贾明委屈地低头走了。

老茂说："你跟一个兵发这么大火干啥?"

"我讨厌这种溜须拍马的，他那么大的能耐，用得着拍我马屁吗?"

老茂已经明确要去机关当管理股长，他的心情似乎不错，笑了笑说："没眼力见的兵，你会说他懒，太有眼力见吧，你又嫌人家尖，你这样让人家咋干?"

"我就看不惯这种溜须拍马的，咋的?"

老茂笑了笑说："好好好，你吃了枪药，我不惹你，不过我告诉你，自从文书生病住院以后，咱俩的衣服、床单、被罩都是他洗的。"

秦凯抬起头说："连队不是有洗衣机吗?"

"洗衣机不会主动把衣服收进去洗吧，也不会给你晾干吧？唉，贾明这个兵最大的优点就是有眼力见，缺点就是太有眼力见了。"老茂说完向外走去。

秦凯躺在床上，心情慢慢平静下来，突然想起政委吴汉明让他思考的两个问题：做出的决定是否出于公道正派？是否掺杂了个人的好恶和私人情感?

给甄英俊报请三等功，当然是公道正派的，严格程序执行，是众望所归。而贾明呢，大家知道他来连队前，在军区报纸上发表过一个头版头条，这跟连队有啥关系？战士们心里有杆秤，是甄英俊在全团比武中拿了第一名，是甄英俊带着尖刀班在演习中端掉了蓝军指挥所，是他一次次在为连队的尊严和荣誉而战，立功受奖自然应该是他。而贾明呢，他刚来到连队没多久，还没为连队做出多大贡献呢。

关于个人好恶和私人情感。秦凯承认，他喜欢甄英俊这样的兵。作为连队主官，谁不喜欢军事素质过硬又能在关键时刻为连队流血出汗的战士呢？这是撑起连队的钢和铁，有了这样的筋骨，连队才有连队的样子。要说私人情感，秦凯承认，他与甄英俊之间有着非同寻常的关系。这种关系建立时间并不长，他来到连队不到一年，虽说对每个战士都已经非常熟悉，但真正与甄英俊建立所谓的私人关系，却是在年底前的演习中。当时连队已经被包围，连长老茂与连队班排骨干一起开会，最后决定由指导员秦凯带一支小分队突围出去，如果能找到蓝军指挥所并端掉它，这场演习就不算输。

秦凯带的就是甄英俊这个尖刀班。想起那次历尽艰难的突围，秦凯的心里至今无法平静。老茂带领连队其他人员发起自投罗网式的进攻，成功地吸引蓝军注意力，在夜色掩护下，秦凯与甄英俊的尖刀班趁机顺利突围。在翻越一座大山后，结果又进入一座大山，走在前面的秦凯突然发现自己迷路了，在决定前进方向时，他与甄英俊发生了分歧。一个决定往东，一个说是西。秦凯按指北针指引的方向，坚持往东。甄英俊却不走了，他让秦凯自己走，他要带尖刀班向西走，理由是指北针虽然指出了方向，并没指出道路，根据山势及河流走势，只能往西。秦凯当时就火了，指着甄英俊说："你知道这是啥行为吗？这要是战场，我现在就可以毙了你！"

战士们没说话。秦凯手里拿着指北针，一挥手接着说："听我命令，向东，出发。"

一行人在秦凯的带领下向东行去。甄英俊跺了跺脚，还是跟了上来。不过他的牢骚大伙儿都听见了。

"主将无能，累死三军……"

秦凯肚子里憋着一股火，他并没发出来。这时候再和甄英俊闹僵，势必会影响士气。他加快脚步，希望快速走过眼前的大山，用事实证明他的决断是正确的。两个小时后，他就为自己的独断专行感到羞愧——两个小时的强行军，他们翻过眼前的大山，结果又绕回到原来的起点。这简直就是传说中的鬼打墙。战士们坐在地上一边喘粗气，一边说些牢骚话。虽然没有指名道姓，但每一句都让秦凯无地自容。秦凯的自信心受到极大打击，脸发烧的同时，还有一种深深的挫败感，黑暗中虽然什么也看不见，但他却不敢朝甄英俊所在的方向看一眼。稍事休息后，他发出向西出发的命令。身旁的战士谁也没动，显然，他的指挥能力受到质疑，没人愿意再听他的话了。

秦凯感觉自己的脸发烫，嗓子发紧，重复了先前的命令，还是没人动。这时不远处一人站起，用急促略带威严的声音吼道：“一个个死狗一样，指导员的话没听见吗？麻溜的，出发！”

说话的正是甄英俊。战士们很快站起来，跟着甄英俊向西走去。紧跟在队伍后面的秦凯心里一时五味杂陈。可能是体力不济，也可能是心里有事走了神，脚下一滑，人就朝前栽了过去。要不是前面有战士挡着，跌落山崖也有可能。秦凯尖叫一声晕过去。后来有人说，秦凯是故意崴了脚，目的是掩饰他成事不足败事有余的囧境。秦凯觉得有点儿冤枉，不过他自己成事不足败事有余倒是真的，那种巨大的沮丧让他有种生无可恋的悲凉。醒来时，发现自己在甄英俊的背上。甄英俊粗重的呼吸和身上洋溢的汗气让他非常不安。

他挣扎了一下，对甄英俊说：“你放我下来。”

“指导员醒了！”甄英俊的声音里有一种发自内心的惊喜和真诚。他将秦凯放下来，黑暗中有几人围上来，从背后接住他，将他轻轻放在地上。

头上的伤口已经包扎好，并不疼，整个脑袋有些昏昏沉沉，而来自脚上的疼痛却钻心。他摸了一下受伤的脚，从脚面到脚踝处肿得很高，他试着起身动了动那只脚，一股钻心的疼痛传来。甄英俊说：“指导员你别动，现在还不知道骨头伤到没有？”

秦凯问：“现在处于什么地方？”

从甄英俊的回答得知，现在蓝军离他们最近，他们正在去蓝军指挥所的路上，因为不知秦凯的伤情如何，人命关天的事，他们顾不上演习任务，准备先把秦凯交给蓝军再说，蓝军的指挥员正是团里的政委吴汉明。如果秦凯伤情严重，政委自然知道如何处置。

秦凯说：“不行。这是演习，不是演戏，演习就是打仗，怎能自投罗网？”

甄英俊沉思了一会儿，突然说：“咱们不如好好演一场戏，指导员你当回道具行不行？”

甄英俊说了他的计划。秦凯想不到这时候甄英俊的思路如此清晰，第一次觉得以往太低估一个士兵的创造性。过后他心甘情愿地充当了甄英俊所说的“道具”，由甄英俊等人扛着他，众人满脸悲伤地闯进蓝军指挥所，称秦凯突围时跌落山涧壮烈牺牲。吴汉明听说演习死了人，还是他非常熟悉的秦凯，一时忘了自己蓝军指挥员的身份，出来奔向“挺尸”的秦凯，结果当场被甄英俊等人抓了俘虏。虽然秦凯等人的行动被斥为“胡闹”，师里下来的导调组却宣布行动有效，并按规定终止了演习。

正是这次共同战斗的经历，让秦凯和甄英俊之间建立起超越一般人的战友关系。演习结束后，他因脚踝受伤住院时，与前来医院探视的甄英俊有过一次交流，得知甄英俊是大学生入伍，入伍的原因很简单，当时与报考的某所军校失之交臂，读大学时休学参军入伍，希望能在部队考上军校。连队连续两年参加重大演训任务，作为训练尖子的甄英俊因任务脱不了身，失去了报考军校的机会。现在他的年龄已经超过报考军校规定的年龄，唯一的机会就是保送入学，如今，作为全团最优秀的班长骨干，他已经拥有一个三等功，只需要再立一个三等功，就达到了保送入学条件。秦凯相信，凭甄英俊过硬的军政素质和文化水平，他完全有能力击败竞争对手实现梦想。秦凯还相信，如果甄英俊真有一天成长为干部，他的能力肯定会超越自己，将来一定能带着他的兵或连队打胜仗。

秦凯过后向连长老茂了解情况，得知甄英俊所说不虚。这就是说，连队应该成全他。

老茂却说：“甄英俊是个好兵，是个有本事的兵，只是可惜……”

秦凯问可惜啥。老茂说：“他跟你我一样，都是普通老百姓的孩子，这种事你认为可能吗?”

秦凯问：“你的意思是……”老茂笑了笑，没再言语。

秦凯说：“咱们当连队领导的，得为他想办法，不能让老实人吃亏啊!”

老茂说：“这年头，老实人吃亏的事情多了，咱俩算啥？带头干活还行，别的啥都不是!”

“那也要试一试才知道。”

“试也可能白试。”

谁知这话真让老茂说着了，半路杀出一个贾明来。

三

说实话，秦凯有些讨厌贾明。

秦凯与贾明很熟悉。秦凯调去机关宣传股当教育干事时，贾明是宣传股的一名新闻报道员。两人共用一个办公室，两张办公桌紧挨着。贾明每天除了给隔壁宣传股长老谭的办公室打扫卫生外，还会将自己的办公桌擦得锃亮，而对近在咫尺秦凯所用的办公桌不闻不问。秦凯有时找他讨抹布擦自己的桌子，贾明也是爱理不理的样子。机关兵当久了，尤其与干事们一样各管一摊，时间一长，就会觉得自己也是干事，能和干部们平起平坐了。贾明给人的感觉就是这样，甚至比一般的干事要牛，这缘于他深得宣传股长老谭和时任政治处主任吴汉明的喜欢。他每写一篇稿子，如果是豆腐块或者用来表扬团领导的，就在自己名字前面署上老谭的名字，如果是版面稍大一点或者他认为比较重要用来宣传单位的稿子，就在前面署上吴汉明的名字。与秦凯经常加班写材料反而容易挨批不同，贾明经常得到吴汉明和老谭的表扬。表扬次数多了，贾明就觉得他的能力要比经常挨训的秦凯强得多，自然不会把他放在眼里。

从某方面来说，贾明具备很多优点。除了经常在报纸上发表稿子外，他还有一对堪称具备特异功能的耳朵。每天从办公室门外经过的人很多，即使他背对着门，也能从细碎的脚步声中，听出谁是吴汉明的，在吴汉明还没走到办公室或站在走廊正准备叫谁的时候，及时出现在他面前，垂首询问主任有何指示。另外，他的勤快也是出了名的。比如每天上班时，吴汉明一进办公室刚坐下，贾明会恰到好处地将一杯刚冲泡的茶放到他桌上。每天下午体能训练时间，吴汉明换上运动鞋出去溜达一圈回来，总能看见自己的皮鞋已擦得锃亮。最开始他还以为是公务班干的，后来有一次提前回来，看到贾明蹲在那里擦鞋，不禁有些感动。这事没人交代他去干，他却主动干得那么投入，这哪是擦鞋，分明是在打磨一件艺术品。过后他甚至还与贾明探讨过，怎样才能把鞋擦得干净发亮。贾明只说了两个字，用心。吴汉明感动之余，对贾明赞赏有加。在政治处的一次会议上，吴汉明还用贾明擦鞋的例子告诉干事们，干工作应该用什么样的标准，外在表现就是领导和上级满意，而内在的东西呢，就是要用心，自己用了心，就问心无愧，就能把看似不起眼的工作干出艺术般的感觉来。

是的，贾明的优点还有很多。这些都是秦凯不具备的，也是他不感兴趣的。他对贾明有自己的看法，不过并没表现出来，因此与贾明在机关相处倒也和谐。秦凯到二连任指导员后，有一天宣传股长老谭打电话来说，一块出去聚聚，秦凯借口连队有事推辞了。老谭过后到了连队，对秦凯说："已经向营里给你请过假了，走走走！"然后就拉着秦凯出去了。

到了饭店才知道是贾明做东。即使有老谭在场，秦凯仍然被当成主角，贾明一会儿为他倒茶，一会儿为他夹菜，这种低眉顺眼的殷勤表现，让秦凯暗自纳闷。这种待遇，只有老谭以上的领导才能享受到，贾明到底整哪一出呢？

饭吃到差不多时，老谭讲话开始向饭局的主题上引。没有主题的饭局，就像桌上没主菜一样，吃起来总觉缺了点什么。老谭说："我们宣传股最出人才，秦干事提前调职当了二连指导员，现在，小贾又在军区报纸上发了个头条，这可了不得呀，咱们宣传股好事不断，我为你们高兴，来，喝一个。"

贾明望着秦凯，突然插话说："股长更有好事，马上就到你们一营当教导员了，恭喜股长高升！"

秦凯吃了一惊，老谭要来他们营当教导员，团里一点儿风声也没露过。他望了望老谭，老谭笑着瞪了贾明一眼，装出责备却又掩盖不住心里的喜悦，笑着说："还没宣布，不能乱说，在座的都是自己人，逗逗乐可以，出去可不能再说了。"

贾明连连说是。老谭望了望贾明，又扭头对秦凯说："小贾准备下连队锻炼，我首先就想到你这儿，怎么样？你费点心好好培养培养，都是咱们宣传股的人，以后你不要跟他客气。"

贾明立即端着杯子凑了过来，对秦凯说："以后指导员说往东，我绝不往西，指导员指哪儿我打哪儿。"说完就把一大杯酒干了。

在没有禁酒的时期，酒桌上跟领导表决心、表忠心，端起大杯一口闷是果敢有能力的体现。众人叫了一声好，都盯着秦凯。秦凯端起一杯啤酒，他的酒量有限，真的不想喝，可这种时候不喝，显然驳的不光是贾明面子，他痛苦万分地端起酒杯，表现得越痛苦，众人起哄越来劲，最后终于像喝毒药那样将酒喝了下去。众人又叫了一声好，气氛变得皆大欢喜。

饭局结束后，秦凯扶着老谭往回走。秦凯问："股长，真要到我们营里来？"老谭不知是没听见，还是不想回答这个问题，突然压低声音对秦凯说："小贾安排到你连里我放心，他是个人才，你好好培养培养，把他培养出来，你小子……你小子以后……以后的事你就别愁了……"

见秦凯好像没听懂，老谭猛地拍了拍他的肩膀，低声说："小贾这个兵……太低调了，明明可以凭关系，偏偏要凭本事，像他这种有关系有才华又低调踏实肯干的兵，我在部队这么多年，见到不多，我把他给你，你好好培养……"

后来老谭还说了什么，秦凯记不住了。就这样，过后贾明调到连队，并被任命为五班班长。自然，老谭也来营里当了教导员。

贾明倒真像他说的那样，秦凯指到哪儿，他就打到哪儿。他继续发扬着以往在吴汉明和老谭面前表现出的那些优点，对秦凯和老茂的殷勤表现，明眼人一看，就知道他是在刻意奉迎。即使遭到别人讥讽，他也完全不在乎，相反，他觉得这是别人对他的嫉妒，领导满意就好了，别人爱说什么就说什么。

贾明越是这样表现，越让秦凯感到不自在。他不相信贾明背后有什么后台，即使真的有，那又如何呢？条令条例和若干规定都在那摆着呢，连队就该有连队的样子，只要他按规定办事，别人能拿他怎样呢？

秦凯始终无法改变对贾明的看法，那些看法随着最初的印象积累到现在，已经根深蒂固。不管贾明如何与他套近乎，他始终保持着一种距离。政委吴汉明当政治处主任的时候不是跟他说过吗，政工干部心里要有杆秤，维护公平正义的良心秤。有些事，拿那杆秤一衡量，自然有了轻重。

在连队进行年终总结时，有一天贾明走进连部，对正在电脑前写材料的秦凯说："指导员，这是我们老家的高山富硒茶，这个茶能抗辐射，我回家探亲时想到你经常用电脑，给你带了点，尝尝!"

贾明说完很自然地把茶放在桌上。一些兵探亲回连队后，会带一些土特产给连队领导和战友。收吧，有受贿嫌疑，不收吧，显得太装，人家几百几千公里带回来，一番好心遭生硬拒绝，自然会伤感情。秦凯的一贯做法是尝一下，点到为止。贾明带的茶叶是礼盒包装，看起来很高档，这就没法像往常一样抓点泡一杯了事。他突然想到贾明探亲已是两个月前的事，这时候才送两盒茶叶，什么意思呢？

贾明的样子，果然不像单纯来让他尝尝家乡特产的表情。他望了望门外，眼神躲躲闪闪，一副欲言又止的样子。秦凯说：“有啥事？说吧。”

贾明说：“连队马上要搞年终总结了，我是想……年初的时候，我在军区报上发过一个头版头条，按规定可以立三等功，指导员你帮帮忙……向上推荐一下……”

秦凯心里突然涌出一丝厌恶，他尽量用平缓的语气说：“这不是我一个人说了算的，咱们要按程序来，你这个情况，我们会充分考虑的，好吧。”

贾明连忙道谢，然后向门外走去。秦凯叫住他，指着茶叶说：“这个你拿回去。”刚才还一脸兴奋的贾明脸色瞬间有些僵。秦凯将茶叶递过去，拍了拍他的肩膀说：“我这段时间胃疼，喝不了茶，你拿去送别人吧，好好干。”

能明显感觉出贾明有些失落和犹疑不安，秦凯面带微笑送他走出连部。他知道自己脸上的微笑是装出来的，但他不能让手下的兵看出他心里的厌恶。是的，从个人情感上来说，贾明的表现一贯让他感到厌恶，这是否就是政委吴汉明所说的“掺杂了个人的好恶和私人情感”呢？

四

秦凯已经想好政委吴汉明让他思考的那两个问题。他去找吴汉明汇报，去了几次，办公室里都有人，不是汇报工作，就是正在等他签阅文件。每次都等了很久，始终没找到可以进去插话的空隙。连队还有很多事情，他不能一直在政委的办公室旁等着，只好决定再找机会。

有一天下班的时候，秦凯在连部门口看见吴汉明独自一人从机关办公楼出来，向家属院走去。秦凯赶紧追上去。吴汉明似乎把这件事忘了。秦凯说：“就是上一次你让我好好思考的那两个问题。”吴汉明皱着眉头说：“到底啥问题，你快说，我回家换衣服，马上赶到军里开会。”

秦凯心里有一丝不安，现在不说，大概就没有机会说了。他咬了咬牙。“就是上次我给你汇报的连队评功评奖的事……”

吴汉明点了点头。“那个事团党委已经开会研究过了，通报马上就下！”

吴汉明说完，没等秦凯有所反应就急匆匆地走了。秦凯的心里生出一股沮丧，低头朝连队走去时，迎面遇上正回家属院的营教导员老谭。自从在营里开完会摔门而去后，秦凯就没见过他，此时遇上有些尴尬，想躲已经来不及。秦凯硬着头皮叫了声教导员。老谭仍像往常一样笑眯眯地说："吃饭了没有？走，到我家吃饭，让你嫂子包饺子。"

老谭显得自然而真诚，这让秦凯更加不好意思，赶紧推辞，然后逃一样回到连队。

团里的通报很快下来，连里荣立三等功的是贾明。让秦凯感到吃惊的是，贾明立了三等功，并没表现出喜形于色。有一天，他和连长老茂正在连部，贾明进来，又是敬礼又是鞠躬，感谢连队两位领导的栽培和帮助，这一幕刚好被进来汇报工作的甄英俊看见。甄英俊赶紧退出去，一会儿让副班长拿着要报的表格过来了。

秦凯感到很别扭，对老茂说："贾明这一感谢，别人还以为咱俩得了他好处有意偏向他呢，真跟吃了苍蝇一样难受。"

老茂说："咱俩又没得他好处，怕什么？再说，谁会傻到真给咱们好处啊！"

"这事让甄英俊怎么想呢？连队的其他兵又怎么想？"秦凯顾虑重重。

"你是指导员，好好做做他的思想工作。"

秦凯瞪了老茂一眼，义正词严地说："思想工作不是万能的，不要出了任何问题，就把责任推给思想工作。"

"我知道思想工作不是万能的，但没有思想工作万万不能。你知道甄英俊刚入伍的时候，是个什么样的兵吗？说实话，就是我们经常说的'鸟兵'，特别操蛋的那种兵，上任指导员老袁，用他的春风化雨育人法，把他改造成了优秀士兵。唉，老袁转业后，他这一套做思想工作的武功秘籍也快失传了。"

秦凯不服气地说："老袁的春风化雨育人法我也研究过，它建立在连队的整体氛围是公平公正的，现在这事让我怎么说……要顾全大局，要高风亮节，遇事不要斤斤计较……老兄，这涉及每个人的切身利益，这涉及是否公平公正啊，往小了说，它会影响连队士气，往大了说，它会影响连队整体建设，影响战斗力啊，这样搞，它会出问题的……"

老茂实在听不下去了，起身赶紧关上门，回头说："就你忧国忧民，有领导在，天塌不下来。"

"唯领导马首是瞻，亏你还是连长，一点儿原则不讲，一点儿血性没有！”

老茂愤怒地瞪着眼，指着秦凯。秦凯仰头毫不示弱地挺了挺胸膛。老茂的手放下了，接着说：“这样的事，当年我又不是没遇到过，第一年当连长，为了让一个表现特别好的老兵入党，我差点儿揍了以前的营领导，为这事我背了处分，这个连长也当了六年，每次调职晋级都没我的戏，成了全团的老大难……”

老茂说到这里，眼圈一红。秦凯反而不知道说什么了。

“哪个连长指导员不喜欢最优秀的兵，可我们能做什么呢？我们什么也做不了，有时连决定哪个战士探亲休假的权力都没有。现在看，那时的我就是愣头青……”

秦凯说：“我宁愿做那种愣头青，也比窝窝囊囊活着好。”

“兄弟，你还年轻，等你到我这时候就会后悔的。”老茂重重地拍了一下秦凯的肩膀，接着说，“调不了副营，家属就随不了军，再调不了，就得转业滚蛋回老家。老家穷，工资低，转回去，老婆孩子都养不活啊！”

秦凯来连队一年多，并没跟老茂这样深入交流过。看到老茂经常一副不思上进、疲疲沓沓的样子，还以为他本来如此，成了他迟迟得不到提拔的原因，哪知还有这番往事。

老茂接着说：“这件事，我们可能从头到尾都办错了。”

秦凯抬起头，不解地问：“按原则办事也错？”

老茂摇了摇头。“按原则办事没错，错的是没弄明白领导意图，尤其是你。”

秦凯更加不解。老茂点起一根烟，接着开始分析。

“你是机关下来的，之前政委对你很赏识，这个没错吧？”

秦凯点点头，苦笑道：“以前可能是这样，现在……不好说。”

“关键是贾明这个兵跟政委关系不错，跟教导员就更不用说，贾明来我们连，不管是他本人意愿还是领导意图，肯定是经过充分考虑的，目的就是能好好培养他，关键时候能起到照顾作用。现在就是这个关键时候，结果你不但没有仔细揣摩他们的意图，甚至唱起反调。我要是领导，对你能不失望吗？”

秦凯突然想起贾明下连时老谭跟他说的那些话，真如老茂分析的这般，自己肯定让领导失望了。只是他还不确定，贾明的系列操作，起主导作用的，是教导员老谭还是政委吴汉明呢？

让秦凯没想到，贾明随后调到了一连。

秦凯暗自觉得高兴。这样的兵调走，连队就少了好多麻烦。老茂却叹了口气，说以后连队难了，不好干了。秦凯问为什么，老茂却不说。随后老茂去机关管理股上任，终于对秦凯说出了他的担忧："贾明已经立了两个三等功，符合士兵保送入学条件，这时候调走，说明上边领导已经不信任连队，害怕关键时候又唱反调，这对连队发展，包括连队主官的发展，都不是好事。"

秦凯不相信一个兵的去留会有这么严重的后果。他始终相信政委吴汉明曾经说过的那句话，任何时候心里都要有杆秤，有了这杆秤，任何时候做任何事，心里都是踏实的。

即使这样，秦凯心里还是有些不踏实。贾明调到一连后，团里推荐士兵保送入学的通知下来，一连顺理成章地推荐贾明，贾明高高兴兴上军校走了。这一切正如老茂之前的分析和判断。领导是否真的对他失望了呢？老谭见了他，还是笑呵呵的，一副弥勒佛的样子。政委吴汉明呢？每次见到，都是在团里的公开场合，私下再没接触过。以前吴汉明喜欢到各连队吃碰饭，在不打招呼的情况下，碰到哪个连队就到哪个连队吃饭，这样能督促各连抓好伙食。秦凯刚到二连当指导员时，吴汉明来过几次，后来就再也没来过了。

一个不争的事实已摆在面前。秦凯敏感地意识到，他在领导心中已经失宠。实话说，他还是感到有些失落，甚至有一丝不安。

比让领导失望更糟的，是连队在过后的季度评比中，各项成绩几乎在全团垫底。究其原因，以甄英俊为首的几个班长骨干总是在评比的关键时刻，不是犯病，就是以前训练落下的旧伤发作住进医院。没有班长骨干引领，整个连队死气沉沉，就像山体塌方一样，说塌就塌了。

这是秦凯最担心出现的事情，他预感到会有这种情况发生，只是没想到局面如此糟糕。

五

秦凯决定找甄英俊谈谈。虽然甄英俊不是连队最老的兵，但他的军事素质却是最好的，在战士中的威信和影响，其他人也无法可比。擒贼先擒王，只要甄英俊能及时转变过来，其他骨干就好说了。

甄英俊却一直躲着秦凯。这种躲倒不是说躲着不见。秦凯明显感觉到，甄英俊是在躲避自己。不管集合站队还是平时训练，他的眼神刚望向甄英俊的方向，甄英俊就把目光移开了。他根本不愿触碰你的眼神，也不会用眼神来回应和交流。另外，甄英俊面对他时，也不如以前那样热情甚至会表现出小小的稀拉和放肆，现在越是恭敬和一本正经，那种微妙的隔膜感就表现得越突出。是得好好和他谈一谈了。

可是把他叫到连部，房间里只有秦凯和甄英俊两人时，那种交流就更困难。秦凯看似东拉西扯，不断变换着话题，其实是在找一个能突破甄英俊心扉的一个切入点。甄英俊却闷着，任你磨破嘴皮，紧闭着嘴一声不吭，就像一块沉默的铁，杵在那里，问啥都不开腔，摆明了就是不想跟你谈。不愿与你有任何交流，不愿与你敞开心扉，这说明什么，说明人家根本不相信你。

秦凯很恼火，可恼火也没办法。他是指导员，战士思想出了问题，他必须解决，这是他的职责。解决不好或解决不了，都是失职。不知何时开始有了一种倾向，让基层带兵人压力山大：不管什么人，不管什么诱因，一旦出了问题，首先追究的就是教育管理者的责任，一个“教育不到位，管理缺失”就足以让任何一个指导员下课了。

不愿谈也得想办法去和他谈，一旦甄英俊心里的结成了死结，就再也没法打开。到底该想个什么法子让他愿意敞开心扉呢？

秦凯很苦恼，想了很久，每回想出一个法子，以为管用，结果一试，甄英俊仍然如此。看来想从他身上寻找突破很难，秦凯只能想别的办法。

秦凯决定从其他班长骨干身上着手。

二班长冯承光军事素质也不错，平时不管是训练还是其他评比方面，与甄英俊竞争第一没少较劲。但他是个暴脾气，遇事容易急，平时没少挨连队领导批评。秦凯思前想后，决定依照他的性子，故意激他一下。

这天晚点名时，秦凯讲评了连队存在的一些普遍问题，接着话音一转，讲道：“有些同志平时不是喜欢争个第一第二吗？关键时候咋不争了？该你表现的时候咋不表现了？这时候当缩头乌龟，那不光证明平时是假积极，更是孬种没血性的表现……”

这话虽然没点名，自然会有人对号入座。秦凯边讲边拿目光往下扫，很多人都回避地低着头，只有冯承光不服地梗着脖子，胸膛起伏不平，扭头望着别处。这正是秦凯想要的，接着他说道：“我希望有这种倾向的同志好好想想，如果想不通，可以来找我，我一块帮你想。解散！”

响鼓不用重槌敲。像冯承光这样的兵，点到为止就好。当着全连人的面，真要把他说急了，没准儿当场发飙，那样可能把事情弄得更糟。秦凯宣布解散后，直接回了连部。照他对冯承光的了解，一会儿他会推门进来，找他这个指导员说道说道。他需要的就是冯承光的这个主动，那样，他就能做到精准出击。

这一次秦凯却失算了。直到快熄灯，冯承光也没来找他。这不符合他的性格，难道他真的认㞞了，还是压根儿就没把他的话当回事？

秦凯坐不住了。不过装着若无其事一样，在熄灯之前，在各班排走走，看看。走到二班的时候，看到冯承光正训斥一个拖地没拖干净的新兵，见秦凯进来，并没像其他兵一样立正并叫声指导员好，反而抬高了声音接着训斥。秦凯知道，那是冲他来的，他并没有介意，心里反倒一乐，看来这小子还没㞞，还有救。接着向跟他打招呼的兵摆了摆手，出了房间，见到一排长，轻声对他说：“熄灯后，让冯承光找我一下。”

过了十多分钟，冯承光才慢吞吞地来到连部，仍是一副梗着脖子不服气的样子。秦凯瞪了冯承光一眼，冯承光没说话，下巴挑衅地向上扬了扬，毫无畏惧地准备迎接一场暴风雨的来临。秦凯见他这样子，反倒笑了起来，接着说：“看来还有二两血气，还不完全是个㞞包蛋！”

一听这话，冯承光就急了：“我㞞包蛋！我冯继光啥时候㞞过？”

“你别急，我慢慢跟你讲。”

见冯承光正朝他预设的逻辑里走，秦凯心里一喜，接着说：“以前你不是一直喜欢争第一吗，现在甄英俊住院，没人和你争，你怎么也熄火了？季度评比，你们班成绩怎么样？你的成绩不比班里其他人强多少！”

冯承光突然就沉默了，眼睛望着别处，不过，下巴还是向上微微扬着。

“怎么不说话了？关键时候不敢冲锋陷阵，这就很难说有血性。据我的了解，这不是你的性格……”

“指导员，别说了……”

“怎么不说了，难道我说得不对？”

冯承光的脸通红，突然提高了声音：“指导员，本来我不想说的，既然你说起来，那我就和你掏掏心窝子，反正憋着也难受。”

“好，你说吧。”秦凯鼓励地点了点头。

“我就是觉得没劲。以前我和甄英俊争，表面上看着是不服气，但心里知道，他确实比我强。让我服的兵不多，甄英俊算一个。像他这样的，拼死拼活干一年，连队最后给他什么了？不要说我们势利，你们是干部，干好了能调职晋级，没准儿就能干上将军。我们呢？干得再好，也永远是一个兵。我们图的，是一种肯定、一种荣誉。这种东西你也知道，放在外面社会可能已经没人当回事，可至少以后我们还能跟自己的孩子讲，爸爸当过兵，并且还是最优秀的兵。要是孩子问，怎么证明你当过最优秀的兵呢？要是有那些荣誉，那些我们应该得到或者本来就该得到的荣誉，我们可以理直气壮地对孩子说，是的，当年我是最优秀的。可是现在，干得好与干得差结果差不多，干与不干也一样，那我还干个啥？舒舒服服等到退伍就好了。以上，就是我的想法，也许是全连大多数人的想法，汇报完毕！”

轮到秦凯沉默了。即便他的专长是做人的思想教育工作，善于耍嘴皮子，但此时却无法说出个一二三来反驳冯承光。自己来到连队，努力营造争先创优、赏罚分明的氛围，讲得最多的就是干与不干是不一样的，干得好与干得不好更不一样。现在呢？不是连队的战士没做到，而是连队或自己没有兑现承诺，再要去辩解或反驳，那自己和骗子还有何区别？可是，有些事真不是一个连队指导员能做主的，就像连长老茂以前说的那样，出了连队，连长指导员的话什么都不算。

就这样无所作为吗？他心里有些不安。任由这般发展下去，所有的战士就会变成一群沉默的铁，僵化的铁，时间久了，他们就会锈蚀，变成废屑。该如何熔化他们，把他们打造成一块能铸就锋利宝剑的好钢呢？

还得找甄英俊谈谈。因为他，连队已经出现了“羊群效应”，必须想办法解开他的心结。

除了甄英俊和其他骨干，连队还有一个最老的兵叫老史。这样的兵，部队俗称“老炮”。一个“老炮”身上总有很多故事和传奇，这些故事和传奇既有他本人的，也有被他见证并经他之口流传下来的，这是连史的另一部分，可能也是最精彩最动人的部分。这样的兵，如果以往的经历够辉煌，他的威信在连队可能不亚于任何一个干部，他的话，在战士当中有时比干部管用。不过老史却不是这样的牛人，他是连队某型车载装备的老司机，最辉煌的经历就是驾车十五年，从无安全事故。就这么一个老实人，性格比较平和，新兵喊他一声老班长，他会报以憨厚的一笑，如果喊他老史或名字，他也不介意，平时除了专注开车和保养他的车辆以外，其他事从不掺和。

秦凯让老史帮帮忙，去医院给甄英俊陪床，顺便做做他的思想工作。老史一听直摇头，“这活儿我要是能干，我早就当领导了。”

秦凯突然耍起蛮横：“这是任务，你不去也行，隔两天，你就别想休假了。”

老史一惊：“这哪行呢，我老婆生孩子呢！”

六

老史去了医院，不过却灰溜溜地回来，拎着一包水果走进连部，对秦凯说：“我一去他就把我撵回来了。”

秦凯皱着眉头问：“他咋说的？”

“我去的时候琢磨，他住院，我去看望，空着手咋行啊，就买了点水果，结果他一见我面就说，你是连队派来的说客吧，我不跟你谈，你回去吧。这小子可真行，一点儿面子也不给啊。”

秦凯说：“坏就坏在你买了水果。”

老史一脸蒙圈：“咋了，这水果上也没写你们的名字啊？”

秦凯有些哭笑不得：“大伙儿谁不知道你平时最抠门，一个烟屁股都要留着抽三天，你突然大手大脚买这么一大堆水果，傻子都能看出来不是花你自己的钱，对了，我问你，谁给你权利私自做主买这些东西的？”

老史一听有些着急，赶紧从兜里掏出发票。“指导员，水果我一个没吃，这你得给我报了啊，这可是孩子的奶粉钱呢！”

老史虽然没做通甄英俊的思想工作，但却带回两个信息：一是甄英俊的膝盖处有一个鸡蛋大的囊肿，马上要做手术；二是他的情绪低落，可能担心这个囊肿病变，也可能是别的原因导致心情不好，他准备做完手术回连队，干到年底退伍。

秦凯决定去一趟医院，无论如何，他要试一试。不管是身体原因，还是别的原因，这么好的兵因此消沉，这是连队的损失，也是连队领导的失职。不是说政工干部心里要有一杆秤吗？他是连队的指导员啊，怎能眼睁睁地看着一块能铸就锋利宝剑的好钢就这样变成一块废铁，他的良心如何安稳？

甄英俊做手术的这一天，连队并没安排其他人去陪床，秦凯向新来的连长交代了工作，并向营里请了假，同样以看病住院的名义去了医院。

秦凯在医院待了三天就回来了，连长问怎么样。秦凯含混地说，应该没多大事，甄英俊身上的囊肿是良性的，过几天养好伤口就回来。

半个月后，甄英俊回来了。让人没想到的是，他身上的伤还没完全好利索，就开始参加训练。二班长冯承光有一回在水房拦住他悄悄问："你去医院是吃错药了还是药吃多了？"

甄英俊没好气地说："有屁好好放，别阴阳怪气的。"

"你伤还没好就这么积极，是不是指导员又给你灌了迷魂汤？你忘了去年，该给你立的功又黄了的事？"

甄英俊突然就急了："用不着谁灌迷魂汤，干一天就好好干，起码我对得起这身军装，没你想得那么复杂。"

"我是为你叫屈，你还跟我唱高调，没劲！"

冯承光说完往外走，却被甄英俊拦住。

"是不是高调走着瞧，只要我在部队一天，我就要让人看看，我甄英俊是最优秀的，谁在我面前都不好使，包括你！"

"又来劲了是吧？我就不服，咱俩走着瞧！"

连队班排之间慢慢又恢复了以前那种你追我赶的场面，尤其是甄英俊和冯承光之间的较劲时时刻刻都在进行，在两人的带动下，连队又呈现出一种虎虎生气。新连长有一回对秦凯说："你说说那次去医院，到底怎么说服甄英俊的？肯定没少忽悠？"

秦凯听到“忽悠”两个字心头就毛了，他第一次没好脸色地对连长说：“怎么能说是忽悠呢？你忽悠战士，战士就敢忽悠你！”

连长讨了个没趣。“我这不是开玩笑吗？就是好奇你怎么做通甄英俊的思想工作的。”

这件事情不光连长好奇，连队其他人都好奇。秦凯却不说，甄英俊也不愿提及，这事就成了他们两人之间的秘密。

甄英俊的表现让秦凯心里反倒有些愧疚，他不知道自己最后能给他什么。人是有情感的，一个人对你好，你自然应该对他好。一个人为连队贡献了自己的青春和汗水，连队自然也应该为他的成长和前途负责。连队最后能为他做些什么呢？作为指导员，经历过去年的事，现在他无法确定，这正是他忧心的事情，也让他良心上感到不安。

连队慢慢重新走上正轨，但没有达到秦凯期望的状态。如果把连队所有人都比作一块在炉子里等待出炉的钢铁，那他们远远没有达到充分燃烧，呈现火蓝的烈焰。让炉火越来越旺，这是任何一个铁匠期望炼出绝世好钢之前必须考虑的问题。

事情的改变，大概就是那天午后开始的。

那天秦凯去机关办事，顺便去看已当管理股长的老茂，却没见到人。公务员说：“茂股长感冒了，在宿舍休息。”

老茂还没办完随军，住在单身宿舍，位于办公楼五楼。秦凯一口气爬上去，看到老茂正盖着被子躺在床上。桌子上椅子上搭着穿过的衣服，散发着难闻的味道。秦凯说：“你一个大股长，管着那么多公务员，也不找人收拾收拾。”

老茂探出头说：“那些公务员洗得一点儿也不干净，等我有空了自己搓，现在忙得上厕所的时间都没有。”

“啥事这么忙？”

“大事，天大的事……这事还保着密呢，不能跟你说。”老茂嘿嘿一笑，说完蒙头大睡起来。

秦凯扭头往外走，走了两步又回头，找了个塑料口袋，将老茂的衣服装起来拎回了连队。

两天后，老茂来到连队，对秦凯说：“谁让你把我衣服拿走的？害我想换衣服找不到。”

秦凯说：“你再邋遢也不能接着穿脏衣服吧？你不用谢，都洗好了。”

老茂抱起衣服往外走，嘴里说：“你对人那么热情干啥，我又不找你当对象。”

秦凯急忙追上去，抢过衣服扔在地上，气咻咻地说：“要不要我再踩两脚，弄脏了再给你送回去？”

“那不用，反正我也不会谢你！”老茂捡起衣服，笑嘻嘻地走到门边，回头看见秦凯好像还在生气的样子，便停下脚步，将拉开的门又重新关上。“现在有个情况，可以说是个天大的机会，关键时候不给你透露点消息，指点指点你，那就对不起咱俩的交情。”

老茂说得一本正经，压低了的声音里透着几分神秘，秦凯不知他葫芦里卖的什么药，便调侃地说：“请茂首长指示！”

老茂透露的消息确实是重磅：某首长专程视察偏远单位，第一站就是本团。

秦凯吃了一惊。那么大的首长来团里视察，是开天辟地头一遭。

“贾明的叔叔与政委是战友，现在呢？贾明的叔叔原来的一个领导当了这位首长的秘书，经过层层牵线……你明白了吧？”

秦凯还是有些不明白，这么大的事，说起来如此简单，这似乎超越了他的想象。不过他知道，如此高级别的首长来团里视察，对一个单位以及单位主官意味着什么。

“这里有一个机会，首长视察，重要的是要看连队，只要能让首长来看你这个连队，凭着这顶光环，连队至少能连续保持五年先进没问题，你是连队老指导员，成绩肯定主要算在你头上，于公于私，对连队和你，都是难得的机会……”

“连队现在的情况，你又不是不知道！尤其是……还有以前贾明那档子事……”秦凯的语气中有了一丝气馁。

“这就看你会不会想办法了。”老茂说完走了出去。

七

是的，连队需要一场大的任务。就像战争年代那样，连队在遭遇挫败之后，急需一场大的胜利来振奋士气。

到底该想个什么办法能把迎接首长视察连队的任务争到手呢？几天来，秦凯为解决这个问题焦头烂额。

不光是秦凯，全团所有连队主官都在动这个心思。不过有的连队也只是想想而已，真正有资格受领这次重大迎检任务的，也不外乎从几个先进连队来考虑。二连是老牌先进连队，曾创造过十年连续先进的纪录，不过去年演习差点儿全军覆灭，先进连队的称号就丢了。如果能把这次迎检的任务抢到手，对二连来说，绝对是一次翻身的机会。

想了两天，秦凯也没想出好办法。看到其他连队主官接连往机关跑，秦凯再也坐不住了。要是让他们把这个任务抢到手，二连可能连喝汤的机会都没有。

秦凯去找老茂出主意。进了他的办公室，就将门锁了，然后对正搞材料的老茂说："如果你还认自己是二连出来的，就帮我出出主意，一定要把这个任务抢到手，没有大项任务牵引，以连队现在的样子，今年想重新拿先进，有点儿悬。"

老茂看到秦凯满嘴的泡，禁不住笑道："着急上火有啥用？我不是早让你想办法了吗？"

"我要是能想出办法还能上火吗？老茂，你是管理股长，专门侍候领导，你肯定有办法。"

老茂抬起头。"办法只有一个，找啊，赶紧去找领导。"

"领导现在对我不冷不热的……我估计找了也是白找……"秦凯接着说出了他心里的猜测和担忧。

老茂有些火了。"我这儿忙得火烧眉毛……你怎么跟娘儿们一样絮絮叨叨？关键时刻，你不去找，领导怎么知道你的想法？"

秦凯立即向门边走去。老茂接着说："前两天干吗去了，现在有多少连队去向领导要过任务表过决心了？你现在去倒真的是白找。"

秦凯的脸有些发烧，扭头说："那就算了，吃不了肉，也喝不了汤，那就闻别人的味好了。"

老茂站了起来，生气地指着秦凯："我现在真有点儿看不起你，平时溜嘴皮子行，关键时候缺乏行动能力，你这样带连队，连队能带好吗？争不了先进，也是活该！”

秦凯急了：“我是来找你想办法的，不是来听你训斥的，丢先进也是你当连长时丢的，丢脸也不只丢我一个！”秦凯说完打开门，气冲冲地走了。

晚点名后，已经郁闷一整天的秦凯洗漱之后躺在床上发呆，老茂突然风风火火地闯了进来，掀开秦凯的被子对他说：“走，快跟我出去一趟！”

“马上就熄灯了，还出去干啥？”秦凯说完又抢过被子。

“政委加班刚下楼，他习惯回家之前沿着操场走一圈，咱们现在就去他家里等，最多五分钟，把你的想法清清楚楚地说出来，态度一定要坚决。”

两人急匆匆朝家属楼走去。秦凯心里直打鼓，他从没去过领导家里，这样硬生生地去闯，人家能让你进门吗？即使进了门又如何说呢？

老茂却给了他定心丸。“怎么说是你的事，我保证你能进门。”

老茂说完递过来一个大牛皮纸信封，封口已被钉上，秦凯摸了摸，猜不出里面装的是什么。

“什么东西？”

“反正是好东西！”老茂的眼里闪过一丝狡黠。

秦凯突然停下脚步，眼里流露出一丝不安。“这不会是去送礼吧？这种事我干不来，再说，要是传出去，咱们为了连队能抢到迎检的任务，削尖了脑袋去送礼，这是个多大的笑话！”

老茂有些生气地说：“你真是个榆木脑袋，别人送礼，是为了自己前途，你送，是为了整个连队建设，说出去你也光荣！”

“那你承认是去送礼了？”秦凯将牛皮纸大信封递了过来。

老茂突然笑了：“行了，我的大指导员，走吧，里面装的是连队以前的一些史料。政委是咱们连的老指导员，他对二连有感情，让我把连队历年的史料整理出来给他。我整理好了，你刚好送去。”

“他是交代你的，还是你去吧。”

“别磨叽了，我已经跟他说过，有些资料是连队保存的，到时连队整理好了会向他汇报。”

老茂说完，向前走去。秦凯只好跟了上去，不知为什么，他心里总有些不踏实，也有些紧张，大半夜往领导家里跑，别人看见，自然不会产生好的联想。他四下瞅瞅，并没看到路人，于是加快脚步，像做贼一样，缩着脖子，跟在老茂身后朝家属楼走去。

老茂熟门熟路，很快就将秦凯带到政委吴汉明家门口，接着跑下楼。按时间推算，政委很快就会上楼，这事让领导知道是他老茂出的主意，恐怕不好。秦凯倍感无助地拿着牛皮纸大信封，一时有点儿进退两难，他紧张地将手举到门铃边，怎么也按不下去。要是领导家里人不让他进门怎么办呢？进了门，又该说些啥呢？

该死的优柔寡断！老茂说得没错，自己平时说话道理一套一套的，关键时候就缺乏行动能力。秦凯觉得自己不是这块料，还种事从没干过，也干不好，还是算了。心里退堂鼓一打，他就想下楼，这时楼下传来脚步声，他本能地想躲，可无处可躲，这已是顶楼。上来的要是政委，自己在他家门口徘徊，不知他会怎么想。要上来的不是政委而是别的领导，那就更尴尬了。事不宜迟，他立即按响了门铃。

门很快打开一半，他探头正要跨进去时，门后突然伸出一支枪对准他的脑门说道："不许动，举起手来！"

他吓了一跳，下意识地举起手，手里的牛皮纸袋掉在了地上。接着门后探出一个小脑袋，是一个五六岁的小男孩，举着一把塑料玩具枪，看见秦凯慌张的样子，得意地哈哈大笑。

"你终于投降啦……我还以为是我爸呢，你是谁？"

秦凯正要回答，里屋出来一个中年妇女，见了秦凯问："你找谁？"

秦凯捡起牛皮纸袋，有些手足无措。"是嫂子吧？我找政委，我给政委送份资料……"

中年妇女有些不悦地说："工作的事你应该去办公室找他……他还没回来呢？"

"我刚给我爸打电话了，他说马上就到家！"

中年妇女瞪了插嘴的小男孩一眼。秦凯立即说："嫂子，我去办公楼听说政委已经回家，我以为他到家了呢，嫂子，最多两分钟，打扰你们休息了，对不起。"

中年妇女脸色缓了缓说："那你进屋坐会儿等他一下，进来吧，不用换鞋。"接着又无奈地叹口气道："这又没打仗，你们的工作咋就那么多，那么急呢？"

秦凯没法回答这个问题，他也不止一次地牢骚过、抱怨过，也和别人探讨过，就是不知道为什么。他只能傻傻地笑了笑，拘谨地坐在客厅沙发上，小男孩坐在对面，仍然玩着塑料枪，向秦凯瞄准后说道："不许动，举起手来!"

秦凯没动，礼貌地报以微笑，心里却有一丝懊恼。刚才居然被一个小屁孩用假枪吓到了，要真有人拿枪对着他，自己是不是也会这么轻易投降？当了这么多年兵，说好的英雄气概呢？

政委吴汉明接后进屋，见到秦凯，有些诧异，随即热情地招呼他坐下，又亲自给他递了一块西瓜，气氛比想象中要轻松。中年妇女这时端了一碗汤药出来，对吴汉明说："快把药喝了。"

吴汉明说："一会儿喝，我这谈正事呢。"

中年妇女一点儿也没跟他客气。"多大的正事也得先喝药，你中午就没回来喝，自己的身体什么样你不清楚？"

吴汉明无奈地连说了几声好，咕咚咕咚地将一碗药喝了下去。秦凯有些不自在地说："实在不好意思，不该打扰政委，要不我明天去办公室再向您汇报吧？"

吴汉明摆摆手说："你说。"

秦凯立即讲了自己的来意，讲了二连的光荣历史，讲了全连官兵对迎接这次任务的期盼以及坚决完成任务的决心，也如实地讲了希望连队在完成如此重大光荣的任务后能在整体建设方面上到一个新台阶。他讲的同时，眼睛一直盯着政委，只要发现他有一丝不耐烦，他准备立即闭嘴。还好吴汉明一直在认真地听，不时地点点头，这让秦凯找到了一丝自信，一点儿不磕巴地将想表达的意思说了出来。

吴汉明听他说完，点点头说："好，连队上下见任务就争、见红旗就扛的劲头还在，这我就放心了。有这个精气神在，你们二连就不会垮。连队最后能不能争取到任务，团里会进行充分研究，好吧。你别光顾说，吃点水果。"

秦凯这才发现自己手里捧着的西瓜还没吃，话已经说完，政委让他吃水果，那就是端茶送客的意思了。秦凯立即起身，对吴汉明说："不好意思，打扰政委休息了，我先回连队了……"

吴汉明也起身。“好，回去把连队照看好，不管能不能争取到任务，现在都不能出任何情况。”

秦凯接连说了几声“是”，目光落在茶几上的牛皮纸信封上，对吴汉明说：“政委，那是我们连队的资料，我刚好带过来了。”

秦凯打开门，在吴汉明扭头看牛皮纸信封的时候，他立即走了出去。

第二天下午，团里召集各营连主官开迎检动员部署会，听到由二连承担迎接首长视察的连队时，秦凯有些不敢相信，扭头望见老茂向他扮了一个鬼脸。

八

二连的迎检方案在团领导的修改和把关定调之下，立即全面展开。在这个关键时刻，秦凯没想到，担当迎检军事表演重任的甄英俊却完全不在状态。团长和政委吴汉明等团领导第一次观看他们训练时，作为迎检的尖刀班班长甄英俊就从障碍训练场上掉了下来。

领导的脸都变绿了。吴汉明当场对秦凯撂下话：“再给你们一次机会，行，你们就干，不行趁早换别的连队!”

是的，甄英俊从医院回来后，虽然也能积极参加连队的各项工作和训练，但一直没有以前那种敢打硬冲的状态。他的眼神中不时流露出一种疲沓，又有一种活明白了的精明和混沌，就像通常见到的那种老兵油子，说他不行吧，各方面表现还过得去，说他行吧，他表现得又不是太积极。

是时候得和他谈谈了，谈就得谈透。很多人都好奇，秦凯去医院到底和甄英俊谈了什么，以至于他并没长期泡病号，及时回到连队。其实秦凯什么也没跟他谈，甄英俊刚做完手术的前两天，从麻药的昏迷中醒来，加上又不能立即进食，所以人显得特别虚弱，那种情况自然不适合，何况要谈的话题并不轻松。秦凯恪守了一个陪护人员的职责，包括为甄英俊接屎接尿这种活儿都干得充满了真诚。同屋其他住院的战士不相信一个指导员能为战士干这样的脏活儿累活儿，都说甄英俊摊上了好指导员。第三天，秦凯扶着甄英俊下地活动的时候，一直没和他说过话的甄英俊说：“指导员你回去吧。”

秦凯说：“你还没完全好利落呢，我不能走。”

甄英俊说：“指导员，我知道你来的目的，你是个好人，你放心，等我伤口好了就回连队，只要我在部队一天，一定会尽自己的本分，绝不给你添麻烦。”

秦凯见甄英俊说得非常真诚，便轻轻地拍了拍他的肩膀说：“好，我等你回连队，我相信你仍然是我认识的那个最优秀的兵。”

原来他思想上的疙瘩并没完全解开，思想政治工作一再强调要深入，要细致，自己还是马虎大意了，要是之前和甄英俊有过深入交流，现在也不会在关键时刻出现意外了。

从训练场回到连队，秦凯正准备去找甄英俊，甄英俊却拿着一本厚厚的政治理论应知应会题主动找上门了。

甄英俊满脸疲惫，打着哈欠说：“指导员，光搞军事技能我还凑合，既要搞军事技能表演，又要背那些政治理论题，我不行，你还是换人吧。”

“为啥不行？这不是你的作风，你从来没说过不行的!”

“这一千道政治理论题我根本背不下来，昨晚背了一晚上，一道题没记住。这事我干不了，真的，打死我也干不了。”

秦凯知道，这确实有些难为甄英俊。但这是团领导研究迎检方案时想出的一个点子并报上级批准的，即团里的训练尖子不光军事技能一流，而且学习政治理论积极，对最新时事政治和理论热点的掌握能达到“不怕问、问不倒”的程度，这样就会给来人留下深刻印象。

秦凯说：“这是任务，干也得干，不干也得干，没有讨价还价的余地。”

甄英俊叹了口气说：“指导员，我现在一点儿状态都没有，干啥都觉没意思，干啥都提不起精神，真的！吃饭没劲，睡觉也没劲，干工作也没劲，就连活着喘气也觉得没劲，我去看了几次医生，啥检查都做了，却没检查出毛病，可我就是觉得没劲……”

秦凯吃了一惊，他看出来甄英俊不是在调侃，而是很认真很诚恳地和他交流。如果真是这样，那甄英俊面临的不仅仅是思想问题，而是心理问题。

如何让甄英俊在极短时间内走出那种困境呢？甚至需要在谈话之后马上就要起到立竿见影的效果。秦凯心里告诉自己不能急，一句话说不好，可能就谈崩了。可不急不行，甄英俊就在眼前，他主动前来谈的，证明他心里已经感受到那种痛苦和困境，这本来属于心理康复和精神引导的范畴，现在必须靠他用思想教育的方式来完成。

秦凯说：“我理解你现在的状况，有一段时间我和你的情况一样，甚至比你更严重。”

秦凯讲了他的故事。在讲到他曾经的那些痛苦和困惑时，甄英俊感同身受地点着头。秦凯知道，甄英俊还有救，接着他话锋一转，说：“我知道你痛苦和抑郁的是什么，一方面你渴望用优异表现来获得荣誉，获得别人对你的认可，证明你的价值。另一方面，现实的一些情况让你感到，无论你多么努力，无论你表现得多么优秀，都不能得到你渴望得到的东西。于是你故意麻木自己，对自己曾经追求和渴望的东西装出无所谓的态度，一旦失去目标或理想的牵引，你就再也没有继续前行的动力，甚至你还开始怀疑，以前的那些付出是否值得？是否还有意义和价值？越是这样想，你就越觉得没劲，然后对一切都失去了兴趣。”

甄英俊脸一红，惭愧地低下头。秦凯的话似乎戳中了他心里的某个痛点，他慌张地摇了摇头说：“不，指导员，不是这样的……我真的不想干了，我想安安稳稳地待到年底退伍算了……”

“不！不是这样的，你心里最真实的想法根本不是这样！”秦凯的眼里射出亮光，几乎是咄咄逼人地紧盯着甄英俊。他没让甄英俊有所反驳，接着说：“你的成长经历我了解过，入伍时，你几乎是个人见人讨厌的兵，以前老指导员袁东来为你操碎了心，他的努力没有白费，最终让你变成一个优秀士兵。你否定自己的过去，也否定了别人曾经为你做出的努力，你现在的样子，肯定不是当初你渴望成为的那样子。”

“算了，指导员，你是个好人，我保证年底退伍之前，一定不给你添乱惹麻烦，其他事就算了吧。”甄英俊说完准备就走。

秦凯突然拍了一下桌子，他的脸气得通红，指着扭头正感意外地望着他的甄英俊骂道：“我还以为你是个有情有义的人，原来良心也被狗吃了，早知道这样，去年也用不着为你立功的事去和领导叫板，现在，我跟你把话挑明了说，这次费尽心思争取到这个任务，一方面是为了连队，另一方面也是争取给你一个露脸的机会，在那么大的首长面前唱主角，多少人想都不敢想，放到全军，有几个战士能有这个机会？既然你不愿意干，那就不勉强！出去，我不想看到你这种屃人，也不想看到你这种没良心的兵！”

甄英俊久久地盯着秦凯，然后说：“我不是屃人！更不是没有良心的人！”

“是不是嘴上说没用，有本事训练场上证明给我看！”

甄英俊随后的表现，即使用政委吴汉明挑剔的眼光来衡量，全团也无人可以替代。一切准备就绪，直到首长视察那一天终于来临。

那必将是载进A团史册并被后人不断谈论的一天。一大早，团长带人在十公里外的路口迎接，并派人在沿线戒备巡逻，主要防止山上滚石及天气生变后道路塌方等意外情况发生。政委吴汉明是这次迎接方案的总导演，坐镇团部指挥，对整个迎检流程进行最后的巡查。那一天天遂人愿，天气出奇的好，上午九点，首长的车队终于驶进A团破旧不堪的大门。没有红地毯，没有醒目的标语和彩旗，办公楼前，由彩色小石头拼成的“热烈欢迎首长莅临视察”的字样引起首长的注意，当得知这些石头是战士们从巡逻路上捡回来拼制而成时，刚从车里下来略显疲惫的首长为之精神一振，他饶有兴趣地拿起一块石头观察了几秒，然后交给身边工作人员，称回去要放在办公桌上，这小小的石头，不光会让他想到山沟里官兵的艰苦，还能看到基层官兵的坚韧和忠诚。首长这个举动，让在场所有人都很感动。听了吴汉明的简要汇报后，接着按迎检流程安排，到各连队转一转，看一看。

整个营院镶嵌在一条狭长的大山沟里，即使在春天，光脊的山石上也很难看到成片的绿色，一些零星的被官兵们称为钢铁树的青松顽强地扎根于悬崖绝壁的石缝中，如同生活在这里的官兵一样，于荒凉中展示着生命的坚韧和倔强。

首长一边走，一边不停地点着头，他看到的营房还是二十世纪六七十年代用石头垒成的，墙上还有那个年代的标语，这让他感到非常亲切，也勾起他的美好记忆，一边走一边说他刚当兵时营房就是这样，又讲了这种营房的方便与不便之处，还有一些趣闻。看到首长很开心，吴汉明瘦削苍白的脸上隐隐有了笑意。当初研究迎检方案时，团里其他领导包括上级都要求对整个营院进行装修，要用焕然一新的面貌迎接首长视察。吴汉明力排众议，称首长们早就看惯高楼大厦华堂美宅，来这里得让他看原汁原味的东西，要求尽量保持原貌，最多按修旧如旧的原则对破损严重的营房进行维修。吴汉明的坚持此时取得意想不到的效果。首长当即表示，即使以后有资金修建新营房，这样的老营房也要尽量保留一些，这是历史的见证，以后的官兵看了就明白，那个年代我们这支部队是如何艰苦奋斗自力更生走过来的。

所有人都点头称是。接着，吴汉明引导首长朝前方的训练场走去。那里，负责军事表演的甄英俊等人，早就等候多时。

九

甄英俊瞄着前方的主席台，根本看不清上面到底坐了谁，也看不清谁是首长。他全神贯注地盯着主席台前那面旗子，那是指导员秦凯举起的信号旗。前面，冯承光等人已经跑完四百米越野障碍，优异的表现赢得来自主席台传来的掌声。现在，他将进行压轴式的表演，进行特种障碍示范演练。这是团里为优秀侦察兵从特种部队引进的特种障碍，以贴近实战的高难度和残酷著称。尤其是一些障碍因地制宜建在悬崖绝壁间，更让一些未经严格训练的人望而却步。

甄英俊看到秦凯面向主席台跑了几步，报告完毕后又跑了回来。他根本听不见指导员的声音，只好全神贯注地盯着那面旗帜，那是进攻的信号，接着看见那面旗子有力地向前一挥，他嘴里喊了一声，身体冲了出去。

这是一场冲锋。他心里却渴望这是一次真正的战斗。如果这是一场战斗，他会用子弹去消灭迎面而来的敌人。遗憾，这只是一场冲锋，表演式的冲锋。他只能把自己想象成一颗子弹，一颗由别人扣动扳机后发射而出的子弹，像遭遇一场真正的战斗那样，勇猛向前，跨越滚梯，飞越壕沟，穿过火障，攀登悬崖……一切障碍在他面前如履平地，最后他站在那道天堑前，一道十米宽的悬崖，中间只有一块二十厘米宽的钢板相连，他必须通过狭窄的钢板冲到另一端，然后利用绳索滑降至地面。悬崖下方装有一张巨大的网兜，以防有人失足掉下时摔得粉身碎骨，但令人目眩的高度和谷底犬牙交错的山石足以让人胆战心寒。

一个兵早就等在那里，在甄英俊背上系上安全绳，这是双保险，即使他掉下，即使下方的网兜没能兜住，那根安全绳也能在关键时刻救他的命。甄英俊的脚朝狭窄的钢板踩了上去，这时他只要稳住心神，平衡好身体，像踩钢丝的杂技演员那样，慢慢通过这最难最惊险的一关，他的整个表演就大功告成。这时他却突然停了下来，面向主席台方向举了举手。

主席台上的人拿着望远镜观察着甄英俊的一举一动，此时都不明白他停下来要干什么。接着人群发出一阵惊讶的嘘声，他们看见甄英俊解下了背后的安全绳，并抛给身后那个目瞪口呆的兵，然后挑衅般地挥了挥拳头，向独木桥走去。

吴汉明的心提到了嗓子眼。甄英俊到底在搞什么鬼？这已经不是规定的内容，他害怕这个兵会搞出什么出格的举动，要是出点纰漏和意外，在这么大的首长面前，那就是惊天动地的大事，团里为争取首长前来视察以及为之付出的一切努力都将白费。他想立即喝止，却扭头看见首长举着望远镜看得入神。他赶紧拿起望远镜，心里寄望甄英俊千万不要乱来。

天堑上，甄英俊望着那道钢板做成的独木桥，脸上露出一丝轻蔑的微笑。先前他踏上钢板正要快速通过时，突然听到了一丝嘲讽的笑声，那冰冷的声音就像钢板发出来的，接着他听见那个声音恶毒地说，打仗的时候，敌人就在对面朝你开枪，你有机会绑上安全绳吗？即使你绑上安全绳，你这样慢吞吞地过，演戏一样扭捏作态，上了战场只能成为别人的活靶子！胆小鬼，你根本不配称作最优秀的士兵！

甄英俊被激怒了，就像被点着火一样瞬间燃烧起来。他解下安全绳，他要用事实证明他不是胆小鬼，也不是在演戏，他是一个随时可以拉上战场并取得胜利的士兵。他站在独木桥边，深深吸了一口气，接着就奔跑起来。是的，千真万确是在奔跑，所有人都看见了，奔跑中他的脚落在狭窄的钢板上，就像用力踩在钢琴的键盘上，每一步都扣人心弦。他在最后一步时还做出了一个漂亮的战术动作，一个前扑翻滚，接着起身，抓住一根备好的绳子，身体像鸟一样滑翔而下，安全落地后朝主席台方向敬了一个飞扬的军礼。

主席台上一时没有反应。首长和各级领导们放下望远镜，长长舒了一口气。吴汉明扭头紧张地望着首长。首长慢慢摘下白手套，率先鼓起掌，扭头对一旁陪同的几位将军说：“这个兵不错，有真本事！”

吴汉明长出了一口气，接下来该首长接见参演官兵了。

在众人的簇拥下，首长与参演官兵一一握手，走到甄英俊面前时，吴汉明还没介绍，首长就说：“你是最后一个表演的那个兵吧？你叫什么？”

看来甄英俊的表现已给首长留下深刻印象，这无疑是一个意想不到的亮点。甄英俊立正答道：“报告首长，我叫甄英俊。”

吴汉明立即见缝插针向首长报告：“首长，他不光是我们团的训练尖子，还是理论学习积极分子，战士们都叫他‘问不倒’。”

“是吗……”首长拉长了声音，重新打量着甄英俊，接着提了一个问题。

甄英俊不假思索，立即回答。其他几位陪同首长视察的领导也提了几个问题，甄英俊就像自动答题器一样，回答得准确无误。首长脸上露出开心的笑容，再次握着甄英俊的手说：“很难得，要继续努力！”

团里的新闻干事挤了进来，用他的相机拍下了A团历史性时刻的一个生动细节，也为甄英俊等人留下一张倍感荣耀又刻骨铭心的相片。

迎接首长视察的工作取得圆满成功，全团认真学习了首长视察后的讲话，其中首长谈了三点感受：一是没想到已经进入新世纪的今天，我们还有一些小散远单位的条件尤其是硬件设施还如此艰苦，基本上还停留在二十世纪六七十年代，下一步，各级要认真搞好帮扶、帮建；二是全团官兵政治觉悟高，在艰苦的环境中始终保持了良好的精神状态，要大力发扬以苦为乐的优良传统，继续奋发有为；三是要广泛开展群众性练兵热潮，一个单位不能只有一两个训练尖子，要抓好典型宣传，搞好示范引领，争取出一大批，推动部队建设上到一个新台阶。

过后，秦凯专门去了一趟吴汉明的办公室，这次能圆满完成任务，他首先要谢谢团领导对连队的信任，也表达个人对他的谢意。不过，吴汉明的身体状态很糟糕，脸色苍白，说话时不停地捂着胃部，很痛苦的样子，看来他的胃病又发作了。秦凯说完几句感谢的话就准备离开，吴汉明却将他叫住，递过来一个牛皮纸信封说：“这个东西你还是拿回去吧。”

秦凯看到牛皮纸信封上写着“二连连史资料”，突然想起首长视察前，为争取任务，老茂带他去政委吴汉明家里的那个夜晚，拿的正是此物。秦凯见信封已经打开，以为政委看完之后不再需要，等他回到连队，却发现信封里装的并不是连史资料，而是一幅当红著名书法家的作品。

这到底什么情况，不会是政委搞错了吧？

秦凯急忙去机关，准备将信封里的书法作品再次交给吴汉明。不过吴汉明的办公室前排了很多人。有人悄声说政委身体不好，要去医院住院，大家听说后都是前来办理急需要的签字和批示文件的。

秦凯只好去了管理股老茂办公室，希望老茂能悄悄将这个信封放进政委的办公室。老茂从信封里抽出那幅字看了一眼，然后说："这是我当初放里边的，政委给你退回来，还有再送去的必要吗？"

秦凯吃惊地望着老茂，脸一红，说："你这不是明着行贿吗？"

老茂笑了笑说："这又不是钱，哪有那么严重！"

"这个书法家的作品明确标价按平尺收费的，这跟送现金有什么区别？"

老茂起身关上门，低声说："你以为我是大款？我老婆孩子都快养不活，还舍得花那么多钱去为你送礼？"

见秦凯仍然一副气呼呼的样子，老茂接着说："我听说，现在送字画的，大部分都是高仿，可能也就花了五百块，不是专家谁也看不出来。因为不是价值连城的东西，收礼的人不会着急去找专家鉴定？只要他收了，把事办了，即使过后看出来是假的也没事，到时可以拍着胸脯说，我当时买的就是真的，现在东西在你手里，谁知道它真假？另外，送的人那么多，领导能记住哪件东西是谁送的？"

秦凯吃惊地瞪着老茂，指着那幅字说："这更可恶！你不会就是这样干的吧？"

老茂眼里闪出狡黠的光，接着说："我是那样的人吗？这东西是一朋友送我的，我也不知道它的真假。不过这世界上好多事，没必要弄清是真是假。"

秦凯望着老茂，突然感觉他的面孔非常陌生。"我要早知道，绝不同意你这么干。"

老茂轻蔑地笑道："不这么干你能争取到那个任务吗？"

"人家最终不也没收吗？不是退回来了吗？"

"那他当时为什么不拒绝？难道他发现了这东西不对？顺水推舟给你退回来，还落个人情和好名声。"

"你这是以小人之心度君子之腹！"

老茂突然冷冷地笑了："这个世上哪里还有什么君子？你现在沾光得了

好处反倒说我的不是，你不讲良心可以，我得讲，我为的不是你，我为的是二连，我在二连待了那么多年，不想看到连队毁在你手里。再见，秦君子，以后你当你的君子，我当我的小人，咱们两不相欠!”

秦凯什么也没说，气冲冲地走了。

十

首长视察之后，好消息接连传来：上级准备拨出专项资金，协调地方政府重修省道连接A团的公路，解决A团交通上的老大难问题；从总部到下面各级，已筹出资金，拟对A团的营院设施进行升级改造，改善官兵的生活条件；A团党委上报的“扎根山沟苦为乐，坚定信念铸精兵”的经验材料由总部向全军转发，取得了较大反响。

二连也在首长视察后收获巨大，由集团军司令部和师政治部进行对口帮扶，成为集团军军事训练重点建设试点连队和全师政治理论学习示范连队，分别为连队建起体能训练室和理论学习室，成为连队建设的特点和亮点，连队随后被集团军和军区表彰为基层全面建设先进连队，秦凯也被集团军评为基层优秀政治指导员。

所有好消息中也有一个让A团官兵感到悲伤的消息，那就是身患胃癌的政委吴汉明因癌细胞扩散医治无效离世。

秦凯在吴汉明住院之初去探视过一回。他实在无法把眼前那个骨瘦如柴的人与印象中的政委画上等号，不过吴汉明却显得非常乐观，他毫不忌讳地谈起医生给他宣判的时间，他说每坚持一天，就感觉是一种胜利。最后他告诉秦凯，有些事情就是这样，最开始毫不起眼，就像这个胃病，因为常年熬夜，加班，写材料，喝茶，还有那些躲不开的酒，有时又顾不上吃早饭，就这样，胃就不行了。先是溃疡，有点儿痛，吃点儿药又不痛了，你以为它好了，其实它只是在自我适应，适应后你就不感到痛了，过后，你又感到痛，又吃了点药，不痛了，你以为病好了，结果溃疡慢慢长成瘤子。癌细胞就在瘤子里生长，最后变成毒瘤，时间一长就没救了。还好，当政委期间做成了一件事，这是我们团一直想做都没做成的事，能看到我们团有现在的局面，死了也没啥遗憾。

秦凯脑子里一直有个固执的想法，就是想弄明白，政委到底知不知道那个牛皮纸信封里的书法作品是假的，还是真的。不管如何，他心里都有一种愧意，他从来不曾有过糊弄领导和上级的想法，扪心自问，他从未失去过基本的正直，也愿意相信吴汉明还保持着他的初心，就像他曾经说的那样，他的心里是有一杆秤的。这件事吴汉明没提，秦凯也没勇气问，这成了他心头无法言说也永远无法破解的谜团。

好了，现在还是来说说甄英俊吧。经历首长视察之后，甄英俊完全没想到，他的人生会迎来让他应接不暇的种种变化。他先是被点名批评，不该在迎检的重大任务中擅作主张去掉安全绳，这是不严格执行规定和纪律的错误表现，并在全团军人大会上做了深刻检讨。接着他又被层层推荐，被各级评为优秀士兵标兵，一时成为远近闻名的先进典型。自然，他一直渴望能够建功立业的梦想也得以实现，年底荣立三等功。他已经拥有两个三等功，不出意外，他将获得团里保送入学的资格，就像他曾经羡慕和有些不服气的贾明那样，最终成长为一名军官，这可能是大多数优秀士兵最成功的逆袭和华丽的转身。

随后，史无前例的军改拉开序幕。全军推进实施政治生态重塑、组织形态重塑、力量体系重塑、作风形象重塑，光荣的人民军队重整行装再出发。

A团在此轮军改中被整体裁撤，部分优秀骨干补充分流到其他部队。

秦凯没有想到，就在部队裁撤时上级来A团的审计中，查出老茂虚报账目，数额虽然不大，事后又如数上交，最后受到降职处分，并做转业处理。

老茂走的时候秦凯去送他，老茂禁不住哽咽："以前我们看不惯那种世道，不适应那种环境，并与它作对，结果头破血流！后来学乖巧了，适应了，并努力去钻营，结果……"

秦凯心里也是一阵唏嘘。他突然想起政委吴汉明曾说过的那句话："任何时候，我们心里都应该有一杆秤，维护公平正义的良心秤。"他不知道吴汉明是否做到，他也不知道自己是否做到了，但这句话他从来不曾忘记，也不敢忘记。

还有一件事情秦凯没有想到，已经保送入学两年的贾明被退回原部队，并按义务兵退伍。不过秦凯没有看到贾明，他没有向任何人告别。

《解放军文艺》2019年第11期

人，或所有的士兵（节选）

/邓一光

二十四　法庭陈述及其他："抬头，看上面！"

…………

（GYZ006-007-006）证人梅长治法庭外调查记录：

国府和英国人争夺香港的时候，我在忙着盘点账面。

英国人带来了新制港币，宣布军票废弃，我刚为香港光复后不必提心吊胆活在日本人刺刀下松了一口气，那口气又提回到嗓子眼。要知道，为了大量进军票，我动用了所有到手的头寸，虽说是董同乡背后怂恿，到底钱是经我手换成纸票，事情出了，幕后的董同乡不必担斤两，我却有不让之责。这么一想，追悔莫及，我觉得就算一万个对不起党国，我也要走人了。

没想到，细软还没收拾好，汇丰银行在电台宣布，新货币入市同时可兑现军票。我以为没听清楚，核实了两遍，言之凿凿，英国人要替战败国支付狗彘不如的巨额无头账。就算一百个弄不懂，担心英国人变卦，我先放下心里的糊涂，立刻派人兑换新钞。派去的伙计因为款数巨大被汇丰银行盯上，幸亏事先有准备，用了几位南洋巨贾的名头，没经历什么周折，我手中的军票全部兑换成了新币。

秋天到来的时候，我成了香港最富有的人，这时才明白，国人中不乏金融高人，财政部早看出香港易帜，军事战争结束后会有一场钱币战争，所以提前做下铺垫。可惜的是，财政部狠狠捞了一笔，发了横财，英国人则用民生政府改革政绩要了国府的命，这场仗打来打去，真不好说谁赢了，谁输了。

光复典礼后，财经系派接收大员入港清查日占期财产损失，我这儿也来了两位官员查点经营情况。我自认胳膊上走马，拳头上立人，公家事务不带猫腻，账本交出，大大小小物业一一交革。来的两位官员不看账，只对账上的总数感兴趣。财产交革完毕，我托累请辞，他俩也不挽留，只顾东一句西一句打听投机生财路子。从两位官员处得知，我的旧上司邹上校登龙有术，调到国府联勤部任了少将高参，正托人在军令部活动，想要谋取一份接收特派员职务，去华北或东北某个城市当钦差大臣。我心里清楚，败国丧家者何止硕鼠，还有比邹长官更聚敛无厌的，大盗窃国的话不敢说，什么叫亡国之臣总算见到了。我也没有什么好想的，抗战也算努筋拔力，出过力了，卸掉财经系的公干，甩甩衣袖，我干干净净走人了。

替国府财经系帮办时，有熟悉的南洋资本找我，我乐得公私两便，打伙求财，暗中操持，留出财路。辞去公干后，我通知南洋方面带十余艘赶到香港，着手创办“华贸易公司”。香港商贸被鬼子糟蹋光了，除了军政府的运粮船，维港中几乎见不到一条商船。军政府极力主张倍道兼行，尽快疏通海外贸易，听说我手上有十条船打算做贸易，给了我相当优惠的条件。十月中旬，我的第一批货抵港，以后船队来往不间，我很快替自己攒下半爿家业。

香港光复后，往来香港的公私故旧不少，听说日军一投降，预早潜伏在沦陷区的军统策反，华南的汉奸伪军大多阵前易帜，由日伪广州先遣军总司令招桂章统一节制，改编成国军“先遣军”。还听说老长官张发奎说服甘志诚投诚，支使甘志诚在澳门制造事端，提供广州当局趁机占领澳门的口实。甘妻苦口婆心劝丈夫，借民族之名徒令庶民牺牲，这种事怎么做得出来？甘遂放弃在澳门生事，只答应张长官反水国军，继续当他的海防司令，别的不做。

听到这些消息后，我苦笑，原以为当汉奸没有出路，所以放着去甘志成处吃香喝辣不干，跑到香港来火中取栗，哪知人家做汉奸根本没有顾忌，早打好算盘等着变天后老上司吆喝，只要条件合适，换个身份不是什么难事。

最让我没想到的，是我竟然见到了活着的阿石！

华公司船队有一艘三千吨煤拖、两艘一千五百吨火轮、三艘五百吨小火轮，军政府运粮缺船，答应给补贴，征用两个月，我有一些损失，但战争结束就是生意人最大的赚头，军政府承诺很快就会取消了政府管制，恢复自由企业制度，这让人们看到了商业至上的前途，我二话没说答应下来。

十月底，我去军政府粮筹委员会办理租赁手续，负责租船的毕打罗先生千解释万解释，说政府征船是正当用场，不运武器炸药，只运粮，负责筹粮运粮食的帮办也是华人，很了不起的英雄，华公司的船交到华人英雄手里，完全可以放心。为了证明他的话不差，手续办完，毕打罗先生要我等着，那位华人正好在隔壁交割粮款，他去把人叫来我们见见。

毕打罗去隔壁找人，我在屋里坐着，想到坊间流传，有神秘华人帮助军政府度过粮荒，看来确有其事，也不知道那位奇人是谁。一会儿工夫，毕打罗先生带着帮办英雄进来。我一看，眼睛瞪得差点儿掉出来。那位华人英雄不是别人，正是阿石。

阿石还活着，这让我惊喜交加。要说，这几年我也是拎着脑袋在鬼子利刃下混日子，没有失去过方寸，见到阿石，我却激动地流下了眼泪，向他奔过去。阿石反应很奇怪，下意识地往后退两步，瞳孔收缩得像两粒芝麻，好像见到我很恐惧。等他认出我，怔忡一下，脸上才露出一抹谨慎的微笑。他告诉我，不光他活着，朱三样也活着，他的小组一半活下来，熬到了战后。我很奇怪阿石为什么称战后，而不是胜利，我觉得他变化很大，像是两世为人，有点儿不认识了。

我按阿石提供的地址，派雇员找来朱三样，当晚在文华酒店定了一桌，替他俩好好地办了一顿压惊酒。那天我和朱三样喝了不少。阿石人有点儿阴沉，不怎么太喝，在一旁替我俩斟酒，听我们说，听完笑一会儿又沉默一会儿。借朱三样去买烟的工夫，他问了我一件事，当年国军为何没有策应英军，任英军以数营兵力独自抵抗日军进攻。我给他夹了一块明炉乳猪，就我知道的情况说了个大概。

香港战事起时，战区余长官接到委员长电令，调了三个师疾驰赴援，计划元旦前完成集结准备。可是，中央和战区瓜田不纳履，李下不整冠，两下没有任何战役方案，华中日军正发动“三次长沙战役”，国军华南兵力一部调往作战，留下的部队基本躲在粤北山区，交通不便，大炮辎重不易运输，根本赶不上英国人投降的节奏。

我也有好奇，不知道阿石怎么会成为军政府的红人，要知道，这种事情可不容易。我从毕打罗先生那里得知，军政府对阿石待若上宾，给他“粮食统制官”牌照，他不要，我觉得太可惜。我向阿石试探，抗战胜利了，国家光复了，他为战争吃了苦，也该考虑一下自己的事情，要是不嫌弃，不如我俩重新联手，搭伙干一番事业。

阿石拒绝了。“梅大哥，我是真做不了，别耽搁你的事。”他说。

我觉得挺遗憾。怎么说呢，我觉得阿石像被某个恶魔缠了身，一次又一次往奇数里数自己的命，他这样，谁也救不了。

（GYB006-001-245）被告郁漱石庭外供述记录：

十月中旬，我从中山押运第二批粮回香港，知道朱三样找了我好几次。匆匆忙忙和朱三样联系上，知道港九大队已撤离香港，朱三样是最后一批，打算把婚结了走，要是来得及，最好让林凤娇怀上孩子再走，他希望我参加他的婚礼。

我在女皇道一家西饼店买了蛋糕，按朱三样交代的地址找去，那是高陞街背后一条没有名字的小街，住户都是店员、苦力、用人、小贩、厨师、花匠、洗衣工、理发师、裁缝、夜香工等下等华人，环境恶劣。朱三样的家在一间金山店隔壁，房屋矮小破旧，没有什么像样的家具。朱三样的岳母在门口摆了个旧衣摊，两个进城卖粮卖菜的农夫在那儿讨价还价。

朱三样很高兴我来，叫出林凤娇。新娘子穿一件喜庆的红色薄袄，脸上擦了胭脂，体魄结实，典型的工友模样，大大方方地和我握手。我递上蛋糕盒，把准备好的一百块喜包交给新娘子。朱三样埋怨我俗气，说梅长官也一样，送了二百元礼金、一对龙凤镯子，硬认了四桌酒席。我一时脸红，后悔没有多凑点份子。

喜宴是在避风塘一间船上食肆办的，要穿过上环大笪地夜市。战后大笪地恢复了昔日热闹，马骝戏、耍杂技、练功夫、画炭相、占卜星相、讲古书的，什么都有。梅大哥用心操办喜宴，张罗了很多菜，避风塘炒蟹、豉椒炒蚬、鸭脚包、炸萝卜饼、糖葱饼、鱼蛋，满满四大桌，还专门让手下叫了四只日占期名噪一时的镛记烧鹅。

在船上吃饭，船摇摇晃晃，我有点儿不适应。梅大哥悄悄告诉我，本来想在餐室替朱三样好好办一场，可惜朱三样是共产党，身份不适合张扬，只好躲到避风塘来，他特意准备了十对上头礼饼，冲冲晦气，白酒啤酒管够，大家喝好就行。

参加喜宴的基本是朱三样和林凤娇的港九大队同志和工友，大家很开心。喜宴开始前，朱三样让同志和工友讲了话，又请梅大哥和我作为他过去的上司讲话。梅大哥能说会道，说了一些“同庆胜利”“民族有幸”“神仙眷侣”“年年岁岁”的话，轮到我，我就讲了。

我说我是怎么认识新郎的，说四年前小组第一次进港，朱三样是机灵鬼，手特别快，看见什么一眨眼就弄到了，腿也快，没人追得上他，不然大潭水库就被捉住了，还勇敢，小组去金山和鬼子打，虽然他没去，一半是他怂恿的。

朱三样激动地站起来，从饭桌那边摇晃着走过来，勒猪仔似的把我紧紧抱住。梅大哥也过来了，拍我俩的肩膀，说好了，好了，大喜日子，省着点。新娘子和她的母亲在一旁一个劲地抹泪，有一只黑头海鸟落在灯脚上，探着脑袋看我们。

“不行。”朱三样说，“没有好，阿石你继续说，我还想听，你让我听够！”

我就继续说。我提到缪和女和敖二麦。我一直不敢提起他俩，那天晚上维多利亚海徐徐吹着风，海面渔火点点，人不在陆地上，一时放松，我就提了。我是想让缪和女和敖二麦知道，不是我一个人活下来了，朱三样也没死，而且还结婚了，娶了个体魄结实的妻子，我替他感到高兴，他俩要是活着，也会为朱三样高兴。

我讲那些话，朱三样的工友听得津津有味，同志却不感兴趣。他们不听我说，自己说自己的，众口纷纭，船上地方小，说什么我都能听见。他们有的骂骂咧咧，埋怨大队的撤退宣言让人寒心，说什么“感谢华英人士挽留，愿意在香港重光的欢呼声中功成身退”，鬼子占领香港时只有他们在战斗，凭什么抗战胜利了就得走人。也有的添油加醋，说东（莞）宝（安）抗日民主政府行政督导谭天度主任已经进港了，正和军政府谈判纵队借道北上的后续事宜，走的人就算了，他们这些香港人不想去内地参加党战，日本人欺负华人他们能抵抗，英国人欺负华人照样可以抵抗。有人在一旁劝解，说民族大业以牺牲为重，建议为抗战胜利欢呼。

“今日系咩日子？”一位年轻同志不满地大声打断我的话，“样仔同凤娇大喜嘅日子，讲咩死人嘅话，唔系你国军死人我哋死咗人，老百姓死更多。”

我看出朱三样的同志不怎么友善，本来想代替缪和女和敖二麦祝福朱三样，那个话刚才要说就对了，现在不便再说，于是打住，尴尬地坐下。这样闹哄哄地坐了一会儿，我在那种环境里待不住，悄悄把朱三样拉到一旁，告诉他我先走了。朱三样硬要喝个同庆酒，喝完才把我送到岸上，我就走了。

过了几天，我带人去南雄筹粮，正准备出发，朱三样找来。他告诉我，他已经决定留在香港，不随独立大队回内地，组织上同意了，他向警署讨过话，他可以去警署当差佬。

“我中意做差佬，差佬人工高。我不是香港人，可是，一百年前根本就没有香港，一百年前香港只有一群打鱼佬，早死完了。”朱三样显得有些失落，不像刚成家的新郎样子，“再讲，我要是走了，凤娇怎么办，还有林月亮，母女俩就指望我了。”

朱三样说得有道理，我只是有点儿担心，他手不老实，有拔葵啖枣的毛病，不知道当上差佬会不会改变。朱三样问我会不会回国军继续吃差粮。我告诉他不会，我不会再穿上任何军装，走向任何战场，也不会告诉任何人我参加过这样一场战争。

“点解？”朱三样吃惊，“我哋为这场战争卖咗命，他们应该给我哋赏钱。”

“我为参加这场战争耻辱。”我朝港口那边看去，我的人正在那里上船，他们和四年前的朱三样一样，是我的组员，只是更年轻。我希望这一趟能够顺利一些，把粮食运回来，中途不要生事。“我为死在战俘营里的那些兄弟高兴，他们和我一样害怕，如果活下来，他们将不得善终。”我说。

朱三样朝地上悻悻地吐了一口唾沫。他对我很失望。过去他佩服我，无条件地服从我，现在他觉得我是一个在民族解放战争中丧失了勇气的废物。他提到找我的原因。他想把一家三口搬到我那儿去，等他当上差佬，拿到人工，就去租个相对不错的房子，再过两年，就能买间房子，不用住在贫民窟里了。我告诉他不行，我现在住的地方的确很宽大，但它不是我的，我不想占有那个权利。

“扮咩扮，乜权利唔权利，你到底借唔借?”朱三样不高兴。

我沉默。朱三样鼻孔里哼了一声，恼羞成怒地扭头就走，走几步回头质问：

“点解你四年前唔带小组去果度匿埋，如果咁，大家都安全，缪和女同敖二麦都死唔到，你要对佢哋嘅死负责!”

朱三样说完那句话，朝地上吐了口唾沫，走掉了。

我从南雄回来后，梅大哥联系我，说港九大队最后一批人离港的时候，很多华人去欢送，他也去了，可没有见到朱三样和林凤娇。我告诉梅大哥，朱三样没走，留下来。梅大哥很吃惊，说为什么没和他联系。

我后来去大笪地背后那条小街找朱三样，兜里揣着粮筹委员会给我的酬劳金，它们能帮助朱三样租一套不错的房子。邻居告诉我，朱三样没当上差佬，警署不怕港九大队的人，可查出他往啤酒里撒尿的事，就没用他，酿造厂老东家生力啤酒回来收厂，老板知道了这件事，找理由炒了朱三样夫妇，他们搬到新界去种菜去了。

越来越多的人拖家带口返回香港，香港正在重新回到战前的繁荣，要在上百万人中寻找一个不愿意见我的人，无异于在河汉中寻找一颗轨道不同的星球。但是，那个不愿见我的人说得对，如果四年前我把小组带到半山别墅藏起来，也许缪和女和敖二麦不会死。

也许。

记得十月九日，香港举行各界庆祝二战胜利大会，第二天是中华民国国庆日，港民自动组织游行，无数的狮龙队在港九两岸欢快跳跃。我那天从内地返回，梅大哥邀我和朱三样前往山顶俯览山海景色，凭吊祖国孤失海外的大好河山。那天我们三个都很兴奋，梅大哥还请我们吃了夜宵。

可是，我知道我的兴奋是假的，是做出来给他俩看的。大家都很高兴，有理由高兴，我不该扫他们的兴。我知道我想离开那里。我干吗要待在那儿，待在胜利的人们当中，或者哭泣者当中？我在任何地方都是不合时宜的，对我而言，光复后的香港不过是另一座D营，这个世界也是，更大一点儿罢了，如果我接受，我将继续生活在战俘营中。

（GY-006-003-063）辩护律师冼白宗陈述：

临时军政府的工作非常有效率，冬天到来的时候，政府已经进入有条理的运作了。有一次，我去总督府办事，麦克道格尔把我叫到他办公室，兴奋地告诉我，已经敲定了复兴计划委员会、房屋建设委员会、劳工仲裁委员会、扩建海港委员会的名单，万事俱备，只等文人总督到港，哈考特将军的军政府使命就完成了，香港将步入新的历史。

还在八月份，美军战略情报局一支营救小组就抢先降落在沈阳，从一个秘密战俘营中营救出香港总督扬格爵士。爵士坚持返回香港，英国政府则将他接回国疗养，总督部正在研究是否由他继续担任香港总督。

我对香港的未来没有麦克道格尔那么乐观。我对他谈到我的看法。我认为没有任何现行的政治条件支持这样一个历史，由少数怀有民主理想的官员和在战争中因自身经历开始思考的官派生从事的新政府改革能够延续下去，以我在香港的见闻和从伦敦得到的消息，战后香港政府的政策建立在试图以改革诱使香港华人培养归属感，从而摆脱香港被国民政府收回这一基础上，而英国政府对进一步的香港民主前景却并无兴趣和热情，他们为了保住面子，甚至在别的方面继续出卖香港的主权国。一位民主自由党议员告诉我，刚下台的丘吉尔在前内阁会议上明确表示："向俄国提供在远东的战争目标是绝对必要的。俄国提出的任何牺牲中国利益的战争要求都将有利于我们解决香港问题，英国不应对俄国恢复其在远东的地位表现出任何敌意。"

"戴维，你我都知道，所谓殖民地新纪元，只是政客们的一个谎言，也许理想主义者不愿意伤自己的心，像你这样的政治新贵，又极力想为自己找到民主大同的意义，新闻界当然乐见其成，极力鼓吹。可是，这只气球无论吹多大，飞多高，总有一天会爆炸。"

“有意思。”麦克道格尔一点儿也没生气，和四个月前相比，他更加成熟了，“那么，迭戈，你怎么看待美国人扮演的角色，按照你们中国人的想法，他们是否更适合取代联合王国在中国的位子?”

我告诉麦克道格尔，我接触到的美国司法界和新闻界的人，多数认为中国是反法西斯阵营中的勇士，这些人一直在声援中国，而美国军事人员和外交官对蒋介石却总体上持厌恶态度，他们认为中国是美国军事及外交官的坟场，许多优秀军人和外交官的前程都葬送在蒋政权手中。不管怎么说，在马歇尔的斡旋下，人们看到了他们期待已久的政治协商会议确定下框架，青年党的五个代表、共产党的七个代表、国民党的八个代表、民主同盟的九个代表和另外九个非党代表被挑选出来，授权决定中国未来的政治形态。这是一个重要时刻，自由民主理想作为国策被首次在这个国家提出，按照国府承诺，蒋介石将在新年到来时宣布公民权利将得到落实和保证，新闻审查将予以终结，政党将取得合法地位，所有政治犯都会被释放，中国将迈进富有希望的时代。

“可是，稍许了解这个国家的人都知道，你说的这个时代不会到来。国家的胜利没有解决老百姓的任何问题，甚至没有解决最应该解决的和平问题。国共两党都不会向对方妥协。”

“没错，戴维，这就是我想说的，这是一个重要时刻，战争的阴云重新聚拢头顶，胜利只是以美、英、俄重新瓜分约定利益，以及那些恰好站在胜利一方的民族主义当权者们获取不当权力和财富来结算，和老百姓的唯一关系，是他们将在结束长达十四年的侵略战争后，再次接受一场内战。”

“很遗憾，迭戈，美国人在香港问题上扮演着同样暧昧的角色。他们的政府和大多高层人士在反殖民地政策上演出了一场真诚而自大的丑剧，在远东利益的驱使下试图将中国拉入反法西斯阵营，因为遭到斯大林的顽强抵制而以失败告终。他们从太平洋战争爆发后不断批评我们，应当立即解除香港的殖民地地位，把主权交还给中国，在战争结束时，却转而向苏联出卖中国利益，以交换俄国人参战的条件，并且实际上支持我们重新占领香港。”

“你忘了一点，戴维，经过长达十数年的战争，中国人的民族性开始向国民性发展，也许这是中国从这场战争中得到的唯一好处，它终究会积弱变强，不需要美国、你们和苏联指手画脚。这就是我的看法，你这个自由主义者应该感到高兴。”

“我不会在你这儿受到打击。我和我的同事会坚持下去。我们拭目以待。”麦克道格尔不自然地笑了笑，然后他想到什么，由衷地说，“对了，我还得感谢你。”

“是指你需要更严厉的批评？”

“不，那个够了，我需要人们用实际行动支持临时政府。我是说，你向我推荐的那位年轻人是个很棒的小伙子，他为军政府帮了大忙，如果他能多吃一点儿，早点儿恢复健康，别那么忧郁，而且同意留在文人政府中工作的话，我会更高兴。”

我没有告诉麦克道格尔，他说到的那位年轻人不会那么快回到生活中，他之所以急于度过伶仃洋，返回中山老家，在那里的产粮区帮助军政府弄到珍贵的粮食，是因为他刚刚结束整整三年非人的饥饿折磨，任何一个饥饿者的无助眼神都会令他崩溃，他无法拒绝军政府的筹粮请求，等筹粮工作结束，拿到军政府签发的通行证，他会离开港岛，出发去另一座岛；如果幸运，他会在那儿找到他想找到的人，如果没有，他会去别的荒岛、其他一些荒岛、台湾海峡所有的荒岛，最终前往更北边那个造成他厄运和让他寒心的岛国。

郁漱石离开香港之前，我和他见过几次面。基本是我去总督府办事，恰好他也去那儿，匆匆忙忙交革粮食，领取粮款，再次外出筹粮。他头发蓬乱，衣裳皱巴巴的，有一股酸臭味，脸上反而有了一些血色，看上去精神不错。通常我们会站在走廊里匆匆说两句。他很少谈到自己，甚至从不提及这些。

只有一次例外。那次我们约了谈D营轰炸事件，我邀请他到家里，他没有拒绝。那次我感到他有可能从战争阴影中走出来，但人们想要走进他的内心却实在困难。

郁漱石敲门的时候，我妻子正在练琴，她和圣约翰堂的人下午要去慰问准备回国的澳洲拘留者，她弹的是拉赫玛尼诺夫的《升C小调前奏曲》，这位俄罗斯最后的浪漫主义古典作曲家在战争中死去，妻子认为人们都希望生命继续下去，所以选择了他的曲子。

我请妻子为我们做点吃的。郁漱石拘谨地坐了一会儿，问是否可以在钢琴上弹点什么。然后他坐到钢琴前，弹了拉赫玛尼诺夫的另一首曲子。他有些生涩，但受过训练，指法不错，逼真地弹奏出海水强劲的涌动声和黑夜中不断接近的巨石嶙峋的孤岛，琴声中有在劫难逃的强烈不安，也有对生命无限的眷恋。他的头发有点儿长了，耷拉下一片在额头，随着强烈的快板凌乱地晃动着，这让他像个忧郁的王子。他的脸型很好，如果能再丰满一点儿，如果眼睛里没有泪光的话。

妻子几次从厨房出来，倚在门口听郁漱石弹琴。她悄悄告诉我，他弹的曲子叫《死岛》，作曲家受到一幅亡灵渡过冥河前往地狱的油画影响，写下这首钢琴协奏曲。我有点儿担心。我以为郁漱石选择这首曲子，只是与桑岛有关，但显然不止这样，我不希望妻子受到他的感染。

很幸运，早餐很快做好，我们在餐室坐下来。因为这次见面时间较长，我发现，郁漱石是明显的闯入性思维，好端端坐在餐桌前，突然跳起来，紧张地说听见机枪响。我竖起耳朵听，是街道上传来的脚步声。妻子做了干炒叉烧意面，我请郁漱石随意取用，他先排斥刀叉，以后换了筷子，他又盯着意面不动，不安地嗫嚅着说，叉烧肉像烧过的尸体，有一股尸臭味道。我看出来了，即使有过音乐，他仍然对生活冷漠，回避人群，有着强烈的焦虑，看上去显得孤独和无助。我知道他很努力，他一直在试图摆脱战争留给他的巨大阴影，他真心地想帮助人们脱离战后困难，可我有一种感觉，他在深深地内疚，为一位香港姑娘、一位独生子下属、一位曾经的上司，还有很多他不想说出来的生命，因为这个，他对战后活下来感到羞耻。

我有一个不祥的念头，郁漱石逃出战俘营，活了下来，但是，他，还有更多和他一样经历同时侥幸活下来的人们，他们在战俘生涯中失去了生命意义，在停止自发呼吸、心脏停搏、瞳孔反射机能消失之前，已经死去了。

“别那么压抑。”我很难接受这个结果，为我对面的他倒了一杯清水，“战争已经结束了，你不用担心什么，你需要给自己一个机会。”

郁漱石点点头，表示同意我的观点。然后他开始说话。他的思维有点儿乱，可能连他自己都不知道在说什么。

他提到不断有国军乘坐美国军舰和运输船抵达香港，经过一段时间休整，在佐敦道重新登上美舰和运输船，绕过台湾海峡北上去天津或秦皇岛。九龙集结着大批等待运往华北和华中的国军，他去看过李弥的第八军，那是一支装备精粹的军队，士兵们在九龙塘嬉笑着围看衣衫褴褛的船女刮鱼鳞，在弥敦道和广东道勾肩搭背逛街，抢购英国香烟和威士忌酒，在九龙城和容易激动的暗娼相互对骂。但他们不会开枪，他们将把美国人提供的子弹留下来，在返回内地后使用。严格地说，他也是他们当中的一员，他对这个身份感到困惑和不安。

他提到另外一支国军，有三四百人，他们在一九三八年和登陆广东的日军作过战，被日军坦克撵进新界，被英军下掉武器，关进兵营。三年后，他们解除监禁，重新拿起武器，从兵营直接上了前线，在那儿和日军作战，战死、被俘或者消失。

他还提到一些其他性质的武装人员——数以千计的华人防卫军士兵、数以千计的华人圣约翰救伤队队员、数千华人战时维持组织成员，以及数字不详的华人民间游击队员，在侵略者攻打香港时，他们拿起了武器，向日本人射出复仇的子弹，直到战死或者被俘。那之后，在三年零八个月的沦陷期，一支华人抵抗力量一直出没于港九，始终没有放下手中的武器。

听上去，他和他提到的那些人身当矢石，无所畏惧，从我了解的情况看，事情的确如此，他宁愿待在生不如死的战俘营中，也没有选择条件优裕的附日诱惑，但他其实非常害怕。他不断提到两个字，恐惧。他说他一直在恐惧。那是一种什么感受他没说，我想象不出来，我只是很吃惊他谈了那么多。我从来没有思考过他说到的事情。一个人活着，他一直在害怕，能够想象这种感受吗？

“如果换个思路想想，”我推开面前的餐具，有点儿力不从心地看着精力憔悴的他，“你是在为民族而战，为国家的存亡而战，这样，是不是会觉得不那么害怕？”

“也许吧。”他认真地想了想，然后说，显然有点儿犹豫，面前的餐盘完全没动。

那天晚上，我和妻子谈到郁漱石。我告诉妻子，关于恐惧，郁漱石没有说下去，这个问题太大，就算认真地想，没有人真能想明白。柏拉图、叔本华、康德、尼采，他们都研究过恐惧，但他们都站在哲学的角度，而不是具体的生命角度，所以没有人能够真实地回答。我不认为郁漱石的恐惧是战争本身，比如暴力征服和血腥屠杀，否则他不会一次又一次从相对安全的死亡阴影中决绝地站出来，站到比自己强大无数倍的魔鬼面前，站到直接死亡面前，即使两腿颤抖。

妻子对我的说法感到奇怪，她在战后重建组织的卫生部门工作，她告诉我一件事情，哈考特下令为每一位英军战俘做健康检查，结果在预料之中，没有一位战俘是健康的，每个人都患有数种伤病，但是，皇家海军士兵威尼尔的健康报告却让人们震惊。这位被俘时年仅二十岁的爱尔兰士兵不但患有最普通的“铁丝网疾病”，诸如痢疾、肺结核、斑疹伤寒、疟疾、肌肉痉挛、神经炎、糙皮症、贫血、佝偻症、脚气病、褥疮、视力下降、中枢性失明、呼吸道感染、肠道感染、蠕虫、红疹、残指和残趾、蛀牙和牙脱落，同时，他还患有记忆丧失、失眠、易怒、注意力涣散、幻听和妄想症，种类一共一百零二项。

妻子认为，那就是恐惧。

我告诉妻子，它们当然是恐惧，一个生命身处如此体验的确恐惧，但恐惧不只这个。我问妻子，她临盆之日我人在欧洲，炮弹在街道上炸开，人们惊叫着从门前跑过，被炮弹炸碎的人的断肢撞在门上，再从那里滚落到台阶下，像是有人不太礼貌地敲门，又不耐烦地离开，却没有人进来拯救她和腹中将要娩出的孩子，她说的恐惧是不是这个。妻子说：“是，但不只这个，因为我相信你会回来，你会把我和孩子救出去。”我问妻子：“如果战争永远不结束，我永远不出现，会怎么样？我的意思是，‘不只’的这个恐惧不会因为雌雄已决而在战俘营中愉快地停止下来，我们可能随时消失在任何地方，比如人性反转和背叛，比如我们不再相信这个世界。”妻子犹豫了，充满怨怼地看着我。我对妻子说：“所以，郁漱石提到的恐惧不是肉身的疾病和身体伤害，而是不确定的人性，躲在人们身后无尽的黑暗，他捕捉不到它，但却被它紧紧掌控住，因为他也是，或者可能是其中的一部分，他为这个而恐惧。”

我对妻子提到另一种恐惧。在一个绝大多数人从来没有被真正关心和正视的群体中，国家这个由少数人虚构出来的概念因为外族力量的介入突然被提出来，有助于人们从他们所受的失意生活中恢复过来。过去，人们从来没有在现实和历史中找到自己，这一次不同，人们通过为一个更大的政治概念奉献自己，看到了自身的存在，他们开始思考要不要接受软弱的过去和毫无理由的失去，不是战死就是屠杀，反正都得死，被异民族杀戮和征服的结果不是由某一个人承受，而是这个民族所有人，只要不是归附者，抗争和牺牲就有了意义。人们通过国家不屈服的立场看到自己的牺牲具有的伟大一面，为这个而松了一口气。所以，对某种信仰体系的忠诚具有非理性的原因，但民族和国家的概念永远管用，也许人们知道民族在某种程度上是虚拟的，知道国家并不像领袖们所说的站在无限正义的立场上，不过是建立在多数人尸体上的少数寡头的代名词，即使如此，当人们成为牺牲者中的一员时，仍然会感觉自己没有被抛弃。

但是，人们没有解决恐惧，没有办法解决。国家不需要恐惧，那将削弱信念和力量。战争只会渲染和强化恐惧，而不会解决它，它只能由个人来承受和承担。

我告诉妻子，她刚才给我讲了战俘威尼尔的故事，我也想给她讲一个平民拘留者艾弥儿的故事。艾弥儿是个六岁的乖巧女童，父亲是澳大利亚人，母亲是华人，战争结束时我在赤柱营见过她，她非常可爱，是那种你认为她绝对不可能和任何邪恶沾上哪怕一丁点儿关系的天使。战争中，艾弥儿和皇家海军士兵威尼尔在同一座城市陷入困境，被关押在维多利亚海两岸。她入营时只有两岁，所有记事时的人生经验都在拘留营中形成，营地的大人喜欢她，她受到很好的保护，很快乐。战争结束时，大人们涌出营区随喜狂欢，庆祝和平的到来，艾弥儿却陷入深深的困惑。她忧伤地问妈妈，什么时候大人们才会停止狂欢，然后她问了妈妈一个问题。听到小姑娘那句话，大人们停下了庆祝，恐惧地看着她，而她的妈妈则放声大哭起来。

“她问了什么问题？”我妻子问。

“‘妈妈，’”我一字一句背出六岁女童艾弥尔的话，“‘和平什么时候才会结束？我们就不能再有战争吗？’”

很长一段时间，屋子里很安静，我的妻子坐在那里，而我站在她面前。

“我知道他为什么要弹奏那首《死岛》了。”片刻的沉默后，妻子开始瑟瑟发抖，“迭戈，请你过来，抱住我。”

（GYJ006-002-076）审判官封侯尉法庭质证：

民国三十四年十二月八日，香港举行沦陷周年纪念大会，我随在港国府代表团参加了大会，第一次见到被告。当时我不认识他，听人介绍，他只是一位前国军中尉，在日酋战俘营蹲过三年牢，如今参与香港重建，成为港府红人。印象里他十分消瘦，对颇为热烈的庆祝活动无动于衷，终场俱神情颓废地坐在后台，被动地随人鼓掌。我有些吃惊，大会冠盖云集，出席者均为各盟邦代表、港府高官及社会领袖，他这样的人竟然在港府慎重邀请的名单中，可见英人在阶级道统上的混乱。

民国三十五年三月一日，国府广州行辕成立肃奸委员会，《华侨日报》社长岑维休即被涉案调查。三十天后，路透社即以英国政府之名公布大赦政策，称凡在东南亚英属领土内被指有附敌罪者，倘其无涉残暴行为，均免于起诉。此政一出，包括岑维休在内曾为日敌服务的大批香港社会领袖、绅商巨子和文人名伶无一被追究，只有国府暗中关照的两华会领袖罗旭龢爵士一人因通敌罪待审，后得华民政务司为其在报纸上公开背书，方以永远不得复职免去叛国罪，完全违背我中华民族忠奸不两立之大节大义传统。

四月底，前港督扬格重返香港，恢复民政，立法局遂于五月十七日通过《一九四六年中国附敌分子移解法案》，竟与国民政府《惩治汉奸条例》有相当冲突，双方引渡人犯工作受到阻碍，我随李汉冲处长专门拜见扬格总督，并与司法司警各方首长讨论，均得模糊其词答复。

六月六日，国府广州行辕公布通缉第二批汉奸名单百人，因《华侨日报》社长岑维休在案，党国香港机关报《国民日报》次日发表《通缉岑维休》社论，港英政府当即下令查封《国民日报》，外交部两广特派员郭德华向港方提出正式交涉，英国前任大使和广州总领事先后抵港参与调解。我作为郭特派员和国民党港澳支部翁平继委员公干律师与港方进行交涉，第一次与本案辩方冼白宗大律师见了面。

之前，得知《国民日报》封闭事件一出，冼大律师率先激烈批评港英政府措置失当，并与港方立法局华人非官守议员周锡年一同质问政府责令《国民日报》停刊理由。正式洽谈前，国港双方邀请社会及法律人士座谈，听取公共意见，冼大律师亦当面批评港府责令《国民日报》停刊是文明不耻之野蛮行为，且停刊援引法律还是十一年颁布、二十七年修订的《防卫法》，以战前临时法律在香港光复后制裁《国民日报》断无法律文明；遂又批评《国民日报》公然诱导读者罔顾法律，发表社论，号召读者活捉岑维休，粉碎其报馆亦同属野蛮，给我留下很深印象。

正式谈判时，行辕和港府提出妥协方案，但在国府继续追捕并要求引渡岑维休问题上，英方却坚持强硬态度，拒绝递解疑犯，并派出警察将岑犯保护起来。岑维休自知归案断无活路，托人向李汉冲处长说项，愿以《华侨日报》作为行辕机关报，交出编审权，由行辕派人接管。那时我已奉命返回广州参与肃奸审判工作，不再负责该项工作。李处长要我回广州向行辕说明情况，建议行辕接受该条件。后来听说，行辕张长官开价至高，坚持除可保留岑维休之监印名义外，华侨社全部财产均应充公，双方讨价还价，终未变现，港英政府遂以从事政治活动罪名将行辕派进香港接管《华侨日报》社长的战区政治部副主任王侯翔递解出境，交涉此案的李处长和菲士丁均奉调回国，此案不了了之。

此事对我冲击非常大。我深深感到，中华民族并非害在异国无端的枪炮下，而是害在汉奸无耻的出卖中，我华若要强大，岑维休、郁漱石之类曲意逢迎他人的卖国者，必须受到民族的唾弃和制裁！

（GY-006-003-064）辩护律师冼白宗陈述：

受律师出身的工党领袖艾德礼委托，我的老师奥斯顿爵士在战时领导着一个殖民地律法修正案的研究课题。德国投降后，担任战时内阁掌玺大臣和副首相的影子人物艾德礼开始发力，在七月大选中以绝对多数票战胜丘吉尔，担任战后英国首相。新首相一边强力推行“欧洲复兴计划”，建立民生联合王国，一边力主英国摆脱沉重的殖民主义包袱，完成非殖民化进程，奥斯顿教授适时结束课题，邀请我作为东亚代表返回母校参加战后殖民地立法案会议。

抵达伦敦后，我去看望了奥斯顿爵士夫妇。奥斯顿教授得知我参加了香港战犯的审判，特地把我带到他的办公室，落座后，他问我为什么接下这份工作，而不是他推荐给我的一份全球经济法实用法的研究工作，要知道，不少著名律师都参与了这个课题，他们希望在世界重建工作中留下自己的痕迹。我看着我敬爱的导师，显然我们都记得他当年说了什么。“不要为获得胜利做律师，要为社会良知穷尽辩护，直到最后一刻也不放弃。”

我给教授讲了一个小故事。我在香港遇到几个美国水兵，他们从荷属东印度过来，送陆战队去日本，听说有一艘美军驱逐舰被日本人击沉在香港，非常吃惊。“伙计，没有搞错吧，香港不是珍珠港，那些家伙四年前在那儿揍了我们，现在我们要去占领他们的国家。”在这些洋溢着勇气和胜利者自信的水兵看来，太平洋战争的参战国只有两个——美国和日本，战役只有三个——珍珠港、中途岛和塞班岛，别的国家和地区在整个战争中都艳阳高照。

教授像故事里的水兵一样吃惊。是的，他很难相信，这场战争刚刚结束，它已经开始被人们忘记了，而这就是我同意参与香港战犯审判工作的原因。

教授把我叫到他的办公室，当然不是为了听故事，他给我看了几份文件。

第一份文件是美军退伍军人管理局提供的，该机构统计，在刚刚结束的这场世界范围的战争中，被德国俘虏的盟军战俘在关押期间的死亡率为2.1%，而在日军的中国奉天集中营，盟军战俘的死亡率为16%。

第二份文件是英国政府刚刚发表的官方数据，落入德军手中的英国战俘死亡率为4%，落入日军手中的英国战俘死亡率为27%。

第三份文件实际是十五份系列文件总汇，是盟军联合调查组刚刚在台湾金瓜石铜矿战俘营发现的未及销毁的文件，内容是日本俘虏情报局给各战俘总营的训令，牵涉大规模消灭战俘问题，日期从一九四二年到一九四五年八月二十日，也就是说，从太平洋战争爆发开始，直到日本宣布投降后五天，日军俘虏情报局始终在向各战俘营下达有关限制和消灭战俘的训令。我非常震惊，匆匆阅读那些文件，发现其中有如下内容：“如果美国人登陆，必须把所有战俘杀掉，无论如何绝不让一名战俘逃跑。”这些文件澄清了一项长期存在的政策，在战争开始后不久，日军大本营就制定了杀俘政策，如果战俘营指挥官认为管辖地区有可能落入敌军之手，他应该首先把战俘杀掉。日军驻台湾第十一军参谋长向东京询问在什么情况下指挥官可以自主行动，而不用等待上级的命令，一九四四年八月一日他收到日本陆军副大臣回复，答复如下。一、时机。虽然根本宗旨是根据上级命令行事，但在下列情况下可以采取单独处置：发生大规模反抗并且不使用武器不足以镇压；逃跑战俘可能变成敌方战斗力量。二、方式。只要形势需要，不论单个或集体均要消灭，可以采取大规模轰炸、释放毒气、投毒、溺死、斩首等方式；根本目标是绝不能让一名战俘逃跑，统统杀掉，不留下任何痕迹。

奥斯顿教授告诉我，有消息证实，日军所有战俘营都收到了这份命令，目前已知情况，威克岛指挥官酒井原繁松少将执行了这一命令，他确信美军将在威克岛登陆，采取反绑双手赶下潟湖、斩首和枪杀处置了全部战俘；马拉望的指挥官基于同样理由将一百五十七名战俘赶进防空洞并倾倒汽油将他们活活烧死。

我和教授都清楚一件事，作为这场战争中持续时间最长、涉及人口最多的两个国家，日本发动的侵华战争长期以不宣而战遮蔽了战争惯例，陆军省一直在向它的派遣军发出训示，强调“以往的一切陆战法规、交战法规及各种条约都不适用，不能约束我们的行动”。直到太平洋战争爆发，日军甚至没有按照国际法则设置俘虏收容所，而是纵容部队随意处置战俘，致使大量俘虏被野蛮杀害。可惜的是，受害一方的中国几乎没有记录下并且向国际相关组织提供任何有价值的战争暴行情报。

“你爱你出生的祖国，对吗迭戈?”教授问我，他用了“祖国”这个词。

“正如您爱您的祖国一样，教授。”我回答，“也许这么说对别的国家不公平，可是，我的祖国在这场战争中付出了太多，它被这个世界忽略了。”

“哦？难道它不是被自己忽略了？”奥斯顿教授锐利的目光透过镜片看我。

“您说得对，教授。中国是这场战争中第一个被法西斯攻击的国家，也是最后一个摆脱战争的国家，可是，政府正在听任这件事情轻松地消失掉，甚至它已经决定遗忘过去的一切，它更关心如何面对正在逼近的内战，我为这个感到焦虑。”

“可是，我听说，你们主张以德报怨，是这个词吗?”

我回答教授，这个词出自《论语》和《老子》，和士兵有关，中国最伟大的两位思想家李耳和孔丘对这个词有不同的理解，李耳主张用恩惠来回报仇怨，孔丘先生不同意，老先生说，以德报怨，你拿什么报德呢？人家以德对待你，你应该以德报答对方，人家仇恨你、欺负你、揍你，你得还回去啊。

“有意思，不过恐怕不适合在宗教中讨论。”奥威顿教授点点头，“如果这么快就忘掉战争，人们将遭到历史报复。”

“是的，教授。”我说，“人们会战胜死亡，但是，遗忘最终会让人们失去尊严，容忍法西斯轻易杀掉自己的士兵和人民而不加以清算的国家，谁会去保卫它?”

“中国元首知道这个吗?”教授改用了德语。

“我想，他比任何人都知道。”我说。

我知道教授为什么用“Die staats-und regierungschefs”这个词，但我确定，即使中国现代军队出自德国教官的训练，中国的领袖并非阿道夫·希特勒，他们也许在民族主义和反共产主义上能够找到共同话题，然而，不是每个独裁者都有能力成功清洗国民头脑，建立纳粹组织和强大的国防力量，并且为国民餐桌提供足够的牛奶和面包，让他们铁了心捍卫血统纯粹的民族。

殖民地立法案会议邀请了所有联合王国殖民地律界代表参加，除了圣卢西亚、圣克里斯多福与尼维斯、马拉维、莱索托、博茨瓦纳、瓦努阿图和图瓦卢，其他四十三个殖民地受邀人士都准时到会。

奥斯顿教授组织这个会议的出发点是这样的，看上去，人们战胜了一场历史上迄今为止最大的战争，数以千万的生命在战争中消失掉，其他人则熬过了黑暗的日子，他们接下来想，能不能避免战争，保持和平，以便人们和他们的子孙完好地生活下去。在这件事情上，上帝显然不会插手，只能依靠人们自己。困难的是，人们对此产生了怀疑。正如热爱和平是人类最基础的传统一样，热爱战争同样是人类难以割舍的另一个传统，人们不是什么时候才能学会互相妥协、容忍宽大，而是注定了要为此付出一代又一代努力，或者终究没有这种可能。有许多人怀疑，种族、宗教、语言、文化上如此差异的四十九个殖民地能否达成任何共识和协议，可是，在为寻找停止战争的途径而斗争这个不可动摇的主张下，任何差异都不足挂怀，任何努力都值得去做。

正式会议开始前，奥斯顿教授请代表们离开舒适的座椅，为战争中的无辜死难者静默致哀。那一刻，许多代表流下了眼泪。

我心里明白，不是只有参加会议的代表在哭泣，人们也不只为战争流泪，生命有着自身的意识，不是由生命之外的力量来创造和主宰的，而是由人类文明来创造和主宰。看看庞大而精致的自然界，它自身的冲突有多么巨大和剧烈，可是，四十五亿年了，它从来没有把自己破坏到不可收拾的地步，人类却在短短三十年中，在两次全球战争中让自己建立了几千年的文明之杯粉碎掉，在一地的碎片中清晰地看到自己的罪恶。

在会议最后的课题结案程序中，作为殖民地律界人士，我和另外二十七位代表发表了演讲。和以往的演讲不同，这一次，我让自己的演讲脱离开法理，进入感性。在演讲开头部分，我告诉与会代表，在刚刚结束的战争中，我和我的家人目睹了人类信仰的死亡，却庆幸地活了下来，对于香港而言，战争是摧毁性的，人们一时很难梳理清楚它到底摧毁掉了什么，因此在提供什么样的法律体系来保证战争不再卷土重来的问题上，我感到深深的困惑。

一位坐在前排的保守党上院议员打断我的演讲，不无傲慢地问我，大英帝国给无数野蛮之地带去了文明，为何那些从中得到好处的土著却在战时冷漠地抛弃英国，在战后又忘恩负义地想赶走他们的总督，如果有什么法律问题值得研究的话，它首先应该保护帝国的权力。

会场上传出一片骚动，来自占领区殖民地的代表们表现出愤怒的情绪。我请代表们安静。我请那位保守党议员和大家一起回忆一下国联组织刚刚公布的这场战争的死亡略数：苏联2680万、中国1800万、德国800万、波兰650万、日本290万、南斯拉夫170万、英国40万、美国38万、法国30万、罗马尼亚30万、澳大利亚25万、意大利20万、匈牙利20万、希腊10万、荷兰8万、捷克斯洛伐克5万、印度4万、加拿大4万……

“尊敬的议员先生，”我对那位议员说，“您和我们大家一样，知道了这场战争的结果中有一个骇人听闻的数字，但是，您，还有我们这些被这个数字赦免的人有没有想过，这个数字是怎么产生的？超过六千六百万的死者，他们是什么样的人，有没有父母、孩子和爱人？他们在战前如何生活着，在战争到来时做出过什么决定？他们是怎么死的，死亡之前在想什么，在死亡到来的最后时刻有什么感觉？究竟是什么把他们……嗯……变成了国联组织报告中冰冷的数字？”

大厅里十分安静，大家都看着我。

“国联组织的报告中没有指出这场战争中平民的伤亡数字远远超过士兵伤亡数字，各国政府应当对死去的国民负什么样的责任。但以我所知，战争不是单向发生的，至少在中国战场上，那些决定战争形态的领袖存在接受甚至鼓励大规模死亡的意愿，甚至将士兵和民众的大规模死亡视为民族气节加以狂热吹捧。”我说，“尊敬的议员先生，我对您刚才问题的回答是，人们没有抛弃他们的国家，因为他们对战争没有任何表决权，他们做不到，而是被强制性地卷入战争中。相反，包括港英政府在内，许多国家和执政当局在战争中抛弃了它的人民，任由他们遭受战争的残酷屠凌，正因为如此，这些人才变成了国联组织报告上的一组冰冷数字。”

我提到一件事情，在一九四一年十二月的香港战争中，有一千九百七十五名加拿大军人参加了保卫联合王国殖民地的战争，他们一部分战死，大部分成为日军的战俘。战争结束后，生还的加拿大援港士兵决定将劳森准将在内的二百八十名阵亡或虐亡同伴安葬在柴湾纪念坟场，军政府大方地批准了用地计划。作为联合王国的英雄，来自英国和印度的阵亡士兵当然也享受了同样的待遇。可是，军政府却并不关心，也没有统计，在同一场战争中，有多少华人参加了那场抵抗战斗，战死或者被虐死，那些数以千计的华人阵亡者和数目不详的无辜死难平民，至今没有得到任何一块安葬之地，大多死亡者甚至连名字都没有留下，他们在侵略者和被攻击一方的共同漠视下，消失在乱坟岗和臭水沟中。

然后，我提到了一位参加了香港保卫战的中国士兵，他叫郁漱石，有一位中国父亲，一位日本母亲，他是他俩结合生出的孩子。战争发生时，他无法求助血缘给予他应该怎么做的答案，他选择了站在反侵略者一方的抵抗者阵营，带领他的小组参加了战斗，他的小组中一半人如今躺在国联报告那组骇人听闻的数字中。

“这位士兵勇敢吗？是的，没有人可以怀疑这一点。战争发生后，他始终在战场上，因为不忍心看到上百万香港平民因缺水而渴死，他天真地潜入日军占领区，试图修复供水设备，为这个做了日军的俘虏。

“这位士兵现在还活着，在日军战俘营中熬过三年以后，他逃出了战俘营。我来这儿的时候，他正带着光复政府的英国官员去他的家乡弄回一船船粮食，帮助军政府渡过战后困难。可是，这不是他最想做的事情。他最想做的是尽快找到一个人，他的恋人，一位在战争中同样受到摧残的日本姑娘。他们曾经相爱过，是战争把他们拆分开，因为他没法告诉她，他有一个中国父亲，一个日本母亲，身上流着两股敌对者的血，他和谁作战？他应该去杀死谁？现在，他的恋人失踪了，不知去向，他想去找回她。

“有一次，我问士兵郁漱石，如果找不到失踪的恋人，他怎么办？我是说，他会不会忘掉过去的一切，另外娶一位女人，成家生子，继续生活下去。我想知道，经历过非人战争的人们，有没有力量从恐惧的地狱中走出来，继续生活下去。这位士兵沉默着，没有回答我的话。他的神情很绝望，以致我的夫人埋怨我，不该对他提出这么残酷的问题。直到那天晚上，这位年轻的士兵离开我家时，他在门口站下来，对我说，他不知道以后的事情，至少目前，他无法确定在寻找恋人这件事情之外，他还能做什么，在我向他提出这个问题之前，他从没考虑过是否有信心活下去这样的问题，因为这个问题似乎与他无关，不是他能决定的。但是，这位年轻的士兵告诉我，如果有机会活下去，他会给自己尚未见面、不知男女、可能永远都不存在的孩子留下一封信，告诉他的孩子，不管他（她）或他们日后生活在一个什么样的家庭中，一定要原谅家人所有的做不到，确信他们不应该被仇恨，不应该被抛弃，不管他（她）或者他们出生和生活在一个什么样的国家，如果这个国家不保护他（她）或他们，任由他（她）或他们受到残暴敌人的欺凌，一定别为它拿起武器，远离战场，去可能去的任何地方。

“先生们，我承认，我无法回答这位尊敬的议员先生的问题，因为作为人，我无权把经历过这场战争的任何一个生命看成数字，也无权把他们当中的任何一个人当成案例。我只想请教诸位，在战争中，为什么国家的软弱无能和罪恶可以畅通无阻，没有人去追究，那些被极端暴虐的战争分子欺凌和屠杀的人们，为国家而战的人们，为什么就不能软弱，这是什么道理？我希望你们能告诉我。”

我的演讲赢得了四十三位殖民地同行和上百位旁听学者的热烈掌声。

奥斯顿教授带头起立向我的演讲表示致敬。那一刻，我突然意识到，我在回答议员先生问题时提到的那位中国士兵，他不再是我案例中的内容，而是人类历史的一个证物。

现在回想起来，我在战时偶然从一份档案上知道了代号131的郁漱石，在战后见到他，是上帝把他送到我面前来的。他让我对战争结束激发起的庆幸有了更深意义的理解，让我对战后快速产生的质疑和麻木有了警示。战争的结局不是一些人死了，一些人活了下来，也不是世界拥有了全新的格局，它最大的结局是人性的改变。人性的改变潜伏在价值观下、政治主张下和人们的日常生活中，比任何建立在对世界重新瓜分和修缮立法秩序都要重大无数倍，它决定了未来的人类是什么样的人类，它比战争本身更加危险。

现在，我可以说出我离开香港前往伦敦之前发生的那件事情了。

那天，郁漱石来我的办公室，和我告别。他终于结束了临时军政府的工作，他们为他找到一条船，在船上为他安排了一个位置，两天以后，他将离开香港，去台湾寻找加代子。

他疲惫不堪地站在那里，想对我说什么，嘴唇嚅动了几下，没说出来。我知道他是想谢我。麦克道格尔一直不放他离开香港，在粮食大体得到保障后，仍然扣住他不松手，打算把他安排进负责遣散战败国平民的小组中去继续工作。我们吵了架。

“迭戈，请你原谅，我不能放他走，你要知道，他太好用了，他知道怎么和日本人打交道，对吗？没有人会傻到放他离开。”

“你想过他吗，戴维？想想他在这儿遭遇了什么，他没有理由回到这儿，可他比其他人更勇敢，不但回来了，而且协助了这儿的重建工作。可是，他的恋人失踪了，他要去找她，他已经尽力了！”

“该死！谁都知道他是在做白日梦，那个姑娘早死了，没有人能从遭到鱼雷攻击的大海上逃生，这是战争，迭戈！”

“我不得不说，我很难过，你不该说这样的话，戴维。”我差点儿流下眼泪。

“好吧，”麦克道格尔无奈地摊开双手，示意妥协，“我道歉。可我缺他这样的人手。我不知道把那些只会冲着我点头的日本女眷怎么办。”

“如果你坚持，戴维，我以代理人身份请求临时军政府兑现承诺，为这位年轻人的服务提供报答。如果你拒绝，我将起诉临时军政府，试试新的律法机制是否像你描绘的那样管用。”

“你是个难缠的家伙。”麦克道格尔人困马乏地朝人来人往的走廊里看了一眼，“不过，作为老朋友，我要提醒你，正义和公平在国家和民族之外是建立不起来的，别让软弱的感情主宰你，不然我们还会遭遇下一个人类疯子。”

“我接受。”我从不相信理想主义的政府能够持续地将激情转化为温情，建立真正尊重人民的合法秩序，也不相信人性的善永远不会翻动身子，露出它的另一面，否则，律法就没有存在的意义，“作为老朋友，我也同样有个提醒。你将不得不松手的年轻人，他是有灵魂的，正如你和你的团队试图以更好的工作建立新秩序，从而顺利地统治他和其他人，他和他们也能感知和回应你的新秩序，甚至决定它的寿命。”

我告诉郁漱石，这没什么，如果他需要，随时可以来找我。

郁漱石拘束地点点头，眼睛看着别处，嗫嚅地说，他想送两件礼物给我的女儿。我很快知道那是什么。一只金斑喙凤蝶和几十粒七指蕨种子。好半天我才弄明白，蝴蝶是死的，是蝴蝶标本，而七指蕨是一种不起眼的植物，样子就像一只面对天空无可奈何的杯子。我谢过他，告诉他礼物不必了，他有什么事情仍然可以来找我。他神情羞涩，好像做了一件想要讨好人却又错了的事情，我觉察到他脸上的一丝遗憾，我把他送到门口，看着他消失在走廊尽头，然后把门关上。

我当然是在说客气话。我不希望这位年轻人再度出现在我面前，就算他的出现让我放慢了对战争的审视，无形中帮助我加深了对妻子和女儿的愧疚和眷恋。毕竟我和他都想尽快摆脱战争的阴影，回到正常生活中。和平不会太持久，我们活不到永远，我们没有太多时间。

大约一个小时后，我处理好事情，去盥洗室洗手，准备下楼回家。我走进盥洗室，发现郁漱石没有走。他在盥洗室，蜷缩在角落里，头埋在膝盖间，像个无助的孩子嘤嘤哭泣着，我送给他的那份有关他的档案抄件揉成一团，丢在脚下的水渍中。

盥洗室里有回音，他的哭泣声很小，却非常刺耳。我站在哭泣者面前，离他只有咫尺之遥，却不知道该不该提醒他这是在什么地方，不知道该不该伸出手，把手掌放在他抽搐的肩头上，轻轻拍两下，或者什么也不做。我有些不知所措。

那是我在监狱之外最后一次见到郁漱石。正因为无意中进入他哭泣的世界，我才知道他的世界有多么可怕，才会在一个月后的剑桥演讲中说出他的故事。我在那时候想，没有人愿意成为战俘，它甚至比阵亡更加可怕，成为战俘是地狱生活的开始。地狱不在另一个世界里，它就在这个世界，经历过战俘生活的人，他们在某个人类特殊时期穿越过作为人的限制，进入到非人的地狱经历中，在那里，一切关于人类的准绳都不复存在。但他们最终战胜了它，活着回到人类中来，他们是勇士。爱他们，也爱我们自己，竭尽一切制止战争，如果做不到，就别让活回来的他们再经历耻辱，如果连这个也做不到，那就别拿过去的经历来打搅他们。

从伦敦回到香港后，听说郁漱石已经离开香港。我为这个消息感到欣慰。澎湖列岛有九十六万平方公里，实在太大，任何一片海域下，任何一座无名岛礁上都可能藏有生命，寻找唯一的生命是一件绝望的事情，但却值得一个绝望的人去。

我希望郁漱石能在某座岛上，或者别的什么人们永远都不会知道的地方找到他要找的人，无论清算还是宽恕，他应该找到她，他们应该见面，他和她有理由让生活继续下去。我觉得，这是他对战争要做的唯一忏悔，也是他应该向战争做出的最重要的索赔，上帝应该看到。

我还希望他忘记在这个世界上经历过的一切，我指的是这三年来他在D战俘营中的经历，不把它带到任何他要去的下一个地方。

《中国作家》2018年第11—12期